Silvia Kaffke
Das dunkle Netz der Lügen

Silvia Kaffke

Das dunkle Netz der Lügen

Historischer
Kriminalroman

Wunderlich

1. Auflage September 2010
Copyright © 2010 by Rowohlt Verlag GmbH,
Reinbek bei Hamburg
Karte auf Vor- und Nachsatz Peter Palm, Berlin
Satz aus der Adobe Caslon PostScript, InDesign,
bei Pinkuin Satz und Datentechnik, Berlin
Druck und Bindung CPI – Clausen & Bosse, Leck
Printed in Germany
ISBN 978 3 8052 0889 5

Für die
Alte Schmiede am Werfthafen
– eines der ältesten Gebäude des Ruhrorter Hafens –
und die Gründer des Vereins «KulturWerft Ruhrort e.V.»
Norbert van Ackeren, Wolfgang van Ackeren,
Dirk Grotstollen, Heinz Martin, Eckart Pressler,
Prof. Dr. Sabine Sanio und Prof. Dr. Jochen Zimmer,
die auch nach dem verheerenden Brand und
dem Teilabriss versuchen, sie zu retten
und zu erhalten

Prolog

Eine mondlose Nacht hatte sich über die Altstadt von Ruhrort gesenkt, nur wenige Laternen erleuchteten die Gassen. Der Frühling ließ auf sich warten, Ende Februar hatte noch einmal starker Frost eingesetzt, und in den Nächten wurde es empfindlich kalt.

Vielleicht war das der Grund dafür, dass es gegen zehn Uhr abends bereits still wurde auf den Straßen. Nur in den zahlreichen Kneipen drängten sich noch die Gäste, kaum einer hatte Lust auf den kalten Heimweg.

Aus einer Kneipe stolperte ein Betrunkener, ein kleiner Mann ohne Jacke mit zerbeulter Mütze. Ihm folgte ein stattlicher Kerl, der seinen Schlapphut tief ins Gesicht gezogen hatte. «Nicht hier», knurrte er den Betrunkenen an. «Du kennst den Treffpunkt.» Dann verschwand er um die nächste Ecke.

In der eisigen Nachtluft wurde der Mann mit der Mütze gleich ein wenig nüchtern. Er fror erbärmlich und ging über den Hof zurück in den Gastraum. Das Bier, das ihm von seinen johlenden Freunden angeboten wurde, verschmähte er, griff sich seine Jacke und machte sich auf den Weg.

Kurz darauf hatte er bereits die Deichstraße überquert und war in die Ludwigstraße eingebogen. Über die Fabrikstraße ging es weiter Richtung Norden aus der Stadt heraus, und bald hatte er die beleuchteten Straßen der Neustadt hinter sich gelassen.

Er fluchte, weil er keine Laterne bei sich hatte. Die unbefestigte Straße mit ihren Löchern und vereisten Pfützen im Finstern zu gehen war nicht ganz ungefährlich, aber ihm blieb nichts anderes übrig. Vorsichtig lief er auf die Lichter des Phoenix-Werkes zu, dann vorbei am Hebeturm und am Bahnhof, bis er schließlich wieder in völliger Dunkelheit am Rheindeich stand. In der Ferne sah er noch ein paar Lichter im Dorf Laar.

Schweigend wartete er an der verabredeten Stelle. Kälte kroch an ihm hoch. In seiner Jackentasche fühlte er ein paar eiskalte Münzen, nur Pfennige, wie er wusste. Heute Abend hatte er in der Kneipe sein letztes Geld versoffen. Aber vielleicht konnte er hier heute Nacht noch etwas verdienen. Er trat mit den Füßen und schlug die Arme um sich. Langsam könnte der Kerl kommen …

Und dann, wie aus dem Nichts, stand der Mann mit dem Schlapphut plötzlich neben ihm, breitschultrig und mindestens einen Kopf größer als er. Er hatte eine Laterne bei sich, die er aber kurz zuvor gelöscht haben musste.

«Du willst also unser Geld?», sagte der Mann leise.

«Was muss ich dafür tun?», fragte der Kleine zaghaft.

Da waren Schritte zu hören. Der andere schaute sich um, doch als er merkte, dass keine Gefahr drohte, flüsterte er dem Kleinen etwas zu.

«Aber ich muss niemanden töten, oder?»

Der Schlapphut lachte heiser. «Wenn du gesehen wirst – ja. Wir können nicht riskieren, dass man uns entdeckt.»

Dem Kleinen schien das nicht recht zu sein.

«Wir können auch jemand anders fragen», sagte der Schlapphut und wandte sich zum Gehen.

«Nein, nein, schon gut.» Der Kleine hielt ihn am Arm zurück. «Ich mache es. Natürlich kostet das ein wenig», schob er etwas unsicher nach.

«Hundert Gulden ist uns das wert.»

Der Schlapphut verstand das Schweigen des Kleinen richtig. «Das sind nicht ganz dreißig von euren Thalern.»

«Das ist viel Geld», sagte der Kleine.

«Bist du einverstanden?» Die Stimme des Schlapphuts klang abwartend.

In diesem Moment begann auf dem Phoenix der nächtliche Hochofenabstich und tauchte alles in hellrotes Licht. Die beiden konnten einander deutlich erkennen.

Der Schlapphut streckte die Hand aus, und der Kleine schlug ein. Dann gab er ihm den Beutel mit dem Geld. «Das ist die erste Hälfte, die zweite gibt es nach erledigter Arbeit. Sieh zu, dass es in den nächsten Tagen passiert. Wir warten nicht gern. Und vor allem: Halt den Mund!»

Als würde er das rote Licht des Abstichs scheuen, zog er sich in den Schatten des Deichs zurück und sah dem Kleinen nach, der sich langsam auf den Weg zurück in die Stadt machte. Noch erhellte der Schein des geschmolzenen Eisens seinen Weg.

Als er erloschen war, trat auch der Schlapphut wieder aus dem Schatten. Er entzündete seine Laterne. Um seinen Mund spielte ein zufriedenes Lächeln. Nun konnte es losgehen.

5. März 1861

1. Kapitel

Es war ein kalter Märzmorgen, der Frühling schien noch sehr weit hin zu sein, denn es hatte seit vier Wochen kräftigen Nachtfrost gegeben. Das war auch der Grund, warum der seltsame kleine Leichenzug, der die Altstadt Richtung Friedhof verließ, erst heute unterwegs war, obwohl die verrückte Kätt schon am Freitag der Schlag getroffen hatte. Zum zweiten und zum letzten Mal.

Manch einer, der den roh zusammengezimmerten Holzsarg sah und die dicke Martha mit dreien ihrer «Wäscherinnen» und zwei Mägden dahinter, hätte sich gewundert, dass es Kätt war, die zu Grabe getragen wurde. Denn seit sie vor mehr als drei Jahren zum ersten Mal der Schlag getroffen hatte, war die alte Säuferin und Bettlerin nicht mehr auf Ruhrorts Straßen gesehen worden. Diese letzten Jahre hatte sie in einem Bett verbracht, das man in einem Verschlag hinter Marthas Haus aufgestellt hatte. Hier kümmerten sich Martha und einige der Mädchen um die Kranke.

Offiziell wuschen Marthas Mädchen die dreckige Wäsche von Ruhrort, und um diese Fassade aufrechtzuerhalten, taten manche von ihnen diese Arbeit wirklich. Aber eigentlich war der Betrieb das beste und feinste Bordell der Stadt, und dies schon seit vielen Jahren. Auch Kätt hatte einmal zu Marthas Huren gehört, bevor sie zu trinken anfing und später verrückt wurde. Martha, die ihre Geschäfte stets mit der nötigen Härte betrieb, hatte sich erweichen lassen, Kätt, die manchmal in der Küche und beim Wischen der Gastzimmer ausgeholfen hatte, aufzunehmen. Seit einigen Jahren bereits war Kätt nicht mehr verrückt, ihr Wahn war einer stillen Melancholie gewichen, seit sie begriffen hatte, dass ihr Kind zwölf Jahre zuvor wirklich im Rhein ertrunken und tot war. Doch vom Branntwein hatte sie nicht mehr lassen können.

Als der Zug an der Einmündung der Ludwigstraße angekommen war, warteten dort der katholische Pfarrer Mancy mit einem alten Messdiener, der ein Kreuz trug, und daneben Polizeicommissar Robert Borghoff mit seiner Frau Lina. Der Pfarrer ging voran, und die Borghoffs schlossen sich an. Lina nickte Martha kurz zu, die nickte in stillem Einverständnis zurück. Beiden war es wichtig, dass Kätt ein würdiges Begräbnis bekam.

Einen Tag nach dem Tod der Bettlerin, am frühen Samstagabend, gleich nach Sonnenuntergang, war die dicke Martha zum Haus der Borghoffs in der Harmoniestraße gekommen. Das Hausmädchen Antonie hatte ihr geöffnet und sie gebeten, im Salon des Geschäftes zu warten. Die meisten Kleidermacher in der Stadt weigerten sich, für eine Hure zu schneidern. Aber Lina hatte da keine Bedenken, solange Martha sich diskret verhielt.

Als Lina in den Salon kam, fiel ihr auf, dass Martha sich nicht einmal hingesetzt hatte.

«Sie wollen sie einfach an der Friedhofsmauer verscharren …», begann sie ohne Begrüßung. In ihren Augen standen Tränen.

Lina runzelte die Stirn. «Wovon sprechen Sie? Wen wollen sie verscharren?»

«Sie haben es noch nicht gehört, Frau Borghoff? Die Kätt ist gestern Abend gestorben. Meine Magd wollte sie füttern, aber dann hat sie die Augen verdreht und war tot.»

«Nun hat die arme Seele Ruh.» Lina sagte das sehr ernst.

«Sie soll ein Armenbegräbnis bekommen. Eingenäht in einen Sack direkt in die Erde, ohne christlichen Segen …» Martha blickte auf den Boden. «Ich würde die zwei Thaler für einen Sarg und die drei Silbergroschen für den Pfarrer ja zahlen, aber in diesen Zeiten muss auch ich auf mein Geld sehen.»

«Wie wir alle, liebe Frau Bromann.» Lina war eine der wenigen in Ruhrort, die Martha mit Nachnamen ansprach.

«Zwei Silbergroschen kann ich zahlen. Sie haben doch auch immer zu Kätts Lebensunterhalt beigetragen, seit sie nicht mehr betteln konnte …»

Lina seufzte. «Auch mein Geschäft geht nicht gut, seit die Wirtschaftskrise begonnen hat. Ich muss sehen, wie ich mich und meine Angestellten durchbringe.» Sie griff in ihren Rock und zog ein kleines Geldtäschchen heraus. «Vier Silbergroschen von mir.» Sie zählte sie Martha in die Hand. «Welcher Pfarrer soll sie denn beerdigen?»

Martha zuckte die Schultern. «Kätt war wohl katholisch.»

«Ich werde meinen Mann bitten, mit Pfarrer Mancy zu sprechen, sie kennen sich gut.» Commissar Borghoff ersetzte seit einiger Zeit den verstorbenen dritten Mann in der wöchentlichen Skatrunde der beiden Ruhrorter Pfarrer.

«Und wo soll ich das übrige Geld herbekommen?», fragte Martha.

Lina überlegte kurz. «Ich schicke jemanden zu Levin Heinzmann.»

Martha sah sie völlig verblüfft an. «Heinzmann? War er etwa …»

Lina schüttelte den Kopf. «Nein, wegen ihm hat Kätt nicht angefangen zu trinken. So blauäugig zu glauben, dass der Sohn eines reichen Kohlenhändlers sie heiraten würde, war selbst sie damals nicht. Aber er hat sie sehr gemocht, das müssten Sie doch noch wissen.»

Martha nickte versonnen. «Das ist alles so lange her.» Sie griff Linas Hand. «Ich hoffe, dass Sie das Geld von ihm bekommen. Sie mag ja eine Hure und Säuferin gewesen sein. Aber einfach verscharrt zu werden hat sie nicht verdient.»

«Das hat niemand.» Lina drückte ihr die Hand und sah ihr fest in die Augen. Trotz der traurigen Umstände musste sie lächeln, und Martha lächelte zurück. Wenn das die braven Ruhrorter wüssten, dass sich die Inhaberin des feinsten Damensalons am Ort, noch dazu die Gattin des hiesigen Polizeichefs, mit der geschäftstüchtigsten Bordellwirtin verbündet hatte, um einer stadtbekannten Bettlerin und ehemaligen Hure ein würdiges Begräbnis zu bereiten! Sollen sie es doch wissen, dachte Lina. Mir ist das herzlich egal.

«Frau Bromann, bitte geben Sie mir Bescheid, wann die Beerdigung stattfindet. Ich möchte daran teilnehmen», hatte sie entschlossen gesagt. Und nun ging sie hinter den Huren und Bordellmägden her, die trotz aller Versuche, dezente Kleidung zu tragen, für das protestantische Ruhrort immer noch wie Paradiesvögel aussahen. Levin Heinzmann hatte das restliche Geld ohne zu zögern dazugegeben, als ihr Hausmädchen Finchen ihn in ihrem Namen darum bat.

Bald standen sie an dem ausgehobenen Grab, das die Friedhofsdiener am gestrigen Nachmittag unter Mühen aus dem gefrorenen Boden gekratzt hatten, und lauschten dem kurzen Gebet des Pfarrers und den paar Sätzen, die er über arme Sünderinnen und Sünder zu sagen hatte. Sie warfen mit einem Schippchen etwas Erde auf den Sarg, und dann war alles vorbei. Die kleine Trauergesellschaft zerstreute sich schnell. «Wir sollten noch einen Schnaps auf sie trinken, und dann gehen alle zurück an die Arbeit!», hörte sie Martha sagen, die rasch mit ihren Mädchen verschwand. Lina konnte es ihr nicht verdenken.

Polizeiinspektor Ebel stand mit dem jungen Polizeidiener Kramer an der Fähre nach Duisburg im Ruhrorter Westen. Kramer hatte vor zwei Wochen seinen Dienst begonnen, und Commissar Borghoff hatte Ebel damit betraut, ihn einzuweisen. Sie ließen sich die Papiere der Fährgäste zeigen. Um diese Zeit am Morgen waren die Handwerker und Arbeiter, die auf der anderen Seite der Ruhr wohnten und zur Arbeit im Phoenix-Stahlwerk oder einem der anderen Ruhrorter Betriebe unterwegs waren, längst an ihren Arbeitsplätzen, und die Bauern aus Neudorf, Duissern, Huckingen und Kaßlerfeld standen auf dem Markt. Mit geschultem Blick sortierte Ebel die Fahrgäste des Bootes vor: ein, zwei betuchte Geschäftsleute, drei junge Männer in schon leicht verschossenen Anzügen mit Mappen unter dem Arm, die wohl auf einem Botengang waren, zwei Hausmädchen mit adretten Hauben, die Besorgungen für ihre Herrschaften erledigten, und ein paar Damen und Herren, die vermutlich Freunde und Familie in Ruhrort besuchten.

Aber das war nur die Minderzahl. Die meisten Passagiere schienen Ebel weitaus weniger rechtschaffen. Ein paar wandernde Handwerker, die langsam zur Plage wurden, und auch einige junge Männer, die wohl auf der Suche nach Arbeit im Stahlwerk waren, der Rest der Ankömmlinge waren recht zerlumpte Gestalten, darunter eine Familie, deren hohlwangige Gesichter ihre Armut schon von weitem kündeten. Der Familienvater hatte eine Geige geschultert.

Ebel winkte die meisten der braven Bürger durch, sie waren ihm persönlich bekannt, einen der Boten fragte er nur nach seinem Dienstherrn. «Ich arbeite für Herrn Carstanjen aus Duisburg, ich bin neu», sagte der und lief hochrot an.

Ebel winkte ihn durch und wandte sich an Kramer: «Kontrollieren Sie die Papiere der Handwerker. Wenn sie keine Arbeit finden, müssen sie die Stadt binnen drei Tagen wieder verlassen. Dasselbe gilt für die Arbeiter. Sagen Sie ihnen, wenn sie zum Phoenix wollen, ist es das Beste, wenn sie sich in Laar melden und nicht in Ruhrort bleiben. Ich glaube kaum, dass der Phoenix schon wieder Leute einstellt.»

Wegen der großen Krise war das Werk, das erst wenige Jahre in Betrieb war, in Schwierigkeiten geraten und hatte im letzten Jahr fast die Hälfte der Belegschaft entlassen müssen.

Mit größter Strenge besah sich Ebel nun die Papiere derjenigen, die er als Bettler, Hausierer und Gesindel zu erkennen glaubte. Er ließ sich viel Zeit damit, schärfte jedem der Ankömmlinge ein, dass die Polizei sie im Auge behalten würde. Jeden Namen trug er in ein kleines Notizbuch ein.

Schließlich war er bei der Familie angekommen. «Wo kommt ihr her?»

«Ursprünglich aus Coesfeld, ich habe in einer Tanzkapelle gespielt», erklärte der Mann.

«Mit der ganzen Familie?»

Der Mann sah betreten zu Boden. «Als ich kein Geld mehr schicken konnte, wurden sie aus dem Haus geworfen. Da habe ich sie zu mir geholt.»

«Und zuletzt wart ihr in Cöln?»

Der Mann nickte. «Es sind schlechte Zeiten. Da wird nicht viel getanzt.» Er sah Ebel bittend an. «Hören Sie, wir durften nur einen Tag in Düsseldorf bleiben und nur zwei in Duisburg. Wir brauchen ein paar Tage Ruhe, mehr nicht. Ich spiele ein bisschen für die Leute, dann können wir uns schon ernähren.»

«Wir haben selber genug Bettelvolk hier in Ruhrort.»

«Sie geben den Arbeitern und Handwerkern doch auch drei Tage Zeit! Vielleicht gehe ich auch ins Stahlwerk!»

Ebel lachte: «Mit diesen Geigerhänden?»

«Ich habe mal als Maschinenschlosser gearbeitet. In einer Textilfabrik mit Näherei. Da braucht man auch feine Hände.»

«Wenn du bis morgen Abend nichts gefunden hast, zieht

ihr weiter. Und glaubt nicht, dass ich nicht herausbekomme, wo ihr euch aufhaltet.»

Die Familie zog an ihm vorbei, neun Personen. Bei der letzten, einer Frau oder einem Mädchen, das sich dicht hinter der Ehefrau hielt, streckte Ebel die Hand aus. «Halt! Gehört die zu euch?»

Die Frau des Geigers schüttelte nur stumm den Kopf. «Nur meine Frau und ich und die sechs Kinder.»

Auf den ersten Blick hätte die junge Frau gut als Kind der Geigerfamilie durchgehen können, und genau das hatte sie wohl auch beabsichtigt, als sie sich den großen braunen Schal über den Kopf geworfen hatte. Doch der schreiend bunte Rock, jede Stufe in einer anderen Farbe, gehörte wohl kaum zu der durch und durch grauen Schar der Geigerkinder. Ebel zog ihr das Tuch herunter und sah, dass sie auch kein Kind mehr war. Für hiesige Verhältnisse war ihre Haut recht dunkel, die Augen kastanienbraun und die wilden Locken, die sie nur durch ein buntes Kopftuch gebändigt hatte, kringelten sich tiefschwarz darunter hervor.

«Sieh einer an. Zigeunerin, was?»

Die kleine Person schüttelte energisch den Kopf. «Mein Vater war Italiener, ich bin keine Zigeunerin.» Das war sauberes Deutsch mit einem weichen, südlichen Unterton, der an die Tiroler Wanderarbeiter erinnerte, die jedes Jahr hier durchkamen.

Ebels Blick fiel auf das Mieder, das eine nicht sehr saubere weiße Bluse zusammenhielt. Sie verdeckte weitaus weniger, als es in Ruhrort üblich und schicklich war. «Warum wolltest du dich der Kontrolle entziehen?», fragte er. «Wir haben in Ruhrort weiß Gott genug Huren.»

Hastig griff die Frau in ihren Ausschnitt und zog dann den braunen Schal über der Brust zusammen. «Ich habe Papiere, hier. Ich bin keine Hure.»

Sie gab Ebel mehrere zusammengefaltete Blätter. Der las und runzelte die Stirn. «Zita Fredowsky, geborene Cattani. Fredowsky, was ist denn das für ein Name?»
«Mein Mann war Pole.»
«War?»
«Er ist tot.»
Die Fähre hatte wieder abgelegt. Ebel holte seine Taschenuhr heraus und warf einen Blick darauf. Commissar Borghoff wollte heute später zum Dienst kommen, was bedeutete, dass Ebel bis dahin das Kommando hatte. Und diese kostbare Zeit wollte er nicht an der Fähre vertun. «Kramer, Sie machen hier allein weiter. Immer schön freundlich zu den ordentlichen Leuten und streng mit dem Gesindel!»
Er griff Zita am Arm. «Du kommst mit. Diese Papiere muss ich mir genauer ansehen.»

Lina und Robert hatten sich vom Pfarrer verabschiedet und waren nun auf dem Weg nach Hause. Trotz ihres Gehstockes hatte sie sich noch bei Robert eingehakt, auf dem buckligen Pflaster drohte sie leicht zu stolpern. «Ich bin dir sehr dankbar, dass du mitgekommen bist, Robert.»
Als sie ihm ihren Entschluss mitteilte, zusammen mit der dicken Martha und ihren Huren an der Beerdigung teilzunehmen, hatte er mit keinem Wort protestiert, dass seine Ehefrau etwas derart Skandalöses tun wollte. «Ich hätte dich ja ohnehin nicht davon abhalten können, Lina.»
Täuschte sie sich, oder schmunzelte er? «Ich habe mir gedacht, es ist weniger schlimm, wenn ich öffentlich zeige, dass ich das Tun meiner Frau billige.»
Lina schwieg. Ihr Mann, das wusste sie, hatte ohnehin schon darunter zu leiden, dass sie selbständig ein Geschäft führte, das ihr ein Vielfaches von dem einbrachte, was er verdiente. Und sie ahnte, dass hinter ihrer beider Rücken viel darüber

getuschelt wurde, wer im Hause Borghoff die Hosen anhatte. Robert schien das nicht zu stören. Solange er den Respekt des Bürgermeisters, der Honoratioren und seiner Untergebenen hatte, war ihm der Ruhrorter Tratsch gleichgültig. Dafür liebte ihn Lina umso mehr.

«Ich wäre nicht gegangen, wenn du mich darum gebeten hättest, das weißt du hoffentlich.»

«Ja, das weiß ich sehr gut.»

Sie waren in die Ludwigstraße eingebogen, die inzwischen endlich befestigt worden war. Auf der Höhe der Carlstraße, wo sich Linas Elternhaus befand, winkte ihnen Lotte, das Hausmädchen ihres Bruders, zu, das offenbar zum Altstadtmarkt wollte. Und dann waren sie bereits in der Harmoniestraße vor ihrem Haus und gingen an den Auslagen ihres Ladens vorbei, wo es immer noch Stoffe, Tuche und Kurzwaren gab. Aber eines der Fenster war nun Linas neuestem Entwurf vorbehalten. Gerade gestern hatte sie das zartblaue Sommerkleid auf die Schneiderpuppe gezogen. «Nach der neuesten Pariser Mode» stand auf dem kleinen Schild. Die Reifenkrinoline war so voluminös, dass der Rock das ganze Fenster einnahm.

Robert schloss die Tür auf, und sie gingen ins Haus.

Er half ihr aus dem warmen Cape, hängte seinen zivilen Wintermantel an die Garderobe und griff sich seinen Helm, die Uniformjacke und den Säbel.

Lina stellte ihren Stock in den Ständer neben der Tür und gab ihm einen Kuss auf die Wange. «Bis heute Mittag, Robert.»

«Bis heute Mittag, Lina.»

Sie sah ihm nach, wie er das Haus verließ, nahm dann seinen Mantel wieder vom Haken und rief Finchen aus der Küche. Die trug ihr jüngstes Kind, die zweijährige Sophie, auf dem Arm. «Bring den bitte nach oben, lass ihn aber noch auslüften.»

Finchen nickte und nahm den Mantel. «In Ihrem Büro

wartet ein junger Mann, Frau Borghoff. Er sagt, der Baron von Sannberg schickt ihn.»

«Ja gut. Ich sehe aber erst bei den Näherinnen nach dem Rechten.»

Finchen war schon fast mit Kind und Mantel die Treppe hinauf, da drehte sie sich noch einmal um. «Fast hätte ich es vergessen: Da ist ein Brief angekommen – von Frau Dahlmann ... Frau Verwerth, meinte ich.»

Lina schmunzelte und griff nach dem Brief, der verschlossen auf der Flurkommode lag. Clara Verwerth, die Vorbesitzerin des Stoffladens und einige Jahre Linas Geschäftspartnerin, war vor zwei Jahren mit ihrem langjährigen Ladengehilfen Wilhelm in dessen Heimatort Marl gezogen. Sie hatten geheiratet und brauchten ihr Verhältnis dort nicht wie in Ruhrort geheim zu halten. Den Laden und das Haus hatte Clara Lina gegen Zahlung einer jährlichen Leibrente überlassen.

In ihrem langen Brief erzählte Clara von den Auswirkungen der schlechten Wirtschaftslage auf das kleine Marl. Zwar waren die meisten Einwohner Bauern oder Landarbeiter, aber die zahlreichen Lohnweber dort hatte es hart getroffen. Clara fragte auch besorgt, ob die jährliche Rentenzahlung, die zum ersten April bevorstand, für Lina nicht zu hoch sei, und bot an, sie um ein paar Thaler zu verringern oder in zwei oder mehr Raten zu zahlen.

Doch das war nicht nötig, Lina hatte das Geld dafür längst beiseitegelegt. Dies und die Löhne für ihre Näherinnen und Angestellten waren das Letzte, woran sie sparen wollte. Es hingen ganze Familien daran. So hatte sie nur die großzügige Verköstigung eingeschränkt, es gab eben öfter dicke Suppen, seltener Fleisch und mehr Kartoffeln und Rüben aus dem eigenen Garten, den sie unterhalb der Woy gepachtet hatte.

Bei den teuren Kleidern nach Linas eigenen Entwürfen hatte es zwar weniger Aufträge gegeben als in den letzten Jahren, aber sie war sich nie zu schade dafür gewesen, Kleider umzuarbeiten und zu ändern, sodass ihr Geschäft immer noch genug einbrachte, um alle satt zu bekommen. Trotzdem wollte sie nun, wie früher Clara, die Räume unter dem Dach vermieten, um eine weitere Einnahmequelle zu haben. Sie hatte ihrem Freund Baron von Sannberg davon erzählt und vermutete, dass der junge Mann wegen eines Zimmers kam.

Das zweite Ladenlokal im Haus nebenan, das sich Lina von ihrem Erbe gekauft hatte und das mit Claras ehemaligem Haus durch einen Durchbruch verbunden war, wurde als Modesalon genutzt. Hier lagen alle bekannten Modezeitschriften, die man beziehen konnte, dazu, schön gebunden, Linas Entwürfe, und es waren sogar einige Modelle zur Ansicht ausgestellt. In den schlichten, aber gemütlichen Räumen konnten die Kundinnen bei einem Kaffee oder Tee ihre Wünsche mit Lina besprechen und Stoffe aussuchen, die der neue Ladengehilfe Christian von nebenan oder aus dem Lager holte. Vor den beiden kleinen Schaufenstern, in denen Lina nur Oberteile präsentieren konnte, standen innen elegante weiße Paravents, die die Kundinnen vor neugierigen Blicken schützten, und im kleinen Hinterzimmer fanden die Anproben statt.

Dahinter, im ehemaligen Lager, befand sich die Nähwerkstatt. Zu Linas alter Nähmaschine waren drei weitere aus Amerika gekommen. Lina beschäftigte vier Näherinnen, von denen eine die reinen Handarbeiten übernahm, vor allem die Perlenstickereien. Es gab einen großen Arbeitstisch für die Zuschnitte, einen Bügelplatz und einen Ofen, in dem die eisernen Ochsenzungen für das Bügeleisen erhitzt wurden.

Mit prüfendem Blick ging Lina an den Nähtischen vorbei. «Das ist sehr schön geworden, Anna», lobte sie eine der jungen Frauen. Dann strich sie dem Säugling, der friedlich in einem Weidenkorb lag und mit einer kleinen Rassel spielte, sanft über den Kopf. Das Spielzeug hatte sie ihm geschenkt, als Anna nach der Geburt zurück an ihren Arbeitsplatz kam. Auf Anna Jansen hielt sie große Stücke. Die junge Frau arbeitete sehr sorgfältig, war geschickt mit der Nähmaschine und verstand sich sogar aufs Zuschneiden. Deshalb bekam sie immer die anspruchsvolleren Arbeiten mit wertvollen Stoffen aufgetragen und durfte ihr Kind mit zur Arbeit bringen.

Die beiden anderen Näherinnen, Susanna und Grete, machten ihre Sache gut, doch manchmal ließen sie der Maschine ihren Lauf, und die Nähte wurden schief oder unsauber. Die vierte, Maria, war die älteste unter den Näherinnen, sie stammte aus einer verarmten Bürgerfamilie und hatte als junge Frau die feinen Handarbeiten ihres Standes gelernt. Ihr Mann war früh verstorben, und eine Weile hatte sie sich mit Handarbeitsunterricht durchgeschlagen. Als Lina ihr anbot, die feinen Stickereien und Näharbeiten in ihrem Geschäft zu übernehmen, hatte sie sofort eingewilligt. Jetzt hatte sie ein kleines, aber sicheres Einkommen und wohnte in einem gemütlichen Zimmer neben dem des Hausmädchens Antonie. Vor ein paar Jahren hatte noch der Commissar diese beiden Räume bewohnt, bevor er und Lina geheiratet hatten.

In diesen schweren Zeiten war jede der Frauen froh, Arbeit bei Lina Borghoff gefunden zu haben. Susanna und Grete hatten in einer kleinen Textilfabrik gearbeitet, bevor sie zu Lina kamen, und dort Uniformen genäht. Inzwischen hatte die große Krise auch dieses Unternehmen erreicht, die staatlichen Aufträge waren spärlich geworden, und da man die Frauen der entlassenen Stahlarbeiter für immer geringere Löhne einstellen konnte, die kaum zum Überleben reichten, hätten auch Grete und Susanna nicht mehr genug verdient, um ihre Lieben durchbringen zu können. Grete war jungverheiratet, sie und ihr Mann, der Gelegenheitsarbeiten machte, mussten aber noch den kranken Schwiegervater und den achtjährigen Bruder mit durchfüttern. Susanna hatte zehn Geschwister und half mit ihrem Lohn und oft genug auch mit Resten vom Tisch der Borghoffs, ihre Familie zu ernähren. Sicher war das, was abfiel, in den letzten Monaten weniger geworden, aber Lina hatte streng darauf geachtet, dass sie zumindest immer den vollen Lohn zahlen konnte.

So herrschte trotz der schlechten Zeiten eine heitere Stimmung in der Näherei, es wurde gescherzt und gelacht. Und solange die Arbeit darüber nicht liegenblieb, hatte die Chefin auch nichts dagegen.

Lina begutachtete den Zuschnitt, den Anna für ein leichtes Sommerkleid gemacht hatte. Er war tadellos. «Grete, du solltest bis heute Abend den Rock zusammengenäht haben. Um das Oberteil werde ich mich selbst kümmern.» Sie hatte einige raffinierte Details vorgesehen, und Anna, die Einzige, der sie es zugetraut hätte, das Stück zu nähen, war noch mit anderen komplizierten Aufgaben beschäftigt.

Sie schaute sich die Ergebnisse von Susannas Änderungen bei verschiedenen Kleidern an und nickte zufrieden. Nur ein Stück fand nicht ihre Zustimmung. Sie hielt es Susanna hin. «Die Naht musst du noch einmal auftrennen und neu nähen, sie beult sich hier.»

Susanna wurde augenblicklich hochrot. «Entschuldigen Sie.»

«Mach es noch einmal, dann ist es ja in Ordnung.» Lina lächelte. Sie genoss den Respekt, den die Mädchen vor ihr hatten, aber sie legte Wert darauf, dass sich jeder wohl fühlte in ihrem Haus.

Sie verließ die Werkstatt durch den hinteren Ausgang und ging hinüber in das kleine Büro, das sie für sich hergerichtet hatte.

Der junge Mann sprang auf, als sie den Raum betrat. «Frau Borghoff?», fragte er.

«Ja, die bin ich.»

«Ferdinand Weigel. Ich werde bei Herrn von Sannberg die Stelle eines Sekretärs antreten. Und da das Stadthaus des Barons hier in Ruhrort sehr klein ist, schlug er vor, bei Ihnen ein Zimmer zu mieten.»

Lina deutete auf den Stuhl, auf dem er bereits während der Wartezeit Platz genommen hatte, und setzte sich selbst hinter den kleinen schnörkellosen Schreibtisch. Weigel war ein hübscher Kerl, trug die blonden Haare vielleicht ein wenig zu lang und war nach der neuesten Herrenmode gekleidet. Womöglich sein einziger Anzug, dachte sie, denn er trug noch leichte Spuren von Reiseschmutz. An der Wand lehnte eine mittelgroße Reisetasche.

«Wo kommen Sie her?», fragte sie.

«Ursprünglich aus einem kleinen Ort in Thüringen. Später bin ich nach Berlin gegangen. Aber den Baron habe ich in Italien kennengelernt. Ich war dort mit meinem Dienstherrn auf Reisen. Ich wollte jedoch gern wieder nach Deutschland zurück, und deshalb habe ich dem Baron geschrieben.» Er drückte sich gewählt aus.

«Und er hat Sie bereits eingestellt?»

Weigel nickte. «Er will wieder vermehrt selbst seinen Geschäften nachgehen und braucht dabei Hilfe. Einen Teil meiner Zeit werde ich auf dem Gut in Moers verbringen, den größeren jedoch hier in Ruhrort. Über die Miete sind Sie sich ja schon einig geworden, wie er mir sagte.»

«Ja, das sind wir», lächelte Lina. Cornelius von Sannberg wusste, dass ihr das Geld sehr helfen würde, bis die Krise endgültig überstanden war. «Luxus können Sie in diesem Haus allerdings nicht erwarten. Das Zimmer ist einfach eingerichtet.»

«Solange ich es warm und behaglich habe, stört mich das nicht.»

«Dann kommen Sie mal mit.» Lina stand auf und führte ihn

direkt zurück in den Flur des Hauses. Die Dienstboten wohnten alle in Clara Dahlmanns ehemaligem Haus, die Zimmer, die sie vermieten wollte, lagen bei ihr daheim unterm Dach. Sie hatte sie schon vor einigen Jahren als Gästezimmer hergerichtet, aber da ihre Verwandten ja alle in Ruhrort wohnten, wurden sie nur sehr selten gebraucht.

Geduldig hielt Weigel Abstand, bis Lina vor ihm die Treppe ins Dachgeschoss erklommen hatte. Es gab drei kleine Zimmer dort oben, in das größte, das sich über die ganze Hausfront zog, hatte der Vorbesitzer bereits eine Gaube mit zwei kleinen Fenstern einbauen lassen, sodass man von dort oben auf die Harmoniestraße hinuntersehen konnte.

Der Raum war lang und schmal mit einer tiefen Dachschräge an der einen Seite. Lina hatte ihn mit den Möbeln aus ihrem alten Zimmer im Hause Kaufmeister eingerichtet und auch etwas von der Einrichtung des Vorbesitzers übernommen. Das Bett stand unter der Schräge in der hinteren Ecke und wurde gemeinsam mit dem Waschtisch und dem unvermeidbaren Tönnchen für die Notdurft durch einen Vorhang vom übrigen Zimmer abgetrennt.

Ein gemütlicher Ohrensessel mit einer gepolsterten Fußbank stand direkt am Fenster, es gab auch einen Tisch mit zwei Stühlen, einen kleinen Ofen und einen großen Schrank.

«Sehr gemütlich», sagte Weigel. «Und vollkommen ausreichend für mich.»

«Es gefällt Ihnen also?»

Weigel trat an das Fenster und sah hinunter auf das Treiben in der Straße. «Ja, sehr.»

«Möchten Sie hier essen, oder werden Sie beim Baron etwas bekommen?»

Weigel überlegte kurz. «Wäre es möglich, das Essen gesondert abzurechnen? Ich werde mich ja auch öfter auf dem Gut aufhalten.»

«Sicher. Wir werden es aufschreiben. Möchte der Baron die Miete monatlich oder jährlich zahlen?»

«Oh, er sagte, er würde ein halbes Jahr im Voraus bezahlen.» Er griff in seine Hosentasche und zog einen kleinen Beutel heraus. «Das sind 24 Thaler.»

Lina nahm den Beutel und schüttete den Inhalt, zwölf Doppelthaler, in ihre Hand. «Vielen Dank», sagte sie und ließ das Geld in ihrer Schürzentasche verschwinden. «Dann hätten wir die Formalitäten ja erledigt.» Sie hielt Weigel die Hand hin. «Herzlich willkommen im Hause Borghoff, Herr Weigel.»

Er schüttelte sie. «Danke.»

«Wann bringen Sie Ihre Sachen her?», fragte Lina.

Weigel errötete. «Die Tasche unten in Ihrem Büro ist alles. Ich habe außerdem einen Koffer, aber der ist noch unterwegs aus Italien.»

«Dann können Sie ja gleich einziehen, Herr Weigel.»

Commissar Robert Borghoff betrat seine Dienststelle im Rathaus an der Dammstraße und bemerkte gleich die junge Frau, die vor Ebels kleinem Schreibtisch saß. Und wie üblich machte Ebel sich wichtig, die Frau in den bunten Röcken saß eingeschüchtert auf dem kleinen unbequemen Hocker. Doch bevor er etwas sagen konnte, steckte der Bürgermeister seinen Kopf zur Tür herein. «Haben Sie einen Moment Zeit, Herr Commissar?»

Robert nickte und folgte ihm in die oberen Diensträume.

«Du bist spät, Robert», sagte Weinhagen.

Robert war sicher, dass er längst erfahren hatte, wo sein Polizeichef heute Morgen gewesen war. «Lina wollte unbedingt zu Kätts Beerdigung. Und du weißt, wie das ist, wenn sie sich etwas in den Kopf gesetzt hat.»

«Du hättest es ihr verbieten können, Robert.» Weinhagen grinste ein wenig.

«Ihr lag etwas daran, warum hätte ich mich mit ihr über so etwas Unwichtiges streiten sollen?» Robert sah Weinhagen direkt ins Gesicht. «Wolltest du mit mir nur darüber reden, warum ich zu spät bin heute Morgen, William?»

Weinhagen lachte laut heraus. «Lass dich doch nicht so necken, Robert. Wenn Lina meine Frau wäre, würde ich es mir auch zweimal überlegen, ob ich einen Streit riskiere. Nein, ich möchte etwas anderes.» Er strahlte geradezu. «Es geht wieder aufwärts, Robert!» William Weinhagen war ein unerschütterlicher Optimist. Der besonnene Commissar sah ihn leicht zweifelnd an.

«Nicht nur dass wir begonnen haben, die neuen Hafenbecken südlich des Hafens auszuheben. Ich habe gestern Abend mit Direktor Hüffer gesprochen. Der Phoenix wird in den nächsten Monaten bis zu hundert neue Arbeiter einstellen. Und er hat versprochen, dass er bevorzugt jene einstellt, die nach der Entlassung mit ihren Familien hiergeblieben sind. Um die Gemeinde zu entlasten.»

«Es gibt aber weit mehr Arme in Laar und Meiderich als hier bei uns. Die wollen auch zu ihrem Recht kommen.»

Weinhagen nickte. «Und die Löhne sind durch die Not der Menschen noch mehr gedrückt worden, das ist kein Geheimnis. Aber ich kann dafür sorgen, dass Ruhrort zumindest einen großen Anteil der Stellen bekommt, und selbst wenn wir manche Familien weiter unterstützen müssen, bleibt mehr in der Stadtkasse.» Er deutete Robert an, sich zu setzen, und nahm selbst hinter seinem Schreibtisch Platz.

«Was ich mit dir besprechen wollte, Robert, ist Folgendes: Sobald bekannt wird, dass der Phoenix und auch die anderen Werke wieder einstellen, wird hier eine Menge Volk durchkommen. Wir müssen die Kontrollen und Registrierungen so organisieren, dass uns keiner entgeht, der sich ohne Wohnung und Arbeit hier niederlassen will.»

Robert seufzte. Mit dem neuen Polizeidiener hatte er endlich einen Personalstand erreicht, mit dem er der Menge der Ein- und Durchreisenden gewachsen war. Aber die Ankündigung des Bürgermeisters ließ erahnen, dass er wieder nicht genug Leute haben würde.

«Meinst du, es lässt sich überall so organisieren wie an der Duisburger Fähre?»

«Das würde bedeuten, dass je ein Mann an der Roskath'schen Fähre, der Aakerfähre, dem Hebeturm, am Bahnhof und an der Chaussee Posten bezieht.» Robert schüttelte den Kopf. «Dazu sind wir immer noch zu wenige. Schließlich müssen die Leute ja auch registriert werden, jemand muss die Schreibarbeiten erledigen.»

«Nun, wenn wir Geld sparen, weil wir weniger Bedürftige unterstützen müssen, dann könnte ich euch vielleicht noch einen Schreiber zur Verfügung stellen.»

«William, Ruhrort ist eine Stadt ohne Mauern, abgesehen von den Anlegestellen am Fluss gibt es keine festen Kontrollpunkte. Selbst wenn wir jeden Einfallsweg kontrollieren, es schleichen sich immer Leute an uns vorbei. Und wenn sie erst einmal drin sind – du weißt doch, die Altstadt ist wie ein Loch: Wen sie einmal verschluckt hat, den spuckt sie nicht mehr aus. Ich glaube, dass wir zurzeit schon einige hundert Bürger mehr in Ruhrort haben, als unsere Listen ausweisen.» Er dachte kurz nach. «Wir verstärken die Kontrollen an der Duisburger Fähre und konzentrieren uns auf die Chaussee und die Phoenixstraße. Von dort sind die meisten zu erwarten, die im Werk arbeiten wollen. Und dann gehen wir häufiger Streife in der Altstadt und kontrollieren die Kneipen und Unterkünfte regelmäßig.»

Weinhagen wirkte unzufrieden. «Das heißt aber, dass uns viele durch die Lappen gehen werden.»

«Weniger, als du denkst, William», sagte Robert bestimmt.

«Und letztlich ist das Gesindel, das sich in der Altstadt verbirgt, doch eher meine Sache. Steuern zahlen die ohnehin nicht.»

Der Bürgermeister schien immer noch nicht glücklich zu sein, aber die nüchterne Einschätzung des Commissars war richtig. Solange sie in Ruhrort und dem durch das Phönix-Werk und andere Betriebe stark gewachsenen Meiderich mit nur vier Polizeioffizieren und sechs Polizeidienern arbeiten mussten, war es unmöglich, den Altstadtsumpf trockenzulegen und zu verhindern, dass neuer Abschaum einsickerte.

«Hast du noch etwas für mich?», fragte Weinhagen.

Robert nickte. «Die Staatsanwaltschaft wird Anklage erheben gegen den Schlosser Johann Weiler wegen Betrugs. Er wurde von mehreren Kunden angezeigt, weil er Geld genommen, aber die Arbeiten nicht ausgeführt hat. Die Stadt hatte ihm letztes Jahr eine Hilfe gezahlt, als seine Werkstatt ohne sein Verschulden ausgebrannt war. Wenn er jetzt vor Gericht steht und verurteilt wird, wirst du das Geld wohl abschreiben müssen.»

Weinhagen seufzte. «Ich setze es auf die Tagesordnung der Stadtratssitzung. Die werden nicht sehr erfreut sein.»

Zita Fredowsky hatte zwei unbequeme Stunden vor Ebels Schreibtisch verbracht. Der Inspektor war zwischenzeitlich von einem Polizeidiener zu einer Marktstreitigkeit gerufen worden und mit zwei festgenommenen Bauern zurückgekehrt. Daraufhin hatte er Zita in das Gewahrsam im Keller des Rathauses gesteckt, wo in einer Ecke ein stockbesoffener Schiffer seinen Rausch ausschlief. In der anderen Ecke hockte eine nicht mehr ganz junge Hure, die einen Freier bestohlen hatte. Sie musterte Zita von oben bis unten und fragte dann: «Neu hier?»

Zita nickte nur.

«Ist hart zurzeit im Gewerbe, was?»

«Ich bin keine Hure», antwortete Zita knapp.

Die Frau lachte trocken auf. «Das kannst du denen da oben weismachen, Kindchen, aber nicht der schwarzen Eva.»

Eva war mager, und ihre Haut erinnerte an gegerbtes Leder, die glatten schwarzen Haare waren grau durchzogen. «Die werfen dich raus hier, wenn du keine Arbeit und keinen Schlafplatz nachweisen kannst. Und von ehrlicher Arbeit kann hier längst keine mehr leben, es sei denn, du kommst bei einer Patronin unter. Es gibt hier zu viele von uns.» Sie lehnte sich an die Wand. «Früher konntest du dich hier Tag und Nacht wund arbeiten. Hunderte Schiffer kamen durch, und die Arbeiter vom Phoenix und den Gießereien haben ihren Wochenlohn mit uns durchgebracht, vor allem die vielen armen Kerle, die weit weg von ihren Familien waren. Aber dann hat der Phoenix mehr als die Hälfte der Leute entlassen, weniger Stahl bedeutet weniger Schiffe im Hafen und weniger Arbeit in den Gießereien. Und weniger Freier für uns.»

«Ich bin keine Hure», wiederholte Zita noch einmal. «Nicht mehr», fügte sie dann leise hinzu.

Eva grinste breit. «Ach so eine bist du. Und ausgerechnet in diesen Zeiten willst du ehrbar werden?»

«Ich will es versuchen. Und ich habe es schon eine Weile geschafft.»

Zumindest, solange ich noch Tomasz' Geld hatte, fügte sie in Gedanken hinzu.

«Weißt du, ich habe schon viele wie dich kennengelernt. Versuch es ruhig. Aber wenn du in Schwierigkeiten kommst, dann geh zur dicken Martha oder zur roten Katharina in der Altstadt. Du bist noch jung und sehr hübsch. Vielleicht nimmt eine von denen dich auf. Auf eigene Rechnung wird es hier schwer.»

«Danke, aber ich glaube, ich versuche es lieber auf die andere Art.»

Zita wusste nicht, wie viele Stunden sie schon im Gewahrsam verbracht hatte. Die schwarze Eva hatte ihr viel von sich erzählt und natürlich von Ruhrort. Sie war eine von denen, die ihr Wissen bereitwillig teilten, und Zita war ihr dankbar dafür, auch wenn sie hoffte, dass es nicht so weit kommen würde, dass sie sich wieder verkaufen musste.

Inzwischen war der Schiffer aufgewacht und hatte begonnen, die beiden Frauen zu belästigen, bis ein Polizeidiener ihn gegen Zahlung einer Geldbuße freiließ. Schließlich wurde auch Eva weggebracht, ins kleine Gefängnis an der Kasteelstraße. Auf sie wartete der Duisburger Staatsanwalt.

Ebel hatte Feierabend gemacht und war auf dem Weg zu Lohbeck. Wie alle Polizeioffiziere hatte er dort freies Essen und Trinken. Zwar gefiel das Commissar Borghoff nicht, weil die freigebigen Kneipenwirte immer äußerst milde behandelt wurden, wenn sie sich etwas zuschulden kommen ließen, doch da das höchst selten der Fall war, tolerierte er es. Seit seiner Heirat aß er zu Hause, holte sich nur manchmal in einem großen Deckelkrug ein Feierabendbier bei Lohbeck.

Robert saß noch an seinem Schreibtisch, als Polizeidiener Schröder mit einem angetrunkenen Mann hereinkam. Sein rechtes Auge war zugeschwollen, die Lippe blutete. An Schröders Uniform war ein Knopf abgerissen, aber sonst schien er unversehrt. «Er hat in der ‹Laterne› in der Altstadt eine Schlägerei angefangen», erklärte Schröder. «Den anderen konnte ich leider nicht mitbringen, der wird gerade vom alten Bleiweiß zusammengeflickt. Sieht übel aus, aber Bleiweiß hat zum Glück schon genug gesoffen, um ihn ordentlich zu nähen.»

«Bringen Sie ihn in den Keller, er soll erst mal seinen Rausch ausschlafen», sagte Robert. Seit den Entlassungen im Werk hatten sie fast jeden zweiten Tag eine Kneipenschlägerei. Aber wer konnte es den armen Schweinen verdenken, dass sie ihre letzten Groschen versoffen?

Als Schröder nach einer Weile wiederkam, fragte er: «Herr Commissar, was ist mit der jungen Frau da unten? Ebel hat sie heute von der Fähre mitgebracht. Er wollte etwas überprüfen, und dann hat er sie wohl vergessen. Wir können sie doch nicht mit dem Kerl zusammen einsperren ...»

«Bringen Sie sie zu mir, Schröder, und dann gehen Sie nach Hause. Sie hatten einen langen Tag.» Er vermutete, dass Schröder in der «Laterne» eigentlich hatte zu Abend essen wollen, als die Schlägerei losging.

Kurze Zeit später stand Zita vor seinem Schreibtisch. Roberts Taschenuhr zeigte sieben Uhr, die Glocke von St. Maximilian hatte vor einer halben Stunde zum abendlichen Angelus-Gebet geläutet.

«Was wollte der Inspektor denn überprüfen?», fragte Robert Zita.

«Ich ... ich suche hier jemanden. Einen Mann, einen Arzt. Er war ein Freund meines verstorbenen Ehemannes, und es hieß, er sei hier in Ruhrort. Deshalb bin ich hergekommen.» Und weil Borghoff darauf nichts erwiderte, fügte sie hinzu: «Ihr Inspektor hielt mich für eine Hure. Aber das bin ich nicht.»

Ein Lächeln huschte über Borghoffs Gesicht, das durch eine tiefe Narbe und das zerstörte rechte Auge recht finster wirkte. «Und wie lange sind Sie denn schon ehrbar, junge Dame?»

«Wie lange?» Sie versuchte empört auszusehen, aber dann gab sie auf. «Seit mein Mann und ich Wien verlassen haben. Er ... er ist dann gestorben, aber ich habe versucht, mich mit ehrlicher Arbeit durchzuschlagen.» So ganz stimmte das nicht, weil Tomasz Fredowskys Geld nur bis Düsseldorf gereicht hatte, aber das wollte sie Borghoff nicht auf die Nase binden.

«Wie heißt denn der Freund Ihres Mannes?», fragte er unvermittelt.

«Hermann Demuth.»

«Und er ist Arzt?»
Sie nickte.
«Wir haben hier in Ruhrort zwei Ärzte, Dr. Feldkamp und Dr. Havemann.»
Zitas Mut sank. Doch dann kramte sie in ihrem Bündel. «Das ist ein Brief von meinem Mann. Er hat ihn mir kurz vor seinem Tod geschrieben.»
Sie reichte ihn dem Commissar.
«*Liebste Zita*», las er. «*Wenn Du aufmachst diesen Brief, dann ich bin tot und kann Dir nicht mehr geben Schutz. Ich hab gehört, dass Freund Hermann jetzt sein soll oben in Norden in kleiner Stadt Ruhrort. Er wird sich kümmern um Dich, er hat Schuld bei mir. Geh zu ihm und fordere Schuld ein. Dein Dich immer liebender Tomasz*»
Es waren hastig hingekritzelte Zeilen.
«Mein Mann war Pole», sagte Zita entschuldigend.
«Ich habe alles verstanden. Sie brauchen also Schutz?»
Zita schüttelte heftig den Kopf. «Das sagt man doch so, wenn sich jemand kümmern soll. Ich hoffe, ich kann eine Weile bei Hermann bleiben, bis ich Arbeit gefunden habe.»
Commissar Borghoff runzelte nicht einmal die Stirn. «Wissen Sie, wie lange er schon hier sein soll?»
«Er ist vor drei Jahren weg aus Wien.»
Borghoff stand auf. «Heute Abend werde ich unsere Registerlisten nicht mehr durchgehen können, Frau Fredowsky.»
«Muss ich dann hierbleiben?»
«Bei dem tollwütigen Kerl da unten?» Er schüttelte den Kopf. «Es gibt hier Unterkünfte. Können Sie zahlen?»
«Nein. Mein letztes Geld habe ich an der Fähre gelassen.»
«Dann versuchen wir es im Armenhaus. Für eine Nacht wird das sicher gehen.»
Zita hatte schon in Armenhäusern übernachtet, und ihr graute davor.

Im Armenhaus gab es keinen Platz mehr, spätestens seit Ankunft der Familie des Geigers war die enge Notunterkunft völlig überfüllt. Zita fürchtete, dass der Commissar sie nun doch noch der Stadt verweisen würde, aber nach kurzem Überlegen sagte der nur: «Kommen Sie mit. Sie können die Nacht bei mir zu Hause verbringen.»

«Danke», sagte Zita leise.

«Nur eine Nacht. Wenn wir Ihren Freund morgen nicht finden, werden Sie weiterziehen müssen.»

«Ja, sicher.»

Sie fragte sich, welcher Art die Wohnung des Commissars wohl sein mochte. So finster er aussah, er hatte sich als freundlicher und mitfühlender Mann gezeigt. Lebte er allein und verbrachte seine Abende einsam?

Nein, einsam war er wohl nicht. Fast alle Menschen, denen sie auf dem Weg zu seinem Haus begegneten, grüßten ihn respektvoll, sogar ein paar feine Herren in teuren warmen Mänteln und Zylindern. Schließlich kamen sie zu einem Laden, der über zwei Hausfassaden reichte. «Carolina Borghoff» stand auf einem Schild. «Stoffe und Tuche» über der einen Seite, «Damenkleider» über der anderen.

Als sie ins Haus traten, hörten sie laute Gespräche und Lachen. Borghoff nahm ihr Tuch und Bündel ab und legte beides in den Flur. Dann hängte er die Uniformjacke auf, stellte den Helm auf eine Kommode und schob Zita in eine große Küche. Rund um den größten Küchentisch, den Zita je gesehen hatte, hockten viele Frauen und drei junge Männer und an einem kleinen Tischchen in der Ecke drei Kinder – eine große, fröhliche Gesellschaft, die verstummte, als sie den Raum betraten.

Eine zierliche Frau erhob sich. «Wen hast du uns denn da mitgebracht, Robert?» Zita hatte sich eigentlich vorstellen wollen, doch als sie das Gesicht der Frau sah, schwieg sie erschrocken. *Das kann nicht sein!*, dachte sie.

«Einen Notfall, fürchte ich. Lina, das ist Frau Fredowsky. Ebel hat sie leider den ganzen Tag im Rathaus festgehalten, sodass die Arme sich keine Unterkunft suchen konnte. Ich dachte, sie kann in einer der freien Dachkammern schlafen, nur für heute Nacht.»

Lina kam zu ihnen und begrüßte ihren Gast; Zita sah, dass sie stark hinkte. Der Schreck fiel von ihr ab. Eine Verwechslung, Gott sei Dank eine Verwechslung! Obwohl sie sich nicht vorstellen konnte, dass es dieses schöne Gesicht zweimal geben sollte. Artig knickste sie vor der Dame des Hauses.

«Sie müssen müde sein, meine Liebe. Und hungrig!»

Zita nickte.

Wie auf ein geheimes Kommando holte jemand einen Hocker hervor und schob ihn zwischen die ohnehin schon eng stehenden Stühle. Das Hausmädchen deckte einen weiteren Teller und Besteck, ein Becher für den Tee wurde hingestellt, und schon saß Zita mitten unter den Angehörigen des Haushaltes Borghoff, zusammen mit den Näherinnen, deren langer Arbeitstag jetzt vorbei war. Es gab köstliche Bratkartoffeln, in denen sich sogar etwas Speck und aufgeschlagene Eier befanden, und für jeden eine eingelegte saure Gurke. Zita hatte das Gefühl, schon lange nicht mehr etwas so Schmackhaftes gegessen zu haben.

Die Namen der vielen Personen konnte sie sich auf die Schnelle nicht merken, aber sie bekam rasch mit, dass drei der jungen Frauen Näherinnen waren, die vierte, etwas ältere ebenfalls in der Näherei arbeitete. Das etwas mürrische ältere Hausmädchen wohnte auch hier, ebenso wie der junge Hausknecht und seine Frau, die ebenfalls Hausmädchen und Köchin war, und zu denen die drei Kinder an dem kleinen Tisch und das kleine Mädchen, das die junge Frau auf dem Schoß sitzen hatte, gehörten. Dann gab es noch den Ladengehilfen und einen weiteren Hausknecht und natürlich den Commissar und seine Frau.

Ihr selbst wurden nur wenige Fragen gestellt. Als die Näherinnen, der Ladengehilfe und der zweite Hausknecht nach Hause gegangen waren und sich die junge Familie in ihre Räume zurückgezogen hatte, ging Antonie, die Mürrische, nach oben, um das Bett für Zita herzurichten.

«Ich hoffe, der Trubel war Ihnen nicht zu viel», sagte Lina Borghoff.

«Nein. Es war schön. Ich habe schon lange nicht mehr mit solch fröhlichen Menschen zusammengesessen. Essen hier immer alle gemeinsam?»

«Ja. Mittags gibt es oft zu viel zu tun, um alle an einen Tisch zu bekommen, aber abends lassen wir den Tag gewöhnlich gemeinsam ausklingen.» Linas Blick fiel auf Zitas bunten Rock.

Verschämt sah sie zu Boden. «Ich musste nehmen, was ich bekommen konnte», sagte Zita leise.

«Nun, er ist … bunt.» Lina lachte und nahm eine Stufe des Rocks in die Hand. «Aber sehr gut genäht. Die Stoffreste sind offenbar sehr geschickt verarbeitet. Sie verstehen etwas vom Handwerk.»

«Danke.» Zita errötete. «Ich mache das sehr gern. Früher habe ich auch richtige Kleider angefertigt. Nicht aus Stoffresten, meine ich.»

Sie nahm sich ein Herz und sprach aus, woran sie den ganzen Abend gedacht hatte, nachdem ihr klargeworden war, dass sie sich in einer Kleidermacherei befand. «Wenn Ihnen meine Arbeit gefällt, Frau Borghoff, gäbe es vielleicht eine Möglichkeit, für Sie zu arbeiten? Vielleicht nur für ein paar Wochen … oder Tage?»

Lina schüttelte bedauernd den Kopf. «Anfang letzten Jahres habe ich noch sechs Näherinnen beschäftigt. Ich musste zwei von ihnen schweren Herzens entlassen, weil ich nicht mehr so viele Aufträge bekam. Glauben Sie mir, ich würde sehr gern eine so gute Näherin wie Sie einstellen, aber im Moment verdiene ich selbst kaum genug, um die verbliebenen vier zu bezahlen.» Sie tätschelte Zita bedauernd die Hand. «Aber die Zeiten werden bestimmt bald besser. Sollten Sie noch in Ruhrort sein, wenn ich wieder jemand einstellen kann, werde ich sicher an Sie denken.»

«Wenn Ihr Mann den Freund nicht findet, wegen dem ich hergekommen bin, muss ich verschwinden. Ich weiß einfach nicht, was ich tun soll.»

«Nun schlafen Sie sich erst einmal richtig aus. Und morgen bekommen Sie noch ein gutes Frühstück. Vielleicht ist dieser Freund ja wirklich hier, und Sie können erst einmal bleiben», sagte Robert Borghoff, der still am Tisch gesessen hatte und jetzt aufstand. «Kommen Sie, ich bringe Sie hinauf, Antonie müsste oben fertig sein.»

Antonie kam ihnen auf der Treppe zum Dachgeschoss entgegen. «Alles erledigt, Herr Commissar», sagte sie. Und dann nickte sie Zita freundlich zu. «Es ist leider recht kalt da oben, deshalb habe ich noch eine warme Decke geholt. Schlafen Sie gut, junge Dame.»

«Danke, vielen Dank.»

Der Commissar brachte sie bis vor die Tür der kargen Dachkammer, eigentlich mehr ein Verschlag, der nach oben zu den Dachbalken offen war. Doch eine Kerze verbreitete warmes Licht, und auf einem Stuhl stand eine Schüssel und ein Krug, aus dem warmes Wasser dampfte, daneben ein einfaches Stück Seife. Das Bett hatte zwar nur eine Strohschütte, doch ein weiches Kissen und weiße Laken mit zwei dicken Decken versprachen eine gute Nachtruhe. Darauf lag sogar ein grobes Leinennachthemd.

Zita verabschiedete sich vom Commissar und ließ ihr Bündel auf den Boden fallen. Schnell zog sie sich bis auf die Unterwäsche aus, wusch sich mit dem warmen Wasser und schlüpfte dann unter die Decken. Seit Bonn, wo sie für ein paar Tage in einer Gaststube arbeiten und schlafen konnte, hatte sie nicht mehr so gut gelegen. Lina Borghoffs freundliches Gesicht kam ihr wieder in den Sinn. Und wie unmöglich es sein konnte, dass diese Züge auch noch einer anderen Person gehören könnten. Einer widerlichen, intriganten und bösartigen Person, der sie nie wieder begegnen wollte.

2. Kapitel

Als Zita am anderen Morgen aufwachte, stellte sie erschreckt fest, dass es schon heller Tag war. Schnell zog sie sich an und lief die Treppe hinunter. Im ersten Stock war ein heftiger Streit im Gange, ein oder zwei Kinder weinten. Das waren wohl die beiden jüngeren Hausangestellten. «Was hast du mit dem Geld aus dem Milchtopf gemacht?», schrie die junge Frau. «Das war meines so gut wie deines. Ich hatte es gespart, die Kinder brauchen neue Schuhe nächsten Winter.»

«Ich schufte hier den ganzen Tag. Willst du mir verbieten, ins Wirtshaus zu gehen?», brüllte der Mann zurück. «Bild dir nicht ein, du könntest so mit mir umspringen, nur weil Herr Borghoff seiner Frau alles durchgehen lässt. Was ich mit meinem Geld tue, ist ganz allein meine Angelegenheit!»

Die arme Kleine, dachte Zita. Die Männer waren doch alle gleich. Selbst ihr Tomasz hatte ein Vermögen durchgebracht mit Saufen und Spielen. Trotzdem hatte sie ihn geliebt.

Sie fand die Küche wieder. Das Haus summte bereits vor Geschäftigkeit. Antonie werkelte genauso mürrisch wie gestern in der Küche herum. «Da ist Hafergrütze», sagte sie und deutete auf den Herd. «Nicht zu tief im Topf kratzen, sie ist etwas angebrannt. Frau Borghoff hat gesagt, Sie sollen sich Honig dazu nehmen. Und es ist auch noch etwas Kaffee da.»

Im Gegensatz zur Grütze schmeckte der Kaffee gut, selbst nach Wiener Maßstäben. Während Zita schweigend die

Hafergrütze aß, kam plötzlich Lina Borghoff herein. «Ausgeschlafen?», fragte sie fröhlich.

Zita wurde rot. «Entschuldigen Sie ...»

«Nein, nicht doch», sagte Lina. «Sie haben sicher lange nicht mehr ausschlafen können. Sie sind doch unser Gast. Schauen Sie mal.» Sie zog ein Stück grauen, sehr dicken Wollstoff hervor. «Besonders schön ist er nicht, aber sehr warm. Und da der Frühling in diesem Jahr einfach nicht kommen will, dachte ich, Sie könnten ihn gebrauchen. Sie können ihn nachher in der Werkstatt säumen, das gibt ein schönes warmes Umschlagtuch.» Und dann legte sie eine kleine Winterbluse aus festem, warmem Wollstoff dazu – Konfektionsware, die sie im Stoffladen verkaufte. «Damit nicht immer gleich alle denken, Sie wären ... na, Sie wissen schon.» Die Bluse war hochgeschlossen. «Hier ist ein kleiner Riss, den Sie sicher leicht flicken können.»

Zita traten die Tränen in die Augen. Es war lange her, dass jemand so gut zu ihr war. «Vielen Dank, Frau Borghoff, vielen Dank!»

«Gern geschehen. Wenn Sie mit allem fertig sind, können Sie aufs Rathaus zu meinem Mann gehen. Vielleicht hat er dann Ihren Freund schon gefunden.»

Mit Bedauern hatte Zita das gastliche Haus der Borghoffs verlassen. Den Rest des Morgens hatte sie noch in der Nähwerkstatt mit den anderen Frauen verbracht, sorgfältig das schwere Wolltuch gesäumt und die Bluse geflickt. Jetzt trug sie sie über der alten weißen Bluse und hatte den neuen Schal umgelegt. Es war immer noch sehr kalt draußen, aber zum ersten Mal, seit sie ihre Reise angetreten hatte, fror sie nicht mehr – zumindest auf dem kurzen Weg von der Harmoniestraße zum Rathaus.

Als sie den Dienstraum betrat, stieß sie auf Inspektor Ebel.

«Ah, ich habe mich schon gefragt, wo du geblieben bist ...»

«Frau Fredowsky hat in meinem Haus übernachtet, Ebel – zwangsläufig, weil Sie die Frau so lange festgehalten haben, dass kein Nachtquartier mehr zu finden war.» Der Commissar war hinter seinem Schreibtisch hervorgekommen und bedeutete Zita, sich auf einen der Stühle davor zu setzen.

«Sie war doch gut aufgehoben im Gewahrsam», protestierte Ebel leise. Seit man ihn zum Inspektor befördert hatte, war er Kritik noch weniger zugänglich als zuvor. Aber inzwischen konnte er Borghoff gegenüber nicht mehr die Karte des Ruhrort-Erfahrenen ausspielen. Nach fast sieben Jahren kannte der Polizeichef nicht nur jeden Winkel der Stadt, sondern auch die ehrbaren Bürger und das Altstadtgesindel mindestens ebenso gut wie sein am Ort geborener Inspektor. Bis heute konnte Ebel sich nicht erklären, warum der Bürgermeister und die Honoratioren so große Stücke auf einen Mann hielten, der in seinen Augen viel zu lasch mit Lumpenpack, Schiffern und Arbeitern umging. So wie jetzt mit dieser Zigeunerdirne. Ein Polizeidiener hatte heute Morgen sogar mehrere Stunden lang die Registrierungslisten durchsehen müssen nach einem Mann, den diese Frau wahrscheinlich erfunden hatte.

Robert Borghoff kümmerte sich nicht weiter um den verstimmten Ebel, setzte sich wieder hinter den Schreibtisch und zog ein Blatt hervor. «Hermann Demuth, Hüttenarbeiter», las er vor.

«Hüttenarbeiter?», fragte Zita erstaunt. Sie erinnerte sich an Hermanns gepflegte Hände, mit denen er in Wien seine Patienten versorgt hatte. Aus Erzählungen wusste sie, wie hart die Arbeit in den Hütten war.

«Nun, so steht es hier. Die Adresse ist Milchstraße 3, allerdings ist der Eintrag schon zwei Jahre alt, vielleicht wohnt er schon nicht mehr dort. Aber vielleicht haben Sie auch Glück.»

Ein wenig Glück habe ich nach den letzten Monaten wirklich verdient, dachte Zita und bedankte sich herzlich für alles, was der Commissar für sie getan hatte. Dann bat sie ihn darum, ihr den Weg zu erklären, doch stattdessen wurde dem Polizeidiener, der ohnehin Streifendienst in der Altstadt hatte, aufgetragen, sie hinzubringen.

Als sie aus der Neustadt mit ihren geraden Straßen und gepflegten kleinen Häusern in die Altstadt kamen, war sie Borghoff sehr dankbar, dass er ihr diese Begleitung mitgegeben hatte. Nie und nimmer hätte sie sich in diesem Labyrinth von Gassen und Gässchen zurechtgefunden, durch die kein größerer Karren geschweige denn eine Kutsche passte.

Uralte Fachwerkhäuser wuchsen über manchen Gassen so zusammen, dass kaum noch ein Lichtstrahl hineinfiel. Und überall wimmelte es von Menschen. Schiffer- und Arbeiterfrauen machten Besorgungen, die kleineren Kinder auf dem Arm. Zwischendrin sah man auch das eine oder andere Hausmädchen wohlhabender Herrschaften. Bereits um diese Uhrzeit herrschte reger Betrieb in den zahllosen kleinen Kneipen und Gasthäusern. Auf dem einzigen größeren Platz standen junge Männer in Gruppen herum und schwatzten, meist Schiffer, die ein paar Tage Zeit hatten, bis sie ihre nächste Fracht oder einen Platz im Schleppverband bekamen, und es sich jetzt gutgehen ließen.

Und Huren gab es hier – viele Huren. Sie erkannten einander, Zita und die Huren. Viele abschätzende Blicke streiften die hübsche Fremde – war sie eine Konkurrenz? Wilderte sie in fremdem Revier? Und warum war sie mit einem Polizisten unterwegs?

Schließlich bogen sie in die Milchstraße ein und fanden das Haus Nummer 3. Der Polizeidiener wünschte ihr Glück und verabschiedete sich dann. Zita blickte an der grauen Fassade hinauf. Die meisten Fenster waren mit dunklen Lumpen verhängt. Vorsichtig klopfte sie an die Tür.

Als sich drinnen nichts tat, klopfte sie erneut, diesmal fester. Nach dem dritten Mal öffnete eine alte Frau und starrte sie entgeistert an. «Ja?», fragte sie so laut, dass Zita sofort begriff, dass sie schwerhörig war.

«Wohnt Hermann Demuth hier?», fragte sie.

«Häh?»

«Demuth. Hermann Demuth.» Zita schrie fast.

«Ah, Herr Demuth!», rief die Alte. «Ja, der wohnt hier. Oben unterm Dach.»

«Ist er zu Hause?»

Die Alte nickte. «Ja, aber er schläft. Hat Nachtschicht.»

«Bitte, ich muss ihn sprechen. Ich bin eine alte Freundin von ihm.»

Die Alte zögerte einen Moment, aber dann sagte sie: «Komm rein, Kind. Ich werde ihn wecken.»

Zita folgte ihr und stand direkt in einer verdreckten Küche, die noch eine Feuerstelle statt eines Herdes hatte. In einem Topf über dem Feuer brodelte etwas, das zwar nach Eintopf aussah, aber widerlich roch.

«Da geht es rauf», sagte die Alte und schlurfte voran. Sie trug ein graues verschlissenes Winterkleid und darüber eine Strickjacke. Trotzdem schien sie zu frieren, was kein Wunder war, denn außerhalb der Küche war es im Haus eisig kalt.

Über dem zweiten Stock ging es hinauf in die Mansarde, alles war klein und eng. Oben unter dem Dach gab es vier Türen, an die erste links klopfte die Alte. «Herr Demuth! Wachen Sie auf! Hier ist Besuch für Sie.»

Es dauerte eine Weile, aber dann öffnete sich die Tür, und ein verschlafenes Gesicht mit verstrubbelten Haaren sah heraus. Die Alte blieb neugierig bei ihnen stehen.

«Hermann?», fragte Zita. Sie hätte ihn fast nicht wiedererkannt, so dünn und abgearbeitet sah er aus. Kaum zu glauben, dass er in Wien der große Weiberheld gewesen war. Den «schönen Hermann» hatten sie ihn oft genannt. Ein fast zu hübsches Gesicht für einen Mann, charmante Umgangsformen, eine betörende Stimme und die Anmut eines Tänzers – jede Frau, die Zita kannte, hatte sich in ihn verguckt. Davon war wenig übrig geblieben.

Er sah sie an, als hätte er ein Gespenst vor sich.

«Ich bin es, Zita. Tomasz' Frau.»

«Ja, sicher, Zita. Wie hast du mich gefunden?» Er schien immer noch verwirrt.

Sie zog den Brief ihres Mannes aus der Tasche. Hermann rieb sich die verschlafenen Augen, bevor er las. «Ist er tot?», fragte er, als er ihr den Brief zurückgab.

Sie nickte.

«Was willst du von mir?»

«Du hast den Brief doch gelesen.»

«Ja, schon. Aber ich kann dich nicht beschützen. Ich könnte nicht einmal mich selber beschützen. Ist der Greifer hier?»

Sie schüttelte den Kopf. «Wir haben Wien vor gut einem halben Jahr verlassen, aber der Greifer hat uns ein paar Leute hinterhergeschickt. In der Nähe von Straßburg haben sie uns erwischt und Tomasz – du kannst es dir vorstellen. Aber ich konnte fliehen. Und seitdem habe ich keinen von der Bande mehr gesehen.»

«Das hat nichts zu sagen.» Er zog die Decke, die er übergeworfen hatte, enger um sich. «Wenn du sie auf meine Spur gebracht hast, werden wir beide sterben. Geh, sieh zu, dass du dich selbst in Sicherheit bringst.»

«Ich …»

«Ich muss noch ein paar Stunden schlafen, sonst stehe ich die Schicht nicht durch. Wir reden heute Abend.»

«Dann kann ich hierbleiben?» Zitas Herz klopfte. Wenn er sie nicht aufnahm, musste sie Ruhrort spätestens morgen verlassen.

Die taube Alte hatte kaum etwas mitbekommen von ihrem Gespräch. «Kann sie bei Ihnen unten bleiben bis heute Abend?», schrie Hermann.

Sie nickte. «Ich habe gern etwas Gesellschaft. Aber fürs Essen muss sie zahlen.»

Hermann verschwand kurz im Zimmer und kam zurück mit fünf Pfennigen, die er der Alten in die Hand drückte.

«Für heute reicht das», sagte sie. «Kommen Sie, Kind», wandte sie sich an Zita. «In der Küche ist es warm.»

Am Nachmittag hatte sich bei Lina Borghoff Kundschaft im Modesalon angekündigt. Trotz der knappen Kasse hatte Antonie eine große Kanne Kaffee gekocht, und Finchen hatte einen Kuchen gebacken. Beatrice, die ältere Tochter des Barons von Sannberg, Linas gutem Freund, hatte vor einem halben Jahr Eberhard Messmer, den Stiefsohn von Linas Schwester Guste, geheiratet. Die junge Frau hatte sich in Eberhard verliebt und bereitwillig ihrem kapriziösen Leben in Berlin entsagt. Und sie schien sich sehr wohl zu fühlen in der kleinen, feinen Gesellschaft der Ruhrorter Reichen, die nach außen hin protestantisch karg und bescheiden lebte, nach innen aber gern zeigte, was sie hatte.

Auf den heutigen Besuch war Lina sehr gespannt. Zum einen wusste sie von ihrer Schwester Guste, dass Beatrice guter Hoffnung war und deshalb neue Kleider brauchte, zum anderen wurde sie von der neuen Ehefrau des Barons begleitet. Cornelius von Sannberg hatte in den letzten Jahren ausgedehnte Reisen unternommen und war nur selten auf seinem Gut in der Grafschaft Moers oder in seinem kleinen Ruhrorter Stadthaus gewesen. Lina ahnte dunkel, dass dies mit ihrer und Roberts Heirat zusammenhing. Der Baron hatte eine unverhohlene Schwäche für sie gezeigt, aber dann war ihr Robert gekommen, und sie hatte sich für den kleinen Polizisten und gegen den reichen Baron entschieden. Cornelius mochte sie – und auch Robert – zu gern, als dass er ihnen die Freundschaft aufgekündigt hätte, aber das fremde Glück ständig vor Augen zu haben war ihm wohl zu viel gewesen. Doch Lina war sich sicher, früher oder später hätte es den weltgewandten Cornelius von Sannberg auch ohne diesen Vorfall in die Fremde getrieben.

Vor etwas mehr als einem Jahr hatten sie schließlich eine Verlobungsanzeige in der Post gefunden. «Cornelius von Sannberg und Elise von Steinhaus geben ihre Verlobung bekannt», hatte es darin geheißen. Zu Beatrices und Eberhards Hochzeit, die auf dem Gut in Moers gefeiert wurde, hatte die neue Dame seines Herzens ihn aber nicht begleitet, sondern war in der Villa in Italien geblieben. Umso gespannter war Lina jetzt auf die neue Frau von Sannberg.

Eine halbe Stunde später als erwartet trafen die beiden Damen im Salon ein. Beatrice umarmte Lina herzlich. Sie hatte ihren Mann auf eine längere Geschäftsreise begleitet und war in diesen sechs Wochen sichtlich runder geworden. Ein wenig spannte sich bereits das Oberteil ihres Kleides am Übergang zum Rock.

Die Frau neben ihr musterte Lina und den Salon mit einem gelangweilten Blick. «Darf ich dir vorstellen, Tante Lina: Elise von Sannberg, meine Stiefmutter.»

In Elises Gesicht zuckte es kurz. Ihre Stieftochter Beatrice war nur wenige Jahre jünger als sie, aber ihr schien es offensichtlich Spaß zu machen, sie so vorzustellen.

«Elise, das ist Lina Borghoff, Eberhards Tante und die beste Kleidermacherin, die ich kenne. Selbst in Berlin gibt es keine bessere», fuhr Beatrice mit der Vorstellung fort.

«Nun, für jemanden, der offensichtlich in Paris schneidern lässt, ist das vielleicht nichts Besonderes, liebe Beatrice», sagte Lina in gewohnt sarkastischem Ton.

«Ach, das ist doch vom letzten Jahr.» Elises Stimme war hoch und kindlich. «Ich konnte Cornelius noch nicht überreden, mit mir wieder hinzufahren. Er sagte, ich solle zu Ihnen gehen und bekäme alles, was ich mir wünsche.» Es war ihr anzusehen, dass sie nicht der Meinung war, dass eine Provinzkleidermacherin ihren Ansprüchen genügen könnte.

Lina führte die beiden in den Salon, wo Antonie gerade den Kaffee servierte. «Liebe Elise, hier finden Sie die neuesten Modezeitschriften aus Paris. Schauen Sie sie doch einfach durch und suchen Sie sich etwas aus, während Beatrice und ich uns nebenan um Ihre Kleider für die nächsten Monate kümmern.»

Sie spürte genau, wie Elise ihrem Hinken nachsah, als sie mit Beatrice ins Ankleidezimmer ging, und Lina wusste bereits, dass sie diese hochnäsige Person nicht ausstehen konnte.

Während sie Maß nahm, erklärte Lina Beatrice, wie ihre Garderobe in den nächsten Monaten aussehen würde. Zunächst würde sie noch Kleider tragen können, die auf Taille geschnitten waren, allerdings musste sie auf starkes Schnüren des Mieders verzichten. Zudem würde Lina alles weiter als üblich schneiden und noch etwas Stoff zugeben, um nachträgliche Änderungen vornehmen zu können. Für den Sommer, wenn der Bauch schon gut sichtbar war, empfahl sie Beatrice, hauptsächlich zweiteilige Kleider zu tragen. Die Rocktaille konnte so unter der Brust ansetzen, die Bluse locker darüberfallen.

«Ihr freut euch sicher sehr», sagte sie.

Beatrice nickte heftig. «Eberhard ist so lieb mit Kindern. Guste hat mir erzählt, dass er sich mit seinen kleinen Schwestern immer gut verstanden hat. Er wünscht sich viele Kinder!»

Obwohl Lina sich aufrichtig für Beatrice freute, verspürte sie doch einen kleinen Stich. Sie hatte zwar erst spät mit Mitte dreißig geheiratet, aber Robert und sie hatten sich durchaus Kinder gewünscht. Und es war ja auch noch nicht zu spät dafür. In den ersten beiden Jahren hatte Lina sogar mehrmals gedacht, sie wäre schwanger, doch das hatte sich als falsch herausgestellt. Einmal war sie sich sicher, eine frühe Fehlgeburt erlitten zu haben, als die ausgebliebenen Monatsblutungen nach drei Monaten mit großer Stärke und unter Schmerzen wieder einsetzten. Seitdem hatte sie Robert nie wieder etwas gesagt, wenn sich Blutungen verspäteten. Sie hatte einmal mit Dr. Feldkamp darüber gesprochen, und er meinte, es wäre nicht unwahrscheinlich, dass sie aufgrund ihrer Krankheit als Kind und der Operationen, die sie über sich hatte ergehen lassen müssen, nun nicht mehr in der Lage war, ein Kind auszutragen. Nach und nach hatte sie sich damit abgefunden und freute sich, dass Finchens Kinder im Haus lebten und Robert und ihr viel Freude machten.

«Ich werde dir noch eine Krinoline mitgeben, die dich nicht so einschnürt», sagte Lina. «Lass uns die Stoffe für die Frühlingskleider auswählen.»

«Meinst du, zwei Kleider für das Haus und zwei Nachmittagskleider werden reichen?», fragte Beatrice. «Ich will nicht, dass Eberhard mich für eine Verschwenderin hält, nur weil ich so erzogen wurde.»

«Du brauchst auch noch etwas für den Abend. Eberhard möchte sicher nicht, dass seine Frau in Sack und Asche geht. Bring mir ein älteres Abendkleid vorbei, das ich umarbeiten kann. Damit kannst du dich dann sparsam zeigen.»

Während Beatrice sich wieder ankleidete, ging Lina hinüber zu Elise von Sannberg. «Haben Sie schon etwas gefunden, meine Liebe?», fragte sie, bemüht, freundlich zu klingen.

«O ja.» Elise deutete auf drei Zeitschriften, die aufgeschlagen auf dem Tisch lagen. «Ich dachte an diese Modelle – zunächst einmal.»

«Dann würde ich Sie bitten, mit mir zum Maßnehmen zu kommen. Ich bin gleich wieder da!» Lina ging hinaus und rief im Flur nach Finchen. Die ließ Sophie in der Küche, überprüfte noch einmal, ob ihre Haube richtig saß, und ging dann zu Elise von Sannberg, um ihr beim Auskleiden zu helfen.

«Das ist aber ein kleines Zimmer», sagte Elise, als sie hinter dem Wandschirm verschwand.

«Hier in Ruhrort ist alles ein wenig kleiner, gnädige Frau», hörte Lina Finchen sagen, und sie musste unwillkürlich lächeln.

Zita hatte den Rest des Tages in der stickigen Küche der alten Frau Heising verbracht. Sogar einen Teller des schrecklichen Eintopfes hatte sie heruntergewürgt – der Hunger trieb es hinein. Gegen vier Uhr war dann Hermann aufgetaucht, aber da sich inzwischen noch andere Kostgänger der Alten in der Küche aufhielten, nahm er Zita mit in die Kneipe gegenüber. Sie gehörte nicht zu den beliebtesten in der Altstadt, daher war es hier recht ruhig. Er bestellte Bier.

«Du bist sicher, dass der Greifer nicht weiß, wo ich bin?», fragte er. «Immerhin wusste es Tomasz ja.»

«Er hätte dich nie verraten, Hermann, das weißt du.»

Er verzog keine Miene. «Es stimmt, Tomasz und ich haben einmal einander versprochen, dass wir uns um unsere Familien kümmern, wenn uns etwas passiert. Nach der Sache damals hatte sich Tomasz' Verpflichtung ja erledigt.» Er starrte eine Weile in sein Glas. «Zita, ich stehe zu meinem Wort. Aber ich kann dir nicht viel bieten. Das Zimmer habe ich für mich allein gemietet, normalerweise belegt die alte Heising jedes Bett doppelt, für einen Tagschichtler und für einen Nachtschichtler. Als der Mann, der sich mit mir das Zimmer teilte, letztes Jahr entlassen wurde, habe ich seinen Anteil mitbezahlt. Es ekelte mich, morgens in ein warmes Bett zu steigen. Aber du könntest das Bett natürlich nachts haben. Nur für dein Essen solltest du selber sorgen.»

«Ich habe kein Geld mehr. Einen Teil haben sie Tomasz abgenommen, als sie ihn töteten. Den anderen hatte ich versteckt, es hat gerade gereicht, um bis hierher zu kommen. Aber ich will mir eine Arbeit suchen.»

Er nickte. «Es ist zwar viel Konkurrenz hier, aber so, wie du aussiehst ...»

Zita schüttelte heftig den Kopf. «Ich will eine ehrbare Arbeit, Hermann. Ich wische auf, arbeite als Schankmagd oder Wäscherin, was auch immer. Aber mit der Hurerei ist es vorbei.»

Er lachte sie nicht aus. Er sagte nur: «Du kannst es ja versuchen. Bis du etwas gefunden hast – was auch immer –, komme ich auch für dein Essen auf.»

«Und Frau Heising hat nichts dagegen, dass du dein Zimmer mit einer Frau teilst?»

Er lachte. «Sie ist da nicht wählerisch. Zwei der Dachkammern sind an Huren vermietet. Da geht es oft hoch her.»

Zita hatte gehofft, er würde erzählen, wie es ihm ergangen war, als er damals aus Wien geflohen war vor dem Greifer und seiner Bande. Aber für den Rest der Zeit schwieg er und fragte auch nicht, was sie und ihren Mann bewogen hatte, die Bande zu verlassen.

Sie erfuhr immerhin, dass es im Hause der Witwe Heising neben den beiden Huren und Hermann noch vierzehn Kostgänger gab, die sich die weitere Dachkammer und zwei Zimmer im ersten Stock teilten, jeweils sechs Mann in drei Betten.

Hermanns Zimmer war klein, es gab ein schmales Bett mit schmutzigen Laken, einen winzigen Tisch und einen Stuhl. Sein größter Luxus war ein kleiner Kanonenofen, den er billig auf einer Hausratsversteigerung ergattert hatte. Ein kleiner Vorrat Kohlen und Holz stand daneben. Um den abgedeckten Eimer für die Notdurft und das Waschwasser musste er sich selbst kümmern. Seine wenigen Kleider hingen auf einem Haken an der Tür, den er selbst eingeschlagen hatte.

Er zeigte Zita eine kleine Schnapskiste unter dem Bett, in der er etwas Brot und Butter aufbewahrte. «Ich besorge einen zweiten Haken für deine Sachen, ich finde sicher was im Werk.»

Ein einzelner ferner Dampfsirenenton verkündete, dass es eine halbe Stunde bis zum Schichtwechsel war. Hermann zog sich sein Arbeitszeug an. Zita konnte sehen, dass er zwar sehr dünn geworden war, aber seine Arme so muskulös schienen wie die der Schläger des Greifers. Seine früher so gepflegten Hände waren voller Schwielen und Blessuren.

«Was arbeitest du in dem Werk?», fragte sie.

«Ich bin Puddler. Ich rühre den Stahl, damit er hart, aber nicht spröde wird. Mindestens fünf Stunden ohne Pause geht das. Das macht starke Arme.» Er schien stolz darauf zu sein.

«Aber du bist Arzt, Hermann.»

«Das war ich mal», sagte er und streifte seine Jacke über. «Von dem Tag an, als ich den Greifer kennenlernte, war ich es nicht mehr.»

Linas Näherinnen und die anderen auswärtigen Hausangestellten trafen morgens gewöhnlich um halb sieben ein, aßen etwas Hafergrütze, die Antonie nur noch ab und zu anbrennen ließ, und begannen dann zu arbeiten. Lina und der Commissar frühstückten meist etwas später – eines der wenigen Vorrechte, die Lina sich gegenüber ihrem Personal herausnahm. Sie liebten beide diese ruhigen Gespräche.

Doch an diesem Morgen wurden sie gestört. Der neue Polizeidiener Kramer, der Nachtdienst gehabt hatte, war geschickt worden, um den Polizeichef zu holen.

Er war völlig außer Atem. «Jansen in der Altstadt», japste

er. «Man hat die junge Frau und ihr Kind schwer verletzt gefunden.»

«Anna?», fragte Lina entsetzt.

Finchen, die Kramer hereingelassen hatte und an der Tür stand, sagte leise: «Sie ist noch nicht hier.»

«Das Opfer ist Anna Jansen?», fragte Robert den Polizeidiener.

Der nickte. Langsam kam er wieder zu Atem. «Dr. Feldkamp ist bei ihr, aber er glaubt nicht, dass sie durchkommen wird.»

«Wer hat sie gefunden?»

«Ihre Schwiegermutter.»

«Kommen Sie, Kramer», sagte Robert und zu Lina gewandt: «Vielleicht ist es nicht so schlimm, wie es aussieht.»

Es war schlimm, sehr schlimm. Als Robert das Zimmer im Erdgeschoss des schmalen Altstadthauses in der Kleinen Straße betrat, deckte Dr. Feldkamp gerade die Leiche des Säuglings mit einem Tuch ab. «Der Kleine ist erstickt. Er war schon tot, als ich ankam.»

«Und was ist mit Anna?», fragte Robert. Er hob das Laken über dem Kind hoch, stutzte und sah den Doktor scharf an.

«Schwer zu sagen.» Der Doktor hielt seinem Blick stand, und Robert wusste, dass er auch bemerkt hatte, was ihm selbst aufgefallen war.

Anna lag bewusstlos auf einem blutverschmierten Kissen und atmete nur flach.

«Sie hat Kopfverletzungen, jemand hat versucht, sie zu erschlagen.»

Sergeant Recke, der still in einer Ecke des Raumes gestanden hatte, deutete auf das Fenster. «Es war geöffnet, vermutlich ist der Täter hier eingestiegen. Ein Dieb, denke ich, der nicht damit gerechnet hat, dass hier unten jemand schläft.»

Robert nickte. «Wo ist die Schwiegermutter?», fragte er.

«Sie ist zusammengebrochen. Der Sohn kümmert sich in der Küche um sie.»

Der Commissar ging hinüber in die Küche. Frieda Jansen saß zusammengesunken am Esstisch, ihr Sohn Walther flößte ihr gerade etwas Wasser ein.

«Mein Beileid zum Tod Ihres Sohnes und Enkels», sagte Robert leise.

«Der Kleine ist tot?», fragte Jansen fast tonlos. Er ließ das Glas sinken und setzte sich.

«Darf ich?» Robert deutete auf einen Stuhl, und Jansen nickte.

«Die Kammer ist doch nicht das übliche Schlafzimmer Ihrer Frau?», begann er seine Befragung.

Walther Jansen schüttelte den Kopf. «Dort hat früher mein Geselle geschlafen. Ich musste mein Geschäft aufgeben, seitdem steht sie leer.» Er sah betreten zu Boden. «Wir haben uns gestritten, gestern Abend. Deshalb ist sie mit dem Kind in die Kammer.»

«Aber nicht zum ersten Mal, oder?» Robert war aufgefallen, dass ein gerahmtes Heiligenbildchen von der Muttergottes aus Kevelaer auf der Kommode gestanden hatte und die Kammer überhaupt viel wohnlicher wirkte als die eines Schustergesellen.

Die alte Frau Jansen rührte sich. «Sie haben oft Streit. Seit Anna bei Ihrer Frau arbeitet, hält sie sich für was Besseres. Verdient mehr als mein Sohn, wenn er bei einem der Schuster hier aushilft. Das ist nicht recht.»

«Mutter, wenn Anna die Stelle nicht hätte, wären wir längst im Armenhaus.»

«Haben Sie etwas gehört heute Nacht?» Robert wollte nicht, dass die beiden zu streiten anfingen.

Walther Jansen verneinte. «Ich ... ich war betrunken. Nachdem Anna sich in die Kammer gelegt hatte, bin ich hinüber ins ‹Schipperhuis›. Der Polizist musste mich aufwecken, ich habe nicht einmal meine Mutter schreien hören.»

«Ja», fauchte seine Mutter, die sich offenbar erholt hatte. «Und hast alles versoffen, was du gestern verdient hast. Und jetzt stehen wir da ohne Geld – und nicht einmal Anna bringt etwas nach Hause.»

«Wollen Sie nicht nach Ihrer Frau sehen?» Robert schaute ihn fordernd an. Er wusste, dass Annas Ehe nicht die beste war, sie hatte sich Lina anvertraut, als sie einmal mit einem blauen Auge zur Arbeit kam. Walther Jansen schienen weder der Tod seines Sohnes noch die schwere Verletzung seiner Frau besonders zu berühren. Aber er ging gehorsam hinaus.

«Sie haben Anna und den kleinen Walther heute Morgen gefunden?», wandte sich Robert an Frieda Jansen.

Die nickte. «Die Katholiken läuteten zur Frühmesse, und in der Küche war kein Feuer, keine Hafergrütze. Anna macht das gewöhnlich, bevor sie zur Arbeit geht. Sie kümmert sich ja sonst kaum um den Haushalt.» Man hörte den Vorwurf in ihrer Stimme. «Ich habe gedacht, sie hat es nicht gemacht, weil sie sich mit Walther gestritten hat. Aber dann sah ich, dass ihr Tuch noch am Haken hing. Da habe ich nachgesehen und fand sie in ihrem Blut.»

«Und das Fenster stand offen?»

«Ja. Weit offen. Es war eiskalt in dem Raum. Aber sie schläft immer bei geöffnetem Fenster, selbst wenn es so kalt ist, lässt sie es einen Spalt offen. Mein Walther ist schon krank geworden deswegen.»

Der Commissar sah sie scharf an. «Sie mögen Ihre Schwiegertochter nicht besonders, oder?»

«Nein, ich mag sie nicht. Binnen einem Jahr, nachdem Walther sie geheiratet hatte, haben wir alles verloren. Mein Sohn musste seine Schusterei aufgeben, weil seine Geschäfte nicht mehr liefen. Und er hatte viel von seinem Gesparten ausgegeben für Möbel und Geschenke für seine feine Frau. Dabei war die auch nur ein Hausmädchen gewesen.»

Robert konnte sich nicht vorstellen, dass die Anna, die er aus Linas Nähwerkstatt kannte, irgendeinen Luxus eingefordert hätte. Aber er wusste, dass Walther Jansen als Säufer bekannt war, weshalb ihn auch kein Schuster in der Stadt fest anstellte, sondern nur manchmal aushelfen ließ.

«Und jetzt stellt sie sich über ihn mit ihrer feinen Arbeit und dem guten Verdienst», fuhr die alte Jansen fort. «Da soll ein Mann nicht verzweifeln, wenn er nicht mehr der Herr im Haus ist?» Sie stockte. «Aber glauben Sie nicht, dass ich ihr so etwas gewünscht hätte, weiß Gott nicht. Und der arme Kleine!» In ihren Augen schimmerten ein paar Tränen. «Ich habe all das Blut gesehen, sie wird es wohl nicht überleben.»

«Das wird sich zeigen.» Robert erhob sich. «Ich möchte, dass Sie und Ihr Sohn sich im Haus ganz genau umsehen, wenn Sie sich von dem Schreck erholt haben. Sehen Sie nach, ob etwas fehlt. Wahrscheinlich ist es ein Dieb gewesen.»

Er ging wieder in die Kammer, wo Walther Jansen jetzt teilnahmslos in einer Ecke stand. Der Doktor fühlte der Verletzten gerade den Puls. «Wie sieht es aus?», wollte Robert wissen.

«Ihr Herz schlägt langsam, aber regelmäßig. Der Atem ist noch flach. Am besten wäre sie in der Diakonie in Duisburg aufgehoben, doch der Transport dorthin könnte sie umbringen. Wenn sie die nächsten Tage übersteht, können wir es vielleicht riskieren. Aber es muss immer jemand bei ihr sein.»

Robert runzelte die Stirn. Er glaubte nicht, dass Walther Jansen und seine Mutter in der Lage waren, Anna zu pflegen. «Wenn Sie einverstanden sind, Dr. Feldkamp, werde ich meine Frau bitten, das zu tun. Sie kennt sich in der Krankenpflege gut aus.»

«Ja», nickte der Doktor. «Fräulein Lina – entschuldigen Sie, Frau Borghoff, meinte ich – wird das sicher gut machen.»

Walther Jansen protestierte: «Aber das können doch meine Mutter und ich tun!»

«Sie müssen sich erst einmal von dem Schreck erholen, Herr Jansen. Und dann ist noch eine Beerdigung vorzubereiten.» Robert deutete auf die kleine Leiche unter dem Laken.

«Dann soll ich ihn nicht obduzieren?», fragte der Doktor und sah erleichtert aus.

«Ich denke, das ist nicht nötig.» Einen Moment lang schauten Feldkamp und Robert sich an, dann wandte sich der Commissar an Sergeant Recke. «Ich möchte, dass Sie den Raum und alles draußen vor dem Fenster sorgfältig untersuchen, bis ich meine Frau geholt habe. Dann werden wir die Kranke in Ruhe lassen und hoffen, dass sie genesen wird.»

Vorsichtig nahm er die Säuglingsleiche hoch und legte sie Walther Jansen in den Arm. «Bahren Sie den Kleinen auf, Herr Jansen, wie es sich gehört.»

Borghoff fand seine Frau in der Werkstatt. Die Mädchen arbeiteten, doch die Stimmung war gedrückt. Jetzt ließen alle ihre Arbeit sinken und hörten zu, was er in knappen Worten berichtete. «Es steht sehr schlimm um Anna, fürchte ich. Der Doktor sagt, sie kommt nur durch, wenn sie die nächsten zwei Tage übersteht. Jemand muss sich um sie kümmern, und das traue ich im Moment weder ihrer Schwiegermutter noch ihrem Mann zu.»

Lina hatte sich schon erhoben. «Susanna, sieh bitte nach, wo Finchen ist. Sie soll einen Korb mit Bettwäsche packen und eines meiner Nachthemden dazulegen. Wir nehmen auch einen Topf mit Brühe mit, der Mann und die Schwiegermutter werden sicher nicht ans Kochen denken.» Sie hielt inne. «Was ist denn, Susanna?»

Susanna war aufgestanden, aber dann war sie wieder auf ihren Stuhl zurückgesunken. Tränen liefen ihr über das Gesicht. Sie deutete auf den Wäschekorb, der in der Ecke der Werkstatt stand. «Klein Walther», brachte sie schluchzend heraus. «Gestern lag er noch da, und jetzt ist er tot!»

Auch Maria und Grete begannen zu weinen. Lina wischte sich eine Träne aus dem Augenwinkel. «Susanna, reiß dich zusammen und tu, was ich dir gesagt habe. Wir wollen doch, dass Anna diese furchtbare Geschichte überlebt.»

Wenig später waren Lina und Robert mit Finchen unterwegs zu den Jansens. Finchen trug den Korb mit der Wäsche, Robert hatte den zweiten mit dem Suppentopf genommen. Finchen sah aus, als wolle sie gleich losrennen, aber sie nahm auf Lina Rücksicht, die trotz ihres Gehstocks auf dem unregelmäßigen Pflaster sehr auf ihre Schritte achten musste.

Jemand hatte Pfarrer Wortmann geholt, der sich nun um Jansen und seine Mutter kümmerte. Dr. Feldkamp war noch bei Anna, hatte seine Tasche aber bereits gepackt.

«Mein Gott!», entfuhr es Lina, als sie die blutigen Laken sah. Der Doktor hatte Annas Kopfwunden zwar gesäubert und verbunden, ansonsten war sie jedoch noch immer blutverschmiert. «Wir werden sie erst einmal waschen. Robert, könntest du uns deinen Sergeanten dalassen, damit wir das Bett frisch beziehen können?»

«Sie sollte so wenig wie möglich bewegt werden», merkte der Doktor an.

«Ich weiß», sagte Lina knapp. «Aber wir können sie doch nicht im Dreck liegen lassen.»

Feldkamp seufzte. «Sie machen das schon, Frau Borghoff. Aber bitte ganz vorsichtig.»

Unter den misstrauischen Blicken von Frieda Jansen setzte Finchen in der Küche Wasser auf. «Sie sollten noch einmal zum Brunnen gehen, Herr Jansen», forderte Finchen Walther Jansen auf. Man konnte hören, in wessen Schule sie gegangen war.

Gehorsam nahm Walther den Eimer und ging los.

Während Finchen Anna vorsichtig das Blut abwusch, fragte Lina Robert plötzlich: «Diese Frau gestern, diese Zita Fredowsky ...»

«Ja?»

«Ist sie noch in der Stadt?»

«Wir haben den Mann gefunden, den sie suchte, wahrscheinlich ist sie bei ihm. Weshalb willst du das wissen?»

«Sie ist eine sehr gute Näherin. Selbst wenn Anna sich wieder erholt, wird sie lange Zeit nicht arbeiten können, und sie ist nur schwer zu ersetzen. Wir haben gerade viel zu tun in der Werkstatt. Allein Cornelius' Frau hat vier Kleider bestellt.»

Robert lächelte einen Moment. Seine Frau mochte eine steife Hüfte haben, aber sie fühlte sich am wohlsten, wenn sie auf allen Hochzeiten gleichzeitig tanzen konnte. «Die Adresse ist Milchstraße 3, der Freund heißt Demuth.»

«Ich gehe gleich los, wenn wir hier fertig sind», sagte Finchen. Nach sieben Jahren in Linas Obhut brauchte sie nicht mehr viele Anweisungen.

Nachdem Finchen ihren Botengang gemacht und zu Hause kurz die kleine Sophie gestillt hatte, hatte sie ihre Dienstherrin an Annas Krankenbett abgelöst. Die Verletzte war immer noch bewusstlos und hatte sich nicht einmal geregt.

Als Lina zu Hause ankam, war Zita bereits da. Finchen hatte sie in Frau Heisings Küche gefunden, wo sie sich etwas aufwärmte, nachdem sie den ganzen Morgen vergeblich versucht hatte, Arbeit zu finden.

Obwohl Finchen ihr gesagt hatte, dass Lina erst später nach

Hause kommen würde, war sie gleich losgelaufen, so als hätte sie Angst, dass ihr jemand die Stelle wegschnappen könnte.

Lina bat Antonie um einen Tee und brachte Zita in ihr Büro.

«Sie wissen, weshalb ich Sie habe kommen lassen?», fragte Lina.

«Ja.» Zita versuchte, ihre Freude zu unterdrücken. «Es tut mir sehr leid um Ihre Näherin, Frau Borghoff, das müssen Sie mir glauben. Aber für mich wäre es großes Glück, wenn Sie mich beschäftigten, bis sie wieder gesund ist.»

Antonie brachte die Teekanne und zwei Tassen, und Lina schenkte ihnen ein.

«Sie müssen sich natürlich erst bewähren. Haben Sie schon mit einer Maschine genäht?»

Zita verneinte.

«Dann müssen Sie das schnell lernen. Susanna wird es Ihnen zeigen. Sie erhalten zunächst drei Silbergroschen am Tag, falls ich Sie endgültig fest einstelle, werden es fünf Silbergroschen sein. Die Arbeit beginnt pünktlich um sieben und endet um sechs, die Kost während der Arbeitszeit, auch Frühstück und Abendessen, ist frei. Sonntags arbeiten wir nicht, es sei denn, es ist kurz vor der Ballsaison. Und ich werde Sie nur so lange beschäftigen, bis Anna wieder da ist. Sind Sie einverstanden damit?» Sie hielt Zita die Hand hin, und die schlug ein.

«Gut, Zita. Dann bist du ab heute eine von Frau Borghoffs Näherinnen. Aber die laufen nicht in bunten Röcken herum. Geh bitte hinüber in den Laden, dort gibt es Konfektionsröcke in dunklen Farben. Christian soll dir einen in deiner Größe geben. Und morgen früh erwarte ich dich pünktlich in der Werkstatt.»

Zita hatte den neuen Rock, ein schlichtes Stück aus dunkelgrauer Wolle, gleich anbehalten. Er war nicht nur unauffälliger als der alte, bunte, sondern auch viel wärmer. Glücklich summte sie vor sich hin, als sie den Laden verließ. Sie hatte Arbeit, ehrbare Arbeit, und es ging wieder aufwärts. Sie machte sich keine Sorgen, dass es nur eine Übergangstätigkeit bis zu Annas Genesung war. Wenn sie sich bei Lina bewährte, würde für sie vielleicht auch danach noch ein Platz in der Werkstatt sein.

Zita war so in ihrem Tagtraum vom ehrbaren Leben versunken, dass sie fast in einen Mann hineinlief, der aus einem Hauseingang getreten war.

«Entschuldigung», sagte sie, ohne richtig hinzusehen. Sie wollte schnell weiter, um Hermann die freudige Nachricht zu bringen. Aber eine Hand schloss sich um ihren Arm und hielt sie eisern fest.

«Ja, da schau her, wenn das nicht die Zita ist», sagte eine Stimme, die sie nie mehr hatte hören wollen. Der näselnde Klang der Wiener Vorstadt, ein mächtiger brauner Schnauzbart unter einer riesigen Nase, kleine, fast schwarze Augen und ein kahler Kopf.

«Uli!», entfuhr es ihr. Sie hatten sie gefunden.

Ulrich Weingart, der wichtigste Helfershelfer des Greifers, hatte Zita in eine Altstadtkneipe geschleift, sie in eine Bank geschubst und sich ganz eng neben sie gesetzt. In Zitas Kopf arbeitete es. Wie hatten sie sie gefunden? Seit ihrer Flucht nach Tomasz' Ermordung hatte sie nie das Gefühl gehabt, verfolgt zu werden, obwohl sie auf der Hut war und immer auf jedes Anzeichen dafür achtete. Sie war zu unwichtig, hatte sie sich schließlich gesagt, die Frau eines vermeintlichen Verräters, mittellos in der Fremde, nachdem sie Tomasz sein Geld abgenommen hatten. Oder waren sie wegen Hermann hier? Hatten sie nach ihm gesucht, und sie war ihnen zufällig dabei über den Weg gelaufen?

«Was hattest du denn in dem Modesalon verloren?», fragte Weingart, als der Wirt ihnen das Bier hingestellt hatte.

«Ich werde dort ab morgen arbeiten.»

Weingart sah sie verblüfft an. «Geh, das ist nicht dein Ernst!»

Zita beschloss, kein Wort über Hermann zu sagen. Wenn Weingart nicht wusste, dass er hier war, konnte sie ihn so vielleicht schützen. Wenn er dagegen wegen Hermann gekommen war, konnte sie immer noch so tun, als hätte sie keine Ahnung, dass er sich in Ruhrort befand.

Sie erzählte, dass der Commissar sie eingeladen hatte, in seinem Haus zu übernachten. «Seine Frau hat meinen Rock bewundert – nein, nicht den Rock, aber die Näharbeit. Und als dann ihre Näherin überfallen worden ist ...» Sie hielt inne und schaute ihn an. «Du weißt darüber Bescheid», sagte sie fast tonlos.

«Wenn du meinst, dass ich das gewesen bin, liegst du falsch, Zita.»

Ja, Weingart langte gern selbst zu, aber wenn noch mehr Leute des Greifers hier waren, machte er sich die Hände nicht selbst schmutzig.

«Da bist du uns aber ganz schön in die Quere gekommen.» Weingarts Augen wurden noch ein bisschen kleiner. «Kannst du wirklich so gut nähen?»

«Ja.»

Er überlegte. Dann sagte er plötzlich: «Dann machst eben du uns den Spitzel.»

«Was?»

«Na, wir sind grad ein bisserl auf Wanderschaft. In Preußen waren wir ja noch nicht oft, da ist noch viel zu holen für uns. In Wien wurde es schwierig in der letzten Zeit. Ich weiß zwar nicht, wie Mathis ausgerechnet auf dieses Kaff gekommen ist, aber hier gibt es tatsächlich viele reiche Männer, selbst in diesen Zeiten. Und alle ihre Frauen lassen ihre Kleider in diesem Salon machen.» Er rückte ein wenig von ihr ab, aber nur, um sie besser ansehen zu können. «Und schau, es wird viel erzählt in diesen Salons. Wir wollten die Saalbach Pepi dort einschleusen ...»

«Und habt die Anna deswegen aus dem Weg geräumt», flüsterte Zita.

Weingart zuckte die Schultern. «In diesen Zeiten stellt man nicht einfach so jemanden ein. Wir mussten, sagen wir mal, eine Notlage erzeugen. Aber dass die Alte so pietätlos ist und noch am Sterbebett eine Neue einstellt ...»

Sie wissen nicht, dass Anna noch lebt, schoss es Zita durch den Kopf.

«Das war nur Zufall», sagte sie schnell. «Sie wusste, dass ich ohne Arbeit morgen die Stadt hätte verlassen müssen.»

«Na, und vielleicht war das auch für uns ein glücklicher Zufall. Ich weiß nämlich nicht, wie gut die Pepi näht. Und die Schlaueste ist sie auch nicht. Da sind wir mit dir besser dran.»

«Aber ich bin froh, dass ich diese Stelle habe, endlich eine ehrbare Arbeit», protestierte Zita.

Weingart prustete los. «Ehrbare Arbeit? Schmarrn. Einmal Flitscherl, immer Flitscherl. Und jetzt verkaufst du zur Abwechslung mal nicht deinen Körper, sondern Auskünfte. Immerhin schuldest du uns was, Zita.»

«Was soll ich euch denn schulden?», fragte Zita resigniert. Es war mehr rhetorisch. Wenn man einmal mit der Bande des Greifers zu tun gehabt hatte, schuldete man ihnen immer etwas.

«Na, dein Leben, Kleines.» Sie spürte etwas Spitzes in ihrer Seite, als er den Arm um sie legte. «Und wenn das nicht genügt, dann das Leben deiner Tochter.»

«Resi ...», flüsterte Zita entsetzt. «Das kann nicht sein, das könnt ihr nicht wissen ...»

Weingart lachte laut auf. «Ihr habt sie bei der Hasen Berti in Freiburg zurückgelassen. Glaubst du, das wüssten wir nicht?»

Bei ihrer Flucht aus Wien war Zita hochschwanger gewesen, ihr Kind hatte sie in Freiburg zur Welt gebracht. Sie waren untergekrochen bei einer alten Freundin, der Hasen Berti, die zurück in ihre Schwarzwälder Heimat gegangen war, als sie zu alt für die Hurerei wurde. Damals waren sie sich sicher, dass die Häscher des Greifers ihre Spur verloren hatten, weil sie nicht nach Italien zu Zitas Familie gegangen waren, wie jeder vermutete. Ihr erstes Ziel war Straßburg, wo Tomasz einen Freund hatte. Auf dem Weg dahin machten sie halt bei Berti. Aber sie wussten, dass sie weiter fliehen mussten, der Arm des Greifers war lang, deshalb gab Tomasz Berti einen Teil des Geldes für eine Amme und bat sie, sich um die Kleine zu kümmern, bis sie sie holen konnten.

«Die Berti war uns auch noch etwas schuldig», fuhr Weingart fort. «Und deshalb hat sie dem Greifer geschrieben. Wie, glaubst du, haben wir euch sonst gefunden?»

Zita schloss einen Moment die Augen. Berti hatte sie also verraten, und deshalb war Tomasz jetzt tot. «Wo ist Resi?», fragte sie leise.

«In Wien. Aber wenn du uns nicht glaubst ...»

Zita glaubte ihm jedes Wort.

«Wenn du nicht tust, was wir dir sagen, wird die Kleine sterben. Oder ...» Er grinste. «Vielleicht verkaufen wir sie auch. Kleine Mädchen sind begehrt.»

«Sie ist doch nicht einmal ein Jahr alt!» Zita traten die Tränen in die Augen.

«Das stört weder den Greifer noch die Kundschaft.» Weingart, der zwischenzeitlich wieder etwas von ihr abgerückt war, pikste sie ganz sanft mit dem Messer. «Und hüte dich davor, der Polizei irgendetwas zu sagen. Ich weiß, dass die Patronin des Salons mit dem Polizeichef der Stadt verheiratet ist. Ein falsches Wort, und du siehst deine Tochter nie wieder.»

Zita war noch wie betäubt, als sie einige Zeit später in die Milchstraße zurückkam. All ihre Freude über den Neuanfang war verraucht und hatte sich mit dem Grinsen Ulrich Weingarts in Luft aufgelöst. Natürlich hatte sie eingewilligt, die feinen Ruhrorter Damen für die Bande auszuspionieren. Sie hatten einen regelmäßigen Treffpunkt ausgemacht, denn Zita wollte Weingart von Hermanns Wohnung fernhalten. Aber bald würden sie sicher herausfinden, wo sie übernachtete, und dann war auch er nicht mehr sicher. Sofern sie nicht längst wussten, dass er in der Stadt war, und Uli nur gebluft hatte. Einen Moment lang dachte sie darüber nach, Hermann alles zu erzählen, aber dann wurde ihr klar, dass sie nicht konnte. Er würde sofort aus der Stadt verschwinden, und wenn die Bande ihn auf der Flucht aufgriff, würde der Greifer eins und eins zusammenzählen. Sie musste schweigen. Ihr eigenes Leben wollte Zita gern riskieren, aber nicht das ihrer Tochter. Das konnte sie einfach nicht.

Vorsichtshalber hatte sie viele Umwege gemacht, um herzukommen, bis sie sich sicher war, dass Weingart sie nicht verfolgte.

Hermann hatte gerade das Öfchen im Zimmer angeheizt. Er war sparsam mit den Kohlen und dem Holz, aber wenn er am späten Nachmittag aufstand, hatte er es gern ein wenig warm in dem kleinen Zimmer. Und auch Zita sollte nicht frieren, wenn sie später zu Bett ging. Er hatte sich gewundert, dass sie nicht da war, als er aufwachte, und jetzt stand sie in der Tür.

«Komm schnell rein, lass die Wärme nicht auf den Flur», sagte er knapp. Erstaunt musterte er ihren neuen schlichten Rock.

«Ich habe Arbeit, Hermann. Ab morgen nähe ich im Modesalon Borghoff. Stell dir vor, ich werde drei Silbergroschen am Tag verdienen!»

Er nickte anerkennend. Für eine Frau war das viel Geld.

«Wenn sie mich behalten, werden es sogar fünf sein!»

Dann erzählte sie, was passiert war. «Ich hab schon ein schlechtes Gewissen, weil Annas Unglück mein Glück ist ...», sagte sie. Und ich bin ja umgehend dafür bestraft worden, dachte sie.

«Ich werde sparen, Hermann. Für den Fall, dass ich die Stelle wieder verliere.» Und für den Fall, dass sie schnell von hier verschwinden musste. «Und zu essen bekomme ich dort auch.»

«Du Glückliche», sagte er, fast ein bisschen der alte Hermann. «Ich rede mit Frau Heising. Ich zahle jetzt zweieinhalb Thaler im Monat, aber ich denke, sie will die Miete wieder erhöhen, auch wenn du nichts verzehrst. Du kannst mir einen Thaler zahlen.»

«Einverstanden. Wann gibt es eigentlich frische Laken hier?»

Hermann sah sie an, als hätte sie italienisch gesprochen. «Na, alle zwei, drei Monate.»

Dr. Feldkamps Frau Elsbeth hatte Lina am späten Abend bei der Krankenwache abgelöst. Lina wollte nicht, dass Finchen ihre vier Kinder über Nacht allein ließ, obwohl Maria und Antonie sich bereit erklärt hatten, sie zu hüten.

So hatte sie noch einige Stunden Schlaf gefunden und war wie üblich gemeinsam mit Robert aufgestanden. Nach dem Frühstück ging sie noch kurz durch die Werkstatt, beobachtete Zitas erste Versuche an der Nähmaschine, die erstaunlich gut ausfielen, teilte die Tagesarbeit ein und setzte sich kurz mit Finchen zusammen, um den Speiseplan der nächsten Tage, weitere Einkäufe und Hausarbeiten zu besprechen. Am Nachmittag hatte sich Kundschaft angesagt, dann würde wieder Finchen die Krankenwache übernehmen.

Etwa gegen acht Uhr kam sie im Haus der Jansens an. Elsbeth Feldkamp sah besorgt aus. «Sie ist immer noch nicht aufgewacht. Und ich glaube, sie fiebert.»

«War der Doktor schon da?», fragte Lina.

«Er kommt gleich, er wollte noch vor der Morgensprechstunde nach ihr sehen.» Elsbeth schüttelte zweifelnd den Kopf. «Wenn sie nicht wenigstens kurz aufwacht und wir ihr etwas zu trinken geben können ...»

«Wir werden sehen ... Sie müssen jetzt nach Hause gehen und etwas schlafen. Ganz herzlichen Dank für Ihre Hilfe.»

«Nebenan ist der arme Kleine aufgebahrt ... Wer tut nur so etwas Schreckliches?» Auch Lina wusste darauf keine Antwort. Elsbeth raffte ihr Tuch zusammen und ging.

Lina war gerade dabei, Anna das Gesicht abzuwischen, als Walther Jansen den Kopf durch die Tür steckte. «Ist sie aufgewacht?», fragte er.

«Nein», antwortete Lina knapp.

Wenig später kam der Doktor. «Der Puls geht schneller als gestern.»

«Ist das ein gutes Zeichen?»

Er schüttelte den Kopf. «Nicht, wenn sie Fieber hat.» Er fühlte ihre Stirn. «Etwas Temperatur, aber nicht sehr viel. Trotzdem müsste sie dringend Flüssigkeit zu sich nehmen.»

Er wechselte den Verband. Die tiefen Platzwunden hatten sich glücklicherweise nicht entzündet. «Wenn sie heute nicht aufwacht, wird sie sterben, Frau Borghoff.»

Lina saß am kleinen Tisch in der Kammer. Sie hatte ihre Zeichenutensilien mitgebracht. Zwar war das Licht, das durch das kleine Fenster fiel, nur spärlich, doch für erste grobe Skizzen der Kleider für Elise von Sannberg reichte es.

Gegen elf Uhr unterbrach Lina ihre Arbeit. Anna hatte sich nach wie vor nicht gerührt. Weder Frieda noch Walther Jansen hatten in der Zeit nach ihr gesehen, aber Lina entschuldigte das mit der Trauer um den kleinen Walther. Sie setzte sich auf die Bettkante, streichelte Annas Hand und legte sie in ihre. Plötzlich spürte sie ein leichtes Zucken. Sie drückte die Hand der Kranken leicht und spürte dann, wie diese kaum merklich ihre Hand drückte.

«Anna?», sagte sie leise. Wieder wurde ihre Hand gedrückt, dann bewegte sich die Kranke.

«Ganz ruhig. Bewege deinen Kopf nicht, Anna. Er ist böse verletzt.» Sie stand auf, holte die kleine Milchkanne, die sie gefüllt von zu Hause mitgebracht hatte, aus ihrem Korb und ein Papiertütchen, in dem sich etwas Grieß befand. Da sie in der Küche der Jansens keinen sauberen Topf finden konnte, erhitzte sie die Milch kurzerhand in der Metallkanne und kochte einen ganz dünnen Grießbrei. Frieda Jansen kam nachsehen, was in der Küche los war.

«Haben Sie Honig?», fragte Lina.

Die Alte holte einen kleinen Steintopf hervor, und Lina süßte den Brei. «Die Küche könnte auch ein wenig mehr Ordnung vertragen. Hier gibt es ja kaum ein sauberes Stück Geschirr.»

«Ja, das sage ich Anna auch immer.» Die Alte war wirklich unverbesserlich. «Alles bleibt liegen, sie hat nur ihre Näharbeit im Kopf ...»

Lina platzte der Kragen. «Anna liegt nebenan auf Leben und Tod. Und vorher hat sie sechs Tage die Woche elf Stunden gearbeitet und sich dazu noch um den Kleinen gekümmert. Wer hat Ihnen, Frau Jansen, eigentlich gesagt, dass man als Schwiegermutter keinen Handschlag mehr tun muss? Ihr versoffener Sohn ist offensichtlich nicht in der Lage, seine Familie zu ernähren. Annas Verdienst ist das einzige Einkommen hier, und es ernährt auch Sie! Und wie danken Sie es ihr?»

Lina war bekannt dafür, dass sie kein Blatt vor den Mund nahm. Frieda Jansen sah betreten zu Boden. «Ich habe mein Leben lang hart gearbeitet. So etwas muss ich mir nicht anhören.»

Lina drückte ihr eine schmutzige Schüssel in die Hand. «Waschen Sie das ab. Sofort.»

Widerwillig goss die Alte etwas Wasser in die Spülschüssel und versenkte das verklebte Teil darin. Dann säuberte sie es mit einem Spüllumpen und trocknete es mit ihrer fleckigen Schürze.

«Danke», schnaubte Lina und drückte Frieda Jansen einen Löffel in die Hand. «Damit können Sie gleich weitermachen.» Sie schüttete vorsichtig den Brei in die Schüssel, nahm Frieda dann den Löffel ab und ging wieder in Annas Kammer.

«Ist sie aufgewacht?», fragte Frieda, die hinterherkam.

«Möglicherweise. Ich werde versuchen, ihr etwas hiervon einzuflößen. Haben Sie noch ein Kissen? Dann bringen Sie es her.»

Lina, die jahrelang ihren kranken Vater gepflegt hatte, zog Anna ganz vorsichtig hoch und schob ihr dann das zweite Kissen in den Rücken. Wieder spürte sie, dass die Kranke reagierte.

«Anna, ich werde dir jetzt etwas Brei geben. Du musst versuchen zu schlucken, hast du verstanden?»

Jetzt kam sogar ein Nicken, aber dem folgte gleich ein Stöhnen.

«Halte den Kopf ganz ruhig», wiederholte Lina noch einmal und breitete ein Leinentuch aus ihrer Tasche als Latz aus.

Der erste Löffel der dünnen Suppe ging daneben. Dann öffnete Anna aber den Mund und schluckte brav. Einige wenige Löffel voll konnte Lina füttern, dann spürte sie, wie Anna wieder in die Bewusstlosigkeit glitt. Sie hoffte nur, dass die junge Frau nicht erbrach, und hielt weiterhin ihre Hand.

Zitas erster Arbeitstag verlief sehr erfreulich. Wie zuvor am Abendbrottisch wurde sie von den anderen Näherinnen freundlich aufgenommen, nachdem sie klargemacht hatte, dass sie ihren Platz wieder räumen würde, sobald Anna zurückkehrte. Susanna zeigte ihr die Nähmaschine, Grete wies sie in die Arbeiten des heutigen Tages ein. Vorsichtshalber ließ man sie zunächst nur die oberen Stufen der Unterröcke mit der Maschine nähen, aber das Ergebnis war so gut, dass sie sicher bald jedes Stück fertigen konnte.

Mittags gab es eine schmackhafte Suppe mit Kartoffeln, und nach der kurzen Pause gingen alle wieder an die Arbeit. Aufmerksam hörte Zita dem Schwatzen der Mädchen zu. Aber in der Nähstube redete man kaum über die feine Kundschaft. Susanna regte sich über ihre jüngeren Schwestern auf, die bisher nichts zum Lebensunterhalt der Familie beitrugen, Grete klagte ihr Leid über ihren kranken Schwiegervater, dem sie nichts recht machen konnte, und Maria erzählte von früher, als sie noch nicht für ihr Geld arbeiten musste. Brauchbares für Weingart und die Bande des Greifers würde sie von den Frauen nicht erfahren. Vorsichtig fragte sie nach den Kundinnen.

«Manchmal hilft eine von uns aus beim Ankleiden, aber meist ist es Finchen, die den Damen zur Hand geht», erklärte Maria. «Sie hat eine Vertrauensstellung hier im Haus, obwohl sie gerade einmal zwanzig ist.»

«Zwanzig?», fragte Zita. «Und schon vier Kinder?»

«Ja.» Man sah Maria an, dass sie das durchaus missbilligte. «Und der kleine Oskar, ihr Ältester, wurde geboren, bevor sie den Simon heiratete. Aber der Commissar und die Chefin hatten den Kleinen derart ins Herz geschlossen, dass sie darüber hinwegsahen, die beiden heiraten ließen und gemeinsam einstellten.»

«Wenn sie das bei Simon nicht schon längst bereut haben», sagte Susanna bissig, und schon hechelte man Simon durch, der dem anderen Hausknecht Otto oft alle Arbeit überließ und sich verdrückte.

«Ich habe gehört, dass er sein Geld sogar manchmal zur dicken Martha trägt», setzte Grete noch hinzu.

Vorsichtig lenkte Zita das Gespräch wieder auf Finchen und ihre Arbeit im Salon.

«Finchen erzählt schon mal, worüber die Damen im Ankleidezimmer und im Salon so sprechen», sagte Grete. «Aber sie darf sich dabei nicht erwischen lassen, die Chefin ist so diskret wie ein Pfarrer.»

«Was erzählt sie denn so?», wollte Zita von ihr wissen.

«Na, zum Beispiel, damals, als die jüngere Tochter des Barons von Sannberg diesen französischen Grafen geheiratet hatte und er sie in Paris sitzenließ. Der Baron muss diesem Schlawiner mächtig zugesetzt haben, denn nach der Geschichte war der Mann fast bankrott, und seine Tochter lebt nun als reiche geschiedene Frau in Berlin. Aber sie war ja immer ganz anders als ihre Schwester Beatrice, unsere junge Frau Messmer.»

Auch mit dieser Art Klatsch würde Uli wenig anfangen können, fürchtete Zita. Sie fragte sich, wie lange er ihr Zeit geben würde, bis sie brauchbare Ergebnisse liefern musste.

Am frühen Nachmittag war eine Anprobe, und der Überfall auf Anna hatte den gesamten Zeitplan durcheinandergebracht. Ohne Anna und Lina, die immer den Überblick über das zu nähende Stück hatten, fühlten sich die restlichen Näherinnen etwas unwohl. Zita heftete gerade mit Nadel und Faden die Ärmel des hellen Nachmittagskleides zusammen, Susanna die Rockteile. Grete war mit dem Kragen des Oberteils beschäftigt gewesen und hielt es jetzt vor sich.

«Da stimmt etwas nicht», sagte Zita. Sie stand auf und kam zu Grete herüber.

«Am Kragen?», fragte die.

«Nein.» Zita zog das Oberteil auseinander. Es war schlicht, ohne jede Verzierung, nur eine Knopfleiste sollte es auflockern. «Ihr habt Vorder- und Rückseite verwechselt!»

Grete, Susanna und Maria sahen sich das Teil genau an. «Sie hat recht», sagte Maria, und Susanna nickte.

Grete wurde hochrot. «Das war wohl die ganze Aufregung gestern. Und es soll doch heute Nachmittag fertig sein …»

Zita sah hinüber zu der schlichten kleinen Uhr, die auf dem Fensterbrett stand. «Trenn es auf, beeile dich. Mit der Maschine schaffen wir das noch.»

«Aber wir nähen nur die langen Rocknähte auf den Maschinen!», protestierte Susanna.

Zita funkelte sie an. «Du bist doch sehr gut an der Maschine, oder? Traust du dir das nicht zu?»

«Doch … aber Frau Borghoff …»

«Frau Borghoff möchte sicher, dass das Kleid zur Anprobe fertig ist. Und jetzt los, Grete, mach schon.»

Vorsichtig trennte Grete das Oberteil wieder auf. Sie hatte Tränen in den Augen, als sie den Kragen abnahm, der ihr so viel Mühe gemacht hatte. Zita legte die gebügelten Teile erneut zusammen, und die anderen nickten zustimmend. Dann begann Susanna, die Teile mit der Maschine wieder zusammenzunähen. Es wurden gleichmäßige, feste Nähte. «Die Knopfleiste auch!», sagte Zita, als sie fertig war.

«Aber …»

«Einmal von jeder Seite.»

Ganz langsam kurbelte Susanna. Sie hatte noch nie eine sichtbare Naht mit der Maschine gemacht. «Es sieht gut aus», sagte sie, als sie fertig war. Die von Maria in Handarbeit genähte Knopfleiste saß gerade und fest an dem offenen Oberteil.

Zita heftete rasch die Ärmel an, dann begann Grete wieder mit der kniffeligen Arbeit am Kragen.

Bis halb zwei musste nur noch das Oberteil mit dem Rock verbunden werden. Das war der Moment, als Lina die Werkstatt betrat. «Noch nicht fertig?», fragte sie stirnrunzelnd.

«Jetzt», sagte Zita und hielt ihr das Kleid hin.

Lina sah es sich kritisch an. Dann fiel ihr Blick auf die Knopfleiste. «Wer hat die angenäht?», fragte sie.

«Ich», sagte Susanna schüchtern.

«Mit der Maschine?»

«Ja.»

Lina prüfte die anderen Nähte. «Das war doch gestern Abend schon fertig. Was ist passiert?»

Grete trat vor und erzählte alles. «Und dann hat Zita gesagt, Susanna ist gut genug an der Maschine, um auch das Oberteil darauf zu nähen. Und die Knopfleiste anzubringen.»

Alle vier Näherinnen schienen sich zu ducken und ein Donnerwetter zu erwarten. Aber es kam nicht.

«Die Nähte sind gut. Ich glaube, ich habe die Maschinen bisher unterschätzt.» Lina lächelte. «Und deine Fähigkeiten auch, Susanna.»

Sie blickte auf die Uhr. «Die Kundin müsste jeden Moment hier sein. Zita, Finchen ist heute Nachmittag bei Anna, ich möchte, dass du mir hilfst. Lass dir von Antonie eine Haube geben und steck dein Haar auf.» Man konnte den anderen Mädchen ansehen, dass sie Zita um diese Belohnung beneideten.

Im Rathaus saßen der Commissar, Ebel und Recke bei Bürgermeister Weinhagen. Seit den Vorfällen vor sechs Jahren hatte es keinen Mordfall mehr gegeben, sieht man davon ab, dass ein betrunkener Schiffer in einem Anfall von Eifersucht seine Frau erwürgt hatte. Eine Schlafende mit einem Kleinkind zu überfallen zeugte von ausgesprochener Brutalität.

Ruhig hörten sie dem Bericht zu, den Sergeant Fritz Recke verfasst hatte, von dem Zeitpunkt an, als man ihn und Polizeidiener Kramer in die Kleine Straße rief, bis zu seiner abschließenden Untersuchung des Tatortes. Was auffiel, war, dass es keinerlei Hinweise gab, die darauf hindeuteten, dass jemand das Fenster als Einstieg benutzt hatte. Der Rahmen war schmal und roh gezimmert, da wäre es nur zu wahrscheinlich gewesen, wenn der Täter sich die Kleidung aufgerissen hätte. Aber man hatte keinerlei Stoffspuren entdeckt. Da jedoch die Tür nicht gewaltsam geöffnet worden war, blieb nur das Fenster als Einstieg.

Dr. Feldkamps Bericht über Annas Verletzungen zeigten, dass Anna sich zunächst noch gegen den Eindringling gewehrt haben musste, denn an ihren Unterarmen hatte sie starke Blutergüsse.

«Wieso hat sie dann die Hände heruntergenommen und sich ungeschützt auf den Kopf schlagen lassen?», fragte William Weinhagen.

«Vielleicht war sie schon bewusstlos, und der Kerl hat weiter auf sie eingeschlagen», vermutete Recke.

Robert Borghoff schüttelte den Kopf. «Nein. Sie hat versucht, ihr Kind zu schützen.» Er sah dem Bürgermeister direkt ins Gesicht. «Ich habe die Leiche des Kleinen gesehen. Er ist nicht einfach erstickt worden. Sein Brustkorb war eingedrückt.»

Weinhagen atmete schwer. «Sie meinen, Anna Jansen hat ihr Kind erdrückt, weil sie es beschützen wollte?»

«Ja. Ich hoffe, es war in Ihrem Sinne, dass ich keine Obduktion angeordnet habe, Herr Bürgermeister. Wenn Anna durchkommt, soll sie nicht damit leben müssen. Es steht schon schlimm genug um sie.»

Der Bürgermeister nickte. «Das war richtig, Herr Commissar, davon sollte nichts an die Öffentlichkeit kommen.

Und, Ebel?», wandte er sich an den Inspektor. «Was sagt denn die Öffentlichkeit?»

Ebel, der Ruhrort und zumindest die alteingesessenen Ruhrorter von der feinen Reedersfamilie bis zum Gelegenheitsarbeiter im Hafen gut kannte, hatte sich auf Roberts Geheiß umgehört, in der Hoffnung, mögliche Zeugen zu finden. «Sie sind alle sehr bestürzt, dass sich jemand an einem Kind vergreift. Die meisten wissen übrigens nicht, dass Anna Jansen noch lebt. Es hat sich herumgesprochen, dass sie und ihr Kind getötet wurden.»

«Das ist gar nicht so schlecht.» Robert runzelte nachdenklich die Stirn. «Vielleicht wiegt das den Täter in Sicherheit. Ansonsten könnte er gut über alle Berge sein.»

«Zeit genug hätte er wohl gehabt», ergänzte Ebel. «Denn Mattes Becker hat gegen drei Uhr nachts die Haustür der Jansens offen stehen sehen.»

«Mit der Zeitangabe wäre ich aber vorsichtig.» Recke grinste. «Unser Neuer, Kramer, hat Mattes nämlich kurz vor Ende der Schicht aufgegriffen und ins Gewahrsam gebracht, weil er total besoffen war. Er hat aber nicht aus ihm herausgebracht, welcher Altstadtwirt die Polizeistunde nicht eingehalten hat.»

«Das war wohl die ‹Laterne›.» Ebel setzte sich gerade hin. Wenn es darum ging, Erkundigungen einzuziehen, war er unschlagbar. «Im Übrigen war es gut, dass ich mal wieder eine Runde in der Altstadt gemacht habe. Es scheint nämlich ein Problem auf uns zuzukommen.» Er genoss es, dass ihm alle, einschließlich des Bürgermeisters, aufmerksam zuhörten. «Überall wo ich hinkam, erzählte man mir von kleinen Diebstählen. Nichts Großes, mal ein paar Thaler aus einer Geldbörse oder Kleingeld aus der Jackentasche, manchmal auch die Jacke selbst. Normalerweise hätte ich gesagt, sie haben es verloren, aber in so großer Zahl ist das wirklich auffällig. Und die Diebe müssen sehr geschickt sein, das deutet auf Zugereiste.»

«Dann sollten wir den Mordanschlag zum Anlass nehmen, herauszufinden, welche neu Angekommenen sich noch nicht haben registrieren lassen», sagte Robert. Er wusste, dies war ja ohnehin im Sinne des Bürgermeisters, und vielleicht ging ihnen so auch der Angreifer ins Netz.

Zita, die Locken gebändigt unter einer strengen weißen Haube, konnte kaum fassen, wie einfach es gewesen war, ins Allerheiligste des Modesalons vorzudringen, auch wenn sie dies durch ihre beherzte Rettung des Kleides am Mittag gar nicht beabsichtigt hatte. Fast bedauerte sie, dass sie so in die Lage versetzt wurde, den Auftrag Weingarts zu erfüllen.

Die Kundin war Tusnelde Cockerill, die einzige Tochter Franz Haniels, die zwar seit ihrer Eheschließung in Aachen wohnte, doch bei Besuchen gern Linas Dienste in Anspruch nahm. Sie war eine wirkliche Schönheit, aber in ihrer protestantischen Strenge verbot sie sich jegliche Eitelkeit. Linas schlichte Modelle, an denen nur dezente Verzierungen und die Wahl der wertvollsten Stoffe darauf deuteten, dass sie viel Geld gekostet hatten, schienen wie für sie gemacht. Zita, die aus Wien die reichgeschmückten feinen Damen kannte, hielt die schlichte, strenge Person für eine kleine Bürgersfrau. Hier war wohl für den Greifer nicht viel zu holen.

Zita half Frau Cockerill im Ankleidezimmer, während Lina im Salon Friederike Haniel, die es sich nicht hatte nehmen lassen, ihre Tochter zu begleiten, einen Kaffee eingoss.

Angestrengt lauschte Zita der Unterhaltung, während sie die Röcke der Kundin über der Krinoline zurechtzupfte.

«Es geht wieder aufwärts mit den Geschäften», sagte Fritze, wie ihr Mann Franz Haniel sie gerne nannte, gerade. «Spürst du es hier auch schon, Lina?»

«Ein wenig. Ein paar große Aufträge mehr gibt es bereits. Aber die habe ich Baron von Sannbergs Frau zu verdanken.»

Fritze lachte leise auf. «Er hat mit der Dame einen Antrittsbesuch bei uns gemacht. Sie könnte ja seine Tochter sein!»

«Ich glaube nicht, dass sie sich hier in Ruhrort sehr wohl fühlen wird, liebe Tante.» Schon als Kind hatte Lina ihre Nachbarn Franz und Friederike Haniel «Onkel» und «Tante» genannt. «Sie scheint mir so gar nicht hierher zu passen.»

«Das wird sie wohl eine Weile müssen. Nicht dass der Baron verarmt wäre, aber er hat eine Menge Geld verloren, wie man sagt. Seine Häuser im Ausland sind verkauft, und er möchte eine Weile hierbleiben und sich um sein Gut kümmern.»

«Vielleicht sollte er sich auch mehr mit der Gießerei befassen.» Die Gießerei im Dorf Hochfeld, auf der anderen Seite der Ruhr, war ein gemeinsames Unternehmen mit Linas Bruder Georg und ihrem Schwager Bertram, die zusammen die Geschäfte von Linas Familie, den Kaufmeisters, führten. Seit der Krise hatte das Unternehmen kaum noch zu tun.

«Das tut er bereits, Lina. Er hat Franz und Hugo überredet, Eisen aus der Gutehoffnungshütte dort verarbeiten zu lassen, bevor sie die eigenen Gießereien wieder ausweiten. Das spart Haniel eine Menge Geld und hilft Sannberg und deiner Familie.»

Tusnelde war fertig angekleidet und kam herüber in den Salon, um sich in dem großen Spiegel zu betrachten. Lina stand auf, ging um sie herum und begutachtete die Arbeit kritisch.

«Der Rock ist etwas zu lang», sagte Tusnelde.

«Er wurde für die neuen Krinolinen zugeschnitten.»

«Neu bedeutet wohl noch größer», sagte Tusnelde. «Muss ich denn jede Torheit mitmachen?»

Lina lachte. «Es sieht nicht danach aus, dass die Röcke wieder schmaler werden, eher im Gegenteil.» Seit vor wenigen Jahren die Reifenkrinolinen die rosshaarverstärkten Unterröcke abgelöst hatten und die Frauen ein weitaus geringeres Gewicht mit sich herumschleppen mussten, war die Entwicklung zu immer größeren Rockumfängen nicht mehr aufzuhalten. Diktiert wurde die Mode von der französischen Kaiserin Eugénie und ihrem englischen Kleidermacher Charles Frederick Worth.

Lina wandte sich an Zita. «Lass dir von Christian bitte eine neue Krinoline mit fünf Ringen geben. Sag, es sei für Frau Cockerill, dann weiß er schon Bescheid.»

Wenig später half Zita der Kundin aus Kleid und Unterröcken und zog ihr dann die Krinoline über, die um einiges ausladender war als die, die sie zurzeit trug. Nachdem man sie wieder angekleidet hatte, kehrte Tusnelde zurück in den Salon. Sie musste sich zwar an der Tür mehr in Acht nehmen als zuvor, aber nun saß der Rock tadellos.

«Ich muss zugeben, es gefällt mir», sagte sie. «Obwohl die Weite geradezu skandalös ist.»

Sie probierte das zweite Kleid an, an dem noch eine kleine Änderung notwendig war, die Zita gekonnt absteckte.

«Ich reise morgen wieder heim nach Aachen, schaffst du das, Lina?», fragte Tusnelde, die wieder in ihren eigenen Kleidern mit der bescheideneren Krinoline steckte.

«Sicher. Mein Gehilfe wird es morgen früh bei euch abliefern.»

Die Damen verabschiedeten sich herzlich.

«Danke, Zita, du hast deine Sache sehr gut gemacht», sagte Lina. «Und dabei gleich die reichsten Damen der Stadt kennengelernt.»

Zita sah sie erstaunt an. Da hatte sie wohl noch viel zu lernen.

Lina löste Finchen am frühen Abend bei Anna ab. Finchen begrüßte sie mit einer guten Nachricht. «Sie war eine ganze Weile bei Bewusstsein. Ich habe sie mit dünnem Grießbrei gefüttert, wie Sie es mir aufgetragen haben.»

«Hat sie etwas gesagt?»

Finchen schüttelte den Kopf. «Nein. Sie hat es nicht einmal versucht. Aber sie hat manchmal die Augen geöffnet. Ich habe ihr auch Pfefferminztee gegeben.»

«Sehr gut. Und nun ab nach Hause zu Mann und Kindern, Finchen.»

Einen Moment lang schien sich Finchens Miene zu verdüstern. «Simon ist sicher wieder im Wirtshaus. Er versäuft und verspielt unser ganzes Geld. Und wer weiß, wofür er es noch ausgibt.»

Für Lina war das nichts Neues, aber dies war das erste Mal, dass Finchen sich beklagte. Hier, außerhalb des Hauses Borghoff, fiel es ihr wohl leichter, darüber zu reden.

«Du bereust es, Simon geheiratet zu haben, nicht wahr?»

«Ja, manchmal schon.»

Lina seufzte. «Ihr wart beide so jung damals, als Oskar unterwegs war. Du vierzehn und er sechzehn Jahre, und jetzt ist er gerade zweiundzwanzig. Die meisten Männer sind in diesem Alter noch nicht verheiratet, geschweige denn Vater von vier Kindern.»

«Seit Sophies Geburt habe ich ihn nicht mehr ... Ich wollte so schnell kein weiteres Kind.» Finchen sah auf den Boden. «Vielleicht ist er deshalb so ... so unzufrieden.»

«Nun, er ist viel mit anderen jungen Hausknechten zusammen, aber die sind noch ungebunden und ohne Verpflichtungen. Sie sind alle nicht reich, aber sie müssen mit ihrem Geld keine Familie ernähren. Er sieht jetzt, wohin es geführt hat, dass er dich damals geschwängert hat. Kein Wunder, dass er unzufrieden ist.»

«Ich weiß», sagte Finchen resigniert. «Aber es ist nun einmal, wie es ist. Doch egal, was ich ihm sage, er hört nicht auf mich. Er sagt, bei uns hätte er die Hosen an ...» Sie schwieg plötzlich und sah zu Boden, aber Lina begann zu lachen. «Im Gegensatz zu mir und meinem Mann, meint er.»

Finchen nickte.

«Mein Mann mischt sich nicht ein ins Geschäft und den Haushalt. Er sagt, er versteht davon nichts. Aber das heißt nicht, dass ich ihm auf der Nase herumtanze.»

Finchen nickte. Sie bekam genug mit im Borghoff'schen Haushalt, auch die verliebten Blicke, die Lina und Robert sich manchmal noch zuwarfen. «Was soll ich nur mit Simon tun, Frau Borghoff?» Finchen schien wirklich verzweifelt. «Am liebsten würde ich ihn vor die Tür setzen, aber das geht doch nicht. Und schließlich sind wir beide Ihre Angestellten.»

«Du möchtest also, dass ich etwas unternehme?» Es war nicht das erste Mal, dass Lina Klagen über Simon hörte. «Otto hat Christian erzählt, es gäbe Tage, da überlässt ihm Simon fast die ganze Arbeit und verschwindet ins Wirtshaus.» Wenn Otto, der zweite Hausknecht, allerdings gewusst hätte, dass Christian es ihr erzählen würde, hätte er sicher geschwiegen. Aber auch Robert hatte von seinen Polizeidienern gehört, dass sein Hausknecht dann und wann schon am Vormittag in der Kneipe hockte und Karten spielte oder würfelte. «Ich werde dafür sorgen, dass man Simon auf die Schliche kommt, und daraufhin seinen Lohn kürzen. Das Geld bekommst dann du, um es zu sparen.»

«Danke», sagte Finchen. «Es ist jetzt erst einmal wichtig, dass etwas Geld für die Kinder zusammenkommt. Wir brauchen bei Ihnen ja nicht viel, aber Schuhe müssen sie im Winter haben.»

Lina sah sie zweifelnd an. «Denke nur nicht, dass das Leben mit Simon einfacher wird, wenn wir ihn zwingen, zu Hause zu bleiben, Finchen.»

Die nickte nur kummervoll.

Als Finchen gegangen war, wandte sich Lina Anna zu. Diesmal öffnete sie sogar eine Weile die Augen. «Frau Borghoff ...», flüsterte sie.

«Ganz ruhig, Anna. Wir kümmern uns um dich. Hast du gesehen, wer dir das angetan hat?»

«Ich ... Was ist denn passiert? Warum tut mein Kopf so weh?»

«Jemand hat versucht, dich zu töten, Liebes.»

«Mich ... aber ...»

Sie fragte nicht nach ihrem Kind, und Lina war froh darüber. «Kannst du dich erinnern, Anna? Wer hat dich geschlagen?»

«Nein. Nein.» Sie begann leise zu weinen. «Es tut so weh ...»

«Streng dich nicht an. Es ist jetzt nicht so wichtig. Du wirst dich später erinnern.»

Lina ging hinaus und steckte den Kopf in die Küche, wo Frieda Jansen alleine saß. Der Bestatter hatte am Morgen einen kleinen Sarg gebracht, eine einfache Holzkiste, in die man Klein Walther gelegt hatte. Daraufhin war sein Vater im Wirtshaus verschwunden.

«Frau Jansen, bitte gehen Sie zu Dr. Feldkamp und holen ihn her. Anna ist wach.»

Frieda sah aus, als wäre sie nicht sehr erfreut über die gute Nachricht. Der Hass auf die Schwiegertochter saß wohl zu tief. Aber sie ging ohne Murren los.

Dr. Feldkamp hatte entschieden, dass man Anna nun zur Diakonie nach Duisburg bringen konnte, und der Bürgermeister hatte seinen bequemen Einspänner dafür zur Verfügung gestellt. Der Doktor selbst begleitete die Kranke, ein Polizeidiener fuhr die Kutsche.

So kam es, dass Lina wieder mit allen beim Abendessen saß. Sie beobachtete Zita, die sich ohne Schwierigkeiten in die Gemeinschaft eingefügt hatte. Ihre Arbeit war tadellos, sie hatte ein freundliches Wesen und spielte sich nicht in den Vordergrund.

Mit Missfallen nahm sie den Geruch von Bier und Tabak an Simon wahr, doch er schien seinen Pflichten heute trotzdem nachgekommen zu sein, denn Otto hatte den Nachmittag im gepachteten Garten verbracht und Beete für das Pflanzen von Gemüse vorbereitet, da es seit ein paar Tagen keinen Frost mehr gegeben hatte.

«Wir müssen etwas wegen Simon unternehmen.» Lina und Robert, beide erschöpft vom Tag, machten sich bereit für das Bett. Lina saß auf der Bettkante, und Robert half ihr aus den Schuhen, wie er es jeden Abend tat. Er stellte das Paar – feste Schnürstiefel, von denen einer erhöht war wegen ihres verkürzten Beines – ordentlich neben die Kommode.

Ruhig hörte er zu, was Lina ihm über das Gespräch mit Finchen erzählte.

«Wir sollten ihm den Lohn nicht wegen der vertrödelten Tage kürzen», sagte er dann. «Das macht ihn nur trotzig, und er wird das fehlende Geld von Finchen verlangen.»

«Soll er denn gar nicht bestraft werden?» Lina hatte ihr Nachthemd übergezogen und hinkte noch einmal hinüber zum Waschtisch, um ihr Haar zu bürsten und neu zu flechten.

«Wenn ein Polizeidiener ihn tagsüber in der Altstadt entdeckt, dann nehme ich ihn mir vor.»

«Das wird nichts nützen, er ist ein Sturkopf und wird weiter das Geld der Familie durchbringen.»

Robert nickte nachdenklich. «Du kannst ja Finchens Geld für sie und ihre Kinder bei Goldstein anlegen und es ihm nicht mehr auszahlen.»

«Ja, das wäre vielleicht einfacher, aber lernen wird er daraus nichts.» Lina schüttelte den Kopf. «Wer nicht arbeitet, sollte auch keinen Lohn dafür bekommen.»

Robert seufzte. «Du hast ja recht damit, und es ärgert mich auch, dass Otto oft für zwei arbeiten muss. Aber es wird großen Unfrieden stiften, und Finchen wird am meisten darunter leiden.»

«Ich denke, das weiß sie selbst. Und trotzdem hat sie um Hilfe gebeten.»

Plötzlich stand Robert hinter ihr und fuhr mit seinen Händen durch ihre langen tiefroten Haare, die bisher nur wenig Grau zeigten. Dann fanden die Hände ihren Weg zu ihren kleinen, festen Brüsten. «Bist du zu müde?», flüsterte er.

Lina drehte ihren Kopf zu ihm. «Nein. Müde ja, aber nicht *zu* müde.»

Sie bedauerte ein wenig, dass seine alte Rückenverletzung ihn in letzter Zeit vermehrt plagte, sodass er sie nicht wie früher einfach hochheben und ins Bett tragen konnte. Aber auch ohne jede Akrobatik war er der zärtlichste Liebhaber, den Lina sich vorstellen konnte.

Zita hatte Hermann gar nicht gesehen, da das Abendessen im Hause Borghoff lang und fröhlich gewesen war. Mit Erlaubnis von Frau Borghoff hatte sie ein Stückchen Butter, das in den nächsten Tagen ranzig zu werden drohte, mitnehmen dürfen. Sie hatte darauf geachtet, nicht zu viel zu bekommen, da sie wusste, dass Susanna und Grete und auch der Hausknecht Otto noch weitere Leute mit durchfüttern mussten. Aber niemand hatte ihr die Butter für zwei Schnitten Brot geneidet.

Sie legte sie in den kleinen Kasten und griff sich dann noch einmal ihr Umschlagtuch.

Weingart wartete schon in der «Laterne» auf sie. «Nun?», fragte er. «Was hast du für mich?» Sie brauchten sich nicht zu sorgen, dass irgendjemand ihr Gespräch mitbekam, denn in der Kneipe ging es hoch her. Ein paar junge Burschen, wohl Hilfsmatrosen, deren Schiffe ein paar Tage im Hafen ankerten, hatten ein dralles Schankmädchen auf einen der Tische gehoben und versuchten sie dazu zu bringen, ihre Röcke zu lüften. Das Mädchen – zwar kokett, wie es ihre Stellung erforderte, aber doch ehrbar – wehrte sich tapfer. Schließlich griff der Wirt ein und half ihr wieder herunter, den Burschen drohte er Hausverbot an, wenn sie sich nicht benähmen.

«Ich habe dich was gefragt», sagte Weingart.

Zita, die selbst schon als Schankmagd gearbeitet und dem Treiben mitfühlend zugesehen hatte, zuckte zusammen.

«Ich habe gerade erst angefangen, Uli. Immerhin durfte ich schon bei der Anprobe helfen. Und es waren die reichsten Frauen von Ruhrort da. Frau Haniel und ihre Tochter, aber die wohnt nicht hier.»

«Haniel, was? Gibt es da etwas zu holen?»

«Bestimmt, auch wenn die Damen nicht danach aussehen. Ganz schlichte dunkle Kleider, kein Schmuck außer einer kleinen Brosche und dem Ehering. Aber ihnen gehören ein großes Hüttenwerk und mehrere Zechen, Schiffe und Werften. Das haben zumindest die Mädchen erzählt. Und die Familie von Frau Borghoff scheint auch reich zu sein. Sie heißen Kaufmeister. Es ist hier vieles anders als in Wien oder Prag.»

«Das denk ich mir. Diese steifen Protestanten verstecken ihr Geld, statt es zu zeigen.»

«Ich werde etwas Zeit brauchen, Uli. Ich muss mich erst zurechtfinden und das Vertrauen aller gewinnen.» Und versuchen, meine Flucht zu planen, bevor der Greifer hier auftaucht, fügte sie in Gedanken hinzu.

«Sei vorsichtig. Schließlich geht da die Polizei ein und aus.»

Zita wusste, es ging Weingart nicht um ihre Sicherheit, sondern nur um die ausspionierten Erkenntnisse.

«Ist der Mathis eigentlich hier?», fragte sie zaghaft.

«In Ruhrort? Nein. Aber er ist nicht weit. Willst du ihn treffen?»

Zita schüttelte den Kopf und hoffte, dass es nicht zu heftig gewesen war. «Weiß er denn, dass ich in dem Salon arbeite und nicht die Pepi?»

«Sicher weiß er das.»

Sieh an, dachte Zita. Auch Uli log. Der Greifer hasste es, wenn seine Pläne nicht genau befolgt wurden. Dass gerade sie die Stelle bekommen hatte, war sicher nicht in seinem Sinn. Aber Uli Weingart pflegte stets eigene Wege zu gehen, wenn er konnte. Solange sie ihm die gewünschten Auskünfte lieferte, würde der Greifer glauben, sie stammten von Pepi. Der Greifer, so viel war ihr jetzt klar, hielt sich in einer der umliegenden Städte auf. Nah genug, um schnell eingreifen zu können, aber weit genug weg, dass Weingart hier freie Hand hatte.

«Ich muss jetzt gehen», sagte Zita und erwartete fast, dass Weingart sie wieder in die Bank drücken würde. Aber stattdessen stand er auf und ließ sie vorbei.

Zwei Tische weiter sprach man über die Beerdigung des kleinen Walther. Jemand wunderte sich, dass Anna noch nicht beerdigt worden war. «Der Doktor soll sie noch aufschneiden», raunte einer. «Neumodischer Kram. Sie glauben, wenn sie sie aufschneiden, finden sie den Mörder.»

Plötzlich regte sich am Nebentisch ein Mann, der die ganze Zeit stumm einen Schnaps nach dem anderen in sich hineingeschüttet hatte. Er brauchte nicht zu zahlen, die Ruhrorter hatten sie ihm spendiert. «Anna ist nicht tot. Sie lebt. Sie wurde heute zur Diakonie nach Duisburg gebracht.» Er schwankte, als er das Glas hob. «Auf Anna!», rief er, und die anderen stimmten ein. «Auf Anna!»

Zita sah, wie Weingarts Augen noch ein wenig schmaler wurden. Sie beugte sich noch einmal hinunter zu ihm. «Uli, das ist doch nicht schlimm. Ob sie lebt oder nicht, ich habe die Arbeit bei Frau Borghoff.»

Aber er reagierte nicht darauf und fixierte nur Walther Jansen.

3. Kapitel

Hermann Demuths Schicht war zu Ende. Müde streckte er seine Knochen, als er nach dem letzten Puddeldurchgang vom Ofen stieg. Fünf Stunden lang hatte er ohne Unterbrechung den heißen Stahl gerührt, ihm Luft zugeführt, die ihm die spröde machenden Anteile entzog. Er streifte die dicken Handschuhe ab, die seine Hände vor der Hitze der Rührstange schützen sollten, und legte sie in ein grob zusammengezimmertes Regal. Dann kennzeichnete er noch den zu Kugeln geformten Stahl, den er bearbeitet hatte. Wenn die unter dem Luppenhammer standhielten, war seine Arbeit gut, zerbrachen die Luppen, enthielten sie noch zu viele Schlacken und Kohlenstoffe. Puddler erhielten Abzüge für schlechte Arbeit. Hermann war sich sicher, dass auf seiner Liste heute keine Abzüge gemacht werden würden. Wie jeder erfahrene Puddlermeister sorgten er und seine beiden Arbeiter, die abwechselnd rührten oder den Ofen heizten, dafür, dass genügend bereits bearbeitetes Eisen in die Pfanne kam. Alle Puddler waren Diebe, und mit *dem* Handwerk kannte Hermann sich aus. Im Gegensatz zu den anderen hatte man ihn und seine Leute noch nie bei einem Diebstahl erwischt.

Oft gab es Streit im Werk, wenn die Luppen zurückgewiesen wurden und die Arbeiter kein Geld dafür bekamen. Hermann wusste, dass die Vorarbeiter dies oft ohne Grund taten und das Geld dann für sich einstrichen. Aber er war nur selten davon betroffen. Er galt als einer der Besten. Obwohl er klein und drahtig war, besaß er die nötigen Körperkräfte und die Ausdauer, die das Puddeln erforderte. Er beherrschte die verschiedenen Kochvorgänge und konnte sich im Gegensatz zu manchem Kraftprotz genau darauf konzentrieren, welche Arbeiten wann gemacht werden mussten. Auch die Heizvorgänge hatte er gut verstanden und instruierte seine Leute entsprechend. So hatte er sich den Respekt der Betriebsleitung verdient.

Einmal hatte er einem Vorarbeiter Betrug nachweisen können – dieser wollte ihm fehlerhafte Luppen eines anderen Puddlers unterschieben, der sich als sein Schwager entpuppte. Gewandter im Reden als die meisten Arbeiter, sorgte er dafür, dass der Mann zurück an den Hochofen musste und froh sein konnte, nicht entlassen worden zu sein.

Der betrügerische Vorarbeiter und sein Schwager, ein großer, starker Kerl, hatten ihm damals prompt aufgelauert, und niemand hätte auch nur einen Pfennig auf den eher zart wirkenden Hermann gesetzt. Aber in seiner Wiener Zeit war es nicht nur Hermanns Aufgabe gewesen, die Verletzten der Greiferbande zusammenzuflicken, sondern er hatte auch ein außerordentliches akrobatisches Talent gezeigt, mit dem er jede Hausfassade erklettern konnte. So schlug er den Vorarbeiter kurzerhand bewusstlos, noch bevor der andere Puddler sich einmal gedreht hatte. Dieser konnte eine Woche nicht arbeiten, nachdem Hermann ihn zusammengeschlagen hatte. Seitdem ließ man ihn in Ruhe.

Der Schichtwechsel auf dem Phoenix fiel oft mit der Ankunft des Frühzuges am Ruhrorter Bahnhof zusammen. Hermann hasste das, denn jedes Mal geriet er in die Kontrollen der Ruhrorter Polizei. Obwohl die geschwärzten Gesichter der Stahlarbeiter leicht von denen der Bahnpassagiere zu unterscheiden waren, nutzten die Polizeidiener das Zusammentreffen für ein Überprüfen ihrer Listen. Sie schienen geradezu Freude daran zu haben, den müden Nachtschichtlern die Wartezeit auf ihre wohlverdiente Bettruhe zu verlängern.

Es waren nur wenige Reisende angekommen an diesem Morgen. Unter ihnen fiel eine Dame in einem schwarzen Reisekostüm auf. Die Frau war tief verschleiert wie bei einem Trauerfall. Sie war in Begleitung eines Mannes, eines Dieners offensichtlich, denn er trug zwei schwere Reisetaschen.

Die Arbeiter und die Angekommenen wurden angewiesen, zwei Reihen zu bilden. Hermann reihte sich rechts in die Schlange der Arbeiter ein. Als er der Frau näher kam, sah er, dass sie ihr rotes Haar zu einem dicken Nackenknoten gebunden trug. Hermann beschlich ein ungutes Gefühl, obwohl er nicht sagen konnte, weshalb. Irgendetwas an dieser Frau kam ihm bekannt vor, aber da der Schleier das Gesicht bedeckte, konnte er nicht sagen, ob sie ihm wirklich schon einmal begegnet war.

Hermanns Reihe schob sich schnell an der anderen vorbei. Einer der Reisenden konnte sich offensichtlich nicht ausreichend ausweisen, und es dauerte einige Zeit, bis die Personalien aufgenommen und der Zweck des Besuchs in der Stadt erfragt war. Der Mann trug ein Gestell und einen Kasten bei sich und war wohl ein reisender Daguerreotypist.

Verstohlen blickte Hermann zu der Dame, die geduldig in ihrer Schlange stand und ab und zu ein leises Wort mit dem Diener wechselte. Einen Moment sah sie zu ihm herüber, und plötzlich verspürte er den Wunsch, sich unsichtbar zu machen, und fuhr sich mit der Hand, die er zuvor über seine rußverdreckte Arbeitskleidung gestrichen hatte, durch das Gesicht, um es noch schmutziger zu machen.

Dann hatte er dem Polizeidiener seinen Namen genannt und bekam gerade noch mit, wie die Unbekannte dem jungen Polizeidiener Kramer, der die Reisenden kontrollierte, ihren

Namen nannte und das entsprechende Ausweispapier aushändigte.

«Hedwig Müller», las der laut. «Was führt Sie nach Ruhrort, Frau Müller?»

«Besuche bei alten Freunden. Mein Mann ist kürzlich verstorben, und ich suche ein wenig Trost.»

Diese Stimme. Wohlklingend, nicht zu hoch, samtweich. Noch wollte Hermann es nicht glauben. Auffallend langsam ging er Richtung Stadt und ließ sich schließlich von der Dame und ihrem Diener überholen. Inmitten der nachfolgenden Arbeiter fühlte er sich sicher.

Sie schien sich auszukennen in der Stadt. Zielsicher steuerte sie das Gasthaus «Heckmann» in der Neustadt an, das sich hochtrabend «Hotel» nannte. Hermann folgte ihnen bis dorthin, dann tat er so, als würde er die Auslagen der gegenüberliegenden Bäckerei betrachten. Die beiden spiegelten sich in den blankgeputzten Scheiben. Vor der Tür des Gasthauses stellte der Diener die Gepäckstücke ab. Und dann lüftete sie kurz ihren Schleier. «Danke, ab jetzt komme ich allein zurecht. Du brauchst nicht mit dem Zug zurückfahren, auf der anderen Seite der Stadt gibt es eine Fähre nach Duisburg. Und grüß ihn von mir!»

Der Diener verabschiedete sich.

Hermann starrte in das Schaufenster und sah, wie sie den Schleier wieder herunterließ. Irrte er sich, oder schaute sie zu ihm herüber? Sie konnte ihn nicht erkannt haben, nicht in der Arbeitskleidung und mit all dem Schmutz im Gesicht. Das Gesicht, das er jeden Morgen über seiner Waschschüssel in dem kleinen Rasierspiegel sah, bevor er den Dreck der Schicht abwusch, hätte nicht einmal sein eigener Vater erkennen können. Und es war drei Jahre her, dass sie ihn das letzte Mal gesehen hatte. Aber er wollte nichts riskieren. Entschlossen ging er in den Bäckerladen. «Eine Scheibe Weißbrot», verlangte er.

Durch das Fenster sah er, wie die Frau in der Gaststube verschwand.

Hermann beeilte sich, nach Hause zu kommen. Es war also doch kein Zufall gewesen, dass Zita bei ihm aufgetaucht war. Doch zur Rede stellen konnte er sie nicht, denn sie war schon längst zur Arbeit aufgebrochen.

Der süße Geschmack des Weißbrotes konnte ihn nicht trösten. Sie hatten ihn gefunden. Und so nah wie sie waren, würden sie seine Spur nie wieder verlieren.

Er wusch sich und kroch unter die Bettdecke, die Zita sorgfältig hatte auslüften lassen. Aber trotz aller Erschöpfung von der harten Schicht dauerte es lange, bis er eingeschlafen war.

An diesem Morgen kam Lina später als gewöhnlich zum Frühstück. Sie hatte große Mühe gehabt, die vielen Knoten in ihrem Haar wieder herauszubürsten, denn zum Zöpfeflechten war sie dann doch zu müde gewesen. Sie und Robert hatten sich besonders lang und zärtlich geliebt, und wie so oft nach einer solchen Nacht suchte sie am Morgen danach verräterische Spuren von Glück in ihrem Gesicht. Waren ihre Wangen eine Spur rosiger als sonst? Die Mundwinkel höher? Hatte Finchen ein leises Schmunzeln gezeigt, als sie und nicht Robert, der bereits zum Dienst aufgebrochen war, ihr in ihre Schuhe half?

«Lotte war heute Morgen schon sehr früh hier. Sie hat eine Nachricht von Ihrer Schwägerin gebracht.»

Lina wurde augenblicklich aus ihrer sanften Stimmung gerissen. Wenn Aaltje, die Frau ihres Bruders Georg, sich aufraffte, ihr eine Nachricht zu schicken, dann konnte das nichts Gutes bedeuten. Sie trafen sich gewöhnlich alle zwei Wochen sonntags zum Nachmittagskaffee, dann war Zeit genug, um Neuigkeiten auszutauschen.

«Na, hol schon den Brief!», sagte sie, und Finchen rannte wie in alten Zeiten die Treppe hinunter.

Lina, die rasch Kleid und Haube angezogen hatte, kam ihr schon an der Treppe entgegen. Sie faltete die Nachricht auseinander. Sie war kurz.

«Mina komt hierher. Ich weet niet, wie sie von Justus' Tod gehört hat, aber sie wil die Kinderen. Kom schnell hier hin, Aaltje»

«Verdammt!», entfuhr es Lina, und Finchen sah sie erstaunt an. So schnell sie konnte, ging Lina die steile Treppe hinunter in den Flur und griff sich ihren Mantel.

«Kein Frühstück?», fragte Finchen.

«Keine Zeit.»

Es war ruhig im Hause Kaufmeister. Die Kinder waren in der Schule und Linas Bruder Georg längst im Kontor in der Dammstraße. Nur das geschäftige Treiben der Hausangestellten Helene und Lotte und der Haushälterin Tineke verursachte ein paar Geräusche.

«Fräulein Lina!», begrüßte sie der Hausdiener Heinrich. Selbst sechs Jahre nach Linas Heirat hatte er sich nicht daran gewöhnen können, dass sie nun Frau Borghoff war, und trauerte ihrem Regiment im Kaufmeister'schen Haushalt immer noch nach.

«Aber Heinrich», sagte Lina leicht tadelnd, doch er hatte keine Zeit, sich zu verbessern, denn Aaltje kam die Treppe herunter, um Lina zu begrüßen. Die große blonde Frau, die Lina um gut einen Kopf überragte und mehr als zweimal so breit war, bebte unter mächtigen Schluchzern, Tränen liefen ihr über die Wangen.

«Schau dir das an», sagte sie und zog einen Brief aus der Schürzentasche hervor, dessen Tinte durch die Tränen schon an einigen Stellen verwischt war. Lina erkannte die Schrift ihrer Zwillingsschwester sofort, sie war der ihren sehr ähnlich.

«Mein verehrter Bruder Georg,
nur durch einen Zufall habe ich erfahren, dass mein Ehemann Justus Bleibtreu im letzten Winter in Neu York gestorben ist. Er hatte Dir gegen meinen Willen die Vormundschaft für die Jungen übertragen. Als einziger Elternteil der Jungen widerrufe ich diese Entscheidung. Ich werde in den nächsten Tagen nach Ruhrort kommen und sie dann mitnehmen.
Hochachtungsvoll
Wilhelmine Bleibtreu»

«Wie hat sie das von Justus erfahren?», fragte Lina. Ihr Schwager hatte seine Familie vor fast sieben Jahren – verfolgt von der preußischen Geheimpolizei wegen revolutionärer Umtriebe und Landesverrat – mittellos in Brüssel sitzenlassen und war dann allein nach Amerika ausgewandert. Die Familie Kaufmeister hatte Mina und ihre Söhne wieder in ihrem Haus aufgenommen, doch dann war Linas Schwester unter den Einfluss eines verbrecherischen Malers namens Reppenhagen geraten und schließlich mit ihm durchgebrannt. Ab und zu schickte sie einen Brief an ihre Kinder; wo genau sie sich befand und was sie trieb, wusste jedoch keiner. Da sie ihre Söhne in Ruhrort zurückgelassen hatte, nahmen sich Georg und Aaltje ihrer an und zogen sie groß, als wären es ihre eigenen Kinder. Georg hatte auch dafür gesorgt, dass Justus ihm formell die Vormundschaft übertrug, denn tatsächlich hatte Mina mehr als einmal versucht, die Kinder für sich einzufordern.

Nach allem, was vor sechs Jahren geschehen war, wollte die ganze Familie, einschließlich Lina und Robert, das mit aller Macht verhindern. Robert hatte sogar seine alten Beziehungen zur Königlichen Polizei spielen lassen, um auf dem Laufenden zu sein, wo sich Mina und Reppenhagen aufhielten, aber irgendwann hatte sich die Spur verloren.

Trotzdem hatten Lina und Robert seit dem Tag, als die

Nachricht von Justus' Tod, der in ärmlichen Verhältnissen an einer Lungenentzündung gestorben war, sie erreicht hatte, damit gerechnet, dass Mina in Ruhrort auftauchen würde, um ihre Söhne zurückzufordern. Alles, was Robert in den ersten Jahren über sie und Reppenhagen gesammelt hatte, lag sorgfältig aufgezeichnet in einer Akte in Roberts Schreibtisch im Rathaus. Schon die Tatsache, dass sie unverheiratet mit einem Mann zusammengelebt hatte, würde reichen, um einen Richter davon zu überzeugen, dass diese Mutter ihren Söhnen nur Schaden zufügte.

«Ik weet het niet, Lina. Georg hat mit de jongens geredet gestern Abend. Emil hat ihr vielleicht ein Brief geschrieben.»

«Und woher hatte er die Adresse?»

Aaltje zuckte ihre mächtigen Schultern. «Die Briefen haben wir immer verstopt ...»

Lina schob Aaltje in den großen Salon. Die schluchzte immer noch. «Ik hou so van de jongens, als ob sie meine eigene kinderen sind ...»

Lina drückte Aaltje sanft auf das Sofa und setzte sich zu ihr. «Schau, Aaltje, sie wird nichts erreichen, wenn sie herkommt. Niemand würde einer Frau wie ihr die Kinder überlassen.»

Aaltje nickte und schnäuzte sich in ein Spitzentaschentuch. «Ach, de jongens. Sie begreifen das doch nicht. Sie ist doch ihre Mutter.»

Lina nahm ihre Hand und drückte sie. «Da müsst ihr einfach hart bleiben. Wenn sie alt genug sind, werden sie es verstehen.»

«Emil ist alt genug.»

Der inzwischen achtzehnjährige Emil hatte ihnen mehr als einmal Kummer gemacht, indem er forderte, seine Mutter treffen oder ihr wenigstens schreiben zu dürfen. Er hatte nie geglaubt, was Georg ihnen hatte weismachen wollen, nämlich dass seine Mutter nichts mehr von ihm und seinem jüngeren Bruder Josef wissen wollte.

«Robert und ich stehen euch bei. Hast du eine Ahnung, wann sie hier sein wird?»

«Die Brief kommt aus Frankfurt. Es ist nicht weit mit die Zug.» Aaltje schluchzte zwar nicht mehr, aber ihre Hände zitterten.

«Aaltje, wir werden kaum verhindern können, dass sie herkommt und die Jungen sehen will. Wie du selbst sagst: Sie ist ihre Mutter. Aber niemand nimmt euch die Jungen weg.» Sie stand auf. «Schick sofort jemanden zu mir und auch zu Robert aufs Rathaus, wenn sie auftaucht», schärfte sie Aaltje ein. «Und vielleicht wäre es besser, wenn Georg in den nächsten Tagen hier zu Hause arbeitet.»

«Ja. Er wollte am Mittag zurückkommen und dann bleiben.» Auch Aaltje erhob sich, und dann versank Lina in einer mächtigen Umarmung.

«Es wird alles wieder gut, Aaltje, glaub mir.» Lina griff sich im Flur Stock und Mantel.

Vor der Tür draußen atmete sie tief durch. Sie hatte das Gefühl, ein Sturm wäre im Anzug auf die Familie Kaufmeister. Wir werden nicht verhindern können, dass sie kommt, wiederholte sie in Gedanken, was sie Aaltje gesagt hatte. Dann runzelte sie die Stirn. Vielleicht konnten sie es doch verhindern.

Lina hatte eigentlich vorgehabt, direkt zum Rathaus zu gehen, um mit Robert zu sprechen, als Finchen ihr über den Weg lief. An jeder Hand hatte sie ein Kind – links ihren ältesten Sohn Oskar und rechts Carolinchen, die jüngste Tochter der Kaufmeisters. Die Kleine war allerdings kaum zu erkennen, denn sie war fast vollständig von Schlamm bedeckt.

«Was ist passiert?», fragte Lina erstaunt.

«Die beiden sind nach der Schule nicht nach Hause gekommen, sondern zur Woy gelaufen, weil ihnen irgendein Bengel eingeredet hat, dort gäbe es schon Kaulquappen! Im März, bei dieser Kälte!» Man sah Finchen an, dass sie ihren Oskar am liebsten an den Ohren heimgeschleift hätte.

«Ich habe aber eine Kaulquappe gesehen, ganz bestimmt!», erklärte Carolinchen. Ihr Kleid war nass, dreckig und völlig ruiniert.

«Carolinchen ist in den Tümpel gefallen», erklärte Oskar. «Ich habe sie herausgezogen.»

«Ihr beiden habt an der Woy überhaupt nichts zu suchen. Ich habe dir zigmal gesagt, dass du von der Schule ohne Umwege gleich nach Hause kommen sollst», schimpfte Finchen. «Was glaubst du, was für Sorgen ich mir gemacht habe, als du nicht zum Mittagessen da warst.»

Lina runzelte die Stirn. So spät war es schon? «Finchen, bring Carolinchen nach Hause.»

«Ich dachte, ich wasche ihr erst einmal den Dreck aus den Haaren und ziehe ihr etwas Trockenes an. Und vielleicht ist es besser, wenn Sie selbst sie heimbringen, dann fallen die Prügel nicht ganz so hart aus», sagte Finchen.

«Und was ist mit meinen Prügeln?», wollte Oskar wissen.

«Du kriegst, was du verdienst, mein Junge. Dein Vater wird dir schon ordentlich den Hintern versohlen.»

«Gut», sagte Lina. «Die beiden müssen auch schleunigst aus den nassen Sachen heraus. Und dann bringe ich sie heim. Aaltje wird bestimmt schon in heller Aufregung sein.»

Antonie und Finchen stellten die Kleinen nacheinander in den großen hölzernen Spülbottich, den sie halb mit warmem Wasser gefüllt hatten. Beiden Kindern war inzwischen richtig kalt, Carolinchen klapperte sogar mit den Zähnen. Lina suchte derweil im Stoffladen bei der Fabrikware ein Mädchenkleid.

«Das ist aber hässlich!» Carolinchen rümpfte die Nase. Es

war ein graues Kleidchen aus einem kratzigen Stoff, und es war ihr auch etwas zu groß, aber Lina hatte kein anderes finden können.

«Wenn du dir dein schönes Kleid an der Woy verhunzt, kannst du nicht erwarten, dass du wie eine Prinzessin aussiehst», sagte Lina. Sie musste sich zusammenreißen, nicht zu schmunzeln, denn die Kleine erinnerte sie sehr an sie selbst, bevor sie damals krank wurde. Lina und ihre Schwester Mina waren auch auf jeden Baum geklettert, hatten in jedem Loch gestochert und mit den Altstadtjungen bei den Stadtgärten Feuerchen gemacht. Inzwischen konnte man Carolinchens schöne dunkle Locken wiedererkennen und auch ihr hübsches Gesicht. Lina band ihr eine Haube um die noch feuchten Haare.

«So, jetzt komm.» Der Hausknecht Otto hatte die Schuhe der Kleinen notdürftig gesäubert, aber natürlich waren sie immer noch ganz nass.

«Ihhh», rief Carolinchen.

«Bis zu Hause wird es wohl gehen», sagte Lina und nahm sie jetzt bei der Hand. «Eigentlich solltest du drei Schritte vor mir hergehen, damit ich so tun kann, als gehörten wir nicht zusammen», sagte sie, aber sie lachte.

Ihr Bruder würde nicht lachen. Während Aaltje schon oft sehr nachsichtig war, erzog Georg seine Kinder gerecht und konsequent. Manchmal fand Lina ihn zu hart, aber eigentlich gediehen Karl und Elisabeth und auch die Neffen Josef und Emil vorzüglich.

In der Karlstraße befand sich das ganze Haus in Aufruhr, weil Carolinchen nicht von der Schule heimgekommen war. Das Hausmädchen Lotte hatte zum Lehrer laufen müssen und zu Carolinchens Schulfreundinnen, war aber ohne jede Nachricht von dem Kind zurückgekommen.

Aaltje saß weinend im Salon, und inzwischen war auch Georg wie angekündigt nach Hause gekommen – eigentlich um seiner Frau wegen des Briefes von Mina beizustehen –, aber das war jetzt fast vergessen, weil die Jüngste, sein erklärter Liebling, verschwunden war.

Alle waren erleichtert, als Lina mit der Kleinen eintraf, in einem Korb das schlammbedeckte teure Kleidchen und die ehemals weiße Schürze.

«Sie war mit Oskar an der Woy und hat nach Kaulquappen gesucht», erklärte Lina.

«Im März?», fragte Georg. Er sah seine Tochter an.

«Der Heini Kötter hat zu Oskar gesagt, er hätte schon welche geholt.» Carolinchen versteckte sich fast hinter ihrer Patentante Lina.

Georg machte ein strenges Gesicht, was ihm nach Linas Meinung nicht schwerfiel, da er ohnehin wenig Humor hatte. «Haben wir nicht neulich darüber gesprochen, dass du nach der Schule gleich nach Hause kommen sollst?»

Die Kleine nickte.

«Und? Hast du das heute gemacht?»

Sie schüttelte langsam den Kopf.

«Bist du also gehorsam gewesen?»

Jetzt sah sie auf den Boden, als sie den Kopf heftig schüttelte.

«Geh in mein Büro und warte da auf mich.»

Gehorsam ging Carolinchen.

«Georg, es ist toch nicht viel passiert», sagte Aaltje. «Das Wichtigste ist, dass sie zu Haus ist.»

«Wenn ich sie nicht bestrafe, wird sie nie gehorchen», sagte Georg. Dann sah er Lina an. «Ich werde ihr den Umgang mit Oskar verbieten, wenn Finchen ihn nicht in den Griff bekommt. Das ist ja nicht das erste Mal, dass er Carolinchen in Schwierigkeiten bringt.»

«So wie ich deine Tochter kenne, kann sie sich auch ganz gut allein in Schwierigkeiten bringen», konterte Lina.

«Ich weiß. Und du findest das wahrscheinlich auch noch komisch. Aber du hast selbst keine Kinder, Lina. Kinder brauchen eine harte Hand, damit sie später im Leben bestehen können.» Er folgte seiner Tochter in sein Büro.

«Aber doch nicht zu hart!», rief Lina ihm hinterher.

«Sei mal nicht bang», sagte Aaltje. «Sie ist toch Papas meisje. Das tut ihm mehr pein dan ihr.»

Kurz darauf hörten sie Geschrei aus dem Büro, und dann kam Carolinchen zurück, um sich von ihrer Mama trösten zu lassen.

«Wage es nicht, ihr etwas Süßes zum Trost zu geben!», herrschte Georg, der hinterhergekommen war, seine Frau an.

Aber Lina sah, dass in seinen Augen Tränen schimmerten.

«Komm, wir ziehen dir eine schöne Kleid an», sagte Aaltje und ließ Lina mit ihrem Bruder allein.

«Wie gehen die Geschäfte?», fragte er plötzlich.

«Ganz gut. Es kommen schon Aufträge für die Frühjahrsbälle, aber das meiste wird sicher für den Maiball geordert.»

«Und bist du flüssig genug, um die teuren Stoffe zu kaufen?»

Im letzten Jahr um diese Zeit hatte Lina ihn um einen Vorschuss auf ihre Rentenzahlung aus dem Vermögen ihrer Eltern gebeten, um die kostbaren Seiden- und Organzastoffe kaufen zu können. Er hatte daraufhin verlangt, ihre Bücher zu sehen, und ihr das Geld erst gegeben, nachdem er die Geschäftsführung als gut befunden hatte. Lina hatte sich fürchterlich darüber geärgert und sich geschworen, ihren Bruder nie wieder um Hilfe zu bitten. Aber in diesen Zeiten war sie vielleicht doch einmal darauf angewiesen. Deshalb blieb sie versöhnlich.

«Ich denke, es wird gehen. Aber falls nicht – würdest du

mir aushelfen? Die Rente habe ich ja leider letztes Jahr schon ausgegeben.»

«Wir verdienen zwar auch noch nicht viel, aber für ein paar Anzahlungen bei den Stoffhändlern würde es reichen.»

«Gut zu wissen, Georg», sagte Lina. «Ich denke, es geht in diesem Jahr auch so, aber es ist beruhigend.» Sie sah ihn an und lächelte. Das Verhältnis zu ihrem Bruder war nicht immer so gut gewesen.

«Carolinchen wird dir verzeihen», sagte sie ihm. «Heute Abend sitzt sie sicher wieder auf deinem Schoß. Sie ist doch Papas Mädchen.»

«Ja, das ist sie. Mein kleiner Sonnenschein. Aber manchmal ist sie schlimmer als ein Sack Flöhe.»

Lina ging von den Kaufmeisters auf direktem Weg zum Rathaus. Dort hatte Inspektor Ebel gerade die schlechte Nachricht überbracht, dass Walther Jansen in der «Laterne» herausposaunt hatte, dass seine Frau noch lebte und nach Duisburg geschafft worden war. Robert hatte unverzüglich den jungen Kramer zur dortigen Staatsanwaltschaft geschickt. Er hoffte, dass Staatsanwalt Loerbroks Annas Bewachung anordnen würde. Obwohl der Überfall ein Kapitalverbrechen war, hatte die Staatsanwaltschaft in Wesel den Fall den Duisburgern überlassen.

«Ich fürchte, mehr können wir nicht tun», sagte Robert gerade, als Lina hereinkam.

«Es tut mir leid, wenn ich störe, aber es ist wichtig.» Sie sah den Bürgermeister an. «William sollte auch hören, was ich zu sagen habe.»

«Wir sind ohnehin hier fertig», sagte der.

Lina wartete, bis sich Recke, Ebel und der Meidericher Dorfsergeant Thade verabschiedet hatten, und berichtete dann von ihrem Besuch bei Aaltje und Minas Brief. «Ich habe sie beruhigt, dass kaum ein Richter ihr die Jungen zusprechen würde, aber sie hat recht, wenn sie sich um den Seelenfrieden der Kinder sorgt. Sie und Georg haben viel Mühe darauf verwandt, alle Annäherungsversuche Minas von ihnen fernzuhalten, keine Briefe, keine Besuche. Sie haben die Jungen in dem Glauben gelassen, sie seien Mina gleichgültig. Wenn sie nun begreifen, dass ihre Mutter sich um sie bemüht, würde das ihr Vertrauen in Georg und Aaltje schwer erschüttern.»

Weinhagen war aufgestanden und ging auf und ab. «Ich will diese Person hier nicht haben, nach allem, was damals passiert ist.»

«Sprechen wir ein Platzverbot aus», schlug Robert vor. «Aber auch wenn wir sie bei den Kontrollen abweisen, sie kennt die Wege, über die sie in die Stadt kommen kann.»

Lina seufzte. «Gibt es keinen Grund, sie festzunehmen und weit fortzubringen?» Einen Moment dachte sie an ihre Kindheit und die tiefe Vertrautheit mit ihrer Schwester, die bei Zwillingen gewöhnlich vorhanden ist. Sie hatten einander einmal besser gekannt als jeden anderen Menschen auf der Welt. Aber schon Linas Krankheit, das Gebrechen, das sie unterscheidbar gemacht hatte, schien den ersten Keil zwischen die beiden getrieben zu haben. Mina hatte Lina die Mutter geneidet, die über ein Jahr mit der kranken Tochter in Italien geblieben war, damit sie sich dort erholte, Lina sehnte sich nach der Zuneigung des Vaters, die Mina im Übermaß bekommen hatte. Doch zerbrochen war das innige Verhältnis erst, als Mina ihre Schwester dem Verbrecher Reppenhagen ausgeliefert hatte, der sie beinah getötet hätte.

Ihre Zwillingsschwester war ihr fremd geworden, verhasst durch die Dinge, die sie getan hatte, nicht zuletzt ihre Kinder im Stich zu lassen. «Du hast doch eine Akte über sie, Robert.»

«Ja, die habe ich.» Robert öffnete die oberste Schublade

seines Schreibtisches und zog den Aktendeckel hervor. «Daraus ist zu ersehen, wo sie und Reppenhagen sich aufgehalten haben in den beiden Jahren nach den Ereignissen hier. Aber dann hat er sich mit dem Orden überworfen und ist gemeinsam mit Mina untergetaucht. Ich hatte fast gehofft, sie wären nach Übersee gegangen, weil die Königliche Polizei ihre Spur nicht wiederfand. Aber dann gab es Nachrichten über Reppenhagen aus Sizilien – ohne Mina.»

«Von wann ist der Bericht?», fragte Weinhagen.

«Dezember 1858.»

Lina sah ihn erstaunt an. «Du hast mir nie etwas darüber erzählt.»

«Nun, ich befürchtete damals schon, Mina könnte versuchen, in den Schoß der Familie zurückzukehren. Aber nichts dergleichen geschah. Ich wollte niemanden beunruhigen.»

Weinhagen war mitten im Raum stehen geblieben. «Robert, instruiere deine Leute, dass Wilhelmina Bleibreu in Ruhrort unerwünscht ist. Und wenn sie doch in die Stadt gelangt und die Kaufmeisters oder die Jungen belästigt, dann nehmt sie fest und werft sie aus der Stadt.»

Es war Samstagabend. Zita hatte ihren ersten Lohn erhalten und freute sich auf ihren freien Sonntag. Auch Hermann hatte sonntags frei, das hatte er ihr erzählt. Das Werk hielt dann mit einer Notbesetzung die Öfen unter Feuer und fuhr die Produktion am Montagmorgen wieder hoch. Zita hoffte, morgen einen schönen Nachmittag mit ihm verbringen zu können.

Zwar hatte sie versprochen zu sparen, doch dann hatte sie beim Metzger ein Stück Suppenfleisch erstanden. Hermann besaß einen Topf, sie hoffte, dass sie auf dem kleinen Ofen eine Suppe kochen konnte. Etwas Suppengrün und eine Zwiebel hatte sie von Finchen zugesteckt bekommen. Fleisch gab es bei der Witwe Heising so gut wie nie, und ein Stück Suppenfleisch für sie beide allein versprach ein Festmahl zu werden.

Doch als sie die Tür öffnete, schnellte eine Hand hervor, zog sie hinein, und die andere legte sich um ihre Kehle. «Na, bist du stolz darauf, mich verraten zu haben?»

Zita hatte einen Moment lang geglaubt, es sei Weingart, doch dann wurde ihr klar, dass es Hermann war.

«Ich habe dich nicht verraten», krächzte sie, als er seinen Griff einen Moment lang lockerte.

Er ließ los. «Und warum ist SIE hier?»

Zita hustete. «Wen meinst du?»

«Na, sie. Mina Bleibtreu.»

Zita hustete noch einmal und versuchte, von ihm abzurücken, aber er hielt sie immer noch fest. «Du hast sie gesehen, hier in der Stadt?», fragte sie.

Er nickte.

«Hast du sie laufen sehen?»

«Ja.» Er war verwirrt.

«Und sie hat nicht gehinkt?»

«Gehinkt? Wieso sollte sie hinken?»

Zitas Hoffnung schwand. «Frau Borghoff ... als ich sie das erste Mal gesehen habe, bin ich furchtbar erschrocken. Sie ... sie ist Mina wie aus dem Gesicht geschnitten. Aber sie hat eine steife Hüfte, sie hinkt stark.»

«Und du sahst keine Notwendigkeit, mir das zu erzählen?» Hermann schien wütend, aber er ließ sie jetzt los.

Vorsichtshalber flüchtete Zita sich in eine Zimmerecke. «Wozu? Sie ist schließlich nicht Mina Bleibtreu.»

«Aber die Frau, die heute Morgen mit dem Zug angekommen ist, das war Mina. Ich bin ihr gefolgt, es besteht kein Zweifel.»

«Ich hatte keine Ahnung davon, Hermann, glaub mir! Sie

ist die Letzte, die ich sehen will. Sie hat mich und Tomasz bei Mathis verleumdet und dafür gesorgt, dass er Tomasz töten ließ. Glaubst du, mit der würde ich gemeinsame Sache machen?» Zita atmete tief durch. Wahrscheinlich tue ich gerade genau das, dachte sie. Vielleicht hatte Mathis seine Geliebte geschickt, um hier nach dem Rechten zu sehen. Ihr würde es noch weniger als Mathis gefallen, dass sie nun die Spionin der Bande war.

«Wer weiß, womit Mathis dich in der Hand hat», sagte er bitter. «Wir haben doch beide am eigenen Leib erfahren, dass Angst sein bester Verbündeter ist.» Er sah sie an, und ihr kam es beinah so vor, als hätte sie einen Irren vor sich. «Geh doch. Geh zu deinen Freunden und sag ihnen, wo sie mich finden können!», schrie er.

Zita duckte sich. «Hermann, ich schwöre dir, ich hatte keine Ahnung, dass Mina in der Stadt ist oder dass sie herkommt.» So weit konnte sie schwören. «Ich bin hier bei dir, weil ich niemanden sonst auf der Welt habe. Du darfst mich nicht wegschicken!»

«Geh mir aus den Augen!», schrie er noch einmal und schob sie durch die Tür, die er hinter ihr zuknallte.

Zita wurde einen Moment lang schwindelig. Sie lehnte sich an die Wand. Was sollte sie nur tun? Sie konnte Hermann einfach nicht einweihen. Sie hatte mehr als einmal darüber nachgedacht, aber dann waren da immer gleich die Bilder in ihrem Kopf von der kleinen Resi und dem, was der Greifer ihr jederzeit antun konnte, wenn er nur wollte. Tränen schossen ihr in die Augen. Sie drehte sich um und rannte die Treppe hinab.

Der Sonntag war im Hause Borghoff ein ruhiger Tag. Die Näherinnen blieben zu Hause, und die Hausdiener Simon und Otto wechselten sich ab, ebenso wie Finchen und Antonie, sodass jeder von ihnen jeden zweiten Sonntag freinehmen konnte. Finchen hatte das Frühstück vorbereitet, während ihr Mann das

Wasser in den Lavoirs wechselte, die Nachttöpfe ausleerte und säuberte und für genügend Feuerholz in der Küche sorgte.

Sonntags frühstückten auch Robert und Lina mit den anderen in der Küche, dann ging es gemeinsam zur Kirche.

Während die Hausangestellten weiter hinten Platz nahmen, gingen Robert und Lina nach vorn zu den Bänken der Familien Kaufmeister und Messmer. Sie waren vollzählig versammelt, Georg und Aaltje mit ihren drei Kindern Karl, Elisabeth und Carolina und ihren Neffen Emil und Josef, dann Linas ältere Schwester Guste Messmer mit ihrem Mann Bertram, ihren gemeinsamen Töchtern Emma und Friederike und Bertrams Sohn aus erster Ehe Eberhard mit seiner Frau Beatrice. Direkt vor ihnen saßen die Haniels, auf der anderen Seite des Mittelganges die Familien Borgemeister, Liebrecht, von Eicken und Stinnes. Fast zu spät kam Baron von Sannberg mit seiner jungen Frau Elise, die sich zu Beatrice setzten.

Lina mochte Pfarrer Wortmann, der ein freundliches Wesen hatte, doch seine Predigten liebte sie ganz und gar nicht, sie waren ihr zu schlicht, sprachen ihren Verstand nicht an. Meist schweiften ihre Gedanken weit ab zu neuen Kleidermodellen oder dem Essensplan für die nächste Woche. Kein Wunder, dass Aaltje mich nie für fromm genug hält, dachte sie. Doch plötzlich wurde sie herausgerissen aus ihren Ideen für ein prächtiges Ballkleid. Mitten in die Predigt des Pfarrers platzte eine schwarzgekleidete Dame herein, das Gesicht unter einem schwarzen Schleier verborgen. Ohne sich um die Blicke der Gottesdienstbesucher zu kümmern und ohne den Pfarrer, der seine Predigt unterbrochen hatte, auch nur eines Blickes zu würdigen, ging sie zur ersten Bank, wo Emil und Josef saßen, und zwängte sich zu ihnen hinein.

«Gott steh uns bei!», flüsterte hinten Finchen ihrem Mann zu.

Dann lüftete die Fremde ihren Schleier.

«Mama!» Der fünfzehnjährige Josef schrie fast, sein Bruder Emil blickte nur stumm zu seiner Mutter herüber. Sie lächelte ihn an.

«Ich denke, wir sollten jetzt mit der Predigt fortfahren», rief Pfarrer Wortmann von der Kanzel. Aber wirklich ruhig wurde es in der Kirche nicht mehr.

Als Hermann am Sonntagmorgen von der Schicht kam – zwei Stunden später als gewöhnlich, damit auch die Rumpfbesatzung, die die Öfen des Werks am Sonntag unter Feuer hielt, noch die Kirche besuchen konnte –, fand er Zita schlafend im Bett vor. Auch im Haus der Witwe Heising ging es sonntags ruhig zu, sodass Zita nicht durch Lärm geweckt worden war.

Ihre schwarzen Locken hatte sie zu zwei Zöpfen geflochten, sie trug nichts als ihre Unterwäsche. Seufzend ließ er sich auf dem einzigen Stuhl nieder und betrachtete sie. Ja, sie war wunderschön, und wie viel schöner war sie erst, wenn sie ihre dunkelbraunen Augen öffnete. Aber es half nichts. Er konnte ihr nicht trauen.

Den ganzen Weg vom Werk nach Hause und vor allem in der Stadt hatte er versucht, Anzeichen für eine Verfolgung zu entdecken. Der Mann dort, der vor dem Haus stand? Nur ein wallonischer Arbeiter, der mit einem Freund in die Frühmesse ging. Die Frau, die hinter ihm die Dammstraße entlanglief? Eine Hure, die von einem Kahn an der Mühlenweide kam. Vielleicht stimmte es ja, was Zita ihm gesagt hatte, und sie wusste wirklich nicht, was Mina Bleibtreu in Ruhrort wollte. Vorsichtig rüttelte er sie wach.

Sie schlug die Augen auf und erschrak. «Ich gehe gleich», sagte sie und wollte aufspringen. «Ich wusste nur gestern nicht wohin.»

Plötzlich fiel sein Blick auf den Tisch, wo Zita das Stück Suppenfleisch, eingewickelt in Wachspapier, zwei Möhren, ein

Stückchen Sellerieknolle, eine kleine Zwiebel und etwas getrockneten Lauch ausgebreitet hatte. «Ich wollte uns eine Suppe kochen», sagte sie und stieg aus dem Bett. «Mit viel Fleisch ganz für uns allein.» Sie deutete auf die zwei Silbergroschen, die sie dazugelegt hatte. «Damit ich dir nichts schulde.»

Sie wand sich die Zöpfe um den Kopf und steckte sie fest, dann zog sie sich schnell an.

«Du kannst bleiben», sagte Hermann. «Aber du musst versprechen, mir sofort zu sagen, wenn du einen alten Bekannten triffst.»

Zita schaute ihn überrascht an. Damit hatte sie nicht gerechnet. «Ich verspreche es», sagte sie und schluckte. So viele Lügen.

«Ich lege mich ein paar Stunden hin.» Hermann zog sein Arbeitszeug und die schweren Schuhe aus. «Ich freue mich auf die Suppe. Und die beiden Groschen steck wieder ein. Die Miete ist erst in ein paar Tagen fällig.» Dann begann er sich zu waschen.

Die ganze Familie war im Hause Kaufmeister versammelt und mitten unter ihnen Mina, eine schöne böse Fee, ganz in Schwarz. Beide Jungen waren ihr seit der Kirche nicht von der Seite gewichen. Wenn es nicht so furchtbar gewesen wäre, was sie der Familie antat, Lina hätte die Raffinesse ihrer Schwester bewundert. Sie wusste, in der Kirche hätte keiner etwas gegen sie unternommen – weder Georg, der hochrot war und vor Wut kochte, noch der besonnene Polizist Robert.

«Ich will nur wissen, wie du von Justus' Tod erfahren hast.» Wie üblich sprach Georg viel zu laut, wenn er sich aufregte. «Er hatte doch seit Jahren kein Lebenszeichen von dir.»

«Das lass meine Sorge sein.» Um Minas Lippen spielte ein kleines Lächeln. Lina bemerkte den Seitenblick auf ihren älteren Sohn. Emil, dachte sie. Wahrscheinlich hatte ihr Bruder doch nicht alle Briefe vor ihm verbergen können. Josef saß neben ihr auf dem Sofa und klammerte sich an Mina, als fürchte er, weggerissen zu werden. Und genau das würde geschehen. Lina presste die Lippen zusammen.

«Der Bürgermeister hat dich zur unerwünschten Person in Ruhrort erklärt, Schwägerin.» Robert schien der Einzige im Raum zu sein, der nicht mit den widerstrebenden Gefühlen kämpfte. «Du hast deine Söhne gesehen, jetzt müssen wir dich bitten, zu gehen und auf der Stelle die Stadt zu verlassen.»

«Mein Schwager», sagte Mina hämisch. «Der kleine einäugige Polizist, den meine verkrüppelte Schwester geehelicht hat.»

Lina beobachtete, wie Josef den Mund verzog. Er war gern mit seinem Onkel Robert zusammen, und dass seine Mutter ihn so abfällig behandelte, schien ihm zu missfallen.

«Der Polizeichef dieser Stadt», sagte Robert, immer noch ruhig. «Du hast hier zwar schon genug Unheil angerichtet, aber bild dir nicht ein, dass ich nicht die Mittel hätte, dich notfalls mit einer Polizeieskorte aus der Stadt zu befördern. Nur weil wir in der Kirche kein Aufsehen erregen wollten, heißt das nicht, dass wir das Recht nicht durchsetzen werden.»

«Recht?» Mina setzte sich noch ein wenig gerader hin. «Justus hat Georg gegen meinen ausdrücklichen Willen die Vormundschaft übertragen.» Sie sah zu den beiden. «Wisst ihr nicht, dass ich schon vor fünf Jahren versucht habe, euch zu mir zu holen? Das habe ich mir gedacht: Euer Onkel hat euch all die Jahre belogen und behauptet, ich wolle nichts mehr von euch wissen.»

«Das war doch nur zu eurem Besten, Jungs», sagte Georg schwach. Emils Blick sprach Bände. Ihrer beider Verhältnis war nie sehr gut gewesen. Georg hatte sich nie sagen lassen, dass er mit Strenge bei dem schwierigen Emil nicht weit kam. Aber jetzt zeigte das Gesicht des jungen Mannes nur Hass für seinen Onkel. «Eure Mutter hat euch damals im Stich gelassen und ist mit diesem … diesem …»

«Sie ist ohne euch weggegangen», unterbrach Lina ihren Bruder. Es hatte keinen Sinn, Mina jetzt schlechtzumachen. Die Jungen sahen nur ihre Mutter, die um sie kämpfte. «Euer Vater wollte euch in sicheren Verhältnissen wissen, deshalb bekam euer Onkel die Vormundschaft. Er und Tante Aaltje lieben euch wie ihre eigenen Kinder, das wisst ihr doch.»

Emil schnaubte nur kurz, und Aaltje fing an zu schluchzen. «Ich finde, wir sollten das unter Erwachsenen besprechen», sagte Lina knapp. «Eberhard, Beatrice, macht es euch etwas aus, Josef und Emil mit hinauszubegleiten?»

«Sicher, Tante.» Eberhard stand auf. «Kommt, ihr beiden.»

Josef und Emil rührten sich nicht von der Stelle.

«Ihr habt mein Wort», sagte Lina, «dass ihr sie noch einmal sehen werdet, bevor sie uns verlässt.»

Widerwillig verließen die Jungen mit Eberhard und Beatrice den Raum.

«Glaubst du, das ändert etwas, Schwester?» Mina sah Lina direkt ins Gesicht, und zum ersten Mal kam es Lina nicht so vor, als blicke sie in einen Spiegel.

Mina sah in die Runde. «Ich habe eure scheinheiligen Lügen vor den Jungen entlarvt. Sie werden euch nicht mehr vertrauen, niemandem von euch.»

«Und du denkst, dass du die Kinderen etwas Gutes tust?» Zum ersten Mal sagte Aaltje etwas. «Sie wegholen von eine gute zu Hause und in fremde Umgebung bringen zu diese Schurk?»

«Reppenhagen ist längst passé», sagte Mina. «Schon seit drei Jahren.»

«Dann lebst du jetzt in geordneten Verhältnissen?», wollte Georg wissen.

«Ich habe genug Geld.»

«Das habe ich nicht gemeint.»

Mina sah ihn spöttisch an. «Ich weiß, was du gemeint hast.»

«Du wirst die Vormundschaft über die Jungen schon einklagen müssen, Schwägerin», sagte Robert, der verhindern wollte, dass Georg einen Wutanfall bekam. «Aber das wirst du nicht von Ruhrort aus tun können. Du hast die Wahl: Entweder du verlässt die Stadt freiwillig, oder meine Leute bringen dich an die Stadtgrenze. Heute noch.»

Er fasste sie an die Schulter, doch sie schüttelte seine Hand wütend ab. «Ich werde gehen. Aber ihr werdet noch von mir hören.»

Sie öffnete die Tür des Salons. «Wo sind meine Jungen? Lina hat versprochen, dass wir uns noch einmal sehen können.»

Eberhard war schon an der Treppe und ließ Emil und Josef den Vortritt. Mina umarmte die beiden und begann zu weinen. «Sie drohen mir mit der Polizei», erklärte sie unter Tränen. «Dagegen kann ich jetzt nichts tun. Aber ich verspreche euch, ich gebe nicht auf. Ich hole euch zu mir, sobald es geht.»

Draußen vor der Tür wartete Sergeant Recke, Robert hatte Simon schon an der Kirche nach ihm geschickt. «Begleiten Sie die Dame in ihre Unterkunft und helfen Sie ihr beim Packen, Recke. Und dann bringen Sie sie aus der Stadt – wo auch immer sie hinwill.»

Der Sergeant nickte und folgte Mina die Straße hinunter.

«Warum darf sie nicht bleiben?», fragte Josef. «Gehört sie denn nicht zur Familie? Und warum geht der Polizist mit?»

Beide Jungen kämpften mit den Tränen, aber sie versuchten, sie wie Männer zu unterdrücken. Georg blickte hilflos zu Lina. «Eure Mutter hatte damals einen Grund, die Stadt zu verlassen. Sie hat etwas Schlimmes getan. Deshalb will der Bürgermeister sie nicht mehr hier haben.»

«Ihr wollt nur verhindern, dass sie uns mitnimmt, weil ihr dann nicht mehr über uns bestimmen könnt!», sagte Emil, und es war erschreckend, wie ruhig er dabei blieb.

Doch Lina konnte sehen, dass Josef Zweifel hatte. Er sagte ernst: «Vielleicht war da wirklich etwas. Aber ihr sagt doch auch immer, dass wir uns alle vertragen müssen, weil wir eine Familie sind. Wir haben doch damals auch eine Weile nicht mit Tante Lina reden dürfen, und dann war alles wieder gut. Warum könnt ihr euch nicht mit Mama vertragen?»

«Das geht nur, wenn beide Seiten das wollen, Josef. Und ich glaube nicht, dass deine Mutter dazu bereit ist», sagte Lina leise.

«Sie hassen sie, Josef!» Jetzt klang Emil nicht mehr ruhig. «Sie hassen sie, und sie werden alles tun, damit wir getrennt bleiben.»

Er stürmte aus dem Zimmer und ließ die anderen ratlos zurück.

«Sergeant Recke hat sie zur Fähre nach Duisburg gebracht. Ich werde gleich morgen jemanden dorthin schicken, um mich zu erkundigen, ob sie abgereist ist.» Robert und Lina saßen zu Hause in ihrem kleinen Salon. Sie waren noch lange bei den Kaufmeisters geblieben. Es gab nur ein Thema, Mina und die Jungen, und nach und nach hatten sich die Unterhaltungen im Kreise gedreht. Beatrice und Eberhard, die beide nur wenig davon wussten, was damals geschehen war, als Mina auf und davon ging, hatten versucht, die völlig verzweifelte Aaltje zu trösten. Guste und Bertram versuchten Georg zu beruhigen, der abwechselnd finstere Drohungen gegen Mina ausstieß und dann wieder versuchte, klare Pläne zu fassen, um einer Klage zu begegnen.

Lina hatte wie in alten Zeiten die Hausangestellten dirigiert. Etwas Wein und gutes Essen konnten vielleicht die Gemüter beruhigen. Tineke, Aaltjes holländische Hausmamsell, akzeptierte zähneknirschend Linas Machtübernahme. Es war Linas Idee gewesen, eine Holländerin einzustellen, mit der Aaltje in ihrer Muttersprache reden konnte. Tineke hatte nun seit fast fünf Jahren den Kaufmeister'schen Haushalt fest in der Hand.

Lina versuchte vergeblich, die neue *Gartenlaube* zu lesen, immer wieder musste sie an die Geschehnisse am Morgen denken.

«Sie wird in Duisburg bleiben, so nah bei den Jungen wie möglich», sagte sie.

«Ich könnte die Kollegen dort bitten, etwas nachdrücklicher zu werden ...», sagte er vorsichtig. Aber Lina wusste, dass er jede Art von Willkür hasste. Niemand hatte je gegen Mina Anklage erhoben, es gab keinen Grund, die Duisburger auf ihre Spur zu bringen.

«Das nützt alles auch nichts mehr. Das Unheil ist angerichtet. Die Jungen werden nicht verstehen, wenn wir gegen sie vorgehen.» Sie seufzte. «Ich hätte nie gedacht, dass sich einmal ein solcher Graben zwischen uns auftun würde.»

Robert erhob sich und ging zum Schrank, wo Lina eine Flasche Cognac aufbewahrte. Er goss sich und seiner Frau ein Glas ein und reichte es ihr. «Es ist sehr lange her, dass ihr beide ein enges Verhältnis hattet. Sie hat so früh geheiratet und ist fortgegangen, Lina. Als sie damals aus Brüssel hierherkam, hat jeder erwartet, dass die alte Mina zurück ist. Aber ich glaube, sie hat sich nicht erst durch Reppenhagen so verändert.»

Lina nickte. «Du hast wahrscheinlich recht. Fast ein Jahr lang hatte sie sich ohne Justus in Brüssel durchgeschlagen, und schon vorher war das Leben sicher nicht leicht gewesen, als sie auf der Flucht vor der Königlichen Polizei waren.» Als sie hier in Ruhrort nicht mehr um ihre Existenz kämpfen musste, hatte Mina plötzlich nur noch sich selbst im Kopf gehabt, die Vergnügungen, die sie all die Jahre entbehren musste. Lina schaute nachdenklich in ihr Glas. «Sie hätte die Jungen so oder so hiergelassen, selbst wenn all das damals nicht passiert wäre.

Sie wollte mit Reppenhagen fortgehen. Ich frage mich nur, warum ihr Emil und Josef jetzt so wichtig sind.»

«Das wird sie uns nicht auf die Nase binden. Aber sie weiß, was sie Georg und Aaltje damit antut, wenn man ihnen die Jungen wegnimmt.»

Lina dachte an die vielen Fehl- und Totgeburten der armen Aaltje. Sie und Georg hatten sich viele Kinder gewünscht, aber nur drei waren durchgekommen. Dass Josef und Emil bei ihnen aufwuchsen, hatten sie als Glücksfall betrachtet.

«Georg wird sich mit einem Advokaten beraten müssen.» Robert setzte sich wieder in seinen Lieblingssessel. «Aber mit den Akten der Königlichen Polizei dürfte es Mina schwerfallen, vor einem Richter die fürsorgliche Mutter zu spielen.»

Lina nickte. «Trotzdem wird es nichts daran ändern, dass die Jungen es Georg und Aaltje übelnehmen werden. Robert, Joseph kommt doch mit vielem zu dir, glaubst du, du kannst es ihm erklären?»

«Joseph ... ja, ich denke schon. Er ist erst fünfzehn und nicht so verstockt wie sein Bruder. Emil ist es, der mir Sorgen macht.» Er sah Lina an. «Du vermutest doch auch, dass er seiner Mutter vom Tod des Vaters geschrieben hat?»

«Ja. Ich wüsste nicht, wer es sonst gewesen sein sollte.» Sie nippte an dem Cognac, der angenehm weich die Kehle herunterfloss.

«Ich glaube, am schlimmsten trifft es Aaltje.» Robert stellte sein Glas auf den Tisch. «Sie kann sich gar nicht vorstellen, dass die Jungen nicht ihre Kinder sind.»

Der Satz klang in Lina nach, und plötzlich erstarrte sie. Mina könnte noch weit mehr Unheil anrichten – und das beträfe nicht allein ihre Söhne. Sie fragte sich, ob Robert auch schon daran gedacht hatte und es nur nicht aussprach. Die Wolken, die über der Familie aufgezogen waren, wurden noch drohender und dunkler.

4. Kapitel

In den nächsten Wochen herrschte gespannte Ruhe bei den Familien Kaufmeister, Messmer und Borghoff. Man erwartete jeden Tag ein Schreiben vom Gericht, doch nichts geschah. Besonders Emil schien darüber sehr enttäuscht zu sein. Georg hatte für ihn einen Hauslehrer eingestellt, der ihn nach dem Besuch der höheren Schule in Ruhrort nun auf das Abitur vorbereitete, damit er später ein Jurastudium beginnen konnte. Er sollte der erste Rechtsanwalt in der Firma Kaufmeister und Messmer werden, das hatte Georg schon vor einem Jahr entschieden.

Emil war schwierig geworden, seit er ins Flegelalter gekommen war, und Georg, der mit Strenge versuchte, den Jungen fügsam zu machen, fand einfach keinen Zugang zu ihm. Seit dem Auftritt von Mina war es schlimmer denn je geworden. Oft schwänzte Emil einfach den Unterricht und trieb sich in Ruhrort herum, was den geizigen Georg, der viel Geld für den Hauslehrer ausgab, fast zur Weißglut trieb. Und mit jeder von Georgs Bestrafungen schien Emil sich mehr von der Familie zu entfernen. Aber was sollte Georg tun? Die Provokationen des Jungen waren einfach zu schwer zu ertragen.

Josef dagegen, obwohl enttäuscht darüber, dass niemand sich mit seiner Mutter versöhnen wollte, ging brav zur Schule und benahm sich auch sonst recht normal. Robert hatte ein langes Gespräch mit ihm geführt, immer darauf bedacht, die

Wahrheit zu sagen, aber die vielen schlimmen Einzelheiten von ihm fernzuhalten. Er hoffte, zu dem Jungen durchgedrungen zu sein.

Anna Jansen lag nach wie vor im Hospital der Duisburger Diakonie. Ihre Genesung schritt nur sehr langsam voran. Inzwischen hatte man ihr gesagt, dass ihr Kind tot war, aber noch immer erinnerte sie sich an nichts, was Robert und auch Lina, die er in das schreckliche Unglück eingeweiht hatte, als einen Segen betrachteten – auch wenn es bedeutete, dass der Täter möglicherweise nie gefasst wurde.

Als im Geschäft ein paar Tage lang weniger zu tun war, beschloss Lina, nach Duisburg zu fahren, um ihre Näherin zu besuchen. Begleitet wurde sie von Peter, dem Stallknecht der Kaufmeisters, der es übernahm, den bescheidenen offenen Einspänner, den Lina und Robert sich angeschafft hatten, zu fahren. Der Wagen war bei den Kaufmeisters untergestellt, und auch die ältere Stute der Borghoffs stand im Stall des Bruders.

«Das arme Mädchen weigert sich, zurück nach Hause zu gehen», sagte die Schwester, die Lina von der Kutsche abgeholt hatte und nun zu Anna brachte. «Wir haben alle großes Mitleid mit ihr, weil sie ihr Kind verloren hat, und da zurzeit das kleine Sterbezimmer frei ist, haben wir ihr erlaubt, dort zu bleiben. Zumindest für ein paar Tage. Ihr Bett im großem Saal ist inzwischen schon neu belegt worden.»

Etwa auf der Hälfte des Flurs kam ihnen eine Patientin entgegen. Sie grinste völlig grundlos, und Lina konnte sehen, dass sie kaum noch Zähne im Mund hatte. Noch bevor die Schwester etwas sagen konnte, hob die Alte ihr Nachthemd hoch und lachte wie ein kleines Kind, dem ein besonders guter Streich gelungen war.

«Gertrud!», rief die Schwester und beeilte sich, das Nachthemd wieder herunterzuziehen. «Mach, dass du wieder in dein

Bett kommst!» Sie öffnete eine Tür und schob die Frau hinein.

«Ihre Familie hat sie zu uns gebracht, aber eigentlich gehört sie ins Irrenhaus», seufzte die Schwester.

Sie wollte gerade die Tür zu einem Zimmer ganz am Ende des Flurs aufziehen, als plötzlich von innen geöffnet wurde. Der Mann, der aus der Tür trat, hielt überrascht inne, dann stürmte er hinaus und riss dabei die Schwester zu Boden. Lina, die dicht hinter ihr stand, konnte gerade noch zurückweichen.

«Haben Sie sich etwas getan?», fragte Lina und streckte ihr die Hand hin, während sie dem Davoneilenden nachsah.

Die Schwester schüttelte den Kopf. «Nein, es ist alles in Ordnung», sagte sie, «aber was hatte dieser Mann hier verloren?» Dann fiel Linas Blick in das kleine Zimmer.

Anna lag auf dem Bett, in ihrer Brust steckte ein Messer. Ein Blutfleck breitete sich langsam auf dem Nachthemd aus.

Die Schwester, die sich gerade noch Röcke und Haube nach dem Sturz zurechtgezupft hatte, rief laut um Hilfe. Lina war schon an Annas Bett. Die junge Frau rang nach Luft. Sie sagte etwas, aber Lina konnte sie nicht verstehen. Sie beugte sich zu ihr hinunter, hielt das Ohr dicht an Annas Mund, aber auch jetzt konnte sie es kaum verstehen. Hatte sie «Walther» gesagt?

Lina überlegte. Der Mann, der hinausgelaufen war, sah Annas Mann zwar ein wenig ähnlich, aber es war ganz klar jemand anders gewesen. Sie hielt Annas Hand. «Walther», flüsterte sie noch einmal. Und noch bevor der Arzt, den man gerufen hatte, im Zimmer war, spürte Lina, wie die Hand schlaff wurde. Der Arzt fühlte den Puls und schüttelte dann den Kopf. «Sie ist tot.»

Robert war vom Staatsanwalt nach Duisburg gerufen worden; obwohl der Mord sich im Duisburger Hospital ereignet hatte, war es doch auch eine Ruhrorter Angelegenheit. Staatsanwalt

Loersbroek arbeitete bereitwillig mit Robert zusammen, auch wenn das Verhältnis nicht ganz so gut war wie mit seinem Vorgänger Rocholl. Lina und die Schwester wurden ausführlich vernommen, von der Beschreibung des Mannes, der aus dem Krankenhaus geflohen war, wurde für die Ruhrorter Polizei eine Abschrift angefertigt.

Es war nicht schwierig gewesen, das Hospital unerkannt zu betreten, viele Angehörige gingen hier ein und aus, um ihre Kranken zu besuchen. Solange Anna noch sehr krank gewesen war, hatte die Polizei eine Wache abgestellt. Aber sie hatte ja eigentlich entlassen werden sollen, deshalb war der Polizeidiener abgezogen worden. Hier wie in Ruhrort waren die Ordnungskräfte knapp, und es gab genug zu tun. Natürlich bedauerte der Duisburger Polizeichef, dass er die Wache vernachlässigt hatte, aber es war ohnehin ein Entgegenkommen gewesen, die Kranke zu bewachen.

Der Staatsanwalt und die beiden Polizeichefs rätselten über Annas letzte Worte. Der Mörder war nicht ihr Mann Walther gewesen, so viel stand fest. Sie kamen schließlich zu dem Schluss, dass sie ihren kleinen Sohn damit gemeint hatte, von dessen Tod sie erst hier im Hospital erfahren hatte.

Die Nacht war schon hereingebrochen, als Lina und Robert in ihrem Einspänner nach Hause fuhren. Peter, Georgs Stallknecht, war bereits nach Hause geschickt worden. Lina wollte nicht hinten Platz nehmen und war mit großer Mühe neben Robert auf den Kutschbock geklettert. Sie war erschöpft von den Geschehnissen des langen Tags und lehnte sich an ihn. Er bemerkte, dass sie weinte, und legte seinen Arm um sie.

«Ich mache mir Vorwürfe, dass ich nicht besser auf sie aufgepasst habe», sagte er leise.

«In Duisburg war das doch nicht mehr deine Sache.» Lina kramte in ihrem Beutel nach einem Taschentuch, wischte sich die Tränen ab und schnäuzte sich.

«Ich hätte eben dem Staatsanwalt gegenüber hartnäckiger sein müssen. Aber alle Spuren in Ruhrort führen ins Nichts.»

«Es wäre einfacher, wenn wir den Grund für den Mord kennen würden.»

Robert runzelte die Stirn. «Der Grund für den Mord in Duisburg ist einfach: Sie muss den Täter, der sie in Ruhrort überfallen hat, gekannt haben. Aber wenn es ein Dieb war, der sie im Schlaf überrascht hat ...»

«Nein, da muss mehr dahinterstecken», sagte Lina. «In dem Haus war doch nichts zu holen.»

«Wer weiß. Letzte Woche sind einem Tagelöhner zwei alte Pfannen gestohlen worden.»

Sie hatten die Fähre schon hinter sich gelassen und die Altstadt durchquert. Robert hielt wenig später an der Harmoniestraße und half seiner Frau vom Bock. Er selbst wollte noch Pferd und Wagen zu den Kaufmeisters zurückbringen.

Als er eine Dreiviertelstunde später nach Hause kam und sich zu Lina ins Bett legte, drängte sie sich an ihn. Eng umschlungen schliefen sie ein.

Wie üblich waren die Näherinnen und das Hauspersonal am nächsten Morgen in der großen Küche zusammengekommen. Die anderen waren so in ihre gewohnten Morgenschwätzchen vertieft, dass sie kaum bemerkten, wie still Finchen und ihr Mann Simon waren. Aber die beiden wussten bereits seit dem Abend von Annas Ermordung, und es war keine Überraschung für sie, dass Lina entgegen ihrer sonstigen Gewohnheit zu den Angestellten in die Küche kam. Hinter ihr stand Robert in der Tür.

«Anna ist tot. Sie wurde gestern im Hospital in Duisburg erstochen», sagte Lina leise, aber jeder hatte sie verstanden. «Sie wird heute Nachmittag zurück nach Ruhrort gebracht. Ich werde mich persönlich um die Beerdigung kümmern.»

Susanna fing leise an zu weinen, Grete, der ebenfalls die Tränen in den Augen standen, strich ihr beruhigend über den Rücken.

«Ich weiß, dass ihr alle um Anna trauert.» Robert war hinter Lina hervorgetreten. «Aber ich werde mit jedem von euch heute noch ein Gespräch führen. Der Überfall in ihrem Haus erscheint jetzt in einem anderen Licht, deshalb muss ich alles wissen, was Anna in der Zeit davor getan und erzählt hat, auch wenn es euch vielleicht unwichtig erscheint. Ich werde euch nacheinander zu mir rufen.»

Zita hatte die ganze Zeit wie erstarrt zugehört. Sie hatte Anna ja kaum gekannt, trotzdem ging es ihr nah. Sie wusste, dass Weingart schnell gehandelt hatte, nachdem bekannt wurde, dass Anna noch lebte. Und es war wohl nicht schwierig gewesen, den Plan, der in Ruhrort nicht aufgegangen war, im Hospital der Duisburger Diakonie zu vollenden.

Den meisten war der Appetit vergangen. Still standen sie auf und machten sich an die Arbeit. Heute würde Elise von Sannberg zur Anprobe kommen, und alles musste bis dahin fertig sein.

Lina hatte bei Pfarrer Wortmann wegen Annas Beerdigung vorgesprochen. Die Duisburger Behörden würden die Leiche in einem einfachen Holzsarg nach Ruhrort überführen.

Um alles Weitere würde sie sich kümmern müssen, denn Annas Schwiegermutter und ihr Ehemann waren kaum eine brauchbare Hilfe.

Wie sich herausstellte, hatte die Familie Jansen keine weiteren Angehörigen und Anna keine Freunde außerhalb der Nähwerkstatt, deshalb beschloss Lina, den Leichenschmaus in ihrem Haus abzuhalten. Das Hauspersonal nahm mit ernstem Gesicht ihre Anweisungen entgegen und machte sich an die Arbeit.

Danach ließ Lina Zita zu sich kommen.

«Der Anlass ist traurig, aber ich hoffe, du kannst dich trotzdem freuen, Zita. Denn ab heute bist du eine vollwertige Näherin hier und nimmst Annas Platz ein.»

Zita saß mit gesenktem Kopf vor ihr. «Ich habe die Anna ja kaum gekannt, aber es tut mir sehr leid um sie.» Sie stockte einen Moment. «Aber ja, ich freue mich. Ich arbeite sehr gern hier.»

«Und ich bin froh, dass ich dich hier habe.» Lina stand auf. «Du musst heute Nachmittag noch einmal für Finchen bei der Anprobe einspringen. Finchen muss sich um den Leichenschmaus morgen kümmern.»

«Gern, Frau Borghoff.» Zita war ebenfalls aufgestanden und ging zurück in die Werkstatt, wo die anderen beinah verbissen an den Kleidern für die Baronin arbeiteten.

Obwohl der junge Ferdinand Weigel im Hause wohnte, bekamen Lina und die anderen ihn nur selten zu Gesicht. Am Morgen ging er meist gegen acht Uhr zu seiner Arbeit beim Baron, wo er auch frühstückte, und abends kam er spät heim. Lina wunderte sich sehr, als er Elise von Sannberg zur Anprobe begleitete. Er verabschiedete sich aber schnell aus dem Laden. «Ich fahre heute Nachmittag auf das Gut und werde nicht vor Montag nächster Woche zurückkehren», erklärte er Lina.

«Ja, die beiden lassen mich hier allein in dem kleinen, engen Haus», sagte Elise klagend. «Mein Mann wird zwar schon übermorgen zurückkehren …»

«Warum fahren Sie nicht mit?», fragte Lina.

«In dieses kalte, feuchte Gemäuer? Nein, da ist mir das kleine Haus schon lieber. Aber Cornelius hat mir versprochen, etwas Größeres hier in Ruhrort zu kaufen.»

Elise verschwand im Ankleidezimmer, um dort mit Zitas

Hilfe das erste Kleid, ein für Ruhrorter Verhältnisse recht pompöses Nachmittagskleid, anzuprobieren. Für Linas Geschmack hatte der Pariser Entwurf zu viele Rüschen, und auch die zweifarbige Ausführung in einem kräftigen Fliederton und einem dunklen Rosa sagten ihr nicht zu. Elise jedoch schien zufrieden. Nur der Ausschnitt behagte ihr nicht. «Ich habe ein Collier mit einem hellen Saphir, das genau zu diesem Kleid passt. Könnten Sie den Ausschnitt etwas tiefer ansetzen?»

Lina trat neben sie und runzelte die Stirn. «Das kann ich natürlich tun», sagte sie. «Aber wenn Sie einen Vorschlag erlauben, würde ich die beiden Rüschen, die über die Brust verlaufen, dann gerne verkleinern. Zum einen stimmen die Proportionen bei einem tieferen Ausschnitt nicht mehr, zum anderen käme der Stein dann noch besser zur Geltung. Wo etwa müsste der Ausschnitt sitzen?»

«Der Stein liegt genau unter dem Halsansatz und ist mit Fassung etwa zwei Finger breit. Cornelius hat ihn mir zur Verlobung geschenkt.»

«Gut.» Lina ließ sich von Zita die Kreide geben und zeichnete den neuen Ausschnitt grob ein. «Ansonsten gefällt Ihnen das Kleid?»

«Ich bin erstaunt, wie gut es gelungen ist und wie gut es sitzt, liebe Frau Borghoff. Bei einer Anprobe erwarte ich eigentlich noch größere Änderungen. Sie haben einen sehr guten Blick für Ihre Kundinnen.»

Lina lächelte stolz.

Zita hatte aufmerksam zugehört, als von dem Schmuckstück die Rede gewesen war. Nachdem sie Elise in das nächste Kleid, ein ähnlich gearbeitetes Nachmittagskleid mit einer kleinen Jacke für kühlere Tage, geholfen hatte, brachte sie das zu ändernde Stück direkt in die Werkstatt.

Am zweiten Kleid und auch am dritten, einem sehr leichten Sommerkleid, gab es geringfügige Änderungen. Schließlich probierte Elise das Prachtstück von einem Ballkleid an, an dem alle tagelang genäht hatten. Lina hatte Elise geraten, entgegen dem Pariser Originalentwurf nicht Rosa, sondern ein zartes Gelb zu wählen und die Akzente nur vergissmeinnichtblau zu halten. Sie hatte eigenmächtig die großen Schleifen verkleinert, am Oberteil jede üppige Verzierung weggelassen und stattdessen Perlenstickereien Ton in Ton, in denen ab und an eine winzige blaue Blüte aufblitzte, aufbringen lassen. Maria hatte in den letzten Tagen ausschließlich daran gearbeitet.

So sicher sich Lina auch immer ihrer Sache war, sie kannte Elise von Sannberg noch nicht lange genug, um einzuschätzen, wie sie zu ihren Eigenmächtigkeiten stand. Aber Lina war pragmatisch: Sollte das Oberteil der Kundin nicht gefallen, so war es ein Leichtes, ein neues gemäß dem Entwurf anzusetzen und es für eine eigene Kreation zu verwenden.

Elise hatte die Stirn gerunzelt, als sie das Kleid sah, doch nun, vor dem großen Spiegel im Salon, hellte sich ihre Miene auf. Sie drehte sich zu Zita um. «Bring mir meine Tasche.»

Gehorsam gab ihr Zita das kleine Handtäschchen. Elise griff hinein, zog einen kleinen Lederbeutel heraus und schüttete den Inhalt auf den Tisch. Zita und Lina machten große Augen: Da lag ein üppiges Diamantencollier mit passenden Ohrringen, einem Ring und einer recht pompösen Brosche, alles passend.

«Na los, hilf mir schon, es anzulegen», herrschte Elise Zita an.

Deren Hände zitterten leicht, als sie das Collier nahm, um es Elise umzulegen. Elise selbst setzte die Brosche auf die Mitte des Dekolletés, wo der Rand des Kleides von Tüll wie von einem Schal eingerahmt wurde und es nun so aussah, als hielte die Brosche den dünnen Stoff.

«Wunderbar!», rief Elise.

«Das Vergissmeinnichtblau passt perfekt zu Ihren Augen»,

bemerkte Lina. «Aber zu viel davon hätte von ihnen abgelenkt.»

«Aber Sie hätten mir sagen können, dass Sie vorhaben, den Entwurf zu ändern.»

«Damit Sie es der Provinzkleidermacherin verbieten können?», fragte Lina lächelnd, aber doch ein wenig bissig.

«Meine nächsten Kleider dürfen Sie jedenfalls selbst entwerfen», sagte Elise kühl. Sie nahm den Schmuck ab und ließ ihn wieder in dem Ledersäckchen verschwinden.

Zita steckte noch ein paar kleine Änderungen ab, dann half sie ihr in ihr Nachmittagskostüm. «Können Sie Ferdinand Bescheid sagen, dass ich hier fertig bin?», fragte Elise Lina und drückte dann Zita einen Silbergroschen in die Hand. «Für die Hilfe.» Sieh an, dachte Lina. Sie hat mehr Herz, als ich dachte.

Zita knickste und bedankte sich, dann lief sie auf Linas Geheiß nach oben, wo Ferdinand Weigel inzwischen seine Tasche gepackt hatte. Gemeinsam gingen er und Elise in Richtung Friedrich-Wilhelm-Straße, wo das Haus des Barons stand.

«Wenn du hier aufgeräumt hast, kannst du wieder an deine Arbeit gehen, Zita», sagte Lina. «Das Trinkgeld darfst du behalten.»

Robert Borghoff war später als gewöhnlich auf der Dienststelle erschienen, weil er die Näherinnen und sein Hauspersonal noch befragt hatte. Aber viel Neues über Anna war dabei nicht herausgekommen. Ständiger Streit mit der Schwiegermutter, Ärger über den Mann, der das Geld versoff und es sich mit einem Schustermeister nach dem anderen verdorben hatte, Schulden, Not – all das war ihm bereits bekannt gewesen und brachte ihn nicht weiter. Lina hatte recht, nur wenn er herausfand, warum Anna hier in Ruhrort im Schlaf überfallen worden war, konnte er den Mörder finden.

Der Tag war mit den üblichen Arbeiten vorübergegangen, als am Nachmittag plötzlich ein Mann in schmutziger Arbeitskleidung das Rathaus betrat, direkt hinter ihm, offensichtlich recht zornig, Martha Bromann, die dicke Martha. Ebel und Recke waren auf Streife, die Polizeidiener mit den üblichen Schreibarbeiten beschäftigt, deshalb beschloss Robert, sich selbst um den Mann zu kümmern.

«Ich bin Martin Grote», stellte der sich vor. «Bauarbeiter. Ich habe was gefunden.»

«Auf meinem Grundstück. Es gehört mir!», rief die dicke Martha und griff nach dem kleinen Kästchen, das der Mann unter dem Arm trug.

«Geben Sie es mir», sagte Robert ruhig. «Frau Bromann, wir werden sehen, wem es gehört.»

«Es gehörte Kätt.» Martha verdrehte die Augen. «Jeder weiß, dass sie dort immer geschlafen hat, bevor sie der Schlag getroffen hat.»

«Wo genau haben Sie das Kästchen gefunden?», fragte Robert Grote.

«Wir reißen gerade das Haus vom Tischler Weiß ab. Er ist in die Neustadt gezogen, und niemand will das alte Haus kaufen. Da ist der Schwamm in den Balken, und der Mörtel bröckelt aus den Wänden. Heute sind die letzten Trümmer weggeschafft worden. Und da habe ich das Loch in der Wand vom Nebenhaus gesehen. Das ist das Hurenhaus ...»

«Mein Haus», warf Martha bestimmt ein. «Ein Loch in meinem Haus, in der Nische, wo Kätt immer geschlafen hat!»

«Ich will es ja nicht behalten», herrschte Grote sie an. «Ich will nur den Finderlohn, der mir zusteht. Wenn ich den Unrat aus der Nische nicht mit weggeschafft hätte, hätte niemand das Loch sehen können.»

«Was ist denn überhaupt in dem Kästchen?», fragte Robert geduldig.

«Das ist es ja. Da sind fast fünfzehnhundert Thaler drin.»
«Was?»
«Sehen Sie selbst.» Martha öffnete das Kästchen, darin lagen zwei Geldkatzen. Sie nahm eine und schüttete ein paar der Münzen aus. Es waren Goldmünzen, jede zehn Thaler wert, mit dem Konterfei des 1840 verstorbenen Königs Friedrich Wilhelm III.

«Ich habe sie gezählt», sagte Grote. «Es sind genau 142 Goldstücke, dann noch sechs Doppelthaler und ein paar Silbergroschen.»

«Und Sie sagen, das hätte Kätt gehört, Frau Bromann?»
Martha nickte heftig. «Wem sonst? Sie hauste in dieser Nische zwischen den beiden Häusern, bis sie krank wurde.»

«Aber sie war eine Bettlerin. Woher soll sie so viel Geld gehabt haben?»

«Sie war doch völlig verrückt. Vielleicht hatte sie es vergessen.» Martha verdrehte die Augen. «Das Gold gehört mir. Ich habe mich immer um sie gekümmert, es steht mir zu.»

«Ich will meinen Finderlohn», beharrte Grote.

«Frau Bromann, Grote hat recht. Ihm steht Finderlohn zu.»

Martha schnaufte. «Wie viel?»

«Gewöhnlich zehn Prozent. Vierzehn Goldthaler.» Robert wandte sich an Grote. «Wären Sie damit zufrieden, oder wollen Sie es genau ausrechnen?»

«Nein, vierzehn Goldthaler sind genug.» Er grinste Martha an. «Ich hätte nur zehn genommen ...»

«Und dann fallen noch Steuern an, Frau Bromann», fuhr Robert fort.

«Steuern? Aber ...»

«Ich mache Ihnen einen Vorschlag. Ich vergesse, dass Sie beide hier gewesen sind, aber Sie machen eine Spende an die Stadtkasse. Und seien Sie nicht zu knauserig.»

Martha griff nach den Münzen und zählte Grote vierzehn in die Hand. Dann zählte sie weitere zehn Münzen ab und gab sie Robert. «Reicht das?», fragte sie.

«Sicher, Frau Bromann. Sie können das Kästchen mitnehmen.»

«Das Kästchen interessiert mich nicht. Ich nehme nur das Geld mit.» Sie griff nach den Geldkatzen und ließ sie in ihrem Beutel verschwinden, der sich durch das Gewicht des Goldes merklich in die Länge zog.

Sie verabschiedete sich und Grote folgte ihr.

Robert nahm die zehn Thaler und brachte sie zum Schreiber des Bürgermeisters. «Das ist eine Spende von Frau Martha Bromann an die Stadtkasse. Und sagen Sie dem Bürgermeister, er möge nicht weiter danach fragen.»

Das würde Weinhagen ohnehin nicht tun, und er würde dafür sorgen, dass der Name der dicken Martha nicht in den Büchern der Stadt erschien.

Als Robert am Abend nach Hause kam, hatte er Kätts Kästchen bei sich. Nach dem Abendessen, als er im kleinen Salon mit Lina zusammensaß, gab er es ihr und erzählte, was passiert war. Auch Lina konnte sich nicht erklären, wie Kätt an so viel Geld kam und vor allem, warum sie es nie angerührt und stattdessen gebettelt hatte.

«Ich weiß, dass dir Kätt sehr am Herzen lag», sagte Robert. «Du hast Martha immer etwas für sie zugesteckt, hast dich immer gekümmert. Warum? Was verbindet dich mit ihr?», fragte er neugierig.

«Weil ich Kätt kannte, bevor sie eine Säuferin wurde.» Sie stand auf. «Ich hätte Lust auf einen Likör zu Kätts Ehren. Du auch?»

Robert nickte. «Gern.»

Lina hatte noch einen Rest Quittenlikör im Schrank, den

Clara Verwerth in ihrem letzten Jahr in Ruhrort angesetzt hatte, und goss beiden ein. Sie nippten an ihren Gläsern, und Lina setzte sich wieder auf das bequeme Sofa. Das Kästchen stand vor ihr auf dem Tisch, und sie öffnete es. Es lag ein Brief darin, ein Liebesbrief, aber kein Hinweis, woher das Geld stammen könnte. Er trug nicht einmal eine Unterschrift, nur «Dein Liebster» stand darunter. Als sie ein weiteres Papier auseinanderfaltete, fiel ihr ein kleiner goldener Anhänger entgegen, ein Kreuz.

«Ja, das war wirklich Kätts Kästchen», sagte sie leise. «Als ich damals von der Genesungsreise aus Italien zurückkam, hatte sich viel für mich verändert. Mina und ich waren immer sehr wild gewesen und konnten durchaus mit den Straßenkindern der Altstadt mithalten. Aber nach alldem war das vorbei. Ich war das Hinkebein, die krumme Lina. Und ich war erst zehn Jahre alt.»

Sie schwieg einen Moment und dachte an jenen Tag, als die anderen sie hatten stehenlassen, weil sie in den Tümpeln an der Woy nach Kaulquappen suchen wollten, allen voran ihre Zwillingsschwester Mina.

Dieser Tag, der erste richtige Frühsommertag nach einer langen Regenperiode, war ihr noch so im Gedächtnis geblieben, als wäre es gestern gewesen.

«Lina», hatte Levin überrascht gerufen. «Was machst du denn hier so allein?» Der junge Levin Heinzmann war neunzehn, arbeitete aber schon verantwortlich in der väterlichen Firma mit. Fast wären sie zusammengestoßen.

«Die anderen sind zur Woy gerannt. Ich ... ich bin zu langsam.»

Mitleidig hatte Levin die Kleine angesehen. «Ich muss zum Hafen, eines unserer Schiffe ist heute Morgen eingelaufen. Möchtest du mitkommen?» Er hielt kurz inne. «Wenn du das schaffst, meine ich.» Er fragte nicht, ob sie das durfte.

«Das schaffe ich. Wenn du nicht rennst.»

Er lächelte. «Nein, ich werde nicht rennen.» Er reichte ihr die Hand und passte seinen Schritt ihrem Hinken an. Auch er war froh, an diesem Tag vor die Tür des stickigen Kontors zu kommen.

Die «Josephine» lag im Inselhafen. Sie hatte Kohlen den Rhein hinauf bis nach Coblenz gebracht und von dort einige Luxuswaren mitgebracht, damit sie nicht leer fuhr. Man hatte gerade begonnen, die Ladung zu löschen, es waren etliche große Fässer Wein darunter. Levin Heinzmann hatte Lina an der Planke, die auf das Schiff führte, stehengelassen. «Tut mir leid, aber die Planke ist viel zu gefährlich für dich.»

Doch das Treiben im Hafen war viel zu interessant, als dass Lina deswegen traurig gewesen wäre. Sie beobachtete die Arbeiter, die die Schiffe entluden oder sich auf Säcken und Fässern ausruhten. Ein paar Schiffersfrauen, manche mit einem kleineren Kind auf dem Arm, kletterten an Land, um in Ruhrort Einkäufe zu machen. Andere Frauen waren bunt herausgeputzt und hatten Lippen und Wangen grell angemalt. Lina, obwohl noch ein Kind, wusste, dass sie zu den Schiffern aufs Boot gingen und dort etwas Verbotenes, Sündiges taten, von dem sie keine Vorstellung hatte.

Plötzlich wurde sie einer sehr jungen Frau auf der «Josephine» gewahr. Sie trug einen hellen Rock, der auf dem Schiff schon etwas gelitten hatte, aber keine Bluse, sondern nur ein schönes Mieder, das ihre recht üppigen Brüste heraushob. Um den Hals, nicht an einer Kette, sondern nur an einem Faden, trug sie ein goldenes Kreuz. Ihre Haut war weiß wie die einer feinen Dame, die langen blonden Locken hatte sie hinten zusammengebunden, trotzdem fielen manche ihr ungebändigt ins Gesicht. Lina fand sie schön wie einen Engel. «Na, Kleine», rief die junge Frau zu ihr herüber. «Möchtest du dir das Schiff ansehen?»

«Das ist zu gefährlich», sagte Lina. «Ich bin ein Krüppel, weißt du.» Sie machte ein paar ungelenke Schritte auf die Planke zu.

«Ach was!», rief die Schöne und kam über das schmale Brett zu ihr herüber. Ihr Lächeln ließ ihr Gesicht leuchten, und Lina dachte, dass sie niemals eine schönere Frau gesehen hatte.

«Ich bin Kätt», stellte der Engel sich vor. «Und du?»

«Lina Kaufmeister.»

«Ich halte dich fest, komm nur.»

Lina ergriff Kätts Hand, und gemeinsam balancierten sie über die Planke. «Ich zeige dir hier alles.»

Lina war nicht das erste Mal auf einem Schiff, aber seit sie aus Italien zurück war, hatte ihr Vater sie nicht mehr wie früher mitgenommen, wenn er die Ladungen inspizierte. Zuerst hatte sie noch gedacht, dass sie vielleicht zu alt dafür geworden sei, so oft, wie sie sich Vorträge über das anhören musste, was junge Damen taten und was nicht. Aber dann bekam sie mit, dass ihre Zwillingsschwester Mina den Vater nach wie vor manchmal begleiten durfte, und hatte begriffen, dass ihr Vater sich nicht mehr so gern mit ihr zeigte, seit sie wegen ihrer steifen Hüfte so stark hinkte.

Sie folgte Kätt und sah hinunter in den Laderaum, wo Levin und der Schiffer etwas miteinander besprachen. Und Kätt ließ sie auch in die kleine Kajüte des Schiffers schauen, wo sich in einer ungemachten Koje Kissen und Decken türmten. «Ist der Schiffer dein Vater?», fragte Lina. Sie hatte gesehen, wie der Mann Levin begrüßt hatte, und schloss daraus, dass er alt genug dafür wäre.

Kätt schüttelte lachend den Kopf. «Nein, der Pitter ist mein Liebster. Ich bin in Coblenz einfach an Bord geblieben und mit hierhergefahren.»

Lina runzelte die Stirn. «Und ihr seid nicht verheiratet?»

«Na und?»

«Das gehört sich doch nicht.»

Der große Ernst, mit dem das kleine Mädchen dies sagte, schien Kätt zu amüsieren. «Vielleicht werden wir ja hier heiraten.» Ihr Lächeln wurde für einen Moment ganz verträumt. «Komm, ich bringe dich wieder zurück, sie sind sicher gleich fertig da unten.»

Mit Kätts Hilfe gelangte Lina wieder an Land. Kätt schien auch ganz froh, festen Boden unter den Füßen zu haben. Sie lehnte sich an eines der großen Fässer, die dort abgestellt waren. Und plötzlich fiel Lina auf, wie die Männer sie anstarrten. Und wie Kätt diese Blicke genoss. Sie ist wie die anderen schlechten Frauen hier, dachte sie bei sich. Aber Kätt war viel schöner, obwohl sie sich nicht angemalt hatte.

Levin kam vom Schiff herunter. «Na, hast du dich gelangweilt?», fragte er Lina, aber er sah nur Kätt an. Die reckte ihren Busen noch ein wenig höher. «Ich habe mich um die Kleine gekümmert, mein Herr.» Sie warf ihm ein strahlendes Lächeln zu und kehrte dann zurück an Bord. Die kleine Lina hatte ihr nachgesehen, bis sie in der Kajüte verschwand.

Später hatte sie Kätt noch oft gesehen. Zuerst schien sie immer traurig, mit verweinten Augen, und das Strahlen war verschwunden. Aber bald änderte sich das, und nun malte sie sich an wie die anderen Huren. Ein paar Jahre lang war sie die Begehrteste von allen, bis etwas passierte, das sie dazu brachte, mehr und mehr Branntwein zu trinken, und ihre Schönheit immer weiter verfiel. Aber niemand, der sie vorher kannte, hatte sie je vergessen können.

«An dem Tag damals», erzählte Lina, «hatte sich Levin Heinzmann in Kätt verguckt. Aber es ist nie mehr daraus geworden als regelmäßige Besuche in Marthas Bordell.»

«Der Schiffer hat sie also nicht geheiratet.» Robert nahm den letzten Schluck aus seinem Likörglas.

«Nein, der nicht und die anderen später auch nicht. Einer war dabei, der muss ihr das Herz gebrochen haben. Deshalb der ganze Alkohol. Und als dann später ihr Kind ertrank ... Du weißt ja, was aus ihr wurde.»

«Und deine Geschichte? Wie ging die aus?»

«Levin lieferte mich in der Dammstraße ab, wo Mina schon ihre Tracht Prügel vom Vater erhalten hatte, weil sie weggelaufen war. Ich wurde nicht bestraft. Wie üblich ignorierte Vater mich.»

«Er hat dich sehr geliebt, Lina.»

«Ja, aber damals wusste ich das nicht.» Sie legte Kätts goldenes Kreuz zurück in das Kästchen. «Vielleicht finden wir ja noch heraus, woher sie das Geld hatte.»

Robert lächelte. Er wusste, Lina würde nicht lockerlassen.

Sie stand auf. «Ich gehe zu Bett. Morgen ist Annas Beerdigung, das wird ein schwerer Tag für alle.»

«Ja.» Auch Robert erhob sich. «Ich hoffe, dass ist die letzte Beerdigung für eine lange Zeit.»

5. Kapitel

Es war der Tag, an dem man Anna zu Grabe getragen hatte. Am Nachmittag herrschte eine ungewohnte Stille im Haus Borghoff. Alle Bewohner und die Angestellten hatten an der Beerdigung teilgenommen, der Leichenschmaus fand danach in Linas Modesalon statt, dem einzigen Raum, der groß genug dafür war. Lina hätte nichts dagegen gehabt, den Salon und die Näherei den ganzen Tag über zu schließen, aber das hätte einen Tageslohn weniger für die Näherinnen bedeutet, und diesen Verlust konnte sich keine von ihnen leisten. Deshalb wurde ab zwei Uhr wieder gearbeitet.

Doch nichts war an diesem Tag wie gewöhnlich, keine Scherze, keine Schwätzchen und Neckereien. Zita hatte sich nicht getraut, sich wie an den anderen Tagen an Annas Platz zu setzen und ihre Nähmaschine zu benutzen, stattdessen nähte sie mit der Hand.

Als Lina auf dem Weg in ihr Büro nach dem Rechten sah, wollte sie Zita zunächst dafür rügen, aber dann besann sie sich anders. Sie trat neben sie und fasste sie an der Schulter.

«Wir werden Anna sehr vermissen», sagte sie fest. «Aber das Leben und die Arbeit hier gehen weiter. Es ist gut, wenn Annas Platz heute frei bleibt. Aber ab morgen möchte ich, dass Susanna dort arbeitet. Zita gehört jetzt fest zu uns, sie wird Susannas Platz einnehmen.» Dann ging sie weiter in ihr Büro.

«Es ist gut, dass du bleibst», sagte Grete und lächelte Zita an.

«Ich wäre lieber unter anderen Umständen geblieben.» Zita sah zu Boden.

«Das wissen wir, wir könnten es aber schlechter treffen», sagte Susanna, die Wangen noch gerötet von der Freude über das Vertrauen, das ihr die Chefin entgegengebracht hatte. «Du hast Anna schließlich nicht umgebracht.»

Aber ich mache mich täglich mitschuldig, fuhr es Zita durch den Kopf. Sie beugte sich noch tiefer über ihre Arbeit.

Am späten Nachmittag gab es Probleme in der Nähstube. Grete saß an einem Oberrock mit mehreren Längsnähten, aber die Nähte beulten sich oder waren an einzelnen Stellen zusammengerafft. Keine der Frauen hatte genügend Erfahrung mit den Maschinen, um diesen Fehler zu beheben.

Man schickte Zita, um Lina zu holen. Sie war weder in ihrem Büro noch im Modesalon vorne, deshalb versuchte Zita es in dem kleinen privaten Salon. Doch dort fand sie nur Antonie vor, die den Staubwedel schwang.

«Die Chefin ist zur Bank gegangen», erklärte Antonie. «Sie wird sicher gleich zurückkommen.»

«Sagen Sie mir Bescheid, wenn sie wieder da ist?», bat Zita.

«Das werde ich.» Antonie staubte weiter das zierliche Büfett ab. Als Zita die Tür schon fast geschlossen hatte, rief sie ihr hinterher. «Ich bin Dienstmädchen hier, Angestellte wie du. Du brauchst mich nicht anzusprechen wie die gnädige Frau!»

Zita ging zurück in den Salon. «Die Chefin ist nicht im Haus. Grete, das Beste wäre, wenn du alles wieder auftrennst und dann eine andere Maschine nimmst.»

Susanna nickte. «Aber bei dem Stoff sind vielleicht ein oder zwei Bahnen ruiniert. Ich sehe nach, ob wir noch etwas davon haben. Vielleicht müssen wir neu zuschneiden.»

«Hast du schon einmal zugeschnitten?», fragte Grete zaghaft.

Susanna schüttelte den Kopf.

«Du musst nur entlang der alten Zuschnitte schneiden», meldete sich Maria zu Wort. Sie hatte die ganze Zeit ruhig in ihrer Ecke am Fenster über ihrer Stickerei gesessen. «Ich glaube, das können wir riskieren. Aber vielleicht ist Frau Borghoff bis dahin auch zurück.»

Tatsächlich waren drei Bahnen des üppigen Rockes nicht mehr brauchbar, weil die Maschine sie ruiniert hatte. Susanna und Zita übernahmen es, den Stoff, von dem Christian noch einen knappen Rest gefunden hatte, auszubreiten und die zugeschnittenen Teile aufzulegen. Zita achtete genau auf den Fadenlauf, und es gelang ihr tatsächlich, alle Teile aus dem Stoffrest zu schneiden. Statt einer Schere benutzte sie dazu einen Messstab und ein Rasiermesser.

Gerade als sie fertig waren, steckte Antonie den Kopf in die Näherei. «Die gnädige Frau ist gerade zurück», sagte sie nur und verschwand wieder. Draußen war ungemütliches Wetter, und Lina wollte ihre Schuhe wechseln, wobei Antonie ihr helfen sollte.

Während Antonie sich beeilte, ein anderes Paar Schuhe von oben zu holen, kam Zita in den Flur, wo Lina gerade ihren Mantel abgelegt hatte. Ohne lange zu fragen, nahm Zita ihr das nasse Stück ab, ebenso den Stock und den Schirm. Sie hängte den Mantel an einen Haken und stellte Stock und Schirm in den Ständer neben der Tür. «Eine der Maschinen ist kaputt», erzählte sie dabei. «Den Rock für Frau Liebrecht mussten wir ganz auftrennen, ein paar Bahnen haben wir neu zugeschnitten.»

«Wir?» Lina runzelte die Stirn.

«Susanna und ich. Das war recht schwierig, weil nur noch wenig Stoff da war.»

Antonie kam mit den Schuhen die Treppe herunter, und Lina setzte sich auf den Stuhl, der neben der Kommode mit dem Spiegel stand.

Zita sah zu, wie Antonie Linas Stiefel aufschnürte.

«Habt ihr auf den Fadenlauf geachtet?», fragte Lina. Der Stoff war eine schwere Atlasseide, es würde schwierig werden, etwas Ähnliches noch einmal zu bekommen, denn das leuchtende Türkisblau war keine sehr gängige Farbe.

«Ja, natürlich, Frau Borghoff.» Zita konnte nicht verhindern, Linas unförmigen, erhöhten rechten Schuh anzustarren. Linas Hinken war ja nicht zu übersehen, aber die weiten Krinolinen verdeckten stets die Schuhe. «Man kann die neuen Teile nicht von den anderen unterscheiden, da habe ich sehr aufgepasst. Aber jetzt ist nichts mehr von der Seide da. Falls Sie noch Verzierungen vorgesehen hatten …»

Das hatte Lina tatsächlich. «Wir können ja sehen, was aus den ursprünglichen Bahnen noch herauszuholen ist.»

Antonie hatte die Schuhe gut verschnürt. «Danke, Antonie.»

In diesem Moment läutete die Glocke im Laden. «Guten Tag, Herr Baron», hörten sie Christian den Angekommenen begrüßen.

«Ich sehe mir die kaputte Maschine später an», sagte Lina knapp. «Um Baron von Sannberg kümmere ich mich selbst.» Sie ging durch das Ankleidezimmer in den Laden.

«Da hat Simon ganz schön was zu putzen.» Antonie hielt die verdreckten Stiefel hoch.

«Was ist eigentlich mit der Chefin?», fragte Zita. «Ist sie von Geburt an verkrüppelt?»

«Nein, sie hatte als Kind eine Hüfttuberkulose. Das Gelenk blieb steif, und das Bein wuchs langsamer als das andere.» Antonie zeigte auf den speziellen Schuh. «Ich möchte nicht mit solch einem Klotz herumlaufen müssen. Aber sie hat ja trotzdem einen Mann gekriegt. Und einen guten dazu.» Antonie kicherte ein wenig. «Obwohl ja manche sagen, dass es kein Wunder ist, wenn ein einäugiger Mann und eine hinkende Frau sich finden.»

«Ich habe den Eindruck, dass die beiden sich sehr lieben», sagte Zita ernst.

«Oh, das tun sie auch. Schließlich war er weit unter ihrem Stand, selbst als Offizier. Ich werde mal Simon suchen, damit er die Stiefel putzt.»

Antonie verschwand im anderen Teil des Hauses, Zita kehrte in die Nähwerkstatt zurück. «Wir können erst einmal weitermachen. Frau Borghoff sieht sich die Maschine später an. Sie hat einen Kunden.»

Im Modesalon umarmte Lina Cornelius von Sannberg herzlich. Er war einer ihrer ältesten Freunde, und seit er nach Ruhrort zurückgekehrt war, hatten sie sich noch nicht gesehen.

«Die Ehe scheint dir zu bekommen», sagte Lina, und entgegen ihrer sonstigen Gewohnheit war das eine glatte Lüge. Cornelius hatte abgenommen, was einem Mann von Mitte sechzig nur bedingt gut zu Gesicht stand. Unter den Augen hatte er tiefe Ringe, und er wirkte grau und müde. Lina fragte sich, ob die Melancholie, mit der er manchmal kämpfte, vielleicht wieder Besitz von ihm ergriffen hatte.

«Seit wann bist du unter die Schmeichlerinnen gegangen, Lina? Allerdings ist es nicht meine junge Frau, die mich so hat altern lassen. Die Krise hat allen meinen Unternehmungen stark zugesetzt. Ich habe in den letzten Wochen viel zu viel gearbeitet, fürchte ich.»

«Alle sagen, dass es wieder aufwärtsgeht, mein Lieber.»

Er lächelte, und ein bisschen kam das alte, wache Blitzen in seinen Augen zum Vorschein. «Das bedeutet eher mehr als weniger Arbeit, fürchte ich. Aber Ferdinand Weigel ist mir eine Stütze und dein Bruder und Schwager auch.»

«Kann ich denn etwas für dich tun, lieber Freund?»

«Ich wollte dir persönlich eine Einladung überbringen, Lina. Elise und ich würden uns freuen, wenn du und Robert morgen Abend zu einem kleinen Dinner zu uns kommen könntet. Es bleibt sozusagen in der Familie – deine Schwester Guste und ihr Mann, Georg und Aaltje und natürlich Eberhard und Beatrice werden da sein. Ich bin jetzt schon eine ganze Weile wieder in Ruhrort und habe außer Georg und Bertram kaum jemanden gesehen, nicht einmal mit Beatrice und ihrem Mann kam ich zu mehr als einem Mittagessen.»

«Morgen Abend? Das können wir einrichten. Ich hoffe nur, dass Robert auch Zeit haben wird. Beim Phoenix werden wieder Leute eingestellt, und er muss zusehen, dass die Registrierungen reibungslos laufen. Und er hat ja noch andere Dinge zu tun.»

«Ja, ich habe von dem Mord gehört. Ich dachte gleich an damals …»

Lina lächelte beruhigend. «Der Fall liegt ganz anders, Cornelius. Aber es gibt nach wie vor keine Spur von dem Mörder. Es ist so unwahrscheinlich, dass ein Dieb bei einem armen Lohnschuster einbrechen wollte, dass man sich fragt, ob nicht etwas anderes dahintersteckt. Vor allem weil die arme Anna ja wohl offensichtlich sterben sollte.»

«Wie ich Robert kenne, wird er den Fall schon lösen.» Er lächelte. «Und er hat ja noch dich.» Er warf einen Blick auf seine Taschenuhr. «Ich muss jetzt nach Hochfeld aufbrechen, aber es war mir wichtig, dich endlich zu sehen, meine Liebe. Bis morgen Abend um sieben Uhr!»

Er gab ihr die Hand und verschwand durch die Ladentür.

Lina winkte ihm hinterher und eilte dann in die Näherei, um sich den Schaden an der Nähmaschine anzusehen.

Annas Nähmaschine war nicht mehr zu gebrauchen, in der Mechanik für den Unterfaden war ein Teil gebrochen, und der Ruhrorter Schlosser, den Lina sonst in solchen Fällen konsultierte, hatte seinen Betrieb im Zuge der Krise aufgeben müssen und war fortgezogen. Eine neue Maschine in Amerika zu ordern würde Wochen, wenn nicht Monate dauern, und das Geld dafür war auch nicht da. Der Duisburger Schlosserbetrieb, zu dem sie Simon extra geschickt hatte, würde erst in zwei oder drei Wochen liefern können.

Glücklicherweise wusste Robert Rat. Er erinnerte sich, dass Ebel mit großer Verbissenheit den Geiger beobachtete, der gleichzeitig mit Zita nach Ruhrort gekommen war, immer in der Hoffnung, ihn, seine Frau und die sechs Kinder ausweisen zu können. Der Mann hatte zu Ebels Erstaunen tatsächlich Arbeit gefunden und tat nun Handlangerdienste in der Maschinenschlosserei des Phoenix-Werkes. Ebel war überzeugt davon, dass er mit dem Hungerlohn die große Familie nicht ernähren konnte, aber sie hatten ein Zimmer gemietet und bisher nicht um Unterstützung bei der Gemeinde ersucht. Der Geiger hatte erzählt, dass er in einer Textilfabrik die feinen Schlosserarbeiten ausgeführt hatte.

Robert suchte die Familie nach Schichtende des Phoenix auf. Sie wohnten in der Altstadt, im ersten Stock eines recht baufälligen Hauses in einer Nebengasse der Kleinen Straße. In seinen ersten Jahren in Ruhrort hatte sich Robert noch entsetzt über die Wohnverhältnisse der Arbeiter, doch inzwischen waren sechs bis zehn Personen in einem Raum, dazu dann noch ein oder zwei Kostgänger, die die Betten tagsüber belegten, ein vertrauter Anblick. Das Quartier des Geigers war eng, aber im Vergleich zu manch anderem fast komfortabel. Es gab zwei Betten und immerhin einen Ofen, der allerdings gerade erst wieder angeheizt wurde. Für einen Tisch war kein Platz, die Familie hatte eine Truhe in die

Lücke zwischen den Betten geschoben und sich daran zum Abendessen niedergelassen.

Acht Paar angstgeweitete Augen starrten den Commissar an. Der versuchte, beruhigend zu lächeln. «Guten Abend. Und guten Appetit.» Er streckte dem Familienoberhaupt die Hand hin. Der stand auf und schüttelte sie zaghaft.

Auf der Truhe stand ein Teller mit sechs Scheiben Brot, auf denen ein wenig Butter verschmiert war. Daneben lagen zwei verschrumpelte Äpfel. Es gab auch einen kleinen Krug Milch für die Kinder und einen Krug Bier für den Mann und seine Frau.

«Lassen Sie sich bitte nicht stören. Ich habe nur eine Frage an Sie, Herr Beermann.»

«Ja?»

Sie müssen sehr schlechte Erfahrungen mit der Polizei gemacht haben, dachte Robert. Und Ebel hatte sicher nicht dazu beigetragen, ihr Vertrauen in die Obrigkeit zu verbessern. «Sie haben Inspektor Ebel gegenüber erwähnt, dass Sie feine Schlosserarbeiten in einer Textilfabrik gemacht haben.»

Beermann nickte. «Das war noch in Coesfeld. Ich habe da gelernt. Aber dann konnte mein Vater das Lehrgeld nicht mehr bezahlen, da bin ich mit der Geige über Land.»

«Haben Sie schon einmal eine Nähmaschine gesehen?»

«Nun …» Beermann dehnte die Antwort. «Gesehen schon. Aber ein Lehrjunge durfte da nicht ran.»

«Aber zugesehen haben Sie?»

«Ja.»

Robert kam zur Sache. «Meine Frau betreibt ein Modegeschäft. Und eine der Maschinen aus Amerika ist kaputt. So kurz vor der Ballsaison ist das sehr schlecht.»

Beermann begriff. «Sie möchten, dass ich die Nähmaschine repariere?»

«Trauen Sie sich das zu? Wir würden Sie gut bezahlen.»

«Ich weiß nicht. Ich habe das noch nie gemacht.»
Frau Beermann mischte sich ein. «Du könntest es doch versuchen.»
«Ich habe keine Ausrüstung. Solche Teile kann ich nicht auf dem Phoenix gießen.»
Robert überlegte. Wenn Beermann die Reparatur nicht gelang, konnte immer noch die Duisburger Schlosserei beauftragt werden. Es war einen Versuch wert. «Meine Schwäger besitzen eine Gießerei, dort könnten Sie arbeiten. Wir zahlen Ihnen einen Thaler, wenn Sie die Maschine wieder in Gang bekommen. Und meine Frau gibt sicher noch ein paar Stoffe und Garn dazu.»
Frau Beermanns Augen leuchteten begehrlich. «Hans, bitte, versuche es.»
«Wenn ich es nicht schaffe … es ist meine Zeit …»
Robert lächelte. «Dann können wir immer noch über die Stoffe reden.»

Wie gewöhnlich trug Robert zu Abendeinladungen seine alte, aber immer noch tadellos sitzende Ausgehuniform aus seinen Zeiten als Leutnant im Kavallerieregiment, Lina hatte ihn bisher nicht überreden können, sich einen zivilen Abendanzug anzuschaffen. Sie trafen spät, aber pünktlich in dem kleinen Haus des Barons in der Friedrich-Wilhelm-Straße ein und wurden von Cornelius und seiner Frau begrüßt. Für Ruhrorter Verhältnisse war Elise in dem Ballkleid, das Lina ihr angefertigt hatte, entschieden zu fein. Die anderen Frauen hatten auf schlichte Eleganz gesetzt, gedeckte Farben, aber edle Stoffe und raffinierte Verzierungen.
Zunächst stand Beatrices Schwangerschaft im Mittelpunkt der Gespräche, und es gab auch reichlich Neckereien, dass der zukünftige Großvater Cornelius sich doch nun im Schlafrock und Pantoffeln zur Ruhe zu setzen hätte, was dieser mit Humor

hinnahm. Die zukünftige Stiefgroßmutter hingegen reagierte mehr als säuerlich.

Der Baron saß am Kopfende der Tafel, zu seiner Rechten Elise, neben ihr Ferdinand Weigel, der auch zur Familie gehörig betrachtet wurde, zur Linken Lina und Robert. Während sich bei Georg und Bertram weiter unten am Tisch alles ums Geschäft drehte und Aaltje, Guste und Beatrice noch immer über Kinder und Familie redeten, entspann sich um den Baron eine angeregte Unterhaltung über die neuesten Bücher. Zu Linas Erstaunen erwies sich Elise als sehr belesen, und Lina war fast beschämt, denn in den letzten Jahren hatte sie selbst kaum noch Zeit für Bücher gefunden.

«Cornelius, ich glaube, dein Heine liegt immer noch bei mir, seit du ihn mir vor sechs Jahren geliehen hast. Und der Gustav Freytag auch.»

«*Soll und Haben?*», fragte Elise. «Ein schreckliches Buch. Ich glaube, ich habe ich es nie zu Ende gelesen. Aber Heine liebe ich sehr.»

«Dann sollte ich ihn endlich zurückgeben.» Insgeheim nahm Lina sich vor, dass das *Buch der Lieder* ihre erste Anschaffung sein würde, wenn es die Wirtschaftslage wieder zuließ.

«Nein, behalte ihn», sagte Cornelius. «Ich habe mir längst eine neue Ausgabe gekauft.»

Die Räumlichkeiten im Hause ließen es nicht zu, dass sich nach Tisch die Männer und Frauen in verschiedene Zimmer zurückziehen konnten. Lina hatte gerade das immer an den Gesellschaften des Barons gemocht. Die gemeinsamen Gespräche aller waren ihr angenehmer, als mit den Frauen allein zu sitzen. Und seit sie den Modesalon hatte, kannte sie die wichtigen Gesprächsthemen der Frauen der Stadt zur Genüge.

«Schrecklich, dieses kleine, enge Haus», sagte Elise gerade.

«In meinem Schlafzimmer kann ich mich in einer der neuen Krinolinen kaum umdrehen.» Sie lächelte. «Aber Cornelius hat mir ja versprochen, wenn wir schon in diesem Städtchen bleiben müssen, dann kauft er mir ein angemessenes Haus. Und weißt du was, mein Lieber? Ich habe mich bereits umgesehen und etwas Passendes gefunden. Ich habe es sogar schon besichtigt. Herr Weigel war so nett, mich zu begleiten.»

«Ach, und wo?», fragte Linas Schwester Guste. In den schweren Zeiten standen einige Häuser in Ruhrort zum Verkauf, die auch für eine reichere Familie angemessen waren.

«In der Schulstraße! Das Haus ist so gut wie neu, groß und komfortabel. Und es stehen sehr schöne Möbel darin, die man ebenfalls erwerben kann …» Elise stockte, denn die ganze Gesellschaft sah sie an, als hätte sie eine schlimme Nachricht verkündet.

«Es ist nur verwunderlich», sagte Ferdinand Weigel in die Stille hinein, «dass es anscheinend schon sechs Jahre leer steht. Dabei hat der Notar aus Duisburg versichert, dass Mauern und Fundament fest und trocken sind.»

Wieder schwiegen alle betreten, bis Cornelius von Sannberg sich räusperte und sagte: «Elise, dieses Haus werde ich auf keinen Fall kaufen. Niemand in Ruhrort würde das. Dort sind Dinge geschehen, über die niemand hier reden möchte …»

«Sag nicht, dort spukt es!» Elise blickte spöttisch in die Runde.

«Natürlich nicht», sagte Lina. «Obwohl es niemanden, der die Geschichte kennt, wirklich wundern würde.»

Elise sah sie ungläubig an. «Nein, wirklich, was kann hier schon passiert sein?»

Lina entschied, dass es besser wäre, Elise gleich aufzuklären. «In diesem Haus und in den Gewölben darunter wurden Menschen gequält und getötet, auch Kinder. Es ist einfach kein Ort für eine junge Ehe.»

Doch Elise ließ nicht locker. «Cornelius, gibst du wirklich etwas auf solche Gerüchte? Ich dachte, du wärst ein vernünftiger Mann.»

«Das sind keinesfalls Gerüchte, Frau von Sannberg.» Roberts besonnene Stimme hatte man an diesem Abend noch nicht oft gehört. «Vor sechs Jahren wurden hier in Ruhrort zwei halbwüchsige Mädchen, mehrere Huren und einige Säuglinge ermordet und schrecklich verstümmelt. Eine ganze Gruppe von Leuten steckte dahinter, und das Haus an der Schulstraße war so etwas wie das Zentrum ihrer Machenschaften. Ich habe die Fälle untersucht und mit eigenen Augen gesehen, was dort vor sich gegangen ist.»

«Eine der Toten lag übrigens hier in meinem Hof», bemerkte von Sannberg trocken. «Such dir ein anderes Haus aus, Elise.»

«In unserem Hof?», fragte Elise. Lina glaubte zu hören, dass ihre Stimme zitterte.

«Ja. Du siehst, ich bin nicht abergläubisch. Aber Wienholds Haus werde ich nicht kaufen, schon allein, weil er mein Geld nicht bekommen soll.»

«Es gehört noch immer diesen Leuten?», fragte Weigel ungläubig.

«Der Bürgermeister wollte kein Gerichtsverfahren riskieren, was er hätte tun müssen, um es einziehen zu können. Die Ereignisse damals waren mehr als unangenehm für die gesamte Stadt. Deshalb gehört es nach wie vor diesen Leuten, und deshalb steht es leer, seit sie die Stadt verlassen haben.» Man konnte Robert anhören, dass es ihm auch lieber gewesen wäre, er hätte einen Schlussstrich ziehen können. «In der Harmoniestraße, nicht weit von unserem, steht ein recht großes Haus zum Verkauf, direkt neben dem von Director de Gruyter. Vielleicht wäre das etwas für euch, Cornelius. Frag am besten den Bürgermeister.»

Elise hatte stumm zugehört, aber knetete die ganze Zeit ein Taschentuch in ihren Händen. «Cornelius, ich bleibe keine weitere Nacht in diesem Totenhaus. Wenn es sein muss, ziehe ich aufs Gut, bis du ein anderes Haus gefunden hast.»

«Aber Elise ...»

«Nein. Ich bleibe nicht hier.» Sie stand auf und verließ den Raum.

Von Sannberg seufzte. «Herr Weigel, ich bitte Sie, versuchen Sie, es ihr auszureden. Ich hatte mich gerade darauf eingerichtet, eine Weile in der Stadt zu bleiben.»

«Ich werde mein Bestes tun, Herr Baron.» Weigel folgte Elise von Sannberg.

«Mussten wir über diese Dinge sprechen?» Guste Messmer war die Situation sichtlich unangenehm.

«Wenn ich dadurch verhindern kann, dass sie unbedingt in das Haus der Wienholds ziehen möchte, ja.» Von Sannberg erhob sich ebenfalls aus seinem Sessel. «Aber vielleicht hätte ich die Leiche im Hof nicht erwähnen sollen.» Er sah Robert an. «Ich werde William Weinhagen wegen des Hauses in der Harmoniestraße ansprechen. Hat jemand Lust auf einen Cognac?»

Während die Herren Cognac tranken und die Damen einen Likör, bat Aaltje Lina unter dem Vorwand, es sei etwas mit ihrem Kleid, nach draußen in den kleinen Hausflur.

Mit zitternden Händen zog sie ein Schreiben aus ihrem mächtigen Dekolleté und reichte es Lina. Es stammte vom Duisburger Gericht. «Mina ist zu dem Gericht gegangen. Sie wil de jongens zurück.»

«Das haben wir doch erwartet.» Lina nahm den Brief und sah die Adresse der Klägerin. Wallstraße 237. Mina war also in Duisburg geblieben. «Hat Georg schon etwas unternommen?»

Aaltje nickte. «Er hat den Papieren von Robert an ein Advokat gegeben.»

In Roberts Akte, die zum größten Teil aus Quellen der Königlichen Polizei stammte, würde genug stehen, um Mina für immer von ihren Söhnen fernzuhalten.

«Wissen die Jungen davon?», fragte Lina.

«Nee. Dann würde Emil uns noch mehr Schwierigkeite make. Er redet nicht mit uns», sagte Aaltje leise. «Seit sie da war, redet er kein Wort mit uns. Er treibt sich herum. Manchmal kommt er nicht nach Hause. Und er geht nicht zu dem Unterricht, verschwindet einfach morgens aus dem Haus und lässt seinen Hauslehrer stehen.»

Lina runzelte die Stirn. «Aaltje, auch wenn Georg das nicht möchte, du musst Robert Bescheid geben, wenn ihr erfahrt, dass der Junge nicht in der Schule ist. Vielleicht ist es ihm eine Lehre, wenn er von der Polizei nach Hause gebracht wird.»

«Dat mit Emil is schlimm, aber dat is nicht dat Schlimmste. Ich hab nachgedacht, Lina. Mina, die weiß so viel. Mina weet doch, dat min Meijse dood is.» Aaltjes mächtiger Körper begann zu beben. «Und Georg weiß von gar nichts.»

«Ja, daran habe ich auch schon gedacht.»

Aber ahnte Mina tatsächlich, dass Carolinchen nicht die leibliche Tochter der Kaufmeisters war? Nach Aaltjes Totgeburt damals hatte sie das neugeborene elternlose Mädchen, das Minas Bande zurückgelassen hatte, zu sich genommen. Und Georg, damals auf Reisen, hatte nie etwas davon erfahren. Er hielt Carolinchen für sein eigen Fleisch und Blut. Sie wollte sich gar nicht ausmalen, was geschehen würde, wenn Mina ihrem Bruder die Wahrheit offenbarte.

«Wir müssen einfach das Beste hoffen», sagte Lina und streichelte ihrer Schwägerin über die Schulter. Aber genauso gut konnte es sein, dass Mina eins und eins zusammenzählte und dann ein noch größeres Unheil anrichtete, insgeheim befürchtete Lina das ja auch.

«Reiß dich jetzt zusammen, Aaltje. Georg möchte sicher

nicht hier über das Gerichtsschreiben sprechen. Ich komme ja diese Woche noch zu dir, dann können wir in Ruhe reden.»

Gerade in diesem Moment kam Elise wieder aus dem oberen Stockwerk herunter. «Ich habe begonnen zu packen», sagte sie und strich sich eine Haarsträhne aus dem Gesicht, die sich aus ihrer Frisur gelöst hatte. Sie schien sich nach dem Schreck über den Leichenfund im Hof beruhigt zu haben, und ihre Wangen waren wieder rosig.

Kurz hinter ihr erschien Ferdinand Weigel, der einen großen Reisekoffer Stufe für Stufe die Treppe herunterzog. Sein Gesicht war gerötet, doch war der Koffer wohl eher sperrig als schwer. Lina glaubte nicht, dass Elise ohne Dienstmädchen in der kurzen Zeit in der Lage gewesen war, viele schwere Kleider einzupacken. «Herr Weigel wird zum Gut reiten, dann können sie alles für meine Ankunft vorbereiten. Der Hausdiener holt bereits die Kutsche.»

Da in der Friedrich-Wilhelm-Straße kein Platz für die Kutsche des Barons war, wurde sie gewöhnlich beim Hotel Heckmann untergestellt.

«Sie sollten sich wirklich beeilen, sonst verpassen Sie die letzte Fähre», bemerkte Lina trocken und hatte ein wenig Spaß daran, dass Elise nervös zu der großen Standuhr, die am anderen Ende des Flurs stand, blickte.

Doch kurz darauf kam der Diener mit der Kutsche, Weigels gesatteltes Pferd war hinten angebunden. Elise verabschiedete sich hastig von den Gästen, und kurz darauf löste sich auch die Gesellschaft auf.

«Das war die kürzeste Feier, die ich bei dir je erlebt habe, Cornelius», sagte Linas Bruder Georg.

«Du kannst ja gern noch bleiben.» Von Sannbergs Stimme klang launig, aber Lina ahnte, dass ihm das Verhalten seiner Frau zutiefst peinlich war.

«Nimm es dir nicht so zu Herzen, Cornelius», sagte Lina

leise, als er sie als Letzte an der Tür verabschiedete. «Das nächste Mal feiern wir wieder bis zum frühen Morgen.»
«Das hoffe ich doch.» Er winkte ihnen noch hinterher.

Die Saison der Mai- und Sommerbälle nahte, und plötzlich hatte Lina so viele Aufträge wie lange nicht mehr. Nicht nur die Ruhrorter Damen bestellten neue Kleider, auch von Duisburg und aus dem nahegelegenen Mülheim reisten die Kundinnen an.

Hans Beermann brauchte mehrere Anläufe, doch er brachte die Maschine tatsächlich wieder zum Laufen. Immerhin hatte er sich bei Georg Kaufmeister und Bertram Messmer als guter Kleinschlosser empfohlen. Sie versprachen ihn einzustellen, sobald es möglich war. Bei ihnen konnte er als Fachkraft mehr verdienen als auf dem Phoenix, wo er nur ungelernter Handlanger war.

Lina holte zunächst aushilfsweise eine der beiden entlassenen Näherinnen zurück. Susanna, Zita und auch Grete benutzten nun alle für die Nähte der Oberteile die Maschinen und waren schneller denn je. Nach und nach sammelten sie genug Erfahrung, um auch feinere Arbeiten mit der Maschine zu erledigen.

An diesem Morgen wurde die heitere Stimmung in der Näherei jäh unterbrochen. Finchen und Simon hatten so laut gestritten, dass es bis in den Laden zu hören gewesen war. Lina war nicht im Haus, sodass der Ladengehilfe Christian sich genötigt sah, die beiden zu ermahnen, leiser zu sein, damit die Kunden im Stoffladen nichts mitbekamen.

Kurz danach betrat Finchen mit völlig verheulten Augen die Näherei. Sie zitterte am ganzen Leib.

«Was ist passiert?», fragte Maria. Da sie im Haus wohnte, bekam sie häufiger mit, wenn mal wieder etwas nicht stimmte bei der jungen Familie.

«Vor ein paar Tagen hat der neue Polizeidiener Simon am hellen Tag in der ‹Laterne› aufgegriffen.» Finchen schluchzte noch etwas. «Er hat wieder unser Geld verspielt ...»

«Ich nehme mal an, der Commissar hatte seine Leute angewiesen, nach Simon Ausschau zu halten?», fragte Maria.

Finchen nickte. «Ich hatte mit Frau Borghoff darüber gesprochen. Die Kinder brauchen Schuhe. Wir werden gut bezahlt hier, und ich habe trotzdem kein Geld, weil mein Mann alles ins Wirtshaus trägt.» Es war Finchen anzumerken, dass sie sehr wütend darüber war. «Der Commissar hat sich Simon vorgenommen und dazu auch Otto befragt. Und Otto hat aufgezählt, wie oft ihn Simon in der letzten Zeit mit der ganzen Arbeit hier allein sitzenließ. Daraufhin hat der Commissar ihm den Lohn gekürzt. Und deshalb wollte er heute meinen haben. Er sagt, als Familienoberhaupt stehe ihm das zu. Familienoberhaupt, dass ich nicht lache! Ein grüner Junge ist er, nichts weiter.»

«Hast du ihm das Geld gegeben?», fragte Grete neugierig.

Finchen schüttelte den Kopf. «Ich habe mit Frau Borghoff ausgemacht, dass sie es für mich auf die Bank bringt, damit er es nicht vertrinkt.»

«Kein Wunder, dass er wütend war. Es ist doch *sein* Geld.» Man konnte Grete ansehen, dass sie sich niemals weigern würden, ihrem Ehemann ihren Verdienst abzuliefern.

«Dein Mann würde das Geld auch nie selbstsüchtig verschleudern, Grete.» Finchen sprang auf. Die Wut hatte jetzt die Oberhand. «Ich muss jetzt zusehen, dass er lernt, dass das Geld der Familie gehört.»

«Pass nur gut auf, Finchen.» Maria sah besorgt aus. «So wütend, wie er eben war ...»

«Das ist das Haus des Commissars.» Finchen lächelte. «Da wird mir schon nichts passieren.»

Die Näherinnen mussten die Werkstatt selbst sauber halten, das Hauspersonal hatte mit dem Modesalon und den privaten Räumen genug zu tun. So war jeden Abend eine andere von ihnen an der Reihe mit Auskehren. Einmal in der Woche wurde auch der Boden aufgewischt. An diesem Abend war das Zitas Aufgabe. Sie kniete mit hochgebundenem Rock auf dem Steinboden und wischte die Fliesen. Übermäßig sorgfältig war sie nicht, weil die Arbeit regelmäßig gemacht wurde, war es nicht besonders schmutzig in der Nähstube.

Von draußen drang Lärm, ein lautes Grölen, bis nach hinten zu Zita. Zunächst kümmerte sie sich nicht darum, aber als der Radau anhielt, eilte sie nach vorn in den Laden und von dort in den Stoffladen, denn vor dieser Tür schien sich alles abzuspielen. Vorsichtig stellte sie sich ans Fenster, sie wollte nicht gesehen werden. Von hier konnte sie die Straße gut beobachten.

Eine Gruppe betrunkener Männer sang lautstark ein Trinklied. Zita erkannte Simon unter ihnen. Sie presste die Lippen aufeinander. Das würde keine angenehme Nacht für Finchen werden. Einen Moment überlegte sie noch, ob sie Finchen warnen sollte, aber dann dachte sie sich, dass die junge Frau nicht auf den Kopf gefallen war und sich denken konnte, wohin sich ihr Mann nach dem Streit verzogen hatte.

Sie ging zurück an ihre Arbeit und war bald fertig. Mit dem Putzeimer in der Hand trat sie vor die Ladentür. Gerade wollte sie das Wasser ausschütten, als von oben über dem Stoffladen schreckliches Geschrei und Kinderweinen tönten, dazwischen das wütende Gebrüll eines Mannes. Augenblicklich stellte sie den Putzeimer hin und eilte durch den Modesalon und den Stoffladen in das andere Haus.

An der Treppe traf sie auf Maria, die zitternd vor der Tür von Finchens und Simons Wohnung stand. «Er bringt sie um», rief sie zitternd. «Er schlägt sie windelweich. Sturzbetrunken ist er.»

«Ist Otto noch hier?»

Maria schüttelte den Kopf. «Der ist schon vor einer Stunde nach Hause gegangen.»

Zita überlegte nicht lange. Sie brauchten hier Hilfe, und zwar schnell. «Lauf zur Polizei, Maria. Hol den Commissar. Beeil dich!»

«Und du?»

«Er ist betrunken. Ich werde schon mit ihm fertig.» Zita sah sich um und entdeckte in der Ecke neben der Tür einen von Linas alten Gehstöcken. Sie griff ihn sich. «Lauf schon!»

«Aber du bist doch nur eine Frau ...»

«Ich kann vielleicht das Schlimmste verhindern, bis der Commissar hier ist. Schnell, lauf!»

Maria raffte ihre Röcke und lief ohne Mantel und Kopfbedeckung los in Richtung Dammstraße. Das Rathaus war nicht weit, Zita hoffte, sie konnte Simon lange genug aufhalten, bis Hilfe kam. Den Stock fest in ihrer Hand, lief sie die Treppe hinauf.

«Simon, nein», wimmerte Finchen gerade. «Hör auf, bitte, bitte nicht!» Er gab keine Antwort, und Zita hörte nur ein dumpfes Geräusch.

Entschlossen riss sie die Tür auf. Das Zimmer war halb verwüstet, zwei Stühle und der Tisch waren zu Bruch gegangen, überall lag Wäsche, um die sich Finchen wohl gerade gekümmert hatte. Mehrere Tassen und Teller hatte Simon gegen die Wand geworfen. Finchen kauerte, die Arme vor dem Gesicht, neben der geöffneten Tür zum zweiten Zimmer, in dem die Kinder sich weinend und angsterfüllt aneinanderdrängten.

Simon, in der linken Hand ein Stuhlbein, drosch mit der bloßen Rechten auf seine Frau ein. Er hatte Zita noch nicht bemerkt.

Diese zögerte nicht lange. Bevor er wieder auf Finchen einschlagen konnte, hieb sie mehrmals mit dem Stock auf ihn ein. Doch obwohl sie ihn zweimal am Kopf erwischte, schien er mehr verwundert zu sein, als dass ihm die Schläge etwas ausmachten. Er drehte sich langsam zu Zita um.

«In das Zimmer!», rief Zita Finchen zu. «Stell etwas vor die Tür, mach schon!»

Finchen kroch auf allen vieren in das Zimmer und warf die Tür zu. Zita war sich nicht sicher, ob Finchen in der Lage sein würde, ein Möbelstück vor die Tür zu ziehen. Und jetzt sah sie sich Simon gegenüber.

Sie holte mit ihrem Stock aus und schlug nach ihm. Er war zu betrunken, um den Hieben schnell zu begegnen, und auf seiner Stirn platzte eine Wunde auf. Wütend wischte er sich das Blut aus dem rechten Auge und schien nun gar nicht glauben zu wollen, dass es die kleine, zierliche Zita war, die da vor ihm stand.

«Was willst du denn hier, du Schlampe!», schrie er. Er machte einen Schritt auf sie zu, und Zita wich zurück. Sie wusste, auch mit dem Stock in der Hand war sie seinem Zorn nicht gewachsen.

Trotzdem holte sie noch einmal aus, täuschte vor, ihn links erwischen zu wollen, und als er sich wie ein zorniger Tanzbär in diese Richtung wandte, holte sie blitzschnell ein zweites Mal aus und traf ihn an der Schläfe. Er taumelte, fiel aber immer noch nicht. Doch Zita nutzte diesen Moment, um aus der Tür zu laufen. Sie zog dabei den Schlüssel, der innen steckte, aus dem Schloss. Er stolperte hinter ihr her, versuchte die Tür wieder zu öffnen. Doch er war zu langsam. Die Tür war bereits verschlossen.

Simon riss wie wild an der Klinke, doch dann wurde ihm klar, dass es keinen Zweck hatte. Zita war für ihn unerreichbar. Einen Moment lang war drinnen alles still, dann konnte Zita hören, wie er sich an der anderen Tür zu schaffen machte.

Verzweifelt sah Zita zur Treppe, in der Hoffnung, dass endlich jemand zu Hilfe kam. Hoffentlich waren Finchen und die Kleinen in Sicherheit! Aber was konnte sie allein tun? Noch immer polterte Simon gegen die Tür zwischen den beiden Zimmern, und schließlich hörte Zita, wie das Holz splitterte. Er hatte die Tür aufgebrochen, Finchen war ihm schutzlos ausgeliefert.

In diesem Moment kam der Commissar in seinem Haus an. Er rannte die Treppe hinauf. «Was ist dadrinnen los?»

«Ich habe ihn angegriffen, damit sich Finchen mit den Kindern in dem anderen Zimmer in Sicherheit bringen konnte. Aber er ist durch die Tür gekommen. Hören Sie, wie er tobt?»

Der Commissar sah den Stock in Zitas Hand. «Das war sehr mutig. Ist hier abgeschlossen?»

Zita nickte.

Er schloss auf und zog seinen Säbel. Zita folgte dem Commissar, bis er sie zurückhielt. Wie schon zuvor bei Zita bemerkte Simon nicht, dass der Commissar mit gezücktem Säbel hinter ihm stand. Finchen lag bewusstlos neben dem Bett, die Kinder waren ganz starr vor Angst. Und immer noch schlug Simon, diesmal mit dem Stuhlbein, auf sie ein.

«Simon, leg das Stuhlbein hin!», sagte der Commissar ruhig.

«Ich werde ihr zeigen, was es heißt, sich ihrem Mann zu widersetzen», presste Simon hervor. «Ich bin der Mann im Haus, sie hat mir zu gehorchen.» Er sprach wie im Traum, ohne Robert anzuschauen.

«Ich habe meinen Säbel gezogen, und ich werde zustechen, Simon.» Er warf einen Blick auf Finchen, die sich aber immer noch nicht regte.

Simon drehte sich um, und Borghoff hielt ihm sofort die Klinge an den Hals. «Weg mit dem Stuhlbein!»

Doch Simon wollte nicht gehorchen. Ganz langsam hob er die Hand. Borghoff trat noch näher an ihn heran. «Glaubst du, ich werde nicht mit dir fertig, besoffen wie du bist?» Dann holte er mit der linken Faust aus und schlug Simon zu Boden. Sofort kniete er sich auf ihn.

«Lauf hinunter, Zita, und hole etwas, womit ich ihn fesseln kann.»

Zita rannte los und kam kurze Zeit später mit starkem Küchengarn zurück. «Was anderes habe ich so schnell nicht gefunden.»

«Das genügt erst einmal. Sieh nach, ob Finchen noch atmet.»

Inzwischen war Maria mit Inspektor Ebel eingetroffen. Maria, die oft mit Finchens Kindern Umgang hatte, holte die verstörten Kleinen sofort aus dem Zimmer. «Mama, Mama», schrie die kleine Sophie. Oskar, der Älteste, ging mit versteinertem Gesicht aus dem Zimmer. «Es wird alles wieder gut, Oskar, wir passen jetzt auf deine Mutter auf», sagte Robert beruhigend.

«Ich nehme sie erst einmal mit nach unten in die Küche», sagte Maria, so ruhig sie konnte. Fragend sah sie Zita an, die vorsichtig Finchen untersuchte.

«Sie lebt», sagte diese. Aber Finchen war bewusstlos und blutete aus vielen Wunden. «Wir müssen sofort einen Arzt holen.»

«Dr. Feldkamp ist nicht in der Stadt», sagte Ebel. «Und Dr. Havemann ist heute beim Phoenix draußen und begutachtet die neuen Arbeiter.»

Robert, der Simon die Hände gut verschnürt hatte, musste sich von Ebel helfen lassen, um ihn wieder auf die Füße zu bekommen. «Ich will sie nicht dem alten Bleiweiß überlassen.»

«Ich wüsste jemanden, der helfen kann.» Zita stand auf. «Mein Freund Hermann Demuth. Er arbeitet zwar auf dem

Phoenix, aber er ist Mediziner. Ein guter Chirurg und Arzt. Seine Schicht hat noch nicht begonnen.»

Robert überlegte nicht lange. «Gut, hol ihn her. Sag ihm, ich schreibe ihm etwas für die Hüttenleitung. Ich bleibe so lange bei Finchen.»

«Ich bin gleich zurück.» Zita lief hinüber in die Werkstatt, um sich ihr warmes Umschlagtuch zu holen, und lief dann los.

«Ebel, legen wir Finchen auf das Bett. Und dann bringen Sie Simon ins Gewahrsam», ordnete Robert Borghoff an.

«Ins Gewahrsam?», fragte Ebel erstaunt. «Einen Mann, der seine Ehefrau gezüchtigt hat?»

«Einen Mann, der versucht hat, seine Ehefrau totzuschlagen. Das ist ein Befehl, Ebel.»

Kopfschüttelnd schob Ebel Simon aus dem Raum.

Robert sah sich Finchens Wunden an und drückte sein sauberes Taschentuch auf eine besonders schlimme Blutung an der Stirn.

Finchen kam kurz zu sich. «Es ist vorbei, Finchen, alles wird wieder gut.»

«Herr Commissar ...», flüsterte sie und sank dann wieder zurück in die Bewusstlosigkeit.

Sie war nicht noch einmal wach geworden, als Zita zurückkam. Bei ihr war Hermann Demuth in der üblichen Arbeitskleidung der Phoenix-Arbeiter. Aber er hatte eine Arzttasche bei sich.

«Mein Gott», sagte er, als er Finchen sah. «Was für ein Tier tut denn so etwas?»

«Ein besoffener Ehemann, Herr Doktor», presste Borghoff zwischen den Zähnen hervor.

«Ich brauche abgekochtes Wasser und saubere Tücher», sagte er, nachdem er den Commissar begrüßt hatte. «Und wir müssen sie ausziehen, damit ich sehe, wo sie überall von den Schlägen getroffen wurde.»

Er trat an die Kommode, auf der das Waschgeschirr stand, aber der Krug war ebenfalls zu Bruch gegangen. «Ich muss mir die Hände waschen.»

«Ich hole Wasser und sage Maria, dass sie Wasser aufsetzen und Tücher holen soll.» Zita eilte die Treppe hinunter.

Während sie weg war, zog Hermann vorsichtig Finchens geschwollene Lider hoch. Als Zita mit dem Wasserkrug zurückkam, zog er eine Flasche aus der Arzttasche.

«Was ist das?», fragte Robert.

«Bleiche. Sie säubert die Hände, dann gibt es weniger Entzündungen.» Die geöffnete Flasche verströmte einen beißenden Geruch. Er schüttete sehr wenig von der Flüssigkeit in die Waschschüssel, verdünnte sie dann mit Wasser und wusch sich gründlich die Hände darin. Er trocknete sie an einem frischgewaschenen Kinderleibchen ab, das bei den Handgreiflichkeiten bis zur Tür geflogen war.

Währenddessen hatte Zita begonnen, Finchen auszuziehen. Je mehr Kleidung sie entfernte, desto mehr erschrak sie. Es hatte den Anschein, als gäbe es überhaupt keine Stelle an dem Körper der jungen Frau, die nicht die Zeichen von Simons Schlägen trug. Finchen kam wieder zu sich und schrie auf vor Schmerz. Anscheinend taten ihr jede Bewegung und jede Berührung weh.

«Ich habe leider keinen Äther», sagte Hermann. «Ich fürchte, die Untersuchung wird sehr schmerzhaft für sie.» Vorsichtig begann Hermann zunächst Finchens Kopf abzutasten und fand noch zwei weitere blutende Wunden. «Das muss ich alles nähen», sagte er. Dann fiel sein Blick auf ihren rechten Unterarm. Hier gab es eine klaffende Wunde, weil sich ein gebrochener Knochen durch das Fleisch gebohrt hatte.

Er bückte sich und hob eine kleine Kinderrassel vom Boden auf. Den Stiel schob er Finchen zwischen die Zähne.

«Das wird jetzt sehr wehtun!» Zita wurde fast übel, als sie zusah, wie er den Knochen zu richten versuchte. Finchen, die Zähne fest auf dem Rasselstiel, stöhnte auf und wurde dann wieder ohnmächtig.

«Brauchen Sie eine Schiene?», fragte Robert. Er hatte in den Feldlazaretten einiges gesehen.

Hermann nickte. «Beeilen Sie sich, bevor sie wieder aufwacht! Und was immer es ist – tauchen Sie es erst in das kochende Wasser!»

Er nutzte die Zeit, um die Kopfwunde zu nähen. Zita musste ihm helfen, vorsichtig Finchens wilde Locken um die Wunden herum abzurasieren.

Robert hatte zugesehen, wie der junge Arzt Finchen versorgte. Jetzt hörte er unten die Tür. Er hatte gehofft, dass es Lina war, aber stattdessen kam Antonie herein, die ihren freien Nachmittag gehabt hatte. Er ging zu ihr hinunter. «Zieh deinen Mantel gar nicht erst aus, Antonie», sagte er leise und erzählte ihr, was passiert war. «Meine Frau ist bei den Kaufmeisters, bitte gehe sie schnell holen.»

Antonie nickte nur und beeilte sich.

Oben verband Hermann Demuth Finchens letzte offene Wunde. «Wie geht es ihr?», fragte Robert.

«Sie war zwischendurch mal wach, das ist gut. Aber er hat sie wirklich übel zugerichtet. Es sind viele offene Wunden, die sich leicht entzünden können. Sie wird sicher Fieber bekommen. Und wir wissen nicht, ob sie innere Blutungen hat.» Er strich seiner Patientin kurz über den Kopf. «Ein hübsches Mädchen.»

«Ja», sagte Robert. «Und Mutter von vier Kindern.»

«Haben Sie Chinarinde im Haus?», fragte Hermann.

«Ich denke schon, aber meine Frau weiß das besser. Sie ist auf dem Weg hierher.»

«Wenn das Fieber steigt, sollte sie ihr einen Aufguss davon einflößen.» Hermann stand auf und begann, seine Tasche zusammenzupacken.

«Vielen Dank.»

«Sie hatten Zita gesagt, Sie würden mir einen Brief für die Werksleitung schreiben. Und dann ... ich helfe zwar gern, aber ich habe einen Lohnausfall dadurch, und ich brauche jeden Pfennig.»

Robert nickte. «Selbstverständlich. Was bekommen Sie?»

Hermann winkte ab. «Ich möchte nur den entgangenen Lohn ersetzt haben.»

«Wie hoch ist denn Ihr Schichtlohn?»

«Zwei Thaler. Ich bin Erster Puddler.»

Zita blieb oben bei Finchen, während Robert und Hermann nach unten gingen. Er ließ Hermann im Flur des anderen Hauses warten und ging in Linas Büro, wo sie das Geld aufbewahrte. Er hatte gerade die kurze Notiz für die Werksleitung verfasst und einen Thaler für Hermann aus Linas Schublade genommen, als Lina mit Antonie heimkam.

«Lina, das ist Hermann Demuth. Da unsere Ärzte heute nicht verfügbar waren, hat er Finchen versorgt.»

Hermann starrte Lina an.

«Geht es ihr gut?» Lina stellte ihren Stock in den Schirmständer.

Als sie auf ihn zuhinkte, schien er sich aus der Starre zu lösen. «Das werden die nächsten Tage zeigen», sagte er, äußerlich ruhig. «Wenn sie keine inneren Verletzungen hat, wird sie es überstehen.»

«Wo ist Simon?», fragte Lina Robert.

«Ich habe ihn ins Gewahrsam bringen lassen.»

«Es wird sich wohl kaum ein Richter finden, der ihn verurteilt», schnaubte Lina.

Robert nickte. «Aber ich kann ihn so lange im Gefängnis

schmoren lassen, wie ich will. Und ich schwöre dir, ich lasse ihn dort verrotten, wenn Finchen etwas passiert.»

«Er wird sie nicht wieder anfassen, dafür werde ich sorgen, Robert!» Sie ging hinüber ins andere Haus, um nach Finchen zu sehen.

«Die hat Temperament», sagte Hermann und hatte wohl gar nicht bemerkt, dass er laut gesprochen hatte.

«Finchen ist mehr für uns als nur ein Hausmädchen, sie ist fast so etwas wie eine Tochter. Wenn sie das nicht überlebt ...» Robert stockte. «Aber Sie haben sehr gute Arbeit geleistet.» Er gab Hermann den Thaler. «Das stimmt so.»

«So viel? Ich kann sicher noch acht Stunden im Werk arbeiten!»

«Nein, nein, das haben Sie sich verdient. Hier ist das Schreiben. Wenn Sie Probleme haben, komme ich auch persönlich zum Phoenix.»

«Das wird schon genügen. Ich lasse meine Tasche hier, Zita kann sie mit nach Hause nehmen.» Hermann stellte die Tasche ab und ging zur Tür.

«Danke nochmal, Herr Demuth.»

«Gern geschehen.»

Lina weinte, als sie Finchen sah mit all den Verbänden, dem geschwollenen Gesicht und den vielen Blutergüssen. Zita hatte versucht, ihr das inzwischen getrocknete Blut abzuwischen, doch Finchen war wieder wach und stöhnte bei jeder Berührung auf. Lina suchte ein Nachthemd, und gemeinsam mit Antonie zogen sie es ihr an, deckten sie vorsichtig zu und flößten ihr noch etwas Tee ein, den Antonie vorsorglich gekocht hatte.

Als sie fertig waren, fiel Linas Blick auf Zita. «Du hast versucht, ihn davon abzuhalten? Mein Mann hat das Antonie erzählt.»

«Es hat nur nicht viel genützt.» Zita begann plötzlich zu zittern. Die Erinnerung daran, wie Simon vor ihr gestanden hatte, machte ihr jetzt mehr Angst als eben. «Ich habe es nicht verhindern können.»

Ohne einen Augenblick zu zögern, nahm Lina Zita in den Arm. Stockend und unter Tränen, erzählte Zita in allen Einzelheiten, was passiert war. «Ich hätte ihn nicht dadrin einsperren dürfen!», schluchzte sie.

«Aber du bist nur eine kleine, zierliche Frau, Zita. Mehr konntest du nicht tun.» Lina tätschelte sanft ihren Kopf. «Ich glaube, wenn du nicht dazwischengegangen wärst, hätte es viel schlimmer kommen können.»

Zita hatte noch den Putzeimer endlich auskippen wollen, aber Antonie hatte das bereits für sie erledigt. Sie saßen zu dritt in der Küche, Maria, Antonie und sie. Maria hatte die Kinder auf Linas Geheiß in den Dachkammern oben zu Bett gebracht. Finchen sollte ihre Ruhe haben, und Maria war nicht weit weg von ihnen. Antonie war auf Linas Bitte hin zu Lohmann gelaufen und hatte einen großen Krug Bier besorgt. Der Chef und die Chefin hatten sich je ein Glas genommen, den Rest teilten sich das Hausmädchen und die Näherinnen.

Zita war völlig erschöpft. «Ich kann es immer noch nicht fassen, dass du Simon tatsächlich angegriffen hast», sagte Maria bewundernd. «Vielleicht hast du ihr damit das Leben gerettet.»

«Ich weiß nicht.» Zita nahm ihren letzten Schluck Bier. «Ich hätte besser überlegen müssen. Mich selbst in Sicherheit bringen, während Finchen und ihre Kinder noch dadrin waren ...»

«Es hat doch sicher lange gebraucht, bis er die Tür eingetreten hatte», sagte Antonie ruhig. «Bis dahin hätte er sie sonst vielleicht schon totgeschlagen.»

Maria schaute, ob noch ein wenig Bier im Krug war, aber er war leer. «Ich habe heute Mittag schon so etwas geahnt. Aber Finchen hat ja nicht glauben wollen, dass er ihr etwas antut.»

«Das hätte ich auch nie gedacht. Zumindest nicht so.» Antonie blickte ausdruckslos in das dunkle Küchenfenster. «Die beiden hatten sich so lieb damals. Es war ihr größtes Glück, dass Herr und Frau Borghoff es ihnen ermöglicht haben, zu heiraten und gemeinsam hier zu arbeiten. Damit Oskar endlich ein ehrbares Kind wurde.»

«Aber du siehst ja, was aus der Liebe wird, Antonie», sagte Maria.

«Hast du denn deinen Mann nicht geliebt?»

«Als ich ihn geheiratet habe?» Maria lachte leise. «Ich kannte ihn ja kaum. Meine Familie hatte viel Geld verloren, und da waren meine Eltern froh, dass ich überhaupt standesgemäß versorgt war. Er war fast zwanzig Jahre älter als ich. Nein, ich habe ihn nicht geliebt. Aber gemocht habe ich ihn, und später, ja, da war dann auch Liebe. Ich glaube, er würde sich im Grabe herumdrehen, wenn er wüsste, dass ich nun arbeiten gehen muss, weil das, was er mir hinterlassen hat, nicht zum Leben reicht. Und du, Zita? Du bist doch auch Witwe.»

«Ich habe Tomasz sehr geliebt. Aber trotzdem war es nicht immer leicht mit ihm.»

«War er auch krank, wie mein Mann?», fragte Maria.

Zita schüttelte den Kopf. «Er wurde erschossen.»

Sie stand auf und ignorierte die entgeisterten Gesichter der beiden anderen. Doch statt der erwarteten Geschichte verabschiedete sich Zita. «Ich muss jetzt nach Hause. Es ist fast Mitternacht. Morgen geht es hier wieder früh an die Arbeit.»

«Und was für Arbeit», stöhnte Antonie. «Wer weiß, wie lange Finchen nicht arbeiten kann, und so lange bleibt alles an mir hängen.»

«Antonie!», schimpfte Maria.

«Ist doch wahr! Ich weiß ja, dass sie nichts dafür kann, aber die Arbeit im Haus tut sich nun mal nicht von allein.»

«Frau Borghoff wird sicher eine Lösung finden, Antonie.» Zita streckte sich. «Bis morgen, ihr beiden!»

«Bis morgen, Zita.»

Als Zita auf die Straße hinaustrat, fiel ihr plötzlich ein, dass dies der Abend gewesen wäre, an dem sie Weingart hätte Bericht erstatten müssen. Wahrscheinlich hatte er eine ganze Weile in der Altstadtkneipe auf sie gewartet und war nun sehr wütend.

Und richtig, kaum war sie um die Ecke gebogen, da trat er auch schon aus einem dunklen Hauseingang auf sie zu.

«Wo bist du denn gewesen heut Nacht?», fragte er und hatte sie gleich schmerzhaft fest am Arm gepackt.

«Es hat einen Notfall gegeben», sagte sie so ruhig sie konnte. Ihr Herz fing an, heftig zu pochen. Was, wenn er schon eine ganze Weile vor Borghoffs Haus wartete und dabei Hermann gesehen hatte? Nun ja, für diesen Fall konnte sie ohnehin alles vergessen. Er würde sie ebenso windelweich prügeln wie Simon Finchen. Sie dachte fieberhaft nach. «Aber vielleicht nützt mir das etwas», sagte sie dann. «Das Mädchen, das immer im Salon den feinen Damen hilft und das ich bisher nur ab und zu vertreten habe, ist schwer verletzt worden und wird lange nicht arbeiten können. Ich nehme an, dass die Chefin mich das jetzt machen lässt.»

«Wird ja auch Zeit, dass du endlich etwas Brauchbares lieferst», knurrte Weingart, lockerte aber den Griff.

«Ich habe etwas Brauchbares», sagte Zita. «Bei Liebrechts wird der Schmuck in einer Schatulle im Schlafzimmer aufbewahrt, viel wertvoller Schmuck. Das Schlafzimmer ist im ersten Stock nach hinten heraus, und da sie letztes Jahr die Küche erweitert haben, gibt es ein flaches Dach, auf das ihr klettern könnt, um direkt ins Schlafzimmer zu spazieren. Soweit ich weiß, werden sie in der Nacht zum Ersten Mai alle auf dem großen Ball in der Gesellschaft ‹Erholung› sein.»

«Das ist gut!» Weingart ließ sie los. «Und weißt du auch, wo sich ihr Geld befindet?»

«Nein, darüber wurde nicht gesprochen. Tut mir leid.»

Zita hatte erwartet, dass er ob dieser Antwort grob werden würde, aber erstaunlicherweise blieb er ruhig. «Das nächste Mal möchte ich ein bisschen mehr hören, Zita.»

«Wenn ich öfter bei den Anproben dabei bin, werde ich vielleicht auch mehr erfahren.»

Wie ein Geist verschwand Weingart wieder in einem Hauseingang. «Bis nächste Woche», rief er ihr leise hinterher.

Vorsichtshalber machte Zita noch den üblichen Umweg bis zur Milchstraße, immer in der Angst, er könnte ihr folgen. Dann war sie endlich zu Hause und fiel erschöpft ins Bett.

6. Kapitel

Am nächsten Morgen musste Hermann Zita wecken, als er von der Schicht kam. Die wenigen Stunden Schlaf hatten ihr kaum wirklich Erholung gebracht. Sie setzte sich aufs Bett und versuchte, wach zu werden. Die dunkle Haut bildete einen schönen Kontrast zur weißen Unterwäsche. Hermann ertappte sich dabei, wie sein Blick von ihrem Hals zum Dekolleté wanderte.

Zita bemerkte es, stand endlich auf und schlug die Decke zurück, damit das Bett noch etwas lüften konnte. «Hattest du Ärger bei der Arbeit?», fragte sie.

Hermann schüttelte den Kopf. «Der Commissar ist wirklich eine Respektsperson. Sie haben seinen Brief ohne weiteres akzeptiert, obwohl mein Zweiter Puddler eine ganze Charge verdorben hat.»

Er hatte wie üblich von unten einen Eimer Wasser mitgebracht und begann sich zu waschen. «Mein Gott, habe ich mich erschreckt, als ich deine Patronin gestern sah. Sie ist Mina wie aus dem Gesicht geschnitten.»

Zita, die sich schnell Rock und Bluse anzog, nickte. «Sie sind Schwestern, Hermann, Zwillinge sogar.»

«Dann ist es also kein Wunder, dass sie in Ruhrort auftaucht, wenn ihre Familie hier lebt.»

«Ich glaube nicht, dass sie in der Stadt gern gesehen ist. Finchen hat letzte Woche so etwas erzählt, aber nichts davon, wie

Mina in solche Gesellschaft geraten ist. Sie hat zwei Söhne, die bei ihrem Bruder leben.»

«Dann bedeutet das vielleicht, dass der Greifer nicht in der Nähe ist. Die Söhne seiner Fletsche dürften ihn kaum interessieren.» Hermann griff ein fleckiges Handtuch und trocknete sich ab.

Wenn du wüsstest, dachte Zita. Aber es war gut, dass er nichts wusste. Wenn Hermann glaubte, vor dem Greifer fliehen zu müssen, würde er Ruhrort auf dem schnellsten Weg verlassen, und sie stünde allein da. Ganz zu schweigen davon, dass man sie beschuldigen würde, ihn gewarnt zu haben, wenn sie ihn schnappten.

Sie betrachtete seinen mageren, aber zähen Körper, bevor er in seine Unterwäsche schlüpfte. «Du bist immer noch ein sehr guter Arzt, Hermann», sagte sie leise. «Du solltest dich nicht in diesem Werk abschuften.»

«Das ist der letzte Ort, wo sie mich vermuten würden.» Er knöpfte sich den Hosenlatz zu. «Du kommst zu spät zur Arbeit!»

«Ich glaube, heute ist das nicht so schlimm.»

«Erzähl mir, wie es der Kleinen geht, wenn du zurückkommst.» Damit hatte er sich schon hingelegt.

Zita griff sich ihr kleines Bündel und machte sich auf den Weg zur Harmoniestraße.

Später am Morgen sah Dr. Feldkamp nach Finchen. Sie hatte tatsächlich hohes Fieber bekommen, und Lina flößte ihr in regelmäßigen Abständen einen Aufguss aus Chinarinde ein. Dr. Feldkamp wechselte die Verbände und nickte anerkennend. «Dieser junge Kollege hat sie wirklich vorbildlich versorgt.»

«Sie hat heute Morgen Blut gehustet», sagte Lina. Die Angst um Finchen stand ihr ins Gesicht geschrieben. «Er hat gesagt, sie wird nur überleben, wenn sie keine inneren Verletzungen hat. Aber das Blut deutet doch darauf hin. Und sehen Sie sich das arme Kind an – ihr ganzer Körper ist ein einziger Bluterguss! Dann noch der gebrochene Arm.»

«Ja, es ist ernst, Fräulein Lina ... Frau Borghoff. Aber es ist nur der Speichenknochen gebrochen, und der Kollege hat ihn anscheinend gut gerichtet. Doch selbst wenn sie eine innere Verletzung hat, so kann auch die heilen. Hat sie denn noch öfter Blut gehustet?»

«Nein, ich denke nicht.»

«Dann sollten wir das Beste hoffen.»

Lina seufzte und begleitete den Arzt hinaus. Sie ließ Finchen nicht gern allein, aber sie musste nach den Näherinnen sehen und die Hausarbeit ohne Finchen und Simon regeln. Zunächst zerbrach sie sich den Kopf in ihrem Büro, schrieb Pläne, die sie aber alle wieder verwarf. Doch in diesen Zeiten ein neues Hausmädchen und einen Hausdiener anzustellen kam nicht in Frage, wenn sie Finchen und deren Kinder weiter mit durchfüttern wollte.

Kurzerhand rief sie alle in der Werkstatt zusammen. Dort tollten auch Finchens Kinder herum, die zwar bei der Arbeit störten, aber beaufsichtigt werden mussten. «Simon ist fort, und Finchen wird auf längere Zeit nicht arbeiten können», erklärte sie. «Otto und Antonie können nicht die ganze Hausarbeit allein machen – egal, wie ich es drehe und wende, es ist zu viel Arbeit da.»

«Ich könnte morgens früher kommen und Otto etwas zur Hand gehen», sagte der Ladengehilfe Christian sofort. «Ich weiß, das ist nicht viel, danach muss ich ja im Laden sein ...»

«Das hilft uns, Christian, danke.» Gerade die morgendliche Arbeit der Hausdiener wie Wasser schleppen und verteilen und Nachttöpfe ausleeren gehörte eher zu den unangenehmen Pflichten, und Christian wusste das.

«Wir Näherinnen könnten neben der Werkstatt auch den

Laden und das Lager ausfegen und wischen.» Keine der Frauen machte das gern, aber alle nickten Zita, die den Vorschlag gemacht hatte, zu.

«Vielleicht ...» Susanna zögerte. «Ich weiß, es ist eine Geldfrage, aber meine jüngeren Schwestern ... Kathi ist jetzt vierzehn, sie sollte längst irgendwo in Stellung sein, aber bisher haben wir nichts für sie gefunden. Und Lisbeth könnte nach der Schule auf die Kinder aufpassen. Sie ist zwölf und schon sehr verständig, sie versorgt auch zu Hause oft die Geschwister. Finchens Kinder können ja nicht immer bei uns in der Werkstatt sein.»

Lina runzelte die Stirn. «Ich kann nicht viel zahlen, Susanna.»

«Es würde uns schon helfen, wenn die beiden hier essen könnten und ein paar Groschen mit nach Hause brächten.»

«Gut, dann rede ich mit deinem Vater. Otto, was ist mit deinem Sohn? Ist der nicht auch schon zwölf?»

«Er geht noch zur Schule, Frau Borghoff. Aber nachmittags könnte er mir ein paar Stunden helfen.»

«Gut, dann werden wir das so versuchen», sagte Lina. Alles in allem würden sie die Hilfskräfte etwas mehr als Finchens Lohn kosten, und es gäbe ein paar Mäuler mehr zu stopfen, aber da ja auch Simons Lohn eingespart wurde, gab sie letztlich nicht viel mehr aus.

«Wir alle sollten beten, dass Finchen wieder gesund wird», sagte sie leise. «Ich danke euch allen für euren Eifer, zu helfen. Aber ich weiß ja, dass ich mich auf jeden von euch verlassen kann. Ach, ehe ich es vergesse ... Zita, du wirst Finchen bei den Anproben vertreten, die Kundinnen waren alle sehr angetan von dir, und ich bin es auch.»

Im Rathaus saß Simon vor Commissar Borghoff. Wirkliche Reue zeigte er nicht. Seine Saufkumpane hatten ihm gut zugeredet, dass kein Richter einen Mann verurteilen würde, der seine ungehorsame Frau züchtigte. Und Robert wusste das auch. Die wenigen Anklagen wegen schwerer Misshandlung der eigenen Frau hatten meist nur mit geringen Strafen geendet. Außerdem war der Junge betrunken gewesen, was ihm mildernd angerechnet wurde.

«Meine Frau und ich haben gestern Abend lange miteinander geredet, Simon. Du kannst dir denken, wie enttäuscht wir von dir sind, weil du deiner Arbeit nicht nachgekommen bist. Und wie entsetzt darüber, was du Finchen angetan hast.»

«Wenn Sie mir nicht das Geld gekürzt hätten …»

«Halt deinen Mund. Du bist nicht hier, um zu reden, Simon, sondern um zuzuhören. Meine Frau und ich haben dich und Finchen bei uns aufgenommen, als das niemand anders getan hätte. Nur deshalb habt ihr heiraten und euer Kind legitimieren können. Wir haben euch eher als Familienmitglieder denn als Dienstboten betrachtet, Simon, und das ist dir wohl zu Kopf gestiegen, wenn du glaubst, uns keinen Respekt als Dienstherren mehr zu schulden.»

In Simons Gesicht arbeitete es, aber er schwieg wie befohlen.

«Wir wissen nicht, ob Finchen deine Schläge überlebt, und wenn sie überlebt, was sie von den Verletzungen zurückbehält. Deshalb wirst du weiterhin eingesperrt bleiben. Denn es könnte ja sein, dass du des Totschlags angeklagt wirst.»

«Totschlag?» Simon wurde blass. «Ich dachte …»

«Du dachtest, ein Mann kann sich gegenüber seiner Ehefrau alles erlauben? Da irr dich mal nicht. Das Gericht kann sehr wohl zwischen Züchtigung und blindwütiger Gewalt unterscheiden. Also bete zu Gott, dass sie überlebt.»

Simon saß mit offenem Mund vor ihm. Jetzt hätte Robert ihm nicht mehr befehlen müssen zu schweigen. Er ahnte, dass der junge Mann geglaubt hatte, er würde ihm eine Standpauke halten und ihm dann verzeihen, wie er es früher so oft gemacht hatte, wenn der damals Halbwüchsige über die Stränge geschlagen hatte.

«In meinem Haus werden keine Frauen geschlagen», sagte Robert. Dann wandte er sich um zu Sergeant Recke, der bereits wartete. «Bringen Sie ihn hinüber ins Gefängnis. Ich will ihn nicht mehr sehen.»

«Aber ... wie lange?», fragte Simon. «Wenn Finchen wieder gesund wird, dann ist doch alles gut!»

«Das denkst du, Simon. Ich bin der Polizeichef hier. Ich kann dich im Gefängnis verrotten lassen, wenn ich das will. Und im Moment bin ich nicht abgeneigt, genau das zu tun.»

«Steh auf, Junge!» Recke packte Simon an den Schultern und stellte ihn auf die Füße. Robert reichte ihm einen Strick, und damit fesselte er Simon und brachte ihn hinaus.

Zwei Tage später war ganz Ruhrort in heller Aufregung. Man war bei Liebrechts eingebrochen und hatte sämtlichen Schmuck gestohlen. Und das Schlimmste war, dass die Diebe Herrn und Frau Liebrecht im Bett überfallen, gefesselt und geknebelt hatten, bevor sie in aller Ruhe die Schatulle mit den Kostbarkeiten ausräumten.

Die Täter hatten sich Tücher vor das Gesicht gebunden und trugen die graue Kleidung der Phoenix-Arbeiter. Natürlich hatte das alte Ehepaar Liebrecht niemanden erkennen können, und gesprochen hatten die Täter auch nicht. Commissar Borghoff glaubte keine Sekunde daran, dass die Männer wirklich auf dem Phoenix arbeiteten.

Das Hausmädchen hatte seine Herrschaften morgens gefunden. Frau Liebrecht war immer noch ganz krank vor Angst und hatte das Bett – eines in einem anderen Zimmer – bislang nicht verlassen.

Robert stellte schnell fest, dass die Diebe über den Küchenanbau durch das geöffnete Schlafzimmerfenster eingestiegen waren. Nachfragen ergaben auch, dass die Arbeitskleidung von einer Wäscheleine in der Altstadt stammte.

«Es gab wieder viele Beschwerden über kleinere Diebstähle», erzählte Ebel, als er von seiner Erkundigungstour durch die Altstadt zurück ins Rathaus kam. «Manchmal ein paar Pfennige oder auch nur etwas zu essen.»

«Ich glaube kaum, dass diese Diebstähle etwas mit dem Raub bei Liebrechts zu tun haben», sagte Borghoff. «Aber Sie haben natürlich recht, wir müssen auch dagegen etwas unternehmen. Machen Sie bei Ihrer nächsten Runde den Leuten klar, dass sie sofort zur Polizei kommen müssen, wenn sie bestohlen wurden. Vielleicht ergibt sich daraus etwas, was uns auf die Spur der Diebe bringt. Und was Liebrechts betrifft, so habe ich sie gebeten, eine Liste der gestohlenen Schmuckstücke anzufertigen.»

Auch im Modesalon war der dreiste Raub Gesprächsstoff. Zita beteiligte sich kaum an den Mutmaßungen der anderen. Ihr ging nur der Gedanke nicht aus dem Kopf, dass es jetzt begonnen hatte. Einmal war sie bisher bei einem solchen Raubzug dabei gewesen. Die Greiferbande war in eine kleine Stadt eingefallen und hatte nach und nach über zwei, drei Monate, immer mit guter Vorbereitung diverser Spione, die meisten gutsituierten Familien ausgeraubt. In kleinen Städten gab es immer zu wenig Polizei, und wenn sich diese endlich auf alles eingerichtet hatte, war die Bande längst wieder über alle Berge. Aber Blut war damals nur wenig geflossen. Ein Mord wie der an Anna war noch undenkbar gewesen. Doch sie hatte immer gewusst, dass in Mathis Kellerer und nicht zuletzt auch in Weingart große Grausamkeit schlummerte.

Zita hatte, als sie Weingart von den Liebrechts erzählte, gehofft, sie könne die Diebereien bis zum Beginn der Maibälle hinauszögern, aber dass sie nun ihren Raub begangen hatten, während die Besitzer im Haus waren, zeigte, dass sich die Dinge geändert hatten. Sie vermutete, dass Weingarts Leute das Haus nur auskundschaften wollten und kurz entschlossen das offene Fenster dazu genutzt hatten, einzusteigen und die alten Leute zu überraschen. Sie mochte Frau Liebrecht, und zu wissen, dass ihr Hinweis für deren bedauernswerten Zustand verantwortlich war, machte sie ganz elend. Einen Moment kam ihr der Gedanke, mit Robert zu sprechen, aber solange sie ihre Tochter nicht in Sicherheit wusste, konnte sie das nicht tun.

Lina hatte eine kurze Pause gemacht und an Finchens Bett gesessen. Sie erholte sich schneller, als alle gedacht hatten. Zwar hatte die Arme große Schmerzen, aber das Fieber hatte wieder nachgelassen, und die Schwellungen an zwei entzündeten Wunden gingen auch bereits zurück. Sie lag im Bett, war wach und strahlte Lina an. «Der Baron von Sannberg hat mich besucht!», sagte sie stolz.

Cornelius war am Morgen hergekommen, um Lina zu erzählen, dass er das Haus in der Harmoniestraße gekauft hatte. Und da Finchen auch ihm seit den Geschehnissen vor sechs Jahren sehr ans Herz gewachsen war, hatte er es sich nicht nehmen lassen, ihr einen kurzen Besuch abzustatten und ihr persönlich gute Besserung zu wünschen.

Unvermittelt wurde Finchen wieder ernst. «Was ist mit Simon geschehen?» Das Strahlen war verschwunden.

«Im Moment ist er im Gefängnis, und der Commissar gedenkt, ihn dort zu behalten, solange es nötig ist.»

«Aber irgendwann wird er ihn wieder freilassen müssen ...» In Finchens Stimme lag weniger Angst als Entmutigung.

Lina nickte. «Wenn wir nicht einen Richter finden, der bereit ist, ihn zu verurteilen.»

«Das wird nicht geschehen, Frau Borghoff. Man kann mir

jeden Vorwurf machen, dass ich mich ihm widersetzt und ihm das Geld verweigert habe.»

«Ja, ich weiß», seufzte Lina. «Der Commissar und ich sind uns jedoch einig, dass wir ihn nicht mehr beschäftigen wollen, und wir wollen auch nicht, dass er unter unserem Dach wohnt. Aber du bist seine Frau, und die Kinder sind auch seine Kinder. Er könnte darauf bestehen, dass ihr mit ihm fortgeht.»

Finchens Augen füllten sich mit Tränen. «Das hier ist doch unser Zuhause!»

«Und es würde mir das Herz brechen, wenn du uns verlassen würdest.» Sie sah Finchen eindringlich an. «Wir werden immer zu dir halten, Finchen, egal was passiert. Aber jetzt musst du erst einmal gesund werden, also lass die trüben Gedanken. Simon schmort im Gefängnis, und das kann noch eine ganze Weile so bleiben.»

Um die Rückkehr seiner Frau von dem ungeliebten Gut in Moers zu beschleunigen, beschloss Cornelius von Sannberg, Tapeten und Wandanstriche im neuen Haus erst einmal beizubehalten, denn es war alles zwar alt und altmodisch, aber noch in gutem Zustand. Er wollte so bald wie möglich umziehen. Das Haus an der Harmoniestraße war mehr als doppelt so groß wie das alte und hatte außerdem eine Mansarde. Lina hatte ihm geraten, zunächst die beiden kleineren Schlafräume, die trotzdem noch seine alten an Größe übertrafen, zu beziehen, da sie vermutete, dass Elise ihr eigenes Zimmer gern neu einrichten würde. Beide wussten, dass die junge Frau letztlich alles im Haus neu gestalten und ändern wollte, aber die großen Schlafzimmer waren ein guter Anfang.

Schon eine Woche später kehrte Elise von Sannberg zurück nach Ruhrort. Ferdinand Weigel hatte sie begleiten sollen, war dann aber aufgehalten worden, da ein paar Stück Vieh verkauft werden mussten. So kam sie morgens in Begleitung des Hausmädchens Rose in Ruhrort an. Die Kutsche konnte direkt in den Hof des Hauses fahren, eine Seltenheit in dem eher engen Städtchen.

Zwei Tage später stattete Lina ihr einen Anstandsbesuch ab, da sie ja nun engere Nachbarn waren. Die Möbel des Barons, die im alten Wohnraum noch so gemütlich gewirkt hatten, verloren sich fast im großen Salon. «Ich werde ganz neue Möbel kaufen für den Raum», verkündete Elise, offenbar sehr glücklich darüber. «Nebenan werden wir ein kleines Herrenzimmer einrichten, da kann Cornelius dann sein geliebtes altertümliches Mobiliar abstellen. Die Bücher haben dort schon ihren Platz gefunden.»

«Werden Sie noch andere Tapeten anbringen?», fragte Lina.

«Ja, natürlich. Das ist alles so altmodisch hier. Aber trotzdem gefällt mir das Haus. Es ist nicht so schön wie das in der Schulstraße, aber immerhin braucht man sich hier nicht zu schämen, wenn man jemanden einlädt, so wie in unserem alten Haus.»

Elise führte Lina herum. Im unteren Geschoss waren eine große Küche, der Salon und das Herrenzimmer untergebracht, oben gab es zwei große und zwei kleine Schlafzimmer. Elise gedachte, eines der kleinen Zimmer zu einem Ankleideraum zu machen. Für das Personal war Platz unter dem Dach in ein paar kleinen, aber recht komfortablen Räumen. «Vielleicht zieht Herr Weigel dann auch hier ein …», sagte Elise.

Lina seufzte innerlich. Die Miete für Weigels Zimmer konnte sie nur zu gut brauchen, und sie hoffte, dass er nicht so schnell wieder auszog.

Sie hatte erwartet, dass Elise die Ausstattung und Möbel zumindest in Duisburg, wenn nicht sogar in Düsseldorf oder Köln kaufen würde, aber zu ihrem Erstaunen fragte die junge Frau um Rat, welchen Handwerker man am Ort beschäftigen könnte. Als Lina ihr zudem vorschlug, selbst den Vorhangstoff zu besorgen, war sie sehr angetan. «Ich habe gelernt», sagte sie und deutete auf ihr Nachmittagskleid, das aus Linas Werkstatt stammte, «dass man auch in einer kleinen Stadt gute Waren bekommen kann.»

Lina empfahl ihr einen Maler und Tapezierer und einen Möbelschreiner. Sie hatten es sich gerade bei einer Tasse Kaffee gemütlich gemacht, als die Tür aufging und Ferdinand Weigel hereinkam. Er stürzte fast auf Elise von Sannberg zu, dann erst nahm er Lina wahr und begrüßte sie. Daraufhin entschuldigte er sich recht hastig und verabschiedete sich schnell. So ungestüm und ungeschickt hatte Lina ihn noch nie erlebt.

Während sie sich mit Elise unterhielt, fiel ihr plötzlich wieder die Szene im alten Haus des Barons ein. Die Strähne, die sich aus Elises Haar gelöst hatte, als sie angeblich oben ihre Sachen gepackt hatte. Das leicht gerötete Gesicht Weigels ... Was ging da vor sich?

Nach Weigels kurzem Auftritt schien auch Elise nicht mehr so ganz bei der Sache zu sein, sodass sich Lina, als sie ihren Kaffee getrunken hatte, rasch verabschiedete.

Nachdenklich ging sie die paar Schritte die Straße hinunter nach Hause. Hatten sich Weigel und Elise von Sannberg ineinander verliebt? Im Gegensatz zum Baron war Weigel im passenden Alter, und es wäre ja nicht das erste Mal, dass sich die Frau eines älteren Mannes für einen anderen, jüngeren interessierte. Aber hatten sie wirklich gewagt, eine Affäre zu beginnen? Zeit genug hätten sie dazu gehabt, so oft wie Cornelius die beiden miteinander allein ließ. Aber noch hatte Lina keinen Beweis für ihre Vermutung, und eigentlich war sie froh darüber. Denn dann wäre sie vor die Wahl gestellt, die Augen zu verschließen oder ihrem Freund davon zu erzählen. Beides war nicht sehr angenehm.

Sie betrat ihr Haus durch den Stoffladen und beauftragte

Christian, mit einer Reihe von Mustern, die als Vorhangstoff taugten, bei Elise von Sannberg vorbeizuschauen.

Die letzten Anproben für die Maibälle zogen sich fast über die ganze dritte Aprilwoche. Zita war kaum noch in der Näherei, so viel hatte sie im Salon mit den Kundinnen zu tun. Sie hielt die Ohren offen und brachte viel in Erfahrung über Schmuck und sogar Geld. Beim nächsten Treffen mit Weingart hatte sie eine Menge zu berichten. Wie üblich kamen sie bei einem Altstadtwirt zusammen. Auch diesmal hatte Zita Weingart zunächst nicht bemerkt, da er sich in einer engen Seitengasse verborgen hielt und ganz plötzlich hinter sie trat.

«Du erschreckst mich jedes Mal zu Tode!», rief sie. Aber einen viel größeren Schrecken bekam sie ein paar Minuten später, als sie mit Weingart in der Gaststube saß. Denn da drängte sich aus dem Dunkel ein großer, breitschultriger Mann an ihren Tisch. Er war teuer gekleidet, fast elegant, trug einen stutzerhaften Schnurrbart, die pechschwarzen Haare waren in die Stirn gekämmt und sorgfältig mit Pomade zu Kringeln geformt. Nur seine Statur und die riesigen Hände schienen nicht zu seiner Aufmachung zu passen.

«I hab's nicht glaub'n wollen, dass es wirklich die Zita is', die der Uli hier getroffen haben will.» Seine Stimme mit dem breiten Dialekt war angenehm weich und schmeichelnd.

Zita merkte, wie sie zu zittern begann, zwang sich aber, ruhig sitzen zu bleiben.

«Ja, freust du dich gar nicht, mich wiederzusehen?», fragte Matthias Kellerer. Dann beugte er sich zu ihr herunter und küsste sie lang und leidenschaftlich. «Das war auf die alten Zeiten!», sagte er, als er sie wieder auf die Bank drückte, und lachte schallend.

«Grüß Gott, Mathis», würgte Zita hervor. Angst und Ekel mischten sich.

«Weißt du, Zita ...» Kellerer zwängte sich in die Wirtshausbank und rückte nah an sie heran. «A bisscherl enttäuscht war i scho, dass du mich nicht um Hilfe gebeten hast, nachdem dein Mann tot war.»

Ganz so, als hätte er nichts mit seinem Tod zu tun, fuhr es ihr durch den Kopf, und sie spürte, wie Wut in ihr aufstieg. Aber dann riss sie sich zusammen. Ein falsches Wort konnte tödlich sein – für sie oder für ihre Tochter.

«Ich dachte, ich versuche es mal mit ehrlicher Arbeit», sagte sie leise.

Kellerer lachte kurz auf, dann zog er ein gespielt trauriges Gesicht. «Aber das ist doch so eine Verschwendung! Solch ein Körper, solch ein Gesicht sollten nur der Liebe dienen.»

Zita spürte, wie seine Hand langsam unter ihren Rock wanderte. Er wusste, dass in der Bank niemand etwas sehen konnte, und Zita war sich auch nicht sicher, ob es in dieser Kneipe jemanden interessiert hätte. Langsam strich er über ihr Knie, das lange Unterhemd schob er beiseite.

«Dann erzähl doch mal, was hast du für uns?» In Zitas Augen gerann sein lüsternes Lächeln zu einer Fratze. Sie atmete tief durch, als seine Hand die Innenseite ihres Schenkels erreichte, mit jedem Streicheln ein wenig höher.

Zita begann ihren Bericht. Bei den Borgemeisters wurden die Gitter vor den Kontorfenstern gerade erneuert, viele Ladenbesitzer erwarteten vor den Bällen höhere Einnahmen, sie hatte auch in Erfahrung gebracht, wo Frau Haniel die Haushaltskasse aufbewahrte. Und dann war da noch Elise von Sannberg, sie wollte sich ihren restlichen Schmuck kommen lassen, den sie noch in einer italienischen Bank deponiert hatte. «Ich weiß noch nicht genau, wann die Stücke hier ankommen, aber das werde ich bestimmt erfahren, die Dame ist nämlich nicht sehr verschwiegen und lässt sich außerdem ständig neue Kleider nähen.» Sie bemühte sich, leise und ruhig zu sprechen, aber dann fuhr Kellerers Hand hinauf zu ihrer Scham und begann sie zu liebkosen.

«Bitte, Mathis», presste sie nur heraus.

Er grinste noch breiter. «Aaah – ich wusste doch, dass du um mehr betteln würdest. Das hast du sicher vermisst, seit du dich mit Tomasz zusammengetan hattest.»

Zita versuchte, ruhig zu bleiben, es durchzustehen, so wie sie früher unangenehme Freier ertragen hatte. Es war ja nicht so, dass Kellerer nicht verstanden hatte, dass sie nicht berührt werden wollte. Er wusste es nur zu genau.

«Sieh zu, dass du all die Häuser in einen Plan einzeichnest, Uli», sagte er, ohne aufzuhören, als würde er in einem Kontor sitzen und einem Schreiber Anweisung geben.

Langsam wurde es Zita heiß. Kellerers Hand rieb schneller und schneller. «Gut, was? Das hab ich immer an dir geliebt, Zita. Du warst nicht nur eine Hure fürs Geschäft. Du hattest immer noch Leidenschaft darüber hinaus. Geh, du bist schon so lange auf dem Trockenen! Wie lange ist der Tomasz nochmal tot, Uli?»

«Zehn Monate, denk ich», sagte Weingart.

Kellerers Gesicht kam ganz nah an ihres. «Da musst du ja ganz ausgehungert sein», flüsterte er ihr ins Ohr, und dann leckte er ihr verstohlen über die Wange.

Zita konnte nur mit Mühe ihren Ekel unterdrücken.

«Ich habe von Uli gehört, dass du dir Sorgen um deine kleine Tochter machst. Wie heißt sie noch?»

«Resi.»

«Ach ja, das kleine Reserl. So ein hübsches Kind. Du kannst ganz beruhigt sein. Ich werde sie herkommen lassen und mich selbst um sie kümmern.»

Unvermittelt hielt er die Hand still, ließ sie aber, wo sie war. «Ich will sie hier in der Nähe haben, damit du nicht auf dumme Gedanken kommst, da im Haus des Polizeichefs.»

«Ich habe kein Wort gesagt. Zu niemandem.» Zitas Stimme versagte, die letzten Worte waren ein Flüstern.

Plötzlich kniff er fest zu. Zita stöhnte auf vor Schmerzen, riss sich aber zusammen, um nicht die Aufmerksamkeit der anderen Gäste zu erregen. Seine Finger pressten ihre Scham zusammen wie ein Schraubstock. «Das sollte doch wohl selbstverständlich sein, meine Beste.» Er ließ los und zog seine Hand unter dem Rock weg. Genüsslich roch er daran. «Du duftest immer noch wie die größte Sünde.» Rasch wischte er die Hand an ihrem Rock ab und stand auf. «Los, Uli, wir haben zu tun.»

Weingart folgte ihm zur Tür.

Zita schloss für einen Moment erleichtert die Augen, aber sie hatte sich zu früh gefreut. Kellerer kehrte noch einmal um.

«Dein Duft hat mich wieder daran erinnert, was für ein Prachtmädchen du bist und wie viel die Freier für eine wie dich bezahlen. Dein Mann hat mir eine Menge Geld gestohlen. Also wirst du es abarbeiten, mit Zinsen, wenn wir hier fertig sind. Sind wir uns einig?»

Zita nickte nur, aber er griff ihr grob ans Kinn. «Ich habe nichts gehört!»

«Ja, Mathis. Ich werde es bei dir abarbeiten.»

«Gutes Mädchen!» Er warf einen Groschen auf den Tisch. «Kauf dir noch ein Bier!»

Zita hatte sich tatsächlich noch ein Bier bestellt, denn sie musste erst abwarten, bis die Schmerzen etwas nachließen. Fast fürchtete sie, nicht nach Hause laufen zu können. Sie fühlte sich elend und unendlich schmutzig. Es hatte früher kaum einen Freier gegeben, nach dem sie sich so dreckig gefühlt hatte. Mathis hatte nicht nur ihrem Körper Gewalt angetan. Bei ihm ging es immer auch um die Seele.

Als sie dann endlich losging, war die kühle Nachtluft eine Erholung. Da sie ohnehin immer einen Umweg machte, bevor sie von einem Treffen mit Weingart zu Hermanns Zimmer zurückkehrte, lief sie einfach drauflos und fand sich bald an der Dammstraße wieder. Von dort war es nicht weit bis zur Mühlenweide und dem Rhein.

Vor den Kohlenlagern ankerten ein paar Schiffe, die beladen werden sollten, aber sie fand auch eine Stelle, an der sie bis hinunter zum Rhein gehen konnte. Ganz nah ging sie ans Wasser. Der Vollmond erhellte alles, am anderen Ufer konnte sie den Homberger Hebeturm erkennen.

Leise begann sie zu weinen. Sie hatte die ganze Zeit geglaubt, sie würde irgendwann eine Gelegenheit bekommen, zu fliehen und Resi aus den Fängen der Bande zu befreien. Aber nun, wo sie Kellerer wieder begegnet war, wusste sie, dass das nur ein Hirngespinst gewesen war. Weder sie noch ihre Tochter konnten Kellerer entkommen. Nur der Tod könnte sie vor ihm retten.

Dann schien alles plötzlich ganz einfach. Sie machte erst einen Schritt, dann noch einen. Ihre Röcke sogen sich voll Wasser, aber sie ging immer weiter. Bis zum Hals stand sie schon im Fluss, dann noch ein, zwei Schritte und vielleicht noch einer, und sie würde von ihrer Kleidung hinuntergezogen. Einen Moment hielt sie inne, als das Wasser über ihr zusammenschlug, dann machte sie noch einen letzten Schritt und verlor den Boden unter den Füßen.

Zwar kam der Drang in ihr hoch, sich zu wehren, aber sie unterdrückte ihn. Nur wenn sie ganz still versank, wäre sie erlöst. Ihre Glieder wurden schwerer. Der Tod war nun ganz nah …

Plötzlich spürte sie, wie zwei starke Arme sie hochzogen, und als ihr Kopf wieder über Wasser war, konnte sie sich nicht mehr wehren zu atmen. Sie hustete und spuckte. Jemand hob sie hoch und trug sie an Land. Sie schlug die Augen auf und sah direkt auf den mächtigen Schnurrbart von Uli Weingart. Verzweifelt begann sie zu weinen.

«Nun sei schon still, ich tu dir ja gar nix», sagte er grob. Er trug sie hinter eines der Kohlenlager und legte sie dort auf einen Stapel mit Säcken.

«Bring mich um», sagte sie leise. «Du hast doch ein Messer, stich mich tot. Bitte. Ich werde ihm nie entkommen, und ich werde meine Tochter nicht retten können. Lieber will ich tot sein.»

Aber Weingart verschwand im Dunkel und kehrte kurz darauf zurück mit trockenen Sachen, die er offenbar einer Schiffersfrau von der Wäscheleine gestohlen hatte.

«Raus aus den nassen Kleidern», sagte er. Er selbst begann sich auszuziehen. Zita lag nur regungslos da und spürte, wie die Kälte langsam an ihrem nassen Körper hochkroch.

Weingart, der bereits die viel zu kurze Hose und das dünne Hemd angezogen hatte, zerrte Lina Rock, Bluse, Unterhemd und Mieder vom Körper.

«Er ist es nicht wert, dass man sich seinetwegen umbringt», knurrte er. «Du bist ihm schon einmal entkommen, und du kannst es wieder schaffen. Aber du musst warten, bis er deine Tochter hergebracht hat. Du darfst nicht ohne sie fliehen.»

Zita starrte ihn ungläubig an. Uli Weingart, den viele, die nur die charmante Seite Kellerers kannten, für schlimmer hielten als den Bandenchef selbst. Uli, der schon so viele grausame Dinge getan, gemordet, gefoltert hatte, immer im Auftrag von Kellerer, der sich nicht selbst die Hände schmutzig machen wollte. Uli, der ihren Mann Tomasz auf dem Gewissen hatte, stellte sich gegen Kellerer?

«Sobald sich eine Gelegenheit ergibt, werde ich dir die Kleine bringen, das verspreche ich dir. Aber du musst Geduld haben. Und du brauchst Geld.» Zita waren Bluse und Rock viel zu groß, aber die trockenen Sachen wärmten ein bisschen.

«Ich bringe dich nach Hause», sagte er.

«Du ... du weißt, wo ich wohne?»

Er nickte. «Hast du wirklich geglaubt, mich mit ein paar Umwegen täuschen zu können?» Er bemerkte den Schrecken in ihren Augen. «Ja, ich weiß auch, bei wem du wohnst.»

«Hast du Mathis von Hermann erzählt?», fragte Zita ängstlich.

«Nein. Es reicht, dass ich einen Freund umbringen musste.»

Zita wusste, er meinte Tomasz.

Weingart schwieg eine ganze Weile. Dann begann er zu reden. Er sah sie nicht an dabei. «Als er mich losschickte, Tomasz zu töten, war ich noch überzeugt davon, dass es richtig war. Aber schon als ich euch fand, kamen mir Zweifel. Ja, ihr hattet ihm Geld gestohlen, um fliehen zu können, aber ihr wärt nie geflohen, wenn Mathis nicht nach Hermanns Weggang in allem und jedem einen Verräter gesehen hätte. Er schien niemandem mehr zu vertrauen außer dieser Hexe Mina. Aber ich habe Tomasz trotz meiner Zweifel getötet, weil man Mathis einfach gehorchen muss, wenn man überleben will. Es tut mir leid, Zita.»

Zita hatte Weingart noch nie so viel Worte machen hören. Das musste etwas sein, was er schon lange mit sich herumschleppte. Was ihn immer noch beschäftigte.

Er drehte sich zu ihr und sah ihr direkt ins Gesicht. «Eine Weile müssen wir das Spiel noch spielen, Zita. Ich bin dabei, bei jedem Raubzug etwas Geld beiseitezuschaffen. Denn wenn man weggeht von Mathis, dann muss es ganz weit weg sein. Ich will nach Amerika. Dorthin kann er mir nicht folgen. Und ich würde dich mitnehmen, dich und das Kind. Das bin ich euch schuldig nach Tomasz' Tod.»

Zita hatte Zweifel. «Ich weiß nicht, ob ich das noch lange durchstehen kann, Uli. Heute Abend ...»

Er nickte. «Ich weiß, was dieses Schwein unter dem Tisch

mit dir getrieben hat.» Ganz vorsichtig strich er ihr über die Schulter. «Ich bin kein guter Kerl, Zita, das weiß ich. Aber ich bringe dich von hier fort, und du wirst mir nichts schuldig sein und kannst deiner Wege gehen.»

Schweigend gingen sie durch die Altstadt bis zur Milchstraße. «Ich würde gern mal mit Hermann reden», sagte Weingart.

«Nein, das wäre nicht gut», sagte Zita hastig. Wenn Hermann erfuhr, dass die Bande in der Nähe war, würde er weiterziehen. Das wollte sie nicht. Solange Kellerer nichts von ihm wusste, war es auch nicht nötig. Im Ernstfall konnte sie ihn immer noch warnen. «Er hat gerade etwas Vertrauen zu mir gefasst, Uli. Wenn er erfährt, dass ich schon lange weiß, dass du in der Stadt bist, wirft er mich raus.»

«Ich glaube nicht, dass er das tun würde», murmelte Weingart, mehr zu sich als zu Zita.

«Er hat Todesangst. Er arbeitet im Stahlwerk, weil er denkt, dass niemand einen Arzt dort vermuten würde.» Sie stockte. «Er ist auch einer von denen, denen Mathis so viel angetan hat, dass er sich nie wieder davon erholt.»

«Gut, ich werde mich von ihm fernhalten», sagte Weingart. «Sieh zu, dass du ins Warme kommst.» Er drückte ihr ihre nassen Kleider in die Hand und verschwand in die Nacht.

Zita ging ins Haus. Die alte Frau Heising war bereits zu Bett gegangen, aber das Herdfeuer verströmte noch etwas Wärme. Zita hängte ihren Rock und die Bluse an einen Haken am Feuer und hoffte, dass sie bis zum nächsten Morgen getrocknet waren. Oben im Zimmer hatte sie noch ein paar Krümel Tee, also nahm sie sich einen Blechbecher, füllte Wasser hinein und stellte ihn noch kurz auf die Glut. Als es heiß genug war, stieg sie hinauf in das Zimmer, schlüpfte in ihr zweites Unterhemd, das ihr auch als Nachthemd diente, und trank den Tee in langsamen Schlucken.

Sie fragte sich, ob sie Weingart wirklich trauen konnte. Es war nicht das erste Mal, dass er sich jemandem gegenüber freundlich zeigte und bald danach wieder zu seiner alten, grausamen und bösen Art zurückkehrte. Sie hatte ein oder zwei Mädchen gekannt, mit denen er das gemacht hatte, weil sie Kellerer Geld schuldeten. Und auch als er Tomasz und sie damals fand, hatte er sich zunächst verständnisvoll gezeigt, aber letztlich hatte er Tomasz dann doch umgebracht.

Der Gedanke an Kellerer ließ Zita wieder erschaudern. Sie dachte an ihre letzte Zeit in Wien. Hochschwanger wie sie war, konnte sie nicht mehr als Hure arbeiten, und Kellerer, dessen Geliebte sie ja eine Weile gewesen war, ignorierte sie völlig. Sie war nicht mehr existent für ihn, was sie zum einen als Segen betrachtete, zum anderen aber auch als Gefahr, denn Frauen, die Kellerer kein Geld mehr brachten, lebten gefährlich, selbst wenn sie wie Zita mit einem angesehenen Bandenmitglied verheiratet waren.

In dieser Zeit hatte sie Gelegenheit gehabt, Kellerer zu studieren, doch je mehr sie ihn beobachtete, desto unberechenbarer schien er zu werden. Niemand konnte mehr behaupten, dass er Kellerer kannte. Und die Einzige, die nie etwas falsch machte, war Mina Bleibtreu, die unnahbare feine Dame. Für alle anderen hieß es die Köpfe einziehen, bis das Schlimmste vorüber war.

Aber Kellerer war, wie er nun mal war, daran würde niemand etwas ändern können. Zitas Gedanken kehrten zurück zu Weingart. War es wirklich möglich, dass sich Kellerers treuester Gefolgsmann gegen ihn stellte? Sie beschloss, auf der Hut zu sein. Die inzwischen leere Tasse stellte sie auf den Boden und legte sich ins Bett.

Kurz vor dem Einschlafen überkam sie noch einmal die Erinnerung daran, wie sie in den Rhein gestiegen war, an das Gefühl, alles aufzugeben, nicht mehr zu kämpfen, an diese kurze

Sekunde Frieden, bevor sie sich gegen den Überlebenswillen ihres Körpers wehren musste. Sie hatte tatsächlich sterben wollen, ohne ihre Tochter noch einziges Mal gesehen zu haben, sie wusste ja nicht einmal, wie das Kind jetzt aussah. Jetzt konnte sie nur den Kopf schütteln darüber. Egal, was Weingart dazu getrieben hatte, sie aus dem Fluss zu ziehen, sie war ihm dankbar. Und er hatte recht, für Resi musste sie durchhalten.

In den Räumen der Polizei im Rathaus an der Dammstraße herrschte ein großes Durcheinander. Dutzende Ruhrorter Bürger, angesehene und weniger angesehene, standen herum, um eine Anzeige wegen Diebstahl zu machen.

Es gab einen Grund, warum es plötzlich so viele waren. Denn es hatte einen Diebstahl zu viel gegeben. Am Tag zuvor hatte man Inspektor Ebel auf dem Altstadtmarkt einen Silbergroschen aus der Uniformtasche gestohlen, während er versuchte, einen Streit zwischen einer Köchin und einem Bauern zu schlichten, der verdächtigt wurde, den Finger auf der Waage gehabt zu haben. Es hatte entsprechend viele Gaffer gegeben, und in dem Trubel musste jemand in Ebels Jackentasche gegriffen haben.

Commissar Borghoff schien zunächst amüsiert, weil Ebel sich wirklich sehr darüber aufregte, dass er als Amtsperson Opfer einer Diebereien werden konnte, aber dann hatte er eingewilligt, dass Ebel, die Sergeanten und die Polizeidiener durch die Straßen und Häuser und auch den Hafen gingen, um die Leute zu bitten, alle Diebstähle der vergangenen zwei Monate, so klein sie auch sein mochten, zu melden.

Nun wurde das ganze Ausmaß klar. Alle, auch der Commissar, nahmen Anzeige um Anzeige auf. Als es nachmittags etwas ruhiger wurde, sah Borghoff die Stapel durch. Ihn interessierten besonders die Diebstähle, die um die Zeit des Überfalls auf Anna geschehen waren. Denn immer noch gab es keine Spur ihres Mörders, und er fürchtete, dass er den Fall ungelöst zu den Akten würde legen müssen. Anfang März hatte es zwar ein paar Einbrüche in Häuser gegeben, jedoch keinen, der auf größere Gewalt schließen ließ, und der Wert der Gegenstände, die entwendet worden waren, war meist eher gering.

Der größte Teil aller Fälle waren zum einen kleinere Taschendiebstähle und entwendete Lebensmittel. Hier ein Apfel, dort ein Kohlkopf und alles so geschickt, dass keiner der Geschädigten etwas gesehen hatte. Doch ein paar Diebereien stachen aus der Masse heraus. Da waren Geldbeutel mit größeren Summen abhandengekommen. Ein Rempler in der Menge, ein Schnitt mit dem Messer, um den Beutel vom Gürtel nehmen zu können. Auch Boten der größeren Firmen gehörten zu den Opfern.

Gerade kamen die Nächsten herein, die einen Diebstahl anzeigen wollten. Robert entschied, dass seine Leute das auch ohne ihn erledigen könnten, sammelte alle bisherigen Anzeigen ein und zog sich in das Büro des Bürgermeisters, der unterwegs war, zurück.

Auf dem großen Tisch, an dem der Gemeinderat gewöhnlich tagte, begann er die Anzeigen auszubreiten und zu sortieren. Die kleineren Taschendiebstähle könnten auf das Konto mehrerer Täter gehen, der Anstieg der Zahlen bedeutete aber, dass es zurzeit entschieden zu viele davon in Ruhrort gab.

Bei den größeren Taten war er sich sicher, dass es einen oder zwei Täter gab. Gut ausgebildete Berufsdiebe, wie sie sonst nur in der Großstadt zu finden waren. Aber auch in Ruhrort gab es genug Gedränge, um ihnen ein gutes Betätigungsfeld zu bieten. Die Fähren, die Märkte, der Hafen, wenn die Schiffer Geld bekommen hatten und mehrere Schlepper gleichzeitig viele Boote herbrachten.

Er seufzte. Er hatte zu wenige Leute, um allen beizukommen. Und Hinweise auf den Mord an Anna konnte er auch nicht finden.

Als das Rathaus seine Pforten schloss, rief der Commissar seine gesamte Truppe zusammen. «Wir müssen irgendwo anfangen, um den Diebereien ein Ende zu machen», erklärte er. «Ich habe mir die Anzeigen angesehen. Die meisten Kleindiebstähle gab es auf dem Altstadtmarkt. Oft war es Unaufmerksamkeit der Bestohlenen, sie ließen Wechselgeld offen liegen oder steckten es in eine leicht zugängliche Jackentasche.»

Ebel sah betreten auf den Boden.

«Wahrscheinlich gab es überall eine Ablenkung, wie bei Ihnen der Streit mit dem Bauern, Ebel. Wir werden morgen noch einmal alle Opfer vom Altstadtmarkt nach den genauen Umständen befragen. Der oder die Diebe arbeiten nicht allein, da bin ich mir sicher. Irgendjemand lenkt die Aufmerksamkeit auf sich, aber da läuft er auch Gefahr, dass man sich an ihn erinnert. Wir müssen ihn finden.»

«Und was ist mit den größeren Diebstählen?», fragte Kramer. «Und dem Diebstahl der Arbeitskleidung, die beim Raub bei den Liebrechts getragen wurde?»

«Ich fürchte, da werden wir zurzeit wenig tun können.» Robert machte keinen Hehl daraus, dass auch er unzufrieden mit der Lage war. «Bisher hätten wir den Diebstahl von Kleidung oder vielleicht Werkzeug und anderen Dingen nicht sehr ernst genommen, doch jetzt müssen wir jedem dieser Fälle gründlich nachgehen, denn sie könnten der Vorbote des nächsten großen Raubes sein.»

«Wir sollten auch noch einmal die Fremdenregister durchgehen», warf Polizeidiener Schröder ein.

«Für Fremde kennen die sich hier aber verdammt gut aus. Wer weiß schon, dass das Schlafzimmer der Liebrechts über den Anbau gut zugänglich ist», brummte Ebel.

«Sie haben recht, Ebel», stimmte Robert ihm zu. «Wenn es überhaupt Fremde sind, dann haben sie ortsansässige Helfer.»

«Hier gibt es ja auch genug Lumpenpack.»

«Meine Herren», schloss Robert die Besprechung, «Sie machen jetzt Feierabend, und die Nachtschicht tritt ihren Dienst an. Morgen nach den Befragungen sehen wir weiter.»

An diesem Abend saßen Robert und Lina noch eine Weile in ihrem kleinen Salon. Lina hatte sich eine kniffelige Näharbeit aus der Werkstatt mitgenommen. Robert erzählte von den Diebstählen in der Stadt und dass sich seine Hoffnung zerschlagen hatte, auf eine Spur im Mord an Anna zu stoßen.

«Wenn diese Sache überhaupt mit den Dieben zu tun hat, dann sicher eher mit den großen Diebstählen», sagte Lina.

Robert runzelte die Stirn. «Was meinst du damit – *wenn* sie etwas damit zu tun hat?»

«Nun, wenn wir bei den vielen Morden damals etwas gelernt haben, dann doch, dass man nichts als gegeben hinnehmen sollte.» Lina feuchtete ein Fadenende an, um es besser einfädeln zu können. «Ihr habt gehört, dass sie bei offenem Fenster geschlafen hat, und seid immer davon ausgegangen, dass es Diebe gewesen sein müssten, die von Anna überrascht wurden. Was, wenn der Überfall ganz andere Gründe hatte? Und es gar keine Diebe gibt?»

«Wen hast du denn in Verdacht, Lina?»

Immer noch versuchte Lina, den Faden durch das Nadelöhr zu ziehen. «Wenn Anna nicht die einzige Ernährerin der Familie gewesen wäre, dann würde ich ihren Mann und die Schwiegermutter verdächtigen. Er fühlte sich ständig gedemütigt von ihr, und die Schwiegermutter hat sie ohnehin gehasst.»

Robert nickte. «Aber die beiden wären dumm, wenn sie Anna, von deren Lohn sie abhängig waren, getötet hätten.»

«Nicht immer spielt Klugheit bei diesen Dingen eine Rolle. Vielleicht war es auch Leidenschaft. Leidenschaft und Hass.» Lina ließ die Hände sinken. «Sie sagte doch ‹Walther›, kurz bevor sie starb.»

«Ich weiß nicht.» Robert runzelte die Stirn. «Bei solchen Verbrechen kommt man den Tätern gewöhnlich schnell auf die Spur. Und es war eindeutig nicht Walther Jansen, den du in Duisburg gesehen hast.»

«Ja, das ist wahr.» Verärgert legte Lina das Oberteil des Kleides weg. «Es ist zu dunkel.»

«Vielleicht ist es auch Zeit für eine Brille, liebe Frau.» Robert grinste unverhohlen. Auch wenn er auf einem Auge blind war – die Sehkraft des anderen ließ ihn noch nicht im Stich.

Aber Lina ließ sich nicht necken. «Ja, es besteht kein Zweifel daran, dass du mit einer alten Frau verheiratet bist.»

Robert stand auf und küsste Linas schön geschwungenen Nacken. «Ich würde dich gegen keine Jüngere eintauschen. Wenn ich an Cornelius denke und den Ärger, den diese Frau ihm macht! Er hat wirklich Besseres zu tun, als ein Haus neu einzurichten.»

Sofort fiel Lina wieder ihr Verdacht ein, dass Elise Cornelius mit Ferdinand Weigel betrügen könnte. Aber es war besser, darüber zu schweigen. «Lass uns zu Bett gehen, Robert», sagte sie.

«Ich gehe doch jeden Abend gern mit meiner alten Frau zu Bett.» Linas heftigen Rippenstoß steckte er mannhaft weg.

Obwohl Lina mit Unterstützung aller Hausangestellten und Aushilfen den Haushalt gut organisiert hatte, fehlte Finchen überall. Erst jetzt merkte Lina deutlich, wie viel Arbeit das Mädchen ihr im Laufe der letzten Jahre, während sie den Modesalon aufgebaut hatte, abgenommen hatte. Antonie, obwohl älter als Finchen, hatte sich ganz unter deren Kommando gestellt, und auch wenn sie sich bemühte, vieles selbständig zu entscheiden und Susannas Schwestern anzuleiten, es ging doch manches schief. Und gerade jetzt, in der letzten Woche vor dem Maiball, konnte Lina sich einfach nicht um alles kümmern.

Und trotz Christians Hilfe und des nachmittäglichen Aushelfens seines Sohnes war es vor allem Otto, der die Arbeit in dem großen Haus nicht mehr schaffte.

Als er sich wieder einmal erst um neun Uhr abends auf den Weg nach Hause machte, sagte Lina zu Robert: «Schluss jetzt. Wir werden ja ohnehin einen neuen Hausdiener einstellen müssen, also warum nicht gleich? Ich möchte nicht, dass Otto irgendwann vor Erschöpfung zusammenbricht.»

Bisher waren sie sich einig gewesen, dass Finchen erst wieder ein wenig stärker werden müsse, um zu verkraften, dass die Stelle ihres Mannes nun tatsächlich an jemand anders ging, aber es war klar, dass Otto dringend Hilfe brauchte.

«Ich gebe morgen eine Anzeige auf», sagte Lina.

«Sprichst du mit Finchen, oder soll ich es tun?», fragte ihr Mann.

Lina seufzte, aber dann entschloss sie sich, gleich mit ihr zu reden.

Finchen hatte das Licht noch nicht gelöscht. Sie saß, viele Kissen im Rücken, im Bett und las in einem Buch, das Lina ihr gegeben hatte. Damit sie nachts ihre Ruhe hatte, schliefen die Kinder immer noch in den Dachkammern.

Als sie Linas ernstes Gesicht sah, schien sie schon zu ahnen, dass es nichts Erfreuliches war, was Lina ihr zu sagen hatte.

«Geht es dir gut? Ich hatte heute überhaupt keine Zeit, um nach dir zu sehen.»

Finchen nickte. «Ich weiß doch, dass im Salon viel zu tun ist, Gott sei Dank!» Sie legte das Buch zur Seite. «Es geht mir viel besser. Es tut zwar alles noch weh, wenn ich mich bewege, aber mir ist nicht mehr übel, und ich denke, ich kann auch aufstehen ...»

Lina zog sich einen Stuhl heran. «Du solltest nichts überstürzen, Finchen. Morgen will Dr. Feldkamp noch einmal nach dir sehen, und erst wenn er es erlaubt, solltest du es versuchen.» Sie machte eine Pause. «Finchen, ich möchte dir deine gute Laune nicht verderben, aber wir müssen über Simon sprechen.»

Finchen sah sie nicht an. «Ja, das müssen wir wohl.»

«Liebst du ihn noch?»

Finchen schloss die Augen. «Ich weiß es nicht, Frau Borghoff. Wir haben viel miteinander durchgestanden. Aber wenn ich jetzt nicht sicher bin ... dann bedeutet das doch, dass ich ihn nicht mehr liebe, oder?» Sie schüttelte plötzlich den Kopf. «Die ganze Zeit war es so, als hätte ich ein fünftes Kind, das nur Ärger macht. Er hat nie verstanden, dass verheiratet sein bedeutet, für eine Familie verantwortlich zu sein. Er sah nur sein Recht, mir ein Kind nach dem anderen zu machen. Wenn wir nicht hier bei Ihnen gewesen wären, hätte es niemanden gegeben, auf den ich mich hätte verlassen können.»

Lina zögerte ein wenig. «Wir können dafür sorgen, dass er für immer fortbleibt. Das ist sicher nicht ganz nach dem Gesetz, und Robert missbraucht sein Amt nicht gern, aber du weißt, dass er es für dich tun würde.»

Finchen kamen die Tränen. «Ich will den Commissar nicht in Schwierigkeiten bringen.»

«Aber Kind, wo denkst du hin. Er ist der Polizeichef, und der Bürgermeister steht hinter ihm, glaubst du, wegen eines kleinen Hausdieners würde er Schwierigkeiten bekommen?» Lina reichte ihr ein Taschentuch. «Es ist nur so, Finchen, wenn er das für dich tut, dann müssen wir uns sicher sein, dass du es dir mit Simon nicht anders überlegst, auch wenn er der Vater deiner Kinder ist. Wir wollen ihn hier dann nicht mehr sehen und würden in den nächsten Tagen einen neuen Hausdiener einstellen.»

Finchen atmete tief durch. «Ich habe bisher keine solche Möglichkeit gesehen. Nur, dass ich mit ihm gehen müsste, wenn Sie ihn hinauswerfen.»

Lina nahm ihre Hand. «Wir haben zu dir gehalten, als du eine unverheiratete Mutter warst, und wir würden auch zu dir halten, wenn du eine geschiedene Frau wärst.»

Finchen sah sie entsetzt an. «Scheidung? Aber das gehört sich doch nicht. Reiche Leute wie der Baron oder seine Tochter, die lassen sich scheiden. Kennen Sie eine Arbeiterin oder Hausangestellte, die geschieden ist?»

«Nein», musste Lina zugeben. «Ich kenne aber auch außer dir kein Hausmädchen, das mit einem unehelichen Kind eine Anstellung bekommen hat. Es wird schwer sein, Finchen. Aber du wirst nicht allein dastehen.»

Finchen war nicht überzeugt. «Und wenn er behauptet, dass ich ihn böswillig verlassen habe, kann er mir sicher die Kinder wegnehmen. Nein, das geht nicht.»

«Finchen, der Commissar kann ihn auch dazu zwingen, ohne Bedingungen in eine Scheidung einzuwilligen.»

«Und vor Gericht? Die Richter halten nicht viel von Frauen, die ihre Männer verlassen.»

«Gut», sagte Lina, die nicht weiter in sie dringen wollte. «Denke noch einmal darüber nach. Bis dahin sorgt Robert einstweilen dafür, dass Simon dich in Ruhe lässt – wenn du es willst.»

«Ja, das will ich. Danke.»

Lina stand auf und stellte den Stuhl wieder weg. «Gefällt dir das Buch?», fragte sie. Finchen hatte zuvor noch nie Bücher gelesen, nur manchmal in die «Gartenlaube» geschaut. Von Scheffels *Ekkehard*, ein Buch, das sie einmal vom Baron geschenkt bekommen hatte, schien ihr die richtige Lektüre zu sein.

«Ja, es gefällt mir gut. Wenn ich mal alt bin und viel Zeit habe, werde ich sicher mehr Bücher lesen», sagte Finchen. «Aber für heute ist es, glaube ich, genug. Ich werde jetzt versuchen zu schlafen.»

Auch Robert war schon dabei, sich bettfertig zu machen. «Wie hat sie es aufgenommen?», fragte er.

«Sie will sich nicht scheiden lassen, der Gedanke ist ihr völlig fremd. Aber ich habe ihr versprochen, dass du Simon zwingen kannst, sich von ihr fernzuhalten.» Lina sah auf den Boden wie ein schuldbewusstes Schulmädchen. «Ich weiß, dass das ein Amtsmissbrauch ist ...»

«Und eine gute Tat. Ich werde ihm so die Hölle heiß machen, dass er nicht mehr weiß, wo oben und unten ist. Er muss Ruhrort so schnell wie möglich verlassen.»

«Und der Bürgermeister wird keine Schwierigkeiten machen?»

«Warum sollte ihn ein weiterer spielender, saufender Herumtreiber ohne Arbeit interessieren? Im Gegenteil, er wird froh sein, wenn so einer sich nicht mehr in Ruhrort aufhält.» Er schlüpfte in sein Nachthemd. Dann half er Lina aus ihren Schuhen.

«Und du hast keine Gewissensbisse deswegen?»

«Bei jedem anderen vielleicht. Aber nach dem, was er Finchen angetan hat, hat er jegliche Rechte verwirkt. Ich liebe dieses Mädchen wie meine Tochter, das weißt du doch.»

«Ja, aber du hast auch Simon einmal als deinen Sohn betrachtet», sagte Lina leise.

«Wir beide haben das, Lina.» Er wischte sich mit der Hand über das gesunde Auge. «Damit ist es vorbei. Und das ist seine Schuld, nicht unsere.» Er löschte die Lampe.

Eine Weile war es still, aber beide wussten, dass der andere nicht schlief.

«Robert.» Lina klang selten so zaghaft. «Bist du ... bist du eigentlich enttäuscht von mir, weil wir keine eigenen Kinder haben?»

«Enttäuscht von dir?» Seine Stimme klang ganz erstaunt. «Es kann doch auch sein, dass nach den vielen schweren Verletzungen, die ich in meiner Militärzeit hatte ...»

«Nein, Robert, es liegt an mir. Ich kann wohl keine Kinder austragen. Ich war zumindest einmal schwanger, aber es ist vor dem dritten Monat abgegangen. Das war vor vier Jahren.»

Robert rollte sich auf die Seite, stützte sich auf seinen Arm und sah sie an. «Das hast du mir nie erzählt. Nur damals, die ein, zwei Male, wo du dich dann geirrt hattest.»

«Bist du enttäuscht von mir?»

Er rückte nah an sie heran und nahm sie in den Arm. «Nur, weil du mir nicht die Gelegenheit gegeben hast, den Schmerz mit dir durchzustehen.» Er küsste sie sanft auf die Wange. «Lina, wir waren beide nicht mehr jung, als wir uns gefunden haben. Und wir sind beide ... körperlich nicht unversehrt. Ja, ich wäre sehr glücklich über ein Kind mit dir gewesen, vor allem, weil du die Mutter gewesen wärst. Aber wenn das Schicksal es anders will, dann ist es gut so. Das Wichtigste in meinem Leben bist du, und du hast mir hier eine große Familie geschaffen, mit Finchen, ihren Kindern und den Näherinnen und Angestellten.» Er lachte plötzlich leise. «Wenn man es recht bedenkt, sind wir ja eigentlich schon Großeltern, und Oskar ist unser ältester Enkel.»

Lina, die halb vor Glück, halb vor Kummer zu weinen begonnen hatte, sagte zwischen zwei Schluchzern. «Ich sagte ja, ich werde alt. Und nun machst du mich sogar zur Großmutter. Als Oskar geboren wurde, war ich erst sechsunddreißig.»

Eng aneinandergeschmiegt lagen sie da. Was für Glück ich doch gehabt habe, Robert zu finden, war Linas letzter Gedanke, bevor sie einschlief.

7. Kapitel

Robert schob unangenehme Dinge nicht gerne auf. Während Lina am nächsten Tag mit Finchens Hilfe Simons persönliche Habe zusammensuchte, sprach er mit dem Bürgermeister, der ein Papier unterzeichnete, das Simon verbot, sich in Ruhrort aufzuhalten.

Gemeinsam mit Polizeidiener Kramer holte er die zwei Bündel mit Kleidern und ein paar Gegenständen zu Hause ab, dann machten sie sich auf den Weg zum Gefängnis in der Kasteelstraße.

Die Tage im Gefängnis hatten Simon zugesetzt. Er war schmutzig, unrasiert und stank, außerdem war er hager geworden. Der Bürgermeister hielt nicht viel davon, die Gefangenen mit gutem Essen zu verwöhnen.

Robert hatte vom Gefängnisaufseher eine Waschschüssel und Rasierzeug verlangt. Ruhig sah er Simon zu, wie er sich wusch, rasierte und dann in ein sauberes Hemd und eine Hose stieg. Gierig machte er sich über den Eintopf her, den man ihm hingestellt hatte.

«Danke», sagte Simon. «Danke, dass ich wieder nach Hause darf.»

Robert zog sich einen Stuhl heran und setzte sich. «Du wirst nicht wieder nach Hause kommen, Simon. Ich sagte dir bereits, dass meine Frau und ich dich nicht mehr unter unserem Dach dulden.»

Simon sah ihn überrascht an. «Ich darf nicht zurück?» Noch immer schien er geglaubt zu haben, Robert würde ihn nur eine Weile schmoren lassen, und dann wäre alles vergeben. Langsam dämmerte ihm, dass er es sich mit den Borghoffs gründlich verdorben hatte. Er dachte einen Moment nach. «Nun ... dann werde ich wohl mit meiner Frau und meinen Kindern woanders hingehen müssen.»

«Nein, Simon. Finchen hat sich entschieden, bei uns zu bleiben – mit den Kindern. Du hingegen musst Ruhrort verlassen.» Borghoff schob Simon den Ortsverweis hin. «Der Bürgermeister hat angeordnet, dass du in Ruhrort nicht mehr willkommen bist. Wir werden dich nach diesem Gespräch aus der Stadt bringen, und sollte ich oder einer meiner Männer dich noch einmal hier vorfinden, wirst du wieder hinter Gittern landen – und dann für länger.»

Simon starrte auf das Papier und das offizielle Siegel des Bürgermeisters. «Meine Frau muss mit mir gehen», sagte er nachdrücklich.

«Nein, das muss sie nicht. Du hast nur zwei Möglichkeiten. Entweder du lässt dich von uns aus der Stadt bringen und kommst nie wieder zurück, oder ich werde dafür sorgen, dass du diesen Ort hier sehr lange nicht mehr verlässt. Vielleicht wirst du auch wegen etwas verurteilt, das ich mir noch überlegen werde. Im Zuchthaus ist es weniger gemütlich als hier.»

Simon sah ihn hilflos an. «Aber meine Kinder ... Und wohin soll ich denn gehen?»

«Du könntest versuchen, Arbeit auf dem Phoenix zu bekommen, da nehmen sie es mit den Referenzen nicht so genau. Wir können dich aber auch zur Duisburger Fähre oder zur Aakerfähre bringen. Die weite Welt wartet auf dich.» Er griff in seine Tasche und warf ein paar Münzen auf den Tisch. «Obwohl wir dir nach deiner Untat gar nichts schulden, bestand deine Frau darauf, dir den Rest von deinem Lohn mitzugeben.»

Gierig griff Simon nach dem Geld. «Ich will nach Duisburg», sagte er.

«Gut. Dann wird Polizeidiener Kramer dich zur Fähre bringen. Sie können dann gleich dort bleiben, Kramer.» Der Polizeidiener hätte eigentlich heute Dienst an der Fähre gehabt.

Er wartete ab, bis Simon die schmutzigen Kleider verpackt hatte und mit Kramer losgezogen war.

«Der Bursche ist in ein paar Tagen wieder in der Altstadt und verspielt sein letztes Geld», sagte der Gefängnisaufseher, als Robert sich verabschiedete.

Robert wusste, dass er recht hatte. Vermutlich würde er Simon noch öfter zur Fähre bringen lassen müssen.

Es war ein sehr schöner Frühlingsmorgen, und Emil hatte wieder einmal beschlossen, den Unterricht zu schwänzen und sich vom Hauslehrer davonzustehlen. Seit er heimlich den Brief vom Duisburger Gericht an seinen Onkel und seine Tante gelesen hatte, war er immer wieder zur Duisburger Fähre gelaufen. Sein Herz hatte bis zum Hals geklopft, als er das Schreiben fand. Das war der Beweis für die Lügen seines Vormundes. Seine Mutter kümmerte sich sehr wohl um ihre Söhne, sie versuchte, sie zu sich zu holen. Kein Wort hatte sein Onkel darüber verloren.

Zunächst hatte er darüber nachgedacht, seinen Bruder Josef einzuweihen, aber dann war ihm das nicht mehr klug erschienen. Der brave kleine Josef wäre vermutlich gleich zu Onkel und Tante oder sogar zum Commissar gerannt.

An den Tagen, an denen er bisher versucht hatte, auf die Fähre zu kommen, hatten dort immer entweder Polizeidiener Schröder, Inspektor Ebel oder der neue Polizeidiener Kramer

Dienst getan und die An- und Abreisenden kontrolliert. Sie kannten ihn und hätten ihn nicht weggelassen.

Aber heute hatte er Glück. Kein einziger Polizist stand am Fähranleger. Er reihte sich bei den Wartenden ein. Als die Fähre angekommen war und sich langsam geleert hatte, bezahlte er seinen Groschen und ging auf das Boot. Vorsichtshalber mischte er sich mitten unten die Fahrgäste und hoffte, dass es nun bald losging.

Der Fährkapitän hatte schon einen Signalton blasen lassen, da erkannte Emil zu seinem Schrecken Polizeidiener Kramer, der den Anleger hinuntereilte, bei sich einen jungen Mann, den er geradezu auf die Fähre zerren musste.

«Der muss noch mit!», rief Kramer. «Und nehmt ihn auf keinen Fall mit zurück. Er wird in Ruhrort nicht mehr geduldet.»

Erst als er das Schiff betreten hatte, erkannte Emil den jungen Mann. Es war Simon Weber, der Hausknecht seiner Tante Lina. Natürlich hatte auch er davon gehört, dass Simon seine Frau halbtot geschlagen hatte. Sie werfen ihn einfach aus der Stadt, dachte er, wie meine Mutter. Sie konnten sich alles erlauben in dieser Stadt.

Er duckte sich ein wenig, denn er wollte nicht, dass Simon ihn erkannte. Wenn er auch nicht nach Ruhrort zurückdurfte, wer weiß, wem er erzählen würde, dass der Neffe des Commissars statt bei seinem Hauslehrer auf dem Weg nach Duisburg war.

Es war noch ein weiter Fußmarsch bis in die Stadt von der Fähre, die im Dorf Kaßlerfeld anlegte. Die Dorfpolizei kontrollierte die Ankommenden nicht, sie hatte zu wenig Leute und machte nur ab und zu Stichproben. Die Reisenden zog es ohnehin nicht in das Dorf, die meisten wollten weiter nach Duisburg oder zogen Richtung Süden nach Hochfeld, wo sich einige Industriebetriebe angesiedelt hatten. Emil blieb in der Gruppe, unter die er sich schon auf dem Fährschiff gemischt hatte. In einiger Entfernung bemerkte er Simon, der sich ebenfalls auf den Weg in die Stadt begab.

Vor der Stadt wurden sie kontrolliert. «Ich bin Hans Schmitz», erklärte er dem Beamten. «Ich arbeite in Ruhrort und möchte meine Tante Mina Bleibtreu in der Wallstraße besuchen.»

Der Polizeibeamte notierte nichts, sondern winkte den ordentlich gekleideten jungen Mann durch.

«Können Sie mir sagen, wie ich zur Wallstraße komme? Ich bin zum ersten Mal hier.» Es stimmte zwar nicht ganz, denn wie jeder Ruhrorter hatte auch Emil schon mal in Duisburg eingekauft, trotzdem hieß das nicht, dass er sich hier auskannte.

«Immer geradeaus», sagte der Beamte. «Dann rechts in den Sonnenwall, und von da geht es links in die Wallstraße.»

«Danke.»

Mit klopfendem Herzen ging Emil los. Was, wenn seine Mutter gar nicht zu Hause war? Hinter sich, an einer zweiten Kontrollstelle, hörte er eine laute Auseinandersetzung. Besonders willkommen schien Simon auch in Duisburg nicht zu sein.

Mitten in den Ballvorbereitungen hatte Lina auch noch die neuen Vorhänge für Elise von Sannberg nähen lassen. Außer für sich und die Familie hatte sie bisher noch keine derartigen Aufträge angenommen, aber bis die Zeiten besser wurden, war jeder Thaler willkommen, und mit den Maschinen waren die langen geraden Nähte schnell fertiggestellt. Sie brachte die fertigen Vorhänge mit Christian hinüber zu den von Sannbergs.

Lina musste warten. Mit leicht rotem Kopf erklärte Rose, dass die Hausherrin noch beschäftigt sei. Und das war auch nicht zu überhören. Aus dem Salon tönte ein lauter Streit bis in den Eingangsbereich. Aber Rose wusste nicht, wohin sie Lina bringen konnte, damit sie die Auseinandersetzung nicht mit anhören musste, da das Herrenzimmer noch voller Kisten stand. Und Lina anzumelden, traute sie sich offensichtlich nicht. Verlegen verschwand sie in der Küche, nachdem sie Lina einen Stuhl in der Eingangshalle angeboten hatte.

Lina schickte Christian zurück in den Laden, da sie das Geschäft allein gelassen hatten. Ihr wäre nicht wohl dabei gewesen, wenn er den Streit mit anhörte.

Zunächst erkannte Lina die Männerstimme nicht.

«Cornelius ist mein Mann!», hörte sie Elise sagen.

«Und ich hatte dich gebeten, ihn nicht zu heiraten. Aber du hast ja immer nur Geld im Kopf.»

«Von Luft und Liebe kann ich nicht leben, Ferdinand.»

Lina durchzuckte es, als sie den Namen hörte. Ihre Vermutung war also richtig, die beiden hatten eine Affäre, und offensichtlich war sie älter als die Bekanntschaft mit Cornelius.

Er wurde wieder lauter. «Wenn du mich wirklich lieben würdest, dann könntest du auch bescheidener leben, Elise.»

«Wenn du mich wirklich lieben würdest, hättest du zugesehen, mehr Geld zu verdienen. Dich hält es ja auf keiner Stelle länger als ein paar Monate!»

«Aber ich wollte immer nur in deiner Nähe sein!» Er brach ab. «Das ist doch alles nicht wichtig, Elise. Als du ihn heiraten wolltest, dachte ich, nur ein weiterer alter Mann, der nicht lange lebt. Aber er ist rüstig und sieht sogar gut aus. Und ich weiß, dass er mit dir schläft!»

«Er ist mein Mann, Ferdinand. Die beiden anderen Tattergreise haben mich nicht angerührt, aber ich kann mich ihm nicht verweigern. Und ich will es auch nicht.»

Obwohl Lina sehr neugierig war, wie es weiterging, wollte sie Elise doch die Peinlichkeit ersparen. Sie ließ den Korb mit den Vorhängen stehen und steckte ihren Kopf in die Küche.

«Rose, sag der gnädigen Frau, dass ich die Vorhangstoffe gebracht habe. Wenn sie mich noch braucht, soll sie jemanden schicken, ich komme dann noch einmal her. Lass dir nicht anmerken, dass ich etwas von diesem Streit mitbekommen habe.»

«Die beiden streiten öfter», sagte Rose leise. «Sie scheinen sich schon lange zu kennen, aber vor dem Baron siezen sie sich. Ich glaube, sie halten mich und Richard für taub. Aber ich kann dem Baron doch nichts davon erzählen! Ich glaube, er liebt seine Frau wirklich.»

«Das ist richtig so, Rose. Es ist besser, sich da rauszuhalten.»

Lina machte sich schnell auf den Heimweg. Doch sie war sich nicht sicher, ob sich herauszuhalten tatsächlich das Richtige war.

Emil hatte das Haus 237 in der Wallstraße gefunden. Es war ein großes Gebäude, das kaum mehr als ein paar Jahre alt sein konnte. Zaghaft klopfte er an. Eine ältere Frau in Haube und Schürze öffnete ihm.

«Ja?»

«Ich … ich möchte zu Frau Bleibtreu.»

«Erster Stock», sagte die Frau kurz angebunden und verschwand sofort wieder in einem der Räume.

Langsam kletterte Emil hinauf in den ersten Stock und stand vor vielen Türen. Hinter welcher fand er wohl seine Mutter? Während er noch nachdachte, kam eine junge Frau in einem auffallend ausgeschnittenen Kleid aus der letzten der Türen. «Na, Kleiner?», sprach sie an. «Was machst du denn hier?»

Ihr Dialekt klang für Emil völlig fremd. «Ich-ich suche meine Mutter», stotterte er.

«Und?», fragte das Mädchen. «Du musst mir schon sagen, wie sie heißt.»

«Bleibtreu. Frau Bleibtreu. Ich ... ich bin Emil ... Bleibtreu.»

«So, du bist also einer von Minas Buben», sagte das Mädchen. «Dann komm mal mit.»

Sie schob ihn zu einer Tür auf der anderen Seite des Flures und öffnete sie. In einem kleinen Raum saßen zwei trotz ordentlicher Anzüge abenteuerlich aussehende Kerle und würfelten. «Der Kleine will zu Mina», erklärte sie ihnen.

Der eine von ihnen machte nur eine Handbewegung, und dann gingen sie durch die zweite Tür. Mina saß in einem Sessel am Fenster und las in einem Buch.

«Mutter!», rief Emil.

Mina sprang auf. «Emil! Mein Junge!» – und dann lagen sie sich in den Armen.

«Ich geh dann mal», sagte das Mädchen und schloss die Tür hinter sich.

Emil war überglücklich.

Lina belohnte den besonderen Einsatz ihrer Angestellten mit ein paar zusätzlichen Lebensmitteln, die sie mit nach Hause nehmen durften. Drei Tage vor dem Maiball hatte Zita ein Stück Käse, einen Viertel Brotlaib, Butter und Honig mitbekommen. Es war Samstag, und alle hatten eingewilligt, am Sonntag nach der Kirche zu arbeiten. Trotzdem freute sie sich, Hermann vor der Schicht zu treffen und ihm ihre Schätze zu zeigen.

Als sie ankam, machte er sich gerade für die Schicht fertig, nahm sich aber gern noch eine Schnitte Brot mit Käse.

«Das spart eine Menge Geld», sagte er, als er sich die Hände abwischte.

Zita packte die Lebensmittel in den Kasten. «Ich muss morgen arbeiten», sagte sie. «Die Ballkleider müssen rechtzeitig zum Maiball fertig werden.»

«Die Männer auf dem Phoenix reden seit Tagen über nichts anderes.»

«Über den Maiball?», fragte Zita überrascht.

«Nicht über den feinen Ball, für den du die Kleider nähst. Viele von denen kommen aus kleinen Dörfern in der Eifel. Und sie wollen ihre Bräuche auch hier feiern.» Er griff nach seinem Bündel. «Sie werden Maibäume aufstellen, hier in Ruhrort und auch in Meiderich und Laar. Und einige wollen wohl versuchen, den der anderen zu fällen und zu stehlen. Und dann gibt es noch Bräuche, die die Liebste betreffen. Aber die meisten von ihnen sind ja allein hier.»

«Erlaubt die Hütte das denn? Ich meine, sie müssen doch arbeiten.»

«Einige von der Nachtschicht tauschen mit den Wallonen und Westfalen. Sie feiern dann nach der Tagschicht. Einer meiner Puddler hat auch getauscht, mal sehen, wie der Kerl arbeitet, der für ihn einspringt. So, ich muss jetzt los. Schlaf dich gut aus.» Er lächelte ihr zu und machte sich dann auf den Weg. Seine schweren Schuhe polterten auf der Treppe.

Nachdenklich schob Zita den Lebensmittelkasten unter das Bett. Da würden ja viele Menschen in der Stadt unterwegs sein, wenn die Greiferbande zuschlagen wollte.

Es war stickig in dem kleinen Zimmer. Sie öffnete das Fensterchen, schlug die Bettdecke zurück und schüttelte das Kopfkissen auf. Die frische Luft tat gut. Noch war es hell genug, um etwas zu tun. Sie holte eine von Hermanns Arbeitsjacken hervor, die er vor ein paar Tagen zerrissen hatte, und begann sie zu flicken.

Bald wurde es zu dunkel zum Nähen. Zita legte die Jacke beiseite und stand auf, um das Fenster zu schließen. Es war viel los auf den Altstadtstraßen. Die Arbeiter hatten ihren Lohn bekommen und strömten in die Wirtshäuser.

Plötzlich bemerkte Zita auf der anderen Straßenseite Uli

Weingart. Als er sie sah, winkte er hinauf und bedeutete ihr herunterzukommen.

Sie griff sich ihr Umschlagtuch, blies die Kerze aus und lief nach unten.

«Bist du verrückt? Wenn Hermann dich hier gesehen hätte!»

«Er ist doch längst zu seiner Schicht.» Er griff sie am Arm, aber nicht so fest wie früher, und zog sie in eine Kneipe ein paar Häuser weiter. Dort waren sie bisher nie gewesen, weil sie Zita zu nah an ihrer Wohnung lag.

«Mathis wollte, dass ich nochmal mit dir spreche, weil der Maiball doch schon am Dienstag ist.»

«Ich habe aber nichts Neues für euch», sagte Zita. «Außer dass wohl auf den Straßen eine Menge los sein wird. Hermann erzählte, dass die Phoenix-Arbeiter aus einigen Gegenden ihre Maibräuche feiern wollen. Wahrscheinlich sind auch tief in der Nacht viele Menschen auf den Straßen, und nicht nur in der Altstadt.»

«Ich werd's ihm sagen.»

«Uli, ist Resi schon hier?»

«Nein. Aber ich weiß sicher, dass sie hergebracht wird. Er hat sich mit Mina gestritten, weil er will, dass sie sich um die Kleine kümmert. Das ist natürlich unter ihrer Würde.»

«Wo ist er jetzt?», fragte Zita. «Hier in Ruhrort?»

Weingart schüttelte den Kopf. «Er ist wieder hinüber nach Duisburg. Mina darf sich hier nicht aufhalten, das hat der Bürgermeister so angeordnet. Das ist der lange Arm des Polizisten-Schwagers. Sie hasst ihn, muss sich aber fügen, deshalb ist sie nach Duisburg gezogen. Und ihretwegen bleibt auch Mathis dort.»

Er packte Zita an der Schulter. «Ich will dir nicht noch mehr Angst machen, aber seit er dich hier gesehen hat, ist er wie besessen. Am liebsten würde er dir die halbe Bande auf den Hals schicken, um dich zu überwachen. Ich habe es ihm ausgeredet, aber er will, dass ich täglich Bericht erstatte.»

«Was habe ich ihm nur getan?» Zita traten die Tränen in die Augen.

«Du warst mit einem Verräter zusammen. Und er hält seinen Besitz gern zusammen», knurrte Uli. «Ich schicke jetzt also täglich Rapporte nach Duisburg.»

Er warf ein paar Münzen auf den Tisch. «Halte durch. Es kann nicht mehr lange dauern, bis die Kleine hier ist, und dann sehen wir weiter.»

Zita verließ die Kneipe kurz nach ihm und kletterte schnell hinauf in das Zimmer. Sie schlief sehr schlecht in dieser Nacht.

«Du warst still heute Abend», sagte Robert zu Lina. Sie saß in ihrem Büro und versuchte, einen ihrer Entwürfe zu ändern. Zeichnung um Zeichnung hatte sie in den Papierkorb geworfen.

«Für wen ist denn dieses Kleid?»

Lina hielt inne und sah auf. «Elise von Sannberg.» Plötzlich nahm sie das Papier, knüllte es zusammen und warf es an die Wand. «Robert, ich bin so wütend auf diese Frau!»

Er setzte sich auf den Stuhl vor dem Schreibtisch. «Was hat sie dir denn getan?»

Lina berichtete ausführlich, was sie im Hause Sannberg erlebt hatte. «Ich hatte schon länger eine Vermutung, dass die beiden etwas miteinander haben, aber nun ist es gewiss.»

«Das ist eine üble Sache», sagte Robert mit gerunzelter Stirn. «Cornelius ist unser Freund.»

«Ja. Ich überlege die ganze Zeit, ob ich ihm etwas davon sagen soll. Rose, das Hausmädchen, glaubt zwar, dass er Elise liebt, aber ich bin mir da nicht so sicher.»

Früher hätte Robert sich noch eifersüchtig gezeigt, doch inzwischen hatte er keine Zweifel mehr daran, dass Lina wirklich ihn und nicht Baron von Sannberg gewollt hatte. «Du meinst, sie war nur die zweite Wahl nach dir.»

«Nichtsdestotrotz hat sie keinen Grund, ihren Mann zu betrügen.»

«Falls sie ihn tatsächlich betrügt!»

Lina schätzte zwar die besonnene Art ihres Mannes, aber hier konnte sie ihm nicht folgen. «Wie meinst du das?», fragte sie verwirrt.

«Nun, du gehst davon aus, dass sie ihre Affäre weiterführen. Es könnte aber doch auch sein, dass er ihr nur nach wie vor den Hof macht und sie ihn jetzt abweist.»

«Das glaube ich nicht.»

«Ich auch nicht, Lina. Aber was ich sagen will, ist, wir wissen nichts Genaues. Es wäre ohnehin schwierig, mit solch einer Nachricht zu Cornelius zu gehen, aber wenn man keine handfesten Beweise hat, ist das erst recht nicht angemessen.»

Sie redeten noch eine ganze Weile über das Thema, aber kamen zu keinem Schluss, ob sie Cornelius von Sannberg nun aufklären sollten oder nicht. Trotz ihrer Müdigkeit hatte Lina an diesem Abend Schwierigkeiten einzuschlafen.

Die letzte Woche vor dem großen Ball in der Gesellschaft ‹Erholung› war angebrochen. Kundin um Kundin schickte Hausdiener und Mädchen in Linas Geschäft, um die bestellten Ballkleider abzuholen. Lina hatte schon in den letzten Tagen die meisten Rechnungen geschrieben und erfreut festgestellt, dass sie in diesem Jahr wieder etwas mehr Geld verdienen würde. Langsam konnte man es überall merken: Der Tiefpunkt der Krise war überwunden.

Zwischendurch sah sie in der Werkstatt nach dem Rechten, damit auch die letzten der bestellten Kleider spätestens am Morgen des Balltages fertig wurden. Einige wenige Kundinnen kamen auch jetzt noch zur Anprobe, Lina vermutete, dass manche Kleider nur wenige Stunden vor dem Ball fertig werden würden.

Entsprechend rastlos und gereizt war die Stimmung bei den Näherinnen und Christian. Sie hatten alle so viel gearbeitet in den vergangenen Wochen, dass diese letzte Anstrengung allen zu viel schien. Die Finger waren wund und zerstochen, der Rücken schmerzte, und die Augen waren überanstrengt.

Lina ahnte, dass Robert ganz froh war, ihr durch einen der Polizeidiener mitzuteilen, dass er wegen der Aufklärung der Diebstähle über Mittag im Rathaus blieb. Auch ihr selbst stand der Sinn überhaupt nicht nach einem gemeinsamen Mittagessen, nachdem sich Susanna und Grete erst lautstark in die Haare gekommen waren, um sich dann aber einmütig gegen Maria zu wenden, die nur versucht hatte, diesen völlig nichtigen Streit zu schlichten. Schließlich hatte sie ein Machtwort sprechen müssen, da die Arbeit sonst liegenblieb, und jetzt war es zwar ruhiger in der Werkstatt, aber man konnte die schlechte Stimmung fast mit Händen greifen.

So ließ sich Lina das Mittagessen von Antonie in ihrem privaten Salon servieren. Zunächst ging sie noch einmal in Gedanken alle Arbeiten durch, die noch dringend bis zum Abend erledigt sein mussten. Dann schweiften sie aber ab und landeten ganz schnell wieder bei Elise und Weigel und der Frage, ob sie ihrem Freund Cornelius nicht sagen müsste, dass seine Frau ihn möglicherweise betrog.

Robert hatte sich am Abend zuvor klar dagegen ausgesprochen, weil sie nicht sicher sein konnten, ob die Affäre noch immer andauerte oder Weigel sich einfach nur nicht damit abfinden konnte, dass es vorbei war. Und Lina musste ihm da recht geben. Es könnte alles auch ganz anders sein, und dann würde sie Cornelius nur verletzen und vielleicht sogar ihre lange Freundschaft aufs Spiel setzen.

Plötzlich hielt sie in ihren Gedanken inne. Es gab eine Möglichkeit, die Sache auf gradlinige Art aus der Welt zu schaffen. Sie stand auf und ging hinüber zu Antonie. «Ich möchte die Mädchen bei Laune halten – und die anderen Angestellten auch. Lauf hinüber zur Bäckerei, Antonie, und besorge für jeden ein Teilchen – für Finchen und die Kinder auch. Ich habe noch etwas zu erledigen, ich hoffe, ich bin in einer halben Stunde zurück.»

Teilchen – dieses Wort zauberte sofort ein ungewohntes Lächeln auf Antonies Gesicht. Für Gebäck ließ sie selbstverständlich die Küchenarbeit gern liegen und machte sich gleich auf den Weg.

Auch Lina griff sich ihren Stock und verließ das Haus. Sie hatte es ja nicht weit. Kurz darauf klopfte sie bei Baron von Sannberg an die Tür.

«Ist der Baron zu Hause?», fragte sie Rose, die ihr öffnete.

«Nein, leider nicht, Frau Borghoff. Er ist heute Morgen schon ganz früh mit Herrn Weigel nach Hochfeld gefahren.»

«Und die Baronin?»

«Ja, die ist da. Ich sehe nach, ob sie Zeit für Sie hat. Kommen Sie doch schon einmal in den Salon.»

Lina war sehr zufrieden mit dieser Auskunft. Rose verschwand im ersten Stock, und Lina betrachtete die erstaunliche Veränderung, die der vorher recht düstere Salon durchgemacht hatte. Alles war in einem zarten Altrosa und warmen Grün gehalten, die Tapeten hatten weiße Streifen mit hübschen Streublumen. Linas Gardinen mit den Raffhaltern passten perfekt dazu. Ein neues Sofa und zwei zierliche Sessel bildeten eine gemütliche Ecke, es gab noch einen kleinen Nähtisch am Fenster und in der anderen Ecke zwei große, mit Leder bezogene Sessel und ein Klavier. Im vorderen Bereich des großen Raumes stand ein mächtiger Tisch, an dem sicher mehr als zwölf Personen Platz hatten. Ein großes Büfett für das Geschirr und eine kleine Vitrine mit allerlei hübschen Porzellanfiguren waren die einzigen Wandmöbel. Ja, das war ein geschmackvoller, repräsentativer Salon und trotzdem recht schlicht – man konnte sagen, dass er zu Ruhrort passte. Lina hatte eigentlich eine protzigere Einrichtung erwartet, aber sie musste zugeben, dass Elise sie überrascht hatte.

«Frau Borghoff! Ist der Salon nicht hübsch geworden?», begrüßte sie Elise. «Und Ihre Vorhänge passen so gut hinein!»

«Ja, liebe Frau von Sannberg, der Raum ist Ihnen außerordentlich gut gelungen.»

«Wollen wir uns nicht setzen?», fragte Elise. «Rose kann uns einen Kaffee bringen ...»

«Nein, ich habe leider nicht viel Zeit.»

«Es ist doch nichts mit meinem Kleid passiert?» Sie gehörte auch zu denjenigen Kundinnen, die noch ganz spät ein neues Kleid bestellt hatten, obwohl sie ihres, das Lina genäht hatte, bisher nur bei privaten Feiern getragen hatte.

«Nein, nein», beruhigte Lina sie. «Es ist leider eine etwas unangenehme Sache, aber sie liegt mir auf der Seele.»

«Dann sollten wir uns doch erst recht setzen, liebe Frau Borghoff», sagte Elise und führte sie zu einem der kleinen Sessel. Sie selbst nahm auf dem Sofa Platz.

«Ich habe doch gestern die Vorhänge vorbeigebracht. Und da ... da konnte ich leider nicht umhin, den Streit mit anzuhören, den Sie und Herr Weigel hatten. Sie schienen mir sehr vertraut miteinander ...»

Aus Elises Gesicht war die Farbe gewichen. «Das ist ... das ist mir sehr peinlich. Es tut mir leid.»

«Ich kann verstehen, dass Ihnen das unangenehm ist. Aber ich möchte Ihnen versichern, dass das – zumindest erst einmal – unter uns bleibt. Aus dieser Vertrautheit zwischen Ihnen beiden, liebe Frau von Sannberg, könnte man leicht schließen – verzeihen Sie mir bitte meine Direktheit –, dass etwas Ungehöriges vor sich geht.»

Langsam wurde Elise rot. «Was erlauben Sie sich!», stieß sie hervor.

«Ja, ich erlaube mir recht viel, Sie darauf anzusprechen. Aber Cornelius ist mein Freund ...»

«Er ist doch wohl mehr als das», bemerkte Elise spitz.

«Trotzdem waren wir nie so vertraut wie Sie mit Herrn Weigel.» Lina seufzte. «Ich will Sie nicht angreifen. Ich will Ihnen nur die Wahl lassen, mit Ihrem Mann über Herrn Weigel zu sprechen und ihm die Möglichkeit zu geben, ihn aus Ihrer Nähe zu entfernen, bevor es einen Skandal gibt.»

«Was für einen Skandal denn? Sie haben doch keine Ahnung ... Warum mischen Sie sich da ein?»

«Wie Sie eben schon bemerkten, sind Cornelius und ich sehr gute Freunde. Es dürfte Sie vielleicht überraschen, aber es hat eine Zeit gegeben, da hätte ich an Ihrer Stelle sein können. Aber damals war ich schon meinem Mann begegnet, und deshalb lehnte ich ab. Trotzdem liegt mir Cornelius' Glück sehr am Herzen. Er hat es nicht verdient, dass man ihn hintergeht.»

Betroffen sah Elise auf den Boden. «Ja. Er ist ein guter Mann, wenn Sie das meinen.»

«Liege ich denn so falsch mit meiner Vermutung, dass Sie Gefühle für Herrn Weigel hegen?»

«Dazu sage ich nichts.» Elise sah sie immer noch nicht an.

«Das genügt mir. Armer Cornelius!» In Lina stieg wieder ein wenig von der Wut auf, die sie am Abend zuvor gespürt und die sie um den Schlaf gebracht hatte.

«Dies ist eine sehr kleine Stadt», fuhr Lina fort. «Man muss sehr aufpassen, was man hier tut.»

Sie stand auf. «So, ich habe gesagt, was es zu sagen gab.»

«Und …» Elise zu ihr hoch. «Was werden Sie jetzt tun? Werden Sie zu Cornelius gehen?»

«Das hängt ganz von Ihnen ab, Frau von Sannberg. Sie haben die Wahl. Wenn Sie eine mutige und aufrichtige Person sind, dann werden Sie Ihrem Mann selbst davon erzählen. Aber ich würde Sie auch nicht tadeln, wenn Sie die Angelegenheit ganz diskret lösen und dafür sorgen, dass Sie Herrn Weigel nicht mehr wiedersehen.»

«Und wenn nicht?»

«Vorerst werde ich Cornelius nichts über meinen Verdacht sagen. Aber warten Sie nicht zu lange mit Ihrer Entscheidung. Denn irgendwann müssen Freunde einander die Augen öffnen.»

Elise schien sich wieder gefangen zu haben. «Ist das eine Drohung?», fragte sie kühl.

«Nein, nur ein guter Rat.» Ohne ein weiteres Wort drehte Lina sich um und ging. Ihre Wangen glühten.

Es war Sonntag, aber das Haus Borghoff summte wie an einem gewöhnlichen Werktag. Alle Angestellten waren da und gingen ihrer Arbeit nach, selbst Otto und sein Sohn holten noch ein paar Aufgaben nach, die im Laufe der Woche liegengeblieben waren.

Robert hatte Ebel zu sich bestellt. Sie saßen im Salon und arbeiteten die Berichte durch, die die Polizisten von den Opfern auf dem Altstadtmarkt gesammelt hatten. Es fand sich schnell eine Gemeinsamkeit bei einem großen Teil der Aussagen. Es hatte wie vermutet immer eine größere Ablenkung gegeben. Ein paarmal war das ein ähnlicher Streit zwischen Kunden und Händlern gewesen wie der, den Ebel zu schlichten versucht hatte, als er selbst Opfer der Diebe wurde. Aber meist war es etwas anderes gewesen. Viele berichteten, dass ein kleines Kind an der Hand eines älteren Geschwisterchens hingefallen und herzzerreißend geweint hatte. Meist ließ sich der Kleine gar nicht beruhigen, schrie vor Schmerzen, dass einige Passanten ihn sogar schon zum Arzt bringen wollten. Ein paar andere erzählten von zwei Jungen, die eine heftige Rauferei begannen und kaum zu trennen waren.

«Kinder», sagte Robert und legte die Berichte beiseite. «Vielleicht sind die Diebe auch Kinder. Ein Kind kann sich leicht unter einem Marktstand verstecken und das Wechselgeld, das die Kunden auf den Tisch legen, um erst ihre Ware einzupacken, greifen.»

«Und im Gedränge fallen sie nicht auf», ergänzte Ebel.

«Ich will morgen alle Leute auf dem Altstadtmarkt haben – in Zivil. Nur Sie und ich werden Uniform tragen, damit niemand Verdacht schöpft.»

«Ein guter Plan!», sagte Ebel anerkennend. «Hoffen wir mal, dass wir so dem Spuk ein Ende setzen.»

Nach dem Abendessen schickte Lina alle nach Hause. «Wir haben heute viel geschafft, da müssen wir nicht bis in die Nacht arbeiten. Ruht euch ein wenig aus. Bis morgen früh!»

Robert hatte es sich bereits im Salon gemütlich gemacht und Lina einen Cognac eingeschenkt.

«Was habt du und Ebel eigentlich ausgeheckt?», fragte Lina neugierig.

Robert erzählte von dem Verdacht, dass es Kinder sein könnten, die die kleinen Taschendiebstähle begingen.

«Aber da müssen doch Erwachsene dahinterstecken», sagte Lina zweifelnd.

«Wahrscheinlich. Ich hoffe, wenn wir die kleinen Diebe fassen, kriegen wir auch die großen. Aber jetzt genug von meinen langweiligen Geschäften. Und wie war dein Tag?»

«Wir haben viel geschafft, bis morgen Abend ist alles fertig.»

Lina gähnte. «Ich bin so froh, wenn der Erste Mai endlich gekommen ist. Am liebsten würde ich gar nicht zu dem Ball gehen.»

Robert lächelte. «Aber ich weiß doch, dass du auch dir selbst ein sehr schönes Kleid genäht hast. Und Antonie musste meine Ausgehuniform ausbürsten.»

Auch wenn Lina nicht tanzen konnte, liebte sie Bälle. Die Musik, die schönen Kleider, die vielen Menschen ... Und seit sie selbst die Schöpferin eines großen Teils der Damengarderobe bei solchen Anlässen war, hatte sie noch mehr Freude daran.

«Ja, aber es war einfach zu viel Arbeit in den letzten Wochen. Und dann das Durcheinander hier im Haus wegen Finchen. Ich sehne mich nach einem ruhigen Abend und einem richtig langweiligen Sonntag.»

«Das wird auch wieder kommen, Lina. Irgendwann, wenn die Sommerbälle vorbei sind oder nach der Herbstsaison, ganz bestimmt aber nach den Winterbällen ...»

Er duckte sich weg, weil Lina mit einem Holzuntersetzer nach ihm warf. «Mach dich nur lustig!»

«Das tue ich nicht. Ich weiß doch die Früchte der Arbeit meiner reichen Frau zu schätzen!» Er musste sich ein zweites Mal wegducken.

«Ich weiß genau, dass du unzufrieden bist, wenn du nicht viel Arbeit hast.» Robert lächelte. «Freuen wir uns doch auf den Ball! Und gib den Leuten einen Tag frei für die Sonntage, an denen sie arbeiten mussten. Dann haben wir am Ersten Mai einen ruhigen Tag. Was hältst du davon?»

«Das ist eine gute Idee. Ich habe viel Geld verdient, da kann ich die Angestellten ruhig ein wenig verwöhnen.» Wieder musste Lina gähnen. «Es tut mir leid, Robert, aber ich muss ins Bett.»

Er ging mit, um ihr aus den Schuhen zu helfen, setzte sich

dann aber noch mit einem Buch in den Salon. Dies waren die ersten ruhigen Minuten an diesem Tag.

Viele Menschen drängten sich auf dem Altstadtmarkt um die Stände, denn es gab nur wenig Raum auf dem kleinen Platz, der erst entstanden war, als man vor rund fünfzehn Jahren die alte Kirche abgerissen und in der Neustadt eine neue gebaut hatte.

Wie angeordnet, verteilten sich alle Ruhrorter Polizisten unerkannt, weil ohne Uniform, über den ganzen Markt. Ebel und Commissar Borghoff begannen, die Stände zu kontrollieren und das Marktgeld einzusammeln. Alle hatten die Anweisung, besonders auf Kinder zu achten, doch zunächst geschah gar nichts. Vier Stunden patrouillierten Borghoff und sein Inspektor über den Markt, dann begann es auch noch zu regnen.

«Ich weiß nicht, ob es sich noch lohnt», sagte Ebel, als sie sich wieder einmal am Rande des Marktes trafen. «Wenn es so regnet, werden immer weniger Leute auf dem Markt sein. Und es ist schon bald Mittagszeit.»

Borghoff nickte. Die Hausfrauen und Dienstmädchen mussten längst zurück in ihren Küchen sein, um das Mittagessen zu kochen.

Doch dann war die Volksschule aus. Ganze Horden von Kindern gingen über den Markt, die meisten machten sich aber schnell auf den Heimweg.

Plötzlich hörte man aus der einen Marktecke, ganz neben einer Dönbank, wo man schon früh am Tag Branntwein ausschenkte, Kindergeschrei.

Mit einem Blick erfasste Borghoff seine Leute, die von allen Seiten unauffällig in Richtung des Tumults gingen. Sie bildeten eine Art Ring um den kleinen Menschenauflauf, der sich um das schreiende Kind – diesmal war es ein Mädchen –

kümmern oder doch zumindest gaffen wollte. Und dann griff der erste Polizeidiener in Zivil zu: Ein etwa achtjähriger Junge hatte einer Schiffersfrau geschickt ihre Geldbörse entwendet. Kurz darauf wurde eine Zehnjährige mit der Hand in der Jackentasche eines Arbeiters erwischt.

Robert hatte alle angewiesen, auch bei den Festnahmen möglichst unauffällig zu bleiben, damit eventuelle Komplizen nicht gewarnt wurden. Trotzdem gelang es einem älteren Jungen, zunächst zu entkommen, doch er lief Ebel direkt in die Arme.

Gleichzeitig wurde noch ein weiterer kleiner Taschendieb von Sergeant Recke festgenommen. Robert selbst kümmerte sich um die beiden kleineren Kinder, die das Ablenkungsmanöver begonnen hatten. Schließlich brachte die Polizeitruppe sechs Kinder und vier Geschädigte hinüber in die Neustadt zum Rathaus.

Als Robert sich die Kinder genauer ansah, kamen sie ihm bekannt vor.

«Nun?», fragte er. «Wie heißt ihr?»

Zunächst schwiegen alle.

«Da unten im Keller gibt es ein Gefängnis», erklärte er ihnen. «Wenn ihr mir nicht sagt, wer ihr seid und wo eure Eltern sind, dann werde ich euch leider hier festhalten müssen.»

«Beermann», sagte die Zehnjährige, die wohl das älteste Mädchen war. Dafür erhielt sie von dem etwa vierzehnjährigen Jungen einen Rippenstoß.

«Euer Vater ist der Schlosser, der jetzt bei meinen Schwägern arbeitet ...»

Das Mädchen nickte. «Wir haben nicht genug zu essen, obwohl Vater eine gute Arbeit hat.»

Robert sah sie scharf an. «Aber ihr macht das doch nicht zum ersten Mal, oder? Das habt ihr doch sehr gut geplant und organisiert.»

«Wir sind noch nie erwischt worden», sagte eines der kleineren Mädchen.

«Schröder, bringen Sie sie hinunter ins Gewahrsam. Und dann ziehen Sie sich Ihre Uniform an und schaffen die Eltern her. Der Vater arbeitet in der Gießerei in Hochfeld», ordnete Robert an.

«Was passiert mit den Rackern?», fragte Kramer.

«Ich fürchte, sie werden angeklagt. Das wird keine schöne Sache.»

«Aber das sind doch Kinder ...»

«Vor ein paar Jahren sind mal drei Jungen in ein Kohlenlager eingebrochen», erzählte Ebel. «Damals wollte der Staatsanwalt ein Exempel statuieren. Sie wurden zum Tode verurteilt. Ein paar Monate später hat man das Urteil abgemildert, aber für Halbwüchsige war das Zuchthaus sicher auch nicht viel besser.»

«Warten wir mal ab, bis wir die Eltern hier haben. Wenn sich herausstellt, dass sie etwas damit zu tun haben, dann werden wohl eher sie zur Rechenschaft gezogen», sagte Robert, dem der Gedanke, Kinder ins Gefängnis zu schicken, auch nicht behagte.

Wenig später kam ein Polizeidiener mit der Mutter der Kinder, und nach einer Stunde war auch der Geiger Beermann, den man in der Gießerei in Hochfeld hatte abholen müssen, im Rathaus eingetroffen. Robert befragte die beiden getrennt voneinander. Schließlich nahm er sich noch einmal die Kinder vor.

«Beermann behauptet, er hätte nichts davon gewusst», sagte er zu Ebel. «Und ich glaube, er sagt die Wahrheit. Bei seiner Frau sieht es allerdings anders aus. Ich bin mir ziemlich sicher, dass sie hinter der Sache steckt. Es wäre gut, wenn sie gestehen würde, dann könnten wir die Kinder wenigstens da raushalten.»

«Sie meinen, die Frau hat die Diebstähle geplant?», fragte Ebel.

«Vermutlich. Sie verlässt sich darauf, dass den Kindern nichts passieren wird, aber da irrt sie sich.»

«Überlassen Sie das mir», sagte Ebel. «Sie können sich ja die Kinder noch einmal vornehmen, vielleicht sagen sie dann die Wahrheit.»

«Nein.» Robert war schon an der Treppe, denn Beermann war oben in einem kleinen Zimmer untergebracht, das der Bürgermeister manchmal für ein Nickerchen nutzte. «Ich rede mit dem Geiger. Wenn ihm klar ist, dass seine Frau die Kinder vor dem Gefängnis retten kann, wird er wohl entsprechend auf sie einwirken.»

Doch ganz so einfach, wie Robert gehofft hatte, war der Fall nicht zu lösen. Frau Beermann stellte sich stur. Sie wisse von nichts, die Kinder hätten auf eigene Faust gehandelt.

«Was nun?», fragte Ebel.

«Haben Sie Ihrer Frau klargemacht, was mit den Kindern passiert, wenn sie sich nicht schuldig bekennt?», fragte Robert Hans Beermann, der mit blassem Gesicht bei ihnen stand.

Der nickte. «Sie sagte, die Kinder hätten uns erst in die Armut gestürzt, und wenn ein oder zwei von ihnen ins Gefängnis gingen, käme der Rest der Familie nicht ins Armenhaus.» Er blickte auf den Boden. «Ich verstehe nicht, wie sie so kalt sein kann.»

«Armut kann einen Menschen hart machen, Herr Beermann», sagte Robert.

«Gegen die eigenen Kinder?» Beermann wischte sich verstohlen eine Träne aus dem Auge.

«Bringen Sie ihn hinunter ins Gewahrsam, Ebel», befahl Robert.

Er wartete, bis der Inspektor zurückkam. «Wenn wir ihr

nicht nachweisen können, dass sie hinter allem steckt, werden die Kinder dran glauben müssen.»

«Aber was können wir tun? Es wird Aussage gegen Aussage stehen.»

Robert dachte nach. «Wie viel Geld hatte Frau Beermann bei der Festnahme dabei?»

«Nur ein paar Groschen.»

«Kommen Sie, Ebel. Wir werden die Wohnung der Beermanns durchsuchen.»

Als Hermann am Montagabend zur Schicht ging, war Zita noch nicht zu Hause. Sie hatten sich nicht oft gesehen in den letzten Tagen, meist nur morgens ganz kurz, wenn sie sich auf den Weg zur Arbeit machte. Er musste sich eingestehen, dass er sich sehr an ihre Gesellschaft gewöhnt hatte. Wenn der Ball vorbei war, würde sie wieder weniger arbeiten müssen. Nun, da es draußen länger hell war, freute er sich darauf, die frühen Abende bis zum Schichtbeginn mit ihr verbringen zu können.

Auf der Hütte ging alles seinen gewohnten Gang. Hermanns Puddler-Trupp hatte schon einen fünfstündigen Durchgang hinter sich, die Qualität der Luppen konnte sich sehen lassen, keine einzige zersprang bei der Prüfung.

Am Hochofen in etwa hundert Metern Entfernung wurde gerade ein Abstich vorbereitet. Die Schmelzer verschwanden hinter der Raumauer, die um den eigentlichen Ofen gebaut war. Der Erste Schmelzer würde jetzt das Abflussloch öffnen, um das geschmolzene Eisen in die Lehmrinnen laufen zu lassen.

Hermann stand oben an seinem Puddelofen und bereitete den nächsten Durchgang vor. Er hatte seine Handschuhe ausgezogen und ließ nun unauffällig die heimlich im Werk aufgesammelten Stahl- und Eisenteile in die Pfanne rutschen. Das erhöhte die Qualität des Stahls. Auch der zweite Durchgang sollte heute angerechnet werden.

Kurz darauf erhellte ein roter Schein den Himmel. Der Abstich lief an. Aber irgendetwas musste schiefgelaufen sein, laute Schreie waren zu hören. Hermann drehte sich auf seiner kleinen Bühne um und versuchte zu erfahren, was passiert war.

Einer der Schmelzer war direkt vor dem Hochofen ausgerutscht und mit dem Bein in das glühende Eisen geraten. Die anderen hatten ihn zwar sofort herausgezogen, aber er schrie wie am Spieß, Hermann konnte es trotz des Raugemäuers hören. Plötzlich verstummte das schreckliche Geschrei. Hermann wollte schnell hinunter von der Bühne und packte versehentlich an den heißen Puddelofen – nur ganz kurz, aber der Schmerz war heftig. Er biss die Zähne zusammen und rannte hinüber zur Unglücksstelle.

«Er atmet nicht mehr», rief einer der Männer.

«Zieht ihn doch endlich aus der Hitze!», rief einer, und das taten sie dann. Das Bein des Verunglückten bot einen schrecklichen Anblick. Der Fuß und der untere Teil der Wade waren nur noch Knochen, darüber ein schwarzer Klumpen Fleisch hinauf bis zum Knie. Das brennende Hosenbein hatten die anderen bereits gelöscht, doch bis zur Hüfte hinauf hatte der Mann Brandverletzungen.

«Lasst mich durch!», rief Hermann.

«Was willst du denn?», fragte der Vorarbeiter, der bereits jemanden zur Werksleitung losgeschickt hatte, um einen Arzt zu holen.

«Vielleicht kann ich ihn retten.»

«Du hast doch gehört, der atmet nicht mehr, er ist tot!»

Hermann drängte sich an dem Mann vorbei und begann, bei dem Opfer rhythmisch auf den Brustkorb zu drücken. Die verbrannte Hand schmerzte, aber er machte unbeirrt weiter. Ab und zu hielt er inne und presste seinen Mund auf den des Opfers, um ihm Luft einzublasen.

Die Männer sahen erstaunt zu, so etwas hatten sie bisher noch nicht gesehen.

«Hat einer von euch ein sauberes Hemd für den Feierabend dabei? Ein frischgewaschenes?», fragte Hermann ein wenig außer Atem, während er wieder den Brustkorb bearbeitete.

Einer der Männer meldete sich.

«Hol es!», befahl Hermann. «Und eine Decke dazu!»

Plötzlich rührte sich der Mann und schlug die Augen auf. «Mir ist so kalt», flüsterte er.

«Ganz ruhig. Ich weiß, du hast Schmerzen, aber du darfst dich jetzt nicht bewegen.»

Der Arbeiter kam mit einer Decke und dem frischen Hemd zurück. Hermann knöpfte es auf und legte es mit der Innenseite auf das verletzte Bein.

«Und was nun?», fragte der Vorarbeiter.

«Jetzt müssen wir auf den Arzt warten.»

«Wird er sterben? In meiner Schicht ist noch nie jemand gestorben.»

Hermann stand auf und zog ihn beiseite. «Halt dich ein bisschen zurück, er kann dich hören. Wenn er es überlebt, dann müssen sie ihm das Bein amputieren.»

Einige Zeit später kamen zwei Männer in einer kleinen Kutsche herangefahren. Es war Direktor Hüffer persönlich, und bei ihm war Dr. Havemann.

«Was ist mit dem Mann? Man sagte mir, er sei tot!», rief Hüffer.

«Nein, er lebt noch. Der Puddler hier hat ihn zurückgeholt.»

Dr. Havemann eilte zu dem Patienten, schlug die Decke beiseite und hob das Hemd hoch. «Das sieht böse aus.»

«Bringen wir ihn zur Diakonie nach Duisburg», schlug Direktor Hüffer vor.

«Entschuldigen Sie», sagte Hermann. «Aber je länger wir

mit der Amputation warten, desto größer ist die Gefahr, dass er Wundbrand bekommt.»

Dr. Havemann nickte. «Wir bringen ihn in meine Praxis. Dort habe ich alles, was nötig ist.» Er wandte sich an Hermann. «Sie sind Puddler?»

«Eigentlich bin ich Arzt und Chirurg.»

«Das dachte ich mir. Würden Sie mir assistieren? Bei solch großen Wunden muss alles sehr schnell gehen.»

Hermann drehte sich zum Werksdirektor um, der nickte. «Gehen Sie ruhig mit Dr. Havemann. Immerhin haben Sie dem Mann das Leben gerettet.»

Havemann entdeckte, dass Hermann selbst verletzt war. «Nur eine kleine Verbrennung», sagte der.

«Ich werde sie versorgen. Sie haben da sehr gute Arbeit geleistet, lassen Sie uns zusehen, dass es nicht umsonst war.»

Ebel und Robert durchsuchten das ärmliche Zimmer der Beermanns und deren sämtliche Habseligkeiten äußerst penibel. Zunächst sah es so aus, als würden sie nichts finden. Es schien tatsächlich, als hätte die Familie das gestohlene Geld für ihren Lebensunterhalt ausgegeben.

«Beermann hat mir versichert, nichts gewusst zu haben», sagte Robert. «Die Kinder haben nicht nur Geld und Geldbörsen gestohlen, sondern auch kleinere Schmuckstücke. Bei wem könnte die Mutter diese Hehlerware verkauft haben?»

«Es gibt da zwei oder drei Altstadtwirte, aber mit solchem Kleinkram geben die sich nicht gern ab. Ein paar Broschen oder Anhänger, wie Hausmädchen sie tragen ...» Ebel wirkte entmutigt. Er mochte das «Bettlerpack», wie er es nannte, nicht, aber die Kinder taten ihm leid, und auf die uneinsichtige Mutter hatte er inzwischen eine große Wut.

«Egal, Ebel, fragen Sie dort nach. Ich nehme mir die Kinder noch einmal vor.»

Ebel nickte. Als er sich anschickte, den Raum zu verlassen, stolperte er über eine lockere Bodendiele.

Er bückte sich und hob die Diele hoch. Darunter war ein Hohlraum, aber er war leer. «Das wäre ein gutes Versteck gewesen.»

Robert stimmte ihm zu. Dann kam ihm eine Idee. «Ebel, lassen Sie uns die Betten wegrücken. Vielleicht gibt es noch mehr lose Dielen.»

Sie schoben gemeinsam das eine Bett von der Wand. Und wirklich, darunter war mehr als ein Dielenbrett lose. Beim dritten, einem kleinen direkt an der Wand, wurden sie fündig: Ein alter Strickstrumpf barg alle Schätze der Beermanns. Robert leerte ihn auf dem Bett aus. Er zählte fast fünfzehn Thaler und fand alle Schmuckstücke, von denen in den Aussagen der Geschädigten die Rede gewesen war. «Viel von dem Geld hat sie nicht gebraucht für die Familie», sagte Robert.

«Nein, nur etwa vier Thaler», ächzte Ebel. Er lag auf dem Boden und tastete den Hohlraum unter der Diele gründlich ab. Triumphierend hielt er plötzlich ein Papier in der Hand. Es war ein angefangener Brief, adressiert an Frau Beermanns Mutter, Cläre Heseke in Coesfeld.

«Liebe Mutter, ich habe heute dem Bauern op den Hövel einen Brief geschrieben, denn ich habe das Geld nun fast zusammen, weiß nur noch nicht, wie ich es nach Coesfeld schaffen kann. Vielleicht gibt er uns den Aufschub, und du kannst den Kotten und das Stück Land behalten. Er ist doch alles, was Dir und mir geblieben ist! Ich habe Hans nichts von alledem gesagt, aber er wundert sich schon, wo das ganze Geld bleibt», las Ebel. Hier brach der Brief ab. Er ließ das Blatt sinken. «Na, wenn das kein Beweis ist …»

Robert nahm den Brief. «Ich werde sie noch einmal verhören.»

«Und den Besuch bei den Hehlern in der Altstadt kann

ich mir jetzt ja wohl sparen.» Ebel raffte das Geld und den Schmuck vom Bett zusammen und folgte Robert durch die Tür.

Drei Stunden später war der verletzte Arbeiter auf dem Weg nach Duisburg. Dr. Havemann und Hermann Demuth hatten ihm das Bein knapp oberhalb des Knies abgesägt, die Wunde ausgebrannt und vernäht. Die Beschaffenheit der Wunden hatte leider keine andere Möglichkeit zugelassen.

Havemann hatte sein Handwerk beim Militär gelernt, er kannte sich aus mit Amputationen. Er und Hermann hatten Hand in Hand gearbeitet und den Stumpf am Ende sorgfältig verbunden. Beide wussten, dass die Überlebenschancen des Mannes nur gering waren, bei solch großen Wunden drohten jede Art von Wundbrand und Blutvergiftungen. Und dann war noch die Frage, ob er den Blutverlust verkraften würde. Doch sie hatten getan, was sie konnten, nun war es an den Diakonissen von Duisburg, ihn wieder gesund zu pflegen.

Havemann war ein großer, kräftiger Mittvierziger mit einem angegrauten Backenbart und Brille. Während draußen langsam die Sonne aufging, saßen er und Hermann in seinen bescheidenen Privaträumen in der Altstadt bei einer Flasche Wein.

«Sie sind ein guter Arzt, Herr Demuth. Warum um alles in der Welt arbeiten Sie in einem verdammten Stahlwerk?»

«Ich habe meine Gründe», wich Hermann aus. Er sah auf seine bandagierte Hand.

«Puddeln werden Sie damit eine Weile nicht können.»

«Ja.» Ein paar Tage Verdienstausfall würde er schon verkraften, und wenn Zita weiterhin Lebensmittel von ihrer Arbeitsstelle mitbrachte und ihren Mietanteil bezahlte, könnte er die Wunde gut ausheilen lassen.

«Ich will Sie zu nichts überreden, aber Direktor Hüffer hatte mir eine Stelle als Werksarzt angeboten. Ich habe abgelehnt, denn er zahlt lausig. Aber deutlich mehr als ein Arbeiter verdienen Sie da schon.» Havemann stand auf und streckte sich. «Sie haben doch Papiere, oder?»

Hermann nickte.

«Ich weiß nicht …», sagte er. Auch er hatte sich aus dem Sessel erhoben. Es war Zeit, nach Hause zu gehen.

«Hüffer wird Sie bestimmt fragen.»

«Ich überlege es mir. Danke für den Wein, Dr. Havemann.»

«Danke für Ihre Hilfe, Dr. Demuth.» Er deutete eine kleine Verbeugung an. «Verschwenden Sie Ihr Talent nicht am Puddelofen.»

«Aber ich bin ein sehr guter Puddler!», grinste Hermann und verabschiedete sich.

Werksarzt auf dem Phoenix! Es war verlockend. Genug zu verdienen, um mehr als dieses kleine, dreckige Zimmer bezahlen zu können. Keine Nachtschichten mehr. Wieder als Arzt arbeiten. Heute hatte er sie wieder gespürt, die innere Spannung, wenn es darum ging, ein Leben zu retten, und die Genugtuung, wenn es gelang. Aber da war immer die Angst, dass der Greifer ihn leichter würde aufspüren können, wenn er wieder in seinem Beruf arbeitete.

Er war völlig übermüdet, trotzdem machte er sich noch einmal auf den Weg zum Werk, um sich krankzumelden.

In der Verwaltung hatte man schon von seiner heldenhaften Tat gehört. Noch in der Nacht hatte der Direktor angeordnet, dass ihm der gesamte Tageslohn ausgezahlt werden sollte, als Prämie für die Lebensrettung des Mannes.

«Bleiben Sie zu Hause und kurieren Sie Ihre Hand aus. Wenn Sie wieder arbeiten können, kommen Sie nachmittags vorbei. Der Direktor möchte Sie sprechen», sagte der Verwaltungsbeamte. «Weiß man schon, ob der Mann durchkommt?», fragte er dann.

«Das lässt sich bei Amputationen nie genau sagen», antwortete Hermann. «Am Hochofen wird er jedenfalls nie mehr arbeiten können.»

«Das ist bitter. Er hat eine Frau und drei Kinder unten in der Eifel.»

«Ja, das ist bitter, aber wenigstens bleibt ihm sein Leben. Darauf müssen wir hoffen», sagte Hermann und verabschiedete sich. Doch er hatte das Gefühl, es wäre fast besser gewesen, den Mann sterben zu lassen, als ihn zu einem Leben als Krüppel zu verurteilen.

Obwohl es schon spät war und Jette Beermann bereits in der Arrestzelle geschlafen hatte, ließ Robert sie zu seinem Schreibtisch bringen.

Sie gähnte verschlafen.

«Wozu haben Sie das Geld gebraucht, Frau Beermann?», fragte Robert.

Sie schien augenblicklich hellwach zu sein. «Das habe ich Ihnen doch bereits gesagt.»

Robert lächelte. «Vielleicht denken Sie noch einmal nach.»

«Es ist so, wie ich sagte.»

«Es ging also nicht um einen Kotten in Coesfeld?» Er zog den Brief aus seiner Uniformjacke. «Und Geld, das Ihre Mutter einem Bauern op ten Hövel schuldet?»

Sie war blass geworden. Robert legte den Brief auf den Tisch.

«Wir haben auch Geld gefunden und die Schmuckstücke, die den Leuten auf dem Markt gestohlen wurden. Unter der losen Bodendiele unter dem einen Bett, wo Sie es versteckt hatten.»

Jette Beermann schwieg und blickte auf den Boden.

«Ich habe eben nie Glück», sagte sie leise.

«Wie bitte?», fragte Robert.

«Zuerst heirate ich diesen Habenichts, dann habe ich die Brut am Hals, und der einzige Besitz, das Häuschen, in dem ich meinen Lebensabend verbringen wollte, wird mir auch noch weggenommen.»

«Dann geben Sie zu, Ihre Kinder zum Stehlen abgerichtet zu haben, um das Haus zu retten?»

Doch sie schwieg. Und nichts deutete darauf hin, dass sie es bereute, die Kinder in diese schlimme Lage gebracht zu haben.

Kurze Zeit später wurde Frau Beermann ins Gefängnis in der Kasteelstraße gebracht und Beermann freigelassen. Er war erleichtert, denn er konnte seine Kinder gleich mit nach Hause nehmen. «Sollte ich auch nur einen Einzigen von euch wieder bei einem Diebstahl erwischen», hatte Robert ihnen eingeschärft, «werde ich dafür sorgen, dass ihr alle ins Gefängnis wandert.»

Er wandte sich an Beermann. «Ihre Frau wird nach Wesel gebracht werden und dort vor das Schwurgericht kommen. Das tagt allerdings erst wieder im Oktober. Bis dahin dulden wir Sie und Ihre Kinder hier bei uns, aber nur, solange Sie der Stadtkasse nicht zur Last fallen. Danach müssen Sie Ruhrort verlassen.» Robert blickte ihn trotz seiner strengen Worte mitfühlend an.

Beermann war blass und nickte nur. Beim Gehen drehte er sich noch einmal um. «Dieses dumme Weib. Ich hätte in der Gießerei eine Vorarbeiterstelle bekommen können, Herr Messmer hatte gestern noch mit mir darüber gesprochen. Und wir hatten doch schon gutes Geld! Aber sie war so gierig …» Er stockte. «Danke, Herr Commissar, dass Sie die Kinder da herausgehalten haben.»

«Sehen Sie zu, dass sie zukünftig die Finger bei sich behalten. Beim nächsten Mal kann ich nichts mehr für sie tun.»

Beermann nickte müde. Robert sah den grauen Gestalten noch

lange nach. Das würde nicht einfach werden für den Vater, allein mit sechs Kindern.

Hermann kam später nach Hause als sonst, Zita war schon zur Arbeit gegangen. Die verbrannte Hand schmerzte ein wenig, aber es war zu ertragen. Er schlief wie ein Stein und schlief immer noch, als Zita nach einem langen Arbeitstag heimkam.

Vorsichtig rüttelte sie ihn wach, dann sah sie die verbundene Hand. «Was ist passiert?», fragte sie.

«Nur eine kleine Verbrennung, nichts Schlimmes», sagte er schlaftrunken, und dann erzählte er ihr, was passiert war. Auch von Havemanns Idee, er könnte Werksarzt werden, sprach er.

Zita wusste nicht, was sie dazu sagen sollte. Einerseits freute sie sich für Hermann, andererseits dachte sie daran, dass die Greiferbande in der Stadt war und er sich dadurch tatsächlich in Gefahr bringen könnte.

«Du musst wissen, ob es an der Zeit ist, wieder als Arzt zu arbeiten. Aber ich finde auch, dass du dein Leben nicht als Hüttenarbeiter verbringen solltest.»

Hermann lächelte. «Erst mal sehen, ob der Direktor mir den Posten wirklich anbietet. Jetzt habe ich ein paar Tage frei, damit ich meine Hand auskurieren kann.»

«Tut es sehr weh?»

«Nein, nicht sehr.»

«Dann solltest du deine Zeit genießen!»

«Das habe ich auch vor», sagte Hermann. «Ich dachte, wir könnten morgen Abend auf eine der Tanzereien in der Altstadt gehen.»

«Tanzen? Du und ich?» Zitas Augen leuchteten.

«Ich wüsste nicht, mit wem ich sonst gehen sollte.»

«Das würde ich so gern!», rief Zita, doch dann verdüsterte sich ihre Miene. «Ich habe kein Kleid ...»

«Zieh deinen bunten Rock und die Bluse an, die deine Patronin so unpassend fand. Für einen Tanzsaal sind sie doch richtig!»

«Aber dann muss ich mir heute die Haare waschen –»

Hermann half ihr, warmes Wasser aus der Küche zu holen, und wenig später sah er zu, wie sie ihre dunklen Locken mit ein wenig Seife wusch, dann ein Ei hineinrieb und schließlich etwas Bier, das Hermann im Gasthaus holen musste, zum Spülen benutzte. Sorgfältig kämmte sie danach die Haare durch.

Dann saß sie, ein Tuch um den Kopf geschlungen, auf dem Bett und schaute ihn an. Hermann musste daran denken, wie er schon in Wien ihr glänzendes Haar bewundert hatte. Sie war wirklich eine sehr schöne Frau. Er senkte den Blick. «Ich bin hungrig», sagte er. «Hast du schon gegessen?»

Die gutgefüllte Lebensmittelkiste gab ein wunderbares Abendessen her. Das Brot war fast frisch, dick mit Butter bestrichen und mit Schinken belegt, den Antonie am Abend versehentlich zu viel aufgeschnitten hatte. Eine saure Gurke und ein hartgekochtes Ei hatte Zita Hermann auch mitgebracht und eigentlich mit zur Schicht geben wollen. Sie selbst aß nur wenig, da sie bereits bei den Borghoffs etwas bekommen hatte. Hermann konnte seinen Blick nicht von ihrem schön geschwungenen Nacken nehmen, den die Locken sonst meist verdeckten.

«Die anderen werden mich morgen beneiden», sagte er plötzlich.

Zita ertappte sich dabei, wie sie errötete.

8. Kapitel

Die letzten zwei Kleider wurden am Dienstagmorgen ausgeliefert. Drei Damen kündigten sich mit kleineren Änderungswünschen an, die Lina nach kurzer Prüfung aber getrost ihren Näherinnen überlassen konnte. Sie selbst machte sich auf den Weg zu ihrer Schwester Guste, die einen ortsansässigen Friseur bestellt hatte, um den Damen der Familie – ihr selbst, ihren Töchtern Friederike und Emma, ihrer Schwiegertochter Beatrice, Schwägerin Aaltje und deren Tochter Elisabeth und natürlich auch Lina – die Ballfrisuren zu machen. Lina hatte sich zunächst gesträubt. Seit es Mode war, trug sie den schweren, tief angesetzten Nackenknoten im Haarnetz und gedachte auch, dies für den Ball beizubehalten. Aber Guste hatte sie dann doch überredet, sich eine aufwendigere Frisur machen zu lassen.

Da Geschäftsfrau Lina die wenigste Zeit hatte, kam sie auch als Erste an die Reihe. Der Friseur bewunderte gebührend ihr herrliches dunkelrotes Haar, das gelöst fast bis zur Hüfte reichte. Nach einer heftigen Debatte, in der sich Lina erfolgreich gegen Türme, Locken und andere in ihren Augen absurde Frisuren wehrte, blieb es schließlich bei dem leicht abgewandelten Nackenknoten. Lina hatte jedoch Bänder in den Farben ihres Kleides mitgebracht sowie ein mit gleichfarbigen Glasperlen verziertes Haarnetz. Der Meister frisierte ihr zudem eine sanfte Welle über der Stirn, die der Frisur die

Strenge nahm. Das Ergebnis gefiel Lina. Zu gern hätte sie weiter bei ihren Verwandten gesessen, Kaffee getrunken und geredet, aber das Geschäft rief.

Während in der Näherei am frühen Nachmittag langsam Ruhe einkehrte, hatte Christian im Laden so viel zu tun, dass Lina Maria bat, ihm zu helfen. Gefragt waren Spitzentaschentücher, kleine Handtaschen und Beutel, bestickte Seidenumschlagtücher und Handschuhe.

Erst spät fand Lina Zeit, sich um ihr eigenes Kleid zu kümmern. Sie hatte es schon vor Wochen ganz allein genäht, immer abends, wenn die Näherinnen nach Hause gegangen waren. Sonst trug sie meist Grün, das sehr gut zu ihrer dunkelroten Haarfarbe passte, aber diesmal hatte sie sich für zwei Violetttöne entschieden, einen dunklen, sehr kräftigen, und einen etwas helleren für die Akzente. Beides war schwere, glänzende Seide, wie Lina sie liebte.

Das Kleid hätte kaum schlichter sein können. Der Rock war glatt ohne jeden Volant oder andere Verzierungen, öffnete sich aber zur rechten Seite hin und gab den Blick auf einen fein gerafften helleren Stoff frei. Lina hatte einen solchen Effekt schon öfter benutzt, aber immer mittig und symmetrisch. Dies hier war neu, und sie war gespannt, ob es den Kundinnen gefiel und sie für spätere Bälle auch solche Röcke würde entwerfen müssen.

Das Oberteil war zwar weit ausgeschnitten, aber Lina, die gern kaschierte, dass ihr Gebrechen zu einer leicht hochgezogenen Schulter geführt hatte, trug meist etwas mehr Stoff als ihre Kundinnen. Diesmal hatte sie eine Art Kragen an der Schulterlinie angebracht, der, verstärkt mit Draht, ein wenig an ein Renaissancegewand erinnerte. Die Ärmel endeten kurz unter der Schulter, dazu gehörten lange Seidenhandschuhe.

Sie hatte ihre Schwester Guste, die als älteste Tochter den

Schmuck der Mutter geerbt hatte, gebeten, ihr ein Amethyst-Collier zu leihen. Es war altmodisch, wirkte aber, als wäre es für genau dieses Kleid angefertigt worden.

Lina rief Antonie, damit sie ihr in ihre neuen Schuhe half. Wenn sie schon keine schönen Ballschuhe tragen konnte, sondern nur die gewohnten schwarzen Stiefel, so sollten die wenigstens makellos sein.

Antonie half ihr auch, die neue, noch weitere Krinoline anzuziehen, einen violetten Tüllunterrock, der unter dem Kleid hervorblitzen sollte, und schließlich das Kleid selbst.

Bewundernd sah sie ihre Chefin an. «Das ist so schön, Frau Borghoff! Sie müssen es Finchen zeigen!»

«Aber die hat es doch schon gesehen, wenn sie hier aufgeräumt hat!»

«Aber richtig schön wird es doch erst an Ihnen ...», sagte Antonie und errötete.

Lina tat Antonie den Gefallen. Sie sah noch kurz bei den Näherinnen vorbei, die alle aufsprangen und das Kleid über alle Maßen lobten.

«Ihr könnt jetzt nach Hause gehen, ihr habt ja sicher heute Abend noch etwas vor.» Sie wusste, die Frauen wollten auch am Abend ausgehen, selbst Zita hatte erzählt, dass ihr Freund Hermann sie zum Tanz eingeladen hatte.

«Hinten im Lager ist ein Korb mit alten Kleidern von mir, die ich irgendwann einmal ändern wollte. Wenn euch etwas gefällt, könnt ihr es euch nehmen.» Das ließen sich die Frauen nicht zweimal sagen.

Gemeinsam mit Antonie ging Lina hinüber ins andere Haus. Finchen stand seit kurzem ein paar Stunden am Tag auf. Sie trug den gebrochenen Arm noch in einer Tuchschlinge, hatte aber begonnen, wieder einige Aufgaben im Haushalt zu übernehmen. Sie saß am Küchentisch und füllte das Haushaltsbuch aus, auch wenn ihre Schrift mit der linken Hand sehr krakelig war.

Finchen kam in den Flur, um Linas Kleid gebührend zu bewundern. Antonie war schon nach oben in ihr Zimmer gegangen, sie würde mit zwei anderen ledigen Hausmädchen und einem Hausknecht im Saal von Lohmann feiern.

«Im letzten Jahr hat Simon mich auch ausgeführt», sagte Finchen leise.

«Bereust du deine Entscheidung?», fragte Lina.

Finchen schüttelte den Kopf und deutete auf ihren Arm. «Das erinnert mich immer daran, warum es gut ist, dass er weg ist. Aber es ist schwer, wenn die Kinder nach ihm fragen.» Sie lächelte. «Lassen Sie sich bloß nicht von mir die Laune verderben, Frau Borghoff. Ich werde es mir mit Maria in meiner Wohnung gemütlich machen. Sie geht auch nicht aus.»

«Dann holt euch eine Flasche Wein aus dem Keller. Ruhig von dem guten Rheinwein.»

«Das werden wir. Vielen Dank!»

Nachdenklich ging Lina zurück durch den Stoffladen. Hier traf sie auf Zita, die die Werkstatt noch ein bisschen aufgeräumt hatte und sich nun für den Heimweg fertig machte.

«Hast du etwas gefunden?», fragte Lina.

«Ja! Sehen Sie!» Zita strahlte. Sie war die Einzige, der eines von Linas Kleidern perfekt passte, klein und zierlich wie sie war. Es war kein Ballkleid, das sie sich ausgesucht hatte, sondern ein feines Nachmittagskleid aus dünnem Baumwollstoff in einem dunklen Rot mit einem kurzen Jäckchen über einer hochgeschlossenen Bluse. «Ich werde statt des Oberteils meine ausgeschnittene Bluse dazu tragen, dann ist es sehr festlich.»

«Du hättest auch ein Ballkleid nehmen können!»

Zita schüttelte den Kopf. «Ich glaube nicht, dass irgendeine der einfachen Frauen auf der Tanzerei ein richtiges Ballkleid besitzt, Frau Borghoff. Und hiermit falle ich schon genug auf. Aber ich finde es wirklich wunderschön!»

«Dann viel Spaß heute Abend!», sagte Lina. Ihr Blick fiel auf die Post, die Finchen wie gewöhnlich auf die Kommode im Flur gelegt hatte. Den ganzen Tag hatte sie noch keine Zeit gehabt hineinzusehen.

Lina wollte gerade mit der Post zurück nach oben in die Wohnung, als Robert vom Dienst nach Hause kam.

Zita, die sich verabschiedete, sah den liebevollen und auch stolzen Gesichtsausdruck, mit dem Robert seine Frau in dem neuen Kleid mit der festlichen Frisur ansah, und verspürte einen kleinen Stich. So hat mich Tomasz immer angesehen, dachte sie. Und er hatte sie auch so angesehen, wenn sie morgens verschlafen mit wirrem Haar vor ihm stand oder hochschwanger mit dickem Bauch.

Draußen auf der Straße fiel ihr plötzlich Hermann ein und wie er sie am Abend zuvor angeschaut hatte. War da mehr gewesen als ein Mann, der Gefallen daran fand, eine schöne Frau anzustarren?

Ganz Ruhrort schien auf den Beinen zu sein. Die feinen Leute in der Neustadt gingen zur Gesellschaft «Erholung» in der Dammstraße, viele der kleineren Händler und Handwerksmeister feierten im Saal des Hotels Heckmann.

Die weniger feinen Leute, die Arbeiter, Angestellten und Schiffer waren hingegen auf dem Weg in die größeren Altstadtlokalitäten. Überall, wo die Räumlichkeiten geräumig genug zum Tanzen waren, hatte man kleine Kapellen engagiert, aber auch die kleineren Kneipen ohne Musik waren bis auf den letzten Platz gefüllt. Wer nicht tanzte, wollte wenigstens ordentlich trinken.

Ledige Hausangestellte und Arbeiterinnen brauchten keine Angst zu haben, nicht beachtet zu werden, denn es herrschte ein großer Männerüberschuss. Die Phoenix-Arbeiter, die ohne Familien hergekommen waren, und die vielen Schiffer mussten anstehen, um einen Tanz zu bekommen.

In der Gesellschaft «Erholung» war der große Saal festlich geschmückt mit Laubgirlanden und Blüten. Rundherum standen die Tische, an denen zunächst ein Essen serviert wurde. Cornelius von Sannberg hatte eine große Tafel reserviert für sich und die Familien Kaufmeister und Messmer, zu denen er selbstverständlich auch Lina und Robert zählte.

Elise lächelte Lina bei der Begrüßung freundlich an. Sie war sehr blass und hatte versucht, es mit einem Hauch Rouge zu überdecken, sehr dezent, da es als unschicklich galt, aber Lina bemerkte es trotzdem.

Nach dem ausgezeichneten Essen versammelte sich der Männergesangverein, dem viele der anwesenden Herren angehörten, und gab ein paar Mailieder zum Besten. Danach eröffnete Bürgermeister Weinhagen mit seiner Frau den Tanz.

Schon bald wogten die Kleider der Damen an Lina vorbei, die mit Robert am Tisch sitzen geblieben war. Ein Meer von Farben und Stoffen, und Lina lächelte zufrieden. Der weitaus größte Teil der Kleider war in ihrer Werkstatt nach ihren Entwürfen entstanden. Sie hatte in diesem Jahr viele Pastellfarben verwendet, die gut zueinanderpassten, sodass ein sehr harmonischer Gesamteindruck entstand.

Elise hatte sich aus der Menge gelöst und kam zurück an den Tisch. Sie setzte sich, und Lina sah, dass sie noch ein wenig blasser wirkte und kleine Schweißperlen auf ihrer Stirn standen.

«Fühlen Sie sich nicht wohl, meine Liebe?»

«Mir war den ganzen Tag übel, ich dachte, es wäre besser geworden, aber da habe ich mich wohl geirrt», sagte Elise.

«Soll ich Ihnen ein Glas Wasser holen?», bot Robert an.

«Das wäre wirklich nett», bedankte sich Elise.

«Und für dich ein Glas Maiwein, Lina?»

«Sehr gern.»

Wenig später war er wieder da. Elise trank das Wasser schnell. «Das tut sehr gut, danke.» Es schien auch wirklich wieder etwas Farbe in ihr Gesicht zurückzukehren.

Lina nippte an ihrem Maiwein, einem lieblichen, leichten Rheinwein aus der Pfalz, den man mit Waldmeister aromatisiert hatte. «Wenn sich Frau von Sannberg etwas erholt hat, möchte sie vielleicht tanzen», sagte sie ihrem Mann. Robert Borghoff tanzte gern, und Lina wollte nicht, dass er ihretwegen den ganzen Abend sitzen blieb.

«Erlauben Sie, Frau von Sannberg?»

Das Orchester begann gerade einen Walzer zu spielen. «Ja, sehr gern.»

Beide waren gute Tänzer. Lina ertappte sich dabei, wie sie mit dem Fuß wippte. Sie bemerkte gar nicht, dass Cornelius von Sannberg neben sie trat.

«Die beiden sind sehr elegant, nicht wahr?»

«Ja. Ich gäbe sehr viel darum, wenn ich mit Robert tanzen könnte.»

«Du siehst so hinreißend aus, Lina, dass es alle vor Neid zerreißen würde. Ich werde meiner Frau empfehlen, ein solches Kleid zu tragen, wenn wir das nächste Mal in Berlin oder Paris sind.»

Lina lachte. «Ich glaube, du bist der einzige Mann hier in Ruhrort, der die Raffinesse eines Kleides bemerkt. Aber es stimmt. Auch Elise würde solch ein Kleid hervorragend stehen.»

«Sie spricht mit großer Hochachtung von dir, Lina. Ich glaube, sie würde sich gern mit dir anfreunden.»

Lina sah ihn etwas erstaunt an. «Nun, ich hätte nichts dagegen.» Sie sah, dass zwei Tische weiter Friederike Haniel ihr winkte. «Ich glaube, Tante Fritze möchte etwas von mir, entschuldige mich bitte.»

Zita hatte beim Tanz in der «Laterne» alle Blicke auf sich gezogen in ihrem feinen roten Kleid. Um keinen Streit zu bekommen, hatte sie manchmal auch mit einem anderen Mann getanzt, sofern er höflich darum gebeten hatte, aber die meiste Zeit tanzte sie mit Hermann.

Sie trafen Grete und ihren Mann, die aber schon auf dem Weg nach Hause waren, weil sie den kranken Vater nicht so lange allein lassen wollten. «Susanna und Antonie haben wir bei Lohbeck getroffen, aber da war es uns zu teuer», erzählte Grete. «Die beiden geben heute wirklich eine Menge Geld aus.»

«Es wird nur einmal im Jahr in den Mai getanzt», sagte Zita.

«Oh, du solltest die beiden mal auf der Kirmes sehen!»

Gretes Mann hatte offensichtlich keine Lust auf eine Unterhaltung und drängte Grete zum Aufbruch. «Jedes Jahr verdirbt der Alte uns den Spaß, indem es ihm schlechtergeht», murrte Grete.

«Du solltest dich schämen!», herrschte ihr Mann sie an.

«Aber es ist doch so! Morgen ist er wieder munter, wart's nur ab.»

Das Tanzen machte hungrig und durstig. Zita und Hermann leisteten sich Schmalzbrote und probierten auch den Maiwein, aber beide tranken nicht viel. Sie saßen an einem der Tische und redeten im Wiener Dialekt lange über alte Zeiten – die ganz alten Zeiten, als noch alles in Ordnung gewesen und der Greifer nicht mehr gewesen war als der Primus inter Pares. Damals träumte er immer von den Tagen, als die großen Räuberbanden noch Wälder und Land unsicher machten. Sein Großvater hatte zu der berüchtigten Siechenhausbande gehört, die sich als Kranke und Krüppel verkleideten, wenn sie auf Raubzug gingen.

Aber seit den vierziger Jahren gab es nichts Vergleichbares mehr. In den modernen Zeiten war kein Platz für sie. Man fuhr mit der Eisenbahn statt mit der Postkutsche, es gab Telegraphen, mit denen blitzschnell Nachrichten verbreitet werden konnten, die Polizeien waren zunehmend organisiert. Der Greifer hatte sich gut der neuen Zeit angepasst mit seinen vielen kleinen und großen Geschäften und den gelegentlichen Raubzügen.

«Könnt ihr kein Deutsch?», fragte plötzlich ein leicht angetrunkener Schiffer, der Zita schon den ganzen Abend angestarrt hatte.

Die beiden kannten solche Typen. Wenn sie darauf eingingen, gäbe es früher oder später eine Schlägerei. Ohne ein Wort standen sie auf und gingen.

Sie fanden ein anderes Lokal, hier gab es nur einen Klavierspieler und einen Geiger, aber sie spielten sehr schön zum Tanz auf. In der kleinen Kneipe drängten sich einige Pärchen. Es war wenig Platz, sodass man sehr eng tanzen musste.

Jetzt, wo sie sich so nah waren, verging ihnen die Lust am Reden. Sie tanzten schweigend miteinander, als sei das die ernsthafteste Sache der Welt, spürten einander, hofften, dass der andere das Herzklopfen nicht fühlte.

«Zita, du bist so schön!», sagte Hermann auf einmal. Dann grub er sein Gesicht in ihre schwarzen Locken. Langsam drehte sie ihr Gesicht und suchte seinen Mund. Sie wusste, jeder hier konnte ihnen zusehen, aber sie musste ihn einfach küssen.

«Lass uns nach Hause gehen», flüsterte er ihr ins Ohr.

Als Lina nach einem längeren Gespräch am Tisch der Haniels wieder zurückkehrte, waren Cornelius und Elise gerade im

Aufbruch begriffen. Obwohl Elise nicht den Eindruck machte, dass es ihr wieder schlechterging, hatte sie den Wunsch geäußert, nach Hause zu gehen.

Es war erst kurz vor Mitternacht, und man konnte Cornelius sein Bedauern ansehen. Aber er war auch besorgt um seine Frau. «Bitte, liebe Freunde, nehmt das nicht zum Anlass, den Ball auch so früh zu verlassen. Feiert so, wie ihr es von mir gewöhnt seid: lang und fröhlich!»

Das ließen sich seine Gäste nicht zweimal sagen. Als das Orchester gegen halb drei Uhr Schluss machte, saßen sie immer noch lachend und scherzend am Tisch, inzwischen bei ein paar Flaschen gutem Wein, denn der Maiwein war kurz nach ein Uhr bereits ausgegangen. Der Bürgermeister und seine Frau gesellten sich zu der ausgelassenen Runde, weil ihnen die Tischgenossen abhandengekommen waren. Weinhagen konnte herrliche Geschichten erzählen, und Lina tat fast der Bauch weh vor Lachen.

Der Dirigent des Gesangvereins hatte sich des Klaviers bemächtigt, und ein paar Unermüdliche tanzten immer noch. Dazu gehörten auch Gustes Tochter Emma und ihr Verlobter, ein junger Offizier, der in einer der Düsseldorfer Kasernen stationiert war. Guste hatte die beiden den ganzen Abend nicht aus den Augen gelassen, um bei jeder Unschicklichkeit gleich einschreiten zu können. So musste sie als zukünftige böse Schwiegermutter viel Spott ertragen, am meisten von der spitzzüngigen Lina, die schon aus reiner Lust am Witz gern einmal jemanden aufzog. Als es langsam auf vier Uhr zuging, war jedoch selbst Lina nicht mehr schlagfertig. Sie hatte den ganzen Abend über fleißig dem Wein zugesprochen und war jetzt langsam besorgt, ob sie überhaupt noch aufstehen konnte. Glücklicherweise trank Robert bei solchen Feierlichkeiten nur wenig, denn er fühlte sich als Polizeichef immer im Dienst.

Inzwischen hatte der Klavierspieler begonnen, ein paar freche

Lieder zu singen, in die die letzten Anwesenden mehr oder weniger wohlklingend einfielen. Robert beugte sich zu seiner Frau hinüber. «Sollten wir nicht langsam nach Hause gehen, Lina?»

«Ich glaube, ich bin zu betrunken, Robert», sagte Lina mit schon etwas schwerer Zunge, aber sie lachte dabei.

«Ich werde dich schon heimschaffen!» Robert stand auf und suchte nach Linas Stock, den sie zu Beginn des Abends in einer Ecke abgestellt hatte. Er reichte ihn Lina und half ihr dann beim Aufstehen. Amüsiert beobachtete er, wie seine Frau leicht schwankte.

Lina kniff die Augen zusammen. «Ich weiß, dass du immer viel Spaß hast, wenn deine Frau ein wenig aus der Rolle fällt. Aber ich werde dir beweisen, dass ich noch sehr gut allein zurechtkomme.»

Sie stellte sich aufrecht hin, umklammerte den Stock und machte zwei Schritte vorwärts. Dann musste Robert sie allerdings auffangen, denn in ihrem Zustand konnte sie ihren schon nüchtern schwankenden Gang nicht ausbalancieren.

«Ich halte dich», sagte er, und sie bemerkte sein breites Grinsen. Sie verabschiedeten sich von dem tapferen letzten Geschwader des Maiballs und machten sich auf den Weg.

«Du hast recht, Lina», sagte er draußen und hielt an, um ihr einen verwegenen Kuss auf das Dekolleté zu geben, «ich liebe es, wenn meine strenge Geschäftsfrau sich für eine Weile in ein kicherndes junges Mädchen verwandelt. Ein Hoch dem Alkohol!»

«Ich werde schlimme Kopfschmerzen haben morgen früh», murmelte Lina. Aber durch die frische Nachtluft fühlte sie sich schon ein klein wenig nüchterner.

«Ja, ohne Zweifel wirst du das», bestätigte er. «Das sieht nach viel Kaffee mit Zitrone aus.»

«Bähhh!», sagte Lina.

«Es hilft!»

«Dann leide ich lieber.»

Schließlich waren sie am Haus angekommen. Im Flur lehnte Robert Lina spaßeshalber an die Wand, als würde sie jeden Moment umkippen können.

«Robert?»

«Ja?»

«Tanz mit mir.»

Er sah sie entgeistert an. «Was?»

«Ich habe es mal versucht, als junges Mädchen, aber es sah so furchtbar aus, dass ich es nie in aller Öffentlichkeit tun wollte. Aber heute Abend, als du mit Elise von Sannberg getanzt hast … Du warst so elegant. Bitte, tanz mit mir!»

Er legte seinen Arm um ihre Taille und nahm sie bei der Hand. «Walzer?», fragte er.

«Ja, Walzer», flüsterte sie.

Ganz langsam begann er sie zu führen, hielt sie fest an sich gedrückt und glich die ungeschickten Schritte des hüftsteifen Beines einfach dadurch aus, dass er sie ein wenig hochhob. Als sie sich sicherer fühlte, steigerte er das Tempo.

Lina fühlte sich, als würde sie schweben. Sie hatte die Augen geschlossen, ihr war schwindelig vom Alkohol, dem Tanz und dem Glück. Schließlich hörte Robert auf. «Tut mir leid», sagte er, «aber länger macht das mein kaputter Rücken nicht mit. Ich werde dich leider nicht die Treppe hinauftragen können, du Verrückte.»

Lina öffnete die Augen. «Einen Moment waren wir ganz jung, hast du es gespürt?»

«Ich spüre es immer, wenn du mir so nah bist», sagte er ernst. «Komm, versuchen wir es mal mit der Treppe.»

Zita lag wach in dem engen Bett. Neben ihr schlief Hermann. Nach dem Kuss bei der Tanzerei hatten sie das Lokal schnell verlassen und waren nach Hause gegangen. Beide konnten es kaum abwarten, dem anderen noch näher zu sein. Sie hatten einander nach allen Regeln der Kunst verwöhnt, Hermann, der Frauenheld, und Zita, die erfahrene ehemalige Hure. Nun fragte sie sich, was da geschehen war. Waren hier nur zwei einsame Menschen zusammengekommen, die lange keine körperliche Liebe mehr erlebt hatten?

Zita kamen die Worte des Greifers wieder in den Sinn. *Du musst ja ganz ausgehungert sein*, hatte er gesagt, als er ihr auf die ihm eigene perfide Art Gewalt angetan hatte. Und plötzlich wünschte sie, dass da mehr war als nur Begierde. Hermann war ihr vertraut geworden, vertrauter, als er ihr je als Freund ihres Mannes gewesen war. Ja, sie hatte es satt, allein zu sein. Sie wollte wieder einen Mann, der sie liebte und stützte, so wie Tomasz, der sie aus dem Hurenleben herausgeholt hatte. Und sie wollte ihr Kind bei sich haben.

Den ganzen Abend hatte sie nicht an die Greiferbande, an Kellerer und Weingart gedacht. Dies war die Nacht, in der sie zuschlagen wollten, ganz plötzlich fiel es ihr wieder ein. Und auf einmal hatte sie Angst, ihr Verrat könnte entdeckt werden. Verrat an Lina und ihren Kundinnen, die alle anständig zu ihr gewesen waren, wie sie es selten erlebt hatte. Verrat an Hermann, den sie unaufhörlich in Gefahr brachte, entdeckt zu werden. Es war schön gewesen, in seinen Armen zu liegen. Aber dieses gute Gefühl konnte den Moment nicht überdauern.

Robert hatte Lina tatsächlich ins Bett geschafft und wollte sich gerade selbst entkleiden, als es unten heftig an die Tür pochte. Es war Polizeidiener Kramer, der als Neuer freiwillig den Dienst in der Nacht zum Ersten Mai übernommen hatte. «Herr Commissar, Herr Commissar», rief er. «Kommen Sie schnell, es ist dringend!»

Lina, die bereits eingeschlafen war, erwachte kurz, aber nach einem Blick auf Robert drehte sie sich um und war gleich wieder weggenickt. Robert trat ans Fenster, er wollte nicht, dass Kramer die ganze Straße weckte.

«Ruhig, Kramer, ich bin sofort da.»

Gleich darauf stand er unten auf der Straße. «Was ist passiert?», fragte er.

«Einbrüche», sagte der Polizeidiener. «Gleich drei sind gemeldet worden, ich fürchte aber, es könnten mehr sein.»

«Wieso das?»

«Ich war im Haus der Haniels. Herr und Frau Haniel hatten gar nichts bemerkt, erst ihr Hausdiener, der eben von der Maitanzerei nach Hause kam, sah, dass ein Fenster eingeschlagen war. Er weckte seine Herrschaften, und dann entdeckte man, dass Schmuck und Geld fehlten. Im Schlafzimmer und im Arbeitszimmer gab es fast keine Hinweise, dass etwas durchwühlt worden war. Und dann meldeten sich von Eickens, dort gab es das gleiche Bild. Schließlich Gustav Stinnes.»

«Haben Sie die anderen Polizisten benachrichtigt?»

Kramer nickte. «Inspektor Ebel ist ziemlich betrunken, aber die Frau von Polizeidiener Schröder kocht ihm gerade einen Kaffee. Die anderen müssten schon im Rathaus sein.»

«Dann los.»

Die beiden gingen hinüber zum Rathaus. Dort wartete bereits der Bürgermeister.

«Das wäre aber nicht nötig gewesen, dass du hierherkommst, William», sagte Robert.

«Ich bin nicht als dein Vorgesetzter hier, Robert. Bei mir wurde ebenfalls eingebrochen.»

Drei der verschlafenen Polizeidiener machten sich daran, die Fälle aufzunehmen. Die aufgeregten Opfer, meist in Begleitung ihres Hauspersonals, redeten wild durcheinander, bis Robert Ruhe gebot.

«Solange es dunkel ist, werden wir nicht viel tun können. Wir werden uns jeden einzelnen Tatort ganz genau ansehen.

Bitte gehen Sie nach Hause, wenn Sie Ihre Angaben hier gemacht haben. Sie sollten eine Liste aller gestohlenen Gegenstände machen, vielleicht sogar Zeichnungen anfertigen von besonders markanten Schmuckstücken.»

Er wandte sich an den Bürgermeister. «Ich möchte ein Amtshilfeersuchen an die Gendarmerie der Landgemeinde Mülheim richten. Berittene können am ehesten die Umgebung schnell durchkämmen, und ich kann mich mit unseren Leuten auf Ruhrort selbst und die Fähren konzentrieren.»

Gewöhnlich lehnte der Bürgermeister es ab, Hilfe von außerhalb zu holen, aber er sah ein, dass es bei einem so generalstabsmäßig geplanten Verbrechen wichtig war, schnell und entschieden zu handeln.

«Einverstanden. Ich kümmere mich darum.»

Kurz darauf brach ein Polizeidiener mit dem offiziellen Schreiben nach Mülheim-Saarn auf.

Zwei Stunden später war das ganze Ausmaß des Raubzuges klar. In acht Häusern der reichsten Ruhrorter war eingebrochen worden, meist war keiner der Bewohner da gewesen, weil sowohl Herrschaften als auch Hauspersonal in den Mai getanzt hatten. Dort, wo die Diebe jemanden angetroffen hatten, was bei zweien der Häuser der Fall war, hatten sie das anwesende Hauspersonal schnell überwältigt, gefesselt und geknebelt – wie bei den Liebrechts. Keines der Opfer hatte ein Gesicht erkennen können, da die Einbrecher Tücher vor das Gesicht gebunden hatten. Und gesprochen hatten die Eindringlinge auch nicht. «Wir können von Glück sagen, dass sie die Leute nicht getötet haben», sagte Robert.

«Das war lange geplant und gut durchdacht.» Der Bürgermeister war sehr wütend darüber, dass auch er selbst zu den Opfern gehörte.

Robert nickte. «Sie müssen die Häuser über längere Zeit ausgekundschaftet haben.»

«Wie willst du sie fassen?»

«Wenn wir Pech haben, sind sie längst über alle Berge. Mal sehen, was die Befragung der Fährmänner ergibt, wenn sie nicht sogar selbst Boote hatten.» Robert tippte auf den Stapel mit den Berichten. «Aber bei der Menge, die gestohlen wurde, haben sie die Beute vermutlich zunächst einmal versteckt. Schließlich waren auch sperrige Gegenstände und Tafelsilber dabei. Ich werde mir das Fremdenregister vornehmen, und dann müssen wir viele Häuser durchsuchen.»

«Durchkämm meinetwegen die ganze Altstadt», sagte der Bürgermeister. «Schaff mir nur den Schmuck meiner Frau wieder her, sonst werde ich in der nächsten Zeit kein gemütliches Zuhause haben.»

Kramer, der vor einer halben Stunde losgegangen war, um sich den Tatort bei Stinnes genauer anzusehen, stand plötzlich wieder in der Tür. Er war ein bisschen blass um die Nase. «Es hat einen Mord gegeben», sagte er aufgeregt. «Sie sollten schnell mitkommen!»

Es hatte einen Moment gedauert, bis Robert dem aufgeregten Kramer Einzelheiten entlockt hatte. Dann aber beeilte er sich besonders. Das Hausmädchen hatte Elise von Sannberg blutüberströmt und von Messerstichen übersät auf ihrem Bett gefunden.

Als Robert im Haus auf der Harmoniestraße ankam, fand er dort Rose, den Hausdiener und Baron von Sannberg vor. Alle drei waren bleich, Rose hatte sich übergeben müssen, Cornelius wirkte, als sei er noch gar nicht richtig wach. Er hatte seinen Seidenschlafrock nicht zugebunden, darunter konnte man sehen, dass sein Nachthemd blutverschmiert war. «Als Rose mich endlich wach bekommen hat, habe ich nachgesehen, ob Elise vielleicht noch lebt.» Er deutete auf die Blutflecken.

Robert schüttelte dem Baron die Hand. «Cornelius, es tut mir so leid.»

«Ich kann es noch gar nicht fassen, Robert. Es ist einfach unbegreiflich. Wer tut so etwas Schreckliches?»

Robert legte seinem Freund die Hand auf die Schulter. «Wir werden die Täter finden, das schwöre ich dir. Aber dafür müssen wir schnell handeln. Bist du in der Lage, mir einige Fragen zu beantworten?»

Cornelius schaute zu Boden, nickte aber.

«Gut. Dann lass uns anfangen. Ihr habt den Ball noch vor Mitternacht verlassen. Was war geschehen?»

«Elise fühlte sich schon den ganzen Tag nicht wohl ...»

Robert erinnerte sich daran, dass Elise ihn um ein Glas Wasser gebeten hatte. «Ich weiß. Auch auf dem Ball nicht.»

«Sie ist mir zuliebe so lange geblieben, denn schließlich wart ihr alle meine Gäste. Aber um halb zwölf wollte sie nur noch heim und in ihr Bett.»

«Und als ihr zu Hause wart, was ist da passiert?»

«Wir saßen noch einen Moment hier im Salon. Sie leistete mir Gesellschaft bei einem Glas Wein, dem Schlaftrunk sozusagen. Sie selbst trank nur Wasser, sonst werde ihr übel, sagte sie. Und ich hätte wohl besser auch nichts getrunken.»

«Warum?»

«Weil ich plötzlich sehr müde wurde. Ich hatte das Gefühl, ich schaffe es kaum noch die Treppe hinauf. Oben verabschiedete sie sich wie jeden Abend mit einem Kuss, dann ging sie in ihr Schlafzimmer und ich in meins. Ich habe mich zwar noch entkleidet und das Nachthemd übergestreift, aber erinnern kann ich mich daran nicht mehr. Ich hätte auf der Stelle im Stehen einschlafen können.» Cornelius barg das Gesicht in den Händen. «Wenn ich ... wenn ich nicht so fest geschlafen hätte, Robert, vielleicht hätte ich etwas gehört und sie retten können.»

Robert legte ihm die Hand auf die Schulter. Erst nach längerem Schweigen sagte er leise: «Ich muss sie mir jetzt ansehen.»

Cornelius nickte. Er folgte Robert nach oben und zeigte ihm Elises Schlafzimmer, blieb aber in der Tür stehen. «Ich kann nicht», sagte er leise. «So viel Blut!»

Elise trug ein weißes Nachthemd aus feinen Spitzen, das völlig blutdurchtränkt war. Robert sah, dass es keine Messerspuren trug. Sie lag quer über dem Bett, mit gespreizten Beinen, das Nachthemd war hochgerutscht bis zu den Knien. Robert hob es an und zählte auf den ersten Blick zwölf Stiche. Er sah sich im Zimmer um. Elises Kleider lagen ordentlich über einem kleinen Sessel, es war anzunehmen, dass sie sich selbst entkleidet hatte.

«Ist schon festgestellt worden, ob etwas fehlt?», fragte er den Baron.

«Nein ... denkst du, es waren Einbrecher?»

Robert nickte. «Heute Nacht ist noch in acht anderen Häusern eingebrochen worden. Gut möglich, dass diese Diebe deine Frau auf dem Gewissen haben.»

Widerwillig betrat der Baron das Zimmer. Ohne zum Bett zu sehen, ging er zu der prachtvollen Schmuckschatulle, die auf dem Frisiertisch stand. Hastig öffnete er jede einzelne der vielen Schubladen. «Alles weg!», sagte er.

Robert wandte sich an Kramer, der im Flur wartete. «Gehen Sie um das Haus und sehen Sie nach, ob man hier eingestiegen ist. Sie waren ja schon an anderen Tatorten und wissen, wie die Täter vorgehen.»

«Komm, Cornelius.» Robert nahm den Baron am Arm und schob ihn sanft wieder aus dem Raum. «Meinst du, dein Hausmädchen ist in der Lage, mir ein Bettlaken zu holen?»

Cornelius nickte und ging langsam hinunter. Wenig später kam Rose die Treppe hinauf. In einigem Abstand zu der

Schlafzimmertür blieb sie stehen. Robert ging ihr entgegen und nahm ihr das Betttuch ab.

«Rose, du hast sie gefunden?»

«Ja. Sie wollten früh aufstehen und zum Gut hinausfahren, für heute Nachmittag war eine Landpartie mit Picknick geplant. Zuerst habe ich den Baron gar nicht wecken können, so fest schlief er. Und als ich zum Zimmer der gnädigen Frau kam und klopfte, hat sie nicht geantwortet. Und dabei hat sie so einen leichten Schlaf! Hatte, meine ich.» Über Roses Wangen liefen die Tränen, und sie begann zu zittern. «Dann bin ich hinein, und da lag sie in ihrem Blut. Ich habe noch nie so etwas Schreckliches gesehen, Herr Commissar!»

«Hast du hier etwas angefasst, etwas anders hingestellt?»

Rose schüttelte den Kopf. «Nein, ich bin gleich wieder hinausgelaufen.»

«Rose! Lag sie so da, als du sie gefunden hast?»

Rose blickte auf den Boden. «Das Nachthemd war hochgerutscht bis unters Kinn. Es war der Baron ... er hat es wieder heruntergezogen. Er ... er hat auch versucht ... die Beine. Er wollte nicht, dass sie so daliegt, aber sie war schon steif.» Sie begann zu weinen.

«Es ist gut, Rose. Niemand hat etwas falsch gemacht. Du kannst wieder hinuntergehen.»

Robert deckte die Tote mit dem Laken zu. Er ging hinunter und suchte Kramer. «Und?»

«Ein eingeschlagenes Fenster an der Rückseite.»

«Und das hat bisher niemand bemerkt?»

«Es gehört zur Speisekammer, Herr Commissar. Und die Hintertür, die direkt in die Küche führt, war nicht abgeschlossen. Der Hausdiener schwört aber, dass er sie gestern wie an jedem Abend verschlossen hat. Natürlich könnte er es vergessen haben, doch er scheint sehr gewissenhaft zu sein.»

Robert nickte. «Hier können wir erst einmal nichts mehr

tun. Sehen Sie zu, dass Dr. Feldkamp zur Stelle ist. Wir brauchen eine schnelle Leichenschau, und danach soll er sie gründlich obduzieren.»

Als er auf die Straße trat, kam ihm Lina entgegen. Der Mord hatte sich schnell herumgesprochen. «Ist es wirklich wahr? Ist es wirklich Elise von Sannberg?», fragte Lina.

Robert sah ihr an, dass sie tatsächlich Kopfschmerzen hatte und das helle Licht ihr auch nicht guttat, aber es war ihm nicht nach Scherzen zumute. «Cornelius geht es gar nicht gut. Und dann Rose ... Sie hat sie gefunden. Die Leiche war beinah nackt und übersät mit Messerstichen. Es ist sehr viel Blut geflossen.»

Lina überlegte nicht lange. «Ich schicke Antonie zu Guste. Sie sollen Cornelius für ein paar Tage bei sich aufnehmen. Und Rose kommt zu uns. Der Hausdiener ... er kann vielleicht irgendwo anders unterkommen.»

«Ja, das ist eine gute Idee, Lina. Ich muss zurück ins Rathaus. Es hat auch acht Einbrüche gegeben letzte Nacht.»

«Acht?»

Robert nickte. «Fast jede bekannte Familie hier in Ruhrort wurde ausgeraubt. Selbst der Bürgermeister.»

«Dann kommst du heute sicher erst spät nach Hause.»

«Ja, das sieht ganz danach aus.» Er seufzte. Er hatte sich den Ersten Mai, an dem Lina ihren Angestellten freigegeben hatte, doch etwas anders vorgestellt.

Von den Einbrechern und ihrer Beute fehlte jede Spur. Die berittene Landgendarmerie hatte den ganzen Tag die Umgebung durchkämmt. Die Fährleute an der Duisburger Fähre und der Aakerfähre hatten in der Nacht niemanden übergesetzt. Die Dampffähre über den Rhein, die tagsüber mit beladenen Waggons vom Ruhrorter zum Homberger Hebeturm pendelte, hatte dagegen mehr Verkehr zu melden. Nicht wenige Leute aus den linksrheinischen Dörfern, von etwas feineren bis hinunter zu Knechten und Mägden der Gehöfte, waren zum Feiern nach Ruhrort gekommen und wollten in der Nacht auch wieder zurück nach Hause. Doch dem Fährmann war niemand verdächtig vorgekommen.

Ebenso hatte keiner Boote gesehen, die den Rhein oder die Ruhr überquerten. Und wer erinnerte sich in einer Nacht wie dieser an Fremde?

Dr. Feldkamp hatte im kühlen Rathauskeller die Obduktion vorgenommen. Er zählte insgesamt achtzehn Messerstiche, einer davon im Rücken. Feldkamp hatte die Leiche zur Seite gedreht, um Robert diese Wunde zu zeigen. «Ich vermute, das war der erste Stich. Sie hat ihrem Mörder den Rücken zugedreht, und er stach ihr in den Rücken. Dann wird er sie auf das Bett geworfen haben, denn die anderen Stiche sehen so aus, als hätte er von oben zugestochen. Tödlich kann dieser Stich hier gewesen sein», er deutete auf die Herzgegend, «oder auch dieser hier in den Hals. Vermutlich der letzte Stich.»

Feldkamp sah Robert nachdenklich an. «Was geht Ihnen durch den Kopf, Herr Commissar?»

«Wenn ich ein Dieb wäre und eine Frau würde mich überraschen, würde ich sie auf diese Weise zum Schweigen bringen? Doch sicher nicht. Ich würde sie schnell und effektiv töten, ein, zwei Stiche, oder?»

Der Doktor nickte. «So etwas wie hier erwartet man eher, wenn großer Hass im Spiel ist. Oder große Leidenschaft. Dazu passt vielleicht, was ich noch gefunden habe.» Er deutete auf den blutigen Inhalt einer Schüssel. «Sie war schwanger, vermutlich im dritten oder vierten Monat.»

Robert runzelte die Stirn. Cornelius hätte seinen Freunden sicher erzählt, wenn er Vater werden würde. Er erinnerte sich an das, was Lina ihm über eine mögliche Affäre mit Ferdinand

Weigel erzählt hatte. Wenn das Kind nicht von Cornelius war, hätte sie es ihm vielleicht verschwiegen.

Rose war dankbar, dass sie nicht in dem Haus des Barons bleiben musste, auch wenn die Leiche inzwischen weggebracht worden war. Sie bezog eine der Dachkammern und fragte gleich, ob sie sich nützlich machen könnte. Da Lina sich in ihr Büro zurückgezogen hatte, teilte Finchen die Arbeit ein. Alle sollten es am heutigen Tag etwas ruhiger angehen lassen, und Antonie war froh, dass Rose ihr ein paar der Pflichten, die sich gar nicht verschieben ließen, abnahm.

Kopfschmerzgeplagt, wie sie war, überließ Lina Finchen den Laden, was diese auch mit gebrochenem Arm gut bewältigen konnte. Außer ein paar Schiffersfrauen, die Kurzwaren brauchten, ließ sich kein Kunde blicken. Auf ihrem Schreibtisch entdeckte Lina die Post, die sie gestern nicht mehr hatte durchsehen können. Ein paar Rechnungen waren dabei, zwei Nachmittagseinladungen und ein Brief von Clara Verwerth. Ganz unten in dem Stapel lag ein Brief aus feinstem Papier, der einen leichten Parfümduft verströmte. Er war mit dem Wappen des Barons versiegelt. Lina brach es und faltete das Blatt auseinander. Die Schrift hatte sie noch nie gesehen, flüssig, schwungvoll, mit ausnehmend schönen Großbuchstaben. Es war Elise von Sannbergs Schrift.

Meine liebe Frau Borghoff,
wie Sie sich sicher denken können, ist mir unser Gespräch neulich höchst unangenehm gewesen. Nicht allein wegen des heiklen Themas, sondern auch weil ich deutlich spüren konnte, wie sehr Ihnen das Wohl meines Mannes Cornelius am Herzen liegt. Ohne jeden Zweifel sind Sie ihm eine sehr gute Freundin, und nachdem mein Zorn und die Überraschung über Ihre Direktheit verflogen waren, kam mir bald in den Sinn, dass Sie auch als

meine Freundin gehandelt haben. Denn der Entschluss, mit mir zu reden, ist Ihnen sicher nicht leichtgefallen. Und deshalb glaube ich, Ihnen eine Erklärung schuldig zu sein.

Ferdinand Weigel und ich kennen uns schon sehr lange, schon seit wir Kinder waren. Und als wir älter wurden, begannen wir, einander zu lieben. Aber das Leben ist nicht immer gut zu Liebenden. Ferdinand war nicht in der Lage, mir irgendeine Sicherheit zu bieten, sodass ich gezwungen war, mich zu verheiraten. Trotzdem folgte er mir stets überallhin, zuletzt auch hierher.

Nicht erst seit Sie mit solcher Hochachtung von Cornelius sprachen, habe ich erkannt, dass dieser Mann, den ich tatsächlich wegen seines Geldes geheiratet hatte, nachdem ich zum zweiten Mal verwitwet war, kein gebrechlicher Greis war, sondern vor Leben und Geist sprühte und mir weit mehr bot als weltliche Besitztümer. Ich hatte längst begonnen, ihn herzlich zu lieben, als Ferdinand wieder auftauchte.

Ich bin fest entschlossen, Ferdinand endgültig den Laufpass zu geben und ihn zu bitten, seine Stellung zu kündigen und Ruhrort zu verlassen. Wenn alles geregelt ist, dann ist es sicher auch in Ihrem Sinne, wenn ich Cornelius nichts davon erzählen werde, und ich hoffe dabei auch auf Ihre Verschwiegenheit. Es würde ihn sehr verletzen, was ich keinesfalls möchte. Aber natürlich macht es mir den Neuanfang ohne Ferdinand auch ein wenig leichter.

Liebe Frau Borghoff, ich weiß, dass ich Sie anfangs etwas von oben herab behandelt habe. Ich spürte, wie sehr mein Mann Sie schätzt, für wie klug und außergewöhnlich er Sie hält. Ich hoffe, Sie können meine Verunsicherung – und, ja – auch meine Eifersucht ein wenig nachempfinden. Deshalb bitte ich Sie herzlich: Seien Sie auch meine Freundin und erzählen Sie ihm nichts von allem. Wie ernst es mir ist, zeigt wohl auch, dass ich Cornelius' Kind unter dem Herzen trage.

Vielleicht kommen Sie mich in den nächsten Tagen noch einmal besuchen, und wir können dann über alles reden. Und vielleicht besteht ja wirklich eine Hoffnung darauf, dass ich Sie irgendwann auch selbst zur Freundin gewinnen kann. Das wäre mir ein großes Anliegen.

Ihre
Elise von Sannberg

Linas Hand zitterte, als sie den Brief wieder auf den Tisch legte. Elise war schwanger gewesen, als man sie tötete. Sie hatte vermutlich ihre Affäre mit Ferdinand Weigel beendet. Sie verfluchte den Alkohol der letzten, so fröhlichen Nacht, dessen Nachwehen es ihr nun fast unmöglich machten, einen klaren Gedanken zu fassen. Zunächst dachte sie daran, den Brief sofort zu Robert zu bringen, aber dann fiel ihr ein, dass er gar nichts davon wusste, dass sie mit Elise gesprochen hatte. Schließlich waren sie damals übereingekommen, dass es das Beste sei, wenn sie sich nicht einmischten. Sie beschloss, es ihm am Abend zu beichten, und war dankbar für die paar Stunden Galgenfrist.

Finchen steckte den Kopf durch die Tür.

«Frau Borghoff, die Bewerber um die Hausdienerstelle sind da.»

Lina seufzte. Das hatte ihr gerade noch gefehlt. Als sie die Anzeige aufgegeben hatte, schien es ihr eine gute Idee, die Expedition der Zeitung anzuweisen, die Männer für den Ersten Mai zu bestellen, an dem das Geschäft ja ruhig war. Aber jetzt war sie nicht mehr der Meinung. «Wie viele sind es denn?»

«Fünf.»

«Sie sollen im Flur warten. Sag bitte Otto Bescheid, ich

möchte, dass er dabei ist, schließlich muss er mit dem neuen Diener arbeiten. Und dann ... bitte Antonie, mir Kaffee zu machen ... mit Zitrone.» Täuschte sie sich, oder war da ein Grinsen über Finchens Gesicht gehuscht?

Wann Zita in der Nacht zum Ersten Mai endlich eingeschlafen war, wusste sie nicht mehr, als sie am Morgen aufwachte. Es war heller Tag. Hermann war bereits aufgestanden und angezogen. Er war damit beschäftigt, seinen Verband zu wechseln. Die Wunde hatte sich nicht entzündet und heilte bereits.

«Guten Morgen», sagte er.

«Guten Morgen.» Zita war seltsam zumute. Seit sie hier in diesem Zimmer zusammenlebten, waren sie wie Bruder und Schwester miteinander umgegangen. Aber nun, seit der letzten Nacht, hatte sich alles verändert.

Sie war nackt unter der Decke, und es fiel ihr schwer, nun aufzustehen und sich ihm so zu zeigen. Sie setzte sich auf und griff nach ihrem Unterhemd, das sie über den Bettpfosten gelegt hatte.

Er hatte Tee gekocht und goss ihr vorsichtig ein. Der Aufguss war dünn, sie hatten nicht mehr viel Vorrat. «Ich werde nachher neuen besorgen», sagte sie.

«Bereust du, was gestern Nacht geschehen ist?», fragte Hermann plötzlich. Er hatte sich den Verband wieder angelegt.

«Nein ... Es ist nur ...» Sie suchte nach Worten. «So ganz weiß ich nicht, wie wir zueinander stehen, Hermann. Gehören wir jetzt zusammen? Oder war das nur die Lust, weil wir beide schon so lange allein sind?»

Er setzte sich neben sie auf das Bett. «Darüber habe ich nicht nachgedacht.»

«Ja, ich weiß. Männer machen sich in solchen Sachen weniger Gedanken ...»

«Zita, Tomasz ist noch gar nicht lange tot. Kann ich da verlangen, dass du mich liebst?»

«Es geht mir gar nicht um Liebe, Hermann.»

Er sah sie erstaunt an, und sie fuhr fort: «Bisher haben wir hier einfach nebeneinanderher gelebt. Die Nacht vorher haben wir sogar zusammen im Bett gelegen, ohne uns näherzukommen. Aber wie wird das jetzt, nachdem wir miteinander geschlafen haben? Wird sich nun etwas ändern?»

Hermann schien sich zu fragen, welche Antwort sie hören wollte. Er zögerte, bevor er antwortete. «Es muss sich doch gar nichts ändern, oder? Es war sehr schön mit dir gestern Abend. Aber wir müssen das nicht noch einmal tun, wenn du es nicht willst. Nur weil du gestern bereit warst, dich mir hinzugeben, heißt das nicht, dass du mir von jetzt an zur Verfügung stehen musst, Zita. Du bist keine Hure mehr, und für mich warst du auch nie eine.»

Sie stand vom Bett auf und gab ihm einen sanften kleinen Kuss auf die Wange. «Hast du Hunger?», fragte sie.

«Und wie!»

Im Kasten waren noch Brot und ein wenig Käse. Und für den Abend würde sie etwas einkaufen.

Am Abend hatten die Kopfschmerzen tatsächlich nachgelassen, nicht zuletzt, weil Lina mit Todesverachtung reichlich Kaffee mit Zitrone getrunken hatte. Rose saß mit am Tisch bei der diesmal kleinen Abendbrotrunde.

Robert stieß erst später dazu, die Hausangestellten waren bereits fertig, stellten das Geschirr in den Spülstein und zogen sich dann diskret zurück. Er hatte großen Hunger und nahm gern Linas Angebot an, noch einen Rest Eintopf vom Mittagstisch aufzuwärmen.

Sie stand am Herd und rührte, damit er nicht anbrannte. «Robert, ich habe hier etwas für dich», sagte sie, und an der Art, wie sie es sagte, wusste Robert, wie unangenehm es ihr war. «Du weißt noch, neulich, als wir über meinen Verdacht gesprochen haben ...»

«Elise von Sannberg und Ferdinand Weigel?»

Sie nickte. «Ich ... ich konnte nicht anders. Cornelius ist unser Freund. Ich musste mich einmischen!»

Robert runzelte die Stirn: «Du hast Cornelius doch nichts gesagt?»

«Nein, nein. Es war mir schon klar, dass ich mit *ihm* nicht darüber reden konnte.»

«Sondern?»

«Ich bin zu seiner Frau gegangen, gleich am nächsten Tag. Ich habe sie vor die Wahl gestellt. Entweder sie beendet die Affäre, oder ich sage es Cornelius.»

«Das war direkt.» Es gab keinen Zweifel daran, dass Robert niemals so gehandelt hätte. «Und?»

«Sie hat die Affäre beendet. Das schreibt sie zumindest in diesem Brief hier. Er kam gestern an, aber ich habe ihn erst heute geöffnet.»

Sie hörte auf, in dem Topf zu rühren, und holte den Brief aus ihrer Rocktasche.

Schweigend las Robert, was Elise geschrieben hatte. «Da steht nicht, dass sie schon mit Weigel gesprochen hat. Sie hatte vor, es zu tun.»

«Und dann wird sie von Dieben getötet ...», sagte Lina. Die Tatsache, dass sie Elise nicht gerade ins Herz geschlossen hatte, bereitete ihr ein schlechtes Gewissen.

«Es wurde zwar eingebrochen in das Haus, und all ihr Schmuck wurde gestohlen, trotzdem habe ich große Zweifel, dass es Diebe waren, die sie getötet haben.» Robert legte den Brief hin. «Dr. Feldkamp ist auch der Meinung, dass Diebe niemals so viel Blut vergossen hätten. Es waren achtzehn Messerstiche, Lina. Das sieht nach sehr viel Wut aus.»

Lina wurde blass. «Du meinst doch nicht, dass ich ... mit meiner Drohung ...»

«Lina, mach dir keine Vorwürfe. Du hast es doch nur gut gemeint.»

«Es kämen aber doch nur zwei Männer in Frage, oder?» Sie sah ihm direkt ins Gesicht. «Ferdinand Weigel und ... Cornelius.»

«Weigel war gar nicht in Ruhrort. Er ist auf dem Gut in Moers. Ich habe jemanden dorthin geschickt, damit er morgen herkommt.» Er sah ihre angstgeweiteten Augen. «Lina, es ist doch gar nicht sicher, ob es nicht vielleicht doch die Diebe waren. Oder jemand ganz anders. Und du weißt, ich werde nicht ruhen, bis Cornelius entlastet ist, wenn er unschuldig sein sollte.»

«Du solltest nicht einmal denken, dass unser Freund so etwas tut!»

«Das muss ich aber, Lina. Das ist mein Amt.»

Aus dem Topf auf dem Herd stieg dunkler Rauch auf. Robert sprang auf, griff sich den Schürhaken und schob ihn vom Herd. Lina, die sich ein Tuch genommen hatte, stellte ihn in den Spülstein und goss etwas Wasser hinein.

«Tut mir leid. Ich mach dir ein Brot», sagte sie nur.

Hermann hatte am frühen Abend den Vorschlag gemacht, noch etwas spazieren zu gehen. Sie hatten den ganzen Tag in dem engen kleinen Zimmer gehockt. Zita hatte ein paar Sachen geflickt, und langsam war das Gespräch wieder in Gang gekommen. Ganz kurz hatten sie dabei die Zeit berührt, als Hermann die Bande verlassen hatte, aber da hatte er schnell das Thema gewechselt.

Wie alle Bürger Ruhrorts schlenderten sie gern Richtung Neustadt über die Dammstraße bis zur Fähre beim Hebeturm. Unterhalb lag die Mühlenweide mit ihren Lagerhäusern. Mit

Kohle und anderen Waren beladene Eisenwaggons fuhren unter den Turm, wurden von den Maschinen angehoben und auf die Schiffspontons gesetzt. Die Passagiere betraten die Fähre über einen Steg, während auch die Waggons auf das Schiff gehoben wurden.

Eine Weile sahen sie schweigend zu, dann fasste sich Zita ein Herz. «Hermann, was ist damals passiert? Warum bist du mit deiner Familie weg aus Wien?»

«Ich bin nie mit meiner Familie weggegangen», sagte er leise. «Ich wollte es. Und der Greifer wollte das verhindern und hat Josefa und meinen Sohn einfach getötet.»

Zita sah ihn entsetzt an. «Aber Josefa hatte doch nie mit Mathis und der Bande zu tun ...»

«Eben!» Hermann sah sie nicht an. «Die Einbrüche, die raffinierten Hochstapeleien, das war für mich damals wie ein elegantes Spiel. Wer spielt, verliert auch manchmal. Ein Plan geht nicht auf, die Beute ist nicht mehr am ausgekundschafteten Ort ... Dann sah man zu, dass man nicht erwischt wurde, und machte einen neuen Plan. Aber nach und nach war das Mathis nicht mehr genug. Es musste große Beute sein, viel Geld, und Versagen akzeptierte er nicht. Damals geschahen die ersten Morde auf den Raubzügen. Ich bin Arzt, Zita, ich hatte geschworen, Leben zu erhalten, nicht, es auszulöschen.» Er seufzte. «Und dann traf ich Josefa, und ich wusste, ich musste sie heraushalten aus allem, was mit der Bande zusammenhing, und vor allem musste ich sie fernhalten vom Greifer. Als der Kleine geboren war, ging ich hin zu Mathis und erklärte ihm, dass ich aufhören wolle. Dass mein Kind keinen Verbrecher zum Vater haben solle.»

«Und was sagte er dazu?»

«Er hat das nie erzählt, oder?», fragte Hermann.

Zita schüttelte den Kopf.

«Er sagte nichts, außer ‹Mach, dass du fortkommst›. Das

war alles – dachte ich. Wir waren ja immer noch so etwas wie Freunde, wie ich damals glaubte. Natürlich war er nicht glücklich darüber, dass ihm ein Freund den Rücken kehrte, aber er würde mich nicht hindern zu gehen, zumindest habe ich das geglaubt. Das war Ostern vor drei Jahren.»

«Da bist verschwunden, und wir haben nie wieder etwas von dir gehört», sagte Zita. «Erst als Tomasz und ich auf der Flucht waren, habe ich erfahren, dass er mehr wusste. Ich dachte, du wärst mit Josefa und dem Kleinen geflohen, genau wie wir.»

«Es war alles ganz anders, Zita», sagte Hermann. Er hatte die unverletzte Hand zur Faust geballt. «Mathis sagte, ich müsste noch etwas für ihn tun, eine läppische Sache, irgendwo Geld abholen bei einem Gewährsmann. Ich tat es, und als ich das Geld abgeliefert hatte, fragte ich ihn, ob nun alles zwischen uns bereinigt sei, und er bestätigte es. Das Grinsen in seinem Gesicht nahm ich da gar nicht wahr, erst später fiel es mir wieder ein, und ich sehe es noch heute in meinen Träumen.»

Hermann schlug wieder und wieder mit der Faust gegen die niedrige Mauer, an der sie standen, und Zita legte schließlich ihre Hand darauf. Er schwieg einen Moment lang, dann sprach er mit leiser Stimme weiter. «Als ich nach Hause kam, lagen Josefa und der Kleine auf dem Bett. Man hatte sie mit vielen Messerstichen getötet, alles war voller Blut. Ich sah nach, ob sie vielleicht noch lebte, aber das war vergeblich. Meinem Sohn hatten sie einfach das Genick gebrochen.»

Tränen standen in seinen Augen, doch er schämte sich nicht, zu weinen. Zita hielt immer noch seine Hand, aber seine Faust hatte sich gelöst. Sie setzten sich auf die Mauer.

«Ich wollte nicht die Polizei holen, du weißt, wie das ist in unseren Kreisen. Ich habe ein paar wenige Sachen gepackt, Geld aus einem Versteck geholt. Und dann klopfte es, und da stand er, Mathis – Uli Weingart war noch dabei und der

Loiserl. ‹Ich dachte, wenn du nicht möchtest, dass dein Sohn einen Vater zum Verbrecher hat, dann erlöse ich dich von deinen Gewissensbissen.› Einer wie wir, sagte er noch, sollte keine Familie haben, und schon bald würde ich ihm dankbar sein, dass er mich von diesem Klotz am Bein befreit habe. Und wenn es an der Zeit sei, dann würde er mir schon sagen, welches von den Mädchen ich haben könnte, um eine Familie zu gründen.»

«So wie bei Tomasz und mir», sagte Zita leise. Sie hatten sich geliebt, aber letztlich hatte Tomasz Matthias Kellerer täuschen müssen, damit er glaubte, er habe diese Ehe eingefädelt.

«Ich habe versucht, ihn zu töten. Ich bin mit dem Messer, das in Josefas Brust gesteckt hatte, auf ihn losgegangen, aber Uli und Loiserl waren sofort zur Stelle. ‹Ich verzeihe dir›, sagte Mathis nur und ging, während die beiden mich gepackt hielten. Dann prügelten sie mich windelweich. Die Leichen haben sie mitgenommen, ich denke, sie haben sie in die Donau geworfen. Aber ich bin aufgestanden und habe einem Gendarmen alles verraten, was ich über den nächsten Coup wusste. Ich habe nicht abgewartet und bin noch in der Nacht aus Wien geflohen.»

«Drei Leute wurden verhaftet, darunter Arthur, den hat Mathis sehr gemocht damals. Und seitdem witterte er überall Verrat. Er vertraute nur noch Mina Bleibtreu.»

«Ist sie eigentlich wieder bei ihrer Familie aufgetaucht?», fragte er.

Zita schüttelte den Kopf. «Nein, aber es wird eine Gerichtsverhandlung wegen der Vormundschaft über ihre Söhne geben, so viel habe ich erfahren können.» Sie streichelte über seine Hand. «Es tut mir so leid wegen Josefa. Ich habe sie ja kaum gekannt, aber so furchtbar zu enden …»

«Er war es selbst», sagte Hermann. «Nicht Uli oder Loiserl. Er hatte Blutflecken auf seinem feinen weißen Hemd, und ich habe es damals in seinen Augen gesehen – wie er die Leichen angesehen hat. Er hat es voller Lust getan. Er ist eine Bestie.»

«Ja, das ist er», sagte Zita leise und spürte plötzlich wieder den Schmerz zwischen den Beinen.

Es war dunkel geworden, und sie machten sich langsam auf den Heimweg. «Jetzt haben wir gar nichts zu essen gekauft!», rief Zita nach ein paar Schritten.

«Dann essen wir eben wieder Brot …»

«Nein. Ich laufe schnell zu den Borghoffs und frage, ob ich Kartoffeln haben kann und ein Ei. Heiz du den Ofen schon mal an.»

Zita hatte sich gewundert, dass ihr ein fremdes Hausmädchen öffnete, doch dann klärte Antonie, die gerade mit Rose die Küche aufräumte, sie auf. Der Mord an Elise von Sannberg hatte sich schnell in ganz Ruhrort herumgesprochen, doch Hermann und Zita hatten in ihrem kleinen Zimmerchen nichts davon mitbekommen. Als Rose erzählte, wie sie ihre Herrschaft gefunden hatte, war es Zita kalt den Rücken heruntergelaufen, und sie fühlte sich sofort daran erinnert, was Hermann über den Mord an seiner Frau erzählt hatte. Dann erwähnten die beiden Mädchen noch die Einbrüche und dass auch im Fall Elise von Sannberg vermutet wurde, dass die Diebe hinter dem Mord steckten. Und ich habe ihnen geholfen, fuhr es Zita durch den Kopf.

Antonie steckte ihr ein paar Kartoffeln und ein Ei zu und tat noch eine dünne Scheibe Speck dazu.

Als Zita es bezahlen wollte, schüttelte sie den Kopf. «Dann bekommst du einfach beim nächsten Mal etwas weniger», sagte sie.

Schnell machte sich Zita auf den Heimweg. Als sie gerade in der Altstadt angekommen war, zuckte sie plötzlich zusammen. Vor ihr in der Kasteelstraße ging ein sehr großer, breitschultriger Mann. Zita konnte ihn am Gang erkennen – es war Kellerer. Dann war er also höchstpersönlich mit auf dem Raubzug gewesen.

Zita wunderte sich, dass er die Stadt nicht längst verlassen hatte, dann erinnerte sie sich, dass Antonie etwas von Kontrollen an allen Wegen in und aus der Stadt erzählt hatte und dass die Mülheimer Landgendarmerie das Umland beobachtete. Wie üblich waren die Hausangestellten immer sehr gut informiert. Die Bande hatte Ruhrort also noch nicht mit ihrer Beute verlassen können.

Kellerer schien sich sehr sicher zu fühlen, denn er drehte sich zu Zitas Glück nicht einmal um. Ihr Herz klopfte bis zum Hals, aber sie musste erfahren, wo in der Stadt er sich verbarg, damit sie oder Hermann ihm nicht zufällig über den Weg lief. Sie vergrößerte den Abstand noch etwas und folgte ihm dann in die verwinkelte Altstadt.

Irgendwann bog er in eine kleine Gasse ein und war aus ihrem Blickfeld verschwunden. Zita beeilte sich hinterherzukommen, aber als auch sie in die Gasse hineinging, war zunächst nichts von Kellerer zu sehen. Dann tauchte er ganz am Ende noch einmal kurz auf und war plötzlich wie vom Erdboden verschluckt.

Vorsichtig näherte sich Zita dem Ende der Gasse, aber von Kellerer gab es keine Spur. Nur ein ganz schmales Gässchen, in dem keine zwei Menschen aneinander vorbeipassten, öffnete sich vor dem letzten Haus. Hier wird er hineingegangen sein, dachte Zita. Sie atmete ein wenig auf, denn die Milchstraße lag am anderen Ende der Altstadt. Gut, den Teufel weit weg von uns zu wissen, dachte sie.

9. Kapitel

Am nächsten Morgen ging Robert noch vor Dienstbeginn zu den Messmers, die den Baron bei sich aufgenommen hatten. Er wusste, dass Bertram Messmer und Georg Kaufmeister oft sehr früh zur Gießerei nach Hochfeld fuhren, um sich dann am späten Vormittag ihrer Reederei und den Speditions- und Handelsgeschäften widmen zu können. Wie erwartet hatte Cornelius von Sannberg sich aus Höflichkeit den Gepflogenheiten des Hauses angepasst und saß mit Bertram und seiner Frau Guste am Frühstückstisch.

«Guten Morgen», begrüßte Robert seine Verwandten. «Ich wusste nicht, ob Cornelius vielleicht mit nach Hochfeld fährt, deshalb bin ich so früh.» Er wandte sich an den Baron. «Ich muss dich sprechen – unter vier Augen.»

«Geht doch ins Herrenzimmer», schlug Guste vor. «Da seid ihr ungestört.»

Cornelius und Robert setzten sich in das kleine, gemütliche Zimmer, das stark nach Pfeifenrauch roch. Neben einem der großen Sessel lagen noch die Zeitungen und Zeitschriften, die Bertram am Abend vorher gelesen hatte.

«Hat dir deine Frau in der letzten Zeit eine ungewöhnliche Eröffnung gemacht?», fragte Robert.

«Was hätte das denn sein sollen?»

«Zum Beispiel, dass sie schwanger ist.»

Cornelius sah ihn entgeistert an. «Sie erwartete ein Kind?»

«Ja, das hat Dr. Feldhaus bei der Obduktion festgestellt.»

Er konnte sehen, wie Cornelius um Fassung rang. Gesagt zu bekommen, dass er nicht nur einen Menschen verloren hatte, war anscheinend nur schwer für ihn zu verkraften.

«Vielleicht war sie sich noch nicht sicher ...», sagte Cornelius. Er sah Robert nicht an, blickte auf den Boden.

Robert schluckte und suchte nach den richtigen Worten. «Sie war mindestens im dritten Monat.»

Sie schwiegen, es war quälend für beide. Als Cornelius den Kopf wieder hob, versuchte er zu lächeln. «Robert, du bist mein Freund, und ich kenne dich jetzt lange genug, um zu wissen, dass da noch etwas ist, worüber du reden willst. Und dass dir das sehr unangenehm ist. Also raus damit.»

«Deine Frau hatte eine Affäre. Nicht erst seit ihr verheiratet seid, das ging anscheinend über viele Jahre so.»

«Das glaube ich nicht!», rief Cornelius.

«Lina hat etwas mit angehört neulich. Einen Streit. Zwischen deiner Frau und Ferdinand Weigel.»

«Weigel?» Cornelius schien es nicht glauben zu wollen. «Und Lina wusste davon?»

«Wir beide wussten davon, sie hat es mir erzählt. Aber wir hatten keinen direkten Beweis, deshalb ...» Er schüttelte den Kopf. «Ich glaube nicht, dass du in der umgekehrten Situation zu mir gekommen wärst, Cornelius.»

Der Baron nickte. «Ich verstehe, was du meinst.»

«Aber meine Frau hat einen anderen Weg gefunden. Sie ist zu Elise gegangen und hat sie aufgefordert, die Affäre zu beenden.»

Trotz seiner Bestürzung musste Cornelius lachen. «Das ist typisch Lina.»

«Und Elise hat dir nichts erzählt oder gebeichtet?», fragte Robert.

«Nein. Glaub mir, ich war bis jetzt völlig ahnungslos.»

«Du solltest dir das anschauen.» Robert gab ihm Elises Brief.

Cornelius begann zu lesen. «Darum hat er also gekündigt!»

«Weigel?»

«Ja. Er kam vor zwei Tagen zu mir und erzählte, er würde zurück nach Italien gehen, es gefalle ihm hier nicht und er habe ein gutes Angebot erhalten. Er wollte Ende des Monats aufhören.»

Als er zu Ende gelesen hatte, legte von Sannberg den Brief auf den Tisch. Er hatte Tränen in den Augen. «Dann habe ich mich also doch nicht in ihr geirrt.»

«Es tut mir wirklich leid, Cornelius.»

Der Baron schüttelte den Kopf. «Nein, nein, Robert. Es ist gut, dass du mir den Brief gezeigt hast. Ich hätte sonst immer gezweifelt, ob sie mich wirklich geliebt hat.»

Robert erhob sich und legte die Hand auf Cornelius' Schulter. «Ich muss jetzt zum Dienst. Kommst du zurecht?»

«Ja, ich denke schon. Nur eins liegt mir noch auf dem Herzen. Wann ... wann kann ich sie beerdigen?»

«Die Leiche ist inzwischen freigegeben. Du kannst also mit den Vorbereitungen beginnen. Wenn du Unterstützung brauchen solltest – wir helfen dir gern.»

«Danke», sagte der Baron gerührt, «ihr seid wirkliche Freunde.»

Der Tag im Hause Borghoff begann wie gewohnt mit dem gemeinsamen Frühstück aller Angestellten, und heute gab es auch ein neues Gesicht unter ihnen – den neuen Hausdiener, den Lina tags zuvor eingestellt hatte und der Otto auch schon bei seinen Abendpflichten zur Hand gegangen war.

Unter den fünf Männern, die sich auf Linas Anzeige hin gemeldet hatten, war ihre Wahl schließlich auf Dietrich gefallen, einen besonnenen, stillen und leicht dicklichen Mann, der als Einziger schon Erfahrung als Hausdiener besaß. Sie fürchtete aufgrund seiner ruhigen Art ein wenig, dass er langsam wäre, doch es stellte sich schnell heraus, dass er mehr als gut anpacken konnte. Zudem sah es so aus, als würden Otto und er sich verstehen.

Dietrich hatte eines der Zimmer unter dem Dach bezogen, was Lina etwas Lohn einsparte. Beim Essen, vermutete sie, würde sie wohl draufzahlen, denn er war sehr groß und hatte einen gesegneten Appetit, was er schon beim Frühstück unter Beweis stellte.

Da auch Rose genau wie Susannas Schwester Kathi mit anpackten, hatte Lina zum ersten Mal seit Finchens Verletzung und Simons Rauswurf das Gefühl, dass der Borghoff'sche Haushalt wieder so reibungslos lief, wie sie es gewohnt war.

So machte sie sich in aller Ruhe an die große Abrechnung der Maiballsaison, während Otto und Dietrich die recht vernachlässigten Nachttöpfe blitzblank schrubbten, Antonie und Rose sich die Böden im ersten Stock vornahmen und Finchen den Essensplan für die nächste Woche aufstellte.

Gerade zog sie einen Strich unter die ansehnliche Summe, da klopfte es leise an die Tür. Es war Rose.

«Entschuldigen Sie, Frau Borghoff, darf ich Sie einen Moment stören?»

«Sicher.»

«Es ist nur … Ich war gerade im Hof, und da hörte ich das Mädchen der Nachbarn schimpfen, dass es nach Unrat stinkt im Hof des Hauses vom Baron.»

«Wann hätte der Abfall denn weggebracht werden müssen?», fragte Lina.

«Eigentlich schon vorgestern, aber da war zu viel zu tun. Und Ludwig, der Hausdiener, ist doch auf Geheiß Ihres Mannes gestern zum Gut gefahren, damit er Herrn Weigel sagen konnte, dass er herkommen soll.»

«Es ist also niemand da, der sich darum kümmert?»

«Den Baron selbst wollte ich damit nicht behelligen.»

Lina nickte und erhob sich. «Ich werde Otto und Dietrich bitten, das zu erledigen. Vielleicht haben sie heute Nachmittag Zeit dafür. Es war richtig, mir das zu sagen, Rose, der Baron wird sich freuen, dass du so aufmerksam bist.»

Als Rose ging, wartete Finchen schon in der Tür. «Können wir den Essensplan durchsprechen?», fragte sie.

«Sicher», sagte Lina und setzte sich wieder.

Selbst in Duisburg hatte Simon vom Mord und den Diebstählen in Ruhrort gehört. Eigentlich war ihm egal, was dort passiert war, aber er hatte ein Problem. Zwar hätte er noch leicht ein oder zwei weitere Wochenmieten für das dritte Bett in einem Gasthauszimmer zahlen können, aber auch in Duisburg gab es reichlich Kneipen und Möglichkeiten, sein Geld zu verspielen. Und so war er kurz davor, von seinem Wirt vor die Tür gesetzt zu werden.

Er hatte sich schon überlegt, wann er mit der Fähre übersetzen konnte, ohne dass man ihn erwischte, doch nachdem diese Verbrechen in Ruhrort geschehen waren, würden die Polizisten aufmerksamer sein denn je. So hatte er den ganzen Morgen in der Nähe der Fähre in Kaßlerfeld herumgelungert, ohne jede Möglichkeit, unbemerkt nach Ruhrort übersetzen zu können.

Doch schließlich wurde seine Geduld belohnt. Von der anderen Ruhrseite tönte lautes Geschrei herüber. Auf dieser Fähre wurden selten größere Pferdegespanne übergesetzt, meist waren es nur kleine, schnelle einspännige Kutschen. Dies jedoch war ein großer geschlossener Zweispänner, und Simon war schon in Kaßlerfeld aufgefallen, dass die Pferde einen recht nervösen Eindruck machten und den schwankenden Boden der Fähre am liebsten nicht betreten hätten. Schließlich war es dem Kutscher gemeinsam mit dem Fährgehilfen auf der Fähre gelungen, das Gespann auf das Schiff zu führen. Der Kapitän verzichtete auf die Dampfhupe und legte ab.

Was dann am anderen Ufer geschah, hatte Simon aus der Ferne nicht ganz mitbekommen, jedenfalls war zunächst alles gutgegangen, und die Pferde hatten wieder festen Boden unter den Füßen. Doch dann passierte ein kleines Dampfboot den Fähranleger, und vermutlich aus alter Gewohnheit hupte der Kapitän und winkte dem Fährkapitän zu. In diesem Moment stiegen beide Pferde hoch, rannten dann los, zum Glück aber nicht in die Menge der Wartenden, sondern gleich nach links, und dabei fiel die Kutsche dann um.

Polizeidiener Schröder, der an der Fähre Dienst tat, rannte sofort mit einigen Leuten zur Kutsche, die auf der Seite lag. Man zog die drei Insassen, ein altes Ehepaar mit seiner Enkelin, heraus. Alle waren leicht verletzt. Schröder wies den Fährmann an, wieder überzusetzen, da sich inzwischen schon viele Wartende versammelt hatten, und wandte sich dann wieder den Verletzten zu.

Das war Simons Chance. Als die Fähre vom Kaßlerfelder Ufer ablegte, hatte er dem Fährgehilfen seine letzten Pfennige in die Hand gedrückt. Er machte sich keine Sorgen, wie er wieder zurück nach Duisburg kam. Er hatte nicht vor zurückzugehen.

Den Hut tief ins Gesicht gezogen, lief er die Straße entlang bis zum Neuen Hafen und dann herum um die Schleife des Inselhafens in die Neustadt. Schließlich war er in der Harmoniestraße angelangt. Es kam ihm seltsam vor, dass er sich nun in einer Häusernische verbergen musste, wo er doch bis vor kurzem hier zu Hause gewesen war.

Die Kirchturmuhr schlug zwölf, und die Glocken begannen zu läuten. Simons Magen knurrte. Er blickte hinüber zu den beiden Häusern der Borghoffs und dachte daran, dass dort inzwischen alle zu Mittag aßen. Großes Selbstmitleid überkam ihn. Und dann auch Wut. Wut auf den Commissar und seine Frau, die ihn hinausgeworfen hatten. Am meisten aber Wut auf Finchen, die versucht hatte, mit ihm umzuspringen, wie es Frau Borghoff mit ihrem Mann tat.

Er atmete tief durch. Nein, er durfte seine Wut nicht zeigen. Wenn er gleich dort anklopfen würde, müsste er reumütig, zerknirscht und friedlich sein. Er wollte zurück in das Paradies, aus dem man ihn vertrieben hatte. Also wartete er geduldig.

Zuerst verließ der Commissar das Haus und ging zurück ins Rathaus. Und eine halbe Stunde später kam auch seine Frau heraus. Seine ehemalige Chefin trug eines ihrer feinen Nachmittagskleider. Daraus schloss Simon, dass sie wohl für längere Zeit weg sein würde. Er wollte schon hinübergehen und anklopfen, als sich die Haustür neben dem Stoffladen ein weiteres Mal öffnete. Und da stand Finchen, mit sauberer Schürze und adretter Haube, nur ein paar Spuren seiner Schläge waren in ihrem Gesicht noch zu sehen, und sie trug den rechten Arm in einer Schlinge.

Mit ihr herausgekommen war Oskar, sein sechsjähriger Sohn, der sich aufmerksam die Ermahnungen seiner Mutter anhörte. «Sag dem Bäcker, wir bestellen für morgen sechs Vierpfundlaibe Brot, gib ihm diesen Zettel hier. Und dann darfst du für dich und deine Geschwister zwei Teilchen vom Vortag aussuchen.»

Oskar nahm stolz den Zettel und wollte gerade loslaufen, als Simon aus dem Schatten der Nische auf die Straße trat. Der Junge erkannte ihn sofort und rannte auf ihn zu. «Papa, Papa!»

Finchen blieb erstarrt in der Tür stehen, als Simon, Oskar an der Hand, auf sie zukam. «Schau, Mama, Papa ist wieder da!»

«Was willst du hier?», fragte sie, und er glaubte ein leichtes

Zittern in ihrer Stimme zu hören. «Komm her, Oskar, komm wieder herein.»

Oskar sah Simon fragend an, löste dann aber seine Hand aus der seines Vaters und ging gehorsam zu seiner Mutter.

«Geh hinauf in die Wohnung!», sagte Finchen eine Spur zu scharf zu dem Jungen.

«Aber der Bäcker ...»

«Das kann warten, Oskar. Los, tu, was ich dir sage.»

«Glaubst du, ich würde meinem Kind etwas tun?»

Oskar wartete auf der Treppe, und Finchen drehte sich zu ihm um, worauf er schnell hinauflief.

«Mir geht es nicht gut, Finchen», sagte Simon und bemühte sich, schuldbewusst auszusehen.

«Das sehe ich.» Simon war unrasiert, und wann er sich zuletzt gewaschen hatte, konnte man auch nicht erkennen. Seine Jacke war zerrissen und der Hut zerknautscht.

«Finchen, ich möchte mit dir sprechen. Bitte lass mich ins Haus.»

«Das darf ich nicht, Simon. Du bist in diesem Haus unerwünscht.»

Er wurde eine Spur ärgerlich. «Aber die Borghoffs sind beide nicht hier.» Dann bemühte er sich, wieder ruhig zu werden. «Willst du das alles wirklich hier vor allen Leuten ausbreiten?»

«Nein, das will ich nicht. Ich will, dass du auf der Stelle gehst. Ich bin darauf angewiesen, hier zu wohnen und zu arbeiten, damit ich meine Kinder allein durchbringen kann.»

«Wenn du nicht so verdammt stur wärst ...», begann er, zügelte sich dann aber wieder. «Finchen ... ich bin dein Mann. Wenn du es den Borghoffs sagst, dann darf ich wieder hier wohnen. Sie würden dich niemals hinauswerfen.»

«Irgendwann ist auch ihre Geduld erschöpft», sagte Finchen. «Und meine im Übrigen auch.»

«Was willst du damit sagen?», fragte er, um einiges lauter als geplant.

«Du hast ein Papier unterzeichnet, dass du Ruhrort verlässt und mich in Ruhe lässt. Ich will, dass du dich daran hältst.» Sie deutete auf ihren Arm. «Oder glaubst du, das hier würde ich öfter mit mir machen lassen?»

«Das war doch nur … Ich war betrunken … Das passiert doch nicht wieder, Finchen.»

«Hast du Geld, Simon? Hast du jetzt gerade Geld in der Tasche? Oder hast du das, was ich dem Commissar für dich mitgegeben habe, bereits versoffen und verspielt?»

Er sah auf den Boden. «Es war mein Geld, oder?»

«Und jetzt willst du hier wieder unterkriechen, um auch mein Geld versaufen und verspielen zu können.»

Simon atmete schwer. Da war sie wieder, die Wut. «Du bist meine Frau!», brüllte er. «Du hast kein Geld. Es ist *mein* Geld, meins!»

Finchen begann zu zittern, trat zurück und wollte die Tür zuschlagen, aber Simon war schneller, stellte den Fuß dazwischen und warf sich gegen die Tür.

«Hilfe!», schrie Finchen, aber sie musste nicht lange rufen. Hinter ihr tauchte Dietrich auf. Er schob sie zur Seite und trat dann mit aller Kraft auf Simons Fuß. Der schrie auf.

«Geh nach oben, schnell!», sagte Dietrich. Dann öffnete er die Tür ganz, packte Simon, der sich vor Schmerzen krümmte, beim Kragen und warf ihn hinaus auf die Straße. «Lass dich hier nicht mehr blicken, du Halunke», rief er hinter ihm her, als Simon die Straße hinunterhinkte.

Er ging zurück ins Haus, wo Finchen oben an der Treppe wartete.

«Ein Hausierer?», fragte er.

«Nein, leider nicht. Das war mein Mann.»

Im Rathaus besprachen Commissar Borghoff, Inspektor Ebel und der Bürgermeister, wie sie weiter vorgehen sollten.

«Ich glaube, weder die Beute noch die Diebe haben Ruhrort verlassen. Es muss eine ganze Gruppe von Leuten gewesen sein, um neun Einbrüche durchzuführen. Es hat aber an den Fähren und der Chaussee keinerlei Auffälligkeiten gegeben, und die Landgendarmerie hat auch nichts Verdächtiges entdeckt», sagte Borghoff.

«Gut, nehmen wir also an, sie sind noch hier.» Der Bürgermeister stand auf und begann hin und her zu gehen, um besser nachdenken zu können. «Wo sind sie dann untergekrochen? Jeder brave Bürger würde sofort melden, wenn ihm etwas auffällt.»

«Nicht nur die Braven», sagte Ebel. «Die weniger braven Bürger sind ebenfalls in Aufruhr, weil eine solche Tat viel Unruhe in die Stadt bringt.»

«Hmm.» Borghoff rieb sich das Kinn. «Ich denke, dann ist es an der Zeit, diese Unruhe zu schaffen.»

«Robert, ich glaube, Ebel hat das mehr im übertragenen Sinn gemeint ...» William Weinhagen war selten angetan von dem Gedanken, dass irgendetwas den ruhigen Gang der Geschäfte in seiner Stadt stören könnte.

«Wenn du den Schmuck deiner Frau zurückhaben möchtest, dann musst du dich auf ein paar Unannehmlichkeiten einstellen, William.» Robert lächelte. «Wir haben die Fremdenregister der letzten paar Wochen durchgesehen. Und mit den dort neu Registrierten fangen wir an. Wir durchsuchen die Häuser in der Altstadt.»

Ebel runzelte die Stirn. «Aber dann scheuchen wir sie möglicherweise auf!»

«Ja», sagte Robert knapp. «Entweder wir finden etwas, oder sie werden so nervös, dass sie einen Fehler machen.»

«Und wenn das nicht klappt?», fragte Weinhagen.

«Dann können wir noch die Neustadt durchsuchen.»

Es klopfte an die Tür. «Der Herr Weigel wäre jetzt hier», sagte der Schreiber.

«Ich komme.» Robert stand auf. «Sind wir uns einig?»

Weinhagen und Ebel nickten.

«Gut. Ebel, bereiten Sie alles vor. Wir brauchen für ein paar Tage die Bürgerwehr für die Kontrollen an den Fähren und Straßen.»

Roberts einfacher Schreibtisch stand weiter hinten im Raum. Weigel hatte bereits davor Platz genommen.

«Man hat Ihnen sicher berichtet, was geschehen ist, Herr Weigel.»

Weigel nickte. Er war blass, wirkte aber gefasst.

«Es ist so ein sinnloser Tod, einfach Dieben im Weg gewesen zu sein», sagte er. «Wie ich gehört habe, sind sie in anderen Häusern nicht gewalttätig geworden.»

«Nun, Herr Weigel, es steht noch nicht fest, dass der Mord mit den Diebstählen zusammenhängt. Wir untersuchen auch noch andere Möglichkeiten.»

Weigel schien noch etwas blasser geworden zu sein. «Was … was wollen Sie denn damit sagen …»

«Herr Weigel, wie war Ihr Verhältnis zu der Ermordeten?»

«Verhältnis? Was meinen Sie damit?» Er stockte. «Sie war die Frau meines Chefs.»

«Und sie war auch ein wenig mehr für Sie, nicht wahr?» Robert nahm Elises Brief aus der Akte und gab ihn Weigel.

«Dann kann ich es ja nicht mehr leugnen», sagte er leise. «Ich habe Elise sehr geliebt, und der Verlust betrübt mich zutiefst.»

«Aber in dem Brief steht, dass sie sich von Ihnen endgültig trennen wollte.»

«Ja, das sieht so aus, nicht wahr? Aber das war nicht so.» Weigel machte lange Pausen zwischen den Sätzen. «Sie muss den Brief an Ihre Frau schon weggeschickt haben und kam zu mir mit der Absicht, sich von mir zu trennen. Schon allein, weil sie dieses Kind erwartete. Sein Kind. Sie können sich vorstellen, dass ich zunächst sehr entsetzt gewesen bin. Ich fühlte mich von ihr hintergangen. Aber er war ihr Mann, wie hätte sie sich ihm verweigern können.»

«Sie schreibt, dass sie ihn liebt.»

Er nickte. «Ja. Ich glaube, er war der erste ihrer drei Ehemänner, für den sie tatsächlich etwas empfunden hat. Aber geliebt, geliebt hat sie nur mich. Und als ich mich von dem Schock erholt hatte, dass sie von ihm schwanger ist, da sagte ich ihr, wie sehr ich sie liebe und dass wir gemeinsam fliehen könnten. Ihr Schmuck – der hätte uns sicher weit gebracht.»

«Sie planten also ihre Flucht?»

«Aber ja! Ich nahm Kleider von ihr mit nach Moers, ich hätte Elise nur abholen müssen.»

Robert machte sich eine kurze Notiz. «Und für wann war das Ganze geplant?»

«Der Baron wollte Ende des Monats nach Berlin reisen, und Elise sollte vorgeben, krank zu sein, damit sie ihn nicht begleiten muss.» Weigel sah auf den Boden und wischte sich hastig über die Augen. «Wir hatten das Glück so nah vor Augen, und dann diese Diebe … Ach nein, Sie sagten ja, es waren nicht die Diebe.» Er sah Robert wieder an. «Wer, denken Sie, hat sie denn ermordet?» Plötzlich hielt er inne. «Sie verdächtigen mich, nicht wahr?»

«Vor dem Hintergrund Ihrer Affäre kommen Sie durchaus in Frage, Herr Weigel. Aber wir überprüfen auch andere Sachverhalte. Wenn Sie sich bei den Ruhrortern über mich erkundigen, werden Sie feststellen, dass ich niemanden leichtfertig anklagen lasse.» Robert blickte auf seine Notizen. «Sie hatten also die Flucht für Ende Mai geplant. Haben Sie deshalb Ihre Stellung gekündigt?»

«Gekündigt?» Weigel sah Robert verwirrt an. «Wer hat gesagt, dass ich gekündigt habe?»

«Baron von Sannberg.»

«Das hat er gesagt?»

Robert nickte.

«Ich habe nicht gekündigt», sagte Weigel. «Er hat mich entlassen. Vorgestern, am Tag des Balles – zum Monatsende, wie wir es ausgemacht hatten.»

«Warum?»

«Er sagte, er wolle mich von Elise fernhalten.»

Robert runzelte die Stirn. «Dann wusste er von Ihnen beiden?»

«Das schloss ich daraus. Ich habe aber nicht weiter gefragt, Sie verstehen. Ich glaube, er hätte mich ab liebsten sofort hinausgeworfen, aber er ist ein Mann, der zu seinem Wort steht.»

«Gut, Herr Weigel, das ist erst einmal alles. Ich möchte aber, dass Sie die Stadt vorerst nicht verlassen. Möglicherweise habe ich weitere Fragen an Sie.»

«Ich wüsste ohnehin nicht, wohin ich gehen soll ohne Elise», sagte Weigel traurig und verabschiedete sich.

Als er gegangen war, begann Robert, die Aussagen aus dem Gedächtnis zu protokollieren. Hatte sein Freund Cornelius ihn angelogen? Hatte er doch über die Affäre Bescheid gewusst? Achtzehn Messerstiche, dachte er. Ein eifersüchtiger Ehemann käme dafür auf jeden Fall in Frage.

Am späten Nachmittag machten sich Otto und Dietrich auf Linas Geheiß hin auf den Weg, um Baron von Sannbergs Abfall wegzubringen und bei der Gelegenheit auch gleich den Unrat des Borghoff'schen Haushalts zu beseitigen. Sie hatten die kleine Stute vor einen Karren gespannt, der wie die Kutsche der Borghoffs in der Karlstraße bei den Kaufmeisters untergestellt war. In der Harmoniestraße schütteten sie zwei erst halbvolle Fässer in eines um und luden es auf. In ihm vergammelten aber schon die Fischabfälle des vergangenen Freitags.

Dieser Geruch war jedoch gar nichts gegen die drei übervollen Fässer auf dem von Sannberg'schen Hof. Da noch etwas Platz war im Fass der Borghoffs, schippten sie das, was herausquoll aus den dreien hinein und legten dann die Deckel auf die Fässer. Dietrich wollte gerade mit angeekeltem Gesicht das letzte Fass abdecken, als er plötzlich stutzte.

«Was ist denn?», fragte Otto. «Los, lass uns die Sache schnell hinter uns bringen.»

«Da liegt ein Messer», sagte Dietrich. Er langte in das Fass und holte es heraus. Natürlich trug es Spuren des gammelnden Abfalls, aber dann sahen die beiden genauer hin.

«Das ist Blut.» Otto zog ein Taschentuch aus der Jacke, nahm Dietrich das Messer ab und wickelte es hinein. «Der Unrat muss warten. Das müssen wir sofort dem Commissar bringen.»

Kurze Zeit später standen sie in den Polizeiräumen im Rathaus. Der diensthabende Polizeidiener rümpfte die Nase, denn durch ihre Arbeit rochen die beiden nicht gerade nach Veilchen.

«Wir müssen sofort Commissar Borghoff sprechen», sagte Otto.

Der Polizeidiener lächelte nachsichtig. «Aber vielleicht können Sie mir zunächst erzählen, was Sie von ihm möchten, der Commissar ist ein sehr beschäftigter Mann.»

«Das weiß ich», sagte Otto trocken. «Sagen Sie ihm, sein Hausdiener ist hier, und es ist wichtig. Sehr wichtig.»

«Na gut.» Der Polizeidiener lief gemächlich hinauf zum Büro des Bürgermeisters, mit dem Robert gerade die Aussage Weigels durchging.

Kurz darauf stand Robert vor ihnen. Er rümpfte die Nase. «Was habt ihr denn gemacht?», fragte er.

«Ihre Frau hat uns aufgetragen, die Unratfässer aus dem Hof des Barons wegzubringen, weil sich die Nachbarn schon beschwert haben. Und dabei haben wir – hat Dietrich – das hier gefunden.» Otto wickelte das Messer aus und legte es auf die Theke.

«Da ist Blut», sagte Dietrich.

«Ich sehe es. Ich danke euch vielmals, das war sehr aufmerksam. Ich nehme mal an, der Abfall des Barons steht noch auf seinem Hof?»

Die beiden nickten.

«Dann soll er da auch bleiben. Ich denke, ich muss ihn mir genauer ansehen. Wartet hier, ich rede kurz mit dem Bürgermeister.»

Er nahm das Messer und brachte es nach oben. «Schlechte Nachrichten, William», sagte er und legte das Messer auf Weinhagens Schreibtisch.

«Was ist das für ein Messer?»

«Ich vermute, damit wurde Elise von Sannberg getötet – da ist Blut, siehst du?»

Der Bürgermeister nickte.

«Meine Hausdiener haben es eben in Cornelius' Abfall gefunden.»

«Und die schlechte Nachricht?»

«Es gehört Cornelius. Sein Jagdmesser. Ich kenne es gut, und du hast es auch schon gesehen.» Er deutete auf das Ende des Griffs, in das das Wappen derer von Sannberg eingelassen war.

«Ich erinnere mich», sagte der Bürgermeister. «Er hat es

uns damals gezeigt, nachdem er es hatte anfertigen lassen. Ein schönes Stück.»

«Ich werde mit meinen Hausdienern die Unratfässer durchsuchen. Die beiden stinken ohnehin schon, da kann ich den Polizeidienern das ersparen. Sie sollten aber etwas dafür bekommen.»

«Fünf Silbergroschen?», fragte der Bürgermeister.

«Für jeden!», sagte Borghoff.

«Und dann wirst du Cornelius verhaften?» Der Bürgermeister sah unglücklich aus.

«Ja, das werde ich wohl müssen», sagte Robert, nicht weniger unglücklich.

Die Aussicht auf die fünf Silbergroschen entschädigte Otto und Dietrich etwas für die widerwärtige Arbeit im Hof des Barons. Unter Roberts wachsamen Blicken entleerten sie ein Fass nach dem anderen, breiteten den Unrat auf dem Pflaster des Hofes aus und nahmen alles genau in Augenschein. Doch so sorgfältig sie auch suchten, sie fanden nichts, was Cornelius von Sannberg weiter belastete. Robert war ein wenig erleichtert, als die beiden Hausdiener den Abfall wieder in die Fässer schippten.

Robert drückte jedem die Münzen in die Hand. «Fahrt das Zeug jetzt zur Halde, und dann könnt ihr euch endlich waschen und den Gestank loswerden. Hast du anderes Arbeitszeug, Dietrich?»

Dietrich schüttelte den Kopf. «Nur warme Sachen für den Winter.»

«Bitte meine Frau, dir etwas aus dem Laden zu geben. Du wirst es ja ohnehin brauchen.»

Dietrich nickte und half dann Otto, das letzte Fass auf den Karren zu laden. Dann nahm er die Zügel der Stute, und der Karren setzte sich langsam in Bewegung.

Robert sah ihnen nach. Ihm war gar nicht wohl dabei,

seinen Freund Cornelius jetzt abholen zu müssen. Aber alles sprach gegen ihn.

Er ging hinüber zur Dammstraße. Cornelius war nicht nach Hochfeld gefahren an diesem Tag, da er sich um die Beerdigung seiner Frau kümmern musste. Er hatte sich in das kleine Gästezimmer zurückgezogen, das die Messmers ihm zur Verfügung gestellt hatten.

Als Robert anklopfte, saß Cornelius in einem der beiden zierlichen Sessel. Das Gästezimmer wurde von Guste auch gern als Damenzimmer genutzt. Als sie damals, nachdem ihr Vater und ihr Bruder das neue Haus an der Karlstraße bezogen hatten, mit ihrer Familie in das alte Kontor- und Wohnhaus eingezogen war, hatte sie die Möbel aus dem Schlafzimmer von Bertrams erster Frau in dieses Zimmer gestellt und auch ihr Porträt hier aufgehängt. Bertram war einverstanden, dass es nicht mehr im neuen Salon hängen sollte, und hatte stattdessen ein Bild von sich und Guste malen lassen.

Die früh verstorbene Maria Messmer wachte lebensgroß über dem Kopf von Cornelius. Sie saß aufrecht und streng auf einem ebendieser Sessel, die Guste hierher gestellt hatte. Auf dem Tischchen neben ihr stand ein Holzkästchen, das Robert sofort bekannt vorkam, aber er erinnerte sich nicht, wo im Haus er es schon einmal gesehen hatte.

«Cornelius, ich muss dich bitten, mit ins Rathaus zu kommen», sagte Robert.

«Habt ihr ihn? Habt ihr den Mörder gefasst?», fragte der Baron.

«Wir haben einen Verdächtigen», sagte Robert ruhig. «Cornelius, wir haben dein blutiges Jagdmesser in deinem Abfall gefunden.»

«Dann hat der Mörder sie mit meinem Messer ...»

«Cornelius, es tut mir sehr leid, aber alles spricht dafür, dass du selbst deine Frau erstochen hast.»

Von Sannberg sprang auf. «Das ist doch nicht dein Ernst, Robert. Wir ... wir sind Freunde, glaubst du wirklich, dass ich zu so etwas fähig bin?»

«Es gibt Umstände, unter denen jeder von uns zu solch einem Mord fähig ist, Cornelius. Ich hatte von Anfang an Zweifel, dass es die Diebe gewesen sind. Diese Bluttat war getrieben von großer Wut und Leidenschaft. Und die Affäre deiner Frau ...»

«Von der ich bis heute Morgen nichts gewusst habe! Robert! Denkst du, ich habe dir etwas vorgespielt?»

«Ferdinand Weigel hat abgestritten, gekündigt zu haben. Er behauptet stattdessen, dass du ihn entlassen hast, weil du von der Affäre wusstest.»

«Er lügt.»

«Hast du Zeugen für seine Kündigung?»

Cornelius schloss die Augen und schüttelte langsam den Kopf. «Elise. Sie war dabei.» Er hielt inne. «Wir müssen die Hausangestellten fragen. Vielleicht haben sie es mitbekommen.»

«Das werde ich tun. Aber ich muss dich trotzdem mitnehmen.»

«Robert, du bist doch mein Freund ...»

Robert seufzte. «Ja. Und gerade deswegen darf ich dir keine Vorteile verschaffen. Ich kann dir aber versprechen, dass ich jedem Hinweis nachgehen werde – belastenden genauso wie entlastenden. Morgen früh werden wir als Erstes dein Haus durchsuchen müssen.»

Im Rathaus wurden die Unterlagen für die Untersuchungshaft ausgefüllt, und von Sannberg musste ein Protokoll unterschreiben, dann brachte Robert ihn hinunter ins Gewahrsam. Robert gedachte, ihn so lange wie möglich hier festzuhalten, denn die Zustände im kleinen Stadtgefängnis in der Kasteelstraße wollte er ihm ersparen. Sollte sich der Verdacht gegen ihn erhärten, wollte er ihn direkt nach Duisburg oder Wesel überstellen lassen.

Ebel hatte inzwischen alles für die Hausdurchsuchungen in der Altstadt organisiert. «Wir ändern die Pläne ein wenig», sagte Robert, nachdem er sich alles angehört hatte. «Bevor wir morgen in die Altstadt gehen, durchsuchen wir zunächst das Haus des Barons.»

«Was sagt er zu den Vorwürfen?», fragte Ebel.

«Dass Weigel lügt.» Er dachte kurz nach. «Schicken wir Schröder morgen nach Moers auf das Gut. Er soll die Hausangestellten befragen, ob Weigel wirklich dort gewesen ist.»

«Misstrauen Sie ihm?»

«Wenn er nicht in Moers gewesen wäre und es das blutige Messer des Barons nicht gäbe, hätte er genauso viel Grund gehabt, Elise von Sannberg zu töten wie ihr Ehemann.»

Am Abend saß Simon in der «Laterne» in der Altstadt, als wäre nichts geschehen in den letzten Wochen. Er wusste zwar nicht, womit er das Bier, das vor ihm stand, bezahlen sollte, aber das war ihm völlig egal. Sein Fuß schmerzte und war dick angeschwollen. Erst als er die Altstadt schon erreicht hatte, war ihm klargeworden, dass der Unbekannte, der Finchen zu Hilfe gekommen war, der neue Hausdiener sein musste. Sein Platz bei den Berghoffs war also besetzt. Immer noch hatte er ohnmächtige Wut auf Finchen. Nun, sie würde sich nicht immer in dem Haus verstecken, dachte er sich. Wenn er in Ruhrort blieb – und es war ja leicht, sich in der Altstadt zu verstecken –, würde sie ihm früher oder später über den Weg laufen, und dann könnte er sie zur Vernunft bringen. Entweder im Guten oder mit einer weiteren Tracht Prügel.

Die Tür ging auf, und er blickte in ein paar bekannte Gesichter. «He, Simon, wieder zurück?», riefen sie. «Wir wollen würfeln, bist du dabei?»

«Leiht mir einer was?», fragte er.

Die anderen sahen sich betreten an.

«Ich weiß, dass ich jedem von euch noch was schulde, aber wenn ich nicht spielen kann, bekommt ihr es nie zurück!»

Schließlich rückte einer, dem er noch nichts schuldete, fünf Pfennige heraus und bestellte Simon noch ein Bier.

Es lief gut. Zum ersten Mal seit langem gewann Simon wieder, und die Glückssträhne hielt an. Am Ende des Abends konnte er nicht nur sein Bier bezahlen, sondern auch seine Schulden bei den anderen Spielern und hatte sogar noch genug, um sich erst einmal in einem billigen Zimmer einzumieten.

Es gelang ihm nicht, den geschwollenen Fuß aus dem Stiefel zu ziehen, so legte er sich angezogen hin. Als er dort auf der Pritsche lag und dem Schnarchen der drei anderen Zimmergenossen lauschte, überkam ihn wieder Selbstmitleid. Er dachte an sein Schlafzimmer im Hause Borghoff mit dem Bett, das immerhin groß genug für zwei gewesen war, und den beiden anderen Betten, in denen die Kinder schliefen. Die sauberen Kleider, die seine Frau ihm hinlegte, die regelmäßigen Mahlzeiten und der pünktliche Lohn.

Das alles wollte er zurück, denn er hatte ein Recht darauf. Über Jahre hatte er sich für die Borghoffs abgerackert, und die hatten trotzdem keinerlei Verständnis dafür aufgebracht, dass ein Mann in seiner freien Zeit das Recht auf Vergnügen hatte. Vergnügen, dachte er. Es wurde Zeit, dass er mal wieder Geld für eine Hure ausgab.

Robert kam sehr spät nach Hause, aber Lina hatte auf ihn gewartet.

«Stimmt das? Hast du Cornelius wirklich in Gewahrsam genommen?»

«Ich hatte keine andere Wahl.» Er erzählte ihr, was geschehen war.

«Glaubst du tatsächlich, dass Cornelius dich angelogen hat?», fragte Lina nachdenklich, nachdem sie einen Moment geschwiegen hatte.

«Lina, wer immer Elise so zugerichtet hat, war vollkommen ohne Verstand und hat seiner Wut und seinen Gefühlen freien Lauf gelassen. Und wenn er dann wieder zu sich kommt, würde jeder lügen, um sich zu retten.»

«Aber wir reden über Cornelius!»

«Ja. Und ich hoffe, du nimmst es mir nicht übel, dass ich meine Pflicht tue. Glaube mir, ich habe das nicht gern getan.»

Lina schaute ihn eindringlich an: «Aber du wirst alles tun, um ihn zu entlasten?»

«Natürlich. Wenn es etwas gibt, das ihn entlasten könnte, werde ich es finden.» Etwas ungeschickt versuchte er, das Thema zu wechseln. «Der neue Hausknecht scheint sehr tüchtig zu sein, was?»

Lina nickte. «Ja, da haben wir einen guten Griff gemacht. Und er scheint auch recht aufgeweckt zu sein. Nachdem er sich heute Abend gewaschen und umgezogen hatte, kam er zu mir und erzählte, dass Simon heute da war und Finchen bedrängt hat.»

Robert seufzte. «Das war ja zu erwarten.»

«Dietrich hat ihm kräftig auf den Fuß getreten, und er erzählte, dass Simon übel gehinkt hat, als er sich aus dem Staub machte.» Lina legte ihr Nähzeug weg. «Trotzdem habe ich Finchen gesagt, dass sie nicht mehr allein die Tür öffnen oder das Haus verlassen soll.»

«Eigentlich hätte sie es dir erzählen müssen», sagte Robert. «Aber du hast recht. Solange wir nicht sicher sein können, dass Simon Ruhrort wieder verlassen hat, müssen wir auf sie aufpassen. Aber vielleicht finden wir ihn ja ganz schnell. Wir werden ohnehin morgen beginnen, die Altstadt nach den Dieben abzusuchen, da wird es auch ihm schwerfallen, sich zu verstecken.»

«Und wie geht es weiter mit Cornelius?»

«Er bleibt vorerst im Gewahrsam. Und wenn ich nichts finde, das seine Unschuld beweist, werde ich ihn dem Staatsanwalt übergeben müssen.»

Am nächsten Tag besetzte die Bürgerwehr alle Kontrollposten. Während Sergeant Recke mit zwei Polizeidienern das Haus des Barons durchsuchte, führten Inspektor Ebel und Sergeant Thade, der sonst seinen Dienst als Dorfpolizist in Meiderich tat, zwei Trupps an, die gezielt die Altstadthäuser durchkämmten, in denen kürzlich Fremde gemeldet worden waren.

Commissar Borghoff begleitete Sergeant Recke in das Haus des Barons. Sie begannen in den oberen Stockwerken. Die kleinen, karg eingerichteten Zimmer des Personals waren schnell durchsucht, ebenso wie die kleinen Schlafzimmer, in denen Elise und Cornelius von Sannberg kurz nach ihrem Einzug genächtigt hatten und die nun halb leer standen. Die Leute waren gründlich, jede Matratze wurde umgedreht, jeder Schrank auf Geheimfächer untersucht, jede Schublade herausgezogen auf der Suche nach versteckten Dokumenten. Doch außer ein paar Briefen der Vorbesitzer fand sich nichts.

Die neuen Schlafzimmer nahmen schon mehr Zeit in Anspruch, besonders Elise von Sannbergs Kleiderschrank. Aber sie entdeckten nichts, was von Belang gewesen wäre, und auch der große Wäscheschrank auf dem Flur enthielt nur frische Bett- und Tischwäsche.

Es war Robert mehr als unangenehm, im Schlafzimmer seines Freundes in dessen persönlichen Sachen zu wühlen. Er las ein paar Briefe, die Elise ihrem Mann geschickt hatte, bevor sie nach Ruhrort kam. Nichts darin ließ darauf schließen, dass sie ihn hintergangen hatte, aber das war ja auch nicht zu erwarten.

Er fand auch ein Testament, das der Baron erst kürzlich geändert hatte. Das Vermögen fiel nun zu gleichen Teilen seinen Töchtern und seiner Frau zu, dazu gab es eine beträchtliche Summe für seine frühere Frau, die Mutter von Beatrice und Diotima. Seinen Anteil an der Gießerei würden zu gleichen Teilen Georg Kaufmeister und Bertram Messmer, seine beiden Geschäftspartner, bekommen, so war es im Gesellschaftervertrag geregelt. Die Hausangestellten würden ebenfalls Geld bekommen, und Roberts Frau Lina sollte die Bücher erben.

Er steckte das Testament wieder zurück zu den anderen Papieren und ging sie weiter durch, ohne etwas zu finden, das ihn im Mordfall weiterbrachte.

Kramer war mit seinen Leuten schon nach unten gegangen, um die Durchsuchung in der Küche und im Salon fortzusetzen. Robert ging in das noch halbfertige Herrenzimmer. Dort standen rundherum die Regale mit den Büchern und ein paar Sessel. Nur die Wand, in die der Kamin eingelassen war, hatte Cornelius nicht mit Regalen und Bücherschränken verstellt. Hier konnte man die ursprüngliche Holztäfelung des Raumes sehen, die aber alt und nicht mehr ganz in Ordnung war. An zwei Stellen wölbten sich die einzelnen Paneele etwas, vermutlich aufgrund der Hitze des Kamins.

Robert trat näher und sah sich die beiden Elemente an. Das eine war eindeutig durch die Hitze verformt, ein langer dünner Riss ging mitten hindurch. Aber das andere schien ihm falsch eingesetzt. Vorsichtig rüttelte er daran, und dann hatte er es in der Hand. Dahinter befand sich eine Öffnung in der Ziegelwand des Hauses – und hier lagen viele Schmuckstücke, die offensichtlich jemand hastig hineingeworfen hatte. Das Saphircollier hatte Robert einmal an Elise gesehen.

«Recke!», rief Robert in den Salon.

«Stellen Sie das sicher!», sagte er, als der Sergeant hinzukam.

Das war nicht, was er gehofft hatte zu finden. Die Schlinge um den Hals des Barons zog sich weiter zu.

Es war kurz nach Mittag. Robert war zum Mittagessen nicht heimgekommen, und entgegen ihrer sonstigen Gewohnheit hatte Lina sowohl für ihn als auch für Cornelius von Sannberg einen Topf mit Mittagessen ins Rathaus gebracht, den Rose trug. Es roch verführerisch nach Sauerkraut und Wurst.

Elise von Sannbergs Schmuck lag noch auf Roberts Schreibtisch, Lina erkannte ihn sofort.

«Ihr habt ihn gefunden?», fragte Lina.

«Ja, aber leider hinter der Wandverkleidung von Cornelius' Herrenzimmer», sagte Robert.

Lina hielt sich vor Schreck den Mund zu.

Rose kamen die Tränen.

«Weiß er es schon?», fragte Lina.

«Nein, ich wollte gerade mit ihm reden.»

«Aber erst, nachdem ihr beide gegessen habt.» Lina nahm zwei Teller und Besteck aus dem Korb und verteilte das Sauerkraut mit Püree auf die Teller. «Ich bringe Cornelius jetzt das Essen.»

«Lina, ich werde ihn an den Staatsanwalt überstellen müssen.»

Sie nickte. «Ich weiß.»

Rose nahm den zweiten Teller und trug ihn hinter Lina her in den Keller. Für einen Moment erschauerte sie bei dem Gedanken, dass das Polizeigewahrsam, wo Cornelius von Sannberg untergebracht war, nur durch zwei Räume getrennt war von dem Raum, in dem man seine Frau obduziert und nun aufgebahrt hatte. Wenn der Schreiner mit dem Sarg kam, würde er es von seiner Zelle aus sehen können.

Der Baron freute sich offensichtlich, Lina zu sehen. Er war dankbar für das gute Essen.

«Das hättest du dir auch nicht träumen lassen, Lina, dass du mich einmal hier besuchen musst.»

«Ich habe Rose mitgebracht, damit du ihr auftragen kannst, was sie dir aus dem Haus holen soll an Kleidung. Oder vielleicht auch ein Buch. Schließlich bist du … nicht verurteilt.» Lina erschreckte es, dass sie beinah «noch nicht» gesagt hätte.

«Schön, dass du an mich denkst. In drei Tagen ist Elises Beerdigung, und ich hatte ihrer Mutter telegraphiert. Sie will herkommen, übermorgen Abend wird sie eintreffen, und da ist niemand, der sie empfängt. Beatrice begleitet ihren Mann noch einmal auf einer Reise, wohl zum letzten Mal, bis das Kind kommt.» Cornelius wirkte besorgt. «Ich habe auch alles in der Gesellschaft ‹Erholung› organisiert, aber nachdem ich nun hier sitze unter diesem ungeheuerlichen Verdacht, wird wohl kaum einer einen Leichenschmaus mit mir abhalten.»

«Mach dir keine Gedanken, ich kümmere mich schon um den Leichenschmaus und deine Schwiegermutter», sagte Lina. «Was für eine Frau ist sie? Kann sie bei mir wohnen, oder wäre es besser, ich miete ihr Zimmer bei Heckmann?»

«Ehrlich gesagt, weiß ich das nicht. Elise hat nie viel von ihrem Elternhaus gesprochen. Auch bei der Hochzeit waren sie nicht dabei. Nun ja, es war ja auch schon die dritte.»

«Sagst du uns noch, was du brauchst?»

«Ein frisches Hemd und Unterwäsche.»

Lina lächelte. «Sicher. Vielleicht auch Rasierzeug?»

Cornelius rieb sich über das stoppelige Kinn. «Ich glaube nicht, dass du ein Rasiermesser mit herbringen darfst. Aber vielleicht erlauben sie, dass der Barbier kommt.»

«Ich werde fragen. Und ein Buch?»

«Ich habe Dantes *Göttliche Komödie* lange nicht gelesen.»

«Gut.» Lina nahm den leeren Teller wieder durch das Gitter an.

Sie legte ihn in den Korb und gab ihn Rose. «Geh schon mal hinauf.»

Gehorsam verschwand Rose über die Treppe nach oben.

«Danke», sagte Cornelius. «Danke, dass du dich um Rose kümmerst und für das Essen. Aber du bist so still, Lina.»

«Es sieht nicht gut für dich aus, Cornelius.»

«Ich weiß. Aber ich bin unschuldig, Lina, das musst du mir glauben. Ich habe tief und fest geschlafen, als Elise ermordet wurde.»

«Ich will das gern glauben. Ich will glauben, dass du Robert nicht angelogen hast.» Lina versuchte die Tränen zu unterdrücken. «Robert wird dir gleich sagen, dass er Elises Schmuck hinter der Wandverkleidung im Herrenzimmer gefunden hat.»

«O nein …», verzweifelt legte Cornelius den Kopf in die Hände. «Ich habe damit nichts zu tun, Lina.»

«Ich will dir ja glauben …»

«Lina, du hast Robert doch schon einmal geholfen, einen Mordfall aufzuklären. Bitte, benutze deinen Verstand. Hilf ihm, den wahren Mörder zu finden.» Cornelius hatte durch das Gitter nach ihrer Hand gegriffen, und plötzlich war ihr das unangenehm.

«Ich muss jetzt gehen. Ich kümmere mich um alles.» Sie machte sich los und ging langsam die Treppe hinauf.

«Hast du es ihm gesagt?», fragte Robert oben. Wie gut er seine Frau kannte!

«Robert, versprich mir etwas. Schalte den Staatsanwalt nicht vor der Beerdigung ein. Lass ihn noch von seiner Frau Abschied nehmen.»

Er nickte. «Das hatte ich ohnehin vor, Lina.»

«Dürfen Rose und ich ins Haus? Er braucht ein frisches Hemd und ein paar andere Sachen.»

«Sicher.»

«Und Cornelius bittet darum, dass der Friseur kommt für eine Rasur.»

«Auch das.»

«Bis heute Abend, Robert.»

«Bis heute Abend.» Es tat Robert weh, seine Frau so traurig zu sehen.

Wie Zita erwartet hatte, war Hermann in heller Aufregung, kaum dass er von den Diebstählen erfuhr. Er kannte die Handschrift des Greifers genau, und alles sah ganz nach ihm aus. Er hatte schon auf sie gewartet, als sie von der Arbeit kam.

«Er ist hier, Zita, er muss hier sein.» Nervös lief er in dem kleinen Zimmer hin und her.

«Nun ja ...», sagte Zita vorsichtig. «Wenn Mina Bleibtreu wegen ihrer Söhne in der Gegend ist, dann ist er vielleicht mitgekommen.»

«Hast du jemanden gesehen, Zita? Irgendjemanden, den du kennst?»

«Nein, Hermann. Ich hatte dir doch auch versprochen, es dir zu sagen.» Sie sah aus dem Fenster und biss sich auf die Lippe. Wie lange würde es noch dauern, bis ihr ganzes Lügengebäude auseinanderfiel und Hermann sie hassen würde?

«Sie haben auch jemanden ermordet.»

«Ja», sagte Zita. «Ich kannte die Frau. Sie war eine Kundin im Modesalon.»

«So wie es erzählt wird, war sie fast zugerichtet wie ...»

Zita drehte sich um und legte ihm den Finger auf den Mund. «Aber das sieht doch der Greiferbande nicht ähnlich. Mitten in einem großen Raubzug einen solchen Mord zu begehen.»

«Wer weiß, ob Mathis inzwischen die Raubzüge nicht nutzt,

um seine Mordlust zu befriedigen», sagte er leise. «Ich überlege jedenfalls, schnell von hier zu verschwinden.»

Sie sah ihn entsetzt an. «Jetzt, wo du hier Werksarzt werden könntest? Hermann, so eine Gelegenheit gibt es nicht oft.»

«Wenn sie mich finden ...»

«Hermann, wir können ja nicht einmal sicher sein, dass es die Greiferbande war.»

«Du hast doch eben selbst gesagt, wenn Mina hier ist ...»

«Ja, und wenn?», unterbrach Zita ihn plötzlich. «Was, wenn es wirklich Mathis und die Bande sind? Wir sind so viele Meilen weit weg von Wien. Wie weit willst du noch fliehen, Hermann? Das ist nämlich, was ich mich frage. Immer auf der Flucht, immer wieder neu anfangen, immer die Angst, dass er mich findet! Ich möchte nicht mehr so leben.» Ihre Wangen glühten. «Ich habe hier zum ersten Mal ein anständiges Leben, ich arbeite hart, aber ich werde auch ordentlich dafür bezahlt, und keiner sieht in mir die Hure, das Stück Dreck, sondern nur die Näherin Zita. Ich will dieses Leben hier nicht aufgeben. Und du hast jetzt die Möglichkeit, wieder als Arzt zu arbeiten. Ich habe gesehen, wie du Finchen versorgt hast. Du liebst deinen Beruf. Du kannst endlich wieder ein gutes Leben führen, und das willst du einfach hinwerfen? Ich hätte nicht gedacht, dass du so feige bist, Hermann.»

«Feige ...»

«Ja, feige. Ich kann verstehen, dass du wegen deiner Familie vor ihm gekuscht hast, aber jetzt bist du allein. Es ist nur dein eigenes Leben, das auf dem Spiel steht.» Anders als bei mir, dachte sie.

«Ja, und ich will es behalten, Zita. Wenn er mich findet, tötet er mich.»

«Und was für ein Leben ist das, das du retten willst, indem du immer weiter fliehst? Er tötet dich, indem er einfach da ist und du nur in Angst lebst.»

Hermann antwortete nicht. «Ich gehe jetzt zur Schicht», sagte er nur.

«Was wirst du der Werksleitung sagen?», rief Zita hinter ihm her, aber entweder hörte er sie nicht, oder er wollte sie nicht hören.

10. Kapitel

Nach und nach durchsuchten die Polizisten jedes Altstadthaus. Zunächst waren die dran gewesen, in denen Fremde gemeldet waren. Auch Zitas und Hermanns Zimmerchen gehörte dazu. Dann folgten die einschlägigen Quartiere der kleinen Gauner, Zuhälter und Huren, die ohnehin von Zeit zu Zeit überprüft wurden. Schließlich kamen die Geschäfts- und Wohnhäuser der kleinen Händler und Geschäftsleute und anderer braver Bürger an die Reihe.

Es war der späte Nachmittag des dritten Tages. Robert war sehr unzufrieden mit den Ergebnissen. Zwar hatten sie ein paar nicht registrierte Fremde aufgegriffen, etwas Diebesgut war auch aufgetaucht, darunter die beiden rostigen alten Pfannen, die vor einer Weile einem Tagelöhner gestohlen worden waren und die nun ein paar Häuser weiter auf dem Herd gestanden hatten. Aber sie fanden weder die Beute der Diebe, noch schien die Durchsuchung sie aufzuschrecken.

Bereits am zweiten Tag hatte man Simon aufgegriffen, als er im Bordell der dicken Martha die Dienste einer Hure in Anspruch nahm. Mit einiger Genugtuung stellte Robert fest, dass Simon immer noch an den Folgen von Dietrichs Tritt litt. Er konnte nicht einmal einen Schuh an den Fuß ziehen. Robert machte seine Drohung, ihn direkt wieder in das Gefängnis zu bringen, nicht wahr, sondern ließ ihn nochmals zur Fähre nach Duisburg schaffen. Er hatte im Moment andere Dinge zu tun, als sich um Simon zu kümmern. Er ahnte zwar, dass er durch diese Nachsichtigkeit den jungen Mann geradezu einlud, wieder zurückzukommen, aber jetzt war erst einmal wichtig, dass er Finchen nicht belästigen konnte.

Innerlich hatte Robert diesen Tag bereits als Misserfolg verbucht, als die Tür aufging und Ebel mit zwei Polizeidienern hereinkam – Walther Jansen und seine Mutter im Schlepptau. Einer der beiden Polizeidiener trug einen Tonkrug.

«Sehen Sie mal, was wir hier gefunden haben, Herr Commissar!», rief Ebel. Und dann schüttete er den Inhalt des Kruges auf den Schreibtisch seines Vorgesetzten. «Ich habe es nicht gezählt, aber das müssten um die dreißig Thaler sein – in österreichischen Gulden.»

Er drückte Jansen unsanft auf den Stuhl vor dem Schreibtisch des Commissars.

«Bis vor kurzem waren Sie doch noch hoch verschuldet, Herr Jansen. Woher haben Sie das Geld?», fragte Robert.

«Jedenfalls nicht gestohlen. Es ist meins.»

«Dann können Sie mir ja auch sagen, woher es stammt.»

«Ich sage gar nichts.»

Robert nahm eine der Münzen. Es waren nur Gulden, und auf den ersten Blick konnte er keine andere Währung darunter finden.

«Wie kommt ein Hallodri an so viel fremdes Geld?», sagte Robert mehr zu sich. «Aber vielleicht ist Ihre Mutter ja gesprächiger, Herr Jansen.»

«Ich sehe das Geld heute zum ersten Mal», beteuerte Frieda Jansen.

«Bringt die beiden hinüber ins Gefängnis», ordnete Robert an. «Keine Zellen nah beieinander. Mal sehen, ob ihnen nicht doch etwas einfällt, wenn sie ein paar Tage dort geschmort haben.»

Die Polizeidiener zogen mit den beiden ab.

Ebel war unzufrieden. «Warum haben Sie sich den Kerl nicht richtig vorgenommen? Den hätten wir schon zum Reden gekriegt.»

«Weil es nach ein paar Tagen hinter Gittern immer sehr viel einfacher ist», sagte Robert. «Ebel, überprüfen Sie noch einmal die Listen des gestohlenen Geldes. Ich erinnere mich allerdings nicht an österreichische Gulden.»

«Dann hat das hier nichts mit den Diebstählen zu tun?», fragte Ebel.

«Ich glaube kaum. Aber vielleicht mit dem Mord an Anna Jansen.»

Am Abend kam Elise von Sannbergs Mutter mit dem Zug in Ruhrort an. Cornelius hatte Robert gefragt, ob er einverstanden wäre, wenn Lina sich um seine Schwiegermutter kümmerte. Er hatte die Beerdigung noch einmal verschoben, damit Henriette Kortmann aus Erfurt herkommen konnte.

Lina wartete mit Dietrich und der Kutsche am Bahnhof auf den Abendzug. Sie fragte sich, was für eine Dame wohl aus dem Zug steigen würde, und war erstaunt, als eine kleine, runde und einfach gekleidete Frau vor ihr stand.

«Sie müssen Frau Kortmann sein, mein herzliches Beileid.» Lina gab der etwas überrascht wirkenden Dame die Hand. «Ich bin Lina Borghoff, eine Freundin Ihres Schwiegersohns. Er kann sich leider nicht selbst um Sie kümmern, ich werde Ihnen das später erklären.»

Dietrich hatte die große Reisetasche genommen und war schon vorausgelaufen zur Kutsche. Zusammen mit Frau Kortmann ging Lina ihm hinterher. Den kurzen Weg zur Harmoniestraße über sprachen sie kein Wort.

«Dies ist mein Haus», erklärte Lina, als Dietrich ihnen aus der Kutsche geholfen hatte. «Sie können gerne mein Gast sein, aber wenn es Ihnen nicht komfortabel genug ist, kann ich Sie auch in unserem Hotel unterbringen.»

«Ich dachte, ich wohne bei Herrn von Sannberg?», sagte Frau Kortmann. Sie schien verwirrt.

«Das Haus ist noch von der Polizei gesperrt. Und Cornelius ... der Baron von Sannberg ... Aber bitte, kommen Sie erst einmal herein, da können wir besser reden.»

Sie bat Dietrich, die Tasche in eines der Dachzimmer zu bringen, die sie noch nicht vermietet hatte, und führte Frau Kortmann in den Salon. Antonie brachte Tee, und Lina schenkte noch vorsorglich einen Cognac ein.

Dann erzählte sie Henriette Kortmann, was passiert war.

«Mein Schwiegersohn hat also Elise ...» Sie brach ab und begann herzzerreißend zu weinen.

«Alles deutet darauf hin», sagte Lina. «Aber keiner, der Cornelius kennt, kann sich vorstellen, dass er das wirklich getan hat. Ferdinand Weigel hat ihn allerdings schwer belastet ...»

«Ferdinand? Ist er hier?»

«Ja, das ist er. Er wohnt sogar hier in meinem Haus, ich habe ihm ein Zimmer vermietet.»

«Der gute Junge.» Dankbar nahm Henriette das Taschentuch, das Lina ihr hinhielt. «Er und Elise waren immer unzertrennlich. Sie hätten heiraten sollen. Aber Elise wollte ja immer hoch hinaus.»

Sie schnäuzte sich kräftig die Nase. «Ihr Vater war ein kleiner städtischer Beamter, ein Schreiber. Und Ferdinand hätte es mindestens auch so weit gebracht. Aber das reichte ihr einfach nicht.»

«Wussten Sie, dass Herr Weigel Ihrer Tochter überallhin gefolgt ist?»

«Ja. Das war ein großer Trost für sie.» Henriette griff nach dem Cognac und kippte ihn mit einem Schluck herunter. «Auf ihn konnte sie sich immer verlassen.»

In diesem Moment klopfte es an die Tür des Salons, und Ferdinand Weigel kam herein. «Ich hörte, dass Frau Kortmann …»

Henriette Kortmann sah Weigel, sprang auf und stürzte auf ihn zu. Sie begrüßten sich mit einer Umarmung, und dann flossen bei Frau Kortmann auch schon wieder die Tränen. «Ferdi, mein Mädchen ist tot!», rief sie aus. Es dauerte eine ganze Weile, bis sie sich wieder beruhigt hatte.

«Setz dich doch, Tante Henriette», sagte er schließlich.

Lina, die sich die ganze Zeit dezent zurückgehalten hatte, fragte: «Frau Kortmann, Sie sind sicher hungrig nach der langen Reise, darf Ihnen noch etwas Sauerkraut anbieten?»

«Ja, gern.»

«Und Sie, Herr Weigel?»

«Für mich auch, bitte.»

Lina verließ den Raum, um Antonie aufzutragen, das Sauerkraut aufzuwärmen. Dann dachte sie aber daran, dass das Dienstmädchen, obwohl es inzwischen recht gut kochte, immer noch mit Speisen, die leicht anbrennen konnten, auf dem Kriegsfuß stand, und beschloss, es lieber selbst zu machen – auch, um Elises Mutter ein wenig Zeit allein mit Ferdinand Weigel zu geben.

Als sie mit den zwei gefüllten Tellern wieder an die angelehnte Salontür kam, hörte sie, wie Weigel gerade sagte: «Er wird nicht davonkommen. Heute hat man auch noch Elises Schmuck gefunden, da wird er sich nicht mehr herauswinden können.»

«Frau Borghoff sagte, dass sie nicht glaubt, dass er es getan hat», wandte Henriette ein.

«Die Familien sind befreundet, sie ist voreingenommen. Glaub mir, er war es. Wer hätte es sonst sein können?»

«Vielleicht die Diebe, die halb Ruhrort ausgeraubt haben!», sagte Lina, als sie die Teller auf den Tisch stellte.

«Die hätten den Schmuck bestimmt nicht hinter der Wandverkleidung im Herrenzimmer versteckt.»

Das hatte sich ja schnell in Ruhrort herumgesprochen, und Lina vermutete, dass nicht zuletzt Weigel in seiner Trauer um Elise dazu beigetragen hatte.

Henriette sah Lina an. «Ich will nicht, dass der Mörder auf der Beerdigung ist.»

Weigel tätschelte beruhigend Henriettes Hand. «Er sitzt ja im Gefängnis. Da kann er gar nicht dabei sein.»

«Da irren Sie sich, Herr Weigel.» In Lina stieg langsam etwas Wut auf, aber sie musste sich sagen, dass die Indizien, die Robert zusammengetragen hatte, wirklich kaum einen anderen Schluss zuließen. «Er wird in Begleitung eines Polizisten, nämlich meines Mannes, zur Beerdigung gehen. Und Sie sollten nicht vergessen, dass er es ist, der die Bestattung bezahlt.» Sie legte den beiden Besteck hin und fuhr fort: «Mag sein, dass alles danach aussieht, als sei er der Mörder seiner Frau, aber solange man ihn noch nicht verurteilt hat, muss er als unschuldig gelten. Und ein Geständnis liegt nicht vor. Verstehen Sie mich nicht falsch – ich habe größtes Verständnis für Ihre Trauer. Aber Cornelius trauert auch, und ich habe keinen Grund anzunehmen, dass er mir etwas vorspielt. Ich wünsche Ihnen einen guten Appetit.»

Damit ging sie aus dem Zimmer. Draußen auf dem Flur konnte sie nur den Kopf schütteln über sich selbst. Denn selbst ihr eigener Verstand sagte ihr, dass nur ein Wunder Cornelius bei dieser Beweislage vor dem Henker retten konnte.

Wenig später verließen Henriette Kortmann und Ferdinand Weigel gemeinsam das Haus. Bei sich hatten sie die Reisetaschen, mit denen sie angekommen war. «Danke für Ihre Gastfreundschaft, Frau Borghoff. Aber ich kann die Nacht nicht bei Freunden des Mörders meiner Tochter verbringen», sagte Henriette zu Lina.

«Ich will auch nicht mehr hier wohnen», ergänzte Weigel. «Das Zimmer ist ja bezahlt.»

«Die Beerdigung ist morgen um zehn Uhr», sagte Lina. «Und ich hoffe um Ihrer Tochter willen, dass Sie nicht vorhaben, einen Skandal zu entfachen.»

«Der Skandal ist doch, dass die Polizei ihm eine Vorzugsbehandlung gewährt.» Weigel, der beide Taschen trug, drängte sich an Lina vorbei. «Aber wenn man mit dem Polizeichef befreundet ist …»

Damit verließen die beiden das Haus.

Der Leichenzug für Elise von Sannberg führte vom Rathaus zur evangelischen Jakobuskirche an der Schulstraße. Man hätte meinen können, dass es eine große Beerdigung werden würde, da viele großes Interesse an dem Mordfall gezeigt hatten. Doch die Tatsache, dass der Ehemann unter dringendem Tatverdacht stand, hielt viele, vor allem die Angehörigen der wohlhabenden Familien, davon ab teilzunehmen. Niemand wollte einem mutmaßlichen Mörder am Grab die Hand schütteln.

Die Sitte sah es vor, dass Cornelius direkt hinter dem Sarg ging. Henriette Kortmann, die am Arm von Ferdinand Weigel erschien, hätte neben ihm gehen können, aber sie drängte sich nach vorn. Den Baron würdigte sie keines Blickes.

Um der Tatsache Genüge zu tun, dass Cornelius ein Gefangener war, ging Robert neben ihm, dann folgten Eberhard und Beatrice, die am Abend zuvor in Ruhrort eingetroffen waren, dahinter Lina.

So waren letzten Endes nur die engsten Freunde und Familienmitglieder gekommen, die Messmers, Kaufmeisters und die Angestellten aus Ruhrort und Moers. Lina rechnete es Bürgermeister Weinhagen hoch an, dass auch er da war – allerdings begleitete ihn seine Frau nicht. Er bot Lina seinen Arm.

Ganz hinten schloss sich Finchen, die den Baron sehr mochte, dem Trauerzug an.

In der Kirche gab es eine unschöne Szene, da Henriette Kortmann sich weigerte, in einer Bank mit Cornelius zu sitzen. Es dauerte, bis alle Plätze gefunden hatten, die ihnen zusagten.

Pfarrer Wortmann hielt einen kurzen Gottesdienst, ein paar Lieder wurden gesungen. Trotz der schwierigen Situation war er bemüht, eine würdevolle Totenfeier abzuhalten, und wenig später machte sich der Leichenzug auf den Weg zum Friedhof an der Phoenixstraße.

Es gab noch eine kurze Ansprache am Grab, auch Cornelius sagte ein paar Worte, dann ließ man den Sarg hinab in die Grube. Die Beileidswünsche für Cornelius und Elises Mutter waren knapp. Die beiden standen in einigem Abstand zueinander am Grab.

Manche, das konnte Lina deutlich sehen, drückten Cornelius besonders fest die Hand, als wollten sie ihm Mut zusprechen gegen die drohende Anklage. Ferdinand Weigel gab ihm nicht die Hand, aber Lina war sich sicher, dass Cornelius, der ihn ja der Lüge bezichtigte, sie auch nicht genommen hätte.

Langsam löste sich die Beerdigung auf. Lina hatte sich zwar noch einmal vergewissert, dass alles in der Gesellschaft «Erholung» gut vorbereitet war, aber es stellte sich heraus, dass niemandem danach war, sich zum Leichenschmaus zu treffen. In der Kirche und am Grab mit den festen Ritualen konnte man zu Cornelius von Sannberg stehen. Geselligkeit mit ihm wollte aber niemand haben.

«Lässt du mir noch einen Augenblick?», fragte Cornelius Robert.

«Natürlich.» Gemeinsam mit Lina entfernte er sich ein Stück vom Grab, ohne den Baron aus den Augen zu lassen. Sie gingen den Gang bis zur Mauer und standen plötzlich vor dem Grab der verrückten Kätt. Zu Linas Erstaunen war es sehr sorgfältig gepflegt. Es trug inzwischen ein hölzernes Grabkreuz. «Katharina Scheuren 1813–1861» stand darauf. Sogar ein kleiner Strauß frischer Blumen lag da.

«Wer das Kreuz wohl gekauft hat?», fragte Lina.

«Nun, vielleicht die dicke Martha. Immerhin hat sie viel Geld von Kätt geerbt», sagte Robert. Er dachte an das Kästchen mit den Münzen. Plötzlich fiel ihm das Bild im Gästezimmer der Messmers ein. Er erzählte, dass er dort mit Cornelius gesprochen hatte. «Auf dem Tisch neben Bertrams erster Frau steht ein Kästchen, das ganz ähnlich aussieht wie das, in dem Kätt ihre Reichtümer aufbewahrt hatte.»

«Ach, davon gibt es sicher viele», sagte Lina leichthin. Aber sie nahm sich vor, beim Friedhofsverwalter nachzufragen, wer das Kreuz aufgestellt hatte.

Sie gingen wieder zurück zu Cornelius von Sannberg. «Ein merkwürdiges Gefühl, plötzlich ein Geächteter zu sein», sagte er.

Robert legte ihm die Hand auf die Schulter. Lina sah, wie schwer es ihm fiel, seinem Freund das Unvermeidliche zu sagen. «Cornelius, ich werde dich noch heute an den Staatsanwalt in Duisburg überstellen müssen. Es tut mir leid.»

«Warum glaubst du Weigel und nicht mir?», fragte von Sannberg bitter.

Robert seufzte. «Er war in Moers in der Nacht, als Elise getötet wurde, das haben die Hausangestellten auf dem Gut bestätigt. Und es war dein Messer, der Schmuck war in deinem Haus. Ich kann daraus keine anderen Schlüsse ziehen, Cornelius. Und ich fürchte, der Staatsanwalt auch nicht.»

«Und es genügt dir nicht, wenn ich als dein Freund dir schwöre, dass ich unschuldig bin?»

Robert zuckte hilflos die Schultern. «Als Freund kann es mir vielleicht genügen, aber ich bin der Polizeichef hier.»

«Mir genügt es, Cornelius», sagte Lina und umarmte den Baron.

«Wir müssen los.» Robert schob von Sannberg in Richtung Friedhofstor.

Robert hatte gerade den Boten zum Staatsanwalt nach Duisburg geschickt. Loersbroeck sollte entscheiden, ob er sich selbst des Barons annahm oder ihn gleich nach Wesel überstellte.

Er rief Sergeant Recke und Inspektor Ebel zu sich. «Außer in der Sache Elise von Sannberg sind wir nicht wirklich weitergekommen», sagte er. «Walther Jansen und seine Mutter schweigen sich beharrlich aus, und wir haben nicht die geringste Ahnung, wer die Diebstähle begangen haben könnte. Recke, ich möchte, dass Sie in den nächsten Tagen nochmal zu den Beraubten gehen und mit jedem im Haus reden – Herrschaften, Hausangestellten, allen. Die Einbrüche müssen sehr gut geplant worden sein, das heißt, man hat die Opfer vorher ausgekundschaftet. Irgendjemand muss doch etwas bemerkt haben. Und irgendwer muss geredet haben über die mögliche Beute und wo sie aufbewahrt wird.»

«Wir wären schneller, wenn ich auch Befragungen durchführen würde», bemerkte Ebel.

«Nein, das wird Recke allein machen. Ich bin mir sicher, dass die Beute nach wie vor Ruhrort nicht verlassen hat. Wenn wir die strengen Kontrollen aufrechterhalten, schaffen wir es vielleicht doch, diese Leute zu schnappen.»

«Wie viele Diebe waren es wohl?», fragte Recke.

«Sie müssen zwischen Mitternacht und zwei Uhr zugeschlagen haben – später hätte es ihnen passieren können, dass sie ihren Opfern begegnen. Bei acht Einbrüchen schätze ich, dass es mindestens vier Gruppen von Einbrechern waren. Bei Liebrecht waren sie damals zu zweit, ich denke, das wird auch hier wieder der Fall gewesen sein. Und vielleicht gab es noch jemanden, der auf der Straße Schmiere stand.»

«Also mindestens acht, vielleicht sogar zwölf Personen ...» Recke stand auf. «Es könnte schwierig werden, rauszubekommen, wie sie die Opfer ausgekundschaftet haben, wenn jeder von einem anderen bespitzelt wurde.»

«Sammeln Sie jeden Hinweis, den Sie bekommen können, Recke. Auch scheinbar unwichtige Details könnten uns auf die richtige Spur bringen.»

Recke nickte und machte sich auf den Weg, Robert und Ebel blieben allein zurück.

«Ich finde es nicht richtig, dass Sie Recke mir bei so einer wichtigen Aufgabe vorziehen», sagte Ebel. «Immerhin bin ich Inspektor ...»

«Ebel, um mit den reichen Leuten zu reden, brauche ich jemanden, der ein wenig Fingerspitzengefühl besitzt – und auch die Zwischentöne hören kann.»

«Ich habe also kein Fingerspitzengefühl?» Ebel war beleidigt.

«Ich setze jeden meiner Leute so ein, wie es seinen Fähigkeiten entspricht. Und Sie, Ebel, kennen die Stadt und vor allem die Altstadt wie Ihre Westentasche. Und natürlich hat es einen Grund, warum der Bürgermeister Sie auf meine Empfehlung hin zum Inspektor befördert hat. Aber Feingefühl im Umgang mit den Menschen war noch nie Ihre Stärke.» Er ignorierte Ebels verletzten Blick und wechselte das Thema. «Die zwölf Diebe – oder zumindest einige von ihnen – müssen noch in der Stadt sein. Wie finden wir sie?»

«Darüber habe ich mir schon Gedanken gemacht. Ich habe Schröder gebeten, die Kontrolllisten mit dem Melderegister zu vergleichen. Und ihm sind eine ganze Menge Leute aufgefallen, die regelmäßig in die Stadt kamen, ohne sich dauerhaft anzumelden.»

«Also Leute, die hier nach Arbeit suchten, auf Botengänge kamen und Besuche machten?»

«Genau, sehen Sie hier.» Ebel ging hinüber zu einem der Schreibtische und kam mit einem kleinen Stapel Papier zurück. «Das sind die Kontrolllisten von den Fähren.»

Er legte einen Teil der Blätter auf den Tisch. «Das hier sind zehn Personen, die Schröder und mir aufgefallen sind, weil sie mehrmals kurz hintereinander herkamen, und zwar immer über die Aakerfähre und die Duisburger Fähre.»

«Also wahrscheinlich aus Duisburg?»

Ebel nickte. «Meist gaben sie an, die Ruhrorter Gasthäuser besuchen zu wollen – da konnte man annehmen, dass sie zu den Huren gehen, und das sagt ja keiner laut. Wir haben dann die Listen bis zum Jahresanfang zurück durchgesehen. Diese zehn Leute kamen Anfang März zum ersten Mal hierher. Immer einzeln. Manchmal blieben sie zwei oder drei Tage, aber nie so lange, dass sie hätten bestraft werden können, weil sie sich nicht auf dem Rathaus angemeldet haben. Sie wissen ja, bei so viel Gesindel nehmen wir es nicht so genau damit.»

Er nahm den Stapel mit den Kontrolllisten und blätterte sie durch. Beim fünften oder sechsten Bogen wurde er fündig. «Sehen Sie hier», er nahm die Liste der Personen dazu. «Alle sind am 29. oder 30. April in die Stadt gekommen. Aber keiner ist seitdem ausgereist.»

Robert war verblüfft. Hatte Ebel die Diebe gefunden? «Das ist sehr gute Arbeit, Ebel. Die Frage ist nur, wie wir diese Leute finden.»

«Wenn sie in einem Gasthaus wären, hätten sie längst gemeldet werden müssen. Vielleicht sollten wir noch einmal die etwas zwielichtigeren Unterkünfte durchsuchen.»

«Ja, machen Sie das.» Roberts Blick fiel auf die Kontrolllisten von der Duisburger Fähre. *Hans Schmitz, Schreiber Fa. Kaufmeister* stand da. Er runzelte die Stirn. Georgs und Bertrams Bürobote hieß Wilhelm Bovens, ein älterer Mann, der ausschließlich Botengänge machte und kein Schreiber war. Er blätterte zurück. Und wieder tauchte der geheimnisvolle Hans Schmitz auf. «Wessen Schrift ist das?», fragte Robert.

«Das war der neue Polizeidiener Kramer», sagte Ebel. «Stimmt etwas nicht?»

«Tut Kramer gerade Dienst an der Fähre?»

«Soweit ich weiß, geht er zu Lohbeck zum Mittag, und dann ist er wieder dort. Hat er etwas falsch gemacht?» Ebel war schließlich für den Neuen verantwortlich.

«Nein», sagte Robert beruhigend. «Aber die Familie meiner Frau hat nie einen Schreiber namens Hans Schmitz beschäftigt.»

«Glauben Sie, der hat etwas mit den Dieben zu tun?»

«Nein, eher nicht. Da steckt etwas anderes dahinter.»

Sie fanden Kramer bei Lohbeck, er hatte gerade seinen Teller mit Eintopf geleert.

Robert hielt ihm die Liste hin. «Hans Schmitz – erinnern Sie sich an ihn?»

Kramer dachte kurz nach. «O ja, sicher. Ein ganz junger Kerl. Zylinder, Aktenmappe unterm Arm. Er ist in den letzten Wochen öfter nach Duisburg und zurück.»

«Ein ganz junger Kerl?»

«Ja. Ich dachte, er lernt vielleicht noch und versucht durch den Zylinder erwachsener auszusehen.» Kramer wirkte etwas erschrocken. «Habe ich etwas falsch gemacht?»

«Nein, nein, Sie können nichts dafür.»

«Er ist heute Morgen wieder hinübergefahren.» Hektisch holte Kramer seine Liste hervor. «So etwa gegen elf Uhr.»

«Und wann kommt er gewöhnlich zurück?», wollte Robert wissen.

«Nun, meist fährt er erst später hinüber, so um zwei Uhr …»

«Also nach dem Ende seines Unterrichts», murmelte Robert. «Und wann genau kommt er zurück?»

«Meist abends gegen halb sechs.»

«Danke, Kramer!», sagte Robert. «Machen Sie sich keine Gedanken. Ich werde mich persönlich um Herrn Schmitz kümmern.»

Ebel sah ihn fragend an.

«Ich habe da so eine Vermutung, dass es sich bei diesem Herrn Schmitz um meinen Neffen Emil handeln könnte», erklärte Robert. «Aber das kann ich ja heute Nachmittag herausfinden.»

Emil hatte seine Mutter schon mehrmals in Duisburg besucht und jedes Mal großes Glück an der Fähre gehabt. Er hatte schnell begriffen, dass der Zylinder und die Aktenmappe unterm Arm halfen, unbehelligt an Bord zu kommen. Viele der Passagiere waren Angestellte der angesehenen Firmen, die Botengänge machten oder auf dem Weg in die Büros waren. Der richtige Aufzug machte aus einem Ausreißer einen braven Bürger.

Heute würde er länger in Duisburg bleiben können. Dem Hauslehrer hatte er einfach gesagt, dass seine ganze Familie zur Beerdigung von Elise von Sannberg gehen würde – außer seinem jüngeren Bruder natürlich. Niemand würde ihn also dort vermissen.

Ein Bauer, der auf seinem Fuhrwerk Gemüse transportierte, nahm ihn bis in die Stadt mit, und den Weg zur Wallstraße fand er inzwischen sehr schnell.

Allerdings waren beide Zimmer seiner Mutter verschlossen. Hatte sie etwa vergessen, dass er kommen wollte? Missmutig setzte sich Emil auf die Treppe. Nun hatten sie endlich mal Gelegenheit, länger zusammen zu sein, und Mina war nicht da.

Nach einiger Zeit ging hinten im Flur eine Tür auf. Die junge blonde Frau, die Emil bei seinem ersten Besuch zu seiner Mutter gebracht hatte, verabschiedete einen gutgekleideten Herrn. Emil konnte sehen, dass er ihr etwas in die Hand drückte, bevor er an ihm vorbei über die Treppe zum Ausgang lief.

Die Frau entdeckte Emil auf der Treppe und kam herüber. Er sah, wie sie etwas in ihr Mieder steckte. Im Gehen band sie ihren dünnen seidenen Morgenrock zu.

«Du bist doch der Sohn von der Mina, nicht wahr?», fragte sie. Emil starrte auf ihre nackten Beine, die Füße steckten in zierlichen Pantöffelchen. Keine Frau, die er kannte, war mittags noch im Schlafrock.

«Deine Mutter ist nicht da», sagte die Frau. «Sie ist heute Morgen ausgegangen.»

«Wann kommt sie denn wieder?», fragte Emil enttäuscht.

«Ich weiß nicht. Möchtest du bei mir auf sie warten? Ich habe Zeit heute Nachmittag.»

Emil überlegte kurz, dann nickte er. Wenn seine Mutter bald zurückkam, hätten sie zumindest noch ein paar Stunden miteinander.

«Ich bin die Pepi, aber wir kennen uns ja schon.»

Emil folgte dem Mädchen in ihr Zimmer. Es war einfach eingerichtet, aber recht geräumig. Pepi hatte offensichtlich versucht, es ein wenig wohnlicher zu machen, und ein Stück blauen Stoff über dem Bett zu einem Himmel drapiert. Die schweren Samtvorhänge waren zugezogen. Pepi löschte die Kerzen, die auf einem kleinen Tisch standen, und zog die Vorhänge auf.

«Setz dich!», forderte sie Emil auf.

Der nahm sich brav einen Stuhl. Pepi schüttelte die Kissen ihres Bettes auf und legte die Tagesdecke darüber. Dann setzte sie sich darauf und lehnte sich an die Wand. Ihr Morgenrock ging auseinander und gab den Blick auf eine festgeschnürte Korsage frei.

«Magst du etwas trinken?», fragte sie den Jungen.

Emil nickte.

«Da steht was, gieß dir ein. Die Gläser sind unbenutzt.»

Vor ihm stand eine Flasche ohne Etikett. Er nahm eines der Gläser und goss sich ein. Die glasklare Flüssigkeit verbreitete einen scharfen Geruch mit einer Spur von Himbeeren.

«Halt, halt!», rief Pepi. «Das ist genug. Das ist Himbeergeist, kennst du das nicht?»

«Nein.» Emil nahm einen kräftigen Schluck aus dem halbgefüllten Wasserglas. Brennend lief ihm das Obstwasser durch die Kehle. Er begann zu husten und stellte das Glas schnell wieder auf den Tisch, um nichts zu verschütten.

Pepi lachte.

«Der ist gut», sagte Emil zwischen zwei Hustenanfällen. Als Pepi noch mehr lachte, griff er wieder zum Glas und nahm noch einen Schluck, vorsichtiger diesmal, aber immer noch so, dass sie ihn nicht für feige halten konnte.

«Langsam, Kleiner. Der steigt ganz schnell in den Kopf und in die Beine. Zu Hause bekommst du keinen Schnaps, was?»

«Nein. Ich darf ein Glas Wein trinken, an Feiertagen.»

«Erzähl mir mal – wie ist es so bei dir zu Hause?»

«Langweilig. Da gibt es nichts Besonderes.» Emil nahm noch einen kleinen Schluck.

«Vielleicht finde ich es gar nicht so langweilig.» Pepi schien ehrlich interessiert. Und so begann Emil zu erzählen, wie es im Hause Kaufmeister zuging, von seinem braven Cousin und den Cousinen, von seinem noch braveren Bruder Josef, den Onkeln und Tanten und dem Reederei- und Handelsgeschäft und der Eisengießerei in Hochfeld.

Manchmal stellte Pepi Fragen, aber Emil merkte kaum, wie

die Zeit verging. Das Glas war leer, er goss sich nochmal nach, obwohl Pepi ihn daran hindern wollte. Irgendwann merkte er, dass ihm das Reden schwerfiel.

«Bei mir dreht sich alles», sagte er und lachte, ohne genau zu wissen, warum.

Commissar Borghoff, Inspektor Ebel und zwei Polizeidiener, die eigentlich Schreibdienst hatten, begannen am frühen Nachmittag die Durchsuchungen der zwielichtigen Gasthäuser in der Altstadt. Sie drangen in jedes Gastzimmer ein, aber außer unglaublich viel Dreck und Überfüllung der einzelnen Räume konnten sie nichts Auffälliges feststellen. Sie schrieben die Namen der Gäste auf, ihre Ankunftsdaten, wie sie eingereist waren. Später sollten diese Aufzeichnungen mit den Listen von den Kontrollpunkten verglichen werden.

Auch die Wirte wurden nochmals befragt. Den Männern gingen die ständigen Polizeidurchsuchungen gründlich gegen den Strich. Gewöhnlich drückte die Polizei bei vielen kleinen Vergehen ein Auge zu, solange niemand ernsthaft zu Schaden kam. Jetzt konnte keiner seinen kleinen Nebengeschäften nachgehen, weil ständig eine Kontrolle drohte.

Im vierten Gasthaus war dem Wirt Friedhelm Becker etwas aufgefallen. Er griff in seine Kasse und holte ein Geldstück heraus: einen österreichischen Gulden. «Ich musste erst mal jemanden nach der Umrechnung fragen», erklärte er.

«Wer hat damit bezahlt?», fragte Ebel. «War es Walther Jansen?»

«Jansen? Sitzt der nicht?»

«Ja, aber erst seit ein paar Tagen.»

Becker schüttelte den Kopf. «Nein, er ist schon länger nicht mehr hier gewesen. Und ich könnte mich auch nicht daran erinnern, wann der mal mehr als ein paar Groschen in der Tasche hatte.» Er beugte sich über die Theke. «Damit hat gestern

Abend so ein großer Kerl bezahlt. Riesig war der, Hände wie Bratpfannen und angezogen wie ein Geck.»

Borghoff wandte sich an Ebel. «Mal sehen, ob sich jemand an ihn erinnert. So einer müsste ja auffallen.»

Ebel war skeptisch «Aber es ist ja nicht strafbar, mit fremdem Geld in einer Kneipe zu bezahlen.»

«Wenn es das gleiche Geld ist wie das, was wir bei Jansen gefunden haben? Wir müssen auch den Mord an Anna aufklären, Ebel, vergessen Sie das nicht.»

Er wandte sich wieder an den Wirt. «Sie sprechen doch manchmal mit den anderen Wirten. Sind bei denen auch diese Gulden aufgetaucht?»

«Darüber wurde nicht geredet. Nur über die vielen Durchsuchungen in letzter Zeit. Das bringt Unruhe in die Altstadt, verstehen Sie?» Becker grinste Robert an, der nickte.

«Solange wir die Morde und die Diebstähle nicht aufgeklärt haben, wird das so weitergehen, Herr Becker. Deshalb wäre es gut, wenn Sie und alle Wirte hier uns über alles Auffällige unterrichten. Jeder Hinweis ist wichtig. Und je eher wir die Täter finden, desto schneller kehrt hier wieder der alte Trott ein.»

Becker schnaubte abfällig. «Ich glaube eher, Sie gewöhnen sich an die neuen Sitten. Ihnen persönlich gefällt es doch ohnehin nicht, wenn wir alle hier unsere Geschäfte machen.»

«Da haben Sie schon recht. Ich würde hier sehr gerne einmal aufräumen. Aber wir alle wissen, dass dem Grenzen gesetzt sind. Wenn Sie mit uns zusammenarbeiten, gehen die schlechten Zeiten schneller vorbei.» Robert ging zur Tür.

«Herr Commissar!», rief Becker.

«Was ist mit meinem Gulden?»

«Kommen Sie morgen aufs Rathaus, dann bekommen Sie den Gegenwert ausgezahlt.»

«Ich verstehe das nicht», sagte Ebel, als sie wieder auf der

Straße standen. «Wenn die Leute die Stadt nicht verlassen haben, muss es doch irgendwo eine Spur geben.»

«Das waren erst die vier größten Gasthäuser, Ebel. Sie haben ja noch die kleineren, die Bordelle und die privaten Pensionen vor sich.»

«Geschweige denn die übrigen Vermieter …», seufzte Ebel. Er schien seine gute Idee inzwischen zu bereuen.

«Machen Sie weiter. Ich habe noch etwas zu erledigen.»

«Ihr Neffe?»

«Ja. Es wird Zeit, dass jemand dem Bengel die Leviten liest.»

Die Zeit mit Pepi war wie im Fluge vergangen, fast hatte Emil vergessen, weshalb er überhaupt in Duisburg war. Pepi erzählte Geschichten aus Wien, manche erschienen ihm zwar ein wenig anstößig, aber oft waren sie so komisch, dass er aus dem Lachen nicht mehr herauskam. Gerade hatte er wieder gelacht, bis ihm noch schwindliger wurde als ohnehin schon, da konnte man von draußen hören, wie jemand die Treppe heraufkam.

«Das ist sicher Mutter», rief er und stolperte zur Tür, bevor Pepi ihn daran hindern konnte.

Draußen schien der lange Flur sich von selbst zu bewegen, aber Emil entdeckte Mina in einem eleganten Kleid, neben sich einen großen breitschultrigen Kerl, der mit dem feinen Zylinder auf dem Kopf noch größer wirkte.

«Emil!», rief Mina.

Der Junge kam deutlich schwankend auf sie zu, hinter ihm folgte Pepi.

«Mutter», lallte er. «Ich durfte bei Pepi warten, das war doch nett von ihr.»

«Bist du betrunken?», fragte Mina und sah sich Emil genauer an. «Du dummes Luder», herrschte sie Pepi an, «du hast ihm Schnaps gegeben.»

«Ich konnt ja nicht ahnen, dass er den wie Wasser trinkt.»

«Durst gehabt, Junge?», fragte der große Mann. «Lass uns in die Wohnung gehen, bevor einer der braven Bewohner unten sich beschwert.»

Er schloss die Tür zu Minas Wohnung auf und schob Emil und auch Pepi hinein. Mina folgte.

«Wer ist das?», fragte Emil und zeigte ungeniert auf den Mann, der Zylinder und Jacke ablegte und sich hier offensichtlich gut auskannte.

«Ich bin Matthias Kellerer. Freunde nennen mich Mathis.»

«Und was haben Sie mit meiner Mutter zu schaffen?»

«Emil!», tadelte Mina, die gerade den Hut abnahm.

«Nein, lass ihn nur. Ich wohne hier, mein Junge. Hat deine Mutter dir das nicht gesagt?»

Emil schüttelte den Kopf. «Und was ... wie stehen Sie ...»

«Das geht dich nichts an, Emil», sagte Mina knapp.

«Ist dir das etwa peinlich vor deinem Jungen?» Kellerer lachte. «Wir sind ein Paar, Emil. Deine Mutter ist meine Geliebte.»

«Seid ihr ver... verlobt?», stotterte Emil.

Kellerer lachte noch lauter. «Nein, sind wir nicht.»

«Mathis!»

«Was, Mina? Darf der Junge das nicht wissen? Schämst du dich etwa?»

«Ich habe meine Gründe.» Sie ging zu Emil und sah ihn sich genauer an.

«Mach, dass du uns einen Kaffee besorgst, der Junge hat noch einen weiten Weg nach Hause», herrschte sie Pepi an, die ohne zu zögern gehorchte.

«Bist du mir böse, Mutter?», fragte Emil.

«Nein, nicht dir. Du bist noch ein Kind.»

«Nun stell dich nicht so an, Mina. Er ist achtzehn, oder?

Da wird es doch Zeit, dass er mal einen anständigen Rausch erlebt.» Kellerer schien nichts aus der Ruhe zu bringen.

«Mathis, ich habe den halben Morgen bei diesem Anwalt verbracht, der mich vor Gericht vertreten wird. Er hat Einsicht in die Akten genommen. Mein Schwager, der brave Polizeichef Robert, hat seine Beziehungen spielen lassen zur Königlichen Polizei in Berlin. Sie haben jeden meiner Schritte mit Reppenhagen damals beobachtet, selbst in Sizilien noch.»

Jetzt schien Kellerer hellwach. «Und haben die preußischen Geheimpolizisten dich auch in Wien ausspioniert?»

«Nur, solange Reppenhagen noch bei mir war. Ich war ihnen wohl nicht wichtig genug. Keine Angst, da stand nichts über dich.» Sie drehte sich zu Emil um, der große Probleme hatte, gerade zu stehen. «Du meine Güte, Emil, dann setz dich hin!»

Sie sah wieder Kellerer an. «Wenn die das vor dem Richter verlesen, spricht er die Jungen gleich Georg und Aaltje zu.» Man merkte, wie sie mit den Tränen kämpfte. «Und dann macht dieses dumme Ding ihn betrunken und nimmt ihn mit auf ihr Zimmer, halb nackt wie sie ist. Wenn er das erzählt, brauche ich gar nicht mehr zu prozessieren. Wenn du deine Geschäfte planst, denkst du an jede Kleinigkeit. Aber bei einer solchen Sache, da steckt dir der Verstand ganz tief in der Hose.»

«Dann wollen wir mal ein wenig Ordnung in die Dinge bringen», sagte Kellerer, nahm Emil grob beim Kragen und zog ihn ins Schlafzimmer. Dort goss er Wasser ins Lavoire, lockerte dem Jungen den Hemdkragen und drückte ihm den Kopf mehrmals ins Wasser, bis er nach Luft schnappte.

«Hilfe!», rief Emil und versuchte sich zu wehren, aber Kellerers Griff war wie aus Eisen.

«Es reicht, Mathis! Oder willst du ihn ertränken?», rief Mina aus dem Nebenraum.

Kellerer nahm ein Handtuch und trocknete dem Jungen grob das Gesicht und die Haare ab. Emil schien schon wieder etwas nüchterner zu sein. Dann knöpfte er dem Jungen das Hemd ordentlich zu. «Emil ...», sagte er mit einschmeichelnder Stimme.

Der Junge zuckte zusammen, denn plötzlich hatte Kellerer ein Messer in der Hand. «Ich liebe deine Mutter, und ich möchte ihr keinen Kummer machen. Siehst du das Messer?»

Emil nickte.

«Es ist sehr scharf. Ich könnte dir jetzt drohen, dass ich dich umbringe, wenn du etwas erzählst.»

«Ich ... ich werde nichts erzählen ...»

«Und ich werde dich nicht umbringen, weil ich das deiner Mutter nicht antun könnte. Aber nichts könnte mich davon abhalten, dir deinen kleinen Freund abzuschneiden, von dem du noch gar nicht weißt, wozu er nütze ist.» Er wanderte mit dem Messer hinunter zu Emils Hose. «Haben wir uns verstanden?»

Emil nickte noch einmal.

«Jetzt leg das Messer weg, Mathis.» Mina ging zu Emil und nahm ihn in den Arm. «Er wird dir nichts tun, mein Junge. Aber wenn du irgendjemand davon erzählst, was heute hier vorgefallen ist, oder jemand merkt, dass du betrunken bist, dann habe ich meine letzte Chance vor Gericht verspielt, verstehst du?»

«Ja, Mutter.»

Sie holte einen Kamm und zog ihm einen ordentlichen Scheitel. Dann kam Pepi mit dem Kaffee. Mina goss Emil eine Tasse ein, und er musste ihn schwarz trinken und gleich noch eine zweite hinterher.

Die Uhr der Salvatorkirche schlug sechs. Emil sprang auf. «Ich muss zurück, ich bin schon eine ganze Stunde zu spät.»

Er suchte nach seinem Zylinder und der Aktenmappe, und Pepi lief, um sie aus ihrem Zimmer zu holen. Wenigstens schwankte er nicht mehr, so viel hatte Mathis erreicht. Sie umarmte ihn. «Nächste Woche ist der Prozess. Bis dahin darfst du nicht mehr herkommen.»

«Ja, Mutter», sagte Emil mit gesenktem Blick und machte sich dann auf den Weg – deutlich darum bemüht, gerade zu gehen. Er sah gerade noch, wie Pepi in ihr Mieder griff und Kellerer ein paar Münzen gab.

Seit dem späten Nachmittag stand eine geschlossene einspännige Kutsche in der Nähe des Fähranlegers nach Duisburg. Es war die Kutsche der Familie Messmer, die Commissar Robert Borghoff sich ausgeliehen hatte, um unbemerkt die mit der Fähre ankommenden Passagiere beobachten zu können.

Unten am Anleger machte Polizeidiener Kramer seine Arbeit. Bei jedem Anlanden der Fähre beobachtete er die Ankommenden, notierte sich ihre Namen, winkte viele durch und befahl anderen zu warten. Wenn das Schiff mit den neuen Fahrgästen wieder ablegte, widmete er sich denen, die er aussortiert hatte, schrieb hinter die Namen Berufe, was sie in Ruhrort vorhatten oder wo sie unterzukommen gedachten.

Ihm war sichtlich unbehaglich, weil er wusste, dass der Commissar ihn beobachtete. Borghoff hatte zwar mehrmals deutlich gesagt, dass er nichts falsch gemacht hatte, trotzdem wirkte er nervöser als sonst.

Jetzt am Abend wurde die Schlange der Wartenden endlich etwas kleiner, die Zahl der Fahrgäste würde nur noch einmal ansteigen, wenn die Betriebe in Kaßlerfeld, Hochfeld und der Phoenix in Laar Schichtwechsel hatten. So hatte er die kleine Gruppe bereits kontrolliert, als das Schiff anlegte. Sein bereits geübter Blick schweifte über die Fahrgäste, die sich schon am Ausgang sammelten. Unter ihnen entdeckte er jenen jungen Mann, den er als Schreiber Hans Schmitz inzwischen regelmäßig durchgewunken hatte.

Wie Borghoff ihm befohlen hatte, tat er das diesmal auch. Unbehelligt verließ der junge Mann die Anlegestelle. Er sah sich um, wohl um eine Mitfahrgelegenheit in die Stadt zu bekommen, doch außer einem Ochsenkarren, auf dem man nicht sitzen konnte, gab es kein Gefährt.

Borghoff wies Polizeidiener Wacker, der in Zivil als Kutscher fungierte, an, zurück nach Ruhrort zu fahren. Als sie neben dem Zylinderträger mit der Aktenmappe angekommen waren, hielt er an. Robert öffnete die Tür. «Möchten Sie mitfahren?», fragte er.

«Gern», antwortete der junge Mann, dann sah er, wer ihn angesprochen hatte. Einen Augenblick schien er zu überlegen, ob er fliehen sollte.

«Steig ein, Emil», sagte Borghoff ruhig.

Emil hatte Schwierigkeiten, in die Kutsche zu klettern.

«Du bist betrunken», stellte der Commissar fest. «Wo bist du gewesen?»

«In Duisburg.» Es hatte keinen Zweck, das zu leugnen, wenn sein Onkel ihn schon an der Fähre beobachtet hatte.

Robert steckte seinen Kopf aus dem Fenster und rief dem Polizeidiener zu: «Fahren Sie langsam, wir haben Zeit!»

Dann wandte er sich wieder seinem Neffen zu. «Was hast du da gemacht?»

«Na, getrunken.»

Robert lächelte. «Glaubst du, ich weiß nicht, dass deine Mutter in Duisburg ist? Wallstraße 237 wohnt sie.»

«Ich habe keine Ahnung, wovon du redest. Ich war in einer Kneipe und habe getrunken», sagte Emil trotzig.

«Und das hättest du in Ruhrort nicht tun können?»

Emil schwieg.

«Du machst deinem Onkel Georg und deiner Tante Aaltje großen Kummer, ist dir das klar?»

«Das ist mir egal.» Langsam gehorchte Emils Zunge ihm

wieder. «Jahrelang haben sie Mutter schlechtgemacht und ihre Briefe vor uns versteckt, behauptet, sie kümmere sich nicht um uns. Aber das war nicht so. Sie hat immer wieder darum gebeten, uns sehen zu dürfen. Sie hat angeboten, dass wir wieder bei ihr leben könnten. Sie liebt uns, mich und Josef. Und Onkel Georg – ach was, ihr alle –, du, Tante Lina, Tante Guste und Onkel Bertram habt uns gesagt, sie sei schlecht für uns.»

Seufzend fuhr sich Robert durch die Haare. «Emil, vielleicht hätte man wirklich früher mit dir sprechen müssen, damit du das alles auch verstehst. Und vielleicht ist es jetzt auch zu spät dafür, weil du offensichtlich viel Umgang mit deiner Mutter hattest in der letzten Zeit und sie dir viele Lügen erzählen konnte.»

«Mutter lügt nicht. Sie war immer ganz ehrlich zu mir.»

«Aha, dann hast du sie also wirklich besucht in Duisburg. Genauso, wie du die meisten ihrer Briefe gelesen hast, die deine Tante vor dir versteckt hat.» Robert setzte sich gerade hin. Noch einmal beugte er sich aus dem Fenster und rief dem Kutscher zu: «Halten Sie hier an. Wir beide gehen ein Stück zu Fuß.»

Er und Emil stiegen aus. «Sie können den Wagen zurück zu den Messmers bringen», sagte er dem Polizeidiener.

Sie waren noch recht weit von der Stadt entfernt, am Pontwert. Ein ganzes Stück vor ihnen hatte man begonnen, die neuen Hafenbecken auszuheben. Fast doppelt so groß würde der Ruhrorter Hafen sein, wenn alles in ein paar Jahren fertiggestellt war. «Was hat sie dir denn erzählt, warum sie damals ohne ihre Kinder weg ist aus Ruhrort?»

«Sie sagte, sie hätte die Stadt verlassen müssen, weil man sie übel verleumdet hat. Onkel Georg hätte ihr all ihr Geld weggenommen, deshalb musste sie uns hierlassen. Und dann hat Onkel Georg unseren Vater in Amerika dazu überredet, ihm die Vormundschaft zu übertragen. Der durfte das bestimmen, obwohl er uns im Stich gelassen hatte.»

«Nun, Emil, ich sage dir jetzt, wie es damals wirklich war.»

Er schwieg einen Moment, dann fuhr er vorsichtig fort: «Deine Mutter hatte einen Mann kennengelernt, einen Mann, der ein Verbrecher war. Hast du etwas von den Morden gehört, die damals hier geschehen sind?»

Emil sah ihn nicht an. «Jemand hat mal in der Schule davon erzählt.»

«Dieser Mann hatte mit diesen Morden zu tun.» Er stockte. «Es ist eine merkwürdige Sache, wenn die Menschen sich verlieben, Emil. Manchmal sind sie dann völlig blind für alles Schlechte. Deine Mutter war blind vor Liebe, vor allem, weil dein Vater sie endgültig verlassen hatte. Damals sind ein paar Dinge geschehen, über die in Ruhrort niemand gerne spricht. Einige Leute waren gezwungen, die Stadt zu verlassen, weil sie Schlimmes getan hatten und der Bürgermeister sie nicht mehr hier duldete – und ja, deine Mutter gehörte dazu, weil auch sie daran beteiligt war.»

«Das glaube ich nicht. Du willst sie nur schlechtmachen, wie alle anderen auch!», rief Emil empört.

«Emil, deine Tante Lina wäre beinah gestorben, weil deine Mutter sie diesen Leuten ausgeliefert hat. Sie war ihm vollkommen hörig – ohne Sinn und Verstand.»

«Hör endlich auf mit diesen Lügen!» Emil ging schneller, aber Robert holte ihn ein und packte ihn am Arm, damit er nicht weglaufen konnte.

«Du kennst deine Tante Lina. Sie lügt nicht, das solltest du wissen. Sie hat mir damals auch erzählt, dass, selbst wenn deine Mutter nicht gezwungen gewesen wäre, Ruhrort zu verlassen, sie mit diesem Mann weggehen wollte – ohne euch beide.» Er merkte, dass das, was er sagte, bei dem Jungen nicht wirklich ankam. Er wollte nichts Schlechtes über seine Mutter hören.

«In ein paar Tagen ist der Prozess, den deine Mutter angestrebt hat», fuhr er fort.

«Ja. Und ich weiß, dass du noch mehr Lügen über Mutter zusammengetragen hast und sie natürlich dir als Polizist glauben werden.» Emil stieß wütend mit dem Fuß einen Stein weg.

«Das sind Berichte der Königlichen Polizei über den Mann, mit dem sie zusammen war. Und es sind keine Lügen.»

«Dann hat sie eben einen Fehler gemacht und war mit dem falschen Mann zusammen», schrie Emil plötzlich. «Aber sie ist unsere Mutter, und sie liebt uns, und sie will uns bei sich haben und …»

«Ich weiß nicht, wie ihre finanziellen Verhältnisse derzeit sind», unterbrach ihn Robert. «Jedenfalls glaube ich kaum, dass sie dir ein Studium bezahlen könnte. Dir eine Zukunft bieten, wie das dein Onkel Georg kann. Wobei du deinen teuer bezahlten Unterricht bei dem Hauslehrer in der letzten Zeit so oft geschwänzt hast, dass es zum Studium vielleicht nicht mehr reichen wird.» Er blieb stehen. «Georg ist streng, und er verlangt viel von seinen Kindern und auch von dir und Josef. Und du lehnst dich dagegen auf. Das tun viele in deinem Alter. Es ist schwer, erwachsen zu werden. Wenn du bei deiner Mutter lebst, wird das nicht anders sein, Emil. Aber vielleicht noch ein bisschen schwerer, weil sie dir nicht die Möglichkeiten bieten kann wie dein Onkel.»

«Das ist mir egal. Hauptsache weg hier aus diesem Kaff, weg von euch Lügnern. Und wenn Josef das nicht will, dann gehe ich eben allein zu ihr.»

«In drei Jahren, wenn du volljährig wirst, steht dir das frei. Bis dahin nicht. Und mach dir keine falschen Hoffnungen: Den Prozess wird deine Mutter nie gewinnen. Nicht nach dem, was sie uns allen angetan hat. Auch euch.» Robert ließ ihn los.

«Ich hasse dich!», schrie Emil. «Ich hasse euch alle!»

«Wenn ich oder einer meiner Polizisten dich noch einmal auf dem Weg nach Duisburg erwischt, wird Georg davon erfahren», sagte Robert ruhig. «Und jetzt geh nach Hause. Versuche dich hineinzuschleichen, denn wenn dein Onkel merkt, dass du betrunken bist, bekommst du eine Menge Ärger.»

Emil sah aus, als wollte er noch etwas sagen, stattdessen stiegen ihm die Tränen in die Augen. Er drehte sich auf dem Absatz um und rannte los. Nach Hause, wie Robert hoffte.

Zita stand am Fenster des Zimmerchens. Hermann arbeitete noch den halben Monat als Puddler in der Nachtschicht, weil erst ein Nachfolger eingearbeitet werden musste. Dann würde er tatsächlich als Werksarzt eingestellt. Zita war froh, dass sie ihn dazu hatte überreden können. Sie dachten auch schon über ein neues Quartier nach, denn auf Dauer konnten sie nicht zu zweit in dem engen Bett liegen, und für ein zweites war hier kein Platz.

Jeden Abend seit der Mainacht hatte sie gehofft, dass Weingart auftauchen würde, aber er war nicht gekommen. Sie fürchtete schon, dass er ihr nur versprochen hatte, ihre Tochter zu retten, um sie bei der Stange zu halten.

Auch heute hatte sie wieder und wieder aus dem Fenster geschaut und auf ein Signal von Weingart gehofft, aber nichts war geschehen. Seufzend setzte sie sich auf das Bett. Zum Flicken von Hermanns Arbeitskleidung war es schon zu dunkel.

Plötzlich prallte etwas gegen das Fenster, und gleich noch einmal. Sie sprang auf, und da stand Uli Weingart. Sie griff ihren leichten Schal und rannte hinunter.

«Ist sie hier?», fragte sie. «Ist Resi bei ihm?»

«Ja, sie ist hier. Ich habe sie gestern gesehen. Pepi und die Mädchen kümmern sich um das Kind.»

Sie gingen wie gewöhnlich in eine Kneipe, diesmal am Marktplatz.

«Und wann kannst du sie mir bringen?», fragte Zita.

«Immer mit der Ruhe. Sie ist bei Kellerer in Duisburg, da kann ich nicht so oft hin. Es gibt scharfe Kontrollen, ich darf nicht auffallen. Aber die Polizei denkt, sie würde uns damit in der Stadt festhalten ... Dieser Polizist Borghoff ist verdammt schlau, aber wir sind ihm immer einen Schritt voraus, trotz all seiner Maßnahmen.»

«Und ihr habt gute Beute gemacht?»

«Ja, das haben wir.» Weingart schien stolz zu sein auf den Raubzug. «Rein und schnell wieder raus mit Schmuck, Geld und was sonst noch wertvoll ist. Saubere Arbeit war das.»

«Bis auf die Frau. Ich ... ich dachte fast, das war Mathis selbst.»

«Hat Hermann dir von seiner Frau erzählt?»

Sie nickte.

«Ja, das war schlimm. Er hat damals gewütet wie ein Raubtier. Ich musste draußen vor der Tür aufpassen. Aber diesmal ist er selbst nicht auf den Raub gegangen. Veit und Peter waren in dem Haus von diesem Sannberg, und Loiserl hat draußen Wache gestanden. Er sagt, sie waren ganz weiß um die Nase, als sie wiederkamen – ohne Beute.»

«Dann war die Frau schon tot?»

Weingart nickte bedächtig. «Sie lag leblos in ihrem Blut, das Messer noch in der Brust. Die beiden haben sich schnell verdrückt, weil sie nicht wussten, ob der Mörder noch in der Nähe ist.»

Zita schwieg. Dann sagte sie: «Uli, du musst mir Resi bringen. Es kann doch nicht mehr lange dauern, bis Kellerer seine Zelte hier abbricht. Rein und wieder raus, wie du gesagt hast.»

«So schnell kann er nicht weg. Mina versucht, ihre Söhne wiederzubekommen, und der Prozess ist erst in ein paar Tagen. Und dann gibt es ja noch ein paar Häuser, die wir trockenlegen können.»

«Noch mehr Einbrüche?»

«Diese Stadt ist klein, Zita, aber die Leute sind unglaublich reich. Hinter all der grauen protestantischen Scheinheiligkeit verstecken sie Luxus und Pracht und tun nach außen bescheiden. Hier ist noch viel zu holen. Kellerer will, dass du weiter die Ohren spitzt.»

Zita seufzte. «Es wird schwieriger werden. Sie werden nicht mehr so offen über diese Dinge sprechen.»

«Im Modesalon der Frau des Polizeichefs? Wenn ein Ort sicher ist, dann doch dieser, oder? Und denk dran, Zita: Je mehr Hinweise du uns lieferst, desto länger bleiben wir hier – und damit auch deine Tochter.»

Sie nickte resigniert.

Es gab niemanden, mit dem Emil hätte reden können. Über die schlimmen Dinge, die Commissar Borghoff über seine Mutter gesagt hatte. Über den merkwürdigen, furchterregenden Mann, mit dem sie offensichtlich in Duisburg zusammenlebte, ohne seine Ehefrau zu sein. In Ruhrort waren nur Huren mit Männern zusammen, mit denen sie nicht verheiratet waren.

Es war ihm tatsächlich gelungen, sich ins Haus zu schleichen, ohne dass jemand etwas bemerkte. Jetzt lag er angezogen auf seinem Bett.

Es klopfte leise an die Tür. «Wer ist da?»

«Josef.»

«Komm herein.»

Josef trat ein, schloss die Tür und setzte sich auf den Stuhl neben dem Bett. «Wo warst du denn den ganzen Tag?», fragte er seinen Bruder. «Der Hauslehrer sagte, du wärst bei einer Beerdigung, aber ich wusste ja, dass du nicht dabei bist.»

«Ich war ... unterwegs.»

«Glaubst du, ich weiß nicht, dass du bei ihr warst?»

«Bei wem?» Emil tat unschuldig.

«Bei Mutter. Und ich weiß auch, dass du schon öfter da warst. Gerhard Flesken hat dich in Duisburg gesehen.»

Flesken war ein ehemaliger Schulkamerad von Emil. «Gerhard, der redet viel ...»

«Er hat niemandem etwas erzählt, wenn du das meinst. Aber er hat gedroht, es Onkel Georg zu sagen, wenn ich ihm kein Geld gebe.»

Emil setzte sich auf. «Geld? Wie viel?»

«Mein ganzes Taschengeld, das ich gespart hatte. Vier Thaler.»

«Das ist eine Menge Geld», sagte Emil. «Ich würd's dir ja zurückzahlen, aber im Gegensatz zu dir gebe ich mein Geld aus.»

«Ja, das riecht man.» Josef rümpfte die Nase. «Du kannst es mir ja in Raten zahlen.»

«Du bist schon ganz wie Onkel Georg», fauchte Emil. Dann sprach er ruhiger weiter: «Ich werde dir das Geld zurückgeben. Aber Flesken wusste schon, warum er zu dir und nicht zu mir gekommen ist. Ich hätte ihm das Fell über die Ohren gezogen.»

Sie schwiegen eine Weile.

«Sie wird den Prozess verlieren», sagte Emil leise. «Onkel Robert hat irgendwelche schlimmen Dinge über sie zusammengetragen.»

«Dann werden die wohl stimmen.» Josef schien sich damit abgefunden zu haben, dass seine Mutter nicht die ferne Lichtgestalt war, die Emil in ihr sah.

«Wieso breiten immer alle Lügen über sie aus? Und wieso glaubst du denen und nicht ihr?»

«Weil Onkel Georg und Tante Aaltje immer gut zu uns waren. Sie machen keinen Unterschied zwischen dir und mir und ihren eigenen Kindern. Sie haben uns nicht im Stich gelassen und erst nach Jahren entdeckt, dass sie sich jetzt plötzlich um uns kümmern könnten. Wenn du mal ehrlich bist und nachdenkst über die Strafen, die Onkel Georg verhängt hat, dann musst du doch merken, wer die Menschen sind, die uns wirklich lieben.»

«Aber diese Leute machen Mutter schlecht, wann immer sie können. Sie verbreiten ständig Lügen über sie – aber das interessiert mich alles nicht. Ich weiß, dass sie uns liebt!» Josefs Worte machten ihn rasend.

«Ich sage ja nicht, dass sie uns nicht liebt. Aber sie hat uns auch im Stich gelassen. Und all diese Dinge, von denen sie reden und die sie nie wirklich beim Namen nennen, hat sie sicher getan. Warum sollten sie sich das ausdenken, vor allem Onkel Robert, der ist schließlich Polizist.»

«Du stehst also auch auf deren Seite», sagte Emil. «Wenn du so über Mutter denkst, dann bist du nicht mehr mein Bruder. Raus hier!», brüllte er.

Die Tür ging auf, und da stand Carolinchen, schon in ihrem weißen Nachthemd. «Ihr seid so laut, ich kann gar nicht schlafen.»

«Tut uns leid, Carolinchen», sagte Josef. «Geh schnell wieder ins Bett, wir werden jetzt ganz leise sein.»

«Seid ihr böse aufeinander?», fragte sie neugierig.

«Wir – nein. Wir sind nur unterschiedlicher Meinung.» Emil drehte sein Gesicht zur Wand.

Carolinchen schien nicht vorzuhaben, das Zimmer schnell zu verlassen. «Erzählt ihr mir noch eine Geschichte? So eine mit Räubern, Piraten und einer Prinzessin?»

«Das ist ja wohl eher deine Aufgabe, Josef», sagte Emil.

«Aber du hast mir doch auch schon oft etwas erzählt!», protestierte die Kleine. Sie drängte sich an Josef vorbei, setzte sich neben Emil auf das Bett und steckte ihre nackten Füße unter die Decke.

«Bitte!»

Josef seufzte. «In einem Land ganz weit weg von hier, da lebte …»

«Da lebte ein böser Räuber», fuhr Emil fort.

Carolinchen kuschelte sich an ihn, er legte den Arm um sie. «Er hatte schon alle Dörfer ausgeraubt, deshalb machte er sich auf die Suche nach einem Schiff, das ihn in ein anderes Land bringen sollte, wo er mehr Dörfer ausrauben konnte.»

«Und wann kommt die Prinzessin?», fragte Carolinchen.

Schon länger hatte Lina überlegt, wie sie die Zeiten, in denen sie weniger Aufträge für teure Ball- und Nachmittagskleider hatte, überbrücken könnte. Die Arbeitskleidung und auch die Blusen und Röcke und Schürzen, die sie fertig genäht von einer Fabrik erwarb und über den Stoffladen an weniger vermögende Ruhrorter verkaufte, waren ein guter Zuverdienst. Was aber fehlte, waren Kleider für all die, die mehr ausgeben konnten, aber für Maßgeschneidertes nicht genug Geld hatten.

Schon vor längerer Zeit hatte Lina ein paar Entwürfe gemacht, einfache zweiteilige Sommerkleider aus geblümten Stoffen, die mit wenigen Änderungen für viele Staturen passend gemacht werden konnten, eine ganze Kollektion von Spitzenkragen und passenden Ärmelenden, die anknöpfbar waren, und strenge weiße Blusen und dunkle Röcke.

Nachdem nun klar war, dass fast alle Nähte mit der Maschine gemacht werden konnten, verkürzte das die Zeit, die eine Näherin für die Fertigstellung eines solchen Kleides brauchte, erheblich. Zusammen mit den günstig eingekauften Stoffen würde Lina die Kleider zu recht niedrigen Preisen, aber mit Gewinn verkaufen können.

Zita und Grete waren mit Kundenaufträgen beschäftigt, aber Susanna, Maria und die vor dem Maiball wieder eingestellte Albertine könnten sich um diese preiswerte Konfektionsware kümmern. Während Maria die kniffligere Handarbeit der Kragen und Ärmel übernahm, kurbelten Susanna und Albertine an den Maschinen die Nähte herunter.

Lina hatte sich gerade das erste fertige Kleid in der Werkstatt angesehen, als Polizeidiener Schröder an die Tür klopfte. Er berichtete, dass der Baron am Nachmittag nach Wesel überstellt werden würde und darum gebeten hatte, dass Lina ihn zuvor noch einmal besuchte.

Lina ließ alles stehen und liegen und machte sich gleich auf den Weg.

In den Polizeiräumen des Rathauses war es sehr ruhig. Abgesehen von Schröder waren nur zwei Schreiber da, die gerade das Melderegister auf den neuesten Stand brachten. Lina wusste, es war nicht ihre Aufgabe, aber der Bürgermeister unterstützte die Durchsuchungsaktionen, indem er Roberts Leuten die Schreibarbeiten von den städtischen Schreibern abnehmen ließ.

Lina ging gleich hinunter ins Gewahrsam. Cornelius sah schlecht aus, er hatte tiefe Ringe unter den Augen. Wahrscheinlich hatte er kein Auge zugetan, seit er wusste, dass Robert den Staatsanwalt unterrichtet hatte. In Wesel hatte er keine Freunde, die sich um ihn kümmerten, er wäre nur ein weiterer Gefangener.

«Lina, Beatrice war gestern hier und hat mich besucht, aber es hat sie so aufgeregt, dass nachmittags der Arzt kommen musste. Eberhard hat mich gebeten, sie nicht mehr zu behelligen. Er sorgt sich um sein ungeborenes Kind, das kann ich gut verstehen.»

«Was kann ich denn für dich tun, Cornelius?», fragte Lina.

«Ich möchte das Haus so schnell wie möglich wieder verkaufen und den Erlös meinen Töchtern zukommen lassen. Es hat mir wirklich kein Glück gebracht. Im alten ist noch alles in Ordnung, und du weißt, wie die Möbel dort gestanden haben. Könntest du dich um den Umzug kümmern?»

Lina nickte. «Ja, das werde ich tun. Und ich werde auch dafür sorgen, dass jemand den Verkauf in die Hand nimmt.»

«Danke, Lina. Du weißt, es muss schnell gehen, noch vor der Sitzungsperiode des Schwurgerichts.» Er sah auf den Boden. «Wenn ich ... wenn ich verurteilt werde, wird mein Vermögen vielleicht eingezogen, und dann bekommen meine Töchter gar nichts.»

«Hast du etwas wegen der Gießerei unternommen?», fragte Lina.

Er nickte. «Ich habe einen Vertrag mit Georg und Bertram abgeschlossen und ihnen meine Anteile überschrieben. Mögliche Gewinne gehen an meine Töchter.»

Er schluckte. «Das Gut wird ebenfalls verkauft. Ich hoffe, ich habe meine Angelegenheiten jetzt geregelt. So muss man sich fühlen, wenn man vom Arzt gesagt bekommt, dass keine Hoffnung auf Heilung mehr ist.» Er ballte für einen Moment die Faust. «Aber so wie es aussieht, wird es ja genau darauf hinauslaufen.»

Seine Verzweiflung schnitt Lina ins Herz. «Wenn du dem Richter klarmachen kannst, dass du außer dir warst, weil deine Frau dich betrogen hat ...»

Cornelius sah sie direkt an. «Lina, dazu müsste ich mich schuldig bekennen. Aber ich habe Elise nicht getötet, und ich werde nichts gestehen, was ich nicht getan habe.»

«Was hat dein Verteidiger dazu gesagt?»

«Er wollte, dass ich gestehe.»

«Vielleicht ...»

«Nein, Lina. Wenn es mein Schicksal will, dass ich auf der Guillotine ende, weil ich meine Unschuld nicht beweisen kann, dann wird das so sein. Aber ich werde nicht lügen, damit ich im Kerker weiterleben kann.»

Er steckte ein Papier durch das Gitter. «Das ist die Vollmacht für alles, was den Umzug und den Verkauf des Hauses betrifft. Wenn du Geld brauchst, wird Georg es dir geben.»

Lina nahm das Papier, und dann hielt sie seine Hand noch eine Weile fest. Sie wusste nicht mehr, was sie sagen sollte, und kämpfte mit den Tränen.

«Komm heute Nachmittag nicht her, wenn sie mich abholen, Lina», sagte er leise. «Tu dir das nicht an.»

«Aber ...»

«Es ist mein Wunsch.»

«Gut.» Sie ließ das Papier in ihrem Korb verschwinden.

Den Weg nach Hause konnte sie kaum sehen durch die Tränen, die sie mühsam zu unterdrücken versuchte. Bisher, solange er in Roberts Obhut war, hatte sie immer noch die Hoffnung gehabt, es würden Beweise zu seiner Entlastung auftauchen. Aber wenn sie ihn am Nachmittag in Ketten nach Wesel brachten, dann war es wirklich hoffnungslos.

Sie konnte nichts mehr für ihren Freund tun. Es blieb ihr nur, seinen Wunsch zu erfüllen, das Haus an der Friedrich-Wilhelm-Straße wieder so herzurichten, wie es vor dem Umzug gewesen war, und alles für den Verkauf des neuen Hauses vorzubereiten.

Mittags kam Robert zum Essen nach Hause. Antonie hatte unter Finchens Aufsicht Kaninchenpfeffer zubereitet. Die Borghoffs hielten hinten im Hof einige Tiere, die sich auch eifrig vermehrten. Aber da sie von Finchens Kindern heiß geliebt wurden, musste man sehr vorsichtig sein, wenn eines oder zwei geschlachtet werden sollten. Finchens Notlüge war dann immer, dass eine böse Katze die Kaninchen geholt hatte.

Am Sonntag hatte es die Keulen gegeben, das übrige Fleisch und die Innereien waren schon gleich nach dem Schlachten drei Tage sauer eingelegt worden.

Robert und Lina aßen im Salon. Robert schien es zu schmecken, aber Lina rührte kaum etwas an.

«Ich hörte, du warst bei Cornelius heute Morgen.» Robert wusste genau, was seine Frau bedrückte.

«Er bat mich, seine Möbel zurück in das alte Haus zu schaffen.» Sie legte das Besteck beiseite. «Robert, er bringt seine Angelegenheiten in Ordnung, als wäre er schon zum Tode verurteilt. Und er wird kein Geständnis ablegen, weil er nach wie vor sagt, dass er unschuldig ist. Der Cornelius, den ich kenne, würde seine Freunde nicht anlügen. Er kann es einfach nicht getan haben.»

«Ich habe keine Wahl», sagte Robert.

«Es wird nicht besser dadurch, dass du es immer wiederholst.» Lina sah ihn an in einer Mischung aus Wut und Verzweiflung. «Hast du wirklich alles überprüft? Alle Aussagen?»

«Ja, Lina. Ich würde ihm ja selbst gern helfen.»

«Wie sieht es der Duisburger Staatsanwalt, als er entschieden hat, den Fall gleich zum Schwurgericht zu geben?»

Robert seufzte. In Gedanken war er es hundertmal durchgegangen. «Sie sind früh vom Maiball weg, weil Elise sich nicht wohl fühlte.»

«Und es ging ihr wirklich nicht gut an dem Abend, das wissen wir beide. Cornelius hat also nicht vorgegeben, früher wegzuwollen.»

«Zu Hause haben sie einen Schlummertrunk zu sich genommen, Elise Wasser und er Rotwein. Er sagt, dann seien sie sofort ins Bett, jeder in sein Schlafzimmer, und er wäre sofort eingeschlafen und nicht mehr aufgewacht, bis Rose ihn mühsam geweckt hat. Und da sei sie schon tot gewesen.»

Er schob den letzten Bissen in den Mund. «Elise wurde

aber mit seinem Messer erstochen, das im Abfall draußen versteckt wurde.»

«Das hätten aber auch diese Einbrecher nehmen können. Die Jagdutensilien hingen im Hausflur an einem Haken.»

«So wie es aussieht, hat es die Einbrecher gar nicht gegeben. Denn die angebliche Beute steckte ja in der Wand vom Herrenzimmer.»

Lina runzelte die Stirn. «Dann wird in der Anklage stehen, dass Cornelius den Einbruch vorgetäuscht habe, nicht wahr?»

Robert nickte. «Die einzige Schlussfolgerung, die man daraus ziehen kann.»

«Das ist doch Unsinn!» Jetzt war Lina wirklich wütend. «Die Diebstähle wurden doch erst ganz spät bemerkt. Wie hätte er davon wissen können, um euch auf eine falsche Fährte zu locken?»

«Ich glaube kaum, dass das den Staatsanwalt beeindrucken wird. Vor allem, weil Cornelius ja allen Grund hatte, seiner Frau etwas anzutun.» Er legte Lina die Hand auf den Arm. «Lina, lass es gut sein. Cornelius wird einen guten Verteidiger haben, der alles in seiner Macht Stehende für ihn tut.»

«Aber selbst der will, dass er sich schuldig bekennt.»

«Ja, das wäre auch besser. Vielleicht käme er dann sogar mit einem Totschlag davon. Die Gerichte sind gnädig mit gehörnten oder eifersüchtigen Ehemännern, noch dazu, wenn sie von Adel sind.»

«Eure ganze Anklage beruht auf der Annahme, dass Cornelius von der Affäre wusste.» Lina wurde wieder ruhiger.

«Aber er wusste davon.»

«Er streitet das ab. Es gibt nur einen, der behauptet, dass er es wusste: Ferdinand Weigel. Und in noch einer Sache steht Aussage gegen Aussage. Cornelius behauptet, Weigel habe gekündigt, und Weigel behauptet, Cornelius habe ihm gekündigt.»

«Schluss jetzt, Lina.» Robert schob den Teller beiseite und

stand auf. «Weigel war in Moers, das haben alle Angestellten dort bestätigt. Er ist gegen zehn Uhr zu Bett gegangen, da hat die Köchin noch die Küche in Ordnung gebracht und der Hausknecht seinen Rundgang gemacht.»

«Und dann sind alle schlafen gegangen.»

Robert sah Lina an. «Selbst wenn Weigel in der Nacht hierher zurückgekommen ist, werden wir ihm das nicht beweisen können. Denn am nächsten Morgen war er wieder in Moers, und alle Angestellten haben ihn beim Frühstück gesehen. Lina, meinst du, daran hätte ich nicht auch schon gedacht? Aber die Fähren waren voll in der Nacht mit Leuten, die in Ruhrort in den Mai gefeiert haben, keiner der Fährmänner erinnert sich an einzelne Gesichter. Wir werden es nicht beweisen können.»

Er war laut geworden, was sonst gar nicht seine Art war. Daran erkannte Lina, wie sehr er damit kämpfte, seinen Freund heute in den möglichen Tod zu schicken.

Sie stand auf. «Es tut mir leid, Robert. Aber es ist so furchtbar ...»

«Ja, das ist es, Lina.» Er nahm sie in den Arm, und sie hielten sich eine Weile. Lina schluchzte leise vor sich hin. «Ich hasse es, dass ich so hilflos in dieser Sache bin», flüsterte er.

«Du musst zum Dienst», sagte Lina.

«Ich halte dich noch ein bisschen ...»

Doch Lina machte sich los. «Es hat keinen Zweck zu heulen. Das hilft Cornelius auch nicht.» Dann musste sie lachen, denn ihr Mann hielt ihr ein Taschentuch hin.

«Immer wenn ich es brauche, hast du ein Taschentuch für mich.»

«So ist das, wenn man sich liebt», sagte er ernst, dann streichelte er ihr über die tränennasse Wange. «Ich fürchte, diesmal werden wir den Fall nicht zu unseren Gunsten wenden können, Lina. Damit müssen wir uns wohl abfinden.»

Am Nachmittag versuchte Lina, sich mit Arbeit von den Gedanken an Cornelius und seine Überstellung nach Wesel abzulenken. Albertine, die wie Grete und Susanna in einer Textilfabrik gearbeitet hatte, war die Idee gekommen, viele verschiedene Stoffe auf einmal zu schneiden, indem sie sie übereinanderlegte und dann statt mit einer Schere mit einem scharfen Messer schnitt. Das ging bei den geraden Teilen sehr gut, die Rundungen übernahm Zita dann mit der Schere.

Die dünnen Baumwollkleider waren rasch zusammengenäht, Lina erwartete, dass sie schon bald eine stattliche Anzahl davon im Laden hängen hatte. Sie versuchte eine Zeitungsanzeige zu formulieren, aber sie konnte sich einfach nicht konzentrieren.

«Ich gehe zu meiner Schwester», sagte sie Finchen, die mit Antonie über dem Haushaltsbuch saß. Finchen, die genau wusste, was Lina beschäftigte, weil sie selbst immerzu an den Baron denken musste, nickte ihr aufmunternd zu.

Lina war gerade aus dem Haus, da ging die Glocke an der Tür des Stoffladens. Christian war im Lager beschäftigt, das wusste Finchen. «Ich sehe nach», sagte sie zu Antonie und ging nach vorn.

Doch es war kein Kunde, der da hereingekommen war. «Simon ...», flüsterte Finchen. Sie dachte kurz daran, wegzulaufen, nach hinten, wo Christian ihr vielleicht helfen konnte, aber sie spürte deutlich, dass ihre Knie so weich waren, dass sie es nie schaffen konnte, bevor er sie eingeholt hatte. Deshalb stellte sie sich hinter die Ladentheke.

«Guten Tag, Finchen.» Simon sah noch zerlumpter aus als beim letzten Mal. Er war schmal geworden, und die Augen lagen tief in den Höhlen. Er humpelte immer noch, denn der verletzte Fuß war nicht behandelt worden.

Seine Glückssträhne hatte nicht sehr lange angehalten, und seinen letzten Groschen hatte er auf der Fähre ausgegeben. Eigentlich wäre es ihm sogar egal gewesen, wenn die Polizei ihn gleich am Anleger festgenommen hätte. Im Gefängnis hätte er vielleicht etwas zu essen bekommen.

«Bitte, du brauchst keine Angst zu haben ...» Er kam einen Schritt näher, aber Finchen, die das Ladenregal im Rücken spürte, streckte ihren gesunden Arm aus.

«Bleib, wo du bist, sonst schreie ich!»

«Finchen, hast du etwas zu essen für mich?»

Sie sah ihn an, und er blickte auf den Boden, so sehr schämte er sich. «Bitte, Finchen. Nur ein Stück Brot, und dann gehe ich wieder.»

«Antonie!», rief Finchen. Wenig später stand sie im Laden. «Was will der hier? Soll ich Dietrich holen?»

«Nein, bring bitte etwas zu essen aus der Küche. Und dann wird Simon wieder gehen. Aber sorg dafür, dass keines der Kinder ihn sieht!»

Antonie nickte. Wenig später kam sie mit zwei Wurstbroten zurück. Auch einen Becher Milch stellte sie auf die Ladentheke.

Schweigend sahen die beiden Frauen zu, wie Simon die Schnitten gierig verschlang. Als er die Milch getrunken hatte, sagte Finchen: «Jetzt kannst du verschwinden. Und das war das letzte Mal, Simon. Hier bekommst du nichts mehr.»

Er nickte nur, dann hinkte er zum Ausgang. «Danke», sagte er leise. Er öffnete die Tür, doch dann drehte er sich noch einmal um. «Finchen, bitte, nimm mich wieder auf. Ich ... ich habe mich geändert. Ich werde nicht mehr spielen und hart arbeiten, das verspreche ich dir. Wenn dieser verdammte Fuß wieder gesund ist, gehe ich auf den Phoenix ... Ich bin müde, Finchen. Ich brauche ein Bett und ein Dach über dem Kopf.»

«Du hast gesagt, wenn du etwas zu essen bekommst, gehst du wieder.» Finchen versuchte ruhig zu bleiben.

«Ich gehe und hole Dietrich her», sagte Antonie.

«Nein, nein, ich gehe schon.» Simon hatte Mühe, die drei Stufen hinunterzukommen. Antonie eilte zur Tür und verschloss sie. Sie sah Simon mühsam die Straße hinunterhinken.

«Antonie, ich werde zum Commissar gehen und ihm sagen, dass er wieder hier in Ruhrort ist», sagte Finchen, aber Antonie schüttelte heftig den Kopf. «Wir schicken Dietrich. Der braucht wenigstens keine Angst vor ihm zu haben.»

«Ich denke fast, so wie er aussieht, braucht niemand Angst zu haben», sagte Finchen leise. «Aber du hast recht, Dietrich soll gehen.»

Die Stimmung im Hause Messmer war natürlich keinen Deut besser. Beatrice hatte den ganzen Morgen nur geweint, bis ihre Schwiegermutter sie überreden konnte, sich hinzulegen.

Guste und Lina zogen sich in das Damenzimmer zurück, in dem auch der Baron übernachtet hatte. «Ich werde fast verrückt, wenn ich daran denke, was mit dem armen Cornelius geschieht», sagte Guste. «Egal, was die Leute erzählen oder was die Polizei dazu sagt, ich glaube nicht, dass er es getan hat.»

«Nicht einmal Robert glaubt das.» Lina setzte sich. «Aber ihm sind die Hände gebunden.»

«Wenn es erst zum Prozess kommt, werden sich noch mehr Leute von ihm abwenden. Stell dir vor, Beatrice wurde heute von einigen Damen nicht gegrüßt. Eberhard überlegt bereits, von hier fortzugehen.»

Gustes Köchin Doris kam herauf und brachte Tee. Während Lina in ihrer Tasse rührte, betrachtete sie das Portrait von Maria Messmer. Und tatsächlich, dort auf dem Tisch neben ihr stand, wie Robert es berichtet hatte, das kleine Holzkästchen.

«Was ist eigentlich aus dem Holzkästchen auf dem Bild geworden, hat Bertram es noch?», fragte Lina.

Guste sah sie befremdet an. «Wie kommst du denn jetzt darauf?»

«Ach, ich habe in letzter Zeit mal ein ähnliches Kästchen gesehen. Es ist doch hübsch.»

«Damals hätte er es mir schenken können, ich hätte es nicht gewollt. In allen Räumen schien Maria noch anwesend zu sein. Ich war fremd in meinem eigenen Haus.»

Lina lächelte. «Das lag daran, dass das alte Haus auch ihr Haus gewesen ist. Ich war ja damals noch jung, aber ich habe es auch immer ganz deutlich gespürt. Ich habe dich bewundert, dass du das so gut gemeistert hast.»

«Wirklich? Ich denke, die einzig Bewundernswerte in unserer Familie bist du, Lina.» Guste runzelte auf einmal die Stirn. «Das Kästchen … komisch, es hat immer in Marias Zimmer gestanden. Ich durfte dort ja nichts anrühren oder verändern in den ersten Jahren. Und dann war es plötzlich weg, etwa ein halbes Jahr nachdem Bertram und ich geheiratet hatten. Ich habe es nie wieder gesehen.»

Die weitere Unterhaltung verlief nur schleppend. Guste hatte ihren Stickrahmen hervorgeholt, und während der Zeitpunkt von Cornelius' Überstellung immer näher rückte, waren beide mit den Gedanken ganz woanders. Plötzlich öffnete sich die Tür, und Beatrice stand dort. «Er hat mir gesagt, dass ich nicht zum Abschied kommen soll. Und Eberhard hat es mir auch gesagt. Aber das geht doch nicht. Ich muss mich doch von Papa verabschieden, wer weiß, ob wir ihn in Wesel überhaupt besuchen dürfen.»

Guste ließ den Stickrahmen sinken. «Du hast vollkommen recht, Kind. Komm, Lina, wir gehen mit.»

Vor dem Rathaus stand bereits eine große vierspännige Kutsche, die den Eingang zum Rathaus verdeckte, daneben zwei angeleinte Reitpferde. Lina, Guste und Beatrice gingen um sie herum. An der Rathaustür hatte Robert Sergeant Recke postiert.

«Sie können jetzt nicht hinein», sagte er den drei Frauen.

«Dürfen wir hier warten?», fragte Guste.

Recke nickte.

Von der anderen Seite der Kutsche kam jetzt Henriette Kortmann am Arm von Ferdinand Weigel näher.

«Sie sollten sich schämen, dem Mörder noch Geleit zu geben!», rief Henriette Kortmann zu ihnen herüber.

Lina spürte, wie Beatrice erbebte. «Sie hat ihre Tochter verloren, sie hat ein Recht darauf, bitter zu sein», sagte sie leise.

Beatrice nickte tapfer.

Zwei uniformierte Gendarmen traten aus der Rathaustür, hinter ihnen kam der Kutscher heraus, der gleich auf den Bock kletterte. Dann folgte ein weiterer uniformierter Polizist, der Cornelius von Sannberg herausführte. Man hatte ihm Ketten angelegt, um Füße und Hände, die mit einer weiteren Kette miteinander verbunden waren. Auch Robert trat vor die Tür.

«Papa!», rief Beatrice und machte einen Schritt auf ihn zu.

Der Polizist wollte sie wegschieben, aber Robert hielt ihn zurück. «Lassen Sie die beiden sich voneinander verabschieden», sagte er bestimmt.

Eine Umarmung war wegen der Ketten nicht möglich, so küssten sie sich nur auf die Wangen.

«Du hättest nicht herkommen sollen», sagte er und blickte dann Lina und Guste an. «Ich hatte euch doch darum gebeten.»

«Sie haben mich nur begleitet», erklärte Beatrice.

«Immer eine Sonderbehandlung für den Herrn Baron!», rief Henriette Kortmann von der anderen Seite.

Der Weseler Polizist drückte von Sannberg bestimmt in Richtung Kutsche und öffnete die Tür. Der Baron hatte Schwierigkeiten, mit den Fußketten hineinzuklettern. Der

Polizist stieg hinter ihm ein, um ihn drinnen an die Kutsche zu ketten. Dann sprang er wieder heraus und stieg auf den Kutschbock.

Die beiden Gendarmen saßen schon auf ihren Pferden. Langsam setzte die Kutsche sich in Gang. Lina konnte noch einmal kurz Cornelius' Gesicht sehen, bevor er sich zurücklehnte.

«Da fährt er hin, der Mörder!», sagte Henriette Kortmann, laut genug, dass alle es hören konnten. «Hoffentlich wird er einen Kopf kürzer gemacht.»

Lina trat ihr ein Stück entgegen. «Halten Sie den Mund, Frau Kortmann. Noch ist er nicht verurteilt.»

«Ja – und als reicher Adliger hat er auch noch gute Chancen, dass es nie dazu kommt», zischte Henriette. Dann zeigte sie auf Beatrice und ihren Schwangerschaftsbauch. «Wie leben Sie denn damit, das Enkelkind eines Mörders in sich zu tragen?»

Beatrice brach in Tränen aus.

Lina wollte ihr antworten, aber Robert trat mit einem warnenden Blick dazwischen. «Gehen Sie jetzt alle nach Hause. Es ist vorbei!»

Er wandte sich an Lina. «Ich muss mich jetzt darum kümmern, Simon wieder einzufangen. Dietrich war eben hier. Er war im Laden und hat Finchen um Essen angebettelt. Offenbar in ziemlich erbärmlichem Zustand.»

«Ich werde noch einmal mit Finchen reden. Dir viel Glück, dass du Simon findest. Und endlich zu Vernunft bringen kannst.»

Nachdem Robert gegangen war, begleitete Lina die beiden Frauen noch die paar Schritte bis zum Hause Messmer.

«Du musst dich gleich hinlegen, Beatrice. Und kein Wort zu Eberhard, sonst redet der nicht mehr mit mir», sagte Guste.

Sie brachten Beatrice zu Bett, die zugab, ein- oder zweimal

leichte Wehen verspürt zu haben. Beide hofften, dass die Ruhe ihr helfen würde. Guste machte sich große Sorgen.

«Ich hätte es ihr ausreden müssen, Lina.»

«Dann hätte sie sich nicht weniger aufgeregt. Hoffen wir das Beste.» Damit machte sie sich auf den Weg nach Hause.

11. Kapitel

Nun, da Hermann und Zita beide tagsüber arbeiteten und nachts schliefen, mussten sie dringend ein neues Quartier finden – ein schwieriges Unterfangen, wie sich bald zeigte. Als unverheiratetes Paar konnten sie sich nicht einfach zusammen irgendwo einmieten, selbst in der Altstadt. Schließlich schlug Zita vor, dass nur einer von beiden aus dem Zimmerchen in der Milchstraße ausziehen sollte. Aber Hermann schien seltsam unentschlossen und ging nicht weiter auf den Vorschlag ein.

Zita kam nun meist später nach Hause als der Herr Doktor. Das kleine Öfchen war dann bereits angeheizt und Wasser für einen Tee aufgesetzt.

An diesem Abend musste sie unten an der Treppe warten, denn zwei Tischler schleppten ein Bett nach oben. Erst als sie ihnen folgen konnte, wurde ihr klar, dass sie es in Hermanns Zimmerchen brachten. Das alte stand schon vor der Tür, aufrecht an die Wand gelehnt.

«Ich wollte dich überraschen!», sagte Hermann. Das Bett war jetzt so breit wie der ganze Raum, für zwei immer noch eng, aber ausreichend. Sie würden von nun an vom Fußende ins Bett steigen müssen, deshalb hatte Hermann das Gestell ganz niedrig arbeiten lassen. «Einen neuen Strohsack habe ich auch schon besorgt.»

Er bezahlte den Tischler, und Zita sah, dass es fast seine ganzen Ersparnisse waren.

Zita schaute ihm zu, wie er den genau passenden Strohsack in das Bett legte. «Warum willst du hier wohnen bleiben, obwohl du jetzt das Dreifache verdienst?»

Er sah auf. «Das fragst du?»

Sie begann ihm zu helfen. Das untere Laken war knapp, aber es musste für die erste Nacht reichen.

Hermann sah sie nicht an, als er leise sagte: «Ich kann mir nicht mehr vorstellen, ohne dich zu leben.»

«Hermann ...»

Sanft fasste er sie bei den Schultern. «Ich habe so sehr in Angst gelebt in den letzten Jahren. Ich hätte sogar die Werksarztstelle abgelehnt, wenn du mir nicht zugeredet hättest. Du hattest so recht, was nützt es, am Leben zu sein, wenn die Angst jeden Schritt bestimmt, den man tut. Du hast mir die Augen geöffnet. Und nun, da es so aussah, dass wir nicht mehr miteinander wohnen können, habe ich gemerkt, dass auch du zu meinem neuen Leben gehören musst.»

Zita konnte keinen klaren Gedanken fassen. Es hatte ihr selbst so viel Kummer gemacht, bald nicht mehr mit Hermann zusammen zu sein, aber sie hatte sich nicht eingestehen wollen, dass sie inzwischen viel mehr für ihn empfand als nur Freundschaft.

«Ich weiß, dass du ... dass du vielleicht noch nicht bereit bist für mehr als ... als Freundschaft», fuhr Hermann fort. «Aber ich will auch die auf keinen Fall missen. Die alte Heising duldet uns hier, also sollten wir bleiben. Willst du?»

Zita sah sich um. Mit dem großen Bett war jetzt noch weniger Platz, von den Wänden blätterte der Putz ab, die Bodendielen waren abgetreten, und der einzige Stuhl wackelte so sehr, dass man befürchten musste, er breche bald zusammen, selbst wenn sich niemand daraufsetzte. «Ja, Hermann. Ich will hier weiter mit dir wohnen. Und ...» Sie stockte. «Wenn es dir recht ist, kann es auch mehr als Freundschaft sein.»

«Was?», fragte er. «Ist das dein Ernst?»
Sie nickte.
Er schloss sie fest in die Arme und küsste sie.
Wenig später lagen sie in dem neuen Bett. Hermann hatte Zita das einzige Kissen überlassen, er hatte eine Arbeitsjacke zusammengerollt. Das Laken verrutschte ständig und legte so den groben Strohsack frei, dessen Füllung durch die Hülle hindurchpikte. Die Decke war viel zu schmal, aber Zita und Hermann störte das nicht. Zufrieden hatte sie sich an seine Schulter gelegt.

«Ich habe Josefa wirklich aus ganzem Herzen liebgehabt», sagte Hermann. «Aber in dich hatte ich mich schon verguckt, da hatte Tomasz dich nicht einmal bemerkt.»

«Warum hast du damals nie etwas gesagt?»

«Ich war so ein Hallodri.» Hermann drückte ihr einen Kuss aufs Haar. «Ich dachte, bei der, bei der wirst du alles anders machen. An der liegt dir wirklich etwas. Und dann kam der Abend, als du zusammen mit Tomasz auftauchtest. Er war mein bester Freund. Da musste ich zurückstehen.»

«Du Dummer», sagte Zita leise. «Ich hätte ihn damals sofort für dich verlassen. Aber später, später habe ich ihn auch geliebt.»

«Da haben wir viele Jahre vertan.»

«Wir können alles nachholen.»

So lagen sie beisammen, eng aneinandergeschmiegt, bis Zita irgendwann merkte, dass Hermann eingeschlafen war. Vorsichtig löste sie sich aus seiner Umarmung. Was habe ich nur getan?, dachte sie traurig. Sie hatte genau das hier gewollt, sie hatte gewollt, dass er sie in die Arme nahm, gewollt, dass er ihr seine Liebe gestand. Aber sie hatte andererseits auch gehofft, dass es nicht geschah, weil da draußen Matthias Kellerer lauerte, ihre Tochter in seiner Gewalt war und sie nun beide, Hermann und Resi, in Lebensgefahr bringen könnte. Ganz zu schweigen davon, was passierte, wenn Hermann erfuhr, dass sie ihn belogen hatte.

Die Aufregung um die Überstellung des Barons nach Wesel hatte sich gelegt. Beatrice ging es wieder besser. Lina hatte gehofft, dass Henriette Kortmann die Stadt nun verlassen würde, aber nichts dergleichen geschah. Von Eberhard erfuhr Lina, dass Ferdinand Weigel ihr wohl helfen wollte, Ansprüche auf Anteile am Vermögen des Barons durchzusetzen. Noch war es ein paar Monate hin, bis das Schwurgericht tagen würde, und Lina befürchtete, dass Henriette Kortmann und Ferdinand Weigel bis zum Prozess in Ruhrort bleiben würden. Sie wohnten beide in einer kleinen, billigen Pension.

Lina hätte gerne schon den Verkauf des neuen Hauses des Barons geregelt, aber es gab nicht zuletzt durch die Eingaben Weigels im Namen von Elises Mutter Schwierigkeiten. Bisher durfte sie es nicht betreten. So blieben diese Arbeiten zunächst liegen.

Aber Lina hatte auch genug damit zu tun, ihre Schwägerin Aaltje zu unterstützen, denn der Prozess um die Vormundschaft der Jungen stand kurz bevor.

Am Abend vor dem Verhandlungstag musste Georg Dr. Feldkamp rufen lassen, weil Aaltje zusammengebrochen war. Nachdem der Doktor sie versorgt hatte, bat Georg Lina, nach ihrer Schwägerin zu sehen.

Aaltje saß schwer atmend im Bett, viele Kissen im Rücken. Carolinchen hockte bei ihr auf dem Bett und las aus der Schulfibel vor, als Lina und Georg das Zimmer betraten. «Das Ganze bringt sie noch um», hatte er gesagt, als er Lina zu seiner Frau führte.

Jetzt hob er Carolinchen vom Bett und trug sie hinaus. «Mutter braucht ein wenig Ruhe, Liebes.»

«Und warum kommt dann Tante Lina?», fragte das Mädchen.

«Weil sie noch mit deiner Mutter reden muss.» Er schloss die Tür hinter sich.

«Aaltje, warum machst du dir so viele Sorgen? Mina kann den Prozess gar nicht gewinnen.» Sie zog sich einen Stuhl heran und nahm die Hand ihrer Schwägerin.

«Es wird nie mehr Friede sein. Emil wird uns hassen.»

«Irgendwann wird auch er erkennen, was du und Georg für ihn getan habt. Du musst jetzt an dich denken und Ruhe bewahren.»

Aaltje nickte. «Mein Herz ist schwach. Der Doktor sagt, dass ich bin zu dick. Obwohl du meine Kleider eigentlich enger hast machen müssen.»

Das stimmte. Seit Mina in Ruhrort aufgetaucht war, hatte Aaltje so viel abgenommen, dass Lina ihre Kleider ändern musste. Trotzdem konnte man sie keineswegs als abgemagert bezeichnen, bei ihrer Leibesfülle fielen ein paar Pfund weniger kaum auf.

«Morgen Nachmittag ist alles überstanden. Du kannst dich auf Robert verlassen.»

«Ich darf nicht mit nach Duisburg. Der Doktor hat es verboden.» Aaltje begann zu weinen. Lina tätschelte hilflos ihre Hand. «Du könntest ja ohnehin nichts tun außer zuhören.»

Sie blieb bei Aaltje, bis die arme Frau eingeschlafen war. Dr. Feldkamp hatte ihr ein Mittel zur Beruhigung gegeben.

Georg hatte Carolinchen in die Obhut ihrer großen Schwester Elisabeth gegeben und begleitete seine Schwester nach unten. «Ich mache mir große Sorgen. Dr. Feldkamp will, dass sie vorläufig das Bett hütet, aber er kann nicht wirklich etwas tun.»

«Nach dem Prozess morgen wird hoffentlich wieder etwas Ruhe einkehren, und sie kann sich erholen», sagte Lina. Aber sie machte sich selbst Sorgen, vor allem darüber, was Emil tun würde, sobald er vom Ausgang des Prozesses erfuhr.

«Wenn ich Mina sehe ...»

Lina unterbrach Georg. «Du darfst auf keinen Fall jähzornig werden, Georg. Gib ihr keine Möglichkeit, dich in ein schlechtes Licht zu setzen.»

Er rieb sich das Gesicht. «Du hast ja recht, Lina. Aber es ist einfach zu viel passiert in der letzten Zeit. Die Sache mit Cornelius ... Bertram und ich vermissen ihn schmerzlich in der Gießerei. Seine vielen Bekannten und Geschäftsfreunde haben uns über die Krise gerettet. Was wird nur ohne ihn?»

«Ihr solltet Eberhard mit in die Geschäftsführung nehmen, statt ihn immer nur herumreisen zu lassen. Er ist jetzt bald Vater und möchte sicher sesshaft werden.»

Georg nickte. «Das haben Bertram und ich längst beschlossen. Aber es ist schwer, einen Ersatz für ihn zu finden. Wir dachten schon, wir sprechen mit diesem jungen Weigel, der scheint ein heller Kopf zu sein.»

«Georg, lasst euch nicht mit Weigel ein.»

Er runzelte die Stirn. «Warum nicht? Weißt du etwas, was ich nicht weiß?»

«Vertrau mir. Ich kann dir nicht mehr sagen.» Lina griff ihr Umschlagtuch und den Stock. «Bis morgen, Georg. Und sieh zu, dass Aaltje genug Schlaf bekommt.»

Der Prozess war vorbei. Lina saß mit Robert, ihrem Bruder und Justizrat Michel, dem Anwalt der Familie, in der großen Kutsche auf dem Weg zur Aakerfähre.

Alles war wie erwartet verlaufen. Spätestens nach der Verlesung von Auszügen aus der Akte der Geheimpolizei hatte Mina nicht mehr die geringste Aussicht darauf gehabt, den Richter auf ihre Seite zu ziehen.

Zuvor hatte ihr Anwalt sie als ehrbare Frau hingestellt, die wegen böser Verleumdungen gezwungen gewesen war, Ruhrort ohne ihre Kinder zu verlassen. Das war recht klug eingefädelt, denn Mina wusste genau, dass weder Robert noch ihr Bruder oder irgendein anderer Ruhrorter öffentlich über das sprechen wollte, was vor sechs Jahren wirklich geschehen war.

Lina saß neben Robert und Georg in der Bank und hatte Mina genau beobachten können. Ihre Schwester hatte ein schlichtes, dunkles Kleid angezogen, ihr Haar trug sie zum Knoten gebunden, genau wie Lina. Aber während Linas Haar bereits von ein paar wenigen grauen Strähnen durchzogen war, gab es in Minas nur das tiefe Rot – doch es unterschied sich von Linas Haarfarbe. Ihre Schwester färbte sich also ihre Haare, etwas, was in keinem Bürgerhaus geduldet wurde.

Der Richter befragte Mina nach ihren jetzigen Verhältnissen. Sie sagte aus, dass sie in Frankfurt lebe und kurz vor einer neuen Vermählung stehe mit einem Geschäftsmann, der vielleicht nicht so reich wie Georg sei, aber sie und die Jungen durchaus ernähren könne. Schließlich habe die Familie Bleibtreu schon in viel ärmeren Verhältnissen gelebt.

Als Mina zurück an ihren Platz ging, sah sie Lina einmal kurz direkt ins Gesicht. Innerlich zuckte sie zusammen angesichts des Hasses, den sie in diesem kleinen Moment von Mina ausgehend spürte. Da war kein Band mehr zwischen ihnen.

Justizrat Michel rief als Ersten Robert in den Zeugenstand. Dieser sagte aus, dass Mina damals mit dem Maler Reppenhagen, der in dringendem Verdacht stand, mit insgesamt zehn in Ruhrort begangenen Morden an Frauen, Männern und Kindern in Verbindung zu stehen, geflohen sei und ihre Kinder durchaus freiwillig zurückgelassen habe. Dann folgte die Verlesung der Akte.

Minas Anwalt nahm dies zum Anlass für heftige Angriffe auf Robert und beschuldigte ihn, sein Amt und seine Macht als Polizeichef missbraucht zu haben, was Robert gar nicht leugnete, da er zum Wohle der Jungen gehandelt hatte. Minas Gesicht versteinerte, als die Berichte der preußischen Geheimpolizei verlesen wurden. Im Mittelpunkt stand zwar Reppenhagen, aber der durch die Akte belegte Lebenswandel der beiden Flüchtigen war keinesfalls dazu angetan, ihnen Kinder anzuvertrauen.

Für Lina waren all diese Dinge neu, Robert hatte nie darüber gesprochen, geschweige denn sie die Akte lesen lassen. Mina und ihr Geliebter hatten von kleinen Betrügereien gelebt, und auch wenn es nur angedeutet wurde, so war doch zu vermuten, dass Mina sich mehr als einmal für Geld verkauft hatte.

Georg sagte als Nächster aus. Er schilderte, wie Justus Bleibtreu, der Vater der Jungen, ihm nach Minas Verschwinden offiziell die Vormundschaft übertragen hatte. Es gelang ihm, dabei ruhig zu bleiben und seinen Zorn auf Mina zu unterdrücken.

Minas Anwalt schien nur auf diesen Augenblick gewartet zu haben. Triumphierend stellte er in Frage, dass Bleibtreu als ein in Preußen polizeilich gesuchter Landesverräter überhaupt das Recht hatte, Georg zum Vormund seiner Söhne zu bestimmen. Der Richter aber, noch unter dem Eindruck der verlesenen Akte, wies das scharf zurück, da Mina die Jungen ja ebenfalls verlassen habe und Georg seine Fürsorge für die Jungen auf eine rechtlich einwandfreie Grundlage hatte stellen wollen.

Der Anwalt führte noch einmal aus, dass seine Mandantin inzwischen wieder ein geordnetes Leben führe. Mina selbst appellierte tränenreich an den Richter, einer Geläuterten noch eine Gelegenheit zu geben, ihre Fehler an den Jungen wiedergutzumachen.

Daraufhin zog Justizrat Michel seinen letzten Trumpf aus dem Ärmel, den er zuvor mit Roberts Hilfe sorgfältig vorbereitet hatte. Im Mittelpunkt stand das Haus Wallstraße 237 in Duisburg, dessen obere Stockwerke komplett von einem Matthias Kellerer angemietet worden waren – dem Mann, von dem sie vermuteten, dass er Minas neuer Verlobter war. Nach Aussagen der Nachbarn gingen dort seit einiger Zeit erstaunlich viele Männer ein und aus, und das Aussehen der dort lebenden jungen, ledigen Frauen ließ darauf schließen, dass es sich um einen Bordellbetrieb handelte. Die Staatsanwaltschaft Duisburg interessiere sich inzwischen auch für dieses Haus.

Lina konnte sehen, dass Mina bleich geworden war. Sie flüsterte mit ihrem Anwalt, der daraufhin wieder deutlich machte, dass auch in dieser Sache der Polizeichef von Ruhrort unberechtigt seine Beziehungen hatte spielen lassen.

Den Richter beeindruckte das jedoch nicht. Er gestand Georg und seinem Anwalt zu, jedes Mittel zu nutzen, wenn es darum ging, Kinder vor schlechtem Umgang zu schützen.

Dann fragte Justizrat Michel Mina, ob Herr Kellerer tatsächlich ihr «Verlobter» sei, mit dem sie in Frankfurt ein gemeinsames Leben führen wollte. Für einen Moment tat Lina ihre Schwester fast leid. Sie hatte bereits verloren, und es schien, als wolle der Anwalt sie treten, obwohl sie am Boden lag.

Mina aber stritt ab, Kellerer zu kennen, und behauptete, dass sie lediglich ein billiges Zimmer im selben Haus zur Untermiete bewohne. Sie tat entsetzt, dass sich angeblich solche Dinge dort abspielten, und bot an, sofort auszuziehen.

Doch der Richter schenkte ihr keinen Glauben mehr. Georg behielt die Vormundschaft über seine beiden Neffen – und mehr noch: Mina wurde sogar der Umgang mit ihren Kindern verboten. Bei der Verkündung des Richterspruchs brach sie in Tränen aus.

Als alle den Saal verließen, redete Mina draußen gedämpft, aber sehr aufgeregt mit ihrem Anwalt. Lina, die das dringende Bedürfnis nach frischer Luft verspürte, ging schon vor, während ihr Mann, ihr Bruder und der Justizrat noch mit dem Richter sprachen.

Als Lina ihre Schwester und deren Anwalt passierte, zischte Mina ihr zu: «Nun, Lina, was hast du beigetragen zu dem großen Sieg deines Bruders?»

Lina blieb stehen. «Ich habe Robert geheiratet.»

«Du Miststück!», schrie Mina. Der Anwalt konnte sie nicht aufhalten, sie wollte sich auf Lina stürzen, die mit ihrem Gehstock ausholte, aber da waren Robert und ein Gerichtsdiener schon da und hielten die beiden auseinander.

Mina spuckte ihrer Schwester vor die Füße. «Du bist ein erbärmliches Miststück, du Krüppel.»

«Lieber eine verkrüppelte Hüfte als ein verkrüppelter Charakter», sagte Lina erstaunlich ruhig.

Damit verließ sie das Gericht.

Jetzt, in der Kutsche, wurde Lina klar, dass ihre kühle Erwiderung für Mina vielleicht noch schlimmer gewesen war, als wenn sie ihr mit demselben Hass begegnet wäre.

Mit Schaudern erinnerte sie sich an das, was sie ihr und ihren Verwandten hinterhergerufen hatte: «Das werdet ihr alle büßen! Das Hinkebein und der Einäugige und nicht zuletzt auch deine fette Frau, Georg. Ihr werdet euch noch wünschen, mir die Jungen überlassen zu haben!»

Robert legte plötzlich den Arm um Lina. «Jetzt ist es vorbei», sagte er leise. «Und wenn die Duisburger Polizei an der Wallstraße aufgeräumt hat, dann ist Mina auch dort unerwünscht. Ihr wird nichts anderes übrigbleiben, als aus der Gegend zu verschwinden.»

«Ja», seufzte Georg. «Jetzt hoffe ich nur, dass Aaltje schnell wieder gesund wird.»

Georg hatte noch alle zum Tee im Hause Kaufmeister eingeladen, aber Aaltje, die den halben Morgen verschlafen hatte, konnte immer noch nicht aufstehen. Die Kinder waren auf ihren Zimmern, und keinem schien wirklich zum Feiern zumute zu sein.

Nach dem Essen beschlossen sie, dass es das Beste war, wenn Georg den Jungen sofort das Urteil mitteilte. Lina hingegen wollte Aaltje wecken und die gute Nachricht überbringen.

«Hat sie heute schon etwas gegessen?», fragte Lina die Haushälterin Tineke.

«Sie hatte keinen Appetit. Das macht mir Sorgen.»

«Vielleicht möchte sie etwas, wenn ich ihr erzähle, dass jetzt alles gut ist.»

«Ach, das will ich hoffen. Ich werde schnell etwas aufwärmen gehen», sagte Tineke und ging wieder hinunter in die Küche.

Lina betrat leise das Zimmer, nahm einen Stuhl und setzte sich ans Bett. Sie betrachtete diesen Berg von Frau. Aaltje überragte sogar ihren Mann ein wenig. Aber sie hatte eigentlich nie die Stärke ausgestrahlt, die man hinter ihrer Statur vermutet hätte. Lina fühlte sich plötzlich erinnert an einen anderen Tag, an dem Aaltje schwach und krank hier gelegen hatte, neben sich ihr totes Kind, das ein paar Tage nach der Geburt gestorben war. Es war der Tag gewesen, an dem Lina einen Säugling aus den Schmugglergängen unter der Stadt gerettet hatte, der dort einfach zurückgelassen worden war. Sie hatte das kleine Mädchen zu Aaltje gebracht, und gemeinsam hatten sie beschlossen, es anstelle des toten Kindes in die Wiege zu legen und als Kind der Kaufmeisters aufwachsen zu lassen.

Aaltje war Lina bis dahin nie ans Herz gewachsen, sie war einfach nur eine bigotte Frau gewesen, die lange Linas Regiment im Vaterhaus gestört hatte. Doch das gemeinsame Geheimnis, von dem außer ihnen beiden nur ganz wenige Menschen wussten, und Linas Respekt vor der unbedingten Mutterliebe, die Aaltje diesem kleinen Wesen entgegenbrachte, hatten sie zu Freundinnen werden lassen.

Was wäre gewesen, wenn Lina damals die Kleine selbst behalten hätte? Da hatte sie ja noch nicht ahnen können, dass es ihr nicht vergönnt war, selbst Kinder zu bekommen. Lina seufzte leise. Nein, es war gut so. Carolinchen war nirgends besser aufgehoben als bei Aaltje und Georg.

Vorsichtig weckte sie ihre Schwägerin. «Es ist vorbei, Aaltje. Die Jungen bleiben euch.»

Aaltje schaute sie verschlafen an, fast als meinte sie zu träumen. Aber dann traten Freudentränen in ihre Augen. «Ach, Lina, jetzt ist es vorbei, was?» Lina nahm ihre Hand. «Ja, meine Liebe, das wollen wir hoffen.»

Sie erzählte ihr nicht viel von dem Prozess, um sie nicht wieder aufzuregen. Und erst recht sagte sie nichts von Minas Drohung.

Gemeinsam mit Tineke wechselten sie Aaltjes durchgeschwitztes Nachthemd. Mit Sorge bemerkte Lina, dass Aaltje nicht in der Lage war aufzustehen.

«Du musst etwas essen, Aaltje.»

«Nee, ich hab keine Hunger.»

«Hast du nicht auf irgendetwas Lust? Ein Stück Kuchen vielleicht? Oder Suppe?»

«Ein Pfannekuch vielleicht.»

«Mit Äpfeln?», fragte Lina.

Aaltje nickte, und Tineke lief gleich wieder in die Küche zurück, sichtlich zufrieden.

Eine halbe Stunde später kam sie mit einem duftenden Apfelpfannkuchen zurück, den sie gut mit Zucker bestreut hatte.

Lina leistete Aaltje noch beim Essen Gesellschaft, obwohl sie längst im Geschäft hätte sein müssen. Aaltje aß jedoch nur ein paar Bissen, dann stellte sie den Teller auf das Nachttischchen.

«Ich hab genug gehabt.»

«Wir lassen ihn für später stehen», sagte Lina. Sie sorgte noch dafür, dass Aaltje etwas trank, dann machte sie sich auf den Weg.

«Sie ist wirklich sehr krank», sagte Tineke, die sie unten bis zur Tür begleitete. «In all den Jahren hat sie nie ihren Appetit verloren.»

Lina nickte. «Sie hat ja zum Glück genug zuzusetzen. Hoffen wir, dass es ihr bald wieder schmeckt.»

Doch auf dem Weg nach Hause beschlich sie ein ungutes Gefühl.

Es war Nacht geworden. Den ganzen Tag über hatte man im Hause Kaufmeister den Eindruck gehabt, auf Watte zu gehen, so still waren alle, selbst Carolinchen, um Aaltjes Ruhe nicht zu stören.

Emil lag wach in seinem Bett und dachte daran, dass sein Onkel ihm vorgeworfen hatte, schuld an der Krankheit seiner Tante zu sein. Aber wahrscheinlich war er immer an allem schuld in den Augen seines Onkels.

Der hatte am Nachmittag verkündet, dass ihre Mutter nicht nur den Prozess um die Vormundschaft verloren, sondern der Richter auch verfügt hatte, dass sie die Jungen nicht mehr sehen dürfe, wegen ihres ungehörigen Lebenswandels. Georg hatte sogar etwas von käuflicher Liebe angedeutet.

Hatte nur noch gefehlt, dass Onkel Georg seine Mutter offen als Hure bezeichnete, dachte Emil. Er war sich sicher, dass er spätestens dann auf den aufgeblasenen, bigotten Mann losgegangen wäre.

Trotzdem war ihm unwohl, wenn er an seine letzte Begegnung mit seiner Mutter dachte. Dieser furchteinflößende Kerl. Die halbnackte Pepi und das Geld, das sie von dem Mann an der Tür bekommen und dann Kellerer abgeliefert hatte. Wenn seine Mutter deswegen den Prozess verloren hatte, dann war sie auf dem besten Weg, denselben Fehler zu wiederholen, den sie damals mit dem Maler gemacht hatte.

Plötzlich überfiel ihn ein schrecklicher Gedanke: Der Richter hatte verboten, dass seine Mutter ihn sehen dürfe. Was, wenn sie einfach abreiste und verschwand?

Der Gedanke setzte sich fest. Leise stand er auf und ging hinüber in das Zimmer seines Bruders Josef und rüttelte ihn wach.

Schlaftrunken sah Josef ihn an.

«Wir müssen zu Mutter. Jetzt sofort.»

Josef setzte sich auf. «Der Richter hat es doch verboten.»

«Eben!», sagte Emil. «Wenn sie jetzt abreist, dann sehen wir sie vielleicht nie wieder.»

Josef runzelte die Stirn. Er konnte es nicht leugnen, das machte Sinn. «Und was hast du vor?»

«Na, zu ihr nach Duisburg zu gehen.»

«Jetzt, in der Nacht?»

Emil nickte entschlossen. «Wir müssen zum Hafen und jemand finden, der uns über die Ruhr setzt. Die Fähre fährt erst morgen früh wieder, und da stehen immer Onkel Roberts Leute.»

«Dafür brauchst du Geld.» Josef sah Emil an. «Du willst an meine Ersparnisse!»

«Josef! Selbst wenn du lieber bei Onkel Georg und Tante Aaltje bleiben willst, findest du es richtig, dass Mutter uns nicht mehr sehen darf?»

Josef schüttelte den Kopf. «Nein, du hast recht. Ich will sie auch noch einmal sehen, bevor sie abreist.»

«Dann zieh dich schnell an!»

Es dämmerte schon, als Josef und Emil in Duisburg ankamen. Sie hatten sich die Mützen der Hausknechte genommen, die im hinteren Flur an einem Haken hingen, und sahen kaum anders aus als die jungen Knechte und Arbeiter, die so früh am Morgen schon unterwegs waren. Am Hafen hatten sie tatsächlich einen leicht betrunkenen Schiffer gefunden, der bereit war, sie mit einem kleinen Boot über die Ruhr zu bringen.

Das Haus an der Wallstraße lag in tiefem Dunkel. Josef schien nicht verwundert, dass Emil sich hier gut auskannte. Emil klopfte laut an die Tür seiner Mutter, aber es blieb still.

«Sie ist wohl schon fort», sagte Josef. Emil ließ sich weinend auf der Treppe nieder.

Plötzlich ging im unteren Stockwerk eine Tür auf, und jemand kam die Treppe herauf.

«Das Lumpenpack ist weg!», sagte die Frau.

Da Emil gar nicht reagierte, fragte Josef: «Wohin sind sie?»

«Hauptsache weit weg!»

Das war zu viel für Emil. Er sprang auf, packte die Frau und schüttelte sie heftig. Da er fast einen Kopf größer war als sie, bekam sie große Angst.

«Meine Mutter! Wo ist sie hin?», schrie er.

«Hör auf damit, Emil», sagte Josef ruhig.

Emil ließ die Frau los. Resigniert wandte er sich zum Gehen, hielt aber plötzlich inne. «Sind sie abgereist?», fragte er.

«Nnnein. Ich ... ich glaube nicht. Ich hörte, wie sie von einem Haus an der Oberstraße sprachen. Da sind sie wohl hingezogen.»

«Oberstraße, wo ist die?», fragte Emil.

Die Frau erklärte es ihnen, und die beiden stürmten los.

Es gab einige Häuser an der Oberstraße, aber sie hatten Glück und fanden eines, vor dem ein großer leerer Karren stand, auf dem sich noch ein paar Möbel befanden. Ein Kerl lungerte im Hauseingang herum, offensichtlich bewachte er den Karren.

«Wohnt hier Mina Bleibtreu?», fragte Emil.

Der Kerl nickte und zeigte auf eine Tür im Hausflur. «Da!», sagte er nur.

Emil klopfte an die Tür, und binnen weniger Sekunden waren er und Josef von zwei großen Männern überwältigt, die im Wohnraum Wache gehalten hatten. Der Kerl an der Tür lachte laut.

Der Krach hatte Kellerer und Mina geweckt.

Während Mina sich rasch ihren Morgenmantel überwarf, kam Kellerer, nackt bis auf ein Paar Unaussprechliche, aus dem Schlafzimmer. Er brauchte einen Moment, um Emil zu erkennen und zu begreifen, was hier vor sich ging.

«Lasst sie los. Das sind Minas Bengel.»

Josef sah ihn starr vor Angst an. Dann aber stürzte sich Mina auf ihren jüngeren Sohn, den sie seit ihrem Auftritt in Ruhrort nicht mehr gesehen hatte. «Josef, mein Kleiner, mein Schatz!»

«Was in aller Welt wollt ihr beide hier?», brummte Kellerer.

«Ich dachte ... ich dachte, wenn Mutter jetzt abreist ... dann sehen wir sie nie wieder.»

«Abreisen?», fragte Mina und machte sich von Josef los. «Wie kommst du darauf?»

«Wenn der Richter dir verbietet, uns zu sehen, dann wirst du sicher nicht mehr lange bleiben ...»

Sie kam zu ihrem Älteren und umarmte ihn. «Ach, du Dummerchen. Ich werde sicher noch eine Weile hier sein. Und wenn du dich nicht von deinem Onkel erwischen lässt ...»

Kellerer schüttelte den Kopf. «Die beiden glauben tatsächlich, wir seien ihretwegen hier!»

«Aber das sind wir ja auch, Mathis.» Sie funkelte Kellerer böse an. Dann wandte sie sich wieder an die beiden. «Mathis hat die Zeit hier natürlich für ein paar Geschäfte genutzt.»

«Ich will hierbleiben. Und ich will mit euch gehen, wenn ihr abreist», sagte Emil.

«Emil!», rief Josef.

«Du kannst ja in Ruhrort bleiben, Josef. Aber ich gehe nicht zurück.» Man konnte Emil seine Entschlossenheit deutlich ansehen.

Kellerer schien nicht sehr begeistert über diese Aussicht zu sein. «Sie können nicht bleiben. Sonst steht gleich dein Schwager hier vor der Tür, und das kann ich gerade gar nicht brauchen.»

«Aber Mathis! Das sind meine Kinder!»

«Sie machen uns nur Ärger. Und jetzt, nachdem der Richterspruch gefällt ist, erst recht.»

«Mathis ... wir sind doch hier in dem neuen Haus. Und umgemeldet haben wir uns auch noch nicht. Wer soll sie hier suchen?»

«Immerhin haben die Bengel uns gefunden, oder?» Er sah Minas Blick und seufzte unwillig. «Gut», brummte er dann. «Sie können bleiben, bis wir abreisen. Aber mitnehmen werde ich sie nicht, keinen von beiden!»

Am Morgen hatte Robert eine längere Besprechung mit dem Bürgermeister gehabt, der ihn gleich, als er ins Rathaus kam, zu sich gerufen hatte. Weinhagen war äußerst ungehalten. Der Mord an einer Adligen, das setzte Ruhrort in ein schlechtes Licht. Und wie viel mehr noch diese große Zahl an ungeklärten Diebstählen!

Robert konnte nicht mehr tun, als ihm zu versichern, dass er nun, da der Baron überführt schien, seine ganze Aufmerksamkeit der Aufklärung der Diebstähle widmen wollte. Letztlich war auch Weinhagen klar, dass es nicht an seinem besonnenen Polizeichef oder dessen Leuten lag, dass es bisher keine Fortschritte gab.

Als Robert aus dem ersten Stock herunterkam, stand Sergeant Recke gleich von seinem Schreibtisch auf und kam zu ihm herüber, in der Hand einen ganzen Packen Notizen.

«Ich bin durch mit den Befragungen», sagte er und nahm auf Roberts Aufforderung hin Platz.

«Und? Irgendetwas Neues herausgefunden?»

Recke schüttelte den Kopf. «Ich habe zwar ein paar Beschreibungen von Fremden, die sich auffällig lange in der Nähe der ausgeraubten Häuser aufgehalten haben, aber wie wir vermuteten, war es wohl jedes Mal ein anderer.»

«Und mit wem haben Sie jeweils gesprochen?»

«Wenn es möglich war, mit allen Personen des Haushalts. Aber das Hauspersonal ist meist aufmerksamer gewesen.»

«Und was hatten die Herrschaften zu sagen?»

«Fast alle Bestohlenen haben ihre Wertgegenstände seit vielen Jahren an ein und demselben Ort aufbewahrt, und es gibt durchaus einige Leute, die das genau wussten. Drei der Damen gaben übrigens an, dass sie im Modesalon Ihrer Frau darüber geredet haben.» Recke lachte.

«Nun, das finde ich nicht sehr komisch, Recke», sagte Robert.

«Nein, natürlich nicht, Herr Commissar.» Recke wurde gleich wieder sachlich. «Ich werde noch alles ordentlich zu Papier bringen und auch die Beschreibungen noch einmal miteinander vergleichen.»

«Sehr gut. Ich möchte es dann gleich sehen, Recke.»

Robert widmete sich weiteren Berichten, die auf seinen Schreibtisch gelegt worden waren, doch er kam erst gar nicht dazu, denn Georg stürmte das Rathaus.

«Sie sind fort! Die Jungen sind fort!»

«Beide?»

Georg nickte.

«Von Josef hätte ich das nicht erwartet. Wann ist euch das aufgefallen?»

«Eben kam der Schuldiener vorbei, um zu melden, dass Josef nicht in der Schule ist.» Er seufzte. «Jetzt, wo Aaltje krank ist, läuft einiges durcheinander am Morgen. Ich dachte, er wäre längst in der Schule! O Gott, wenn Aaltje davon erfährt!»

«Lauf zurück nach Hause und lass den kleinen Wagen anspannen. Ich fahre nach Duisburg.»

«Du meinst, sie sind zu Mina?»

«Wohin sollten sie denn sonst gehen.»

«Und wenn sie mit ihnen abgereist ist?»

Robert stand auf. «Dann wird es etwas schwieriger, Schwager. Los, ich brauche deinen Wagen, weil der Bürgermeister mit seinem heute unterwegs ist.»

Mina hatte Josef mitgenommen, um eine Besorgung zu machen. Emil sah den beiden missmutig nach. Es war keine gute Idee gewesen, den kleinen Bruder mitzunehmen. Seine Mutter hatte ihren jüngeren Sohn so lange nicht gesehen, dass sie Emil kaum beachtete. Die beiden Wachen standen inzwischen im Flur herum. Emil saß auf einem der bequemen Sessel und spürte deutlich, dass er die Nacht durchgemacht hatte. Kurze Zeit darauf war er eingenickt.

Als er wieder aufwachte, war er immer noch allein in dem Wohnzimmer. Aber plötzlich kam Kellerer aus dem Schlafzimmer, inzwischen trug er zwar einen Schlafrock, aber angekleidet hatte er sich nicht, obwohl längst Mittag war.

Auf dem Tisch stand eine Flasche Sekt, die er wohl gerade hatte öffnen wollen. Er füllte zwei Gläser, bis sie überliefen, überlegte dann kurz, füllte noch ein drittes und gab es Emil. «Trink!»

Vorsichtig nahm Emil einen Schluck.

«Nicht so zaghaft, Junge, es ist ja genug da. Und so stark wie der Himbeergeist neulich ist der auch nicht.» Kellerer kippte gleich das ganze Glas auf einmal, und Emil tat es ihm nach. Sofort bekam er es wieder gefüllt und trank schnell noch das zweite.

Kellerer ließ sich in den Sessel fallen.

«Mathis, kommst du endlich?» Die Stimme aus dem Schlafzimmer war eindeutig die einer Frau.

«Na, Pepi, Emil ist aufgewacht. Komm am besten mal heraus.»

Aus dem Schlafzimmer seiner Mutter kam Pepi, wieder trug sie nur einen leichten Morgenmantel offen über ihrer Unterwäsche.

«Ach, der Kleine!», rief sie. Sie trat auf Emil zu und streichelte ihm übers Kinn. «Hübsch ist er ja.»

Emil wurde rot und Pepi lachte. «Er kennt nichts vom Leben, Mathis. Und von der Liebe erst recht nicht.»

Emil gefiel das nicht. «Was sagt denn Mutter dazu, wenn eine fremde, fast nackte Frau in ihrem Schlafzimmer ...»

Kellerer lachte dröhnend.

«Ich bin ein Geschäftsmann, Emil. Und ein Geschäftsmann prüft seine Ware von Zeit zu Zeit. Das hat nichts mit Liebe zu tun und nichts mit deiner Mutter.»

Er lehnte sich nach vorn und betrachtete den Jungen. «Du bist noch unschuldig, nicht wahr? Oder hat etwa dein Onkel dich mit dem Dienstmädchen ins Bett geschickt, wie das alle feinen Herren machen?»

Emil wurde rot und antwortete nicht.

«Natürlich ist er noch eine Jungfrau», sagte Pepi und strich langsam mit der Hand von seiner Brust bis hinunter zu seinem Hosenbund. «Wie alt bist du? Achtzehn?»

Emil nickte nervös.

«Was ist, Pepi?», fragte Kellerer. «Willst du ihm zeigen, wie es geht?» Er drehte sich um zu Emil. «In deinem Alter war ich schon lange ein ganzer Mann. Findest du sie hübsch?»

Pepi ließ den Seidenmantel fallen und drehte sich vor Emil ein paarmal hin und her.

Emil schluckte. «Ja, sehr sogar.»

«Ich bin heute großzügig. Du sollst von der Saalbach Pepi entjungfert werden, sie ist mein bestes Pferdchen im Stall. Was ist? Hast du Angst?»

Emil schluckte wieder. «Nnnnein», stotterte er. «Ich ... ich ... habe keine Angst.»

«Na, dann ab mit euch ins Bett.»

Pepi nahm Emil bei der Hand und zog ihn ins Schlafzimmer. Bevor sie ganz durch die Tür waren, lehnte sich Kellerer noch einmal in seinem Sessel vor: «Du musst nicht, wenn du nicht willst, Emil.»

«Ich will aber», sagte Emil, so fest es ihm möglich war. Als Pepi die Tür hinter ihnen beiden geschlossen hatte, hörte er, wie Kellerer dröhnend lachte, bis er sich verschluckte und das Gelächter in Husten überging.

Wie die Jungen ein paar Stunden zuvor fand auch Robert das Haus Nr. 237 verlassen vor. Er fürchtete, dass Mina mit den Jungen bereits über alle Berge war. Deshalb fuhr er auf direktem Wege zur Polizei im Rathaus.

«Vielleicht weiß Polizeidiener Wetter etwas», sagte der diensthabende Inspektor Brocker. Robert kannte seine Kollegen in Duisburg gut, sie tauschten sich regelmäßig über das Gesindel aus, das zwischen den beiden Städten pendelte.

Auf der Suche nach dem Polizeidiener lief ihnen Staatsanwalt Loersbroek über den Weg.

«Meine Schwägerin ist anscheinend ausgeflogen», erklärte Robert. «Und es könnte sein, dass die Jungen bei ihr sind, sie sind nämlich ausgerissen.»

«Wir wollten heute Abend an der Wallstraße eine Durchsuchung machen.» Er sah Robert an. «Solch eine Dreistigkeit, in einer ehrbaren Gegend ein Bordell zu betreiben, habe ich noch nie erlebt.»

Robert nickte. «Nach der Verhandlung waren sie allerdings gewarnt.»

Loersbroek nickte. «Ich hätte sie eher ausheben müssen. Mit einer Anklage wegen Hurerei am Hals wäre Frau Bleibtreus Eingabe bei Gericht vermutlich gleich zurückgewiesen worden, und wir hätten uns die Verhandlung sparen können.»

«Daran lässt sich jetzt nichts mehr ändern. Wichtig ist nur, dass ich die Jungen finde.»

«Dann hören wir uns mal ein wenig um – ich will schließlich auch wissen, wo diese unverschämte Bande geblieben ist.»

Mina war mit Josef durch Duisburg geschlendert. Sie war unendlich stolz darauf, wie klug und erwachsen ihr jüngerer Sohn wirkte. Obwohl Emil zwei Jahre älter war, schien Josef viel vernünftiger.

Schließlich kehrten sie in einem Café ein. «In Wien gibt es viele Kaffeehäuser», erklärte sie ihrem Sohn. «Ich hoffe, dass wir einmal Gelegenheit haben, die Stadt gemeinsam zu besuchen.»

Sie kaufte ihm ein Stück Torte und bestellte noch zwei Kaffee. Sie hatte sich viel erzählen lassen von Josef, was passiert war in den Jahren, in denen sie fern von Ruhrort gelebt hatte. Dass Lina diesen Polizisten geheiratet hatte, wusste sie ja schon, aber dass ihre Schwester Inhaberin eines Damenmodegeschäftes war und als Kleidermacherin einen ausgezeichneten Ruf genoss, war ihr neu. Ihr Neffe Eberhard hatte also eine der Töchter des Barons von Sannberg geheiratet, und Guste würde bald Großmutter.

Und dann erzählte Josef von seiner kleinen Cousine Carolinchen, Linas Patentochter. Sie stellte allerlei an, meist mit Oskar, dem Sohn von Linas Dienstmädchen Finchen. Mina wunderte sich nicht, dass Linas Schwäche für das Personal immer noch nicht nachgelassen hatte. Wenn sie selbst für ihr Geld arbeitete, statt ihrem Stand gemäß wie eine Dame zu leben!

«Dabei ist sie gut in der Schule, trotz der vielen Streiche», sagte Josef gerade.

«Schule? Wer? Ich war gerade in Gedanken.»

«Carolinchen. Sie kommt in diesem Jahr schon in die zweite Klasse, sie wird sieben im Herbst.»

«Sieben?» Mina begann zu rechnen. In dem Jahr, als sie Ruhrort verlassen musste, hatte Aaltje wieder einmal ein lebensunfähiges Kind geboren, das kurz nach der Geburt gestorben war. Wenn das kleine Mädchen im Herbst Geburtstag hatte, dürfte sie höchstens sechs Jahre alt sein. «Bist du dir da sicher?»

«Natürlich. Ich weiß doch, wie alt Carolinchen ist. Sie ist geboren, als du weggegangen bist, aber ich glaube, du hast sie noch gesehen.»

«Ja, stimmt», sagte Mina und lächelte. «Aaltjes kleines Mädchen. Wie konnte ich das vergessen!»

Mina zahlte und ging mit Josef zurück Richtung Oberstraße. Sie war plötzlich sehr schweigsam, tat aber, als würde sie Josef zuhören, der weiter von den Kaufmeisters erzählte.

Viele Erinnerungen kamen in ihr hoch, auch an Dinge, an die sie sich lieber nicht erinnert hätte. Das kleine, zappelnde Ding, das Reppenhagen und seine Freunde damals hatten töten wollen. Als die Ruhrorter Polizei ihr Versteck gefunden hatte, mussten sie fliehen und hatten das Kind einfach zurückgelassen.

Sie dachte nach. Lina, Lina musste es gefunden haben, sie war auch da unten gewesen. Und dann erinnerte sie sich daran, dass Aaltjes kleines Mädchen, das kurz nach der Geburt gestorben war, die rotblonden Haare seiner Mutter gehabt hatte. Carolinchens Haar, das war ihr schon aufgefallen, als sie sie in Ruhrort gesehen hatte, war dunkel und auffällig gelockt.

«Aber sie ist ja Onkel Georgs Liebling. ‹Papamädchen›, sagt Tante Lina immer», erzählte Josef gerade.

Papamädchen, dachte sie. Sie selbst war auch ein solches Papamädchen gewesen, aber das war lange her. Und plötzlich blieb sie stehen. Er weiß nichts davon, fuhr es ihr durch den Kopf. Georg weiß es nicht.

«Mutter, ist etwas?», fragte Josef.

«Nein, nein, mir ist nur eine Sache eingefallen, die ich nicht vergessen darf.»

Die Bande hatte es sich in dem neuen Haus bereits gemütlich gemacht. Es war früher eine Pension gewesen, aber der Besitzer hatte es verkaufen müssen. Der neue hatte Dauermieter gesucht und war erfreut, als diese Gruppe von Fremden auftauchte, die das ganze Haus samt Mobiliar mieten wollte.

Die Mädchen, vier an der Zahl, hatten die kleinen Pensionszimmer bezogen, in den anderen hausten die Bandenmitglieder zu zweit oder zu dritt.

Die beiden besten Räume, in denen früher der Pensionswirt lebte, hatten Mina und Kellerer für sich. Eine ältere Hure, die Kellerer gern auf solche Reisen mitnahm, wirtschaftete in der Küche.

Als Mina und Josef zurückkamen, war es verdächtig still im Haus. Kellerer saß im Wohnraum und las die Zeitung.

«Wo ist Emil?», fragte Mina.

«Schläft wohl», brummte Kellerer.

Mina öffnete die Schlafzimmertür, und das Erste, was sie sah, war Pepis blonder Schopf auf ihrem Kopfkissen – daneben der schlafende Emil.

«Raus aus meinem Bett!» Minas Stimme war ruhig und eiskalt.

«Nun stell dich nicht so an, Mina», sagte Kellerer, der nun in der Tür stand.

Emil öffnete die Augen und sah direkt in Pepi Saalbachs Gesicht. Sie kicherte. «Wach auf, Junge, jetzt gibt es Ärger. Deine Mutter ist nicht erfreut ...»

Er setzte sich auf. «Tag, Mutter», war alles, was er herausbrachte.

Mina starrte ihren Sohn entsetzt an. Er war nackt, und sie begriff sofort, was geschehen war.

«Ich wollte dem Jungen nur eine Freude machen», sagte Kellerer. «Schließlich ist er alt genug.»

«Zieh dich an, Emil. Draußen!» Sie schob Emil und Pepi energisch an Kellerer vorbei durch die Tür, zog Kellerer hinein ins Zimmer und schloss die Tür.

«Mein Junge ist zu schade für deine billigen Huren, Mathis. Ich will nicht, dass nur eine von ihnen ihn je wieder anrührt, hast du mich verstanden?»

Kellerer blickte amüsiert auf die wütende Frau. «Geh, Mina, das ist doch jetzt alles gleich. Das Gericht hat entschieden, da musst du nicht mehr züchtig sein.»

«Emil wird nicht Teil deiner Bande, Mathis. Er wird ein anständiger Bürger.»

Kellerer lachte laut auf. «Und finanzieren willst du das mit meinem unanständigen Geld? Da hättest du dir den ganzen Prozess auch sparen können. Anständig werden kann er am besten bei seinem sauberen Onkel.»

Mina senkte die Stimme. «Es ging mir auch nicht darum, sie bei mir zu haben. Ich wollte nur meinem scheinheiligen Bruder eins auswischen.»

«Dann ist es also mit deiner Mutterliebe nicht weit her ...»

«Du hast keine Ahnung von Mutterliebe. Die beiden von dir und deinem Lebenswandel fernzuhalten und auf sie zu verzichten zeugt von weitaus mehr Mutterliebe, als sie mitzunehmen.»

«Schön zu erfahren, wie du wirklich über mich denkst, Mina.» Kellerers Stimme klang verdächtig ruhig.

«Mathis ...» Mina suchte verzweifelt nach den richtigen Worten, sie kannte ihn gut genug, um zu wissen, dass sie gerade den Bogen überspannt hatte. «Mathis, du hast keine Kinder ...»

«Ich will dir mal etwas sagen, meine feine Dame.» Kellerer beugte sich ganz nah zu ihr herunter. «Ich war gut genug, für dich zu zahlen, als dein vornehmer Malerfreund sich damals aus dem Staub gemacht hat. Und für dein Bett bin ich auch gut genug. Aber wenn es um deine Bälger geht, deren Vater, dieser Landesverräter, dich hat sitzenlassen, dann bin ich nicht fein genug, nicht anständig genug, nicht gut genug?» Er griff sie am Handgelenk und drückte fest zu, bis sie sich zu Boden wand.

«Mathis, nicht, du tust mir weh!»

«Das soll auch wehtun.» Er ließ los und packte sie grob an den Schultern. «Pass auf, dass ich nicht der dritte Mann bin, der dich sitzenlässt!»

«Das wirst du nicht tun», sagte Mina. «Ich bin die einzige Frau, die du je hattest, die keine Hure ist.»

«Hast du etwa gehofft, du könntest aus mir einen frommen Bürger machen?» Er sah sie kalt an, doch dann lächelte er und zog sie wieder auf die Füße. «Du hast recht, ich werde dich nicht fallenlassen. Noch nicht. Noch macht es mir Spaß. Aber nicht, weil du eine Dame bist. Denn eigentlich bist du die größte Hure von allen.»

Er griff ihr an die Kehle und drückte zu. Mina wand sich verzweifelt. «Und damit das ein für alle Mal klar ist zwischen uns, Mina. Wenn ich will, dass dein Junge eine meiner Huren vögelt, dann wird er das tun. Wenn ich will, dass die Jungen bei uns leben, werden sie das tun. Und wenn ich einem von ihnen sage, er soll sich vor einen Zug legen, wird er das tun. Hast du mich verstanden?»

Mina rang nach Luft, als er sie wieder losließ. «Ja, Mathis», krächzte sie, wich aber einen Schritt zurück.

«Vergiss niemals, wem du hier Respekt schuldest. Du gehörst mir, Mina. Und wenn ich deiner überdrüssig bin, wirst du deine Schulden bei mir abarbeiten wie jede andere meiner Huren!»

Es hatte eine Weile gedauert, bis der Inspektor, der Staatsanwalt und Robert Borghoff den Polizeidiener Wetter gefunden hatten. Im Vergleich zu Ruhrort war Duisburg recht weitläufig und fast dreimal so groß. Und was sich in Ruhrort gewöhnlich in der engen kleinen Altstadt abspielte, war hier über einige Viertel verteilt.

So brauchte Wetter auch Zeit und musste einige Wege machen, bis er herausgefunden hatte, dass Mina und Kellerer offenbar noch in der Stadt waren und sich ein paar Straßen weiter in einer ehemaligen Pension eingenistet hatten.

«Es hat wenig Zweck, sie heute schon auszuheben. Die Freier werden einige Tage brauchen, bis sie dorthin gefunden haben», sagte der Staatsanwalt.

Wetter widersprach ihm. «In den einschlägigen Kreisen hat es sich bereits gut herumgesprochen. Es kann sein, dass wir keinen der feineren Herren dort erwischen, aber das ist doch eher von Vorteil.»

Robert nickte. «Und ich muss die Jungen schon heute wieder mit nach Ruhrort nehmen.»

«Hat jemand Zivilkleidung für Commissar Borghoff?», fragte der Staatsanwalt. «Er hat hier keine Befugnisse, ich möchte nicht, dass darüber Zweifel bestehen.»

Wetter, der eine ähnliche Statur wie Robert hatte, bot an, einen seiner Anzüge zu holen, er wohnte nicht weit entfernt. Wenig später schlenderten der Staatsanwalt und Robert die Oberstraße entlang. Wie immer, wenn er seine Uniform nicht trug, fühlte sich Robert ein wenig unwohl. Schräg gegenüber dem Haus Nr. 56 gab es ein kleines Gasthaus. Robert und Loersbroek setzten sich an einen Tisch am Fenster. Von dort konnten sie gut beobachten, dass der Bordellbetrieb offensichtlich bereits im Gange war. Drei Mädchen hatten sie schon in Begleitung eines Mannes ins Haus gehen sehen.

Die Polizisten warteten verteilt an den Straßenecken. Pünktlich um acht kam der Inspektor in das Gasthaus. «Sie können den Einsatzbefehl geben, Inspektor. Wir werden fündig werden.»

Es dauerte nur wenige Minuten, dann stürmten die Duisburger Polizisten das Haus. Robert beneidete die Nachbarstadt um die Zahl ihrer Polizisten, aber gemessen an der Größe und der Zahl der Einwohner war der Duisburger Polizeichef nicht besser dran als er selbst.

Schließlich gingen auch Robert und der Staatsanwalt in das Haus, nachdem sie ein Zeichen bekommen hatten.

Die Mädchen und ihre Freier hatte man im unteren Flur zusammengetrieben.

An einer der hinteren Türen standen Mina und Kellerer.

«Ihnen haben wir das also zu verdanken», sagte Mina, als sie Robert erkannte.

«Der Staatsanwalt hätte euch ohnehin ausgehoben.» Robert spähte an Kellerer vorbei in die Wohnung. «Wo sind die Jungen?»

Kellerer machte Platz, und hinter ihm wurden Josef und Emil sichtbar, die sehr verängstigt aussahen.

«Kommt, ihr beiden. Es geht zurück nach Hause.»

Gehorsam ging Josef zu seinem Onkel, aber Emil zögerte. «Ich will nicht weg», sagte er.

«Emil!» Mina nahm ihn in den Arm. Sie sah Robert an. «Darf ich kurz allein mit ihm reden?», fragte sie.

Robert nickte.

«Komm mal mit.» Mina zog Emil in die Wohnung. «Sie werden uns jetzt aus Duisburg ausweisen», erklärte sie ihm. «Oder verhaften. Du kannst nicht hierbleiben.»

«Onkel Georg wird uns windelweich schlagen!»

Mina schüttelte den Kopf. «Vielleicht auch nicht. Wenn du ihm das hier gibst.»

Sie drückte Emil einen sehr klein zusammengefalteten Brief in die Hand.

«Was steht dadrin?»

«Etwas, das ihn eine Weile beschäftigen wird. Zeig ihn niemandem und auf keinen Fall deinem Onkel Robert. Versprich mir das!»

Emil nickte.

«Und nun geh mit deinem Bruder.»

«Werden wir uns wiedersehen?», fragte Emil.

«Sicher, mein Junge, sicher. Geh schon!»

Emil ging hinaus zu Robert Borghoff, Mina blieb zurück. Während Robert mit den Jungen das Haus verließ, machte der Staatsanwalt kurzen Prozess. Er wedelte mit einer Liste, die seine Leute zusammengetragen hatten. «Alle auf dieser Liste verzeichneten Personen müssen bis spätestens morgen Mittag die Stadt verlassen haben und dürfen sich auch zukünftig nicht in Duisburg aufhalten. Sollte einer von euch nach dieser Frist noch hier angetroffen werden, kann er in Arrest genommen werden. Es wird ein Polizist vor der Tür postiert, der die Hurerei hier unterbindet. Verstanden?»

Kellerer machte einen angedeuteten Diener. «Sehr wohl, Herr Bahnhofsvorsteher.»

«Ich an deiner Stelle würde anfangen zu packen, Kellerer», sagte der Staatsanwalt. «Sonst sind Sie der Erste, der mit unserem Gewahrsam Bekanntschaft macht.»

«Was sollen wir denn jetzt tun?», fragte Mina, als die Polizeitruppe abgezogen war.

«Na, was schon! Wir werden gehen.» Wütend warf Kellerer die Tür zu und ließ seine ratlosen Leute im Flur zurück.

«Aber wohin?» Mina lief ihm nach. «Nach Wien?»

«A geh, wo denkst du hin. In Ruhrort warten noch ein paar Leute darauf, ausgenommen zu werden. Das werde ich mir nicht nehmen lassen.»

«Wir könnten vielleicht nach Mülheim», sagte Mina zaghaft. «Das ist auch nicht so weit von Ruhrort weg.»

Er dachte einen Moment nach. «Nein. Ich habe schon eine Idee. Ich schicke Loiserl los, er soll uns ein Boot besorgen, mit dem wir noch heute Nacht übersetzen können.»

«Nach Ruhrort?», fragte Mina überrascht.

«Wohin denn sonst, du Dummerl.»

«Und was ist mit dem Polizisten draußen?», fragte sie und funkelte Kellerer böse an.

«Um den mach dir mal keine Sorgen.» Mathis nahm sich eine der Sektflaschen, die noch auf dem Tisch in ihrem Zimmer standen, und nahm einen tiefen Zug. «Was hast du dem Jungen da eben eigentlich zugesteckt?», fragte er, ohne sich zu Mina umzudrehen.

«Etwas, das Georg und seine Familie ganz schön durcheinanderbringen wird», sagte sie mit einem leichten Lächeln und streckte die Hand nach der Flasche aus.

Robert hatte die Jungen zu Hause abgeliefert und sah noch einmal im Rathaus nach dem Rechten, bevor er Feierabend machen wollte. In Gedanken war er noch immer bei den Geschehnissen in Duisburg und fragte sich, ob Loersbroek nicht einen Fehler gemacht hatte, indem er Mina und Kellerer laufenließ. Aber auch er selbst hatte schon oft genug unliebsame Zeitgenossen einfach aus der Stadt befördert, statt sie vor Gericht stellen zu lassen. Gefangene kosteten Geld, und Zuhälter wie Kellerer waren nicht unbedingt gefährlich.

Er war überrascht, als er Simon vor dem Schreibtisch von Sergeant Recke entdeckte.

«Wir haben ihn in der Altstadt beim Betteln aufgegriffen», erklärte Recke.

«Leihen dir deine Freunde nichts mehr?», fragte Robert, aber Simon reagierte kaum.

«Ich brauche einen Arzt», murmelte er. Roberts Blick fiel auf die Behelfskrücke, einen langen Holzprügel, den er oben mit Lumpen umwickelt hatte.

Recke runzelte die Stirn. «Mag ja sein, dass es sich als Krüppel besser betteln lässt, Weber, aber uns brauchst du so etwas nicht vorzuspielen.»

Robert betrachtete Simon genauer. Er war hochrot, wirkte fiebrig. «Der Fuß?», fragte Robert. Er erinnerte sich an Dietrichs Tritt. «Leg das Bein auf den Stuhl!»

Simon schrie auf, als er den Fuß auf die Sitzfläche legte. Er hatte ihn dick umwickelt. Robert, obwohl er sich vor den dreckigen Stofffetzen ekelte, wickelte ihn so vorsichtig wie möglich aus.

«Großer Gott!», entfuhr es Recke, als er den unförmigen blau-schwarzen Klumpen sah, der da zum Vorschein kam.

«Holen Sie Dr. Feldkamp, Recke. Machen Sie schnell.»

Recke nickte und beeilte sich.

«Warum bist du nicht zum Arzt gegangen, Simon?»

«Ich hatte kein Geld.»

«Aber als wir dich aufgegriffen haben, hattest du doch ein paar Thaler im Spiel gewonnen.»

Simon lachte verächtlich. «Und in Duisburg gleich am nächsten Tag alles verloren.» Er stöhnte. «Bitte, Herr Commissar. Ich habe wirklich gebüßt für alles. Ich weiß, dass es so nicht weitergehen kann. Bitte reden Sie mit Finchen – und ich bitte Sie auch, mich wieder für Sie arbeiten zu lassen.»

«Es mag ja sein, dass du wirklich etwas gelernt hast, Simon.

Aber wer sagt mir, dass die Sauferei und das Spielen nicht sofort wieder losgehen, sobald du wieder gesund bist?» Er wagte nicht zu sagen, dass er nicht daran glaubte, dass bei dem Fuß noch etwas gerettet werden konnte.

«Aber was soll ich denn tun?», sagte Simon verzweifelt. «Hören Sie, ich werde Ihnen etwas erzählen. Etwas, das Ihnen vielleicht hilft, Anna Jansens Mörder zu finden.»

«Und warum hast du mir das nicht schon längst erzählt?», fragte Robert.

«Ich war nicht sehr gut auf Sie zu sprechen, Herr Commissar. Und ich wollte niemanden in Schwierigkeiten bringen.»

Das klang ehrlich. «Dann heraus damit», sagte Robert.

«Und nehmen Sie mich dann wieder auf?»

«Nein, Simon. Aber ich verspreche dir, dass wir uns um dich kümmern werden, bis du wieder gesund bist.»

Simon blickte auf den Fuß und nickte.

«Damals, kurz bevor das mit Anna passierte – der Überfall hier in der Stadt, nicht der Mord in Duisburg –, da hatte Walther Jansen plötzlich viel Geld. Aber es waren Münzen, die ich noch nie gesehen hatte.»

«Österreichische Gulden, Simon. Das wissen wir bereits. Walther sitzt deswegen im Gefängnis.»

«Aber wissen Sie auch, von wem das Geld kommt?»

«Du weißt das?», fragte Robert erstaunt.

Simon sah auf den Boden. «Nicht genau. Ich habe keine Namen. Aber bevor das passierte, tauchten ein paar merkwürdige Kerle hier in Ruhrort auf. Sie sprachen ganz komisch, ein bisschen wie die Tiroler Krautschaber. Sie fragten nach reichen Leuten in der Stadt. Und ich war dabei, als Walther prahlte, dass seine Anna alle reichen Frauen in der Stadt kennt, weil sie bei Ihrer Frau arbeitet.»

«Und ein paar Tage später hatte er das Geld?»

Simon nickte.

In diesem Moment kam Recke mit Dr. Feldkamp wieder. Der Arzt sah sich den Fuß genau an, dann schüttelte er den Kopf. «Ich denke, den müssen wir amputieren.»

«Nein!», schrie Simon. «Bitte, Doktor, schneiden Sie ihn nicht ab. Ich muss doch arbeiten können!»

«Der vordere Teil ist schon fast schwarz, Simon. Wir müssen da ran, sonst stirbst du.» Feldkamp sah Robert an. «Ich bin kein Chirurg, aber Kollege Havemann hat mir von dem jungen Werksarzt erzählt, den der Phoenix eingestellt hat. Er sagte, der sei besser mit dem Messer als er selbst.»

«Ich weiß, wo wir ihn finden. Recke, gehen Sie zur Milchstraße 3 und fragen Sie nach Dr. Hermann Demuth.» Er wandte sich an Feldkamp. «Wohin sollen wir Simon bringen?»

«Können wir es gleich hier machen?», fragte Feldkamp. «Ich möchte keine Zeit verlieren.»

Robert nickte. «Im Keller unten?»

«Ja, aber wir brauchen viel Licht.»

12. Kapitel

Es war schwierig geworden für Zita, sich mit Weingart zu treffen, jetzt, wo Hermann abends zu Hause war. Sie hatte mit Weingart verabredet, dass er in der Harmoniestraße auf sie warten würde, wenn er sie sprechen wollte. Jeden Abend ging sie mit klopfendem Herzen hinaus auf die Straße, immer in der Hoffnung, er würde auftauchen mit Resi auf dem Arm. Aber er hatte sich ein paar Tage nicht blicken lassen, und an diesem Abend stand er plötzlich auf der Straße, aber allein.

Sie gingen in ein ehrbares Gasthaus in der Neustadt, da Zita es sicherer fand, um Hermann nicht zufällig zu begegnen. Hier saßen fast nur Männer an den Tischen. Zita spürte ihre Blicke, eine Mischung aus Bewunderung und Begehren und dem Abschätzen, ob sie eine Hure war oder nicht.

Es war sehr voll, die Männer drängten sich in die Bänke. Es gab einen ganzen Tisch voller wallonischer Phoenix-Arbeiter. Sie feierten etwas, aber Zita verstand kein Französisch.

Zita und Weingart fanden noch Platz an einem kleineren Tisch in der Nähe des Ausschanks. Es war unruhig hier, die Schankmägde liefen ständig an ihnen vorbei, ebenso die Männer, die sich im Hof erleichterten.

«Geht es ihr gut?», fragte Zita.

Weingart nickte. «Du weißt doch, wie Huren mit Kindern sind. Sie wird gehütet wie eine Prinzessin.»

«Und wann …»

«Bald. Wir werden noch einen Raubzug machen, bei den restlichen großen Häusern, die du uns genannt hast. Kellerer ist sich nur noch nicht über den Zeitpunkt im Klaren.»

Zita überlegte. «Es wird noch ein Fest geben. Eine Tochter der Familie Borgemeister wird sich verheiraten.»

«Wann?»

«Schon nächste Woche.»

«Warum sagst du das erst jetzt?» Weingart schien ärgerlich.

Zita wusste, dass weit mehr als ihre Hinweise nötig waren, um die schnellen Einbrüche zu begehen. «Ich habe es erst diese Woche erfahren. Die meisten Damen haben sich kein neues Kleid machen lassen für diesen Anlass, aber ein paar sind dann doch gekommen für Änderungen an Kleidern vom Vorjahr. Sie sind sparsam hier.»

«Protestantische Geizkragen!» Weingart zwirbelte seinen mächtigen Schnauzbart. «Das muss ich Kellerer schnell sagen. Weißt du, wer eingeladen ist?»

Zita nickte. «Das ist einfach. Alle wichtigen Ruhrorter Familien, auch die, bei denen ihr noch nicht wart. Alle.»

Weingart starrte in sein Bierglas. «Dann ist das hier doch schneller beendet, als ich dachte.»

«Bitte, Uli, denk an meine Tochter!»

«Ja doch!», sagte er ungehalten. «Ich kann aber nicht einfach ins Haus marschieren und sie mitnehmen.»

«Hast du genug beiseiteschaffen können für dich?», fragte Zita beschwichtigend.

Weingart blickte sich um, als hätte er Angst, dass sie jemand gehört hätte. «Es reicht gerade für die Passage, ich brauche mehr. Deshalb musst du dich noch gedulden.»

An dem Tisch der Wallonen stand einer auf, zog seinen Hut tief ins Gesicht und drängte sich an den Schankmädchen vorbei nach draußen. Die anderen verabschiedeten ihn mit großem Hallo.

Sie sprachen nicht, solange der Lärm anhielt. Dann fuhr Weingart fort. «Immerhin muss ich die Kleine aus Duisburg holen.» Er lächelte plötzlich. «Glaub mir, Zita, ich verstehe dich ja. Und ich werde mein Wort halten.»

Wie gewöhnlich verließen sie die Kneipe getrennt. Zita machte sich auf den Weg in die Altstadt. Auch wenn sie Weingart auf ihrer Seite wusste, blieb sie misstrauisch und ging wie gewohnt ein paar Umwege, bis sie zur Milchstraße kam.

Es war ein anstrengender Tag gewesen in der Näherei, und nun war sie froh, endlich daheim zu sein. Sie freute sich auf ihr Bett. Das Fenster war dunkel, daher vermutete sie, dass Hermann bereits schlafen gegangen war. Sehr leise, um ihn nicht zu wecken, drückte sie die Klinke der Zimmertür hinunter.

Aber kaum hatte sie die Tür ein Spalt weit geöffnet, als eine Hand blitzschnell herausfuhr, sie fest am Handgelenk packte und dann unsanft in den Raum zog, bis sie gegen das Bett prallte. Einen Moment lang war Zita ganz benommen, fürchtete, Kellerer sei da oder ein anderer seiner Leute, aber dann wurde ihr klar, dass es Hermann gewesen war.

«Du falsche, verlogene Schlange!», sagte er und warf die Tür zu.

«Aber ... was ist denn, Hermann ...»

Er zündete die Kerze, die auf dem Tisch stand, an. «Ein paar Wallonen haben mich heute eingeladen, nachdem sie herausgefunden haben, dass der neue Doktor Französisch spricht. Ich war dort, Zita. Ich habe dich mit Uli Weingart gesehen. Und ihr wart sehr vertraut miteinander.»

Zita schloss die Augen. Sie versuchte, ihre Gedanken zu sammeln, damit sie ihm alles erklären konnte.

«Es ist nicht so, wie du denkst, Hermann. Der Uli ...»

«Weingart ist mein schlimmster Feind, gleich nach Mathis

Kellerer. Und du hast ihn nicht erst heute getroffen. Wie lange belügst du mich schon?»

«Ich ... ich konnte es dir nicht sagen, Hermann, weil ...»

«Wie lange?»

Zita sah ihn nicht an. «Fast von Anfang an.»

«Hast du ihm gesagt, dass ich hier bin?»

«Nein!» Sie schrie fast. Dann fuhr sie leise fort. «Aber er weiß es.»

Hermann fuhr sich mit der Hand durchs Gesicht. Sie konnte seine Verzweiflung sehen.

«Er weiß es schon lange, denke ich. Aber er hat niemandem etwas gesagt ...»

«Und Mathis? Ist er hier?» Er hielt einen Moment inne. «Natürlich ist er hier. Die Diebstähle, die Morde. Das ist zu sehr die Handschrift des Greifers. Ich hätte es wissen müssen.»

Er riss sie an den Schultern vom Boden hoch, und sie kam wieder auf die Füße. «Und du? Was hast du für sie getan? Die Reichen ausspioniert im Modesalon?»

«Ich hatte keine Wahl», sagte sie mit zitternder Stimme. Sie merkte selber, wie falsch das in seinen Ohren klingen musste.

«Hör auf damit, mir was vorzumachen. Du hast mich von Anfang an belogen und betrogen und zuletzt auch noch so getan, als würdest du mich lieben.» Er gab ihr einen Stoß, dass sie rücklings auf das Bett fiel.

«Nein, Hermann, das ist nicht wahr!», rief Zita verzweifelt. «Als ich herkam, hatte ich keine Ahnung, dass sie hier sind. Und als ich Uli traf, konnte ich nicht mehr weg. Bitte, lass mich dir doch erzählen, was geschehen ist ...»

«Ich will nichts mehr hören.»

«Hermann, bitte ...»

«Halt den Mund!», schrie er. «Kein Wort mehr!»

Er griff sich das Baumwolllaken, das Zita mit Linas Erlaubnis hatte säumen und mitnehmen dürfen, und breitete es auf dem Boden aus. Dann warf er Zitas Kleider, die am Türhaken hingen, darauf, und all die Kleinigkeiten, die ihr gehörten, zum Schluss auch das kleine Lederbeutelchen mit den gesparten Münzen. Er nahm die Zipfel und band alles zu einem Bündel zusammen. Dann riss er sie vom Bett hoch und drückte ihr das Bündel in die Hand. «Verschwinde», sagte er mit geradezu unheimlicher Ruhe. «Ich will dich hier nicht mehr sehen. Und wenn wir uns das nächste Mal begegnen, kenne ich dich nicht mehr.»

«Bitte, Hermann ...», versuchte sie es noch einmal, aber er öffnete nur die Tür und schubste sie unsanft hinaus.

Unter normalen Umständen hätte Sergeant Recke die junge Frau mit dem dicken Bündel, die ihm in der Milchstraße entgegenkam, sicher kontrolliert, aber er wusste, dass die Zeit drängte, und ging rasch weiter zum Haus Nummer 3, wo er nach einigem Suchen Hermann Demuth fand.

Der griff sich gleich seine Tasche.

Simon saß noch auf dem Stuhl vor Reckes Schreibtisch, als er eintraf. Hermann sah sich den Fuß an.

«Wir müssen ihn amputieren, ich denke bis hier, dann können wir sicher sein, dass sich die Vergiftung nicht weiterfrisst.» Dr. Feldkamp zeigte auf die untere Wade, etwa eine Handbreit über dem Knöchel.

«Hmm, ich weiß nicht», sagte Hermann. Er tastete Simons Fuß ab, bis dieser aufschrie. «Mir scheint, dass hauptsächlich die Zehen betroffen sind. Alles andere ist ein Bluterguss, der von einem Fußbruch herrührt.»

«Jemand hat mir auf den Fuß getreten», erklärte Simon.

Feldkamp fühlte sich in seiner Berufsehre gekränkt. «Wir sollten hier kein Risiko eingehen, wenn wir sein Leben retten wollen.»

Demuth ging gar nicht darauf ein. «Wo sollen wir ihn operieren?», fragte er.

«Wir haben im Keller einen großen Tisch, auf dem Dr. Feldkamp immer die Sektionen durchführt», sagte Robert.

«Das geht auf keinen Fall», sagte Hermann. «Da können wir ihn gleich vergiften. Es muss sauber sein, da wo wir operieren.»

«Was für ein neumodischer Kram», entfuhr es Feldkamp.

«Ich habe bei einem Arzt gelernt, der sich immer die Hände vor einer Operation wusch und peinlich auf Sauberkeit achtete. Er hat weit weniger Patienten nach den Operationen verloren als andere, Herr Kollege.»

Robert trat dazwischen. «Wir haben oben noch einen kleinen Raum, in dem wir die Leute verhören. Da gibt es einen größeren Tisch. Wir werden ihn gut abwischen.»

«Einverstanden, Herr Kollege?», fragte Hermann. Dr. Feldkamp nickte grimmig.

Hermann zwang Feldkamp, sich auch die Hände mit der verdünnten Bleiche zu waschen. Ein sauberes Handtuch und einen großen Bottich mit heißem Wasser holten sie von den Nachbarn.

Oben legten sie Simon auf den Tisch.

«Hör zu», sagte Hermann zu ihm. «Ich bin der Meinung, dass es reichen könnte, nur die Zehen abzunehmen und den Bruch zu richten. Aber Dr. Feldkamp hier hat recht, es ist ein Risiko. Wenn ich unrecht habe und die Vergiftung schon weiter im Fuß steckt, dann könnte es sein, dass in ein paar Tagen dein ganzes Bein amputiert werden muss. Oder dass du stirbst. Das ist deine Entscheidung.»

Simon sah die beiden Ärzte an. «Wenn Sie recht haben, dann würde ich nur meine Zehen verlieren?»

Hermann nickte. «Mit einem gut gemachten Schuh könntest du wieder ganz normal laufen.»

«Und was sagen Sie, Dr. Feldkamp?»

«Der junge Mann hier kennt ganz andere Methoden als ich, Simon. Ich würde den Fuß ganz abnehmen, um sicherzugehen. Aber ...» Es fiel ihm offensichtlich schwer, Hermann zuzustimmen. «Wenn wir aufpassen, Junge, dann können wir dich immer noch retten, wenn das hier schiefgeht.»

Simon nickte. «Dann nur die Zehen.»

Hermann griff in seine Tasche und holte eine Flasche Äther hervor, die die Leitung des Phoenix ihm gerade bezahlt hatte.

Robert und Recke gingen wieder nach unten.

«Eigentlich hat er es gar nicht verdient, dass sich gleich zwei Ärzte um ihn kümmern», sagte Recke.

«Aber wir können ihn trotzdem nicht krepieren lassen.» Robert ging zu seinem Schreibtisch. «Haben Sie eigentlich heute Nachtdienst?», fragte er seinen Sergeanten.

«Nein. Ebel ist noch auf seinem Rundgang, ich weiß nicht, was ihn aufgehalten hat.»

«Dann gehen Sie ruhig nach Hause, Sergeant. Ich bleibe hier, bis er da ist.»

«Der wird sicher nicht glücklich darüber sein, dass wir hier jetzt ein Krankenhaus sind», grinste Recke und setzte sich seinen Helm auf. «Bis morgen, Herr Commissar!»

«Bis morgen, Recke!»

Als der Sergeant gegangen war, zündete Robert eine weitere Öllampe auf seinem Schreibtisch an, dann suchte er den Stapel mit Reckes Notizen von den Befragungen der Diebstahlopfer heraus. Er las sie noch einmal durch. Und was für ihn wie ein schlechter Witz geklungen hatte, nahm unter dem Eindruck von Simons Aussage plötzlich Gestalt an: Alle Frauen waren Linas Kundinnen, und alle hatte im Salon über Geld oder Schmuck geredet.

Emil und Josef lagen wieder in ihren Betten, als wären sie nie aus Ruhrort fort gewesen. Sie hatten kurz ihre kranke Tante besucht, und besonders Josef war entsetzt, wie schlecht es ihr ging. Sie konnte das Bett nicht verlassen, hatte die Haushälterin Tineke ihnen erzählt – mit vorwurfsvollem Blick, der ganz deutlich sagte, wem sie die Schuld dafür gab, dass Aaltje so krank war.

Emil dachte an die Strafpredigt seines Onkels Georg. Für seine Verhältnisse war er sehr ruhig geblieben, kein Herumgeschreie, keine Ohrfeigen. Diesmal hatte er auch nicht nur nebulöse Andeutungen gemacht, über das, was ihre Mutter tat oder getan hatte. Was im Prozess gesagt worden war über Kellerer und das mögliche Bordell, das er betrieb, erzählte er auch den Jungen. Und von seinem Wunsch, dass sie in geordneten Verhältnissen groß wurden. Dass er Hoffnungen in Emil und Josef gesetzt hatte, einmal wie sein leiblicher Sohn Karl einen Beitrag in der Familienfirma zu leisten.

Josef hatte ihm gesagt, dass er nie wieder weglaufen würde, und Emil hatte wie gewohnt verstockt geschwiegen.

Nun lag er wach im Bett und starrte an die Decke. Er dachte an den Nachmittag mit Pepi im Bett der Mutter. Er hatte mit einer Hure geschlafen. Und seine Mutter war mit diesem Mann zusammen, für den die Huren arbeiteten.

Er seufzte. Onkel Georg hatte recht, unter diesen Umständen würde er nicht bei seiner Mutter leben können. Plötzlich fiel ihm das Briefchen wieder ein, das seine Mutter ihm mitgegeben hatte. Während der Onkel mit ihnen geredet hatte, war es ihm nicht klug erschienen, es herauszuholen und ihm zu übergeben. Aber jetzt war vielleicht der richtige Zeitpunkt gekommen.

Er stand noch einmal auf, suchte den Brief in seiner Jacke und lief durch den dunklen Flur, um nachzusehen, ob sein Onkel noch wach war. Aber sowohl im oberen Stockwerk als auch im Erdgeschoss hatte man bereits die Lichter gelöscht, nur bei der Tante brannte noch ein Nachtlämpchen. Emil erinnerte sich, dass auf der Kommode im Salon die Post gelegen hatte, noch ungeöffnet. Leise schlich er sich wieder hinunter und legte den Brief mitten zwischen die anderen.

Zita wanderte ziellos durch die Altstadt. Der Schock, dass Hermann ihren Verrat entdeckt hatte, saß tief, aber sie war auch wütend, dass der Mann, der gesagt hatte, dass er sie liebte, ihr nun nicht einmal Gelegenheit gab, sich zu erklären. Sie überlegte, ob sie zu Borghoffs gehen und um ein Quartier bitten sollte, aber es war schon recht spät, und sie wollte nicht unliebsam auffallen. Also fragte sie in ein paar Gasthäusern nach, aber dort waren die Zimmer alle belegt, denn der Phoenix stellte wieder neue Leute ein. Sie erinnerte sich, dass Hermann erzählt hatte, dass er den ganzen Tag Neuankömmlinge untersucht hatte, die im Stahlwerk anfangen wollten.

Langsam machte sich bei Zita Angst breit. Es schien momentan nahezu unmöglich, ein Quartier in der Stadt zu finden. Ihre schlimmste Sorge war allerdings, dass Kellerer von ihrer Situation Wind bekam. Nicht auszumalen, was dann geschah.

Es dauerte nicht lange, bis sie sich in einer der Gassen wiederfand, die sie bisher gemieden hatte. Tagsüber unterschied sie sich kaum von den übrigen verwinkelten Altstadtgassen, aber jetzt, am Abend, schien sie sich verwandelt zu haben. In jedem Hauseingang und in jeder der kleinen Einbuchtungen, die die unregelmäßigen Häuserfluchten bildeten, standen Gruppen von Frauen. Sie trugen meist nur ein enggeschnürtes Mieder und einen Rock, den sie an einer Seite hochgebunden hatten.

Zita wollte gerade wieder umdrehen, da stand schon eine große Rothaarige hinter ihr. «Was willst du hier?»

«Nichts, ich wollte nur hier durchgehen», sagte Zita und versuchte, fest zu klingen.

«Na, dann geh mal», sagte die Rothaarige und gab ihr einen Schubs.

Fast wäre Zita hingefallen. Als sie gerade wieder ihr Gleichgewicht gefunden hatte, bekam sie den nächsten Schubs, diesmal von einer fetten Schwarzhaarigen. Diesmal fiel sie wirklich fast hin, aber zwei andere Dirnen fingen sie auf, nur um sie wieder weiterzuschubsen.

Der Spießrutenlauf dauerte bis zum Ende der Gasse, wo sich der Hinterausgang von Marthas Bordell befand.

Martha hatte den Lärm in der Gasse gehört, vermutete, dass ihre Mädchen Ärger hatten, und war auf die Straße geeilt. Der letzte Stoß beförderte Zita genau in die Arme der dicken Martha.

«Frau Bromann», sagte Zita, die genau wusste, wen sie vor sich hatte. Sie war schon bei einer Anprobe abends nach Ladenschluss dabei gewesen, und das Kleid, das Martha gerade trug und dessen verwegener Ausschnitt tiefe Einblicke in ihr beeindruckendes Dekolleté erlaubte, war in Linas Salon entstanden.

«Zita?» Martha legte ihren Arm um sie, und Zita versank fast darunter. «Ihr lasst das Mädchen in Ruhe!», ordnete sie an.

Die Huren, die sich am Ende der Gasse versammelt hatten, verstreuten sich wieder, bis auf die Rothaarige und die Fette. «Du hast uns gar nichts zu sagen, Martha. Wenn das kleine Flittchen sich nicht fernhält, bekommt sie, was sie verdient.» Mit dem Schwung ihres Kopfes warf die Rote ihre langen Haare nach hinten.

«Du solltest dich wirklich fernhalten von den Hurengassen», sagte Martha und ging mit Zita auf ihren Hof. Dann erst sah sie das Bündel. «Was ist denn damit?», fragte sie. «Wäsche waschen willst du um diese Zeit wohl kaum, oder?»

«Nein. Ich habe hier bei einem Freund meines Mannes gewohnt», erklärte Zita. «Aber der hat mich vor die Tür gesetzt. Die Pensionen sind alle voll, und ich will so spät nicht zu Frau Borghoff.»

«Verstehe.» Martha sah sie mütterlich an. «Kindchen, dann bleib doch einfach hier für heute Nacht. Wenn ... Ich denke, du weißt schon, was für ein Haus das ist?»

«Ja», sagte Zita.

«Dann komm.»

Im Hause Kaufmeister war alles ruhig. Georg hatte an Aaltjes Bett gesessen, bis sie eingeschlafen war. Er dachte an die Aufregungen des vergangenen Tages. Er war nicht einmal im Kontor gewesen, weil Emil und Josef fortgelaufen waren. An solchen Tagen brachte der Bürobote die Post immer ins Haus, aber nicht einmal dazu hatte er die Zeit gefunden.

Er nahm eine Kerze und ging noch einmal hinunter, um den kleinen Packen zu holen. Dann setzte er sich an seinen Schreibtisch und zündete die Öllampe an, um die Briefe zu lesen.

Die ersten waren Rechnungen, die er abzeichnete und in eine Mappe legte, um sie morgen seinem Buchhalter zu geben. Der Schwager aus Rotterdam kündigte ein Schiff mit Waren für die nächste Woche an und schickte eine Liste mit Gütern, die er haben wollte.

Dann lag da ein kleiner Brief, der mit billigem Lack versiegelt war. Er trug keinen Absender. Georg öffnete ihn und faltete ihn auseinander. Diese Schrift kannte er gut. Sie ähnelte der von Lina, aber war ganz anders geneigt und etwas steiler. Das war Minas Handschrift – offenbar sehr hastig geschrieben.

Verehrter Georg,
wenn Du glaubst, dass das Kind Carolina, das in Deinem Hause aufwächst, Deine Tochter ist, so muss ich Dir mitteilen, dass

dies unmöglich sein kann. Das Kind, das Aaltje damals, als ich noch in Ruhrort war, zur Welt gebracht hat, ist kurz nach der Geburt gestorben. Du kannst Dein Hausmädchen Lotte fragen, sie hat es ebenso wie ich mit eigenen Augen gesehen.
Was für ein Kind jetzt an seine Stelle getreten ist, weiß ich nicht. Aber es kann nicht Dein Fleisch und Blut sein. Schau sie Dir nur einmal genau an. Sie ähnelt keinem von uns – und ebenso wenig Aaltje.

Hochachtungsvoll
Deine Schwester Mina

Georg warf den Brief auf den Tisch, als wäre er giftig, um ihn gleich wieder zur Hand zu nehmen und nochmal zu lesen. Er traute Mina durchaus zu, mit einer Lüge Unruhe stiften zu wollen. Aber da war tatsächlich Carolinchens Aussehen, das so gar niemandem aus der Familie ähnelte. Karl und Elisabeth waren beide blond, Elisabeth leidlich hübsch, und niemand in der Familie, weder auf Aaltjes noch auf seiner Seite, hatte je dunkle Locken gehabt.

Er liebte dieses bildhübsche Mädchen mehr als seine anderen Kinder. Wenn das wahr war, was Mina hier behauptete ...

Er sprang auf und rannte die Treppe hinauf. Aaltje wollte er nicht fragen, so krank wie sie war. Also stürmte er bis hinauf unters Dach und klopfte an die Tür der Hausmädchen.

«Lotte, wach auf», rief er.

Ein paar Sekunden vergingen, dann öffnete sie die Tür. «Ist etwas mit Ihrer Frau, Herr Kaufmeister?», fragte sie schlaftrunken, als sie den völlig atemlosen Georg sah.

«Nein, es ist etwas anderes – ich muss dich etwas fragen. Und ich rate dir, nicht zu lügen.»

«Lügen? Warum sollte ich ...»

«Als Carolinchen geboren wurde, war ich auf Reisen.»

Selbst im Licht der Lampe glaubte Georg zu sehen, wie Lotte bleich wurde.

«Ich frage dich jetzt, Lotte: Ist Carolinchen das Kind, das meine Frau damals geboren hat?»

«Sicher, warum sollte sie das nicht sein?» Lotte war keine gute Lügnerin, aber sie musste es versuchen. Um Aaltjes, Linas und um ihrer selbst willen.

«Meine Schwägerin Mina behauptet, das Kind, das meine Frau zur Welt brachte, sei kurz darauf gestorben.»

«Herr Kaufmeister ...»

«Willst du, dass ich meine Frau frage?» Er begann wütend zu werden, und Lotte fürchtete sich vor seinem Jähzorn. Wenn er zu Aaltje ging und sie fragte, würde sie das vielleicht nicht überleben, so schwach wie ihr Herz war.

«Es stimmt», sagte Lotte. «Das Kind ist gestorben. Ihre Frau war ... untröstlich. Sie wollte nicht mehr leben. Aber dann hat ihre Schwägerin Lina ihr das Kind gebracht, das sie ... nun, ich denke wohl, sie hat es gefunden. Dieses Kind war gesund und stark. Und wir waren uns einig, dass es das Beste sei, alle in dem Glauben zu lassen, dass es Aaltjes Kind ist.»

«Und mich zu betrügen?» Es fiel Georg schwer, nicht zu schreien.

«Ich denke, es war auch für Sie besser, nach so langer Zeit und so vielen lebensunfähigen Kindern endlich eine gesunde Tochter in den Armen zu halten.» Lotte biss sich auf die Lippe. Sie hatte sich noch nie getraut, mit Georg so zu reden.

Aber er tat ihr nichts. Er erinnerte sich an seine Rückkehr von der langen Geschäftsreise und wie man ihm Carolinchen das erste Mal in die Arme gelegt hatte. An das Glück, das er verspürt hatte, und die Liebe zu dem kleinen, hilflosen Wesen.

«Herr Kaufmeister, bitte, rühren Sie nicht daran. Sie haben

die Kleine doch so lieb, und sie liebt sie. Ihre Schwägerin will Sie doch nur verletzen damit ...»

«Nein, Lotte», sagte er fast tonlos. «Was ich hier großziehe, ist nicht mein eigen Fleisch und Blut. Darüber kann ich nicht hinwegsehen.»

«Ihre Frau wird noch einen Herzanfall bekommen, wenn Sie es ihr sagen. Und das Kind ... die Kleine kann doch am wenigsten dafür.»

«Das alles ist Linas Werk.» Er sah Lotte an. «Geh wieder schlafen. Ich werde mir noch überlegen, was mit Hauspersonal geschieht, das mich derart hintergeht. Morgen bringe ich die Dinge wieder in ihre wahre Ordnung.»

Verstört ging Lotte zurück ins Bett. Leise weinte sie vor sich hin, immer darauf bedacht, dass Hilde, das andere Mädchen, nicht aufwachte. Sie tat kein Auge mehr zu.

In seinem Zimmer starrte Georg ebenfalls an die Decke. Egal, wie sehr er Carolinchen auch liebte, das fremde Kind musste aus dem Haus.

Robert hatte schlecht geschlafen. Ebel war spät von seiner Runde ins Rathaus zurückgekommen, überrascht, seinen Chef dort vorzufinden. Er entschuldigte sich, aber Robert wusste, dass er noch ein Bier bei Heckmann gekippt hatte, bevor der Nachtdienst losging.

Als er dann auch noch erfuhr, dass oben Simon Weber von gleich zwei Ärzten operiert wurde und er dann im Gewahrsam untergebracht werden sollte, war seine gute Laune endgültig verflogen.

«Ich bin doch keine Diakonisse», brummte er, als Robert ihm auftrug, nach dem Kranken zu sehen, bis er aus dem Ätherschlaf wieder aufwachte. Gemeinsam mit Dr. Demuth trug er Simon nach unten in die Zelle. Demuth drückte ihm noch ein kleines Fläschchen in die Hand. «Wenn er aufwacht, sollten Sie ihm etwas davon geben, aber nicht mehr als zwanzig Tropfen. Das lindert seine Schmerzen etwas, er könnte aber sehr wunderlich werden für einige Zeit.»

Da Ebel nicht den Eindruck machte, gut zuzuhören, ergänzte er noch: «Glauben Sie mir, Sie werden froh sein, dass Sie die Tropfen haben, wenn er anfängt, vor Schmerzen zu schreien.»

«Was ist das, Opium?», hatte Dr. Feldkamp noch gefragt, und Demuth hatte nur genickt.

Als Robert endlich nach Hause kam, hatte Lina schon geschlafen. Seine Entdeckung, dass die Diebe ihre Hinweise auf gute Beute möglicherweise aus ihrem Salon hatten, war alles andere als eine gute Nachricht, ebenso wie die Tatsache, dass Simon mit amputierten Zehen im Rathausgewahrsam lag.

Draußen wurde es gerade hell, und er konnte hören, wie Dietrich die Treppen herunterkam. Er würde als Erstes das Küchenfeuer wieder schüren, bevor Antonie das Frühstück vorbereitete.

Es klopfte an die Tür. Das ist Otto, dachte Robert. Aber dann hörte er eine Frauenstimme.

«Es ist egal, ob sie noch schläft. Ich muss sofort mit ihr sprechen.»

Kurz darauf klopfte es an die Schlafzimmertür.

Lina wachte auf. Robert rief: «Wer ist da?»

Dietrich antwortete: «Ein Hausmädchen namens Lotte. Sie sagt, sie sei …»

«Es ist etwas mit Aaltje», sagte Lina und war gleich hellwach.

Robert hatte schon die Tür geöffnet. Da stand Lotte, ohne Haube, die Zöpfe noch geflochten für die Nacht. «Fräulein Lina …» Vor Aufregung war sie in Linas alte Anrede gefallen, aber sie sprach gleich weiter. «Ihre Schwester Mina hat Herrn

Kaufmeister einen Brief geschrieben. Und ich weiß nicht, was er jetzt tun wird.»

«Geht es um ... Carolinchen?»

Lotte nickte. «Er hat mich heute Nacht zur Rede gestellt. Und ich konnte nicht lügen. Wenn er das Kind ansieht, dann weiß er doch gleich, dass Ihre Schwester recht hat.»

«Wovon spricht sie, Lina?», fragte Robert.

«Dietrich!» Lina war noch nicht vom Bett aufgestanden. «Mach die Tür hinter dir zu!»

Der Hausdiener gehorchte.

«Entschuldigen Sie, ich dachte, der Commissar ...»

«Schon gut, Lotte.» Sie stand auf und hinkte zum Sessel, über dem ihr Morgenmantel lag. «Es ist besser, wenn er ganz schnell davon erfährt.»

Robert hörte ruhig zu und nahm es recht gelassen hin, dass Lina ihm all die Jahre nichts über Carolinchens Herkunft erzählt hatte. Vielleicht war es gut, dass er als Polizeichef nichts davon gewusst hatte. Aber sein Schwager Georg, das war ihm klar, würde die Sache nicht so gelassen hinnehmen.

«Was wird er wohl tun?», fragte Robert.

Lina seufzte. «Das werden wir noch schnell genug erfahren.» Sie hatte begonnen, sich anzukleiden, während sie mit Robert und Lotte sprach. «Lotte, wir müssen schnell zu Aaltje und sie schonend auf das vorbereiten, was kommt.»

Lotte nickte. «Ich habe große Angst um sie.»

«Deshalb müssen wir mit ihr reden, bevor Georg es tut.»

Als Lina mit Lotte das Zimmer verlassen hatte, saß Robert noch auf dem Bett. Er hätte seiner Frau noch eine Menge zu erzählen gehabt, von Simon zum Beispiel und von dem Verdacht, dass die Hinweise auf die Beute der Diebe aus ihrem Modesalon stammen könnten. Aber jetzt gab es wichtigere Dinge. Und er konnte die Zeit nutzen, dem ungeheuren Verdacht nachzugehen.

Als Zita in ihrem Kämmerchen in Marthas Hurenhaus erwachte, lag alles um sie in tiefer Stille. Sie dachte daran, dass sie früher auch um diese Zeit erst schlafen gegangen war. Sie nahm ihr Bündel und wollte sich leise hinausschleichen, doch auf der Treppe kam ihr Martha entgegen.

«Vielen Dank für das Bett, Frau Bromann», sagte Zita.

Die dicke Martha sah müde aus. Sie war in einem Alter, wo man nicht mehr spurlos die Nacht zum Tag machen konnte. Und auch wenn sie dem Gewerbe längst nicht mehr selbst nachging, musste sie Geld kassieren, Streit zwischen den Mädchen schlichten und wartende Freier bei Laune halten. «Ich habe mir überlegt, Zita, ob du nicht vielleicht hier wohnen bleiben möchtest.»

Zita sah zu Boden. «Ich ... ich ...»

«Du bist ehrbar geworden, das verstehe ich. Aber ich habe doch recht, dass du eine von uns bist, nicht wahr?»

Zita nickte. «Woran haben Sie das gemerkt?»

Martha lachte. «Ich hatte schon bei Frau Borghoff so einen Verdacht. Deine Chefin behandelt mich stets höflich und mit Respekt, auch wenn sie mich verständlicherweise bittet, nicht zu den Öffnungszeiten zu ihr zu kommen. Aber die ehrbaren Mädchen, die für sie arbeiten, die benehmen sich nicht so unbefangen wie du. Oder hatte man dir nicht gesagt, wer und was ich bin, als man dich bat, länger zu bleiben?»

«Doch, ich wusste es.» Zita sah ihr offen ins Gesicht. «Ich verachte niemanden, der in diesem Gewerbe arbeitet, Frau Bromann. Aber ich möchte nicht mehr dahin zurück. Nur in allergrößter Not.»

«Gut. Aber du sollst wissen – für eine wie dich ist hier immer ein Platz.»

«Danke.» Zita zwängte sich an Martha vorbei, dann drehte sie sich noch einmal um. «Frau Bromann ...»

«Nun nenn mich schon Martha, Mädchen.»

«Martha – darf ich denn trotzdem bleiben, bis ich ein Zimmer gefunden habe? Zurzeit ist das schwierig, weil der Phoenix wieder Leute einstellt. Aber ich bezahle dafür.»

Martha lächelte. «Ist schon gut, Mädchen. Das Zimmer steht ohnehin leer, und für meine Mädchen ist es nicht fein genug. Bring dein Bündel ruhig wieder nach oben.»

Zita bedankte sich nochmals und trug ihre Habe zurück in das Kämmerchen. Von dort oben hinunter in den prächtig ausgestatteten ersten Stock, das war schon ein Unterschied. Feine Tapeten, kostbare Möbel und Vorhänge, alles in Rot und Schwarz. Wer hier arbeitete, musste schon einiges wert sein, dachte Zita. An einer Tür verabschiedete sich ein Mädchen von ihrem reichen Freier. Unten im Erdgeschoss gab es einfacher ausgestattete Hinterzimmer. Hier war es billiger, hier musste alles schnell gehen. Schon bist du wieder in einem Hurenhaus, ging es ihr durch den Kopf. Wer hätte das gedacht …

Wenig später saß Zita in der Borghoff'schen Küche beim Frühstück mit den anderen Angestellten, als Lina ihren Kopf hereinsteckte. «Ich bin heute Morgen nicht im Haus. Finchen wird im Laden mithelfen. Um elf kommt die junge Frau Liebrecht zur Anprobe, Zita, ich will, dass du dich um die Änderungen kümmerst.»

Sie eilte mit Lotte hinüber zur Carlstraße. Tineke berichtete Lotte, dass Georg Kaufmeister gerade aufgestanden war, aber seine Frau noch nicht besucht hatte, weil sie schlief.

«Wir müssen sie wecken», sagte Lina bestimmt, und obwohl Tineke protestierte, gingen sie zu Aaltje.

«Ich habe die ganze Zeit Angst davor gehabt, dass das passiert», sagte Aaltje. Sie wirkte erstaunlich ruhig. «Manchmal denke ich, wir hätten es ihm schon damals sagen sollen.»

Während sie noch mutmaßten, was Georg jetzt wohl vorhatte, stand dieser plötzlich im Zimmer.

«Ah!», rief er. «Da haben wir ja die drei Betrügerinnen! Das hast du fein eingefädelt, Lina, mir ein fremdes Kind unterzuschieben.» Georgs Blick war mehr als grimmig.

«Das Kind war allein, und Aaltje hatte ihr Neugeborenes verloren. Und wo hätte das Mädchen ein besseres Zuhause finden können als bei euch?», sagte Lina ruhig. Sie wusste, dass es besser war, ihn nicht unnötig zu reizen.

Lotte entschied, dass sie hier fehl am Platz war, und ging schnell hinaus. Aaltje kämpfte stumm mit den Tränen.

«Woher kam das Kind?», fragte Georg streng.

«Ich habe es gefunden ... in den Schmuggelkellern.»

«War es das Kind einer der getöteten Huren?»

Lina nickte. «Wahrscheinlich. Und es sollte auch getötet werden. Stattdessen hat es euch beide glücklich gemacht.»

«Sie ist nicht mein Fleisch und Blut. Sie ist nicht einmal mit uns verwandt wie Emil und Josef. Und darüber soll ich glücklich sein?»

«Wenn du nicht davon erfahren hättest, wärst du es noch.»

«Aber ich weiß es jetzt, und ich kann das nicht einfach so übersehen! Was habt ihr euch bloß dabei gedacht?»

Lina wurde wütend. «Georg, du tust gerade so, als hätte Aaltje dich betrogen und das Kind sei von einem anderen Mann. Ihr habt eine arme kleine Waise an Kindes statt angenommen, was ist daran so verwerflich?»

«Der Betrug. Der Betrug, den ihr begangen habt, der ist verwerflich.» Er begann, erregt im Zimmer auf und ab zu gehen. «Ich habe heute Nacht lange nachgedacht. Sie gilt als mein Kind und trägt meinen Namen, und ich werde ihr das kaum aberkennen können. Aber sie muss dieses Haus verlassen. Ich werde eine Schule für sie suchen, in der sie eine angemessene Erziehung bekommt, die sie darauf vorbereitet, für sich selbst einstehen zu können in ihrem späteren Leben. Aber für mich gehört sie nicht mehr zur Familie.»

«Georg, das meinst du nicht wirklich!», sagte Aaltje. Tapfer hielt sie die Tränen zurück. «Du willst ons Carolientje nicht mehr? Das Meisje bestrafen für etwas, was Lina und ich getan haben?»

Lina war ebenfalls entsetzt. «Ich bitte dich, Georg, überlege dir das noch einmal. Du hast die Kleine doch lieb!»

Doch Georgs Gesicht zeigte keinerlei Regung. Kalt sagte er: «Und genau deshalb will ich sie nicht mehr in diesem Haus haben. Bemüht euch nicht – das ist mein letztes Wort. Sobald ich die richtige Schule gefunden habe, wird sie gehen und nie mehr zurückkehren.»

Er drehte sich um verließ das Zimmer.

Aaltje brach in Tränen aus, und Lina weinte eine Weile mit ihr. Irgendwann stand sie auf, strich ihren Rock glatt und sagte: «Aaltje, wir müssen uns zusammenreißen. Nur wenn wir gefasst bleiben, können wir das vielleicht verhindern.»

Aaltje nickte. «Und ich weiß auch, wie. Die Kinderen gehen gleich zu Schule. Ich will sie alle mal sehen.»

Lina sagte Lotte Bescheid. «Was hast du vor?»

«Ich weiß nicht, ob ich das kann, aber wenn du einverstanden bist, werde ich heute noch mit den Kindern bei dir einziehen. Und ich werde nicht zurückgehen, bis er von seine Meinung ändert.»

Lina war verblüfft. Ihre Schwägerin war ihrem Mann gegenüber noch nie ungehorsam gewesen. Und jetzt war sie entschlossen, einen Skandal heraufzubeschwören.

«Ich meine …» Aaltje sah Lina an. «Wenn du es uns erlaubst.»

Lina nickte. «Das wird sehr eng werden. Aber wir rücken zusammen. Für Carolinchen.»

Den älteren Kaufmeister-Kindern Karl und Elisabeth und ihren Cousins Emil und Josef erklärten Lina und Aaltje, was sie vorhatten, und stellten ihnen frei, zu bleiben oder mitzukommen. Alle vier entschieden sich für Aaltje, und keines ging an diesem Tag zur Schule.

Kaum hatte Georg das Haus verlassen, begannen sie Kleidung für ein paar Tage einzupacken, auch Bettzeug, Wasch-Lavoirs, Bücher und Schulsachen. Alle hofften, dass es nicht lange dauern würde, bis Georg einlenkte, aber Lina, die ihren sturen Bruder gut kannte, hatte da ihre Zweifel.

Der Haushälterin Tineke standen Tränen in den Augen, aber sie half tapfer mit. Währenddessen hatte Aaltje Carolinchen an ihr Bett geholt und ihr vorsichtig zu erklären begonnen, weshalb sie nun zu Tante Lina zogen.

Sie erzählte der Kleinen, dass sie ein Findelkind war, das Lina gefunden hatte, dass ihr eigenes kleines Mädchen gestorben und sie deshalb überglücklich war, Carolinchen zu bekommen.

Und sie erzählte, dass sie und Lina Angst gehabt hätten, Georg könnte es verbieten, und deshalb geschwindelt hatten. Und dass der Papa nun sehr wütend auf seine Frau und seine Schwester war und sie für einige Zeit das Haus verlassen müssten, bis er sich beruhigt hatte.

Lina, die Aaltjes Sachen packte und einiges von dem Gespräch mitbekam, dachte bei sich, wie gut ihre Entscheidung damals gewesen war, Aaltje das Kind anzuvertrauen. Sie war eine gute Mutter.

Nun musste Aaltje, die seit Tagen das Bett nicht verlassen hatte, noch eine große Anstrengung auf sich nehmen. Schon das Ankleiden fiel ihr schwer, und sie keuchte schon nach ein paar Schritten, die sie, gestützt auf ihre beiden Dienstmädchen, bis zur Treppe machte. Lina entschied, dass für sie ein Stuhl an die Treppe gestellt wurde, und nachdem sie sich kurz ausgeruht hatte und wieder zu Atem gekommen war, ging es langsam die Stufen hinunter zur Kutsche.

Noch schwieriger wurde es in Linas Haus, da außer der Küche alle privaten Räume in den oberen Stockwerken lagen. Lina hatte für Aaltje das kleine Gästezimmer auf der ersten Etage vorgesehen, aber bis die schwache Frau ihr ganzes Körpergewicht über die Treppe nach oben geschleppt hatte, vergingen bange Minuten.

Der ganze Borghoff'sche Haushalt war in Aufruhr angesichts der vielen Gäste. Finchen holte ihre zwei Jüngsten in Simons Betthälfte, damit Oskar nun mit Carolinchen ein Bett teilen konnte – was die beiden Herzensfreunde ganz und gar nicht störte. Rose musste aus der Dachkammer ausziehen, und ein zweites Bett, das aus dem Keller geholt wurde, kam für sie in Antonies Zimmer. Die drei Jungen teilten sich zwei Betten in einer Dachkammer, und Elisabeth bezog das leere Zimmer Ferdinand Weigels.

Nachdem Aaltje erschöpft eingeschlafen und alle mitgebrachten Sachen verstaut waren, ließ sich Lina in ihrem Salon auf das Sofa fallen. Sie ahnte, dass ihnen das Schwierigste noch bevorstand. Spätestens am Mittag würde Georg wissen, was geschehen war, und dann mussten sie auf alles gefasst sein.

Robert kam ins Rathaus, als Dr. Demuth gerade gegangen war. Simon schien wohlauf, fieberte nicht und hatte dank des Opiums nur wenig Schmerzen.

Der Commissar beauftragte die Polizeidiener Schröder und Kramer, die Jansens aus dem Gefängnis in der Kasteelstraße herzubringen. Während Frieda Jansen unten warten musste, ging Robert mit Walther Jansen hinauf in den kleinen Raum neben dem Büro des Bürgermeisters.

Jansen schnupperte, als sie den Raum betraten. «Hier riecht es merkwürdig.»

«Ja», sagte Robert. «Hier ist einer operiert worden.»

Er zeigte auf einen Stuhl, und Jansen setzte sich.

«Können Sie mir inzwischen meine Frage beantworten, woher das Geld kommt, das wir bei Ihnen gefunden haben?», fragte Robert.

Jansen schüttelte nur den Kopf.

«Also nicht.» Robert setzte sich ebenfalls hin. «Wie wäre es denn damit: Sie haben vor den Fremden mit den österreichischen Gulden geprahlt, dass Ihre Frau alle reichen Leute in Ruhrort kennt. Und einer von denen bot Ihnen Geld für Informationen.»

Er konnte sehen, dass Jansen fieberhaft überlegte, wie viel Robert tatsächlich wusste.

«Aber so, wie ich Anna kannte, wird sie sich geweigert haben, das zu tun. Haben Sie Ihre Frau deshalb angegriffen?»

«Ich habe nichts damit zu tun. Und mehr sage ich nicht.»

Robert ließ ein Lächeln sehen. «Herr Jansen, glauben Sie, es macht mir Spaß, einen Ruhrorter Bürger wie Sie hier zu beschuldigen? Wenn Sie nichts mit dem Überfall auf Ihre Frau zu tun haben, dann können Sie doch ganz einfach erklären, woher Sie das Geld haben. Und das hätten Sie schon längst tun können.»

«Ich sage nichts.»

Je beharrlicher Jansen schwieg, desto mehr redete Robert. Er redete über alles Mögliche, selbst über das Wetter. «Morgen wird wieder die Sonne scheinen», sagte er ganz beiläufig. Dann brüllte er plötzlich los: «Das können Sie mir glauben, Herr Jansen!»

Er ging zur Tür. «Schröder! Kommen Sie, hier gibt es etwas zu protokollieren.»

Er wartete, bis Schröder oben war. Er nahm auf dem dritten Stuhl Platz und sah Robert erwartungsvoll an. Aber nichts passierte. Der Commissar lehnte sich zufrieden zurück, wohl wissend, dass Jansen und Schröder ihn für verrückt halten mussten – und Polizeidiener Kramer vor der Tür nicht minder.

Noch etwa eine halbe Stunde plauderte er ruhig, während Jansen weiterhin den Mund hielt.

«Danke, Schröder, Sie können wieder gehen.»

Er hielt dem Polizeidiener sogar die Tür auf, und dann wandte er sich an Kramer. «Holen Sie Frau Jansen her.»

Er wartete, bis der Polizeidiener die Treppe hinuntergegangen war, dann ließ er Jansen aufstehen. «Kein Wort zu Ihrer Mutter, Jansen, sonst stolpern Sie versehentlich auf der Treppe, und ich kann Sie nicht auffangen.»

Er sorgte dafür, dass die zwei sich auf der Treppe begegneten. Und gerade als sich Kramer und Robert mit ihren Gefangenen aneinander vorbeizwängten, sagte Robert zu Walther Jansen: «Ich bin sehr froh, dass Sie uns endlich die Wahrheit gesagt haben, Herr Jansen.»

«Was hast du ihm gesagt?», schrie Frieda Jansen ihren Sohn an.

Der Griff des Commissars um Jansens Arm verstärkte sich. Dieser biss sich wütend auf die Lippe, schwieg aber.

Als sie unten an der Treppe angekommen waren, übergab Robert den Gefangenen an Inspektor Ebel. «Passen Sie gut auf ihn auf», grinste er. «Nicht dass seine Mutter gleich auf ihn losgeht.»

Er ging zurück nach oben, wo Frieda Jansen mit wutverzerrtem Gesicht saß.

«Nun, Frau Jansen, erzählen Sie mir mal, woher das österreichische Geld stammt.»

«Was hat mein Sohn Ihnen denn erzählt, wo es herkommt?»

«Oh, er hat so einiges erzählt. Zum Beispiel, dass er es bekommen hat, damit Anna die reichen Kundinnen im Modesalon bespitzelt.»

Frieda Jansen schwieg.

«Und er hat erzählt, dass Anna sich geweigert hat. Und dass Sie ihn dann überredet haben, Anna zu verprügeln.»

«Was?» Sie sah ihn giftig an. «Was soll ich getan haben?»

«Aber er hat das nicht tun wollen. Und da wären Sie auf Anna losgegangen.» Robert beugte sich über den Tisch. «Wissen Sie, Frau Jansen, so ganz kann ich das ja nicht glauben, dass Sie als Frau derart zugehauen haben. Aber er meinte, Ihre Wut auf Ihre Schwiegertochter wäre so groß gewesen, da hätten Sie Bärenkräfte gehabt.»

«Was soll denn das?», fragte sie entgeistert.

«Ganz einfach, liebe Frau Jansen. Ihr sauberer Sohn zieht seinen Kopf aus der Schlinge auf Ihre Kosten. Am Ende haben Sie eine Verabredung mit dem Henker, und Ihr Sohn bekommt eine ganz kleine Zuchthausstrafe. So sieht das aus.»

Frieda dachte einen Moment nach. «Was bekomme ich, wenn ich Ihnen die Wahrheit sage?»

«Ich würde beim Staatsanwalt ein gutes Wort für Sie einlegen.»

«Dafür kann ich mir nichts kaufen», sagte sie bitter.

«Wenn Sie nichts sagen, erwartet Sie der Henker. Klingt das verlockender?»

Unschlüssig sah sie ihn an. Dann aber atmete sie tief durch. «Also gut. Es war so ...»

Frieda Jansen erzählte Robert dieselbe Geschichte wie Simon am Abend zuvor. In den Ruhrorter Gasthäusern waren Leute aufgetaucht, die nach Informationen über die Reichen der Stadt suchten. Sie gaben Walther dann Geld, eine Anzahlung, wie sie es nannten. Aber Anna hatte sich geweigert, etwas zu erzählen.

«Das dumme Ding!», sagte Frieda verächtlich. «Uns stand das Wasser bis zum Hals, und sie weigerte sich, uns zu helfen. Wir hätten alle Schulden auf einmal bezahlen können und genug übrig gehabt, um eine lange Zeit gut zu leben.»

«Hatten Sie keine Angst, dass Anna mit mir darüber spricht?», fragte Robert.

«Doch, schon. Aber wir setzten darauf, dass die Aussicht, Walther ins Gefängnis zu bringen, sie davon abhalten würde.»

Walther habe dann den Fremden sagen müssen, dass er ihnen nicht mit den gewünschten Hinweisen dienen könne. Das Geld konnte er aber auch nicht mehr zurückgeben. Ein paar Tage später hätten sie ihm aufgelauert und gedroht, seine ganze Familie totzuprügeln, wenn er nicht dafür sorgte, dass seine Frau nicht zur Arbeit gehen konnte, damit sie jemand anders in den Salon einschleusen konnten.

«Ich habe ihn nicht dazu ermutigt – aber auch nicht abgeraten», sagte Frieda kalt.

«Sie haben ihre Schwiegertochter wirklich gehasst!»

«Ja. Weil sie aus meinem Sohn einen schwachen Hampelmann gemacht hat mit ihrem guten Verdienst und den Flausen, die Ihre Frau ihr in den Kopf gesetzt hat.»

«Und dann hat er es getan?»

«Er wollte zuerst nicht. Aber dann kam noch so ein Abend, wo sie sich nur gestritten haben und Anna sich schließlich wieder einmal in die Gesellenkammer gelegt hat. Er war sehr wütend, aber er hat gewartet, bis sie geschlafen hat. Und dann hat er gemacht, was diese Leute ihm geraten hatten. Er hat einen Einbruch vorgetäuscht, was ja nicht schwer war, weil sie immer bei geöffnetem Fenster schlief.»

Frieda Jansen sah Robert an. «So war das, Herr Commissar. Eigentlich habe ich gar nichts mit der Sache zu tun.»

Robert verkniff sich ein Kopfschütteln. Unbelehrbarkeit bei Tätern war ihm nicht neu, doch überraschte ihn die Kaltschnäuzigkeit der Leute immer wieder aufs Neue. «Danke, das wäre dann zunächst alles.» Er stand auf und rief laut nach dem Polizeidiener Schröder. «Kommen Sie und nehmen Sie die Aussage der Frau auf.» Er konnte sehen, wie Walther Jansen unten den Kopf in den Händen begrub.

13. Kapitel

Lina hatte sehr gehofft, dass Robert um die Mittagszeit zu Hause sein würde, denn es war ziemlich sicher, dass Georg dann bei ihnen auftauchte, aber anscheinend gab es viel zu tun im Rathaus. Sie hatten gerade gegessen, als Georg in den Laden stürmte.

«Wo sind meine Frau und meine Kinder?», schrie er Christian an. Doch bevor der irgendetwas erwidern konnte, hatte Georg ihn schon beiseitegeschoben und war durch das Hinterzimmer ins Haus gestürmt.

«Aaltje!», rief er. «Aaltje, wo bist du?»

Lina, die die Straße beobachtet hatte und ihren Bruder hatte kommen sehen, kam ihm auf der Treppe entgegen.

«Sie ist im anderen Haus. Und sie schläft. Also schrei nicht so rum. Sie war sehr erschöpft.»

«Das wäre sie nicht, wenn sie dort geblieben wäre, wo sie hingehört. Wenn du sie nicht aufgehetzt hättest, Lina.»

«O nein, Georg, darauf ist deine Frau ganz von selbst gekommen. Ich war sehr erstaunt, als sie mich bat, sie und die Kinder aufzunehmen.»

Er machte einen Schritt auf den Durchbruch zu, um ins andere Haus zu gelangen, aber dort stand plötzlich Dietrich, der ihn um einen ganzen Kopf überragte.

«Ich will zu meiner Frau!»

«Georg, sie schläft», sagte Lina möglichst ruhig, aber entschieden. «Und ich lasse dich nicht mit ihr reden, bevor du dich etwas beruhigt hast. Sie ist krank, hast du das vergessen?»

Einen Moment sah es so aus, als wolle er auf sie losgehen. Dietrich hatte sogar schon einen Schritt vorwärtsgemacht, aber dann hielt Georg inne.

«Siehst du nicht, Lina, dass das, was ihr damals getan habt, nun unsere ganze Familie zerstört?»

«Nein, das sehe ich anders.» Lina kam die letzte Treppenstufe herunter. «Mina ist es, die die Familie zerstören will. Glaubst du im Ernst, wenn du Carolinchen das antust und sie aus der Familie entfernst, wäre alles wieder wie vorher?»

Er starrte sie an, und sie wusste, dass er es sich genau so vorgestellt hatte. Doch sie wusste auch, er war immer der Unterlegene gewesen, wenn es um Worte ging. Noch einmal funkelte er sie böse an, dann senkte er den Blick. Lina atmete auf. Sie hatte ihn endlich so weit, dass er zuhörte. «Es war alles gut, so wie es war. Und nur, weil du dieses Kind nicht selbst gezeugt hast, soll nun alles anders sein? Wie hochmütig bist du eigentlich? Was soll Schlechtes daran sein, dass dir und Aaltje das Glück eines gesunden Kindes nach so viel Fehl- und Totgeburten zuteilwurde? Ihr liebt sie wie euer eigenes Kind, und glaub mir, ich weiß, wie sehr gerade du sie liebst. Und du erlaubst Mina, das zu zerstören? Wie kannst du nur so dumm sein!»

Georg sagte nichts. In ihm schien es zu arbeiten. Aber er war noch nicht bereit nachzugeben. «Ich will Aaltje heute Abend sprechen», sagte er.

«Ich werde sie fragen, ob sie dich sehen will.»

Er drehte sich um und ging durch den Laden wieder hinaus.

Lina lief zu Dietrich. «Danke», sagte sie.

«Warum gibt er nicht einfach zu, dass Sie recht haben?»

Lina lächelte. Dietrich mochte schwerfällig aussehen, aber das täuschte. «Hat dir jemand die Geschichte erzählt?»

Er nickte. «Carolinchen.»

«Oh.»

«Sie macht sich Sorgen um ihren Papa, wissen Sie. Sie will nicht, dass er allein ist.»

Lina runzelte die Stirn. «Lassen Sie die Kinder nicht aus den Augen, Dietrich. Und sagen Sie auch Otto und den anderen Bescheid. Carolinchen bringt es noch fertig und redet selbst mit ihrem Vater.»

«Vielleicht wäre das ja gar nicht so falsch», sagte Dietrich, bevor er mit zwei Eimern Küchenabfällen auf dem Hof verschwand.

Am späten Nachmittag setzte Commissar Borghoff sich mit Inspektor Ebel, Sergeant Recke und den Polizeidienern Schröder und Kramer zusammen. «Wir haben zwar noch nicht den Mord an Anna Jansen aufgeklärt, wohl aber den Überfall auf sie hier ihn Ruhrort. Nachdem ich jeden der beiden davon überzeugen konnte, dass der andere alles gestanden hatte, haben wir nun ein klares Bild von den Geschehnissen. Der Mord an Anna steht in direktem Zusammenhang mit den Diebstählen. Und leider scheint sich zu bestätigen, was Recke vor ein paar Tagen mehr oder weniger im Scherz gesagt hat: Der Modesalon meiner Frau spielt offenbar eine wichtige Rolle in der ganzen Geschichte.»

«Sie haben jemanden an Annas Stelle eingeschleust?», fragte Recke.

Robert nickte. «Ich denke, ich weiß auch schon, wen.»

«Die Zigeunerin», sagte Ebel knapp.

«Sie heißt Zita Fredowsky, und sie ist keine Zigeunerin.» Robert sah in die Runde. «Meine Frau weiß noch nichts von der Sache. Und es wäre gut, wenn es vorerst unter uns bleiben könnte, denn so etwas schadet natürlich dem Geschäft.»

Die anderen nickten.

«So, wie es aussieht, ist Zita unsere einzige Verbindung zu den Dieben. Deshalb können wir sie nicht einfach festnehmen. Ich möchte sie nicht verschrecken.»

«Heißt das, sie darf unbehelligt weitermachen?», fragte Ebel.

«Ja, Ebel.» Robert griff sich ein Blatt Papier. «Wir müssen sie rund um die Uhr beschatten und hoffen, dass sie uns zu der Bande führt. Ich selber falle da aus, mich kennt sie zu gut. Aber alle anderen können sie in Zivil beobachten.»

Gemeinsam entwarfen sie einen Einsatzplan. «Auch Thade solle aus Meiderich herüberkommen», bestimmte Robert. «Zita wohnt in der Milchstraße 3 bei diesem Dr. Demuth.»

«Gehört der Mann vielleicht auch zu der Bande?», fragte Recke.

«Möglicherweise.» Robert ließ den Stift sinken. «Dann würde für ihn aber dasselbe gelten wie für Zita; wenn wir ihn festnehmen und verhören, warnen wir die anderen.»

Als Erstes holte Polizeidiener Kramer seine Zivilsachen. Er hatte einfache Kleidung gewählt, wie sie in Ruhrort von vielen Handwerkern, kleinen Angestellten und Dienstboten getragen wurde. Robert kam auf die Idee, dass er sich Simons Mütze ausleihen sollte. Es kostete ihn einige Überwindung, das nicht sehr saubere Stück auf den Kopf zu ziehen.

Simon, der sich bereits ein wenig erholt hatte, rief ihm hinterher: «Ich hab keine Läuse!»

«Um das Problem da unten müssen wir uns auch kümmern, Herr Commissar», sagte Ebel. «Er gehört da nicht hin, und wir sind nicht da, um ihn zu versorgen.»

«Sprechen Sie mal mit dem Vorsteher vom Armenhaus.»

«Übrigens hat es heute Morgen einen Umzug gegeben», fuhr Ebel fort. «In der Carlstraße. So, wie ich das mitbekommen habe von der Dienstmädchenpost, wohnt Ihre Schwägerin Frau Kaufmeister jetzt bei Ihnen.»

«Danke für die Vorwarnung», sagte Robert. Manchmal war ihm Ebel unheimlich.

Als Robert nach Hause ging, hatte Kramer in seiner Dienstbotenverkleidung schon gegenüber Posten bezogen. Zita verließ gerade das Haus, und Kramer heftete sich in einigem Abstand an ihre Fersen. Er stellte sich recht geschickt an, es blieb nur die Frage, ob es in der Altstadt genauso gut laufen würde, wo die Straßen enger und verwinkelter waren.

Plötzlich sah er, dass ein großer Mann mit einem merkwürdigen Hut und einem riesigen Schnauzbart auf Zita zukam. Die beiden begrüßten sich vertraut, und dann verschwanden sie in einer Kneipe am Rande der Altstadt. Kramer zögerte nicht und ging ebenfalls hinein. Wenn er schon länger Dienst schieben musste, dann konnte er sich wenigstens ein Bier genehmigen.

«Es ist etwas Schlimmes passiert, Uli», sagte Zita, als die Schankmagd das Bier vor sie hingestellt hatte. «Hermann hat uns gestern zusammen gesehen und mich hinausgeworfen. Und ich habe Angst, dass er vielleicht der Polizei etwas sagt.»

«Verdammt.» Uli hieb mit der Faust auf den Tisch. «Das hat gerade noch gefehlt. Ich … ich habe dich auch abgepasst, weil … Bitte reg dich nicht auf, aber Kellerer ist gestern in die Stadt gekommen. Und nicht nur er. Alle – Mina, Loiserl, Pepi, die ganze Bande. Man hat sie aus Duisburg ausgewiesen, und wie ich es verstanden habe, hatte der Mann deiner Chefin etwas damit zu tun.»

«Wo ist Resi?», fragte Zita sofort.

«Sie haben sie mitgenommen. Sie ist auch hier.»

«Wo sind sie denn, in einer Pension?»

Weingart schüttelte den Kopf. «Der Ort ist geheim. Und er ist sicher, da kommen sie ihnen nicht so schnell auf die Spur. Aber für dich und auch für Hermann kann es gefährlich werden, denn sie können jederzeit und überall auftauchen. Wir werden noch mehr aufpassen müssen, wenn wir uns treffen.»

Er sah sich nervös um, und sein Blick fiel auf einen jungen Mann mit einer schmuddeligen Mütze, der mit den anderen Männern beim Schanktresen stand. «Da starrt uns einer an.»

Zita sah zu dem jungen Mann hinüber, lächelte dann aber. «Ich glaube, der starrt mich an. Das ist nicht so selten, selbst wenn ich eine hochgeschlossene Bluse trage.» Sie griff seine Hand. «Uli, du musst mit Hermann reden. Mach ihm klar, warum er nicht zur Polizei gehen darf. Er ... er war so wütend auf mich, dass er nicht darauf hörte, was ich ihm gesagt habe. Und ich kann ihm das nicht einmal übelnehmen.»

Uli nickte. «Das werde ich tun – am besten heute noch. Wo bist du untergekommen?»

Zita senkte den Kopf. «Gestern Nacht hat mich eine hiesige Madam mitgenommen. Sie lässt bei Frau Borghoff schneidern und kennt mich daher. Aber ich muss wohl irgendetwas an mir haben, sie hat gleich gewusst, dass ich aus dem Gewerbe bin.»

«Und heute?»

«Ich muss rasch eine Pension finden, aber jetzt ist es wohl schon zu spät dafür. Also werde ich wieder dort schlafen. Die Madam hat es mir selbst angeboten.»

Uli lachte. «Sie glaubt, ein gutes Geschäft zu machen. Früher oder später landen alle Huren wieder auf ihrem Rücken, es sei denn, sie werden zu alt dafür.»

«Ich nicht, Uli. Nie wieder.»

Wenig später bezahlten die beiden und standen vom Tisch auf. Kramer war unschlüssig, was jetzt zu tun war. Sollte er dem Mann oder Zita folgen? Schließlich entschied er sich für den Mann. Den würde er so rasch nicht wiederfinden, wenn er einmal abgetaucht war. Und womöglich gehörte er ja zu den Dieben? Tatsächlich wirkte er misstrauisch und sah sich dauernd um. Für einen kurzen Moment verschwand Kramer in einem dunklen Hauseingang, zog die Jacke und die Mütze aus, verstrubbelte seine Haare und rieb sich ein wenig Dreck ins Gesicht.

Als er wieder auf die Straße trat, befürchtete er kurz, den Mann verloren zu haben, aber dann entdeckte er ihn in einiger Entfernung. Seltsam, dachte Kramer. Der Kerl ging geradewegs in Richtung Milchstraße, wo doch laut Commissar Borghoff Zita Fredowsky wohnte.

Und tatsächlich, der Mann wartete vor dem Haus Nummer 3, bis schließlich Dr. Demuth um die Ecke bog.

Der Mann verbarg sich hinter einem Häuservorsprung, und als Demuth ihn passierte, packte er ihn von hinten und hielt ihm ein Messer an die Kehle.

Kramer war völlig verwirrt und verfluchte seine zivile Verkleidung, dadurch hatte er nicht einmal seinen Säbel dabei. Einen Augenblick lang dachte er darüber nach, dem Doktor zu Hilfe zu eilen, aber der andere Mann war sehr groß, und er wäre ihm ohne Waffe hoffnungslos unterlegen.

Die beiden Männer schienen zu reden, doch Kramer war nicht nah genug, um etwas zu verstehen. Und inzwischen hatte der Große den Doktor auch wieder losgelassen, doch das Messer hielt er immer noch in der Hand.

Vorsichtig schlich sich Kramer näher heran.

«Sie hat dich nicht belogen, du Idiot. Ich habe sie hier getroffen, und weil sie gerade die Stelle in dem Salon bekommen hatte, für die wir die Pepi vorgesehen hatten, musste ich sie zwingen, uns zu helfen. Sie hatte keine Wahl. Kellerer hat sie in der Hand – du darfst nicht zur Polizei gehen, Hermann.»

«Ihr habt Respekt vor dem Commissar, oder?»

«Wenn wir die Stadt nicht auf anderen Wegen hätten verlassen können, wäre die Falle zugeschnappt», gab Uli zu.

Hermann schwieg einen Moment, dann sagte er gefasst:

«Ich habe keine Angst mehr vor euch, Uli. Ich bin so lange weggelaufen. Und das tue ich nicht mehr.»

Weingart schüttelte den Kopf. «Mach keinen Unsinn, Hermann. Wenn Kellerer dich hier findet, dann bist du tot, das weißt du.» Er hielt Hermann wieder das Messer an die Kehle.

«Was soll das, Uli? Du hast doch gerade gesagt, du hättest dich von Kellerer losgesagt. Oder sagst du das nur, um mich zu täuschen?»

«Wir müssen das Spiel noch eine Weile mitspielen, Hermann. Du, Zita und ich.»

«Aber das will ich nicht mehr», sagte Hermann und blickte Weingart fest in die Augen. «Du glaubst doch nicht im Ernst, dass ich Kellerer hier in aller Ruhe sein Unwesen treiben lasse?»

«Ich fürchte, das musst du», sagte Weingart hart, und dann schoss seine Linke hervor und traf Hermann am Kinn. Als er zu Boden ging, gab ihm Weingart noch einen Hieb gegen die Schläfe, um sicherzugehen, dass er bewusstlos war. Dann wuchtete er den Körper auf seine Schulter und trug ihn fort.

Es fiel Kramer schwer, den beiden zu folgen, denn der große Mann wählte nur Gassen, in denen es kaum Licht gab und keine Menschen. Doch er blieb dicht hinter ihnen. Auf einmal bog der stämmige Kerl um eine Ecke, Kramer beeilte sich hinterherzukommen. Aber als er vorsichtig in die Gasse spähte, waren sie verschwunden – und so sorgfältig er sich auch umsah, sie blieben es auch.

Lina war nervös an diesem Abend. Georg hatte darum gebeten, mit Aaltje sprechen zu dürfen, und Aaltje hatte eingewilligt. Jetzt warteten alle gespannt darauf, dass er auftauchte.

Robert hatte allerdings etwas ganz anderes auf dem Herzen. «Ich weiß, du hast heute Abend vielleicht kein Ohr dafür, aber es ist etwas Wichtiges passiert, das auch dich und das Geschäft betrifft. Meinst du, du kannst mir zuhören, Lina, während alle auf Georg warten?»

Sie nickte und lächelte. «Armer Robert! Ich mute dir eine Menge zu, fürchte ich.»

«Diesmal wohl eher deinem Bruder», sagte er sanft und zog einen Stuhl zu ihr heran. «Hör zu, Lina. Es ist leider eine sehr ernste Sache.»

Dann begann er zu erzählen. Von den Geständnissen der Jansens, dem Grund für Annas Tod und dass sich das alles mit Reckes Nachforschungen deckte.

«Zita?», fragte Lina erstaunt. «Das kann ich kaum glauben. Sie fühlte sich hier so wohl und war so dankbar.» Sie dachte einen Moment nach. «Sosehr ich das Mädchen auch mag, du hast vermutlich recht. Daraus kann man keinen anderen Schluss ziehen.» Sie seufzte. «Dann muss ich also meine beste Näherin entlassen?»

«Jetzt wird es schwierig», sagte Robert. «Wir müssen sie natürlich festnehmen, wenn wir die Diebe gefasst haben, aber bis wir das können ...»

«... ist sie eure einzige Spur zu ihnen.»

Robert lächelte. Auf Linas schnellen Verstand war immer Verlass.

«Das ist nicht ganz einfach, Robert. Ich habe meinen Kundinnen gegenüber eine Verantwortung.»

«Ich weiß. Ich verspreche dir, sobald wir sie nicht mehr brauchen, bist du sie los.»

«Gut. Dann halte ich still.» Lina sah ihn an.

«Du hast doch noch etwas auf dem Herzen.»

Er nickte. «Simon liegt im Rathausgewahrsam.»

«Was heißt, er *liegt*?», fragte Lina.

«Sein verletzter Fuß – beinah hätte Dr. Feldkamp ihn amputiert. Aber dann hat er den neuen Werksarzt vom Phönix hinzugezogen. Der hat ihm nur die Zehen abgenommen. Ein

Glück für den Jungen – aber meine Polizisten beschweren sich, dass sie ihn pflegen müssen.»

Lina runzelte die Stirn. «Wenn wir ihn wieder ins Haus holen, weiß ich nicht, was passiert. Finchen, die Kinder ...»

«Ich dachte, wir stellen ein Bett ins Lager. Er kann ohnehin nicht die Treppen hinauf. Nur so lange, bis die Wunden verheilt sind. Und nur, wenn Finchen einverstanden ist.»

«In Ordnung», seufzte Lina. «Ich kann dir nicht meine halbe Familie zumuten und dir dann abschlagen, den Halunken gesund zu pflegen.»

«Sprichst du mit Finchen?»

«Ja.» Sie gab ihm einen Kuss auf die Stirn. «Wann endet das endlich, Robert? Ich habe herzlich genug von all den Aufregungen und wünsche mir ein paar friedliche Abende mit dir.»

Wenig später kam Georg. Er versprach Lina, ruhig zu bleiben, wenn er zu Aaltje ging. Sie hatte fast den ganzen Tag geschlafen und am Abend nur wenig gegessen. Jetzt saß Carolinchen bei ihr und las wieder aus ihrer Fibel vor.

«Papa!», rief sie, als Georg hereinkam. Wie gewöhnlich wollte sie losstürzen und ihm in die Arme fliegen, aber plötzlich hielt sie inne. Sie stand da, die hochgereckten Arme fielen herunter. Und Georg brachte kein Wort heraus.

«Carolinchen», sagte Aaltje. «Bitte lass mich und Papa allein.»

Die Kleine nickte; als sie an Georg vorbeiging, sah sie scheu an ihm hoch.

Georg räusperte sich. «Hast du ihr gesagt, dass sie uns verlassen soll?»

«Nee. Weil das nicht geschehen wird.»

Er sah sie verwirrt an.

«Ich werde nicht mehr nach Haus zurückkommen, wenn du

nicht deine Entscheidung änderst. Und wenn du sie änderst, dann ist es gut, dass sie davon nicht weiß.»

«Du bist meine Frau, Aaltje, du hast zu tun, was man dir sagt. Und wenn ich entscheide, das Kind kommt aus dem Haus, dann ...» Georg wurde laut. Was erlaubte Aaltje sich?

«Dann gehe ich mit de Kinderen zu meine Familie in Rotterdam.» Nie zuvor hatte Aaltje gewagt, ihren Mann zu unterbrechen. «Ich bin immer eine gute und gehorsame Frau gewesen. Aber das lasse ich nicht zu. Das Kind wird nicht das Opfer von deine gekränkte Eitelkeit.»

Er war so verblüfft, dass er gar nicht antworten konnte.

«Niemand in Ruhrort weiß davon, nur Lina, Lotte, du und ich. Und der Pfarrer, der auch beschlossen hat zu schweigen zum Wohl von ein unschuldig Kind. Wovor hast du Angst?»

«Mina! Sie könnte es öffentlich machen – und wie stehen war dann da?»

«Als liebe Eltern, Georg. Weiter nichts.» Aaltje begann, schwerer zu atmen. «Mehr habe ich dir nicht zu sagen. Geh bitte.»

«Ich will, dass du heimkommst, Aaltje.»

«Dann weißt du, was du machen musst. Und wenn Carolientje da draußen ist, dann sei nett zu sie.»

Eigentlich hatte Aaltje nicht erwartet, dass er wirklich gehen würde, doch er verließ den Raum ohne ein weiteres Wort. Lina, die draußen gewartet hatte – und auch ein wenig gelauscht –, kam mit Carolinchen herein. Sie sah, dass Aaltje kaum Luft bekam.

«Soll ich den Arzt rufen?»

Aaltje schüttelte den Kopf. «Es geht schon wieder. Oje, ich habe mein Mann gegengesprochen!» Sie sah Lina an. «Hast du das gehört?»

Lina strahlte. «Ja, das habe ich.»

«Und?», fragte Aaltje mit leisem Lächeln.

«Du hast es sehr gut gemacht. Und tu nie wieder so, als könntest du nicht richtig Deutsch.»

«Das hilft manchmal, weißt du ...»

Beide mussten lachen.

Erst da bemerkten sie, dass Carolinchen immer noch bedrückt neben dem Bett stand. «Was ist passiert, mein Meisje?», fragte Aaltje.

«Ich glaube, der Papa hat mich nicht mehr lieb.» Und dann liefen die ersten Tränen. Aaltje vergaß ihre Atemnot. Jetzt musste die Jüngste getröstet werden.

Robert wunderte sich, als er am nächsten Morgen zum Dienst kam. Denn Kramer und der zur Überwachung von Zita eingesetzte Sergeant Recke warteten im Rathaus auf ihn. Kramer hätte erst später Dienst gehabt, und Recke hätte in der Harmoniestraße sein müssen.

«Was ist passiert?», fragte er.

Kramer schilderte, was am Abend geschehen war. «Offensichtlich ist sie weg aus der Milchstraße, deshalb konnte Recke sie heute Morgen nicht finden. Vielleicht hätte ich doch lieber sie beobachtet als den Kerl ...», sagte Kramer unsicher.

«Nein, das war schon die richtige Entscheidung. Wer ist heute Abend dran?», fragte Robert.

«Schröder», sagte Ebel.

«Zita ist bei der Arbeit und wird sie vor heute Abend nicht verlassen. Recke, Sie können sich wieder Ihre Uniform anziehen.»

Recke nickte. «Schröder muss heute Abend herausbekommen, wo sie jetzt wohnt.»

«Mir macht Sorgen, was mit Dr. Demuth geschehen ist. War er heute Morgen hier und hat nach Simon gesehen?»

Ebel schüttelte den Kopf. «Soll ich jemanden zum Phoenix schicken?»

«Ja, tun Sie das.» Robert runzelte nachdenklich die Stirn. «Hat jemand schon einmal von diesem Kerl gehört? Er ist ja nicht so unauffällig.»

«Auf ihn passt keine der Beschreibungen von den Fähren», sagte Recke.

«Und die Befragungen der Diebstahlopfer?», fragte Robert.

«Ja. Ein Diener der Haniels hat einen Mann beschrieben, das könnte der Entführer sein.»

Robert dachte einen Moment lang nach, dann stöberte er in dem Geständnis, das Walther Jansen abgelegt hatte. «Er könnte auch derjenige sein, der Jansen das Geld gegeben hat. Wir sollten nach dem Mann suchen.»

Ebel seufzte. «Schon wieder durch alle Kneipen, Gasthäuser und Pensionen? Die Wirte sind schon unruhig genug.»

«Ich werde sie so lange in Unruhe versetzen, bis ich diese Diebe gefasst habe», sagte Robert kalt.

Nach dem Frühstück hatte Lina eine einfache Pritsche ins Lager bringen und sie gleich bei der Hoftür aufstellen lassen. Danach hatte sie mit Finchen gesprochen.

«Es geht nur darum, Simon gesund zu pflegen, danach muss er das Haus wieder verlassen», hatte sie erklärt.

«Ich will nicht, dass er die Kinder sieht.» Finchen hatte mit gesenktem Kopf vor ihr gestanden. «Sie haben sich gerade daran gewöhnt, dass er nicht mehr da ist. Und ich habe Angst, dass er sie gegen mich aufhetzt.»

Aber dann hatte sie nachgegeben und ein paar harte Regeln aufgestellt. Sie selbst wollte ihren Mann pflegen, soweit es ihr fast verheilter Arm zuließ. Er durfte das Lager nicht verlassen und sich nicht im Haus bewegen. Sobald seine Wunden verheilt waren, musste er die Stadt wieder verlassen.

Lina war damit einverstanden. Auch sie und Robert wollten ja Simon eigentlich nicht im Haus haben, aber solange er nicht wieder arbeiten konnte, würde er auch im Armenhaus keinen Platz bekommen.

Noch vor Mittag packten zwei Polizeidiener Simon auf eine einfache Karre und brachten ihn zum Haus des Commissars.

Da Dr. Demuth an diesem Morgen weder im Rathaus noch beim Phoenix aufgetaucht war, schickte Lina Otto zu Dr. Feldkamp, der versprach, am Abend vorbeizuschauen.

Nach dem Mittagessen rief Lina dann Rose zu sich. Diese setzte sich mit ängstlichem Gesicht auf den leeren Stuhl vor dem Schreibtisch. Der Baron hatte Lina Roses Lohn für den ganzen Monat bezahlt, aber danach, so ahnte Rose, würde sie auf der Straße stehen.

«Rose, ich habe endlich die Erlaubnis bekommen, mich um das Haus des Barons zu kümmern. Frau von Sannbergs Mutter hatte versucht, den Verkauf zu verhindern, aber der Bürgermeister hat den Weseler Staatsanwalt überredet, dass der Baron bis zu einer Verurteilung uneingeschränkt über sein Vermögen verfügen kann. Wir werden daher nach dem Wunsch des Barons seine alten Möbel zurück in das Haus auf der Friedrich-Wilhelm-Straße bringen. Und ich möchte, dass du dich hauptsächlich darum kümmerst. Wir haben ja viel Zeit.»

Rose nickte. Dann fragte sie: «Was wird aus mir, wenn das getan ist?»

Lina lächelte. «Darüber habe ich mir auch schon Gedanken gemacht. Du warst hier im Haus eine große Hilfe während Finchens Krankheit, aber jetzt ist sie fast wieder gesund, und in diesen Zeiten kann ich mir kein überflüssiges Personal leisten. Aber ich dachte, ich spreche mit Beatrice Messmer. Wenn das Kind erst auf der Welt ist, werden sie und ihr Mann sicher in ein eigenes Haus ziehen wollen. Und ich könnte mir vorstellen, dass dort Platz für dich wäre, schließlich ist sie mit dir als Hausangestellter groß geworden. Und wenn es sich noch etwas hinzieht bis dahin, werden wir ganz sicher eine Lösung für dich finden.»

«Danke, Frau Borghoff, vielen Dank!» Sie war sichtlich gerührt und wischte sich mit dem Ärmel eine Träne aus dem Auge. Dann sagte sie gefasst: «Dann mal los. Womit fangen wir an bei dem Umzug?»

«Ich fürchte, du musst erst einmal im alten Haus alles sauber machen, bevor wir die Möbel dorthin bringen lassen. Nimm dir Susannas Schwester zu Hilfe, und ich schicke dir auch Otto und Dietrich für ein paar Stunden.»

«Gut.» Rose stand auf und sah gar nicht mehr so unglücklich aus. «Dann gehe ich an die Arbeit.»

Lina hatte nachmittags viel im Salon zu tun. Mit gemischten Gefühlen dachte sie daran, dass Zita wie gewöhnlich bei der Anprobe helfen würde. Und jedes Wort, das hier gesprochen wurde, hatte nun einen ganz anderen Klang für sie. Ja, es stimmte, die Frauen sprachen in diesen vier Wänden sehr häufig über recht intime Dinge und nicht selten auch über Geld und Schmuck.

Trotzdem mochte sie immer noch nicht glauben, dass es ausgerechnet Zita sein sollte, die all die kleinen Geheimnisse von Ruhrorts Reichen an die Diebe verraten hatte. Sie hatte sich in solch kurzer Zeit zu einer Stütze des Betriebes gemausert, ruhig, besonnen, handwerklich erstklassig – in vielem erinnerte sie Lina an sich selbst.

Dass sie eine Hure gewesen war, hatte ihr Robert erzählt, aber sie hatte offensichtlich den festen Willen, all das hinter sich zu lassen und ihr Geld mit harter, ehrlicher Arbeit zu verdienen.

Als die letzte Kundin den Laden verlassen hatte, traf Lina im Flur auf Emil. Er hatte sich ganz hinten bei der Hoftür auf einen Stuhl gekauert.

«Was ist denn los, Junge?», fragte sie und bemerkte jetzt erst, wie niedergeschlagen er aussah.

«Die Sache mit Carolinchen ... das ist so schrecklich. Und ich bin an allem schuld!», sagte er mit belegter Stimme.

Lina schüttelte den Kopf und zog aus ihrer Rocktasche ein Spitzentaschentuch. «Was hast du denn damit zu tun?»

«Na, der Brief!» Er schnäuzte sich, dass Lina Angst um ihr Taschentuch bekam. «Ich ... ich habe ihn unter Onkel Georgs Post gelegt.»

«Wusstest du, was drin steht?»

«Nein. Sie hat ihn mir in Duisburg gegeben. Warum tut sie so was?»

«Emil, ich habe schon lange aufgegeben, darüber nachzudenken, warum deine Mutter tut, was sie tut. Wir waren einander mal ziemlich ähnlich, weißt du? Nicht nur äußerlich. Als Kinder haben wir sogar gewusst, was die andere denkt. Aber dann wurden wir getrennt, ich war so lange krank, danach auf Genesungsreise und in den vielen Kuren und orthopädischen Anstalten. Und sie hat euren Vater geheiratet. Da hatte ich schon das Gefühl, ich kenne sie nicht mehr.»

Er sah sie an, und sie konnte die tiefe Verzweiflung spüren. «Ist sie ein schlechter Mensch, Tante Lina?»

Lina war klar, wie weh ihm diese Erkenntnis tun musste. Er hatte seine Mutter die ganze Zeit in Schutz genommen vor all jenen, von denen er glaubte, dass sie ihr nur Übles nachsagten. Aber nun hatte sie etwas getan, das auch ihm wehtat. Es könnte die einzige Familie zerstören, die er in den letzten Jahren gekannt hatte – und was noch schlimmer war, es verletzte Carolinchen, die von allen im Hause Kaufmeister heiß geliebt wurde, nicht zuletzt auch von ihm und Josef.

«Sie war kein schlechter Mensch, bis sie damals auf diesen Maler Reppenhagen traf. Leichtfertig vielleicht, und vielleicht auch ein wenig verantwortungslos, was euch beide betraf, aber sie glaubte, viel nachholen zu müssen, was ihr durch die Ehe mit eurem Vater entgangen ist. Und dann war sie plötzlich mit Reppenhagen auf der Flucht. Lebensumstände verändern uns, Emil. Die Armut in Brüssel, als euer Vater euch verlassen hatte, hat euch verändert. Und manchmal verändert sich ein Mensch auch zum Schlechten.»

«Ich möchte das nicht glauben», sagte er leise.

«Ich auch nicht, Emil. Sie ist mein Zwilling, wir sind Teile eines Ganzen. Aber ich kann die Augen nicht davor verschließen. Schon von dem Zeitpunkt an nicht mehr, als sie mich diesen Verbrechern ausgeliefert hat.»

Er sah sie erstaunt an. «Dann ist das also wahr, was Onkel Robert mir erzählt hat?»

«Dein Onkel würde dich niemals anlügen.»

Er seufzte. «Ich habe Onkel Georg und Tante Aaltje wohl viel Unrecht getan.»

«Ich fürchte, das hast du. Sie lieben euch beide wie ihre eigenen Kinder.»

«Meinst du, ich darf mit Tante Aaltje reden?» Er sah sie hoffnungsvoll an.

Lina lächelte. «Ich glaube, darüber würde sie sich sehr freuen.»

«Dann ...» Er stand auf. «Dann gehe ich am besten gleich zu ihr.»

«Tu das.»

Nachdenklich sah Lina ihm nach. «Warte, Emil.»

Er drehte sich wieder zu ihr um. «Du bist achtzehn, Emil, ein junger Mann. Und ein Mann muss lernen, Verantwortung zu übernehmen. Es wird Zeit, erwachsen zu werden.»

Emil nickte. «Ich will es versuchen, Tante Lina.»

«Niemand verlangt, dass du sofort alles richtig machst, mein Junge. Hier sind viele Menschen, die dir gern helfen werden. Dein Onkel Robert und ich zum Beispiel. Und ganz sicher auch Georg, wenn er wieder zur Vernunft gekommen ist.»

Er nickte noch einmal, dann lächelte er plötzlich. Lina blickte ihm nach, wie er auf der Treppe nach oben verschwand. Sie hoffte, dass ihre Worte auf fruchtbaren Boden gefallen waren und so aus dem ganzen Drama vielleicht doch noch etwas Gutes entstehen konnte. Wenn nur Georg nicht so verdammt stur wäre!

Hermann wachte auf, und um ihn herum war alles dunkel. Einen Moment fürchtete er sogar, er wäre vielleicht blind, aber dann sah er einen schwachen Lichtschein, der unter einer Tür hindurchzukommen schien. Sein Kopf schmerzte, besonders das Kinn, wo ihn Weingarts erster Schlag getroffen hatte, aber auch die Schläfe.

Vergebens versuchte er sich zu bewegen, doch Weingart hatte ihn anscheinend verschnürt wie ein Paket, zudem noch geknebelt. Es war kalt hier, offensichtlich befand er sich in einem Keller.

Plötzlich bemerkte er, wie der Lichtschein stärker wurde. Er stammte wohl von einer Lampe oder Fackel, denn er flackerte leicht. Die Tür ging auf – dann erkannte er die Silhouette von Uli Weingart.

«Alles in Ordnung?», knurrte der.

Hermann antwortete nicht.

Weingart kam zu ihm und begann ihn aus einem Teil der Seile, mit denen er ihn gefesselt hatte, zu befreien und nahm ihm auch den Knebel ab.

«Sei leise», zischte Weingart. «Die Bande ist hier ganz in der Nähe, es würde dir nicht gut bekommen, wenn dich einer von denen findet.»

Hermann schloss erleichtert die Augen. Kellerer wusste nichts von ihm – gottlob! «Warum hast du mich dann überhaupt hergebracht?», fragte er unter Husten, als er den Knebel los war.

«Ich musste verhindern, dass du zur Polizei gehst. Und das werde ich auch weiterhin.» Weingart ging vor die Tür und kam mit einem Krug Wasser, einem Becher und etwas Brot zurück.

«Hör zu. Kellerer will noch einmal zuschlagen hier in Ruhrort, und dann werden alle verschwinden. Ich nehme mir meinen Anteil und alles, was ich beiseitegeschafft habe. Ich hab schon eine Schiffspassage von Bremen aus gekauft. Amerika, verstehst du? Da kann er mich niemals finden.»

Jetzt nahm er Hermann noch die Armfesseln ab. «Iss!», befahl er. «Wenn alles vorbei ist, werde ich dich wieder freilassen, das verspreche ich dir.»

«Was ist schon ein Versprechen von dir wert», sagte Hermann verächtlich.

«Sei vorsichtig, was du sagst.» Weingart war wütend. «Davon hängt nämlich ab, wie sehr ich dich gleich wieder zusammenschnüre.» Er beugte sich zu Hermann herunter. «Denk daran: Du bist tief unter der Stadt, hier unten sind der Greifer und seine Bande, niemand sonst. Wenn du also versuchst zu fliehen, wirst du dich entweder verirren oder Mathis in die Hände laufen. Ich bin hier der Einzige, dem du vertrauen kannst!»

Nachdem Hermann gegessen und getrunken hatte, band Uli ihm die Hände wieder auf den Rücken. «Ich komme bald wieder», sagte er und warf Hermann noch eine Decke hin. «Ist kühl hier unten.»

Hermann gelang es, die Decke mehr schlecht als recht über den Körper zu ziehen, indem er einen Zipfel in den Mund nahm.

Weingart hatte die Tür hinter sich geschlossen, aber durch den Spalt war noch immer ein Lichtschein zu erkennen. Er hörte Geräusche, als würde Uli draußen Kisten stapeln.

Plötzlich meinte er Schritte zu hören. Uli hielt inne bei dem, was er tat, und dann fuhr Hermann ein Schreck in die Glieder.

«Hier bist du also, Uli», sagte eine Stimme. «Und was für schöne Sachen du hier hast.»

Kellerer, dachte Hermann. Seine einschmeichelnde Stimme wirkte gefährlicher denn je.

«Ich hab das kleine Privatlager vor ein paar Tagen gefunden, Mathis.» Das war die näselnde Stimme von Loiserl. «Ich wollt ihn fragen, was das soll, aber dann dachte ich, das machst du besser selbst, Mathis. Ist schließlich alles dein Zeug.»

Die schweren Schritte Kellerers hallten in Hermanns Ohren wie Trommelschläge. Er ging jetzt wohl herum und besah die Beutestücke, die Uli hier offenbar vor ihm in Sicherheit gebracht hatte.

«Warum wolltest du mich betrügen, Uli?» Kellerers Stimme klang traurig und enttäuscht, wie ein Vater, der von seinem ungehorsamen Sohn bestohlen worden war.

«Ich ... ich ...» Uli brachte kein Wort heraus. Hielt ihm Loiserl sein Messer an die Kehle? Aber Hermann konnte sich gut hineinversetzen in Ulis Lage. Er hatte Kellerer bestohlen und betrogen, stand mitten in den Beweisen. Auch Uli kam offensichtlich zu dem Schluss, dass es nichts zu beschönigen gab.

«Ich wollte die Bande verlassen. Und da du ja unser Vermögen immer für uns aufbewahrt hast, dachte ich, ich nehme es mir jetzt. Nur meinen Anteil aus den letzten Jahren, mehr nicht.»

«O Uli ... da spricht aber viel Bitterkeit aus diesen paar Sätzen.» Im nächsten Moment zuckte Hermann zusammen, denn Weingart schrie vor Schmerz auf. «Wirfst du mir vor, euch etwas weggenommen zu haben, weil ich eure Anteile an der Beute wieder ins Geschäft investiere?»

«Nnnein ...»

«Und was habe ich dir getan, Uli, dass du mich verlassen willst? Hermann, Tomasz, Zita – und jetzt du? Ausgerechnet du, den ich immer geliebt habe wie einen Bruder?»

Wieder stöhnte Weingart auf.

«Du bist ein Tyrann, Mathis Kellerer», stieß er hervor.

Hermann stockte der Atem. Aber im nächsten Moment wurde ihm klar, dass Weingart ohnehin dem Tod geweiht war und nichts mehr zu verlieren hatte.

«Unberechenbar bist du. Verrückt bist du, ja, völlig verrückt!», schrie Weingart.

Wieder kam ein Schmerzensschrei.

«Halt, Loiserl. Nicht so hastig. Wenn er glaubt, schneller zu sterben, nur weil er ein paar Ungezogenheiten von sich gibt, dann irrt er sich gewaltig. Geh los und hol ein paar Leute, sie sollen das Zeug hier wegschaffen und bei den anderen Sachen lagern. Und dann diesen Abschaum in den Hauskeller bringen. Na, los!»

Loiserls Schritte entfernten sich.

Hermann konnte hören, wie Uli leise stöhnte.

«So, unberechenbar bin ich also?», fragte Kellerer ganz sanft.

Wieder ein Stöhnen.

«Es ist doch ganz einfach mit mir, mein Lieber. Alle tun, was ich will und was ich ihnen sage, und das tun sie ohne Widerrede.»

«Du wolltest mal ein großer Dieb werden, Mathis.» Hermann hatte Mühe, Ulis inzwischen recht heiser klingende Stimme zu verstehen. «Aber jetzt bist du nichts als ein verrückter Mörder. Und ich bin nur ein weiteres Opfer.»

Aber Ulis Plan ging nicht auf. Kellerer hatte nicht vor, ihn schnell zu töten. Er würde sich Zeit lassen, egal wie sehr Uli ihn reizte oder beleidigte.

Die Leute kamen, sie brachten Weingart und seine Beute

weg. Hermann hoffte, dass auch Kellerer bereits gegangen war, und noch mehr hoffte er, dass niemand auf die Idee kam, nachzuschauen, was sich im hinteren Raum befand. Es wäre zwar schwierig, sich hier aus den Fesseln und auch aus dem Verlies zu befreien, aber die größere Gefahr lauerte da draußen.

Die Schritte hatten sich entfernt, Hermann war schon fast so weit aufzuatmen, da öffnete sich die Tür, und im Schein der Lampe erkannte er Kellerer.

«Sieh mal einer an, wenn das nicht unser lieber Doktor ist», sagte er und lächelte. «Ich denke, wir beide werde noch viel Spaß miteinander haben.»

Für die vielen Personen, die inzwischen im Hause Borghoff frühstückten, war längst nicht mehr genug Platz in der Küche. Aaltjes Kinder hatten sie deswegen in Linas kleinem Salon untergebracht. Zu Rose war nun auch wieder Kathi, Susannas Schwester, gekommen, die Rose im Haus an der Friedrich-Wilhelm-Straße half. Sie kamen gut voran, wie Rose berichtete. Lina konnte schon für den nächsten Tag Möbelpacker engagieren, die das Mobiliar des Barons wieder in das kleine Haus bringen sollten.

Die Kinder machten sich auf den Weg zur Schule, Josef und Karl, die dieselbe Klasse besuchten, waren schon vorausgelaufen. Emil hatte sich bereit erklärt, Carolinchen und Oskar zum Unterricht zu bringen. Lina wollte, dass sie beaufsichtigt wurden.

Als er sie abgeliefert hatte, stand er plötzlich seiner Mutter gegenüber. Er vermutete, dass sie ihn schon seit der Harmoniestraße verfolgt hatte.

«Siehst du, so schnell sehen wir uns wieder!», sagte sie und wollte ihm über das Gesicht streicheln, aber er wich zurück.

«Warum hast du das getan?», rief er empört. «Warum hast du Onkel Georg diesen Brief geschrieben?»

Um ihren Mund spielte ein kleines Lächeln. «So, hat der Brief Ärger gemacht?»

«Ja, alles ist plötzlich anders.» Emil wich noch einen Schritt weiter zurück. «Tante Aaltje ist mit uns zu Tante Lina gezogen, weil Onkel Georg Carolinchen verstoßen will. Und das ist deine Schuld!»

«Oh.» Minas Lächeln wurde noch wenig feiner. «So viel Courage hätte ich Aaltje gar nicht zugetraut. Jedenfalls ist dein Onkel doch jetzt mit anderen Dingen beschäftigt als mit dir und deinem Bruder, nicht wahr?»

«Tu doch nicht so, als hättest du das für Josef und mich getan.»

Mina zog die Brauen hoch. «Aber weshalb hätte ich das sonst tun sollen?»

«Du wolltest Onkel Georg und Tante Aaltje wehtun. Und du stürzt dafür ein kleines, unschuldiges Mädchen ins Unglück.»

«Aber Emil ...» Seine plötzliche Feindseligkeit schien ihr zuzusetzen. «Warum denkst du so etwas Schlechtes von mir? Bist du jetzt auch wie alle anderen?»

«Ich bin nicht dumm, Mutter.» Er war sich vollkommen bewusst, dass die Art, wie er «Mutter» gesagt hatte, sie verletzen musste. «Und ich weiß, dass auch du nicht dumm bist. Wenn du solch einen Brief losschickst, dann weißt du sehr genau, was du anrichtest. Und du hast mich benutzt, um den anderen Schaden zuzufügen. Aber diese Rechnung geht nicht auf.»

«Wieso?» Minas zuckersüßer Ton hatte sich in ein wütendes Zischen verwandelt. «Offensichtlich geht sie sehr gut auf. Die brave bürgerliche Familie meines bigotten Bruders liegt in Trümmern.»

«Das mag sein.» Er schwieg kurz, als würde er sich an etwas erinnern. «Ich war so froh, dich wiederzusehen, als du nach

Ruhrort kamst. Alle hier wollten mir nur Gutes, aber ich war wie ein trotziges kleines Kind, das die ganze Zeit darauf hoffte, dass eine gute Fee in der Gestalt meiner Mutter kommt und mich erlöst. Aber das, was du getan hast, hat mir die Augen geöffnet.»

«Die Augen geöffnet für was?», fragte Mina giftig.

Emil sah ihr direkt in die Augen, so unnachgiebig, dass sie den Blick abwandte. «Kein Sohn erfährt gern, dass seine Mutter ein schlechter Mensch ist, der nur seine eigenen Interessen kennt und Unheil anrichtet, wann immer er kann. Oder leugnest du, dass du Josef und mich in jedem Fall für diesen Maler verlassen hättest? Und dass du es wieder tun wirst, um mit diesem ... diesem ekelhaften Mann zu verschwinden? Sieh mich an und sag es mir ins Gesicht!»

«Wie redest du eigentlich mit mir?», zischte Mina, aber mehr brachte sie nicht heraus.

«Du hast deine Söhne endgültig verloren. Ich will dich nie wiedersehen.» Er wollte sich umdrehen und gehen, aber sie hielt ihn zurück.

«Das kannst du nicht tun, Emil. Ich bin doch deine Mutter!»

«Lass mich los, oder ich rufe die Polizei. Du darfst gar nicht in Ruhrort sein.» Er spürte, dass ihm die Tränen in die Augen schossen, doch er versuchte ruhig zu bleiben. Die nächsten Worte seiner Mutter halfen ihm dabei, Haltung zu bewahren.

«Das kann doch nicht sein, dass du wegen dieses kleinen Hurenbalgs nichts mehr von mir wissen willst!»

«Sie mag die Tochter einer Hure sein», sagte Emil wütend, «aber die eigentliche Hure bist du.»

Damit ließ er sie stehen.

Die Suche nach dem glatzköpfigen Österreicher mit dem Schlapphut war vergeblich gewesen. Zwar fanden die Polizisten zwei Pensionen, in denen er seit März gewohnt hatte, und entdeckten, dass er ein paarmal nach Duisburg übergesetzt war, aber er war nicht so oft ein- und ausgereist wie die anderen Verdächtigen.

Sorge machte Robert auch Schröders Entdeckung, dass Zita wohl im Bordell der dicken Martha wohnte. Er hatte vorsichtig die Mädchen nach ihr ausgefragt, aber die wussten nur, dass Martha ihr ein Dachzimmerchen gegeben hatte. Trotzdem waren die Huren nicht gut auf Zita zu sprechen, sie glaubten, dass Martha sie bald überreden würde, für sie zu arbeiten, und das wäre eine harte Konkurrenz.

Mittags kam Ebel von seinem Altstadtrundgang. Er machte ein ernstes Gesicht. «Irgendjemand verbreitet in der Stadt, dass der Salon Ihrer Frau den Dieben ihre Informationen geliefert hat.»

«Wer?», rief Robert. «Wenn das jemand von unseren Leuten war, dann gnade ihm Gott.»

«Nein, ich denke nicht, dass es jemand von uns war. Die Dienstmädchen reden darüber, und in einigen Kneipen war es auch Gesprächsstoff. Ich glaube eher, dass Simon Weber darüber geredet hat, bevor wir ihn festgesetzt haben.»

Robert nahm sich vor, wenn er zum Mittagessen nach Hause ging, mit Simon ein ernstes Wörtchen zu reden.

«Wenn das bekannt wird und die Leute eins und eins zusammenzählen, wird Lina Zita entlassen müssen.»

«Wir wissen ja, wo wir sie finden», sagte Ebel leichthin. «Einmal Hure, immer Hure.»

«Ich glaube, ich würde mich oft sehr viel wohler fühlen, wenn ich zu allem eine solch feste Meinung hätte wie Sie, Ebel.» Die anderen lachten über Roberts Bemerkung. «Ist eigentlich Dr. Demuth schon wieder aufgetaucht?»

«Nein. Niemand hat ihn gesehen. Seit der mit dem Schlapphut ihn fortgetragen hat, fehlt uns jede Spur.»

«Haltet weiter die Augen auf.» Robert lehnte sich in seinem Stuhl zurück. Die Dinge spitzten sich zu, aber leider nicht so, wie er es gern gehabt hätte.

14. Kapitel

Lina wunderte sich. Trotz der am nächsten Tag bevorstehenden Hochzeit der Borgemeister-Tochter sagten die Kundinnen reihenweise ihre letzten Anproben ab. Als die vierte Absage vom Dienstmädchen der von Eickens überbracht wurde, nahm Lina das Mädchen beiseite.

«Betti, wir kennen uns doch schon recht lange ...»
«Ja, Frau Borghoff.»

Lina hatte die junge Betti einen Rock auf Raten abzahlen lassen, damit sie sich bei ihren jetzigen Herrschaften vorstellen konnte.

«Ich weiß, du bist der Familie von Eicken eine treue Angestellte, und ich will nicht, dass du mir irgendwelche Geheimnisse verrätst – aber ich wüsste schon gern den wahren Grund, warum Frau von Eicken nicht zur letzten Anprobe kommt. Wir haben hier viel Arbeit in das Kleid gesteckt.»

Betti zierte sich ein bisschen, aber dann rückte sie damit heraus, dass am Morgen Frau Liebrecht ins Haus gekommen war und erzählt hatte – was Betti natürlich nur mitbekommen hatte, weil sie gerade nebenan Silber putzte und die Tür offen stand –, jedenfalls hatte Frau Liebrecht erzählt, dass es im Modesalon der Frau Borghoff eine Spionin gebe, die den schrecklichen Dieben erzählt habe, wo all die Reichtümer und Schmuckstücke in den Häusern der Kundinnen zu finden waren.

«Und sie sagte auch, dass es die neue dunkelhaarige Näherin sein müsse, die aussehe wie eine Zigeunerin.» Betti senkte die Stimme. «Ich konnte das kaum glauben, aber Frau Liebrecht meinte, alle überfallenen Familien seien Ihre Kundinnen. Und dann sagte sie noch, dass Ihr Mann, der Herr Commissar, möglicherweise absichtlich darüber hinwegsieht.»

Damit hatte Frau Liebrecht ja nicht einmal unrecht, auch wenn es einen guten Grund dafür gab.

«Also, ich glaube nicht, dass bei Ihnen solch schlimme Dinge geschehen», sagte Betti zum Abschluss.

«Ich danke dir für deine Ehrlichkeit», antwortete Lina und versuchte zu lächeln. Aber eins war klar: Auf das Geschäft kamen schlimme Zeiten zu.

Als Robert zum Mittagessen nach Hause kam, wunderte sie sich gar nicht, dass er bereits von der Sache wusste.

«Fünf Kundinnen haben ihre Anproben abgesagt, und ich denke nicht, dass sie die Kleider noch abholen werden. Ein Riesenverlust für das Geschäft.»

Robert nickte. «Ebel hat es heute Morgen beim Rundgang durch die Dienstmädchenpost erfahren. Er verdächtigt Simon – der muss geredet haben, bevor wir ihn festgenommen haben.»

«Gut möglich. Er hatte zumindest bis dahin keinen Grund, uns wohlgesinnt zu sein. Und wenn er der Einzige war, der das Gerücht gestreut hat, erklärt das auch, warum es so lange gedauert hat, bis es die Herrschaften erreichte.» Lina seufzte. «Es tut mir leid, Robert, aber ich kann Zita nicht länger beschäftigen. Jeder verdächtigt sie, alle wissen, dass sie für Anna eingestellt wurde.»

«Ja, da musst du ihr wohl kündigen», sagte Robert nachdenklich. Ihm war klar, dass die Diebe dadurch gewarnt sein würden. Aber was für eine Wahl hatte seine Frau?

«Glaubst du immer noch, dass sie noch in der Stadt sind?», fragte Lina, nachdem sie eine Weile geschwiegen hatten.

«Ich weiß es nicht. Zita ist noch da – das kann doch nur bedeuten, dass sie auch noch hier sind, oder?» Er runzelte die Stirn. «Eigentlich müsste ich sie ja festnehmen, wenn sie verdächtig ist. Meinst du, du kannst ihr gegenüber so tun, als glaubtest du diese Gerüchte nicht? Damit sie sich weiter sicher fühlt? Sie muss uns zu den Dieben führen, sonst fassen wir sie nie.»

«Ich werde mein Bestes versuchen, Robert. Aber es ist ein Spiel mit dem Feuer. Sie verdächtigen dich ja auch, die Sache meinetwegen zu vertuschen. Ich glaube nicht, dass der Bürgermeister das für gut befinden wird.»

«Meine Methoden werden immer kritisiert, so lange, bis sie Erfolg haben.» Er stand auf. «Ich werde mir mal Simon vorknöpfen.»

Während Robert sich auf den Weg ins Lager machte, rief Lina Zita zu sich.

«Zita, es fällt mir sehr schwer, dir das jetzt zu sagen», begann Lina. «Aber dir ist sicher aufgefallen, dass heute Nachmittag keine Anprobe mehr stattfinden wird.»

Zita nickte.

«Zita, ich sage es dir freiheraus: Die Kundinnen verdächtigen dich, den Dieben Hinweise auf die Beute zugetragen zu haben.»

Zita wurde bleich. «Aber ...»

Lina lächelte kurz. «Ich sage nicht, dass ich das glaube. Aber es stimmt, dass alle, bei denen eingebrochen wurde, Kundinnen bei uns sind.» Sie machte eine Pause. «Aber es ist ja auch ganz natürlich, schließlich lassen alle reichen Familien ihre Kleider bei mir nähen.»

Sie seufzte. «So schwer es mir fällt, Zita – denn immerhin bist du meine beste Näherin –, ich muss dich leider bitten, deine Sachen zu packen und mein Haus zu verlassen.»

«Frau Borghoff, bitte ... ich brauche die Arbeit doch», sagte Zita verzweifelt. Sie hoffte, Lina umstimmen zu können, doch nach einem Blick in ihre Augen wurde Zita klar, dass sie keinen Erfolg haben würde.

«Zita, wenn ich dich weiterbeschäftige, dann gefährde ich mein Geschäft.» Lina griff in ihre Schublade und zählte Zita ein paar Münzen hin. «Das ist der ausstehende Lohn. Ich habe auch noch etwas draufgelegt, weil du wirklich sehr gut gearbeitet hast.»

Ohne ein Wort nahm Zita das Geld. Tränen liefen ihr über die Wangen.

Sie ging in die Näherei, legte ihre derzeitige Arbeit, ein hellgelbes Sommerkleid, sorgfältig zusammen und packte ihre persönliche Habe ein.

Die anderen starrten sie entgeistert an. Susanna griff sie am Arm, aber Zita machte sich gleich los. Lina hatte sich in die hintere Tür der Näherei gestellt, durch die vordere verließ Zita nun die Werkstatt. Ihr Gesicht wirkte wie eine Maske, sie ging ohne ein Wort des Abschieds.

«Was ist los mit ihr?», fragte Grete. «Gab es eine schlechte Nachricht?»

«Die schlechte Nachricht ist, dass ich sie entlassen musste, Grete. Und ich fürchte, so bald brauchen wir keinen Ersatz für sie.»

Sie setzte sich zu den Näherinnen und erklärte ihnen die Lage. Die Mädchen waren blass, alle hatten Angst um ihre Arbeit.

«Glaubt mir, ich werde alles tun, damit es hier weitergeht wie zuvor», sagte Lina. Aber sie hatte nicht die geringste Idee, wie sie das anstellen sollte.

In der Küche machten Finchen und Antonie gerade den Abwasch. Noch konnte Finchen keine schweren Töpfe heben, aber nach und nach wurde der verheilte Arm wieder stärker.

Und jetzt, da Rose mit anderen Dingen beschäftigt war, packte sie an, wo sie konnte.

Lina bat die beiden, ihre Arbeit zu unterbrechen und sich kurz zu ihr an den Küchentisch zu setzen.

«Hat eine von euch etwas von den Gerüchten um Zita gehört?», fragte sie.

Die beiden schüttelten den Kopf. Die Geschichte war ihnen ganz neu. «Alle wissen, dass wir es hier bei Ihnen gut haben und treu zu Ihnen stehen», sagte Finchen. «So etwas würden die anderen Dienstmädchen uns nie sagen.»

Lina erzählte, dass sie Zita entlassen habe und warum sie es trotz des Verdachtes nicht vorher getan hatte. «Es hilft dem Commissar vielleicht, den Dieben auf die Spur zu kommen, aber ich fürchte, ich habe mein Geschäft dadurch gefährdet.» Sie blickte erst Finchen, dann Antonie in die Augen. «Ich muss euch um einen Gefallen bitten.»

«Jeden, Frau Borghoff, das wissen Sie doch», sagte Antonie fest.

«Ihr müsst so schnell wie möglich in der Stadt verbreiten, dass Zita entlassen wurde und keine Gefahr mehr besteht, dass hier Geheimnisse verraten werden», sagte Lina. «Es hängt sehr viel davon ab. Und es darf nicht so aussehen, als hätte ich euch das aufgetragen, ihr müsst es geschickt anstellen.»

«Wie viel dürfen wir erzählen?», fragte Finchen. «Auch dass es dem Commissar helfen sollte, die Diebe zu fassen?»

Lina überlegte kurz. «Nein, das bitte nicht. Ich weiß nicht, ob der Plan des Commissars nach Zitas Entlassung noch aufgehen kann, aber ein wenig Zeit müssen wir ihm noch lassen.»

«Wir gehen morgen früh zum Markt», sagte Finchen. «Wir treffen sicher viele Dienstmädchen dort.»

«Danke!»

«War es Simon, der das herumerzählt hat?», fragte Finchen

plötzlich. «Er protzte damit, dass er dem Commissar geholfen hat, Annas Mörder zu fassen.»

«Ja. Aber er wusste nicht, was er damit anrichtete», antwortete Lina.

«Das weiß er nie», sagte Finchen mit versteinerter Miene. Lina fürchtete, beim nächsten Verbandwechsel würde Simon nicht zart angefasst werden.

Den ganzen Tag war Zita ziellos in der Stadt herumgelaufen. Sie wollte nicht, dass die dicke Martha von ihrem Rauswurf erfuhr. Denn jetzt gab es für sie kaum noch einen Grund, ihr Angebot abzulehnen. Am späten Nachmittag hatte sie sich ein Stück Brot und zwei Äpfel gekauft und war um die Baustellen der neuen Hafenbecken herum bis zum Ruhrufer gelaufen. An dem schönen warmen Tag ließ es sich hier gut sitzen und das Wasser betrachten.

So schnell konnte es also gehen mit dem Traum vom neuen Leben. Jetzt war genau das eingetreten, was sie befürchtet hatte: Zuerst hatte sie Hermann verloren, jetzt ihre Arbeit. In Ruhrort würde sie wohl keine neue mehr bekommen. Sie würde fortgehen müssen. Ihre Ersparnisse würden sie zwar nicht sehr weit bringen, aber für einen Neuanfang irgendwo würde das Geld reichen. Zumindest wenn sie schnell neue Arbeit fand. Aber noch konnte sie nicht weg von hier. Nicht solange Kellerer ihre Tochter in seiner Gewalt hatte.

Entschlossen stand sie auf. Sie musste Uli Weingart finden. Zwar hatte er ihr nie gesagt, wo in Ruhrort er untergekommen war, doch sie erinnerte sich an eine Pension, von der er gesprochen hatte. Es dauerte eine Weile, bis sie das Haus fand. Aber ihre Hoffnung wurde enttäuscht: Die Wirtin erklärte ihr, dass er schon über einen Monat nicht mehr dort wohne.

«Die Polizei hat auch schon nach ihm gefragt. Scheint ein Halunke zu sein, der Kerl», sagte sie.

«Die Polizei? Wann?»

«Gestern.»

Auf gut Glück ging sie die Kneipen ab, in denen sie und Uli sich in den letzten Wochen getroffen hatten, aber er war nirgends zu finden.

Jetzt hatte Zita nur noch die Hoffnung, dass er wieder in der Nähe der Harmoniestraße auftauchte. Ein Blick auf die Kirchturmuhr sagte ihr, dass in der Werkstatt Feierabend war und jetzt wohl alle beim Abendessen saßen. Vorsichtig schlich sie an den beiden Läden vorbei. Der Gedanke an die Runde, die jetzt in der Küche beieinandersaß, und das gute Abendessen gab ihr einen Stich. Sie hatte viel verloren, nicht nur ihre Arbeit.

Sie wartete, bis die letzte Näherin und dann auch Otto das Haus verlassen hatte, aber Uli ließ sich nicht blicken. Schließlich gab sie auf und machte sich auf den Weg zu Marthas Bordell.

Als sie dort ankam und die Treppen hinaufstieg, folgte ihr plötzlich einer von Marthas starken Kerlen. «He, du!»

Zita wusste nicht einmal, wie der Mann hieß, nur dass er dafür zuständig war, unliebsame Gäste aus dem Bordell zu befördern.

«Du sollst deine Sachen packen und verschwinden.»

«Wer hat das gesagt?»

Er hatte sie eingeholt. «Martha, wer sonst. Und jetzt verschwinde.»

Zita schüttelte den Kopf. «Hat sie gesagt, warum?»

«Sie meint, Diebespack schadet dem Geschäft. Ihre Kunden müssten sicher sein, dass das, was hier geredet wird, auch hier bleibt.»

Zita nickte nur müde. «Ich packe meine Sachen.»

«Und ich sehe zu, damit du nichts mitgehen lässt, was dir nicht gehört.»

Wenig später stand Zita unten auf der Straße. Es hatte bereits zu dämmern begonnen, deshalb hütete sie sich, durch die Hurengasse zu gehen. Es war nicht die erste Nacht, die sie in ihrem Leben unter freiem Himmel verbrachte, aber ihr war klar, dass sie hier in der Stadt kaum ein ruhiges Plätzchen finden würde.

Langsam bewegte sie sich Richtung Hafen. Es würde noch ein paar Stunden dauern, bis dort Ruhe eingekehrt war, aber hier gab es Lagerhäuser und viele Säcke, auf denen man ganz bequem liegen konnte.

Als auf den Schiffen die meisten Lichter gelöscht waren, suchte sie sich ein Plätzchen.

Sie hatte nicht den Mann bemerkt, der ihr den ganzen Abend von Ort zu Ort gefolgt war. Der lehnte sich an einen Lagerschuppen, als ein Schiffsjunge an ihm vorbeilief. «He, du!», rief er leise. «Willst du dir einen Groschen verdienen?»

«Was soll ich denn tun?», fragte der Junge.

«Lauf ins Rathaus und sag dem Polizeidiener dort, dass Sergeant Recke am Hafen ist, weil die bestimmte Person dort schläft.»

«Hä?»

Recke seufzte. Er zog sein Notizbüchlein hervor, kritzelte etwas hinein und riss dann die Seite heraus.

«Bring ihm einfach diesen Zettel. Wenn du zurückkommst, bekommst du deinen Groschen.»

«Zwei. Ich kriege ohnehin schon Prügel, weil ich so spät komme.»

«Gut, zwei. Aber beeil dich!»

Am nächsten Morgen wartete Recke – obwohl völlig übernächtigt – auf Commissar Borghoff. Nach seinem Bericht hatte Ebel sich aufgemacht, um die Wirtin der Pension zu befragen, in der Zita gewesen war.

Recke hatte Robert gerade berichtet, was Zita den ganzen Tag über gemacht hatte, als Ebel zu ihnen stieß.

«Wir haben jetzt seinen richtigen Namen.» Bisher hatten sie den Glatzkopf mit dem Schlapphut unter dem Namen «Hans Müller» gekannt, den er bei der Anmeldung in Ruhrort angegeben hatte. «Zita nannte ihn ‹Ulrich Weingart›. Weil wir ja schon einmal nach ihm gefragt hatten, hat die Wirtin sich den Namen gemerkt.»

Recke gähnte. «Aber er ist wohl genauso verschwunden wie der Doktor. Zita hat ihn gesucht, aber nicht gefunden.»

«Merkwürdig ist, dass sie unter freiem Himmel geschlafen hat und nicht zu den Dieben gegangen ist, nachdem Martha sie hinausgeworfen hat», sagte Robert.

«Sie schien ziemlich verzweifelt. Und es ist sehr viel schwieriger geworden, sie zu überwachen.» Recke fielen fast die Augen zu.

«Sergeant, machen Sie, dass Sie ins Bett kommen. Es war eine gute Idee, den Jungen zu schicken, damit wir sie finden können.»

Recke machte sich auf den Heimweg.

«Vielleicht liegen wir mit ihr falsch», sagte Ebel plötzlich. «Was, wenn nur dieser Weingart ihre Verbindung zu den Dieben war? Er ist verschwunden, und nun weiß sie nicht, was sie tun soll. Und wir kommen auch nicht mehr weiter mit unseren Nachforschungen.»

«Was schlagen Sie denn stattdessen vor, Ebel?», wollte Robert wissen.

Der zuckte mit den Schultern. «Ich würde sie jedenfalls gleich festsetzen und mir diese mühselige Beschattung sparen. Die Leute, die wir dazu einsetzen, können wir besser an den Kontrollpunkten gebrauchen.» Ebels Augen funkelten. «Wenn ich das Weibsstück verhöre, bekommen wir schon heraus, was wir wissen wollen.»

Robert blieb gelassen. «Das kann ich mir vorstellen, Ebel. Aber den Gefallen werde ich Ihnen nicht tun.»

Es war sehr ruhig im Modesalon. Lina setzte all ihre Hoffnung darauf, dass Finchen und Antonie die Nachricht, dass sie Zita entlassen hatte, schnell unter das Hausmädchenvolk brachten, aber es würde noch Zeit vergehen, bis das auch bei deren Herrschaften ankam. Und selbst dann war sie nicht sicher, ob sie ihre Kundinnen zurückerobern konnte.

Immerhin gab es Kundschaft im Stoffladen. Inzwischen hatte Lina auch schon einige der leichten Sommerkleider verkauft. Für einen kleinen Aufpreis nahmen die Näherinnen die nötigen Änderungen für die Käuferinnen vor, einfache Arbeiten wurden jetzt sogar sofort durchgeführt, Zeit war ja genug.

In der Werkstatt nähte man weiter Kleider, Schürzen und Kinderkleidchen, um die Zeit ohne Aufträge zu überbrücken. Lina hatte außerdem eine Anzeige aufgegeben, die auf die Möglichkeit hinwies, Kleidung nur ändern zu lassen.

Die glanzvolle Hochzeit im Hause Borgemeister begann am Morgen mit der schlichten Trauung im Rathaus durch den Bürgermeister. Am Nachmittag war dann die Trauung in der evangelischen Jakobuskirche. Lina hatte beschlossen, nicht zu der Hochzeit und der anschließenden Feier in der Gesellschaft «Erholung» zu gehen, obwohl sie eingeladen war und auch niemand diese Einladung widerrufen hatte. Sie ließ sich damit entschuldigen, dass der Commissar derzeit zu beschäftigt sei und sie nicht ohne Begleitung gehen wolle. Die Einzigen aus der Familie, die an der Hochzeit teilnahmen, waren Guste und Bertram Messmer. Eberhard und Beatrice hatte man nicht eingeladen. Georg hatte aufgrund der Krankheit seiner Frau abgesagt.

Auf den Rat Doktor Feldkamps hatte Aaltje damit begonnen, für mehrere Stunden am Tag das Bett zu verlassen, damit sie langsam wieder auf die Beine kam. Lina stellte ihr einen bequemen Sessel unter das Fenster des Salons, und Dietrich und Otto stützten sie auf dem kurzen Weg vom kleinen Gästezimmer dorthin.

Mit allem Nötigen versorgt, saß sie dort und las in ihrer holländischen Bibel. Finchen sah manchmal nach ihr.

Mittags klopfte unten Lotte an die Tür, um Lina mitzuteilen, dass Emil nicht zum Hausunterricht gekommen war. Weil es bei Lina so beengt war, kam der Hauslehrer immer noch ins Haus an der Carlstraße.

«Ich weiß nicht, was ich tun soll. Soll ich Herrn Kaufmeister das sagen, wenn er heimkommt?»

«Ich denke, das ist besser», sagte Lina. «Ich möchte nicht, dass du deswegen Ärger bekommst. Außerdem werden wir ihn suchen müssen.»

Gerade als Lotte gehen wollte, klopfte auch Tineke an die Tür. «Carolinchen war auch nicht beim Unterricht. Der Lehrer hat den Schuldiener geschickt. Das ist noch nie vorgekommen!»

Lina runzelte die Stirn. Sie rief nach Finchen.

«Ist Oskar schon von der Schule zurück?»

Die beiden waren wie immer am Morgen gemeinsam losgelaufen, und Emil hatte sie wie am Tag zuvor begleitet.

«Ja, er ist gerade gekommen. Ich habe mich gewundert, weil Carolinchen nicht dabei war.»

Sie gingen zur Küche, wo Oskar gerade zu Mittag aß. «Wo ist Carolinchen?», fragte Lina streng.

«Nicht da.» Er aß seelenruhig weiter.

Finchen deutete eine Backpfeife an. «Werd nicht frech. Sag schon, wo sie ist.»

«Weiß ich nicht.»

«Oskar!»

Lina setzte sich neben ihn und schob den Teller beiseite.

«Oskar, wir machen uns Sorgen um sie. Und ihre Mutter ist sehr krank, und Sorgen kann sie gar nicht brauchen.»

«Sie ist weg mit Emil.»

«Wann?»

«Er hat uns vor der Schule angehalten und gesagt, sie müsse mit ihm kommen, es sei sehr wichtig. Ich wollte mit, aber er sagte, das gehe nur ihn und Carolinchen etwas an. Und ich dürfe nichts sagen. Aber wenn ihr mich zwingt ...»

Trotz aller Sorge musste Lina schmunzeln. «Manchmal muss man etwas erzählen, auch wenn man eigentlich den Mund halten soll. Wohin sind die beiden gegangen, Oskar? Hast du das gesehen?»

Er schüttelte den Kopf. «Ich wollte nicht zu spät in die Schule kommen.»

Lina schob ihm den Teller hin. «Iss ruhig weiter. Danke.»

«Glauben Sie, Emil hat Carolinchen entführt?», fragte Tineke.

Lina schüttelte heftig den Kopf. «Das hat er auf keinen Fall – und wenn doch, dann nicht in böser Absicht. Der Junge hat viel nachgedacht in letzter Zeit. Allerdings ...»

Tineke schaute sie fragend an.

«Es wäre durchaus möglich, dass er mit ihr fortgelaufen ist, damit ihr nicht noch mehr wehgetan wird.»

«Sagen wir es Frau Kaufmeister?», fragte Finchen.

«Auf gar keinen Fall. Aber Lotte soll rasch zu meinem Mann aufs Rathaus gehen, damit die Polizei die Augen aufhält.»

Am Nachmittag bemerkte Zita, dass sie beschattet wurde. Ein älterer Mann in der Kleidung eines Dienstboten tauchte in einigem Abstand ständig hinter ihr auf. Sie war immer noch auf der Suche nach Uli, aber langsam dämmerte ihr, dass sie ihn nicht finden würde. Er hatte von einem sicheren Versteck gesprochen, in dem sich Kellerer mit der Bande aufhielt. Und dort musste auch Resi sein. Sie fragte sich, wo dieser Ort sein könnte, aber eigentlich kam ja nur die Altstadt in Frage, und dort war seit den Diebstählen immer viel Polizei unterwegs.

Als sie in der Neustadt ankam, begannen gerade die Glocken der Jakobuskirche zu läuten. Die große Hochzeit war zu Ende, und die Gäste ergossen sich auf die Fabrikstraße und die Schulstraße. Zita mischte sich unter die Menge, aber ihr Schatten ließ sie nicht aus den Augen.

Man jubelte dem Brautpaar zu. Das Kleid stammte nicht aus Lina Borghoffs Werkstatt, eine Kundin hatte erzählt, dass man es direkt aus Paris hatte kommen lassen. Zita konnte aber erkennen, dass die Änderungen schlecht gemacht waren, denn es fiel an einigen Stellen nicht richtig.

Sie blieb in der Menge, die sich nun zur Dammstraße aufmachte, um in der Gesellschaft «Erholung» zu feiern, doch sie konnte ihren Verfolger nicht abschütteln. Fieberhaft dachte sie nach. Die Altstadt, ja, dort konnte sie ihn leichter loswerden. Sie löste sich aus der Menge, war bald an der Kasteelstraße und bog rasch in eine der engeren Straßen ein. Hier begann sie, kreuz und quer durch die Gassen zu laufen. Wann immer sie abbog, versuchte sie schnell die nächste Ecke zu erreichen, aber erst beim dritten oder vierten Mal gelang es ihr. Verborgen in einer engen Nische zwischen zwei Häusern, konnte sie beobachten, wie er vorbeilief. Sie beschloss, bis zum Abend dort zu bleiben.

Polizeidiener Schröder saß mit hochrotem Kopf vor Commissar Borghoff und beichtete, dass er Zita verloren hatte.

«Sie muss mich bemerkt haben. Auf einmal schlug sie einen Haken nach dem anderen, und dann war sie weg.»

«Wenn sie weiß, dass sie beschattet wird, wird sie uns ohnehin nicht mehr zu den Dieben führen. Wahrscheinlich wird sie die Stadt jetzt schnell verlassen wollen», sagte Robert. «Wir verstärken die Kontrollen an den Fähren und am Bahnhof. Sie hat noch etwas Geld, vielleicht nimmt sie den Zug.»

Er sah Schröder an, der ganz unglücklich vor ihm hockte. «Machen Sie sich keine Sorgen, Schröder, das hätte jedem von uns passieren können in der Altstadt.»

«Aber jetzt stehen wir wieder ganz am Anfang!», sagte Schröder, sichtlich unzufrieden mit sich selbst.

Sergeant Recke, der seinen Dienst am Nachmittag begonnen hatte, kam gerade mit einem weiteren Polizeidiener herein.

«Irgendeine Spur von meinem Neffen oder meiner Nichte?», fragte Robert.

«Nichts», sagte Recke. «Wir waren an allen Kontrollpunkten. Sie haben die Stadt nicht verlassen.»

«Es sei denn, sie wollten unentdeckt bleiben. Emil macht das ja nicht zum ersten Mal.»

Robert ballte die Faust. Die Dinge liefen leider gar nicht gut.

Lina machte sich langsam Sorgen. Aaltje hatte schon ein paarmal nach Carolinchen gefragt, und bisher hatte sie ihr gesagt, dass sie mit Oskar draußen spielen würde – aber auch das war nicht unbedingt dazu angetan, Aaltje zu beruhigen, denn schließlich kannten alle die Spiele der beiden Racker.

Lina hatte auch Josef und danach Karl beiseitegenommen und ihn gefragt, ob Emil ihm gesagt hatte, was er plante. In Linas Haus teilten sie sich ja ein Zimmer.

Josef bestätigte ihr nur noch einmal Emils Sinneswandel, was die Mutter betraf. «Sie war da, an der Schule, er hat es mir erzählt.»

Er berichtete, was sein Bruder ihm gesagt hatte. «Sie muss sehr wütend gewesen sein.»

Karl verstand sich nicht so gut mit Emil, ihm hatte sich der

Junge auf keinen Fall anvertraut. «Aber er hat kein Geld eingesteckt heute Morgen. Ich weiß, wo er es aufbewahrt.»

Lina hatte ihre Näherinnen eine Stunde früher nach Hause geschickt, ein Lohnverlust, den sie noch verkraften konnten. Jetzt saß sie im Büro und rechnete, wie lange sie ohne Entlassungen über die Runden kommen würde, wenn weiter keine Aufträge hereinkamen.

Sie war so vertieft in ihre Arbeit, dass sie vor Schreck zusammenzuckte, als es unsanft gegen die Tür klopfte. Überrascht sah sie, dass es Rose war. Das Dienstmädchen schien völlig außer sich.

«Was ist geschehen, Rose?»

«Hier ...» Sie hielt Lina einen Brief hin. «Ich wollte es schnell hinter mich bringen, das Schlafzimmer von Frau von Sannberg ausräumen zu lassen. Der Raum ist mir unheimlich.»

Lina kannte die Schrift auf dem Brief nicht und schaute Rose fragend an.

«Die Männer haben die Waschkommode von der Wand gerückt, und dann war da plötzlich dieser Brief. Er muss dahinter gerutscht sein. Lesen Sie nur! Der Baron ...»

«Ja, Rose, ich sehe es.» Sie las den Brief, den sie gerade überflogen hatte, noch einmal Wort für Wort.

Meine geliebte Elise,
bitte verzeih, dass ich Dich immer noch so nenne, aber meine Liebe zu Dir ist nicht erloschen wie Deine, wie Du so hartnäckig behauptest.
Ich werde Deinem Wunsch entsprechen und meine Stelle kündigen. Aber dafür verlange ich von Dir, Dich ein letztes Mal im Arm halten zu dürfen, ein letztes Mal Deine Leidenschaft zu spüren. Nach so vielen Jahren denke ich, ich habe einen würdigeren Abschied verdient, als Du mir zugedacht hast. Ich würde keinen Augenblick zögern, Deinem Mann von unserer langen

Verbindung zu erzählen. Also überlege Dir gut, ob es klug wäre, mich zurückzuweisen.
Sieh zu, dass Du und der Baron den Maiball frühzeitig verlasst.
Mit diesem Brief sende ich Dir ein Schlafpulver, das Du Deinem Mann in seinen abendlichen Rotwein geben kannst. Wenn er tief und fest schläft, dann komme ich zu Dir, und wir werden eine letzte Nacht miteinander verbringen. Danach wirst Du mich nie wiedersehen, das verspreche ich.
Zum Zeichen Deines Einverständnisses trage bitte morgen das rote Kleid, das wir gemeinsam in Italien gekauft haben.

Dein Dich immer liebender
Ferdinand

«Das bedeutet doch, dass der Baron unschuldig ist, nicht wahr?», fragte Rose. In ihren Augen stand Hoffnung.

«Ja, ich denke, das bedeutet es.» Lina lächelte.

«Und die Gläser sind nie gespült worden ...», fuhr Rose fort.

«Bitte?»

«Keiner hat sich um die Gläser im Salon gekümmert. Sie standen noch da, wie an dem Abend, als der Baron und seine Frau vom Ball nach Hause kamen. Ich dachte, ich sehe mir das Rotweinglas genauer an. Es ist ein dünner weißer Satz im Glas.»

«Schlafpulver.»

Rose nickte. «Ich habe alles so stehengelassen. Kein Glas verrückt und auch nicht den Staub auf dem Tisch weggeputzt. Sonst könnte doch jemand behaupten, man hätte es nachträglich dorthin geschafft.»

«Das war wirklich klug von dir, Rose.» Lina stand auf. «Mein Mann kommt gleich von der Arbeit. Ich glaube, er wird sich sehr über diesen Brief freuen.»

Als es dämmerte, kam Zita wieder aus ihrer Nische. Dies war die Nacht, in der die Greiferbande zuschlagen wollte. Wenn sie zu den Häusern ging, die beim letzten Mal verschont geblieben waren, dann würde sie schon auf irgendein Mitglied der Bande treffen, das sie zum Versteck führen konnte. Ihr Bündel ließ sie zurück, nur ihren kleinen Geldbeutel und einen dünnen dunklen Schal nahm sie mit.

Sie war vorsichtig, denn sie wusste, dass sie in der Neustadt der Polizei nicht so leicht entkommen konnte. Langsam ging sie die Straßen ab, versuchte sich zu erinnern, was für einen Dieb der beste Einstieg in ein Haus war, und hoffte zu entdecken, ob dort jemand gerade einbrach.

Als sie an der Gesellschaft «Erholung» vorbeikam, war die Hochzeitsfeier immer noch im Gang, und viele Männer hatten kräftig dem Wein zugesprochen. Die Mitglieder des Gesangsvereins, über alle Tische verteilt, versuchten ein paar Lieder anzustimmen, doch der Rausch half weder, die Texte zu behalten, noch die Töne zu treffen. Trotzdem hatten alle Spaß an dem falschen Gesang, und es wurde viel gelacht.

Jetzt war also eine gute Zeit, in die Häuser einzubrechen. Nicht ganz so gut wie am Maiball, als auch das Hauspersonal feierte, aber so geschickt, wie die Bandenmitglieder waren, würden sie auch diesmal reiche Beute machen.

Doch erst als es ganz dunkel war, fand sie endlich, was sie suchte. Drei Männer öffneten blitzschnell ein Hoftor und verschwanden zum hinteren Teil des Hauses.

Zita blickte sich sorgfältig um, und als sie sicher war, dass niemand sie beobachtete, schlüpfte auch sie durch das Tor in den Hof. Sie entdeckte Loiserl, der unten aufpassen sollte, während die beiden anderen über das Dach des Pferdestalls in den ersten Stock einzudringen versuchten.

Vorsichtig zog sie sich wieder zurück. Er hatte sie nicht entdeckt.

Zurück auf der Straße, suchte sie sich einen dunklen Hauseingang und wartete. Es dauerte nicht lange, da kamen die drei wieder heraus. Zita erkannte neben Loiserl noch Friedel, einen wortkargen Mann mit pockennarbigem Gesicht. Der andere, ein junger Bursche, war ihr noch nie begegnet. Er trug einen Sack über der Schulter, in dem sie Silberwaren vermutete.

Die drei machten sich schnell aus dem Staub Richtung Altstadt, Zita hatte Mühe, ihnen zu folgen. Sie fürchtete, in den engen Gassen könnte sie die Männer verlieren, so wie sie selbst dem Polizisten entkommen war. Ein-, zweimal sahen sie sich um, um sicherzugehen, dass ihnen niemand folgte, aber Zita gelang es jedes Mal, sich schnell zu verbergen.

Sie erinnerte sich plötzlich, dass dies genau der Weg war, den Kellerer gegangen war, als sie ihm folgte. Damals war er plötzlich wie vom Erdboden verschwunden, sie musste also nah bei den dreien bleiben. Hier irgendwo war der sichere Ort, von dem Uli gesprochen hatte.

Die drei verschwanden in derselben Gasse wie Kellerer, und Zita beeilte sich, ebenfalls um die Ecke zu biegen, und dann stand sie wie beim letzten Mal in einer menschenleeren schmalen Gasse.

«Verdammt», fluchte sie leise. Es war wieder passiert. Unschlüssig stand sie da, dann ging sie die Gasse ab und entdeckte ein leeres Haus, dessen Tür sogar offen stand. Vorsichtig untersuchte sie das Gebäude, stieg hinauf in den zweiten Stock, sah sogar nach der Kellerklappe im Küchenfußboden unten. Keine Spur von den drei Dieben.

Entmutigt verließ sie das Haus und verbarg sich hinter einem Häuservorsprung in der Gasse. Vielleicht waren ein paar von ihnen ja noch draußen.

Die Abendessenszeit im Hause Borghoff war längst vorbei, als Robert nach Hause kam. Er hatte schlechte Nachrichten – Emil und Carolinchen waren nach wie vor verschwunden. Aaltje hatte sich wieder hingelegt und schien bereits zu ahnen, dass irgendetwas nicht stimmte.

«Ich werde gleich hineingehen und es ihr sagen.» Lina hatte Robert schon im Flur empfangen und sah besorgt aus, doch gleich darauf lächelte sie. «Stell dir vor, es ist etwas Unglaubliches passiert, Robert. Rose hat den Beweis für Cornelius' Unschuld gefunden.»

Sie gab ihm den Brief und berichtete von dem Rotweinglas, das Rose außerdem entdeckt hatte.

«Das würde erklären, warum Cornelius derart tief geschlafen hat», sagte Robert langsam. «Und es überführt Weigel der Lüge.»

«Er ist immer noch hier, oder?»

«Ja. Er steckt die ganze Zeit mit Henriette Kortmann zusammen und macht jeden zweiten Tag eine Eingabe, Cornelius' Vermögen betreffend.»

Robert überlegte schon, ob er Weigel gleich festnehmen sollte, da klopfte es heftig an die Tür.

Robert ging hin und öffnete, und da standen Georg, Emil und Carolinchen.

«Wo wart ihr denn?», fragte Lina entgeistert. «Wisst ihr eigentlich, was für Sorgen wir uns gemacht haben?»

«Und die halbe Ruhrorter Polizei hat nach euch gesucht!»

«Es ist meine Schuld», sagte Georg, und schuldbewusst sah er auch aus. «Die beiden standen heute kurz vor Mittag vor der Tür, als ich schon fast auf dem Weg nach Hochfeld war. Ich musste heute in der Gießerei sein, davon hing eine Menge ab, und da habe ich die beiden kurzerhand mitgenommen.»

«Wieso seid ihr beiden nicht nach Hause gekommen?» Robert sah Emil und Carolinchen an und versuchte streng zu klingen.

«Ich musste mit Onkel Georg sprechen», begann Emil stockend. «Mutter hat so viel Unheil angerichtet, und ich habe ihr noch dabei geholfen. Ich dachte, wenn ich mit ihm rede und wenn Carolinchen dabei ist ... Er hat sie doch so lieb ...»

«Und – hat er etwas erreicht?», fragte Lina ihren Bruder.

Georg nickte. «Er hat mir genau das gesagt, was du und Aaltje mir vorher gesagt habt: Carolinchen gehört zur Familie, ob als leibliches Kind oder als Ziehkind.»

«Und ich hab ihm gesagt, dass ich nicht möchte, dass er ganz allein ist, und dass wir alle wieder zusammen sein sollten», meldete sich Carolinchen zu Wort.

«Sie hat mich gefragt, ob ich sie nicht mehr liebhabe», sagte Georg und schluckte. «Ich hätte lügen müssen.»

Für einen Moment herrschte gerührtes Schweigen, dann lachte Georg trocken auf. «Das ist sicher nach deinem Geschmack, Lina, dass dein Bruder zugeben muss, dass er unrecht hatte.»

«Das ist ja nicht das erste Mal, Georg», sagte Lina, nicht ohne Genugtuung. Sie wandte sich an Carolinchen. «Du gehst jetzt besser hinauf zu deiner Mama. Die hat den ganzen Nachmittag nach dir gefragt.»

Die Kleine stürmte die Treppe hinauf.

«Ich möchte auch zu Aaltje», sagte Georg leise.

«Ja, aber lass den beiden noch einen Augenblick.» Lina deutete auf den Brief von Weigel, den Robert noch immer in der Hand hielt. «Es gibt noch mehr gute Nachrichten. Cornelius wird freikommen, der wahre Mörder ist entlarvt.»

Georg wollte ihr antworten, aber da stand Inspektor Ebel im Flur, er war durch die immer noch geöffnete Tür eingetreten.

«Sie haben wieder zugeschlagen!»

«Die Diebe?»

Ebel nickte. «Fünf Häuser bisher. Die Bewohner sind auf

der Hochzeit der Borgemeisters – bis auf einen. Es tut mir leid, Herr Kaufmeister.»

Georg sah ihn entsetzt an. «Bei mir wurde eingebrochen?»

«Ja. Ihre Haushälterin kam aufs Rathaus gelaufen. Der Hausdiener hatte wohl etwas gehört und ist dann niedergeschlagen worden.»

«Heinrich? Mein Gott!», rief Lina. «Wie geht es ihm?»

«Das wissen wir noch nicht. Ich habe die restlichen Polizisten holen lassen, und wir werden uns jetzt die Häuser ansehen.»

«Ich muss sofort weg», sagte Georg. «Sag Aaltje, alles ist gut, und ich hole sie nach Hause, sobald ich kann.»

Lina nickte beruhigend. «Sie ist ja gut bei uns aufgehoben.»

«Warte, Onkel Georg!», rief Emil. «Ich komme mit!»

«Ich muss auch los, Lina. Ich weiß nicht, wann ich heimkomme, warte nicht auf mich.» Robert drückte ihr einen Kuss auf die Wange, und dann verschwanden er und Ebel in der Nacht. Lina schloss die Tür hinter ihnen. Was für eine Aufregung! Jetzt musste sie erst einmal Aaltje beibringen, dass das Exil ein Ende hatte.

Zita hatte recht behalten, es war noch ein Grüppchen der Bande unterwegs auf dem Rückweg in ihr Versteck. Aber noch einmal passierte, was sie zuvor bei Kellerer und Loiserl und seinen Kumpanen erlebt hatte – es schien, als hätte die Altstadt sie einfach verschluckt.

Diesmal untersuchte Zita die Gasse genauer. Aber bis auf das leere Haus fand sie nichts, wohin die Leute hätten verschwinden können. Noch einmal schritt sie beide Seiten der Gasse ab, vergeblich. Sie überlegte gerade, ob sie aufgeben und sich einen Platz für die Nacht suchen sollte, da hörte sie Schritte. Sie schlüpfte in eine Häusernische und hielt den Atem an. Doch es nützte nichts.

«Hast du etwa nach mir gesucht, Zita?» Kellerers große Gestalt verdeckte jeden Rest von Licht, der in die enge Gasse dringen konnte. «Komm da raus.»

Er zog sie unsanft aus der Nische. «Warum bist du hier? Hast du dem Commissar etwas gesteckt?»

«Nein!»

«Ob ich dir das glauben soll?» Kellerer grinste.

«Ich würde Resi nie in Gefahr bringen.» Zitas Stimme versagte fast.

«Ach ja, das Kind.»

«Geht es ihr gut?»

«Nicht ganz so gut wie vor ein paar Tagen noch.» Er schien sich über ihre Angst zu freuen.

«Wir hocken im Dunkeln, seit der Polizist den Duisburger Staatsanwalt auf uns gehetzt hat. Das mag die Kleine nicht, und jetzt weint sie viel.»

Zita nahm ihren ganzen Mut zusammen. «Lass mich zu ihr, bitte!»

«Du wirst sie auch nicht beruhigen können. Dich kennt sie ja noch weniger als die anderen Mädchen.» Er schob sie grob von der Nische weg, schien dann aber seine Meinung zu ändern und zog sie hinter sich her. «Aber ich bin ja nicht so. Komm!»

Nach ein paar Metern öffnete sich die enge Nische etwas. Auf der einen Seite war kein Haus mehr, sondern ein ummauerter Hof. In der Mauer klaffte ein Loch, durch das sich Kellerer hindurchzwängte.

Er legte den Finger auf den Mund, dann schob er die Tür zu einem kleinen Stall auf, der von einem winzigen Hof abging. Dort hielt der Besitzer des Hauses zwei Schweine. Es stank nach Gülle und Essensabfällen.

Kellerer bückte sich und öffnete eine Falltür in dem gestampften Lehmboden. «Los, runter da!»

Zita sah, dass eine grob zusammengezimmerte Leiter hinunterführte. Sie raffte ihre Röcke und kletterte vorsichtig Sprosse für Sprosse hinab. Kellerer folgte ihr. Bevor er die letzten Stufen nahm, zog er die Falltür mit einem Strick zu. Sie standen nun in einem kleinen Raum, in dem kaum mehr als vier oder fünf Personen Platz gehabt hätten. In einer Ecke lag ein ganzer Stapel Fackeln und Zündhölzer. Kellerer zündete eine Fackel an. Im Schein des Feuers konnte Zita auf dem Boden die Umrisse einer weiteren Falltür erkennen, die Kellerer aufzog. Vorsichtig warf er die brennende Fackel hinunter, passte aber auf, dass sie weit genug von der Leiter zu liegen kam. Zita kletterte auch diese Leiter hinunter, nahm die Fackel und wartete auf Kellerer.

Der nahm ihr sofort die Fackel ab, als er unten ankam. Der Raum war ähnlich klein wie der darüberliegende. An einer Wand sah man einen aufgeschnittenen Sack, der offenbar einen Durchgang verdeckte. Kellerer zog diesen provisorischen Vorhang beiseite. Zita konnte sehen, dass man die Mauer erst kürzlich aufgebrochen haben musste, denn es lagen noch einige Ziegelstücke herum, und der Rand des Durchgangs war unregelmäßig.

Kellerer leuchtete mit der Fackel hinein, und Zita erkannte einen schmalen Gang, der sich irgendwo im Unendlichen verlor. Kellerer ließ sie vorgehen, er selbst musste sich bücken, so niedrig war die Decke.

«Ich habe Uli die letzten Tage gar nicht gesehen», sagte sie.

«Das ist komisch», antwortete Kellerer. «Ich nämlich auch nicht. Hoffentlich ist ihm nichts passiert.» Zita fröstelte.

«Welche Häuser waren es diesmal?», fragte Robert Ebel. Sie waren unterwegs zum Rathaus, um die zum Dienst geeilten Polizisten einzuteilen.

Ebel zählte die Namen auf.

«Dann hätten wir ja fast alle wichtigen Familien zusammen.»

«Sehen wir uns noch heute Nacht die Einbruchsorte an?», fragte Ebel.

Robert wollte gerade zustimmen, da kam ein weiterer Hausangestellter angelaufen. «Ich bin Ludwig Bausen, Hausdiener bei Johann Hanessen in der Landwehrstraße.» Der Familie Hanessen gehörte unter anderem eine Seifenfabrik am Rande der Neustadt. «Bei uns ist eingebrochen worden. Unser Stallknecht hat einen erwischt. Die anderen sind Richtung Altstadt gelaufen.»

«Schnell, Ebel. Nehmen Sie die Leute und riegeln Sie die Altstadt ab. Eine Gruppe versucht, sie noch vorher abzufangen, und die andere geht vom Marktplatz aus vor. Vielleicht schnappen wir wenigstens diese Diebe.»

Robert wandte sich an den Hausdiener. «Ich komme mit Ihnen.»

Der Mann, den der Stallknecht gefasst hatte, lag auf der Straße vor Hanessens Haus auf dem Boden und blutete stark aus einer Kopfwunde. «Wissen Sie, wo Dr. Havemann wohnt?», fragte Robert den Stallknecht.

«Ja. Aber warum wollen Sie für so einen 'nen Arzt?»

«Weil er mir vielleicht etwas über die anderen sagen kann.»

«Ich halt mein Maul», stöhnte der Verletzte.

«Weiß Herr Hanessen schon Bescheid?», fragte Robert.

Ludwig schüttelte den Kopf. «Der feiert noch auf der Hochzeit. Ich dachte, es sei wichtiger, Sie zu rufen, solange der Vorsprung noch nicht zu groß ist. Sie haben zuerst versucht, ihrem Kumpan zu helfen, aber da ist Eckhard richtig wütend geworden, und sie sind ganz schnell abgehauen.»

«Na, dann gehen Sie mal zu Herrn Hanessen», sagte Robert.

Kurze Zeit später kam der Stallknecht mit Dr. Havemann. Der nähte die Wunde mit ein paar Stichen. Der Patient schrie vor Schmerzen.

«Ich verschwende nicht gern Äther an Gauner», sagte Havemann.

«Haben Sie etwas von Dr. Demuth gehört?», fragte Robert den Arzt.

Der schüttelte den Kopf. «Beim Phoenix ist er einfach nicht mehr aufgetaucht. Das war ganz schön peinlich für mich, schließlich habe ich ihn empfohlen.»

Robert hatte die ganze Zeit den verletzten Dieb im Auge behalten. «Kennen Sie Dr. Hermann Demuth?», herrschte er ihn an.

«Nein, wer soll das sein?»

«Ich habe Sie genau beobachtet, als ich den Namen nannte. Sie kennen ihn.» Doch der Dieb zuckte nur mit den Schultern.

«Noch mehr Leute zu verarzten?», wollte Havemann wissen.

«Nein», seufzte Robert. «Die anderen Diebe sind leider entkommen. Danke für Ihre Hilfe. Ich werde hier noch auf Herrn Hanessen warten, und dann schaffe ich den Kerl ins Rathaus.»

Es war ein langer Weg, den Zita und Kellerer unter der Stadt nehmen mussten. Zita bemerkte, dass an manchen Stellen Öffnungen zugemauert waren. Aber es gab immer noch mehr als nur einen einzigen Gang. Kellerer bog zweimal ab, und Zita kam der Gedanke, dass sie allein nie mehr herausfinden würde.

Schließlich kamen sie wieder in einen kleinen Raum, aus dem eine Leiter zu einer Falltür führte, fast kam es Zita so vor, als wären sie nur im Kreis gelaufen und zum Ausgangspunkt zurückgekehrt.

Aber der Raum über der Falltür erwies sich als Teil eines großen Hauskellers mit vielen Räumen. Wenig später gelangten sie über eine Treppe nach oben.

Es war schmutzig und staubig, ein paar Skulpturen und Bilder hatte man von der Wand gerissen, aber Zita sah sofort, dass sie sich in einem großen, herrschaftlichen Haus befand. Über Stühlen und Sofas in dem Salon, in den Kellerer sie schob, mussten lange Tücher gehangen haben, denn sie lagen, auf einer Seite grau und schmutzig, auf dem Boden.

Mina Bleibtreu thronte in einem großen Sessel, der mit feinstem Leder bezogen war. Die Mitglieder der Bande, die heute Nacht die Häuser besucht hatten, standen wie aufgereiht in dem großen Salon und warteten auf Kellerer. Loiserls Begleiter hatte seinen Sack schon ausgepackt, auf einem Tisch standen ein silbernes Teeservice, mehrere Pokale und Becher und zwei Kannen, daneben lag Besteck.

«Wo hast du die denn gefunden?», fragte Mina. Sie stand auf und musterte Zita. «Hat meine Schwester aus dir eine brave kleine Frau gemacht, Zita?» Dann packte sie blitzschnell zu und riss Zita die hochgeschlossene Bluse auf. «So gehört sich das für eine Hure.»

Aus einem Nebenzimmer drang plötzlich Kinderweinen.

«Pepi!», schrie Mina. «Bringst du das Balg endlich zum Schweigen, oder soll ich das erledigen?»

Noch bevor sie den Satz vollendet hatte, war Zita losgelaufen. Eine Tür öffnete sich, und eine äußerst schlecht gelaunte Pepi kam mit einem schreienden Kleinkind auf dem Arm in den Salon.

«Gib sie mir!», schrie Zita.

Pepi sah Kellerer fragend an, der nickte. Sie gab Zita die Kleine. «Meine Kleine», flüsterte sie. Tränen liefen ihr über die Wangen. Sie schaukelte das weinende Kind, aber es hörte nicht auf zu schreien.

Kellerer kam herüber und nahm ihr das Kind aus dem Arm. «Ich hab's dir ja gesagt, die Kleine kennt dich nicht.»

«Wenn das Kind nicht bald aufhört zu schreien, dann dreh ich ihm eigenhändig den Hals um», sagte Mina mit einem kalten Blick auf Zita. «Eigentlich brauchen wir es doch nicht mehr.»

«Geh, sei doch nicht so grausam, Mina», sagte Kellerer. «Die Kleine zahnt wohl.»

«Als ob dich das interessieren würde.»

Er drückte Mina das Kind wieder in die Arme. «Geh mit Pepi nach hinten.»

«Ich schau mal nach einem Brotkanten, auf dem sie kauen kann», sagte Pepi.

Kellerer wandte sich seinen Leuten zu. «Wo sind denn der Karli, der Louis und der Niki?»

Als Robert mit dem gefassten Dieb, der ihm nicht einmal seinen Namen sagen wollte, ins Rathaus kam, waren alle dort bester Laune. Sie hatten die beiden anderen Diebe in der Altstadt geschnappt. Die beiden Männer trugen fast tausend Thaler und ein paar Silberwaren bei sich.

«Diesmal waren wir schnell genug», rief Ebel.

«Das haben wir alles dem Stallknecht von Hanessen zu verdanken», sagte Robert. «Bei dem möchte ich nicht Pferd sein.»

Er blickte sich um. «Warum sind die Kontrollpunkte nicht besetzt?»

«Das hat doch beim letzten Mal auch nichts gebracht», sagte Ebel.

«Das mag sein. Aber wir sollten es ihnen trotzdem nicht zu leicht machen.»

Er deutete auf die drei Diebe. «Wir trennen sie. Der da ...», er deutete auf den Verletzten, «kommt erst einmal unten ins

Gewahrsam. Den anderen bringen Sie nach oben. Und den Jungen hier werde ich mir vorknöpfen.»

«Du sagst kein Wort», zischte der Ältere der beiden.

«Ruhe!», brüllte Ebel und gab ihm einen schmerzhaften Stoß. «Rauf da!»

Robert setzte sich hinter seinen Schreibtisch, der junge Mann saß mit auf dem Rücken gefesselten Händen davor.

«Wie heißen Sie?», fragte Robert.

Schweigen.

«Wo kommen Sie her? Süddeutschland, Österreich?»

Wieder Schweigen.

Der Commissar seufzte innerlich. Es würde eine lange Nacht werden.

15. Kapitel

Antonie hatte ihren freien Nachmittag gehabt, und Finchen war noch damit beschäftigt, ihre Kinder zu Bett zu bringen, deshalb stand Lina selbst in der Küche und brühte sich einen Tee aus frischer Minze auf.

Sie hörte, dass jemand klopfte, und öffnete die Tür. Es war Antonie – und sie war kreidebleich um die Nase.

«Antonie, was ist passiert?»

«Ich habe es gesehen!» Antonie setzte sich, ohne ihre Tasche und das Umschlagtuch abzulegen, in die Küche.

«Was hast du gesehen?»

«Den Spuk. Den Spuk im Haus an der Schulstraße.»

Lina erinnerte sich an die Geschichten, die unter den Dienstmädchen seit einiger Zeit kursierten. Man habe Geräusche aus dem leerstehenden Haus an der Schulstraße gehört, leise Schritte, so als wäre jemand in dem Gebäude. Und ein- oder zweimal hatte man abends einen Lichtschein in den oberen Stockwerken gesehen, deren Fenster nicht zugenagelt waren.

«Ich hab das Licht gesehen, Frau Borghoff. Der Geist wandert dort mit einer Kerze herum.»

«Das klingt doch eher nach einem Menschen, ich glaube kaum, dass ein Geist eine Kerze braucht», sagte Lina spöttisch.

Antonie war ein wenig beleidigt, weil Lina sie nicht ernst

nahm. «Die Betti hat gestern und vorgestern Stöhnen gehört und Schreie, das hörte sich so an, als käme es von weit her.»

Lina wusste, gerade weil die meisten Ruhrorter nicht genau erfahren hatten, was vor sechs Jahren in dem Haus geschehen war, gab es viele Geschichten. Die Gänge unter der Stadt, in der Reppenhagen und seine Freunde ihr Unwesen getrieben hatten, waren an vielen Stellen zugemauert worden. Sie hatten einst den Schmugglern während der französischen Besatzung gedient, und manche Familien nutzten die unterirdischen Kammern als Lagerräume. Aber die Eingänge außerhalb der Hauskeller hatte man nach den Ereignissen vor sechs Jahren verschlossen. Dort unten konnte niemand sein.

«Antonie, es gibt keine Geister! Wenn Betti etwas gehört hat, dann gibt es eine ganz vernünftige Erklärung dafür, da bin ich sicher.» Lina schob ihrem verstörten Hausmädchen die Tasse mit dem Pfefferminztee hin. «Trink. Ich glaube, du brauchst den dringender als ich.»

Als Lina schließlich zu Bett ging, dachte sie noch einmal über den angeblichen Spuk nach. Sie würde Robert sagen, dass er im ehemaligen Haus der Wienholds nach dem Rechten sehen solle. So viele Hausmädchen konnten sich nicht irren.

Resi hatte sich müde geschrien. Zita legte sie auf ein dickes Kissen, das sie von dem Sofa genommen hatte, auf dem offenbar Pepi schlief. Das Zimmer hatte wahrscheinlich als kleines Büro der ehemaligen Hausherrin gedient. Es war sehr weiblich eingerichtet, mit einem zierlichen Schreibtisch, in dem noch Briefpapier und eine Feder lagen. Ein Fässchen mit eingetrockneter Tinte und eine Dose Löschpulver standen daneben. Zita nutzte die Zeit, die Pepi weg war, und durchsuchte die Schubladen. In einer fand sie ein kleines Federmesser, das sie an sich nahm.

Sie stellte die Flamme der Öllampe größer und leuchtete

herum. An der Seitenwand entdeckte sie eine Tapetentür. Sie öffnete sie vorsichtig. Dahinter befand sich ein weiterer Raum.

Sie wollte ihn gerade betreten, als Pepi zurückkam. Zita schloss rasch die Tür und tat so, als sähe sie sich im Raum um.

«Bist du verrückt!», rief Pepi und riss ihr fast die Lampe aus der Hand. Schnell drehte sie den Docht wieder herunter. «So dicht sind die Fenster nicht zugenagelt. Wir dürfen nicht auffallen.»

Sie stellte die Lampe wieder auf den Schreibtisch. «Na, schläft die Kleine?» Sie legte einen harten Brotkanten hin. «Das Geschrei war kaum noch auszuhalten. Aber sie ist eine ganz Süße, hübsch wie ihre Mama.»

Zita lächelte. Pepi und sie waren nie wirklich Freundinnen gewesen, dazu hatte die Bande zu sehr um Kellerers Gunst gebuhlt, aber als sie beide fallengelassen wurden, weil er sich in Mina verguckt hatte, waren sie zu stillen Verbündeten geworden.

«Ich hatte die ganze Zeit Angst, er würde sie töten», sagte Zita leise. «So, wie er Tomasz hat töten lassen.»

«Bisher hat er dich gebraucht, Zita. Aber das ist nun vorbei. Jetzt tötet er vielleicht euch beide.»

«Dann flieh mit mir, Pepi!»

Sie schüttelte den Kopf. Zita konnte die Angst in ihren Augen erkennen. «Er findet uns. Er findet immer alle.» Sie warf sich in ein Sesselchen. «Er hat angefangen, die Mädchen zu quälen. Nicht nur ein bisschen Schmerz für die Lust, wie früher. Nein, er tut ihnen richtig weh, es gefällt ihm. Mit Mina darf er das nicht machen, also hält er sich an uns.»

«Uli glaubt, dass Mathis verrückt ist.»

«Da hat er vielleicht nicht unrecht.»

«Hast du ihn gesehen?», fragte Zita vorsichtig.

«Wen? Uli?»

«Ja.»

Pepi schüttelte den Kopf. «Schon seit Tagen nicht mehr. Er war ja nicht bei uns in Duisburg. Er war die ganze Zeit hier.»

Draußen vor der Tür wurde es laut. Es war jetzt gegen zwei Uhr nachts, und die drei fehlenden Leute waren immer noch nicht zurückgekehrt.

«Loiserl, geh du raus und hör dich um, was passiert ist», ordnete Kellerer an.

«Aber da draußen wimmelt es von Polizisten», protestierte er.

«Hier kann gar nichts wimmeln, so viele gibt es gar nicht.» Kellerers Stimme hatte wieder diesen gefährlich ruhigen Unterton.

«I geh scho'», hörten sie Loiserl.

Pepi rekelte sich auf dem Sessel. «Wir sollten versuchen zu schlafen. Der Mathis ist immer wach. Wenn wir Pech haben, zerrt er eine von uns gleich in sein Bett.»

«Obwohl Mina dabei ist?»

«Die steht über den Dingen. Und sie lässt ihn nicht immer ran. Das macht sie umso begehrenswerter für ihn, deshalb macht er ihre Spielchen mit.»

Zita nahm die schlafende Resi in ihren Arm und legte sich mit angezogenen Beinen auf das zierliche Sofa.

Zita erwachte, als sie draußen Loiserl hörte, der von seinem Erkundungsgang zurück war. Aber nicht Loiserl hatte sie geweckt, sondern Mathis Kellerers wütendes Gebrüll. Denn Loiserl hatte die Vermissten nicht gefunden, aber gehört, dass es Festnahmen gegeben hatte.

Pepi schlief in ihrem Sessel seelenruhig weiter. In Zitas Kopf arbeitete es. Sie musste versuchen zu fliehen, so viel war sicher. Sie hatte keine Ahnung, ob sie sicher aus dem Raum hinter der Tapetentür entkommen konnte, aber solange Kellerer da draußen derart herumtobte, hatte sie wenigstens eine kleine Chance.

Zita überlegte kurz. Sie war sich nicht sicher, ob Pepi sie vielleicht aus Angst verraten würde, wenn sie ihre Flucht bemerkte. Vermutlich nicht, aber dann wollte sie Pepi nicht in Schwierigkeiten bringen. Zita sah keine andere Möglichkeit, als das Tintenfass zu nehmen und es der Schlafenden auf den Kopf zu hauen. Sie hoffte, dass sie eine Weile bewusstlos bleiben würde.

Vorsichtig nahm sie Resi auf, die leise wimmerte, aber es war wohl nur ein Traum. Sie würde ein Licht mitnehmen müssen, deshalb wickelte sie sich das Umschlagtuch mit ihrem Kind um den Körper. Die Kleine erwachte kurz, kuschelte sich dann aber an sie und schlief wieder ein. Zita verschwand mit der Lampe durch die Tapetentür.

Der Raum war größer, als sie gedacht hatte, ein Speisezimmer, wohl um alltags zu essen, wenn der Salon zu fein war. Trotzdem hatte man es mit wertvollen Möbeln eingerichtet. Zita öffnete vorsichtig eine Seitentür, doch die führte direkt in den großen Salon, wo Kellerer immer noch Loiserl und die anderen zusammenschrie. Es war stets gefährlich, wenn jemand aus der Bande erwischt wurde, weil selbst Kellerer nie sicher sein konnte, ob derjenige den Mund hielt.

Schnell schloss sie die Tür wieder. Dann entdeckte sie zwischen zwei hohen Anrichten eine weitere, viel kleinere Tür. Und richtig, die führte zur riesigen Küche.

Zita hoffte, eine Hintertür zu finden, durch die sie in einen Hof gelangen konnte, aber stattdessen stand sie in der Speisekammer. Hier lagerten noch die Reste einer üppigen Haushaltung, Ölkannen, verrotteter Schinken, Dosenwurst.

Und dann sah sie die Treppe, die hinunter in den Keller führte. Vielleicht war es besser, ebenfalls durch die unterirdischen Gänge zu fliehen, statt zu versuchen, das Haus über die Straße zu verlassen?

Sie lief hinunter in den Keller, ging die langen Gänge ab und fand sogar die Haupttreppe zurück ins Haus, die Kellerer mit ihr genommen hatte. Angestrengt versuchte sie sich zu erinnern, welchen Weg sie gekommen waren. Eine Zeitlang irrte sie planlos herum, aber dann schien ihr einer der Gänge bekannt vorzukommen. Und tatsächlich – da war sie, die Falltür mit der Leiter.

Sie prüfte, ob Resi gut festgebunden war, und kletterte dann vorsichtig die Leiter hinunter.

Der Gang verlief eine Weile schnurgerade. Zita hoffte, die richtigen Abzweigungen zu nehmen, doch dann, gleich als sie das erste Mal abgebogen war, stand sie in einem Raum, von dem mehrere kleine Kammern abgingen. Sie leuchtete in eine nach der anderen kurz hinein, doch alle waren leer und offensichtlich schon lange ungenutzt. Und doch – im Staub auf dem Boden sah sie Fußspuren. Das war es: Sie musste zurück zu dem Hauptgang und anhand der Spuren versuchen, die richtige Abzweigung zu finden. Sie wollte sich gerade umdrehen, als sie eine kleine Nische entdeckte, hinter der sich eine weitere Kammer zu befinden schien. Irgendetwas trieb Zita dazu hinzugehen. Als sie die Lampe hineinhielt, konnte sie einen Schrei nicht zurückhalten.

Kellerer hatte sich müde getobt. Loiserl, der sich immer noch zu ducken schien, saß in eine Ecke gekauert, auch die anderen, die ihre Beute abgeliefert hatten, hockten inzwischen auf dem Boden des Salons.

«Na los, geht schon schlafen», sagte Kellerer, und sie trollten sich alle in die oberen Stockwerke.

«Was ist, wenn die Männer reden?» Mina hatte sich vom Sofa erhoben. «Sollten wir nicht verschwinden heute Nacht?»

«Ich denke, du willst dich am Commissar und an deiner Schwester rächen?»

«Ja, das will ich, Mathis. Nichts lieber als das.» Sie ging zu ihm. «Aber nicht um jeden Preis. Es ist riskant hierzubleiben.»

Ihre Augen wurden schmal, als sie ihn betrachtete. «Es geht dir doch gar nicht um meine Rache. Du denkst noch an den da unten, den du langsam umbringen möchtest. Hast du immer noch nicht genug?»

Bevor er antworten konnte, öffnete sich die Tür zu dem kleinen Büro, und Pepi stolperte heraus. Über ihre Schläfe lief ein dünner Streifen Blut.

«Sie ist weg!», rief sie. «Zita ist weg, sie hat ihr Kind mitgenommen!»

«Alle wieder herunter!», schrie Kellerer.

«Mathis, sei leise», ermahnte ihn Mina, aber er war schon die Treppe hinaufgelaufen und schlug an jede Tür. «Raus mit euch. Sucht das Weib!»

Die Bande schwärmte aus, während Mina sich alles ruhig mit ansah. Sie kannte die Tapetentür im Büro. «Ihr Idioten, sie ist über die Treppe in der Speisekammer hinunter in den Keller. Los mit euch!»

«Wir müssen sie finden», zischte Kellerer, «jetzt, wo sie das Kind hat, wird sie uns verraten, das ist sicher.» Er überlegte kurz. «Wartet», rief er seinen Männern zu, die alle zur Tür in den Essraum gestürmt waren. «Wir sollten uns aufteilen. Ich gehe hier hinunter, ihr nehmt die andere Treppe.»

«Ich komme mit», sagte Mina knapp. «Das lasse ich mir nicht entgehen.» Man sah ihr an, dass sie dachte, wenigstens einer müsse einen klaren Kopf behalten in den Kellern.

Zita hielt sich die Hand vor den Mund – vor Schreck über ihren lauten Schrei, aber auch weil der Anblick dessen, was sich in dem Raum befand, schlimmer war als alles, was sie je gesehen hatte.

Von der Decke des Raumes hingen mehrere Haken, als hätte er einmal der Lagerung von Fleischvorräten gedient. Und an einem der Haken hatte man Uli Weingart aufgehängt. Er war nackt, an Händen und Füßen gefesselt, sein Körper war über und über mit Schnitten und Brandwunden bedeckt. Sofort musste Zita an das denken, was Hermann ihr von der Ermordung seiner Frau erzählt hatte.

Der Raum war so niedrig, dass Uli mehr kniete als stand, die gefesselten Hände in den Haken gehängt und noch mehrmals mit einem Seil gesichert, sodass er sich nicht hatte befreien können. Sein Gesicht war völlig zugeschwollen von schweren Schlägen und Tritten. Kellerer hatte gewütet wie ein Tier.

Resi war aufgewacht und hatte leise zu weinen begonnen. «Still, Resi, sei still», flüsterte Lina, die ihre Augen nicht von dem Toten lösen konnte.

Schließlich wandte sie sich doch ab, sie musste schnell einen Ausgang finden und sich und Resi in Sicherheit bringen. Zita war schon wieder im Gang vor den Räumen, als sie ein leises Röcheln hörte. Starr vor Schreck blieb sie stehen. Es war still. Dann wieder ein Röcheln, das schließlich ein Wort formte: «Hilfe!»

Zita ging zurück in den Raum. Weingart hatte die Augen geöffnet, jetzt, durch den Schein der Lampe geblendet, schloss er sie wieder. «Uli!», rief Zita fassungslos. «Uli, du lebst …»

Es dauerte ewig, bis sie mit dem kleinen Federmesserchen das äußere Seil zerschnitten hatte. Es gelang der zarten Zita kaum, Weingart so weit anzuheben, dass sie ihn von dem Haken nehmen konnte, doch dann half er ein wenig mit. Als er vom Haken befreit zu Boden sank, wurde er ohnmächtig.

Zita versuchte, ihn wieder wach zu rütteln. Er bekam kaum

Luft. Zita band das Tuch mit Resi ab, kniete sich hin und bettete seinen Kopf in ihren Schoß.

«Wasser ...», röchelte er.

«Tut mir leid, Uli, ich habe keins.»

«Zita, du bist das.» Jetzt versuchte er sogar zu lächeln.

«Ich bring dich hier raus, Uli», sagte sie leise. «Ich finde den Ausgang und hole Hilfe.»

«Hermann ...», krächzte er. «Hermann ist auch hier.» Er versuchte Atem zu holen. «Mathis ... hat ihn ... gefunden.»

«Ich hole Hilfe, Uli, versprochen.»

Sie ließ seinen Kopf behutsam zu Boden gleiten, aber er rang sofort noch mehr nach Luft. So sanft sie konnte, zog sie ihn zur Wand und dann in eine halb sitzende Position. Zita riss einen ihrer Unterröcke heraus und stopfte ihn zwischen die Wand und seinen blutigen Rücken.

«Warte hier», sagte sie. «Du musst durchhalten ...»

«Denk nicht an mich», unterbrach er sie keuchend. «Ich ... ich werde es nicht schaffen, Zita.»

«Red doch keinen Unsinn, Uli. Du bist stark!» Sie brachte es nicht übers Herz, ihm zuzustimmen, obwohl sie wusste, dass er recht hatte. «Es wird alles gut, Uli. Bald sind wir in Amerika.» Sie strich ihm über die blutverkrustete Wange, und er versuchte zu lächeln. Er hustete heiser, dann ließ er den Kopf sinken. Sie band sich Resi wieder um und nahm die Lampe in die Hand. «Halt durch, Uli. Halt bitte durch.»

Mina und Kellerer hatten Zitas Schrei und auch das leise Weinen des Kindes gehört.

«Ich weiß, wo das herkommt», sagte Kellerer und grinste. «Sie hat wohl Uli gefunden.»

Mina verdrehte die Augen.

«Da sitzt sie in der Falle», redete er weiter. «Da kann ich sie ganz leicht kaltmachen.»

«Das wirst du nicht!», sagte Mina wütend.

Er drehte sich zu ihr. «Willst du mir Vorschriften machen?»

Mina zuckte zusammen, als er die Hand hob, dann sagte sie beschwichtigend: «Wir müssen jetzt Zeit gewinnen, um alle aus der Stadt zu schaffen. Dazu brauchen wir sie lebend.»

Er schaute sie fragend an: «Wie meinst du das?»

Mina lächelte finster. «Irgendwann kommt Robert darauf, dass wir die Gänge nutzen – schließlich weiß er, dass ich oft genug hier unten war. Und wenn einer von den drei Stümpern den Namen Kellerer erwähnt, wird er gleich eins und eins zusammenzählen. Vielleicht sollten wir das Ganze einfach ein wenig beschleunigen.»

«Jetzt red nicht so ein wirres Zeug. Worauf willst du hinaus?»

«Ganz einfach. Wir nehmen Zita das Kind wieder weg und schicken sie los, den Commissar zu holen. Hier unten sind wir ganz klar im Vorteil. Wir kennen inzwischen jeden Abzweig. Und gewinnen Zeit, mit der Beute zu verschwinden.»

Kellerer strich ihr über die Wange und dann hinunter zum Dekolleté. «Und du kannst dich an deinem Schwager rächen ...»

Mina lächelte. «Das kommt dazu.»

Sie schlichen sich in den Nebengang und hörten Zitas Anstrengungen, Uli von dem Haken zu befreien.

«Er lebt noch!», flüsterte Kellerer. «Ich dachte, er sei tot!»

«Still!», zischte Mina.

Als Zita um die Ecke bog, lief sie Mina und Kellerer direkt in die Arme. Erschreckt sprang sie zurück und zog das Federmesserchen aus der Rocktasche.

Kellerer lachte: «Ganz schön bedrohlich, Zita. Gib Acht, dass du dich nicht selber verletzt.»

Mina ging einen Schritt auf sie zu. «Schluss mit den Spielchen. Gib mir das Kind!»

In ihrer Verzweiflung hieb Zita mit dem Messerchen auf Minas Hand ein. Die schrie vor Schmerzen auf. Kellerer war sofort bei ihr und schlug Zita die Klinge aus der Hand.

Mina blutete. «Du Miststück», schrie sie, «das wirst du noch bereuen!» Sie riss sich einen Streifen Stoff aus dem Unterrock und umwickelte ihre Hand damit.

Kellerer blieb ganz ruhig. «Los, gib Mina die Kleine. Und keine Mätzchen mehr.»

Zita hatte keine Wahl. Spätestens seit sie Uli gesehen hatte, wusste sie, dass der Mann zu allem fähig war. Sie band das Tuch los und übergab ihre Tochter an Mina.

Kellerer schob sie zur Seite und ging in den Raum, in dem Uli an die Wand gelehnt lag. Kellerer tippte ihn leicht mit der Schuhspitze an, und er öffnete die verquollenen Augen ein wenig. Als er begriff, dass es Kellerer war, stöhnte er auf.

«Hast du mich vermisst?», fragte Kellerer. Er nahm sein Messer aus der Tasche.

«Nein …», röchelte Uli. «Nicht mehr … bitte nicht!»

«Na gut.» Kellerer steckte das Messer wieder weg und sah, wie Uli sich etwas beruhigte. In der nächsten Sekunde trat er ihm mit aller Kraft in den Bauch. Uli kippte zur Seite, er lag auf dem Boden, aber immer noch trat Kellerer wie ein Irrer auf ihn ein.

Zita und Mina standen in der Tür und sahen das grausame Schauspiel mit an.

«Hör auf!», schrie Zita.

«Ja, hör auf damit, Mathis», sagte Mina. «Der ist jetzt wirklich tot, vergeude deine Kraft nicht, du wirst sie noch brauchen.»

Kellerer ließ von Uli ab. Der lag auf dem Bauch, das Gesicht zur Tür gedreht, und Zita sah, dass noch ein Funken Leben in ihm war. Das zugeschwollene Auge öffnete sich einen kleinen

Schlitz, und Zita spürte, wie er sie ansah. Dann wurde sein Blick stumpf.

«Was habt ihr mit mir vor? Und mit Resi?», fragte Zita zitternd.

«Du wirst etwas für uns tun, Zita.» Mina konnte inzwischen genauso schmeichelnd sprechen wie Mathis.

Wenig später war Zita auf dem Weg zum Rathaus. Sie dachte daran, was Kellerer ihr eingeschärft hatte, bevor er sie zurück zu dem Hof in der Altstadt brachte. Sie sollte den Commissar möglichst allein treffen, am besten, wenn er auf dem Heimweg war. Dann und nur dann sollte sie ihn auf die Spur der Diebe locken.

«Und denk daran, noch ein wenig Verzweiflung zu zeigen, weil wir deine Tochter haben», hatte Mina ergänzt. Das brauchte Zita nicht zu spielen. Die Angst um Resi machte sie fast verrückt. Und der Gedanke, dass ihre Tochter keineswegs außer Gefahr war, wenn sie tat, was Kellerer und Mina ihr befohlen hatten, ließ sie verzweifeln.

Dazu war Zita sich nicht sicher, ob der Plan wirklich aufgehen würde. Commissar Borghoff wusste, dass er ihr nicht trauen konnte, seine Frau hatte sie ja nicht ohne Grund entlassen. Aber vielleicht konnte sie ihm klarmachen, dass er ihre Tochter retten musste. Und Hermann, falls der noch lebte.

Sie verbarg sich in einem Hauseingang gegenüber vom Rathaus. Es war inzwischen sicher fast drei Uhr. Und tatsächlich, da kam der Commissar und machte sich auf den Weg nach Hause.

«Herr Commissar!», rief Zita leise.

Robert blieb stehen. Vorsichtig ging sie zu ihm hinüber, und im Schein seiner Laterne sah er, dass ihr Kleid blutverschmiert war.

«Mein Gott, Zita. Geht es dir gut?»

Sie nickte. «Das ist nicht mein Blut.»

«Vom wem stammt es?»

«Uli Weingart. Er ist tot.»

«Hat er dir etwas getan?»

«Uli? Nein. Er war ein Freund.»

Robert runzelte die Stirn. «Er hat Hermann Demuth entführt.»

«Er wollte ihn nur vor der Bande schützen. Aber dann haben sie ihn erwischt.»

«Und du? Warum hast du für die Bande spioniert?»

Zita schluckte. Erwähne keinesfalls meinen oder Minas Namen, hatte Kellerer ihr eingeschärft. «Ich habe eine kleine Tochter, und sie ist in deren Gewalt. Ich hatte keine Wahl. Ich musste tun, was die wollten, sonst hätten sie meine Kleine getötet.»

«Aber du weißt, wo sie jetzt sind?» Sie sah, dass Robert sehr misstrauisch war.

Zita nickte. «Sie sind in diesen Gängen unter der Stadt.»

«In den Schmugglertunneln?»

«Ja.»

«Wir haben die meisten Eingänge zugemauert vor ein paar Jahren.» Er sah Zita scharf an. «Die Bande, sind Ruhrorter dabei?»

«Ja ... ich denke schon.» Zita erinnerte sich, was Tomasz ihr immer über das Lügen erzählt hatte. Nah bei der Wahrheit bleiben und nie zu viel sagen.

«Bitte, Herr Commissar, helfen Sie mir, meine Tochter zu retten!»

«Das werde ich. Du kommst jetzt erst einmal mit und morgen ...»

«Nein!», Zita schrie fast. «Sie verlassen noch heute die Stadt. Ich weiß nicht wie und wo, aber sie gehen weg, und dann finde ich meine Resi nie wieder.»

Robert dachte nach. Wenn die Gänge geöffnet worden waren, dann sicher auch die Teile, die Zugang zum Wasser hatten. So waren sie also beim letzten Mal unerkannt aus der Stadt entkommen. Wenn ihnen das noch einmal gelang, waren sie vermutlich tatsächlich über alle Berge.

«Gut. Beruhige dich. Wir gehen heute Nacht noch hinein. Komm!»

Zu Zitas Schrecken ging er zurück ins Rathaus. Dort saßen noch drei Polizeidiener, der alte Fricke, Schröder und Kramer.

Robert ließ Zita vor der Theke warten, während er sich leise mit den dreien besprach. Dann kam Robert mit Kramer und Schröder zu ihr. «Wo geht es in die Tunnel?», fragte er.

«In der Altstadt, zwischen der Kurzen Straße und der Kasteelstraße», sagte Zita.

«Da ist dieser Weingart mit Dr. Demuth verschwunden», bemerkte Kramer.

«Lasst uns gehen. Fricke wird hier die Stellung halten.» Robert schob Zita durch die Rathaustür.

Zita war nicht wohl bei der Sache, dass die beiden Polizeidiener dabei waren, aber sie konnte es nicht ändern. Es war die einzige Möglichkeit, Robert Borghoff dorthin zu bekommen, wohin Mina und Kellerer ihn haben wollten.

Schnell, aber so leise wie möglich waren sie durch die Stadt geeilt, und Zita zeigte ihnen die Nische und den Eingang in die Tunnel.

«Verdammt. Ich hatte vermutet, dass es noch einen Altstadteingang gibt, von dem wir nichts wussten», sagte Robert.

«Der war vor sechs Jahren zugemauert.» Schröder kannte sich mit den Gängen aus, er hatte damals die Bauarbeiter beaufsichtigt, die die meisten der Zugänge versiegelt hatten.

«Da kannte sich offenbar jemand gut aus. Jetzt still!» Robert kletterte die Leiter hinunter, Zita folgte ihm, dann Kramer und Schröder.

Vorsichtig tasteten sie sich voran. Robert und seine Männer hatten Bahnwärterlaternen mitgenommen, bei denen man das austretende Licht auf einen ganz schmalen Strahl reduzieren konnte. Sie durften die Diebe auf keinen Fall vorwarnen. Zita wusste, dass es eine Weile dauern würde, bis sie zu einer Abzweigung kamen, und so lange hatte die Bande noch keine Möglichkeit zum Angriff. Was sollte sie tun? Die Männer doch noch warnen? Sie war wie betäubt.

Schweigend liefen sie zwischen den engen Mauern. Zita lauschte angestrengt, immer in der Hoffnung, Resi zu hören. Aber hier unten war alles still, nur tropfendes Wasser oder das Kratzen fliehender Ratten. Als sie den Untergrund der Altstadt verlassen hatten, wurden die Gänge ein wenig trockener. Sie näherten sich dem ersten Abzweig. Zita krallte vor Aufregung ihre Fingernägel in die Handflächen, dass es schmerzte. Würden sie sofort zuschlagen?

Aber alles blieb ruhig, von Kellerer und seinen Leuten keine Spur. Angestrengt lauschte sie, bis Robert die Hand auf ihre Schulter legte. Er wirkte misstrauisch.

«Wir kommen jetzt in die Nähe der Bande.»

«Unter der Neustadt?»

Zita nickte.

Robert blickte hinter sich zu den Polizeidienern. «Seid vorsichtig! Und ganz leise. Sie könnten in der Nähe sein.»

Langsam gingen sie weiter. Zita konnte die Anspannung fast nicht mehr ertragen. *Du tust das für dein Kind* – Sie betete diesen Satz wie einen Rosenkranz. Und dann stieg der zweite Satz in ihr hoch – *Gott vergib mir, dass ich diese Männer ins Verderben führe.*

Nachdem Hermann von Kellerer entdeckt worden war, hatten sie ihn in eine etwas abseits gelegene Kammer gebracht und an einen Eisenring in der Wand gekettet. Offenbar sollte er nicht zu nah an Weingart sein – aber doch nah genug, um seine Schreie hören zu können. Mathis hatte nur ganz am Anfang ein wenig mit ihm herumgespielt – ein paar Schläge, ein paar Tritte –, aber offensichtlich war sein Interesse an Uli weit größer gewesen. Die Geräusche, die zu Hermann herüberdrangen, waren schrecklich. Ihm war rätselhaft, wie ein Mensch diese Folter so lange ertragen konnte. Und er wusste: Es würde nicht lange dauern, bis ihm selbst Ähnliches bevorstand. Er hatte verzweifelt versucht, seine Fesseln zu lösen oder den Ring aus seiner Verankerung in der Wand zu reißen – aber es war vergeblich.

Irgendwann war Loiserl gekommen, hatte ihn losgekettet und mit sich geschleift. Ihm war nicht klar warum, aber offenbar wollte der Greifer ihn in seiner Nähe haben. Jetzt war er eine Etage unter dem Hauskeller in einem schmalen Raum mit niedriger Decke. Es war stockfinster, und so hatte er bald jegliches Zeitgefühl verloren. Nur sein Hunger und der Durst verrieten ihm, dass es schon Tage sein mussten, die er sich in diesem Verlies befand. Loiserl hatte ihm einen Krug mit Wasser und einen Kanten Brot dagelassen, bevor er ihn in der Dunkelheit zurückließ, aber beides war längst verzehrt.

Irgendwann würde Kellerer kommen, das wusste er. Und dann würde er ihn zu Tode foltern. Nicht, um etwas von ihm zu erfahren. Nicht einmal, um ihn für seine Untreue zu bestrafen. Mathis Kellerer würde ihn foltern, weil es ihm Freude bereitete. Hermann würde enden wie seine Frau Josefa.

Seit er und Zita zueinandergefunden hatten, hatte er nicht mehr an Josefa gedacht. Jetzt stiegen die furchtbaren Bilder wieder in ihm hoch. Und dann die Wut. Die Wut auf Zita, die ihn verraten hatte. Er erinnerte sich an Ulis Worte, als er ihn überwältigt und entführt hatte. *Mathis hat sie in der Hand.* Er hatte dem Satz keine Bedeutung geschenkt. Mathis hatte jeden in seiner Bande auf die eine oder andere Art in der Hand.

Aber Tomasz war tot. Was gab es da noch, mit dem er Zita derart unter Druck setzen konnte?

Jemand an der Tür riss ihn aus seinen Gedanken. Der Schlüssel drehte sich knarrend im Schloss, dann wurde die Tür quietschend aufgerissen. Die Laterne in der Hand des Mannes blendete ihn nach so langer Zeit in der Dunkelheit. Das Erste, was Hermann erkennen konnte, war ein glänzendes Messer. Es war also so weit. Mathis Kellerer war gekommen, um Spaß zu haben.

Zita hatte das Gefühl, bereits ewig durch die Schmugglertunnel zu stolpern. Wusste sie noch, wohin sie ging, oder hatte sie sich längst verirrt? Der Gang, den sie zuletzt genommen hatte, machte einen weiten Bogen. Sie bemerkte, dass die Wände und der Boden plötzlich wieder feuchter wurden.

«Wo führst du uns denn hin?», fragte Robert.

«Wir kommen wieder unter die Altstadt», sagte Schröder.

«Ich ... ich weiß nicht.» Zita war verwirrt. «Vielleicht habe ich ... Ich muss einen falschen Abzweig genommen haben.»

«Drehen wir um. Zurück zum letzten Punkt, an dem wir abgebogen sind.» Robert hielt die Laterne hoch und leuchtete in Zitas Gesicht. «Du kennst den Weg doch wirklich, oder?»

Zita versuchte sich zu erinnern, wo sie falsch gegangen war. «Ich weiß es, ja. Und wir müssen zurück.»

«Dann los.»

Robert und Zita drängten sich an Schröder und Kramer vorbei. «Sie beide löschen Ihre Laternen, wir müssen Brennstoff sparen. Falls wir uns verirren, will ich nicht ohne Licht hier unten stehen.»

Wenig später standen sie an der Stelle, an der sie zuvor abgebogen waren. Zweifelnd sah Zita in den Gang, der von der Laterne des Commissars notdürftig erhellt wurde. Sie ging ein paar Schritte hinein, dann kam sie wieder zurück. «Den

Raum dort habe ich noch nicht gesehen. Wahrscheinlich bin ich schon vorher falsch gegangen.»

«Aber wir sind sicher eine Viertelstunde in diese Richtung hier gelaufen», sagte Kramer missmutig.

«Ich … ich bin aufgeregt. Es tut mir leid.» Zitas Stimme zitterte. Sie fürchtete, zu spät zum ausgemachten Punkt zu kommen, und die Angst um Resi wurde immer größer.

Robert legte ihr die Hand auf die Schulter. «Versuche, ruhig zu bleiben, Zita. Ich weiß, du hast Angst um deine Tochter, aber wir können ihr nur helfen, wenn du dich zusammenreißt und den richtigen Weg findest.»

Die Hand fühlte sich gut an, warm und stark. Commissar Borghoff hatte sie von Anfang an gut behandelt. Er war ihr hierher gefolgt, um ihr zu helfen. Sie schloss kurz die Augen. Ich muss mein Kind retten, dachte sie. Ich kann keine Rücksicht auf andere nehmen.

«Lassen Sie uns wieder zurückgehen. Ich glaube, ich weiß, wo ich den Fehler gemacht habe.»

Der Greifer hatte sich wie ein Kind, das mit hoher Konzentration in sein Spiel vertieft war, ans Werk gemacht. Er hatte Hermann hochgezogen, auf die Füße gestellt und fast sanft an die Wand gelehnt. Dann hatte er begonnen, von dem Tag zu erzählen, als er Hermanns Frau Josefa getötet hatte, wohl wissend, dass dies seinem Opfer mehr Schmerzen bereiten würde als die kleinen Schnitte an den Armen, die er ihm, begleitend zu seinem Bericht, zufügte.

Hermann fragte sich, wie lange es dauern würde, bis Kellerer den Spaß an seinem Spiel verlor und es zu Ende brachte. Vermutlich Tage. Der Greifer war launisch, aber in bestimmten Dingen äußerst ausdauernd. Kellerer lächelte ihn an wie eine Geliebte, die er gerade streicheln wollte. «Deine Frau war schön», sagte er. «Vielleicht nicht auf den ersten Blick, aber in ihrer Angst war sie sehr schön. Augen wie ein verletztes Reh ...»

Josefas braune Augen, die erst Hermann geschlossen hatte, als er sie tot auf ihrem Bett fand. Hermann zwang sich, unbeteiligt auszusehen, diese Genugtuung wollte er dem Monstrum Kellerer verweigern.

«Aber wirklich schön war ihr Körper. Straff und doch zart. Alle Rundungen dort, wo sie hingehören.» Kellerers Messer strich über Hermanns Hemd. Dann riss er es über der Brust auf und wiederholte die Bewegung über Hermanns nackter Brust.

«Sie hatte so wohlgeformte Brüste! Ich werde dir nie verzeihen, dass du mir eine solche Frau vorenthalten hast, Hermann. Ich hätte ein Vermögen machen können mit ihr.»

«Sie war keine Hure», presste Hermann hervor.

Ohne zu zögern, stach Kellerer zu, nicht sehr tief, nur ein kleiner Tropfen Blut kam aus der Wunde auf der Brust.

«Das zeigt mir, dass du wirklich nichts von den Frauen verstehst, Hermann. Jede Frau ist eine Hure. Gib sie mir, und ich mache eine gute Hure aus ihr.»

In diesem Moment öffnete sich die Tür, und Hermann erkannte Mina.

«Sie verspäten sich», sagte sie und bemühte sich, nicht hinzusehen, was Kellerer gerade mit Hermann machte.

«Schau ruhig ein wenig zu, Mina», sagte Hermann. «Damit du weißt, was dich erwartet, wenn ihm danach ist.»

Blitzschnell fuhr das Messer an seine Kehle. «Halt den Mund, du ...»

«Spar dir das für später, Mathis. Der Peter sagt, sie kommen zu dritt, der Commissar mit zwei Polizeidienern. Die Idioten müssen sich verlaufen haben, Zita hätte längst mit ihnen am Treffpunkt sein müssen.»

«Dieses blöde Weibsstück! Ist das so schwer, den Weg zurück zu finden? Diese dämliche Hure», fluchte Kellerer. Dann wandte er sich wieder Hermann zu. «Unser Rendezvous ist noch nicht zu Ende, Herr Doktor.» Er setzte ihm die Klinge an den Hals. «Und versuch nie wieder, meinem Mädchen irgendwelchen Unsinn einzureden», herrschte er ihn an. Er legte seinen Arm um Mina und drückte sie fest an sich. «Sie weiß, wo sie hingehört, nicht wahr, Mina?»

Er drückte so fest, dass Mina fast die Luft wegblieb. «Ja, ich gehöre zu dir», presste sie hervor. «Mathis, wir müssen gehen.»

«Ja, verdammt, das tust du.» Er stieß sie weg und wandte sich wieder Hermann zu. «Wenn ich wiederkomme, bringe ich einen Eimer Kohlen mit. Damit dir nicht kalt wird hier unten.» Er spuckte dem Gefesselten ins Gesicht. «Bis dahin musst du dir die Zeit mit den Ratten vertreiben.»

Er schob Mina zur Tür hinaus, dann hörte Hermann den Schlüssel im Schloss. Erschöpft ließ er sich wieder auf den Boden gleiten. Der Commissar war also hier unten, und Mathis wollte ihn in die Falle locken. Hermann zerrte an den Fesseln, aber sie blieben fest. Er würde nichts anderes tun können, als zu warten, dass Kellerer zurückkam und fortsetzte, was er begonnen hatte.

Zita hatte die Stelle gefunden, an der sie falsch gegangen war. Hier führten in kurzem Abstand zwei Gänge zunächst Richtung Ruhr. Der andere, das wusste sie, hatte eine direkte Verbindung zum Gangsystem unter dem ältesten Teil der Neustadt.

Vom Hauptgang aus gingen zu beiden Seiten einige andere Gänge und auch kleinere Räume ab. Viele führten zu Einstiegen, die unter Hauskellern lagen. Bis zum Treffpunkt, das wusste Zita, war es nun nicht mehr weit.

Plötzlich hörte sie hinter sich ein dumpfes Geräusch, und

als sie und Robert sich umdrehten, waren Kramer und Schröder verschwunden.

Robert zog seinen Säbel, drängte Zita beiseite und rannte zurück zu der Abzweigung. In dem Augenblick peitschte ein Schuss.

«Runter auf den Boden!», rief Robert Zita zu. Er selbst versuchte, hinter der Abzweigung in Deckung zu gehen, doch dann hörte er direkt hinter sich eine Stimme. «Guten Abend, Herr Commissar!»

Robert drehte sich um und sah sich Kellerer gegenüber, hinter diesem stand Mina. Beide trugen etwas Schwarzglänzendes in der Hand – moderne amerikanische Pistolen, wie der Commissar mit Schrecken erkannte.

Für Zita schien die Zeit stehenzubleiben. Nach einer kleinen Ewigkeit – wie ihr vorkam – hörte man wieder einen Schuss. Die Bewegung von Kellerers Finger am Abzug schien sich bis ins Unendliche zu verlangsamen, bis der Schuss losging und Robert zu Boden sank. Mathis hatte ihn ins Bein getroffen. Robert stöhnte. «Mina. Ich hätte es wissen müssen.»

«Keine langen Spielchen, Mathis», sagte sie und zielte auf ihren am Boden liegenden Schwager. «Wenn er tot ist, habe ich meine Rache.»

«Und das reicht dir? Kein langes Leiden?», fragte Kellerer enttäuscht.

«Dazu ist keine Zeit. Außerdem geht es nicht darum, dass *er* leidet. Meine Schwester wird sehr lange leiden, da sei dir sicher.» Dann drückte sie ab. Die Kugel traf Robert in die Brust. Zita schrie entsetzt auf und hatte fast das Gefühl, als sei sie selbst getroffen worden. Was hatte sie getan ...

«Schafft ihn weg», sagte Mathis zu den Leuten, die wohl gerade die Polizeidiener beseitigt hatten. «Wir müssen hier durch, wenn wir zu den Booten wollen.»

Zita, die immer noch auf dem Boden lag, sah noch einmal

zu Borghoff hinüber und versuchte, irgendein Lebenszeichen auszumachen. Man zog ihn in den anderen Gang, und unter ihm kam eine kleine Blutlache zum Vorschein.

Niemand beachtete Zita. Langsam kroch sie rückwärts den Gang entlang. Als sie sich einige Meter entfernt hatte, stand sie auf und rannte so schnell sie konnte.

Jetzt hatte Kellerer sie bemerkt und schickte ihr eine Kugel hinterher.

«Lass sie!», sagte Mina. «Sobald sie merkt, dass ihre Tochter hier bei uns ist, wird sie schon wiederkommen.»

Zita vermutete Resi im Haus. Sie war in einen der abzweigenden Gänge geflüchtet. Der Schock über das Geschehene saß tief. Obwohl sie die ganze Zeit über gewusst hatte, was sie tat, hatte sie versucht, nicht über die Konsequenzen nachzudenken. Sie hatte alles falsch gemacht und den Commissar in den Tod geschickt. Langsam erkannte sie, dass sie trotz aller Gewissheit, dass die Bande hier unten auf der Lauer lag, die Hoffnung gehabt hatte, Robert könne es überleben. Und helfen, ihr Kind zu retten. Jetzt war er tot, und es war niemand mehr da, der ihr helfen konnte. Und sie wusste, dass es nie ein Ende haben würde mit dem Morden, den Lügen und den Erpressungen, wenn der Greifer diesmal wieder entkam.

Kellerer und Mina waren nicht in Richtung Haus abgebogen, sondern den Gang weitergelaufen, von dem Zita nicht wusste, wohin er führte. Das Haus war die einzige Möglichkeit, aus dem Labyrinth der Gänge zu entkommen. Und obwohl sie sich ein paarmal verbergen musste, weil jemand mit einer schweren Last ihr entgegenkam, gelangte sie unbehelligt hinein.

Das Haus schien leer. Zita griff sich das Schüreisen vom Kamin, öffnete eines der großen, von außen mit Holz vernagelten Fenster und begann, die Latten aufzuhebeln.

Doch sie war nicht allein. Sie wusste, noch waren ein paar

von Kellerers Leuten damit beschäftigt, die größeren Beutestücke in die Tunnel zu bringen. Aber es war Pepi, die Zita entdeckte.

«Was machst du da?», schrie sie. «Wenn sie uns sehen!»

«Sollen sie doch.»

«Und deine Tochter?»

«Ist sie denn nicht hier?»

Pepi schüttelte nur den Kopf. Zita hielt einen Moment inne. Das konnte doch nicht sein! Dann mussten Mina und Kellerer sie mitgenommen haben. Zita zögerte nicht lange. Wenn sie jetzt schnell war, konnte sie sie vielleicht noch retten.

Pepi wollte Zita daran hindern, die nächste Latte abzureißen, aber Zita, die nichts mehr zu verlieren hatte, drohte ihr mit dem Schüreisen. «Ich schlag dich tot, wenn du mir zu nahe kommst!»

Der Lärm hatte inzwischen auch ein weiteres Bandenmitglied aufmerksam gemacht. Aber als der Mann im Salon erschien, war Zita bereits auf das Fensterbrett geklettert.

«Halt!», schrie er, doch sie zögerte keinen Moment, sprang hinaus auf die Straße und rannte los zum Rathaus. Einen Polizisten gab es dort ja noch. Und der könnte die anderen alarmieren.

Keuchend erreichte sie das Gebäude und riss die Tür auf. «Hallo, ist da wer? Ich brauche dringend Hilfe!» – Alles blieb still.

Sie stürmte zu den Polizeiräumen, doch das Stehpult, an dem Fricke vor einer Stunde noch gearbeitet hatte, war verwaist.

Verzweifelt ließ sich Zita einen Moment auf die Wartebank sinken. Was sollte sie nur tun? Robert Borghoff lag tot da unten in den Gängen, und die beiden Polizeidiener waren wahrscheinlich ebenfalls tot, das Rathaus war leer – wer sollte die Greiferbande jetzt noch aufhalten?

Frau Borghoff, schoss es ihr durch den Kopf. Ich muss zu Frau Borghoff ...

Mitten in der Nacht wachte Lina auf. Sie hatte schlecht geträumt, und der Schweiß stand ihr noch auf der Stirn. Sie versuchte sich an den Traum zu erinnern, doch da waren nur die Schmugglergänge, durch die sie gelaufen war – ein endloses Labyrinth unter der Stadt, und sie konnte den Ausgang nicht finden.

Kein Wunder bei all der Aufregung in den letzten Tagen, sagte sie sich. Der glücklichen, weil Georg noch am späten Abend seine Familie zurück nach Hause geholt hatte. Und der schlimmen, weil die Diebe wieder zugeschlagen hatten. Und Antonies Spukgeschichten hatten sicher auch dazu beigetragen, dass ihr alter Albtraum sich wieder einmal gemeldet hatte, der sie verfolgte, seit sie damals Reppenhagen in die Hände gefallen und in die Gänge verschleppt worden war.

Sie zündete eine Kerze an und sah, dass die Kaminuhr halb vier anzeigte. Roberts Bett neben ihr war immer noch leer, aber das war ja kaum verwunderlich.

Sie blies die Kerze wieder aus und versuchte zu schlafen, doch dann nahm sie einen Schmerz in ihrer Brust wahr. Sie setzte sich auf und versuchte, ruhig zu atmen. Fast eine Stunde saß sie so im Bett, der Schmerz ließ nur langsam nach.

In diesem Moment schlug jemand laut an die Haustür.

Der Schmerz verschwand.

Lina wollte aufstehen, denn das laute Klopfen nahm kein Ende, da hörte sie aber schon Finchen, die durch den Laden aus dem Nebenhaus kam.

Keine Minute später stand Finchen in ihrer Tür, sie hatte nicht einmal angeklopft.

«Ich helfe Ihnen bei Ihren Schuhen, Frau Borghoff», sagte sie und kniete bereits auf dem Boden. «Da unten ist Zita. Es ist etwas passiert mit Ihrem Mann, so viel habe ich von dem verstanden, was sie gesagt hat.»

Zitas Geschichte war keine, die schnell erzählt werden konnte, und sie redete wie ein Wasserfall. Bald hatte Lina verstanden, dass Zita Robert auf Befehl von Mina und ihrem Liebhaber in die Schmugglergänge gelockt hatte – und dass er und vermutlich zwei Polizeidiener tot waren. Und sie hatte verstanden, dass die verzweifelte Zita das alles nur getan hatte, um ihre kleine Tochter zu schützen. Das erklärte einiges, entschuldigte aber nicht, dass sie andere in Gefahr gebracht hatte.

Robert war tot. Tot. Und schuld daran war Zita, die wie ein Häufchen Elend in sich zusammengesunken war und leise schluchzte.

«Ich musste doch Resi retten», stieß sie immer hervor.

Lina atmete tief durch. Nicht dass sie Zita jemals würde verzeihen können. Aber für Wut und Trauer war jetzt keine Zeit.

«Was haben Sie vor, Frau Borghoff?», fragte Finchen.

Inzwischen hatte sich das gesamte Hauspersonal in der Küche versammelt.

«Antonie, du weißt doch, wo der Inspektor wohnt?»

«In der Altstadt, ich weiß», sagte Antonie.

«Geh rüber und sag ihm, dass ich hinunter in die Schmuggelkeller gehe.»

«Aber Frau Borghoff!»

«Die haben Pistolen, Frau Borghoff», sagte Zita.

Lina nickte. «Rose, der Baron hat doch auch Waffen in seinem Haus, oder?»

«Ja, sie sind noch hier in der Harmoniestraße.»

«Dann hol alles, was du finden kannst.» Rose, obwohl im Schlafrock, nahm den Schlüssel vom Brett und rannte los.

«Können Sie mit Waffen umgehen, Frau Borghoff?» Dietrich hatte bisher nur dabeigestanden und kein Wort gesagt.

«Nein.» Lina wurde unruhig. Solange sie das Gefühl hatte, etwas tun zu können, musste sie nicht darüber nachdenken, dass Robert tot war.

«Aber ich», sagte Zita leise. «Sie haben meine Tochter. Ich werde Ihnen helfen.»

«Dir gibt keiner eine Waffe in die Hand, du Verräterin», sagte Dietrich mit einem abfälligen Blick auf sie. «Ich war beim Militär, Frau Borghoff. Ich werde die Waffe nehmen.»

«Vielleicht sollten wir hierbleiben und schauen, was die Polizei tun kann», sagte Maria.

«Nein», Lina schrie fast. «Ich muss ihn finden. Vielleicht lebt er ja noch!»

Finchen sah Zita an, die unmerklich den Kopf schüttelte. Und dann nahm sie Lina einfach in den Arm, und die begann endlich zu weinen.

«Er ist nicht tot, Finchen, er kann nicht tot sein. Ich muss ihn finden!»

Finchen streichelte ihr über den Rücken. «Wir kommen ja mit! Nicht wahr, Dietrich?»

Der nickte.

Als Rose zurückkam mit zwei leichten Jagdgewehren, altmodischen Duellpistolen, die der Baron nur wegen der verzierten Griffe besaß, und einem amerikanischen Revolver, hatte sich Lina schon wieder ein wenig beruhigt.

Dietrich nahm ein Gewehr und schulterte es, den Revolver steckte er in den Gürtel, nachdem er sich angesehen hatte, wie er geladen und entsichert wurde. Die Duellpistolen gab er Lina und Finchen, eigentlich mehr damit sie etwas hatten, woran sie sich festhalten konnten. Er schaute Zita an und dann fragend Frau Borghoff. Als die nickte, reichte er Zita das zweite Gewehr. «Nur weil die Chefin dir vertraut. Aber ich warne dich ...»

Zita schaute ihn fest an: «Ihr könnt mir vertrauen. Ich schwöre es beim Leben meiner Tochter.»

«Gut, dann los. Wo geht es in diese Gänge hinunter?», fragte er.

«Wir müssen in die Altstadt», sagte Zita, doch Lina schüttelte den Kopf. «Dietrich, wir werden noch einen schweren Hammer mitnehmen. Du musst eine Mauer einschlagen.»

Lina, Zita, Finchen und Dietrich machten sich auf den Weg zur katholischen Kirche St. Maximilian. Rasch fand Lina die hinter Gebüsch verborgene, grob gemauerte Wand. «Hier?», fragte Dietrich.

«Ja, dort geht es hinunter. Ich hoffe, dass sie nicht noch mehr Durchgänge zugemauert haben.»

Die Wand erwies sich als nicht sehr widerstandsfähig. Trotzdem waren einige Nachbarn aufgewacht und schimpften, dass sie die Polizei holen würden. Nur zu, dachte Lina, nur zu. Rasch stiegen die vier in den Gang, der sich hinter der Öffnung auftat.

«Wohin jetzt?», fragte Finchen. Sie hatte eine Laterne in der Hand und versuchte, etwas in der Dunkelheit zu erkennen. «Zum Haus der Wienholds?»

«Was genau hatte die Bande vor?», fragte Lina Zita.

«Sie wollen die Stadt verlassen. Kellerer sagte etwas von Booten.»

«Und das war in der Altstadt?»

Zita überlegte. «Eher am Rande der Altstadt.»

«Dann sind sie sicher in dem Gang, der bis zur Ruhr hinunterführt», sagte Lina.

Finchen nickte. «Vielleicht haben sie die Polizeidiener und auch den Commissar in den nördlichen Gang geschafft, damit ihnen nichts im Weg ist.» Sie hatte als Kind in den Schmugglergängen gespielt und kannte sich gut aus. «Es gibt einen Ost-West-Tunnel, von dem sich der Gang zur Ruhr verzweigt. Wenn die Verbindung noch offen ist, könnten wir hinter sie gelangen und überraschen.»

«Ihr wollt wirklich kämpfen?», fragte Zita.

«Man muss es doch versuchen!», sagte Finchen.

Sie gingen los, Finchen mit ihrer Laterne voran, dann folgten Lina und Zita, den Schluss bildete Dietrich. Da sie Rücksicht auf Lina nehmen mussten, kamen sie recht langsam vorwärts. Finchen hielt plötzlich an. Sie nahm die Laterne hoch, schüttelte dann aber den Kopf. «Hier ist es noch nicht.»

Wenig später hatten sie Glück. Der Gang war zwar tatsächlich zugemauert worden, aber man hatte wohl am Mörtel gespart, denn ein Teil der Wand war schon wieder eingefallen. Dietrich hatte die Öffnung schnell vergrößert, sodass sie hineinschlüpfen konnten.

Dieser Gang schien sich endlos zu ziehen. Und Finchen lief dann auch prompt vorbei an der Öffnung nach Süden. Es war Dietrich, der entdeckte, dass sich einige Steine von der ursprünglichen Ausmauerung unterschieden.

«Dietrich», sagte Lina. «Ich weiß nicht, wie nah wir ihnen sind. Kannst du die Wand auch leise einreißen?»

«Ein, zwei Schläge werden es schon sein müssen», sagte er. Und dann hieb er zu.

Mina und Kellerer waren die Letzten, die den Gang zu den Booten hinunterliefen. Mina trug einen Korb mit Deckel, aus dem ein leises Wimmern kam. Resi. Alle anderen Bandenmitglieder hatten bis zuletzt die Boote beladen und gingen nun mit den letzten Säcken voller Silbersachen voran. Doch plötzlich gab es weiter vorne ein großes Geschrei. «Polizei!», schrie einer. «Sie sind bei den Booten!»

Während seine Leute in den Gang zurückdrängten, zischte Kellerer Mina zu: «Das kleine Flittchen hat uns verraten.»

«Dann wird sie ihr Kind nie wiedersehen.» Mina zog ihn in einen anderen Gang. «Es gibt noch mehr Ausgänge, Mathis.»

«Was ist mit meinen Leuten?», fragte er.

«Die musst du opfern.»

Den Gang, in dem sie sich jetzt befanden, kannte Mina gut. Von hier aus war sie selbst mit dem verletzten Reppenhagen vor sechs Jahren geflohen.

Einmal nahm sie einen falschen Abzweig, doch dann erkannte sie die Kreidezeichen wieder, die sie beim letzten Mal hinterlassen hatten. Sie würden direkt in der Altstadt, ganz in der Nähe des Marktplatzes, an die Oberfläche kommen. Aber dann standen sie plötzlich vor einer grob gemauerten Wand.

«Zugemauert», flüsterte Mina. «Der Gang ist verschlossen worden.» Sie klang erschöpft.

«Hast du nicht gesagt, du kennst dich hier unten aus?» Wenn Kellerer sie angeschrien hätte, wäre ihr wohler gewesen. Aber das war dieser fast freundliche Ton, der ihr sagte, dass es nun gefährlich werden könnte. «Was nun?», fragte Kellerer.

«Wir müssen zurück», sagte Mina zaghaft. «Wenn wir Glück haben, verfolgen die Polizisten unsere Leute schon durch den anderen Gang.»

«Aber sie werden noch jemanden bei den Booten haben», überlegte Kellerer. «Los! Zu unserem Altstadtausstieg. Sie haben nicht genug Leute, um alle Ausgänge zu bewachen.»

Eine Weile hofften sie auf eine Abkürzung, irgendeinen parallelen Gang, denn sie mussten sich ganz in der Nähe ihres gewohnten Eingangs befinden. Aber es gab keine, sie mussten tatsächlich den ganzen Weg zurück bis zum großen Nord-Süd-Gang.

«Ich hätte nie auf dich hören dürfen», sagte Kellerer. Sein

Ton schien immer gelassener zu werden, je verzweifelter Mina die Situation erschien. «Wegen deiner dummen Bälger sitzen wir nun in diesem Drecksnest in der Falle.» Und dann schlug er sie plötzlich hart ins Gesicht.

Am Schiffsbauplatz an der Ruhr, dort wo der große Nord-Süd-Tunnel endete, bewachte Hafenmeister Bernhard Heinicken mit ein paar Schiffern, die als Freiwillige mitgekommen waren, die Boote der Greiferbande. Inspektor Ebel hatte die Schiffsführer und die Besatzung der kleinen Dampfschiffe festgenommen und gleich auf ihren eigenen Booten festgesetzt, bevor er seinen Leuten in den Tunnel gefolgt war.

Der Hafenmeister untersuchte währenddessen die Kisten, Körbe und Säcke mit dem Diebesgut. Als er eine im Gegensatz zu allen anderen sehr große Kiste inspizierte, hörte er plötzlich ein lautes Hämmern.

Rasch ließ er sich ein Brecheisen holen, und als er den Deckel der Kiste aufgehebelt hatte, kam Hermann Demuth zum Vorschein. Er war etwas wackelig auf den Beinen, weil er viele Stunden in der engen Kiste verbracht hatte, aber nachdem er reichlich Wasser und auch einen Schnaps getrunken hatte, ging es ihm schon besser.

Viel konnte Heinicken ihm nicht erklären, nur dass Inspektor Ebel bei ihm aufgetaucht war und sie dann mit ein paar Schiffern in einem Ruderboot zum Hafenmund gefahren waren, wo sie gemeinsam mit den übrigen Polizisten den dreisten Dieben von Ruhrort einen Strich durch die Rechnung gemacht hatten.

Daraufhin sprang Hermann auf und lief in den Tunnel.

«Lass ihn», sagte einer der Schiffer zu Heinicken. «Wenn mich einer in so eine Kiste gesperrt hätte, würde ich dem auch eins auf die Mütze geben wollen.»

Es dauerte, bis Dietrich mit bloßen Händen, aber sehr leise, die Mauer abgetragen hatte. Er hatte nur einen schmalen Durchgang hineingebrochen, um nicht noch mehr Zeit zu verlieren. Von weitem hörten sie großen Lärm.

«Irgendetwas ist da los», sagte Dietrich. Er nahm das Gewehr von der Schulter.

Sie kamen dem Lärm näher, und auf einmal öffneten sich rechts und links vom Gang mehrere Räume. Vermutlich hatte man hier die Schmuggelwaren gelagert, bevor man sie im Süden über die Ruhr oder nordwestlich durch den Hafen wegschaffte.

Der erste Raum brachte dann gleich furchtbare Gewissheit. Dort lagen die Leichen von Schröder und Kramer.

Lina hatte den jungen Kramer noch nicht gut gekannt, aber der besonnene Schröder war einer von Roberts besten Leuten, und sie wusste, dass ihr Mann ständig versucht hatte, den Bürgermeister zu überreden, ihn endlich zum Sergeanten zu befördern.

Die toten Polizisten führten Lina wieder vor Augen, was sie hier unten eigentlich suchte und dass es mehr als wahrscheinlich war, auch Robert tot vorzufinden. Sie umklammerte ihre Pistole.

«Gehen wir weiter», sagte sie und atmete tief durch.

Die nächsten Räume waren leer, doch dann schrie Zita plötzlich auf. Auf dem Boden nahe der Tür lang ein Kinderhäubchen.

«Ist das von deiner Tochter?», fragte Lina.

Zita nickte nur und begann zu schluchzen.

«Komm weiter. Das muss nichts bedeuten», sagte sie zu Zita. Und vielleicht bedeuten die toten Polizeidiener auch nicht, dass Robert tot ist, dachte sie. Ihr Verstand sagte ihr ständig, dass es nicht anders sein konnte. Dass Zita ihn gesehen hatte. Aber ihr Herz konnte es einfach nicht glauben.

Mina wischte sich Blut von der Nase und schaute Kellerer angsterfüllt an. Es war also so weit. Er hatte sie als die Schuldige an seiner Misere ausgemacht. Seine Bande fiel der Polizei in die Hände, sie selbst waren in den dunklen Gängen auf der Flucht. Mina wusste, er würde sich an jede ihrer einschmeichelnden Reden erinnern, mit denen sie versucht hatte, ihn dazu zu bringen, nach Ruhrort zu gehen, damit sie die Jungen zu sich holen und sich an ihrer Schwester und deren Mann rächen konnte. Sie, die Dame, von der sich Kellerer ein wenig Glanz erhofft hatte, die Prinzessin, die er sorgsam vom Tagesgeschäft seiner Huren fernhielt, die sich den anderen Mädchen gegenüber viel herausnehmen konnte, sie hatte ihn in diese Katastrophe gelockt. Und das würde er ihr nie verzeihen.

Er packte ihr Handgelenk mit eisernem Griff und schleifte sie durch das spärlich von einer Laterne erleuchtete Dunkel. Allmählich näherten sie sich der Stelle, wo sie Robert Borghoff niedergeschossen hatten. Und richtig, da war der Raum, in den Kellerers Leute ihn gebracht hatten.

Mathis konnte es nicht lassen, noch einmal zu seinem Opfer zu gehen. Als wolle er sich nochmals vergewissern, trat er gegen den leblosen Körper. Kein Zucken, kein Stöhnen.

«Er ist erledigt, Mathis.»

«Du bist besser still. Wir reden später.»

«Aber Mathis ...»

«Das ist eine Katastrophe, Mina. Und du bist schuld. Sieh dir den Mann an, wegen dem du uns in diese Lage gebracht hast.» Er hielt sie immer noch am Handgelenk fest und legte ihr nun die Hand in den Nacken, um sie herunterzudrücken, ganz nah an den Toten. Sie wand sich, gab dann aber allen Widerstand auf. Als er sie wieder hochriss, rannen ihr die Tränen über die Wangen.

«Bitte, Mathis, ich hab das doch nicht gewollt ...»

Er antwortete nicht und zog sie zurück in den Gang. Plötzlich hörten sie vor sich etwas.

«Still!», zischte er. Er stieß Mina in einen schmalen Seitengang. «Kein Wort!»

Dietrich meinte, ein Geräusch gehört zu haben, doch als er die anderen bat, kurz innezuhalten, war wieder alles still. Sie hatten gerade den Raum mit den beiden Toten hinter sich gelassen. Jetzt schien der Gang wieder schnurgerade und ohne weitere Öffnungen zu sein, doch das täuschte. Nur etwa zehn oder fünfzehn Meter weiter gab es mehrere kleine Nischen und Räume.

In jeden einzelnen hatte Dietrich kurz mit seiner Laterne geleuchtet, Lina immer dicht hinter sich. Alle waren leer und schon lange unbenutzt. Dann kam die letzte Öffnung, und Dietrich war zu entsetzt, um Lina davon abzuhalten, hineinzuschauen. Dort lag Robert, halb auf der Seite, halb auf dem Bauch, einen großen Blutfleck am Bein, einen auf der Brust.

Lina blieb wie versteinert am Eingang stehen. Dietrich wollte sie stützen, aber sie machte sich los. Stumm betrachtete sie das blasse Gesicht und griff nach seiner Hand. Sie war eiskalt.

«Robert», sagte sie leise und strich ihm eine Haarsträhne aus dem Gesicht.

Finchen stand da und schluchzte hemmungslos. Sie und Zita klammerten sich aneinander, während Dietrich in einiger Entfernung stand und nicht so recht wusste, was er tun sollte.

«Robert!», schrie Lina, und ihr Schrei schien durch alle Gänge widerzuhallen.

Inspektor Ebel hatte mit seinen Leuten inzwischen alle Mitglieder der Greiferbande gefasst, die sie vom Boot zurück in die Gänge getrieben hatten. Denn Robert Borghoffs Anweisungen hatten besagt, dass sowohl vom Haus in der Schulstraße als auch von der Altstadt her je ein Mann mit einem Gewehr in die Keller steigen sollte, um den Fliehenden den Weg abzuschneiden.

Nun stand er mit Sergeant Recke und einigen Bürgerwehrmännern im Hauskeller unterhalb des Wienhold'schen Hauses.

«Wir müssen den Commissar suchen», sagte Ebel. Langsam machte er sich Sorgen, dass sein Vorgesetzter bisher noch nicht aufgetaucht war. Auch von Kramer und Schröder fehlte jede Spur.

«Wir schaffen die Diebe gleich ins Gefängnis, das Rathausgewahrsam ist ohnehin zu klein.» Recke ging zur Treppe.

«Helfen Sie ihm besser», sagte Ebel den Bürgerwehrmännern. «Nicht dass uns noch einer ausreißt.»

Er selbst machte sich auf den Weg zum Einstieg in die Tunnel.

Als er kurze Zeit später wieder an die Abzweigung zum Nord-Süd-Gang kam, war dort alles ruhig. Er wollte nach Norden und von dort aus Richtung Altstadt gehen, um nach Commissar Borghoff und den anderen zu suchen. Vorsichtshalber hielt er das Gewehr im Anschlag. Er bog um die Ecke, und im nächsten Moment bekam er einen Schlag auf den Kopf. Um ihn herum wurde alles dunkel.

Ebel wachte wieder auf, weil ihm jemand Wasser ins Gesicht gespritzt hatte. Er erkannte Dr. Demuth.

«Doktor!» Er rieb sich den Kopf. «Habe ich das Ihnen zu verdanken?»

«Nein», sagte Hermann. «Aber ich habe die beiden noch gesehen. Mathis Kellerer und Mina Bleibtreu.»

Ebel sah ihn verständnislos an.

«Mathis Kellerer. Man nennt ihn auch den Greifer. Und die Leute, die Sie heute gefasst haben, das ist die Greiferbande.»

«Und Mina Bleibtreu?»

«Ist seine Geliebte.» Hermann griff nach Ebels Gewehr. «Entschuldigen Sie bitte, aber ich muss den beiden hinterher.»

«Das muss ich doch auch.»

«Bleiben Sie lieber noch einen Moment liegen. Guter Rat vom Doktor!»

Ebel versuchte tatsächlich aufzustehen, aber ihm war so schwindelig, dass er sich sofort wieder setzte. Außerdem begann es in seinem Kopf zu pochen, als läge er unter dem Hammer eines Walzwerks. Er atmete tief durch. Plötzlich hörte er ganz nah neben sich ein leises Geräusch. Er griff in seine Tasche und fand einen Kerzenstummel. Als er noch tiefer grub, kam auch ein Streichholz zum Vorschein. Er zündete die Kerze an und entdeckte einen Deckelkorb. Und als er ihn öffnete, lag da ein Kindchen, das heftig zu weinen begann.

Ganz vorsichtig nahm er die Kleine hoch, und sie schlang ihre Ärmchen um ihn.

Hermann folgte Mina und Kellerer in einigem Abstand. Sie hatten Licht bei sich, er selbst blieb im Dunkeln, zündete nur manchmal, wenn die beiden weit vor ihm waren, ein Zündholz an – so wie jetzt.

Er fand sich an einem Punkt, von dem mehrere Gänge sternförmig abgingen, und konnte nicht sagen, welchen davon Kellerer und Mina genommen hatten. Lediglich zwei Gänge, die schnurgerade verliefen, kamen nicht in Frage, weil er dort ihr Licht hätte sehen müssen. Das Hölzchen verlosch. Er befühlte die Schachtel, nur noch ein einziges war übrig. Verdammt, dachte er. Nun war er ihnen schon so nahe gewesen, und jetzt stand er wieder ganz am Anfang. Langsam ließ er sich auf den Boden gleiten, das Gewehr behielt er in der Hand. Er verfluchte sich dafür, dass er einfach losgestürmt war, ohne sich mit einer Laterne zu versorgen. Angestrengt horchte er ins

Dunkel und fragte sich, wie er in der völligen Finsternis jemals aus diesem Gewirr von Gängen herausfinden sollte. Neben sich spürte er einen großen Stein auf dem Boden. Er legte ihn links von der nächsten Öffnung hin. Falls der Weg ihn nicht zu einem Ausgang führte, hatte er so den Gang markiert, wenn er zurückkam, und konnte den nächsten versuchen.

Mina und Kellerer hatten einen kleineren Gang genommen, der einen Bogen machte und eine Weile parallel zum Hauptgang verlief. Sie wussten, von hier aus würden sie zum Haus in der Altstadt gelangen. Sie waren schon fast dort, da hörten sie plötzlich einen Schuss und einen Schrei.

«Das kam von vorn. Sie bewachen den Altstadteingang», sagte Kellerer zu Mina. «Wohin jetzt?»

Mina dachte einen Augenblick nach. «Zum Hafen. Dort können wir auch auf ein Boot.»

«Wenn der Ausgang nicht wieder vermauert ist.»

«Mathis, ich bin sechs Jahre nicht hier gewesen. Ich weiß nicht, was sie zugemauert haben und was nicht.»

Kellerer lief los, zurück in den Gang, den sie gekommen waren. Er hielt nur kurz an dem sternförmigen Verteilerpunkt an, um sich zu orientieren. Er wollte schon den nördlichen Gang nehmen, der vermutlich zum Hafen führte, da hörte er einen weitentfernten Schrei.

«Still!», rief er. Er horchte noch einmal.

Mina hatte es auch gehört.

«Lass uns sehen, wer das ist», sagte Mina. «Vielleicht kommen wir mit einer Geisel weiter.»

Sie kamen der Stelle näher, an der sie in den Gang abgebogen waren.

Plötzlich meinte sie ein leises Schluchzen zu vernehmen. Der Gang war leer, aber von einer der abgehenden Kammern drang ein schwacher Lichtschein in den Tunnel.

Sie löschten ihre Lampe und pirschten sich näher heran. Gleich bei der Türöffnung standen zwei Frauen, Mathis erkannte Zita. Er zog ein Messer aus dem Stiefel und reichte es Mina, ein anderes hatte er in der Rechten. Auf sein Zeichen stürzten sie in den Raum.

Lina hörte einen erstickten Schrei, als sie sah, dass Finchen und Zita beide Messer an der Kehle hatten.

«Lass Zita los!», sagte Mina zu Mathis. «Ich glaube nicht, dass meiner Schwester so viel an ihr liegt. Mit Finchen hier ist das etwas ganz anderes.» Sie schob Finchen zu Kellerer, der ihr gleich sein Messer an die Kehle setzte. Ihre Duellpistole hatte sie vor Schreck fallen lassen.

Dietrich richtete sein Gewehr auf Kellerer.

«Das würde ich an deiner Stelle nicht versuchen. Oder willst du, dass ich dem Mädchen eine Rasur verpasse?», sagte Kellerer und lächelte kalt.

«Dietrich, leg das Gewehr weg und hilf mir bitte auf», sagte Lina leise, die sich neben ihren Mann gesetzt hatte. Dietrich gehorchte und zog sie auf die Füße. Mit wackligen Schritten trat sie auf Kellerer zu. «Bitte, nehmen Sie mich als Geisel. Finchen hat vier Kinder ...»

«Und wer ist da wohl die wertvollere Geisel?»

Kellerer entdeckte Dietrichs schweren Hammer. «Mina, nimm den Hammer mit, den brauchen wir vielleicht noch.»

Mina gehorchte.

«Lass uns gehen», befahl Kellerer.

Mina warf einen langen Blick auf ihre Schwester. Aus ihm sprach tiefe Genugtuung. «Jetzt habe ich dir auch etwas weggenommen, was dir lieb und teuer ist. Du hättest mir meine Söhne lassen sollen, Lina.»

Kellerer war mit Finchen schon im Gang, Zita stand ihm im Weg. «Mach Platz», rief er. Doch da dröhnte plötzlich ein Schuss durch die Gänge. Kellerers Blut spritzte über Finchens und Minas Rücken. Der große Mann brach zusammen und riss Finchen mit sich.

«Hermann!», schrie Zita, während drinnen im Raum Dietrich der überraschten Mina den Hammer entwand.

«Du, du lebst! Gott sei Dank, du lebst!»

Hermann beachtete sie gar nicht. Er ging zu Kellerer und zog das wimmernde Finchen unter dem massigen Körper hervor. Seine Kugel hatte ihre Schläfe gestreift. Hermann hob Mathis' herabgefallene Laterne auf und schaute sich Finchens Kopf an. «Nichts Ernstes. Da wird nicht einmal eine Narbe bleiben.»

Dann leuchtete er Kellerer an. Die Kugel hatte ihn von hinten in den Hals gleich unterhalb des Kopfansatzes erwischt und der Menge des Blutes nach zu urteilen die Halsschlagader erwischt.

Kellerer lebte noch, röchelnd hielt er sich mit beiden Händen die Kehle, dann verstummte er. Es war vorbei.

«Ist das der Commissar?», fragte Hermann.

«Ja, das ist mein Mann», sagte Lina tonlos. «Er ist ... er ist tot.»

Hermann beugte sich zu ihm hinunter. «Zwei Schusswunden.»

Vorsichtig drehte er den Körper auf den Rücken. Er runzelte die Stirn, dann griff er an Roberts Hals. «Er ist nicht tot», sagte er. «Der Puls ist schwach, aber er lebt.»

«Er lebt?» Lina konnte kaum atmen. Ihr Herz schlug bis zum Hals. «Robert?» Sie ließ sich neben ihren Mann sinken.

«Meint ihr Mädchen, dass ihr allein mit Mina fertigwerdet?», fragte Hermann Zita und Finchen, die beide lächelnd zu Lina blickten. Als sie nickten, nahm er Dietrich den Revolver ab und reichte ihn Zita. «Und du», sagte er an Dietrich gewandt, «lauf los zu Doktor Havemann und hol ihn her. Schnell!»

Etwa eine Stunde später lag Robert auf einer Trage, die Dr. Havemann samt Trägern mitgebracht hatte. Er und Hermann hatten ihn versorgt. Die Beinwunde war ernst, würde aber heilen, wenn sie sich nicht entzündete. In Roberts Brust steckte aber noch die zweite Kugel, die sie herausoperieren mussten. Glücklicherweise hatte sie das Herz verfehlt. Er war jedoch noch immer bewusstlos.

«Ihr Mann hat viel Blut verloren, aber es gibt Hoffnung», tröstete Dr. Havemann Lina. «Wenn die Operation erfolgreich ist, wird er schon wieder.»

«Er war so kalt. Da dachte ich, er sei tot», sagte sie beschämt. «Ich hätte ihn genauer untersuchen sollen.»

Havemann lächelte. «Wir sind hier in einem Gewölbe tief unter der Stadt. Da kann einem schon kalt werden.»

Lina wusste nicht, ob sie lachen oder weinen sollte.

Dietrich hatte Mina zum Gefängnis gebracht. Hermann lehnte erschöpft an der Wand. Zita kam zaghaft zu ihm herüber.

«Es tut mir leid, Hermann. Es tut mir alles so leid, was ich getan habe. Aber weißt du, sie hatten meine kleine Tochter, meine Resi. Am Ende ist doch alles schiefgelaufen – sie haben sie mitgenommen. Ich werde sie sicherlich nicht wiedersehen.» Sie konnte ein Schluchzen nicht unterdrücken. Dann sah sie ihm in die Augen. «Kannst du mir verzeihen, Hermann? Kannst du mir die Lügen verzeihen?»

«Ich muss jetzt mit Dr. Havemann eine Operation durchführen, Zita. Und danach muss ich schlafen. Aber dann, dann kannst du mir alles erzählen, und ich verspreche dir, dass ich diesmal zuhören werde. Was dann wird, weiß ich nicht.»

«Das genügt mir, Hermann.»

Sie sah in den Gang. «Da kommt jemand.»

Hermann griff nach dem Gewehr, aber dann erkannte er Ebel. Auf dem Arm trug er ein kleines Kind.

«Resi!», rief Zita außer sich und lief ihm entgegen.

«Sie hat mich vollgespuckt», sagte Ebel, aber den anderen kam es so vor, als würde er es bedauern, das Kind abgeben zu müssen.

Strahlend hielt Zita die Kleine hoch und zeigte sie allen. «Das ist meine Resi!»

«Ich störe das Glück nur ungern», sagte Dr. Havemann, «aber wir sollten schnell hier raus. Es ist kalt und dunkel, und draußen scheint sicher schon die Sonne.»

«Was macht der Kopf?», fragte Hermann Ebel, als sich alle in Bewegung setzten.

«Er tut höllisch weh, und ich habe mich übergeben. Aber jetzt will ich nur noch nach Hause.» Jetzt erst entdeckte er die Trage mit dem Commissar. «Ist das Commissar Borghoff?»

«Ja.»

Hermann konnte sehen, wie Ebels Augen feucht wurden. «Wird er wieder?»

«Das hoffe ich sehr. Ihre beiden Polizeidiener sind leider tot.»

«Kramer und Schröder?» Jetzt kamen Ebel wirklich die Tränen, und bis sie wieder ans Tageslicht kamen, heulte er wie ein Kind.

Epilog

Es war ein schöner Tag Anfang August. Dr. Hermann Demuth schloss seinen Arztkoffer. «So, das war mein letzter Besuch bei Ihnen, Herr Commissar.»

Obwohl er nach wie vor als Werksarzt beim Phoenix arbeitete, hatte er es übernommen, die Genesung Roberts nach den schweren Verletzungen zu überwachen.

Die Wunden waren gut verheilt, aber die lange Zeit, die er im Bett hatte verbringen müssen, hatte Robert geschwächt, und er kam nur langsam wieder auf die Beine. Es machte Lina Sorgen, dass ihr Mann immer noch nicht zu seiner alten Kraft gefunden hatte.

«Sie sollten täglich kleine Spaziergänge machen», riet Hermann seinem Patienten. «Immer ein bisschen länger. Trauen Sie sich ruhig etwas zu.»

«Und Sie machen sich also morgen auf die lange Reise?», fragte Robert.

Demuth nickte. Seit er und Zita sich entschieden hatten, zusammenzubleiben, war beiden klar, dass sie nicht in Ruhrort leben konnten. Jeder kannte inzwischen Zitas Vergangenheit, und auch seine eigene Rolle in der Greiferbande machte beide nicht gerade vertrauenswürdig für die braven Ruhrorter.

Deshalb hatte Eberhard Messmer seine Beziehungen in Amerika spielen lassen und Hermann einen Empfehlungsbrief ausgestellt. Auch die Kosten für die Passage der kleinen

Familie hatte er übernommen. Demuth wollte sich irgendwo in einer kleinen aufstrebenden Stadt als Arzt niederlassen und hatte sich verpflichtet, einige Jahre dort zu bleiben.

Nachdem der Staatsanwalt entschieden hatte, die Greiferbande in Duisburg vor Gericht zu bringen und nicht bis zur Schwurgerichtsperiode in Wesel zu warten, war der Weg in die Neue Welt frei. Vor einer Woche hatten Hermann und Zita ausgesagt. Alle Diebe waren zu hohen Zuchthausstrafen verurteilt worden. Mina kam glimpflicher davon, da ihr persönlich kaum etwas nachgewiesen werden konnte. Doch zwei Jahre Frauengefängnis konnten für eine Frau wie sie leicht zur Ewigkeit werden.

Der Abschied von Hermann Demuth fiel sehr herzlich aus. Lina und Robert hofften, dass er in Amerika sein Glück finden würde.

Am Nachmittag meldete Finchen ihrer Herrschaft, dass die Kutsche des Barons vorgefahren sei. Die Zeiten, in denen sie wie der Wind durch das Haus lief, waren indes vorbei. Seit Lina sie offiziell zur Hausmamsell befördert hatte, versuchte sie, sich würdevoll zu geben, was Robert und Lina bisweilen amüsierte. Von Simon hatte sie schon lange nichts mehr gehört, es hieß, er wäre jetzt auf einem Binnenschiff unterwegs.

Cornelius von Sannberg löste ein Versprechen ein, das er Robert gegeben hatte, als noch gar nicht sicher war, dass der Commissar seine schweren Verletzungen überleben würde. Damals war er gerade zurück aus der Haft in Wesel, wo jetzt an seiner Stelle Ferdinand Weigel auf den Schwurgerichtsprozess wartete. Robert hatte gerade vom Tod seiner beiden Polizeidiener erfahren und sich sehr gegrämt, dass er nicht in der Lage war, an der Beerdigung teilzunehmen. Und auch jetzt, Wochen nach den Ereignissen, hatte er die Gräber noch nicht besuchen können.

Nachdem der Doktor ihn ermutigt hatte, wollte Robert das

endlich nachholen und hatte Cornelius um seine Kutsche gebeten, die bequemer war als der kleine offene Zweisitzer der Borghoffs. Lina begleitete ihn, und Dietrich übernahm die Zügel vom Kutscher des Barons.

Wenig später hielt Dietrich direkt vor dem Friedhofstor und sprang vom Kutschbock, um seinen Herrschaften aus der Kutsche zu helfen. Er reichte Lina ihren Gehstock. Dann half er auch dem Commissar herab, der noch recht wackelig auf den Beinen war.

Robert hatte, seit er das Bett verlassen konnte, schon öfter darüber gewitzelt, dass nun nicht nur Lina, sondern auch er selbst einen Gehstock brauchte. Langsam, von Dietrich gestützt, ging er neben ihr über den Friedhof zu den Gräbern seiner beiden Polizeidiener.

Sie waren nebeneinander beerdigt worden, und der Bürgermeister hatte sogar kleine Namenstafeln bezahlt. Der junge Kramer war noch Junggeselle gewesen, aber eine wichtige finanzielle Stütze für seine Eltern, und Schröder hatte eine Frau und vier Kinder hinterlassen, von denen zwei noch nicht für sich sorgen konnten. Bürgermeister Weinhagen hatte sich vorbildlich um die Familien gekümmert.

Eine Weile standen sie an den Gräbern, und Robert legte zwei Blumensträuße auf die Tafeln mit den Namen der Männer. Dann gingen sie noch hinüber zur Familiengruft der Kaufmeisters, wo Linas Eltern und auch einige von Aaltjes Kindern, die nicht lange gelebt hatten, ruhten. Auch hier legten sie Blumen nieder.

Lina spürte, dass der Friedhofsbesuch Robert mehr anstrengte, als er zugeben wollte. Sie wechselte einen Blick mit Dietrich und fasste Robert sanft am Arm. «Mein Lieber, das reicht für den ersten Ausflug. Geh doch schon mal vor, ich glaube, ich habe eben Bertram hier auf dem Friedhof gesehen.»

Dietrich, der in pietätvollem Abstand gewartet hatte, eilte

zum Commissar, um ihn zu stützen, und Schritt für Schritt ging es zurück zur Kutsche.

Lina ging langsam hinüber zu den Gräbern an der Mauer. Dort war nicht etwa das Familiengrab der Messmers. Bertram, und das wunderte Lina gar nicht, stand am Grab der verrückten Kätt.

«Du hast das Grabkreuz für sie gekauft, nicht wahr?», fragte sie, als sie ganz leise neben ihn trat.

«Wie kommst du denn darauf?», fragte er fast ein wenig abweisend.

«Bertram, ich habe das Kästchen, das deiner Frau gehörte und das du Kätt geschenkt hast, seit längerem in meinem Besitz. Sie hat darin das Geld aufbewahrt, das du ihr gegeben hast. Das warst doch du, oder?»

Bertram seufzte. «Ja, das war ich. Ich dachte, ich könnte wiedergutmachen, dass ich ihr das Herz gebrochen habe.»

«Du also. Du warst der, der versprochen hatte, sie zu heiraten.»

«Ja. Aber dann kamen die Dampfschiffe, und meine Reederei mit ihren Börtschiffen ging fast bankrott. Dein Vater hat mich gerettet, und er schlug vor, dass ich Guste heiraten sollte, um das Geschäft zu besiegeln.» Er stockte. «Es war meine Existenz, Lina. Ich hatte einen Sohn, für den ich sorgen musste. Da musste ich meinen Verstand und nicht mein Herz sprechen lassen.»

Lina schwieg einen Moment. Dann sagte sie: «Deine Frau war tot, es war kein Unrecht, sich in Kätt zu verlieben.»

«Ja, aber es war unrecht, ihr Versprechungen zu machen, die ich nicht halten konnte. Und das Schlimmste ist – ich bin mir bis heute nicht sicher, ob ich sie tatsächlich jemals geheiratet hätte, selbst wenn die Umstände anders gewesen wären. Sie war eine Hure. Wir hätten Ruhrort verlassen müssen.»

«Sie hat das Geld nie ausgegeben.»

«Ich weiß. Wenn sie es getan hätte ... wenn sie sich damit ein ehrbares Leben aufgebaut hätte ...» Er brach ab, weil die Stimme ihm versagte.

«Was für eine traurige Geschichte, Bertram. Auch für Guste.»

«Du wirst ihr doch nichts sagen?» Er sah Lina ängstlich an.

«Wo denkst du hin. Ein gebrochenes Herz reicht doch. Sie hat immer geglaubt, die tote Maria sei ihre stärkste Konkurrentin gewesen.»

«Ich weiß.» Er sah Lina an. «Du wirst es mir vielleicht nicht glauben, aber ich liebe Guste von ganzem Herzen. Sie ist eine gute Frau und Mutter und hat immer zu mir gestanden.»

«Doch, das glaube ich dir, Bertram. Ich weiß, dass ihr beide euch liebt.» Lina lächelte. «Robert wartet übrigens vor dem Tor in der Kutsche. Es ist sein erster Tag außerhalb des Hauses.»

«Dann lass uns doch zu ihm gehen.»

Sie wechselten noch ein paar Worte miteinander, dann machte Bertram sich zu Fuß auf den Heimweg, und auch die Kutsche setzte sich wieder in Bewegung. Robert hielt Linas Hand und genoss die warmen Sonnenstrahlen, die durch das Kutschenfenster fielen. «Hat er wieder Blumen auf das Grab der verrückten Kätt gelegt?», fragte er Lina.

Die sah ihn verblüfft an.

«Woher weißt du davon?»

«Ich bin der Polizeichef, Lina», sagte er lächelnd.

Und dann küsste er sie.

Danksagung

Als vor zwei Jahren mein erster historischer Krimi «Das rote Licht des Mondes» erschien, ahnte ich noch nicht, welche Auswirkungen das auf mein Leben haben würde.

Ich hatte Ruhrort für mich entdeckt – als Wohnort und als literarischen Ort –, und nun entdeckte Ruhrort mich. Es war für mich überwältigend, so freundliche Aufnahme zu finden, und ich kann den Ruhrortern gar nicht genug dafür danken.

Kontakte zum Unternehmen Haniel waren ja bereits während der Recherchen entstanden, sie vertieften sich von der wunderbaren Buchpremiere auf dem Speicher des Haniel-Packhauses, einem Originalschauplatz meines Buches, bis hin zu häufigen Besuchen im Pförtnerhaus, um Bücher zu signieren. Und natürlich bekam ich auch für das neue Buch wieder Hilfe.

Der Ruhrorter Bürgerverein 1910 e.V. veranstaltete gemeinsam mit der katholischen Gemeinde und ihrem rührigen Bibliotheksteam eine unvergessene Lesung in der Kirche St. Maximilian und ermöglichte mir so, zum zweiten Mal an einem Originalschauplatz zu lesen. Dazu gab es Variationen über das «Pink Panther Theme» auf der Kirchenorgel, und ich hörte erstmals das Läuten der «Tusenelde», jener kleinen Glocke, die Franz Haniel gestiftet hatte.

Die Einladung, an zwei Projekten des Duisburger Beitrags zum Kulturhauptstadtjahr «Ruhr 2010» mitzuwirken, deren

Realisation ich zurzeit entgegenfiebere, war für mich der vorläufige Höhepunkt einer langen Reihe schöner Events und Erlebnisse, die ich dem Buch verdanke.

Schließlich lernte ich auch die Leute vom Verein «Kulturwerft Ruhrort e.V.» kennen, die sich dafür einsetzten, die Alte Kesselschmiede der ehemaligen Haniel-Werft, ein wunderschönes Backsteingebäude, auf das ich tagtäglich von meinem Küchenfenster aus sehen konnte, zu erhalten und als Kultur- und Veranstaltungsraum wieder nutzbar zu machen. Ein Brand Anfang Februar machte diese Hoffnung weitgehend zunichte, zumal danach auch die Südwand abgerissen wurde. Jetzt blicke ich auf eine traurige Ruine, aber noch steht sie und trotzt Wind und Wetter.

Vieles soll sich in den nächsten Jahren in Ruhrort verändern, und das ist keineswegs immer schlecht. Doch der Umgang mit dem Erbe der Vergangenheit wird manchmal fragwürdig, wenn Planerträume und Gewinnerwartungen im Spiel sind. Wer einmal mit einem «alten Ruhrorter» über die verlorene, in den sechziger Jahren abgerissene Altstadt gesprochen hat und die Wehmut über den unwiederbringlichen Verlust spürt, der weiß, dass mit jeder neuen Bausünde dem Ruhrorter Herzen eine weitere Wunde zugefügt wird.

Mit meinen Büchern, auch mit dem neuen, «Das dunkle Netz der Lügen», möchte ich dazu beitragen, die Vergangenheit Ruhrorts – seine Seele und sein eigentliches Kapital –, einmal mehr ins Bewusstsein zu rücken, und Menschen Mut machen, sich für die Erhaltung und behutsame Modernisierung der alten Bausubstanz, aber auch sensiblere Planungen für die wenigen Baulücken einzusetzen. Deshalb habe ich das Buch dem Verein «Kulturwerft Ruhrort e.V.» gewidmet.

Ein paar Menschen haben ganz entscheidend dazu beigetragen, dass «Das dunkle Netz der Lügen» entstehen konnte und nun die Leser ein zweites Mal ins alte Ruhrort entführt. Denen gilt mein besonderer Dank:

* Kathrin Blum vom Wunderlich Verlag, die mir eine weitere Chance gegeben hat.
* Grusche Juncker, meine Lektorin, deren Anmerkungen und Verbesserungsvorschläge das Buch dahin gebracht haben, wo ich es haben wollte.
* Martina Peters für das unermüdliche Korrigieren und Fragenstellen.
* Anne Klauss für die holländischen Anklänge in Aaltjes Dialogen.
* Jens Weber, der den Umschlag entworfen hat – ein Ruhrorter wie ich.
* Monika Nickel vom Stadtarchiv, die mir wieder mit ihrem unerschöpflichen Wissen über Ruhrort zur Seite stand.
* Dr. Bernhard Weber-Brosamer, Franz Haniel & Cie., dem weder meine Fragen noch die Fernseh-Drehs im Haniel Museum zu viel wurden.
* Ulrich Zumdick und Elisabeth Kosok, die Autoren des Buches «Hüttenarbeiter im Ruhrgebiet», das sich ganz besonders mit der Belegschaft des Phoenix befasst.
* Die vielen anonymen Wikipedia-Autoren, mit deren Hilfe man kleine Recherche-Probleme oft sofort lösen kann.

Silvia Kaffke, Mai 2010

Das für dieses Buch verwendete FSC®-zertifizierte Papier
Munkenprint Cream liefert Arctic Paper Munkedals, Schweden.

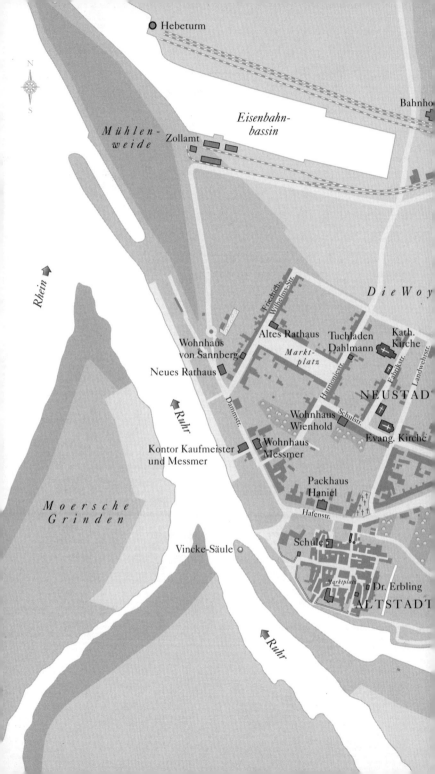